山西省「1331工程」山西省互联网+与旅游产业升级协同创新中心系列成果

表里山河丛书 BIAOLI SHANHE

壮美太行

李常宝／编著

山西出版传媒集团
山西经济出版社

《壮美太行》丛书编委员会

主　编：车效梅

副主编：史建红　侯慧明　上官定一

编委员会成员：（以姓氏笔画为序）

卫　红　车效梅　史建红　上官定一

仝建平　朱红康　刘士义　李晓敏

李常宝　张世满　胡炜霞　侯慧明

贾郭军　夏文华　鲁立智

人说山西好风光

近年来，历史、文化和旅游结合得越来越紧密，文化旅游受到越来越多的关注，人们徜徉于自然山水的同时，也感受着历史文化的熏陶与启迪，自然与人文通过文化旅游自然地结合起来。山西，这一华夏文明的起源地之一，最早的中国所在地，具有开展文化旅游得天独厚的条件。

五千年绵延不绝的华夏文明给三晋大地留下了大量瑰宝和丰厚的文化积淀。山西现存文物古迹53000余处，旧石器早期遗址400余处；山西是全国古村落保存最完整的省份之一，古村落和古民居近千处遍及全省；宋辽金及之前的木结构建筑占全国的72.6%，享有“中国古代建筑艺术博物馆”的美誉；现存唐代以来彩塑12712尊，金元以来古戏台2800余座，均居全国之冠。山西现存戏曲剧种38个，剧种数量为全国之最。山西又是“民歌的海洋”“民间舞蹈之乡”，现存的民间舞蹈有200多种，民歌更是高达20000余首。这些琳琅满目、数不胜数的历史文化资源，等待着我们去保护、开发、利用，并将其完好无缺地传承给我们的后代。

在2016年夏季达沃斯论坛上，李克强总理提出的旅游、文化、体育、健康、养老五大幸福产业的概念。随着经济社会发展水平和居民收入等条件不断提升，旅游与文化会逐步成为民众获取幸福感的刚需。

2017年楼阳生省长在山西省旅游发展大会上指出，“把文化旅游业培育成我省战略性支柱产业”，要求把旅游业发展成为“大众创业，万众创新的大舞台”，提出打造黄河、长城、太行三大旅游板块的思路举措，要加快构建“乐水、尚城、崇山”旅游品牌体系。此后，山西省政府连续召开了黄河、太行、长城三大板块及其相关会议。相关部门在顶层设计、项目引领、业态融合、基础建设、市场营销等方面进行了积极探讨，并对三大板块进行了总体和局部的部署。在省政府的统一部署下，各地政府也加快旅游产业布局与政策落地，全省上下掀起一股发展旅游业的热潮。一时间，黄河、长城、太行成为最热的词汇。

黄河、长城、太行是华夏文明的载体，是三晋大地悠久历史文化和壮美山川风光的标识与符号。黄河之魂在山西，长城博览在山西，大美太行在山西。立足黄河、长城、太行三大品牌集聚一省的独特禀赋，目前，我省正着力推动转型发展，加快把文化旅游业培育成我省战略性支柱产业。以此为契机，山西旅游发展也开启了新的时代。山西将充分挖掘黄河的博大内涵，凝练黄河风情、民族精神主题，构建母亲黄河、龙腾黄河、多彩黄河、生态黄河的旅游精品线路；挖掘长城的边塞、军事、农牧、贸易等历史文化元素，凝练爱国主义、民族融合主题，建设古建长城、军事长城、民族长城、丝路长城的历史文化旅游公园；挖掘太行的山水、生态、红色圣地等文化元素，凝练大美太行、天下脊梁主题，打造雄奇太行、秀丽太行、红色太行、古韵太行的精品风景旅游带。三大板块不同于传统意义的景区景点，也不是简单景区景点集合集群。它既是旅游地理概念范畴，更重要的是山西旅游产业发展新定位。

2017 年 9 月山西省教育厅批准成立“山西省互联网 + 与旅游产业升级协同创新中心”，中心的牵头单位为坐落于华夏文明重要发祥地古尧都临汾市的山西师范大学。中心的建设思路和发展目标定位为根据《山西省“十三五”发展规划》和国家《“十三五”旅游业发展规划》的要求，努力把文化旅游产业发展成为山西省的战略性支柱产业。探索旅游业与互联网融合发展路径，提升旅游业资源和要素整合集成能力和模式创新能力，促进旅游基础设施和旅游公共服务体系数字化建设，推动旅游管理体制和机制改革的信息化建设，建设互联网＋旅游综合改革试点，培育山西旅游新业态，形成旅游新优势。在我省提出打造“三大板块”的旅游战略后，我们及时抓住这一契机，组织力量编写关于黄河、长城、太行的系列图书，尝试为三大板块旅游做一些文献、文化方面的准备，也为中心工作的开展做一些有益的尝试与探索。

长风破浪会有时，直挂云帆济沧海。在刚刚结束的第十三届全国人民代表大会第一次会议上，通过了国务院机构改革方案，其中与文化与旅游直接相关的就是新组建“文化和旅游部”，这一改革是为了增强和彰显文化自信，统筹文化事业、文化产业发展和旅游资源开发，提高国家文化软实力和中华文化影响力，推动文化事业、文化产业和旅游业融合发展，具有极其重要的历史意义，给文化旅游的发展带来新的契机，文化旅游即将迎来新时代。我们庆幸赶上了这样的新时代，我们渴望在新时代里有新作为，我们愿意为我省的文化旅游尽自己的绵薄之力。千里之行，始于足下，编写“三大板块”系列图书只是我们的一个开端，我们也希望能抛砖引玉，唤起文化界同仁们关注文化旅游的热忱，共同投身于文化旅游的事业中来。

车效梅

2018 年 3 月

前　言

党的十八大以来，面对我国经济发展的新常态，党中央提出了“创新、协调、绿色、开放、共享”的新发展理念，山西作为传统能源和重化工业的大省由此面临着一个发展动力深度转换、经济结构全面升级的新阶段，其中，旅游产业的转型升级也是重要环节，而“十三五”时期正值山西文化旅游业转型升级、提质增效的攻坚期。2017 年中共山西省委、省政府适时提出“把文化旅游业培育成我省战略性支柱产业”的发展战略，文化旅游业迎来了新的发展机遇。

“五千年文明看山西”，山西是中华民族的文明发祥地之一，历史悠久，源远流长，自然美景、人类文明和革命史迹共同构成了山西得天独厚、古今兼备、多姿多彩的旅游资源。号称“华北屋脊”的太行地区就是山西的旅游胜地，战争年代曾是党领导山西人民进行伟大革命斗争的根据地，除了绚丽多姿的自然风景之外，还有集中连片的红革命文化资源在这里广泛分布，革命先烈留下的革命文化是山西省独有的红色基因，所形成的“太行精神”更是伟大革命精神的代表之一，其中凸显的艰苦奋斗作风和坚强勇敢品格是中国共产党领导中国革命、引领中国实现伟大复兴的集中精神体现。

由于自然、历史等多重因素的影响，太行地区目前还处于经济发展滞后阶段，基础设施薄弱、人民生活水平普遍不高等状况依然存在，因此，太行革命老区目前的脱贫攻坚任务还相当艰巨。习近平总书记在山西主持召开深度贫困地区脱贫攻坚座谈会上对革命老区的扶贫工作做出了重要指示，并就全党共同努力解决革命老区深度贫困问题作出了重要战略部署。有鉴于此，为全面推进全域旅游理念，实现精准扶贫，并针对太行地区交通闭塞、信息不畅等致使太行难为世人熟知的现实状况，于是就有了这本书的写作。

全书内容共分为五章，第一章为太行地理篇，主要从地理地质地貌等方面介绍了太行独有的地理风貌；第二章为太行自然篇，主要介绍了太行地区的自然景观及其分布特点，并从地文景观、气候天象景观、水域景观、动植物景观几个方面加以展现；第三章为太行人文景观篇，分别介绍了太行地区的文化遗存和文化轶事，并略加展示部分太行风情村镇面貌。第四章重点介绍太行地区的革命文化，系统阐述了太行根据地的形成与发展，依照党政军民系列介绍了革命文化遗存遗址和英烈劳模故居。最后一章为太行旅游远景展望篇，本章是在总结全书的基础之上，结合中央政策与旅游行业的实况，为太行旅游提出一些富有建设性的意见。

作者

2018 年 6 月 6 日

目 录

第一章 太行地理篇

太行山脉呈东北—西南走向，北起京郊西山，南抵豫北王屋山，绵延八百余里，崛起于华北平原西部，把华北平原和黄土高原截然分开。太行山脉东西两侧资源丰富多样，构成华北地区特殊的生态群落。在其25亿年的成长史中，由于褶皱、断裂、隆升等内力因素和流水、风力等塑造地表形态的外力因素的共同作用，八百里太行不仅地貌奇特，还呈现出北段、南段迥异的地貌特征。

第一节
太行地理

一、太行地理简述

太行山脉位于河北、河南、山西三省的交界处，又名五行山、王母山。在古汉语中，“太”是“极大”的意思，古时通“大”“泰”。太行山古称“太形山”，古代“形”“行”音同，因山形高大，因此称为太行山。太行山大体呈东北一西南走向，北起北京西山，南接滨临黄河的王屋山，绵延 400 余千米，号称“八百里太行”。在东西方向上，太行山耸立于华北平原西部，把山西与河北两省阻隔。唐代大型地理著作《括地志》记载：“太行连亘河北诸州，凡数千里，始于怀而终于幽，为天下之脊。”太行山与东西走向的秦岭—大别山系组合成一个“十”字交叉，共同构筑了中国中部地貌的主骨架。并延伸到与南边的巫山、武陵山、雪峰山联袂而立，成为中国地势第二、三阶梯的过渡地带，也是黄土高原与华北平原的分界线。

太行山山势东陡西缓，西翼连接山西高原，其山岭峰峦叠嶂，蔚为壮观。太行山北高南低，大部分海拔在 1200 米以上，2000 米以上的高峰在山西境内有太白山、南索山、阳曲山、白石山等。南端高峰为平顺县的风泽岭、陵川的佛子山、北板山，海拔分别为 1876 米、1745 米、1791 米。

太行山脉横亘在黄土高原与华北平原之间，山峦之间因地质作用形成了许多东西走向的横谷，从而沟通三晋与燕赵大地，因之，这些横谷自古以来就是交通要冲、商旅通衢和兵家必争之地。古时有著名的“太行八陉”。东晋末期郭缘生撰写的《述征记》记载：“太行首始河内，北至幽州，凡百岭。诸山皆因地立名，实一太行也。连亘十三州之界，有八陉，第一轵关陉，第二太行陉，第三白陉，第四滏口陉，第五井陉，第六飞狐陉，第七蒲阴陉，第八军都陉。”其中，轵关陉在今河南济源县西北；太行陉在今山西晋城南，又名“天井关”；白陉在今河南辉县西，又名“孟门”；滏口陉在今河北磁县西北；井陉在今河北石家庄西；飞狐陉在今河北涞源至蔚县间，即“四十里峪”；蒲阴陉在今紫荆关一带；军都陉即居庸关关沟一带。

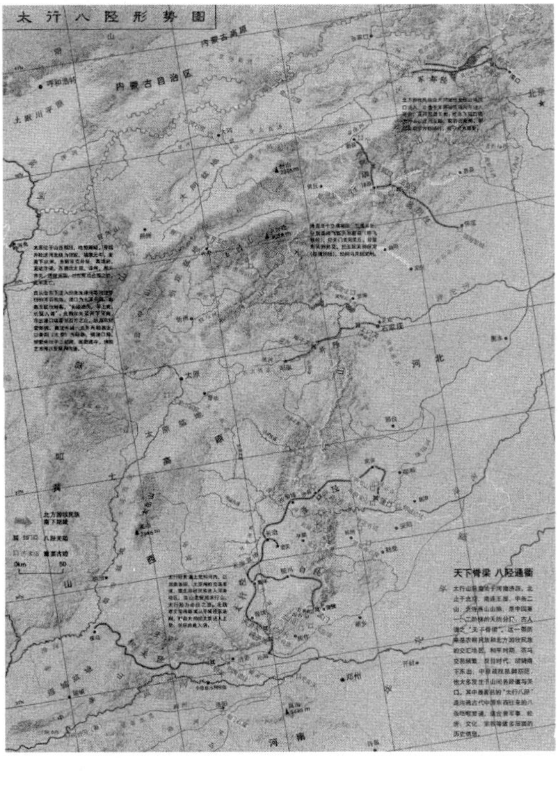

二、太行物产简述

太行山脉的大致地理范围在北纬 34° 34'−40° 43' 与东经 110° 14'−114° 33' 的框定的这个区域，这个地理位置多属于暖温带半湿润大陆性季风气候，全年冬无严寒，夏无酷暑，雨热同期，四季分明。年日照时数将近 2500 小时，平均月日照时数在 200 小时左右；年降水量 534 毫米左右，其中 7 月降水最多，12 月最少。因为经纬度跨度大，海拔高低各异，山地迎风坡与背风坡的不同，由此构成了太行地形地貌的差异性。所以太行山不仅拥有物种众多的生态群落，还蕴藏着丰富的煤铁等矿产资源。

太行山群山环列，盆谷相间，复杂的地形各有不同类型的小气候，从而形成植物资源及其独具的群落特点。太行山的森林主要分布于太行山南端深山区，以天然次生林为主。树种以栎和油松为主，占到森林总数的 90%以上。太行山区野生动物资源有爬行类、鸟类、兽类共 100 余种，如狐、獾、野兔、野猪、黄羊、黄鼬、狍子、麝、豺、青羊、猴子及各种鸟类等 58 种，珍稀动物有豹、猕猴、秃鹫等。主要保护动物有豹、猕猴、豺、水獭、麝、黄羊、大鲵及黑鹳、金雕、丹顶鹤、红隼、灰鹤、穿山甲等。

除物种繁多的动植物资源之外，太行山区的矿藏资源达 40 多种，煤、铁藏量尤为丰富，素称“煤铁之乡”。煤种以无烟煤居多。铁矿的探明储量，其中长治市 1.4 亿吨，晋城市 6242.78 万吨，矿石品种有赤铁矿、褐铁矿、赤褐铁矿和菱铁矿，主要分布地区为黎城、平顺、壶关、襄垣、武乡及晋城市除城区以外的各个县、市。硫铁矿的探明储量，其中长治市 1462 万吨，晋城市 4084.6 万吨，主要分布于长治、壶关、泽州、陵川等县。锰铁矿的探明储量，其中长治市 5713 万吨，晋城市 3316.51 万吨。矿石类型主要为含锰菱铁矿和含锰赤褐铁矿，分布于屯留、长子和晋城市各县、市（不含城区）。铝土矿的探明储量，其中长治市 5713 万吨，晋城市 248.68 万吨，主要分布于襄垣及泽州等县。耐火黏土的探明储量，其中长治市 1016 万吨，晋城市 911 万吨，主要分布于长治、泽州等县。大理石矿主要分布于平顺、壶关、陵川等县。另外，储量在 2000 万吨以上的还有铁矾土、硅石、石膏等，分别分布于平顺、黎城、沁水与襄垣、潞城、长治等县。

第二节
太行奇特的地质地貌

太行山地区奇特地貌的形成是地壳的内力构造运动和外力侵蚀、剥蚀相互作用的结果。褶皱、断裂、隆升是太行山脉形成的内力因素；流水、风力则是塑造其地表形态的外力因素，当中又以流水的溶蚀侵蚀作用为主。

一、太行地质地貌的成因

在地质构造带上，太行山位于华北陆块中南部，属于新生代东亚裂谷活动形成的中国东部巨型盆岭构造系的隆起带。太行山地区有 25 亿年以上的地质发展史，具有典型的地台型地壳结构特征。

新生代以来，太平洋板块向欧亚板块的俯冲，造成太行山的强烈隆升和华北平原的大幅度拗陷。巨大的地势反差，为塑造该地区的地貌形态提供了条件，新构造运动的发育，对区内山水景观的形成起着重要的控制作用，而不同岩性的抗风化、抗剥蚀能力以及岩石层系厚度的差异等等，都是形成地貌垂向多层性的物质基础。从地质学上来看，在中元古代到古生代末几十亿年的地质演化中，华北地台以振荡式升降作用为特征，没有发生大规模的褶皱造山运动，其结果是造成地层近水平叠覆，岩层平缓的地层是本区地貌形成的重要前提。在其地貌的形成过程中，断裂构造起着决定性的主导控制作用，太行山在断块式掀斜隆升过程中，在伸展作用为主导的应力背景下，形成了不同方向的断层及不均匀分布的劈理带和密集节理带，由近南北向和近东西向两组方向组成的棋盘格式区域性节理控制着地貌的形成。太行山隆起带和华北裂谷带的掀斜抬升和坳陷活动，形成了由东向西、由平原到山地的巨大地貌反差，为外力塑造地貌提供了条件。这种持续的差异升降运动造成的地形比高的持续扩大，为地表水流的进一步侵蚀及造貌能力提供了前提条件，使得水流的向下切蚀能力进一步加强，从而形成一系列巍巍壮观的峡谷景观地貌。

太行山地貌因其所处地理位置的差异和地层发育的完整程度不一，其地貌景观的发育也相应表现出一定的差别。其中，太行山南麓云台山世界地质公园等地发育较为完整，但太古界、中元古界出露面积较少，向东延伸出露面积则逐渐增大。在太行山中南段，自南向北寒武系地层厚度增大，太行山深山区的大部分地段仅少量或未出露太古界和中元古界，寒武系巨厚的碳酸盐岩形成了谷窄峡深的峡谷地貌，其上部和顶部常见造型各异的象形山石，如山西壶关大峡谷国家地质公园，其象形山石就非常多。在接近浅山区，受断层切割和构造抬升，中元古界的石英砂岩出露地表，则地貌构成以红色崖壁、长崖、断墙以及红岩障谷为特征。

太行山地区奇特地貌的形成是地壳的内力构造运动和外力侵蚀、剥蚀相互作用的结果。褶皱、断裂、隆升是太行山脉形成的内力因素；流水、风力则是塑造其地表形态的外力因素，当中又以流水的溶蚀侵蚀作用为主。太行山区又是泉水出露较多的地区，特别是北方岩溶大泉发育较好。并且，发源于山西高原的河流经太行山流向华北平原，流曲深澈，峡谷毗连，多瀑布湍流。由于太行山蜿蜒甚广，以下分段描述太行山的奇特地貌。

二、太行山中北段地质地貌

太行山中北段是太行山脉主脊的组成部分。自灵丘进入山西境内，向南沿五台山伸至晋中市境与长治市境的交界处，总体呈现出北高南低、坡度多缓的主要特征。在由北向南的过程中，太行山脉的主体地貌也依次经历高山至中山、低山乃至丘陵的演变，其中有不少盆地、河谷从山脉中间横切而过，例如繁代谷地、灵丘盆地、忻定盆地、阳泉盆地、盂城盆地等。从东西看，太行山两翼极不对称呈西缓东陡态势。

按海拔高度，本区山地主要分为中山、低山及丘陵三大类，其中又以溶蚀侵蚀中山为多。太行山的中山海拔多在 2000 米以上，如盂县的白马山脉。溶蚀侵蚀低山主要分布在海拔不足 1000 米的太行山南段以及娘子关一带。尤其在娘子关附近，由于桃河深切而出现壮观的跌水景观和石灰岩峡谷。最后一类则为溶蚀侵蚀丘陵，这列类貌小面积分布在太行山中段的盂县盆地附近，其岩层依然以石灰岩为主，地表往往被厚实的黄土覆盖。

太行山区遍布泉眼，尤其在南北两端多岩溶大泉发育，本区的断陷盆地边缘及河谷带有不少岩溶大泉出露。五台的李家庄泉、水泉湾泉，

平定的娘子关泉群（见下图）均属于侵蚀泉。

山西境内太行山中北段处于晋（城）获（鹿）断裂带北段，东临华北平原地震带，西侧与山西断陷带相接，沿线分布着昔阳、和顺、左权、黎城等小型河谷盆地。

晋获断裂带的中北段是五台山北麓断裂。由于滹沱河河道正处于五台山北麓断裂带上，该断裂带又名滹沱河断裂。五台山北麓断裂总长约85千米，西起原平皇家庄村，东至小柏峪村，呈北东走向。自新近纪更新世以来，断裂带南侧经历了7次强烈的隆升，每一次隆升期间，河流都持续下切。早期在滹沱河南岸形成的洪积扇中，扇顶部分在后期被抬起，成为洪积台地，扇体部分则由相对下沉而被隆升后带来的洪积物淹埋。间歇性抬升持续了数百年使五台山北麓形成了多级阶地地貌。在反复抬升、河流下切和地震等因素的影响下，五台山虽与太行山一样为单侧隆升的断块山地，但五台山北麓在地貌上并不像太行东麓那样笔直陡峭，而是呈阶梯状下降，与滹沱河岸平原地貌相连接。

太行山西翼的山体在自然力的长期侵蚀之下逐渐成土，植被蔓延，并孕育了许多古老的河流。受地势影响，这些河流大多由西往东流，自山西高原注入华北平原。大大小小的河流从太行西山脉移山削土，最终穿山而过，将搬运而来的沉积物堆放于太行山东麓，为年轻的华北平原“开疆拓土”。这些河流包括：发源于大同地区的唐河、壶流河，发源于忻州地区的滹沱河、清水河，发源于阳泉地区的桃河、温河，发源于晋中地区的松溪河，发源于长治地区的浊漳河、清漳河，发源于晋城地区的丹河、东大河、白水河，等等。这些河流在拓宽华北平原的同时，也不断塑造着太行西翼的地貌。在地域开阔处，河流搬运泥沙往低处沉积，形成了如今宜农宜居的河谷盆底。越靠近太行主脊，河流两侧的山体越高，河道下切越深，越多东西走向的峡谷毗连，著名的太行八陉便由此而来。

太行山脉中段以西（温河北岸到白马山之间）称作“秋林山脉”，南北走向，海拔约1100米—1300米，属于太行支脉，地跨阳泉市郊、平定、盂县，主体在平定东北部的黄统岭、岔口两乡，向西连接阳泉郊区西南隅，长约25千米。主要山峰包括高垴、红岩寺梁、老峪山、牛王垴、葫芦垴等，附近有盂城、阳泉等小型山间盆地。秋林山脉是太行山脉中段地势较低的一段，内部陡峭挺拔，悬崖绝壁随处可见。山体由古生代寒武纪、奥陶纪石灰岩组成，其间岩溶地貌发育，著名的大溶洞有被誉为“太行第一洞”的玉皇洞。这片石灰岩区域一直延伸到娘子关泉群附近，为岩溶泉的形成提供了地质条件。秋林山脉虽是岩溶山体，但岩石并没有裸露，而是被山地褐土覆盖，漫山遍野都是茂密的栎、松等针阔叶混交林及黄栌、红酸刺、连翘等落叶阔叶混交林，四季景色宜人。

三、太行晋东南段的地质地貌

太行山向南延伸到晋东南地区，多起伏和缓、被抬升的构造盆地。这些盆地外围多以大断层与华北平原、汾河中下游平原、黄河谷地相接，边坡陡急，高差达百米至千米以上。晋东南高原的中部广泛出露三叠纪砂页岩，成浅盆状构造，褶皱和缓，岩层近似水平，其上覆有上新统三趾马红土、河湖相沉积物及黄土。在外力上，风化剥蚀作用显著，加上沁河、漳河、潇河、桃河、丹河等诸水的侵蚀切割和堆积，增加了地面的起伏，高原地貌基本上呈现为由零散分布的黄土组成的破碎丘陵景观。丘陵表面尽管大都有黄土覆盖，但因黄土厚度较小，下切也较浅，所以不像晋西地表那样破碎。该地高原上还分布有一些小型盆地，包括长治盆地、晋城盆地、阳城盆地、沁水盆地等，它们共同的地貌结构为盆地边缘裸露的砂页岩山丘、波状起伏的红黄土丘陵与宽浅的现代河谷平原构成。晋东南盆地农业生产条件较好，其中以长治盆地面积最大，是晋东南的主要农业区。

这里地处暖温带半湿润大陆性季风气候区，冬无严寒、夏无酷暑，全年雨热同季。较高山地（海拔 1100 米以上）属准暖温带，较低盆地（海拔 750 米以下）则呈现半干旱气候。区内年降水量 550—650 毫米，一般多于汾河谷地及华北平原，干旱程度低于山西的其他地方。温暖的气候和相对丰富的降水，以及褐土、棕壤的孕育，使这片高原形成了山西重要的林区。这里的植被以针叶阔叶混交林为主，山地植被具有明显的垂直变化，以辽东栎林、杨桦林、油松林较多；低山丘陵以荆条、酸枣、胡枝子、连翘、沙棘等较多。其中有几处较有特色。

（一）长治大断层，地处晋东南太行山西麓山前，北起潞城合室村附近，向南经过潞城、长治市区东侧、长治县内曹家沟等地，最终延伸至高平，全长达 65 千米，位于晋获大断裂南段。大致由三段组成，南段和中段为西倾正断层，北段为东倾正断层，断层总体走向为北北东，断距 130 米—500 米，由北向南逐渐变小。长治大断层是经过第四纪早期的地壳垂直升降活动，以及中生代剧烈的剥蚀、褶皱、断裂作用而形成的。长治大断层是上党地区重要的地质、地貌分界线，决定着长治盆地、黎城盆地以及断层东、西两侧山地的地貌形成，并控制这一地区的新地质构造活动。大断层北部分布有寒武—奥陶纪碳酸盐岩和长城纪变质岩组成的低山，其内部的石炭 - 二叠纪地层中大多含有煤层。断裂带西侧为沁水拗陷的组成部分，分布有砂页岩；东侧是灰岩山区；南面则是长治盆地。

（二）太行湿地，位于长治北，跨长治市郊区及屯留，有长约 15 千米，以绛河及漳泽湖为主体的人工沼泽湿地。湿地既有浅水湖泊、湖滨带、河流、湖心岛、滩涂，也有人工林—鱼塘等各类湿地环境，属于复合型湿地。湿地内河道纵横，蕴藏着丰富的动植物资源。太行湿地的水生、湿生植物群落达几十种，其中有大片的芦苇荡，成为鸟类、两栖类动物繁殖、栖息、迁徙、越冬的场所，主要鸟类有野鸭、黑鹳等几十种。这里也是著名的鱼虾蟹产地，有鱼蟹类 20 余种，为栖息的鸟类提供了丰富的食物来源。太行湿地的形成得益于漳泽湖丰富的水资源。这片湿地以沼泽为特色，泥土是几十年至几百年乃至上千年生物沉积形成的泥炭地（由水体、森林以及草甸沼泽化形成的），土壤内富含各种有机体。

（三）辛安泉是华北第二岩溶大泉。大气降水在太行山西侧碳酸岩裸露区的入渗以及灰岩区河段的地表水、水库水的渗漏补给，是辛安泉域岩溶水主要补给来源。泉域内岩溶水总体上由南、西南、西北及北向排泄区汇流。潞城西流村至平顺北耽车一带的河谷是泉域内最低的泉水排泄基准面。辛安泉在浊漳河以泉群形式集中排泄，属于侵蚀溢流全排型泉，由于内、外动力地质作用，辛安泉域形成了四周山地丘陵环抱而中间下陷为盆地的地貌，泉域北以晋中榆次的人头山为界，西以浊漳河和沁河的地表分水岭为界，南界边线大概相当于长治与高平的行政界线，东界则为和顺、左权与榆社、武乡的行政边界。汇水范围包括了长治地区除沁源外的 12 个县（市、区）和晋中地区的榆社，总面积达 10950 平方千米。辛安泉以泉群形式，在潞城、黎城、平顺三县（市）交界地带的浊漳河河床内，呈股流及散流状分布，尤其集中出露于潞城西流村至平顺北耽车村长约 15 千米的河段内。出露带以浊漳河为轴线，北起黎城的赵店桥，顺浊漳河谷向下游至北耽车，包括河谷两岸地带，面积为 16.07 平方千米，可见泉点 170 余个。其中较大泉组有王曲泉群和实会泉群，前者由辛安村以上的林滩泉、西流泉、苇泉、南流泉等组成，出露地层主要为中奥陶世石灰岩层；后者由辛安村以下的实会泉、车流泉等组成，多出露于中寒武世鲕状灰岩层。辛安泉域是浊漳河清水流量的主要水源。

（四）嶂石岩地貌，得名于研究地和最初命名地在河北赞皇的嶂石岩村。嶂石岩地貌是太行山特有的一种地貌，与丹霞地貌、张家界地貌并称为中国三大砂岩地貌。其垂直剖面呈现阶梯状，每一层断崖有百米之高，陡直如刀劈斧削。它是太行山区特有的一种地貌类型，嶂石岩地貌的沉积层一种是粗砂颗粒沉积而成的坚硬石英砂岩，因富含铁氧化物而呈红色；另一种是较细颗粒沉积成的抗侵蚀性差的软弱泥岩。经过雨水不断对底层的松软岩层由外向内的水平掏蚀，嶂石岩的陡崖底部会形成类似走廊形态的“岩廊”。当掏空达到一定深度时，“岩廊”上方的砂岩在重力作用下垮掉，导致岩层整体后退。嶂石岩内部也有独特的地貌景观：太行山在隆起的过程中，岩层受东西挤压，内部顺节理发育有许多细小裂缝，经雨水长期的冲刷、掏蚀，加上风蚀和重力崩塌作用，裂隙面不断扩大、深切入岩体，逐渐形成几米到百余米宽的缝隙，继而发育成为楔状沟谷、峡谷、“Ω”形瓮谷、嶂谷等多种谷地形态。因此，嶂石岩地貌是一种不断发育消亡的地貌，从边缘后退、内部裂掉，到巨型整体岩块逐渐演化为方块山、峰柱，最后变成红色的石块直至消失，这个过程大约需要 300 万年的时间。目前，赞皇西部的红色巨墙，正在以每年 1.35 毫米的速度后退。

（五）大理岩构造峰林，是太行山特有的一种地貌，主要集中在山脉东侧北段，以涞源的白石山一带最为典型。其巨大峰柱高耸云霄，平均海拔超过 1800 米，密集耸立如巨型丛林，单个峰柱棱角显著，直上直下，顶端较平，大小不一，高差几米、几十米或几百米不等，由于风化剥蚀而形态多样。山体呈现双层结构，底座为肉红色燕山期花岗岩（形成于距今 1.4 亿年前），顶盖为白色，产状近似水平的中原古代白云质大理岩。大理岩厚度超过 26.4 千米，覆在约 54 平方千米的花岗岩底座上，形成巨型的“顶盆悬挂体”。整个岩层本身构成近东西的开阔向斜，向斜边缘的褶皱形态复杂，向斜核部的岩层产状平缓，顶峰区正好处于向斜核部，是形成峰林的最佳构造位置。

太行山东麓的低山丘陵区，分布有众多相对封闭的山间盆地、谷地或西北高东南低的簸箕形区域。这些区域四周有高山环绕，不但阻滞了外围的冷空气进入盆地内部，且使盆地内低海拔的暖温气流不容易流散，形成了一个相对封闭的气流循环，使这些区域成为典型的“暖盆”，从而冬暖夏热。

太行山峡谷不仅是沟通河北与山西的天然孔道，也是独特景观区。太行山峡谷这些奇特的地质特征，是在太行山的持续隆升过程中，流水不断深切侵蚀两岸的断块山体而形成的。迄今为止，河流的侵蚀作用最显著，主要受源于山西高原和太行山的拒马河、唐河、滹沱河、沙河、滏阳河、漳河等流量较大的河流及其支流的侵蚀，从而形成太行奇妙的峡谷系统。从地貌形态上考察，太行山峡谷群往往发育成嶂谷、瓮谷、悬沟、长崖、阶梯状台栈等典型的组合峡谷地貌。峡谷两岸危崖直耸，绝壁陡崖可达千米，河谷底部也有阶梯状分布。值得注意的是，受地势影响，切穿太行山的河流多自西边黄土高原向东而下，流入华北平原，因此整个峡谷多系东西向横谷，形成了太行山脉当中的阻断——陉，除著名“太行八陉”之外，还有分布在太行东麓的关隘也与此有关，如平定的娘子关，和顺的马岭关、黎城的东阳关等。这些“陉”与“关”都是过去华北平原进入山西高原的交通要道、商旅通衢与军事要隘。

太行山东麓的重要断裂主要有两条，形态类属正断层，主要由两个主断裂变形带——西侧的五龙沟—上黄旗断裂和东侧的紫荆关—灵山断

裂左阶斜列组成，并伴生多条近平行分布的次级断裂构造。紫荆关一灵山深断裂是太行山地区的主体构造，自中生代以来强烈活动，两个主断裂变形带以碎裂岩系列构造岩和节理带组合为主要特征，局部出现挠曲和褶皱，由两盘至断裂中心变形强度增大，一般由节理带过渡为碎裂岩带。该断裂带不仅规模大、切割深，还具有控岩、导矿的作用。如紫荆关一灵山深断裂穿过的太行山中部的王安镇杂岩区，是河北重要的金属矿产地，有金、铁、钼、铜、锌等多种矿产。

四、南太行地质地貌

太行山延展到晋豫交界，地貌呈现阶梯状分布：最高处是悬崖峭壁林立的山地，海拔 800 米—1900 米；其次是低山丘陵（山间分布盆地）、济源西南部的黄土残塬；再次则为山前倾斜平原和坡度在 3° 以下的平原地带，两者占整个豫北面积的 80%以上，属于华北平原的组成部分。此种地貌的形成，缘于印支—燕山运动时期，豫北所在的华北地台解体，太行山东麓断裂带和太行山南缘断裂带相继形成。

自太行山从平地隆起后，不断受山西高原一侧河流的侵蚀，山体不断垮塌、滑塌，形成嶂谷、瓮谷、悬沟、长崖、陡坡、阶梯状台栈等侵蚀剥蚀地貌，如轵关陉、太行陉、白陉等。最令人瞩目的则是多次构造运动、水蚀作用所造就的云台地貌。

云台地貌是以太行山南段云台山命名的特殊地貌组合。在中元古代，云台山地区经历多次海侵，接受了滨海相红色碎屑岩沉积，进而形成石英砂岩。直到早古生代时期，这里接受了寒武纪—中奥陶世浅海相碎屑岩沉积，形成厚度在 1000 米左右的碳酸盐岩层。而后来的中生代燕山运动惊醒了沉睡的岩层，使其隆起并露出地表，其中较晚形成的碳酸盐岩地层逐渐被抬升到顶峰的位置，较早形成的石英砂岩出露在山腰、山脚——在云台山半山腰可以清晰地看到这两种岩层的分界线。如今，这里的抬升仍在继续，更古老的地层也随之出露，研究人员曾于2006年在峡谷底部发现25亿年前的太古代片麻岩。促使这些岩层“生长”的，是太行山隆起带和华北裂谷带的掀斜抬升和拗陷活动，这些地质运动是云台地貌产生的内在动力。尤其是掀斜抬升运动，在云台地区形成了近等间距分布的张裂带、多方向有规律分布的断层，以及不均匀分布的劈理带与密集节理带。在这种地貌发育区，峡谷、溶洞尤其多见，以峰（峰丘、峰林、峰丛、峰柱）、墙（峰墙、长墙）、壁（长崖断壁）、谷（隘谷、嶂谷、峡谷、宽谷、围谷、瓮谷）四类地貌形态最为壮观。云台地貌是南太行典型地貌之一，并且云台地貌的岩层是彩色的，即一山之中，从顶部的灰色岩层到山脚下的红色岩层，裸露在外的岩石色彩比较多样，这与其岩性密切相关。

南太行地处于暖温带和北亚热带的过渡区，属暖温带大陆性季风气候区。拥有山地、平原、湿地、沙地等多种土地类型，因为地处气候带的过渡带，生物多样性突出，形成南北动植物群的过渡地带。植物以华北区系为主，兼有华中、蒙古、东北、西南、西北等区系的成分。树木多为落叶乔木，如白皮松、柳杉、栓皮栎、胡桃楸、臭椿、太行榆、杜梨、五角枫、黄栌、山白树等。大部分植物生长在太行山林区，沙地也有酸枣、胡枝子、黄荆、刺槐、泡桐、杨树等植物。哺乳动物以北方生物种类为主，主要有狐、黄鼬、岩松鼠、金花鼠、草兔、獾等，深山密林中还有金钱豹、猕猴、青羊、林麝等珍稀动物。并且，这里还是鸟类迁徙的通道和华北水禽越冬场所，最常见鸟类有石鸡、岩鸽和灰喜鹊，湿地和滩地还栖息着大鸨、白鹳、黑鹳、金雕、天鹅、秃鹫等珍稀鸟类。

太行山南缘断裂带东西长约160千米，大致以济源克井为界分成东、西两段：西段起自王屋山南麓，由西北—东南走向及东西走向的断裂组成，包括封门口断裂、邵原北断裂等，其北侧为平均海拔在1500米以上的王屋山，以南则陡降为海拔300米左右的丘陵；东段位于济源以东，由东西走向逐渐变为东北—西南走向，构成了太行山隆起和南部黄河平原的边界断裂，两者高差为 450 米—720 米。沿太行山南缘山前的济源—新乡一线，还发育有新生代断陷盆地。

南太行山西起河南与山西交界处，主脊在区内沿林州、辉县直下，并呈弧形逐渐向西行，经获嘉、博爱、沁阳数县后，在济源北部与王屋山脉相连。南太行山西邻黄土高原，南部连接中条山，整体呈弧形带状并向东南突出，长达 185 千米，海拔多在 1500 米以上。南太行山下临太行山南缘断裂带及东麓断裂带，山脉各段受地质作用影响而出现不同地貌：林州西部至辉县西北部一段为断块构造中山，主峰四方脑，海拔 1663 米。山体主要由石英岩和石灰岩组成，夹有易风化的页岩，梯级状的绝壁林立，每级高 50 米—200 米，当地人称之为“嶂”，如头道嶂、二道嶂等。从辉县西北部至济源沁河以东一段，海拔多为 1000 米—1500 米，山体较为破碎，发育有大量横向嶂谷和峡谷，岩溶地貌也有不同程度的发育，多溶蚀裂隙和溶洞，山麓有泉水出露。从济源的沁河以西至省界，有著名的王屋山，山峰的一般高度为 1600 米—1800 米。在山脉的最西端有南太行山最高峰——海拔 1955 米的斗顶。南太行山受安阳河、淇河、沁河、丹河等河流切割，河谷深切而狭窄，水流急促，现代流水地貌比较明显。山体经受流水切割后形成的谷地，这就是从河南境内穿越太行山地进入山西的交通孔道，其中著名的谷地有轵关陉、太行陉、白陉等，这些谷地成为连接华北平原和山西高原的重要通道。南太行山还分布有难以计数的黄土冲沟，这些冲沟都呈东西走向，地势陡险，沟内分布着高大的岩墙。因为特殊的地质构造，形成了南太行山段内丰富的矿产资源，其中有丰富的煤炭资源，以及铁、铜、钼、金、钨等矿藏。

以上按照太行山中北段、太行晋东南地段、南太行的顺序，大致介绍了太行山的整体地貌情况。总体上，太行山除山体断壁外，多峡谷、洞穴、森林、瀑布（黎城黄崖洞善陀瀑布、壶关碧波潭瀑布和双龙潭瀑布、昆仑崖瀑布、灵泉瀑布等），自然天成，堪称奇绝。太行整体地貌以山体为主，延展出浅山丘陵及断陷盆地、沉积冲积平原，断裂带从北到南，从东到西都有分布，溶蚀侵蚀地貌多样，独特的地貌不仅是天工造物，孕育着各种植被与动物，也使太行山成为重要的军事文化经济要地，形成了以不同地形地貌为依托的自然景观。

第二章 太行自然景观篇

八百里太行横亘在华北平原西部，拥有着绚丽多姿的自然景观，汇聚着雄奇险秀的山水景观资源，并且，在先民对其发展史当中，更是衍生出许多令人神往的人文往事。正因为太行汇聚着丰富的地文景观、气候天象景观、水域景观、动植物景观，这四种类型资源集于一身，使得太行山清水秀，花香鸟语，充满无限的活力与生机。

第一节 太行自然景观特色及其分布

自然景观是天然景观和人为景观的自然方面的总称，主要包括四大类：地文景观、气候天象景观、水域景观、动植物景观，这四类景观是旅游的第一环境，通过对自然风光的观赏游览，旅游者感受到大自然的壮美神奇，丰富自身感情，同时也能开拓视野，增长知识，身心得到更好的休息。

一、自然景观

地文景观是因为地球内外营力的不同作用而最终形成的，可分为两大类：一种为地质旅游资源；另一种为地貌旅游资源。就地貌旅游资源而言，太行山区本身即汇聚了雄奇、险峻山地景观资源，另外还包括丰富的地质旅游资源。并且，在太行山脉漫长的发展演变过程中，还衍生出许多传奇、神话或历史故事，因此，太行山的地质地貌资源结合其他类型的自然景观和某些人文景观，铸造了壮美太行的总体构架、意境和气势。

气候天象景观指的是可使游客用来避暑或避寒、满足身心需要的宜人气候资源。如由大气降水形成的雨景、雾景、冰雪等大气降水景观，又如具有偶然性、神秘性、独特性等特征的极光、佛光、海市蜃楼、奇特日月景观等天象奇观资源。太行地区的立体性和层次性伴随着四季变换，太行山上的云景、霞景、日出日落、雨凇雾凇、月光佛光等景观变化莫测、神韵非凡，形成了具有超强吸引力的气候天象景观。游人一进太行，似入仙境。

水域景观即水域风光，是指以水体为中心，在地质地貌、气候、生物及人类活动等因素的配合下形成的不同类型水体景观的总称。水是生命之源，人类对水有着天然的亲近感。自然风景中，水是最活跃的因素，所谓“山得水而活，水得山而媚”，丰富多变的水景使得山林公园更富动态和声响美感。水体景观是自然景观的重要因素。太行山区内的水域景观以河流、湖泊、潭水、瀑布、泉水等为主。这里的水有动亦有静，有自下而上更有自上而下，它们相互交织，与山川相辅相依，相映成趣。

动植物景观由动物和植物组成，动植物旅游资源以其复杂的形态，和由其自身生命节律所表现出的变化性构成了旅游景观的实体，是自然旅游资源中最具特色、最活跃、最有生机的景观类型。动植物资源可分为植物造景特色和动物造景特色两大类。动植物具有美、特、稀、韵的特征，具体包括植物的美好形体外貌、自身特征、稀缺程度、意境寓意等。太行山区的动植物种类丰富，数量繁多，存在多种国家一级保护动物和珍稀植物，观赏价值较高。这里生机勃勃，山清水秀，鸟语花香，千余种动植物同时进化、美化和活化着巍巍太行。

太行景观丰富，特点鲜明，不仅可以与传统的名山风景相媲美，还具有很高的科学考察价值。太行山千峰竞秀，万壑争奇，独特的地形、地貌，珍稀动植物资源造就了最为奇异的自然风光。太行山是峰的“海洋”、石的“国度”、洞的“世界”、水的“宝庄”，是植物生长的园地、动物栖息的天堂。太行山沿途风光旖旎，景色奇异，汇集太行风采于奇峰涧壑、林海悬崖之中，有虚有实，有明有暗，有光有色，有奇有险，可谓巧夺天工。

二、太行自然景观特点

太行北接燕山山脉西端，南连豫北王屋山，地跨多个纬度带，是中国大陆地理第二、三级阶梯的重要分界线，因而不仅地质地貌奇特，并具有无可类比的自然景观。又因为地处地理分界线，因此，太行自然景观独具特色。

（一）山体过渡性：太行山脉是二三级阶梯的过渡山脉这一特性决

定了山上某些自然景观的过渡性。太行山是中国东部重要山脉，为山西东部、东南部与河北、河南两省的天然界山，是华北平原进入黄土高原的要道，是中国地形第二阶梯的东缘，黄土高原的东部界线。

（二）区域差异性：太行山脉基本为东北—西南走向，阻挡东南季风深入西北，西北季风吹向东部，东部的华北平原是落叶阔叶林地带，西侧的黄土高原是森林草原地带和干草原地带。加之太行山跨越山西、河南、河北、北京，南北跨度较大，因此，山脉东西两麓、南北景观各异。

（三）景观多样性：太行号称八百里，绵延路程长，分布范围广，导致自然资源类型多样，其中地貌景观、气候旅游资源、生物景观、风景水体等景观一应俱全，各种具体景观种类繁多、形态各异。

（四）景观古老性：太行山脉存在较多古老地质地貌风景、古生物化石景观等。

三、太行自然景观的主要分布状况

太行山山体绵延400余千米，大体呈东北—西南走向，具体分为北、中、南三段，北段是多条由东北走向西南的斜列式山脉，最北端在北京市西山与燕山山脉交界处；中段呈南北走向；南段又呈近东西走向，向南延伸至河南与山西交界处。太行山北高南低，大部分海拔在1200米以上。从北向南有小五台山、太白山、白石山、狼牙山、南坨山、阳曲山、王莽岭等峰峦。其中，北端最高峰为小五台山，海拔高2882米；南端高峰为陵川的佛子山、板山，海拔分别为1745米、1791米。太行山脉西翼连接山西高原，东翼由中山、低山、丘陵过渡到平原。山势东陡西缓，山西高原东部河流多切过太行山进入河北平原，汇入海河水系，只有西南部的沁河水系向南汇入黄河。

太行自然景观的具体分布情况主要涉及山西省、河南省、河北省以及北京市。四百多千米的太行逶迤于河北、河南、山西和北京三省一市，地理上人们习惯于把太行山分为西太行、南太行和北太行。按习惯来讲，位于山西省境内的称作西太行；位于河南省境内的部分，叫做南太行；位于河北省境内的部分，叫做北太行。

西太行位于山西境内，主要盘亘在晋城、晋中、长治、阳泉、忻州五市，山体错落有致、气势雄浑，沟崖阡陌纵横、险峻雄奇，溶洞众多，观赏价值极高。

（一）西太行段的山西

西太行经过山西省的晋城、晋中、阳泉、长治、忻州等市，主要自然景观分布于以下各市的大型风景旅游区内。

晋城市包括棋子山景区、王莽岭景区、珏山风景区、佛子山，晋中市黄庵垴嶂石风景区，阳泉市包括中国藏山旅游风景名胜区、翠枫山自然风景区、天然溶洞玉皇洞景区，长治市包括通天峡景区、大峡谷公园、板山风景旅游区、太行龙洞、太行水乡风景区、恐龙谷风景区、神龙湾村、虹霓大峡谷，忻州市包括五台山、万年冰洞、溶洞禹王洞等景观。

（二）南太行段的河南

南太行经过河南省的焦作、新乡、鹤壁、安阳、林州等市，主要自然景观分布于以下各市的大型风景旅游区内。

焦作市内主要盘踞着云台山风景区、青天河风景区、丹河峡谷、神仙洞等。新乡市主要包括南太行旅游度假区和宝泉旅游度假区两大风景区，其中南太行旅游度假区境内包括八里沟景区、万仙山景区、九莲山景区、天界山景区、关山景区、秋沟景区、齐王寨景区、百泉景区等等；宝泉旅游度假区包括大西沟景区和小西沟景区两部分。鹤壁市内有云梦山景区。安阳市内有林滤山风景旅游区，旅游区内包括仙台山、五龙洞等具体风景旅游区。林州市境内有太行屋脊景区。济源市境内包括王屋山景区、五龙口风景区、银河峡谷、小沟背风景区、猕猴保护区等。

（三）北太行段的河北

北太行经过河北省的邯郸、邢台、石家庄、保定、张家口等市，主要自然景观分布于以上各市的大型风景旅游区内。

邯郸市境内主要有武安国家地质公园和九峰山森林公园，其中武安国家地质公园包括京娘湖景区、武当山景区、七步沟景区、朝阳沟景区、莲花洞景区、百草坪景区、武华山景区等。邢台市境内主要有邢台峡谷群国家地质公园、蝎子沟国家森林公园、天河山景区、天台山景区、崆山白云洞等，其中邢台峡谷群国家地质公园包括峡谷群、云梦山、九龙峡、天梯山。石家庄市境内主要包括苍岩山景区、嶂石岩自然风景名胜区、天桂山景区、五岳寨旅游区、驼梁山自然风景区等。保定市境内主要包括野山坡国家森林公园、白石山景区、古北岳国家森林公园、全胜峡景区、大石峪景区、西胜沟景区、青虚山景区、大茂山国家森林公园。其中野山坡国家森林公园分为七个小景区，有百里峡自然风景游览区、拒马河避暑疗养游乐区、白草畔原始森林保护区、鱼谷洞奇泉怪洞游览区、龙门天关长城文物保护区、金华山灵奇狩游乐园、野山坡失乐园薰衣草主题庄园。

第二节
太行自然景观要览

太行山是中国东部地区的重要山脉，也是华北平原与黄土高原的重要地理分界线。集巍峨、奇峻、清幽、绮丽众美于一身。陈毅元帅专门赋诗赞美，“太行山似海，波澜壮天地。山峡十九转，奇峰当面立。仰望天一线，俯窥千仞壁。外线雾飘浮，内线云层积。溪流走山谷，千里赴无极。清漳映垂柳，灌溉稻黍稷。园田村舍景，无与江南异。”

一、太行地文景观简介

太行山的地文景观可谓“雄奇壮美”，具体景观主要有山、崖、洞、峡等。

（一）山

太行山大部分海拔在1200米以上，在海拔高度上明显逊色于我国西部的众多大山，但与西部大山一峰绝顶、高大神秘不同，太行山则表现出群峰竞秀、表里河山的特质。

太行山从北向南著名的山峰有：小五台山，是分布于河北省蔚县、涿鹿县境内的太行山支脉，最高海拔2882米，为河北省最高峰；位于山西省灵丘县的太白山最高峰海拔2234米；白石山，位于河北保定，最高峰海拔2096米，悬崖绝壁，人迹罕至，拥有我国惟一的大理岩峰林地貌，是我国峰林地貌的一种新类型；南坨山，位于河北省平山县境内，海拔2218米，千沟万壑，群山叠翠，云遮雾障，气势壮观；阳曲山，位于山西省和顺县东部，最高峰奶奶顶海拔2058米；位于河南省济源市的王屋山天坛极顶海拔1715米，相传当年黄帝曾在此祭天，山下至今有愚公村，民风淳朴，相传为愚公后人，村前有愚公移山雕像。北京西郊连绵的西山是太行山的一支出了名的余脉，古称“太行山之首”，重峦叠嶂，如腾蛟起蟒。

（二）崖

太行山东翼多形如刀削的陡崖，崖面陡直，绝壁千仞，其一崖通顶或分为三级，中间隔以台栈，形如一面大墙矗立于山巅。

两个山崖相对，间距甚小，则会形成天劈裂隙般的一线天。如河南西部的郭亮村，村前是一道高达160米的陡崖，一条小径嵌于崖面，人行其中，一边是刀削般的峭壁，一边是深不可测的悬崖谷底。而发育于嶂石岩地区的三级陡崖呈现阶梯状依次分布，高达500米—700米，其连续分布长度超过10千米。

（三）洞

太行山山体多为平缓的厚层石灰岩，由于常年受到流水的侵蚀，河谷两崖常形成多层溶洞，众多洞穴美妙绝伦，串连在一起，有着北方岩溶地貌景观的独特韵味。

太行山第一溶洞是位于河南的五龙洞，这里是国家级风景名胜区。区内绿树成荫，苍翠欲滴，林海茫茫，葱葱郁郁，形成独有的森林原始生态环境。洞内有地质过程中典型的“喀斯特”现象，钟乳石造型各异，形态万千，另有奇景多处，引人入胜。崆山白云洞位于河北省邢台市临城县中部，号称“北方奇观”，素有“地下溶岩博物馆”和“世界喀斯特风景洞穴世博园”的美誉。洞内有石钟乳、石笋、石幔、石帘、石瀑布、石帘花等碳酸盐造型，其中网状卷曲的“节外生枝”“线型石管”、石帘、石葡萄、石珍珠等，极其罕见。另外，其他的岩洞如：陵川的黄围洞、晋城的黄龙洞和黎城的黄崖洞等，均各具特色，洞中景致诡异姣美，连空气都格外清新。

（四）峡

太行山多因断裂抬升而成，流水侵蚀往往形成深切的峡谷，呈现出山高谷深、大起大落大空间的雄伟景观。

太行山大峡谷位于山西省壶关县东南部，能集“峨嵋之雄、华山之险、三峡之奇、黄山之秀”于一体，入选了“中国最美的十大峡谷”。大峡谷境内群山环绕，奇峰突兀，台壁交错，郁郁葱葱。这里一层断崖一层绿带，层次分明，朴实浑厚如版画，强烈的审美意境，蕴含着无尽的美与灵光，民俗民风淳朴。红豆峡雄奇幽险，断崖直壁，以寒武纪、奥陶纪两大岩层为主，因境内有珍稀树种红豆杉而得名。桃花谷为太行山写生基地，写生旅游者如此评价：“进入桃花沟，如在画中游。”地处野三坡西南部的百里峡由海棠峪、十悬峡、蝎子沟 3 条峡谷组成，全长 52.5 千米，因此得名百里峡。它是沿构造线冲蚀形成的嶂谷，地质遗迹典型、稀有、系统，是太行山系中发育极其罕见的，自然生态、地质遗迹保存均十分完整，其多种构造节理及奇特的拟态地貌景观令人心旷神怡。

二、太行山西段地文景观

（一）晋城市地文景观

棋子山森林公园，园内以奇峰、怪石、深洞、峡谷称奇，海拔在 1400 米—1790 米之间，该域内 30 余座山峰连绵错落，跌宕多姿，北、东两面山势峻峭，沟峡深邃，古老的淇水即发源于此。棋子山上布满了黑白分明的小石子，圆滑光洁，像围棋子。山石上有巨人的脚印。山间有一岩洞，可容数人，在岩洞的墙壁上，隐约可见有围棋的水纹痕，此洞即为箕子洞。相传，殷商沦亡后，箕子避难于此洞，并在这里发明了围棋，与仙人对弈，后人名此山为棋山。

王莽岭风景区，景区由高底错落的五十多个山峰组成，大者顶峰可跑马，小者状如笔尖耸立，包括“鸵鸟峰”“一柱擎天峰”“姊妹峰”“天官赐福峰”“龙泉宝剑峰”“莲花峰”“仙女峰”等，最高海拔约 1700 米，属南太行最高峰，座座山峰并立云间，垂陡险峻、山势峥嵘。景区内的红岩大峡谷是中国的峡谷典范，国内罕见，与美国大峡谷相似。峡谷绝壁深约 130 多米，总长 40 多千米，岩石色泽赤红，景色壮观；势如刀劈斧剁，陡峭之处直立 90° 而下，气势宏伟，震撼人心。王莽岭属典型的喀斯特地貌，景区内有多处溶洞，洞中钟乳石形态各异、韵味十足；洞内声音或如洪钟，或如琴瑟，悠悠深长，不绝于耳。

珏山风景区，主峰海拔 973 米，素以险峻、雄奇驰名，大自然鬼斧神工般造就了珏山众多的奇峰幽谷，古有“晋魏河山第一奇”之美称，区内空气清新，景色宜人。尤其是珏山之巅东顶 的“舍身崖”，更是

峭壁凌空，触目惊心。景区内遍布独流清泉、古生物化石、溶洞遗迹，独有的崩塌遗迹构造令人惊叹，古碑上的珊瑚化石是在山西首次发现的。景区内的丹河峡谷风光绮丽，清新自然，峡谷峭壁上有远近闻名的青龙洞和卧虎洞。

佛子山，又称“太行第一峰”，俗称佛山。周围山岭峥嵘突兀，峰峦连绵不绝，主峰海拔 1884 米。该山由佛子山、金杯山、团山、朴船山、龙尾山五峰组成，整个山体呈东西走向，坐北向南，五山首尾相倚，状如玉如意，山体俊秀，佛子山是太行山脉南端的最高峰。登临绝顶，极目远眺，但见云海苍茫，群山点点，100 千米外的黄河如在山下，向东远去，太行风光尽收眼底，确有“一览众山小”的宏伟气势。佛子山还多古洞奇穴。山洞多、山洞怪异是佛子山的一大特点，该山无岩不洞，无洞不奇。

（二）晋中市地文景观

1. 左权龙泉国家森林公园，位于太行山中段的山西省左权县东南的堡则、桐峪、麻田、泽城四乡镇境内，与河北省涉县接壤，地处晋冀豫三省要隘。森林公园总面积 24380 公顷（1 公顷 =10000 平方米），清漳河和 207 国道纵贯南北，是一处以森林自然景观为主的公园。公园内有龙窑寺、龙神庙、麻田八路军前方总部和中共中央北方局旧址等历史遗迹。

2. 黄庵垴嶂石风景区，位于山西省昔阳县皋落镇南岩村，黄庵垴是晋冀分水岭，海拔 1774 米。风景区内气候宜人，绿草如茵，奇峰险峻，怪石嶙峋。这里的朝官抱笏、九女峰、叠嶂悬钟、宝俞峰四大奇峰巍然环拱，白龙洞、黄龙洞、雾洞、子母洞、连环套洞、仙人洞、千羊洞、状元洞，形貌各异，奇幻迷人；神龟探海、猴子念佛、骆驼岩、鱼石画屏、彩屏石、镇山石狮、雄鹰踞门、熊猫拜山、拓南石、拓北石，维妙维肖，光彩四溢。目前，它已成为我国北方旅游名胜中的一颗璀璨明珠。

（三）阳泉市地文景观

主铺掌村天然溶洞玉皇洞，受太行山喀斯特地貌影响，造就了独特的溶洞景观。洞穴入口，天然的流水冲刷出一条深达千米的沟壑，沟壑腾起的雾气，凝结成水后落在地上，犹如雪花一般。洞内滴水声不绝于耳，被岩壁反射的五彩光线，使得游客如同进入奇幻梦境一般。洞顶上垂下的石笋，仿佛悬挂着一把把利剑，剑锋被打磨得异常光亮。洞壁上浮现着各种各样的石幔、石旗、水母石，还有白色伞形的石笋。玉皇洞无论钟乳石的数量还是质量，实乃华北罕见，无愧“太行第一钟乳石溶洞”之称。

（四）长治市地文景观

1. 通天峡风景区，通天峡景区位于平顺县虹梯关乡境内，面积53.65平方千米，全长26千米，是太行山十大峡谷之一，景区集雄、奇、险、峻于一体，这里有被称为“天下第一屏”的天然绝壁石屏山，有被称为“太行山第一峰”的仙人峰，有壁立千仞、怪石嶙峋的虹霓大峡谷，有美妙绝伦的褐色千册岩，更有“三山五岳汇太行，通天峡归来不看山”古老的说法。通天峡独到之处在于游者的不同体验——从不同的视角、以不同的方式游览峡谷，其中包括谷底徒步穿越大峡谷、水中乘船望峡谷、缆车空中赏峡谷、栈道涵洞观峡谷、仙人峰顶览峡谷等，给人不同的感受，诸多的惊奇。

2. 太行山大峡谷自然风光旅游区，全区以五指峡、龙泉峡、王莽峡三大峡谷为主线，山峰海拔在800米—1736米之间，相对高差达1000米以上。境内断崖高起，群峰峥嵘，阳刚劲露，台壁交错，可谓千峰竞秀，万壑争奇，峡谷两岸为典型的嶂石岩地貌，正是这种独特的地形、地貌，造就了最为奇异的自然风光，使之成为北方山水风光的典型代表。景区内“太行天路”位于太行山之巅，北起桃花谷景区，南至仙霞谷景区，全长约30千米，既是景区环线游览道路的重要组成部分，更是俯瞰太行山壮美风光的绝佳位置。这里有绿浪滔天的林海、刀削斧劈的悬崖、千姿百态的山石、如练似银的瀑布、碧波荡漾的深潭、雄奇壮丽的庙宇、引人入胜的溶洞以及心驰神往的传说。

3. 板山风景旅游区，板山是武乡县最高处，平均海拔在1800米以上，最高峰花儿垴达2008.5米。最高峰花儿垴，传说就是当年二郎神在这里斩掉的一条大黑鲨的头形成的。女娲炼石补天时，曾在此取过石料，还用一根石柱支过天，于是就有了大黑石料峰、小黑石料峰和支天石柱。站在花儿垴极目远眺，还可望见桃花寨、茶壶山、情侣峰等诸多山峰，这些山峰或险、或奇、或绝，相依相偎，相拥相随，相互依托，相互点缀，妙不可言。登上板山，太行山的巍峨博大扑面而来，远眺东南，但见千峰竞秀，万壑争奇，八百里太行如汹涌的海涛；俯瞰下望，层层黄崖鳞次栉比，无尽秀色尽收眼底。

4. 太行龙洞，龙洞上下共分4层，总长2000多米，共有400多处景点，目前对外开放的有3层，300多处景点，是兼具南、北方溶洞共同特点的天然溶洞。洞内溶石错落有序，洞中套洞，晶莹透明，千姿百态，景观奇特。石花、石柱、石钟乳、石瀑布、石笋丛、石蘑菇群、石帘、石塔、石钟、石葡萄、石幔、石狮等各种造型奇特的钙化景观攀沿四壁，流光溢彩，具有较高的科研价值和观赏价值。洞外群山环绕，森林茂密，鸟语花香，景色优美。上述岩溶景观约形成于2300万年前，由于溶洞气候干冷，岩溶作用强度和规模较小，龙洞洞口狭小，渗入洞内的降水不易蒸发，构成了相对湿润的气候，龙洞沉积大量的钙华，形成现在独特的景观。

（五）忻州市地文景观

五台山，其中五座高峰，山势雄伟，连绵环抱，因五峰如五根擎天巨柱拔地而起、巍然矗立，峰顶平坦如台，故名五台。区内山峰最低处海拔仅 624 米，最高处海拔达 3061.1 米，为山西省最高峰，有“山西屋脊”之称。其中东台名望海峰，海拔 2795 米；西台名挂月峰，海拔 2773 米；南台名锦绣峰，海拔 2485 米；北台名叶斗峰，海拔 3061 米，五台最高，有“华北屋脊”之称；中台翠岩峰，海拔 2894 米。

三、太行山西段气候天象景观

（一）总体概要

气候天象景观是由千变万化的气象景观、天气现象以及不同地区的气候资源与岩石圈、水圈、生物圈旅游景观相结合，加上人文景观旅游资源的点缀，即构成丰富多彩的天象气候类旅游资源。包括能满足游客身心需要的气候资源，由大气降水形成的雨景、雾景、冰雪等大气降水景观，具有偶然性、神秘性、独特性等特征的极光、佛光、海市蜃楼、奇特日月景观等天象奇观资源。它们各以其造型、色彩、动态等美学特征吸引观光者。

太行山区属暖温带半湿润大陆性季风气候，冬长夏短，冬季长达半年，夏季两个月不到。不过，全年无严寒无酷暑，太行山年平均气温在 10℃左右，气候条件与承德相近。1 月份最冷，平均气温为 −5℃，平均最低气温在 −10℃左右；7 月份最热，平均气温为 23℃，平均最高气温在 28℃上下。年日照时数将近 2500 小时，平均每个月的日照时数在 200 小时左右。太行山年降水量在 534 毫米左右，7 月降水最多，为 132.3 毫米，12 月最少，为 4.4 毫米。

日出景观是由大气折射在太阳周边形成红色的、黄色的硕大的椭圆形影像，游客则能感受太阳跃然而出时瞬间动态美的景观，日出景观的最佳观景点在山巅。观日出是游太行的主要情趣之一，山西武乡板山观日是太行旅游之不可或缺者。太行群峰笼罩在茫、无际、美丽无比的色彩之中，光色变幻，群峰生辉，故有“泰山日出观不得，板山日出最为奇”之说。

游览太行，游人所站的位置刚好略高于云雾，而太阳将人体的影子投射到云雾上，这样便可看到人影的头部会有一个七彩光环，正如佛教绘画中佛顶的光环，并且，光环随游人移动而移动，每个人都只能看到自己头影的光环，一般称此为“佛光”。佛光要在太阳、地形、云海等众多自然因素的完美结合之下的极少数地方才有可能出现，形成条件比较苛刻，因此并不多见。山西省王莽岭风景区、五台山景区，河北保定白石山风景区有佛光景观出现。

并且，太行山地常常出现云雾雨相伴的奇妙云海景观，有时似薄纱叠加在其他景物之上，赋予大自然一种朦胧的意境美，

有时似流云，或变幻莫测，或曼妙轻舞，或气势磅礴、或万马奔腾，太行山许多名胜风景区内山川高地都有不同程度的云海景观。太行山属山地景区，海拔较高，因而温度较低，是酷暑消遣的绝佳之地。

（二）气候天象景观介绍

1. 晋城市气候天象景观

（1）棋子山国家森林公园，以独特的天象、气候等闻名，公园内景色天成引人入胜，是一颗集众多旅游景观资源于一身的璀璨明珠。棋子山气候凉爽，空气清新，历史上酷暑季节，当地最高气温没有超过29℃，夏季正常气温保持在22℃—24℃之间，确属太行山之巅的清凉世界。

（2）王莽岭风景区，由于独特的地理位置，形成了极为罕见的气候天象景观，山上山下气候不同，一年四季气象万千，雨天山间云雾缭绕，晴天则蓝天一洗，白云依依。景区的日出、云海、雾凇、冰挂、佛光等等，千姿万态，引人入胜，游人至此，流连忘返。

（3）珏山风景区，属大陆性季风气候，年平均气温在 10℃左右，最热的 7 月份平均气温 20℃，植被覆盖率为 91%，空气中负离子浓度为 30 万单位，是市区的二百倍，是一个真正的天然氧吧、生态健身场、消夏避暑地。

2. 晋中市气候天象景观

黄庵垴嶂石风景区位于昔阳县皋落镇南岩村，是晋冀分水岭，海拔 1774 米。风景区内气候宜人，绿草如茵，奇峰险峻，怪石嶙峋。登上黄庵垴顶可以观日出、望云海、听松涛、浴佛光。风景区内有朝官抱笏、九女峰、叠嶂悬钟、宝俞峰四大奇峰巍然环拱，梨树圪梁、通天缝、阎王鼻子、大王梯四大险境步步惊心，白龙洞、黄龙洞、雾洞、子母洞、连环套洞、义军粮仓、仙人洞、千羊洞、状元洞，奇幻迷人；神龟探海、猴子念佛、骆驼岩、鱼石画屏、彩屏石、镇山石狮、雄鹰踞门、熊猫拜山、拓南石、拓北石维妙维肖。实为我国北方旅游名胜中的一颗璀璨明珠。

3. 阳泉市气候天象景观

（1）藏山风景区。藏山古名盂山，坐落在山西盂县城北 18 千米处长池镇藏山村东，东临石家庄，西接太原市，南望娘子关，北倚五台山和西柏坡。相传春秋时晋国大夫赵朔被晋国公杀害，赵朔死前将遗腹孤

藏山黑龙潭

儿托付给门客程婴，程婴舍去己子，携赵朔的孤儿赵武潜入盂山藏匿15年之久，后人就把盂山改名为藏山，并立祠祭祀。藏山，千峰叠障，万壑含烟，危岩若削，洞穴幽奇，松柏参天，减水潺潺；古刹建筑，格局绝妙，疏密得体；所有楼、台、殿、堂、亭均依山傍壁而筑，同自然景观珠联璧合，相映成趣，使人如在画中。山中草木茂盛，四季景色各异。春天山中是花的海洋，几十种山花开遍山野；夏天山里是避暑的胜地，满山都是浓郁的树荫，清凉爽心；秋天的山峦是黄色和红色的海洋；寒冬瑞雪飞扬，千里冰封，万里雪飘，十分壮观。被誉为晋东第一名山。

（2）翠枫山自然风景区，翠枫山自然风景区地处山西省阳泉市郊后峪村，东临平定县冶西镇、西靠寿阳县芹泉镇、南接寿阳县松塔镇、北依七岭山脉。占地面积13平方千米，景区交通十分便捷。主要景点有枫叶大道、图腾柱、标本馆、灌木隧道、挡马墙遗址、野猪岭、喊山崖、枫叶亭、消息树、黄巢沟、听泉沟、浪漫溪等。翠枫山具有北方特色的四季自然景观，春季有绿的神韵，夏季有潺潺溪流，秋天则红叶满山，冬季则是粉妆玉砌世界。

4. 长治市气候天象景观

（1）通天峡景区，气候宜人，是极佳的避暑养生圣地。这里冬无严寒，夏无酷暑，雨热同季，全年平均气温 9.5℃，与河北承德皇家避暑山庄属于同一类气候。景区内空气清新，景色宜人，夏季山谷清幽，涌泉如瀑，是避暑的好去处；秋季满山五彩斑斓、色泽艳丽，让人陶醉痴迷；冬季白雪皑皑，冰瀑飞挂另有一番景致。

（2）板山风景旅游区，因奇妙无比的日出，壮丽的云海等景色闻名遐迩。板山日出是太行山一大奇观。夏秋晴日，黎明时分，站在板山便可欣赏到日出。东方既白，太行群峰首先是出现一片红彤彤的朝霞，在朝霞的映衬下，一轮红日冉冉升起，巨大的火球将整个太行群峰笼罩在一片火光中，群峰生辉，耀眼夺目，故有“泰山日出观不得，板山日出最为奇”之说。板山云海变幻多发生在夏秋季节。雨后放晴，雾气未散，山下蒙蒙一片，山上朗朗晴空，云雾缠绕山腰，似乎随手都可采撷，登临山顶，游人仿佛置身天国，令人心旷神怡。

5. 忻州市气候天象景观

五台山又称清凉山，位于山西省东北部，是我国四大佛教名山之一，在国内首屈一指，名扬天下。五台山五座主峰的海拔高度都在 3000 米上下。五座台顶环围的腹地内，寺庙林立，殿宇层叠，楼阁峥嵘，佛塔并峙。高山因古寺而更为幽雅，古寺凭高山再添雄浑。因山上气候多寒，盛夏仍不见炎暑，别称清凉山。东台望海峰，顶上“蒸云浴日，爽气澄秋，东望明霞，如陂似镜，即大海也”，故冠此名。由于山体海拔较高，台顶气温低，盛夏时节，仍须穿棉衣。五台山曾出现过佛光景象。

四、太行山西段水域景观

（一）水域景观总体概要

水是轻柔的、不羁的，它时而宁静，时而奔放，它豪情万丈、大浪滔天，却又纯洁无瑕，自我沉淀。水可幻化成云、成雾、成冰、成雪，千姿百态，美不胜收。山地景观中，存在着“山得水而活，水得山而媚”的说法。山水相互依托，水有山而各有形态，山有水而尽显不同。

太行山在自身地理环境影响下，进入雨季后，雨水特别多，在水的装点下，太行山更显风韵，其云雾缭绕之间，往往一股清泉喷薄而出，像泼墨画，恣意而为，随性而行，湍急的小溪流、静谧的湖水、迷似的水潭，逐渐汇集成了气势如虹的瀑布，点缀在悬崖间，甚是壮观。太行山正是有了水的滋润，才更显娇媚；水的营养，让太行山万物生长，是水让太行山有了万种风情。

山西高原的河流经太行山流入华北平原，流曲深澈，峡谷毗连，多瀑布湍流。河谷及山前地带多泉水，以娘子关泉为最大。长治市太行大峡谷的红豆峡北口狭窄，两侧悬崖峭壁高耸对峙，清澈的小溪缓缓向外流淌。沿着小溪逆水前行，峡谷腹地曲折蜿蜒，转过急弯，便是瀑布，瀑布分成两股从高处跌入深潭，落差 10 米，宽 5 米，水流叮咚，清脆悦耳，这就是双龙潭瀑布。河南云台山天瀑单级落差 314 米，是全国落差最大的瀑布，也是亚洲最高的瀑布。落差大必气势雄。十多米宽的瀑面，拍石打浪，风驰电掣地落入碧水潭中，溅起千堆雪。还有新乡八里沟天河瀑布落差 180 米，可谓亚洲第一瀑布。另外河南省温泉众多，有云台山附近的锦绣云台温泉、王屋山附近的五龙口温泉、安阳境内的洹水湾温泉、新乡境内的元润天沐温泉等。河北全胜峡瀑布是由天长瀑、地久瀑、西弘瀑、人和瀑、一峡潭至七峡潭瀑布等组成的瀑布群，雄伟壮观，瀑流淙淙，各不相同，美不胜收。白石山瀑布在十瀑峡中溪水流淌 4000 米，穿行于山石之间，连叠不断，瀑上有潭，潭泄为瀑，瀑布水花飞溅。

太行山的水域景观复杂多样，主要可分为河流、湖泊、潭水、瀑布、泉水等类型。

1. 河流：太行山虽然巍峨高耸，但不是分水岭。太行山的河流水系是横穿山脉而过的，借助山西高原和华北平原之间的巨大地势反差，沁河、漳河、滹沱河、沙河、唐河、拒马河、永定河等河流，横切了太行山山脉，汇入黄河与海河这两大水系，直奔东海。

2. 湖泊：太行山湖水的来源主要为降水、地面径流、地下水等。湖水的消耗主要是蒸发、渗漏、排泄和开发利用。太行山前的永定河和滹沱河冲积扇交汇处的扇缘洼地上汇水形成的白洋淀，从北、西、南三面接纳瀑河、唐河、漕河、潴龙河等河流，景区以此为主体，连带周围大小湖泊 143 个，形成平均年份蓄水量 13.2 亿立方米的大型水域旅游区，白洋淀成为中国海河平原上最大的湖泊。

3. 潭水：人说“山托水愈多，水衬山益峻”，当你来到素有“三步一泉，五步一瀑，十步一潭”之称的潭瀑峡，逆水而行，金潭银瀑水波荡漾，碧玉仙子绿锦罗衫，水帘仙居如风随影，清漪仙池清澈凝练，美景相连，犹如仙境。林虑山的黄龙潭如水头极足的祖母绿，随着山水而明艳。

4. 瀑布：瀑布是山中晶透的灵魂，太行山也不例外，山中随处可见的瀑布中有的滴水成串，有的细若珠帘，有的似天降银练，有的像丝绸般柔软。山水动静相谐，巨细相生，浑然天成。太行山山体与峡谷错综复杂的分布态势，形成了太行独有的瀑布景观。最著名的“云台天瀑”，落差 310 米，号称中国第一，亚洲第二大瀑布，瀑布如天河决口，高处汹涌。桃花潭瀑布号称亚洲第一高瀑，落差 346 米，这里在三九严寒还有桃花盛开，5 月份在潭边还有大大的冰坨，冰柱也有五六层楼那么高，再如山西平顺太行水乡、河南林州太行大峡谷、河北保定全胜峡景区都有瀑布群分布。

5. 泉水：太行山上常流泉较多，且有多处温泉景点享誉海内外。某特殊的地质构造条件可以形成温泉，如河北平山温泉，常年保持 30 摄氏度左右，是一处含氡量很高的温泉，同时含有硫黄等 30 多种化学物质，性质属高热弱碱性氯化物硫酸盐氡泉，氡泉水是一种珍贵的资源，用其淋浴，可起到特殊的医疗作用。另外南太行八里沟的白甘泉地势较高，泉水清澈晶莹，源远流长，大旱之年也不间断，为千年古泉，现被开发为“太行八里”品牌，成为郑州市场热销的一种天然矿泉水。

上述五种水域景观，无论是潺潺而流的小溪、飞流直下的瀑布，还是汩汩而涌的泉水，都紧紧地依偎在太行山身旁，为景区增添了活泼的生机，也更增加波光粼粼，水影摇曳的形声之美。

（二）太行山西段水域景观简介

1. 山西棋子山国家森林公园，地处山西省陵川县，经营总面积7541.14公顷，共分成棋子山、锡崖沟、红叶三个片区，园内森林茂密，浓荫蔽日，森林覆盖率高达78.19%，素有“太行明珠”和“清凉圣境”之美称，同时为中华箕子文化的发祥地，拥有世界濒危特种、素有活化石之称的“南方红豆杉”。其中景观最为独特者，当属“锡崖沟大峡谷”，它与张家界地貌、丹霞地貌并称为“中国三大砂岩地貌”，为北方罕见的“天坑与地缝重合体”。

棋子山是古淇水、丹水的主要源头地，淇水发源于棋子山的东北麓，经赤叶河、香磨河流入河南境内称淇河。《诗经》“淇奥”篇描写的就是这条河域的山水风情。古称“丹水”的丹河发源于棋子山的岭西，经廖东河流入晋城境内，注入丹河，因尧帝之子丹朱而取名丹水。景区内“箕子洞”清泉四季奔流，涓涓不息。

2. 王莽山风景区，景区内的响水河发源于王莽岭南麓。百丈深的峡谷之上，龙王桥横空卧波；桥下十几丈高的瀑布如一条条彩练，直泻而下，落入深不可测的龙王潭中。透过瀑布，隐约可见那神秘幽深的青黄二龙洞。打在石子上的水珠，如落入玉盘，清脆悦耳。爽身淮，是一座天然的浴池。每临夏日，峡谷中的山风送来阵阵凉意，人们在爽身淮上捡美石，浴泉水。泉水经大山灵气的浸染，富含各种矿物质，浴之，饮之，舒筋活血，养颜益寿。

3. 通天峡景区，景区内水源丰沛，尤其是通天湖汇集了来自峡谷里的天然泉水，占地约 2 万平方米，最深处达 13 米，湖水清凉纯净，含有多种有益于人体的矿物质，在不同的日光下，呈现出变幻莫测的色彩，如玉如碧，如梦如幻，如一块蓝天落入山间。景区内戏水广场较为宽敞平坦，这里水流变化较大，刚才还溪水潺潺，转过山石就湍流成瀑，步上台阶又是另一番景致，水面开阔、水流清澈。景区内有三叠瀑从三层崖壁上叠泄而下，这就是所谓的一波三折。洁白的水花四溅，像捧出的一蓬蓬的珍珠，如玉如珠。有高 20 多米，宽 40 多米，山洞深 10 多米的水帘洞，水从山顶流下来晶莹剔透，如在洞前挂了一道珍珠串就的帘子，遮盖洞穴。有天河壶口，一个巨大的水帘洞，耳边伴有巨大的轰鸣声，右边的山腰有一落水，看不清来自哪里。攀上山头，一条巨龙翻卷着咆哮着拦住了去路。巨龙怒吼着把山冲出了一个大大的漩涡，顶开一个窟窿直泄而下，如千军万马，势不可挡。还有气势恢宏的通天瀑，由神龟

湖流出，瀑布落差 30 多米，似蛟龙出海，气势如虹。瀑布之外还有幽静深邃的神龟湖，没有了刚才的喧闹紧张，湖中静卧着一巨石神龟。

五、太行山西段动植物景观

（一）动物类

太行山区动物种类丰富、类别繁多，列入国家重点保护的野生动物有金钱豹、金雕、黑鹳、白鹳等 30 余种。其中有国家一级保护动物金钱豹、黑鹳、金雕等，国家二级保护动物猕猴、褐马鸡等。

1. 兽类

太行山区的兽类动物主要有豹、猴、狼、狐狸、野狗、野猪等。

金钱豹主要生活在有森林的山地和丘陵地带，是典型的森林动物。太行地区的、阳城、晋城、黎城、潞城、武乡、左权、和顺以及晋中地区的太原、阳曲、寿阳、盂县、介休、榆社都曾出现过。属于我国一级保护动物。

猕猴主要栖息在石山峭壁、溪旁沟谷和江河岸边的密林中或疏林岩山上，喜欢群居，因生理上与人类较接近，常被用于进行各种医学试

验。人类出于利益驱使，乱捕滥猎，猕猴致危。1991 年，为保护猕猴及森林生态系统，焦作太行山猕猴国家级自然保护区成立。

2. 鸟类

太行山区鸟类百余种，其中列入国家一级保护的有黑鹳、金雕，二级保护的有褐马鸡等。

黑鹳体态优美、体色鲜明、活动敏捷、性情机警，以鱼为主食，也捕食其他小动物。繁殖期间栖息在偏僻而无干扰的开阔森林、河谷与沼泽地带，也常出现在荒原和荒山附近的湖泊、水库、水渠、溪流、水塘及沼泽地带，冬季主要栖息于开阔的湖泊、河岸和沼泽地带。但由于人类肆意森砍伐林、开垦沼泽湿地、污染环境，致使黑鹳的主要食物来源减少，加之人类干扰和非法狩猎，黑鹳种群数量锐减。在此紧迫情形下，作为黑鹳主要栖息繁殖越冬地、黑鹳种群的集中分布区的灵丘，依据其独特的生态环境和较为丰富的生物资源，积极展开援救行动。2002 年 6 月，省政府批准在灵丘建立黑鹳省级自然保护区，中国野生动物保护协

会授予灵丘县“中国黑鹳之乡”的称号。

金雕一般生活于多山或丘陵地区，特别是山谷的峭壁以及筑巢于山壁凸出处。在太行山沿途的山西雁北、忻州、太原、吕梁、晋中、上党、临汾、运城等地均可见。金雕主要捕食雁鸭、雉鸡、松鼠、袍子、野鹿、山羊、狐狸、旱獭、野兔等等，虽被列入中国国家I级重点保护动物，但该物种分布范围广，不接近物种生存的脆弱濒危临界值标准，种群数量趋势稳定，因此被评价为无生存危机的物种。

除以上国家一级保护动物之外，太行山区还有鸳鸯、天鹅、苍鹭、喜鹊、红隼、岩鸽、山鸡、三道眉、啄木鸟、太平鸟、山噪雀、红嘴兰鹊、灰背伯劳、棕头伯劳、红胁蓝尾鸲、红尾鸲、金翅雀、褐河乌、赤颈鸫、白鹡鸰、太行黑鹳、星斑鸠等鸟类。

3. 爬行类

太行山区爬行动物常见的有蛇、龟、鳖、蜥蜴、壁虎等。

蛇分为有毒和无毒两类，毒蛇有短尾蝮、中介蝮、菜花原矛头蝮、无毒蛇包括绣链腹链蛇、黄脊游蛇、赤链蛇、赤峰锦蛇、双斑锦蛇、王锦蛇、团花锦蛇、白条锦蛇、玉斑丽蛇、红纹滞卵蛇、黑眉曙蛇、虎斑颈槽蛇、黑头剑蛇、乌梢蛇等。

（二）植物景观

太行山区植物景观包括木本花卉、药材等珍稀植物 300 多种，最为著名的就是太行三大奇珍——太行花、太行菊、独根草。

1. 太行花

太行花为多年生草本植物，根系发达，属蔷薇科。太行花喜阴，花朵数目少，特产于我国太行山南端，生长环境特殊，主要分布在海拔 600 米至 1800 米的阴坡或悬崖处，对生存环境要求比较高，生存条件决定其植株生长疏、花朵数目少，因缺乏传粉媒介，结实少种子少，所以不能大量天然繁殖，因此太行花显得异常珍贵，是珍贵的野生珍稀观赏植物。同时，因为太行花干叶片中富含黄酮，它也是一种极其宝贵的药用植物。

2. 太行菊

太行菊又称野菊花，多年生草本植物，为中国特有。

太行菊多生长在悬崖峭壁、陡坡、裸露岩石的缝隙中，主要产在南太行的山西（陵川、晋城）、河南（济源新乡辉县、林州市茶店镇一带）。太行菊花初开时为淡紫色，完全绽放后为白色，花冠直径达 4—5cm，当秋季到来时，置身于群山峻岭中，便会看到悬崖峭壁上随风摇曳、楚楚动人的白色太行菊，其花期长达 3 ～ 4 个月，具有较高的观赏价值。同时，太行菊的花经水蒸后具有较高的药用价值，对人体有诸多益处，能清肝明目，清热润喉。

3. 独根草

独根草为多年生草本植物，生于海拔 590—2050 米的山谷、悬崖之阴湿石隙，它不仅花叶孤单，而且结构原始独特，叶脉是典型开放的二分叉脉序，这是一种很原始的脉序，现代植物已不多见，因此具有较高的观赏和药用价值。分布于河北、山西等省，为中国特有。

太行山植物景观除以上三大奇珍外，野生红豆杉同样具有研究价值。太行山野生红豆杉又名南方红豆杉，属常绿乔木，主要分布在亚热带。但本该长于亚热带的杉树，却出现在太行山区，更能显现出太行山的魅力和大自然的神秘。南方红豆杉中提取的紫杉醇可用于治疗晚期卵巢癌和乳腺癌等癌症，其药用价值极高，因此导致人为砍伐严重，加上红豆杉自身的生物因素以及太行山的环境因素的共同作用，使其成为濒危植物，并被列为国家一级重点保护野生植物。

除以上珍稀植物外，太行山区还有木香薷、荫生鼠尾草、毛建草、长药八宝、大火草、大叶铁线莲、黄花铁线莲、牛扁、太行菊、小红菊、藁吾、蓝刺头、苍术、魁蓟、风毛菊、马兰、羽叶千里光、羊乳、多歧沙参、马兜铃、石生蝇子草、达乌里黄耆、花苜蓿、唐古韭、红药子、华北大黄、华北蓝盆花、细叉梅花草、湿生扁蕾、宽叶石防风、沙棘、穗花马先蒿、水栒子、野西瓜苗、博落回、薄皮木、红景天、紫菀、黑果荚蒾。

大自然鬼斧神工，造就了太行山。太行山区又在自身气候条件和独特地势条件共同孕育之下，滋养了千千万万的动植物，形成了种类繁多的动物景观和独特奇异的植物景观，并一起组成整个太行山的生物景观。动植物景观又各有千秋，各占优势。游客放眼可见地上跑，抬头可见空中飞，低头又现水中游，意趣盎然，动植物景观以其不尽相同的形态、色彩、奇异等多种因素点缀了整个太行山区。

（三）太行山西段动植物景观简介

1. 棋子山国家森林公园，景区地质构成复杂独特，地表多为寒武系石灰岩和其他常见土石地层。森林覆盖率达 95% 以上，以 20 世纪 60 年代人工栽植的油松为主，各种灌木、山花、野草、药材密布丛生。山林中栖息有山鸡、狍子、野猪、野兔、狐狸等野生动物。

2. 王莽岭风景区，生态优良、气候凉爽，动植物资源丰富，20 世纪 60 年代种植的 5000 余亩成林油松，遍地的中草药。景区内红豆杉大峡谷南北向长约 32 千米，因峡谷两壁生长着数万株国家一级保护植物——红豆杉而得名。

3. 佛子山景区，佛山主峰南面约 2 千米的光脑岭林海浩瀚，松涛滚滚，千山竞秀，万壑争艳，已成为“佛山林区”的主要组成部分。这里既是木材的生产基地，又是绝好的旅游景点。佛山及其周围，向为党参的主要产区，在主峰南面约 3 千米的黄松背所产的五花参，质地优良，闻名中外。

4. 黄庵垴嶂石风景区，黄庵垴的动植物资源非常丰富，特别是遍布全垴的珍贵中草药资源，让这里还享有“天然药库”的美誉。登临垴上，但见茂密的植被如一床天然锦被，覆盖于太行山巅，秋露又将这床锦被染得万紫千红，鲜艳迷人。黄庵垴顶，极具水草丰美的草原风情，四周千峰积攒，万壑纵横；当中草盛坡缓，开阔平坦；白云疑为玩伴，蓝天似可比邻。

5. 翠枫山自然风景区，风景区由于地质地貌和气候环境特殊，汇集和保存了大量比较完整的天然原始次生植物和生物群落。翠枫山自然风景区面积13平方千米，海拔1430米，年均气温11℃。是阳泉市首次发现的原始次生林。区内共有植物1200余种。由于植物资源丰富，给野生动物提供了良好的栖息繁殖地。初步统计，鸟类、昆虫和各类动物800余种，仅蝶类就达110余种。狼、红尾山鸡、野猪、豹猫、蛇30余种动物已列入国家保护动物。其中豹猫善奔跑和攀树，活动于林区和灌木丛中，以猎食鸟类为主，为国家二级保护动物。野生果树110余种、野生花卉400多种、野菜类植物270多种、药用植物350种，如益母草、党参、茶香草、艾蒿、黄芪、甘草等。翠枫山堪称我省“物种基因库”“鸟类天堂”“蛇类王国”“昆虫世界”和“自然环境调节器”。景区的蟒蛇巨龟馆展出的黄金蟒和巨龟，在国内也实属罕见。

6. 通天峡景区，通天湖中有一座掩映在绿树丛中的小岛，小岛不大，因这里生活着上百只猕猴而取名猕猴寨。猕猴是太行山常见的一种猴类，是我们人类的远亲，基因相似度99%。这里的猕猴喜欢嬉水，喜欢与人亲近，善于攀援跳跃，会游泳和模仿人的动作，有喜怒哀乐的表情，平时喜欢爱亲近动物的游客，去此处绝对不虚一行。

7. 太行山大峡谷风景区，植物种类丰富，有野生维管束植物98科、352属、540种，其中藏类植物8科、9属、12种，裸子植物4科、5属、9种；被子植物86科、338属、519种。由于该风景区处于暖温带和温带的过渡区域，所以以植物科属分布类型划分，形成以温带成分占绝对优势，热带成分次之，具有典型的暖温带落叶阔叶林的性质。种子植物种中以中国特有种占绝对优势，达203种，占总种数的37.59%，它们是构成太行山大峡谷风景区森林植被灌丛植被的优势种和建群种的主要成分。

8. 虹霓大峡谷，古树参天，最为著名的属芦芽村千年古松，当地人称第一松，树种是华北黄土高原贫瘠的山梁上独有的白皮松，树干高达 60 余米，胸径达 6 米多；树枝细长，斜展，形成伞形树冠；树皮光滑，灰绿白相间，形态成不规则的薄块片，淡褐灰色或肉白色。皮老后，裂成不规则的鳞状块片，一旦脱落，就露出淡黄绿色或白色的新皮，表面光滑，白褐相间，斑驳沧感。可谓天生的迷彩中的迷彩。

9. 五台山景区，区域内植物 595 种，种类繁多。金莲花、迎红杜鹃，被专家认定为中国独有。山中活动着众多的动物飞禽，其中有国家一级保护动物金雕等。昆虫学家还在这里发现了 20 多种昆虫新种。

第三章 太行人文景观篇

太行地区坐落在晋冀豫数省，自上古以来这里就是兵家必争之地，留下了众多的人文景观遗址。同时，历史上太行地区也是文化发达地区之一，在岁月长河里形成了独特的太行地区文化，其独特性表现为太行山下的上党地区是中国上古英雄神话产生的密集地带。历史上，很多神话故事，都集中在这片神奇的土地上。并且，稍加考察就能发现，太行地区人民展示的无私、坚韧、顽强、奉献，都与神话中的中华先圣有着共同的特质。悠久的神话传说，也从另一个角度塑造了太行山人民朴素的爱国主义和英雄主义。这种文化不仅继承了中华民族爱国主义的优秀传统文化，还孕育出难能可贵的民族精神。这些就是太行地区丰富多样的人文景观的形成背景。

第一节 太行人文景观集萃

一、古长城、关隘、古战场

（一）古长城

1. 沙河古长城遗址。位于陵川县沙河村，宽 10 余米，高 2 米。1989 年，经专家鉴定，属战国时期古长城遗址，跨越陵川西北约 50 千米。距今 2600 多年。

2. 秦岭，位于陵川县礼义村北，是由县境的马鞍山、关岭山、宝应山和高平境内的金泉山组成的。秦岭山势挺拔，峻岭逶迤，它和历史上“长平之战”有着重要的联系。公元前 261 年，秦国攻韩，为切断韩、赵之间联系，秦兵在高平丹朱岭（长平关）和陵川马鞍山一线山岭上，修筑了百里长城。长平之战终以秦胜赵败而结束。秦岭之上，间有秦长城砖砾，山巅有称作“始皇台”的荒基，相传为秦始皇南修五岭之一，是研究古战争史的重要遗迹。

3. 太行龙口，位于山西省和顺县青城镇百备村境内，交通条件十分便利，距县城三十千米，东邻河北省邢台，西通省会太原，北接昔阳县、南与左权县接壤。龙口景区内有明代长城遗址，以及烽火台、炮台等。相传历史上，唐朝末年的黄巢起义军曾在这里凭据天险与官兵激战多日，民间留下不少传奇故事。

（二）关隘

1. 马岭关，位于昔阳县皋落镇圪塔店村南 2 千米。关口宽 300 米，长 200 米，高 300 米，是昔阳、和顺和河北省内丘、邢台通道的交汇点。两侧高峻，中间低洼，地势险要，易守难攻。

2. 白皮关，又名泥澄口，位于昔阳县冶头镇口上村东侧。始建于北齐年间，相传唐贞观年间尉迟恭曾率军驻防此地。明代关上驻军，清代设有关卡。1937 年侵华日军就是从这里侵入山西，1938 年 10 月，八路军 769 团在此痛击日军。关口宽 300 米，长 200 米，高 500 米，为省道榆次—九龙关公路咽喉要道。

3. 九龙关，位于昔阳县九龙关村东北 3 千米，西有黄沙岭，东有老人峰，北边桃花垴，两侧高出关口 400 米，形成中间低洼、两边巍峨的天然关口要塞。今有 317 省道（榆次—赞皇公路）通过，是山西自昔阳东出河北的咽喉。具有典型的嶂石岩地貌。

4. 静阳砦，在昔阳县东，今称静阳村。北汉刘崇置砦，以扼周师。北控井陉、漫天，南控黄沙、黄榆关，形势险要。

5. 黑虎岭关，位于和顺县松烟镇夫子岭村东 1 千米。关口宽 25 米，长 80 米，高 150 米。关口东侧是陡坡，西侧为陡坡丘陵地。黑虎岭关是山西省与河北省的分界点之一，也是河北省邢台、武安进入山西和顺县的重要关口。

6. 小学董坪关，位于和顺县松烟镇小董坪村东2千米。关口长60米，高30米，南北两侧山峰高耸，两侧倾斜坡度有40°。北侧为烽火山，海拔1490米，为控制隘口的制高点；南侧为山包，海拔1310米，红岩石结构。关隘的西侧平缓，东侧层峦叠嶂，历来为军家必争之地。至今仍是榆次通往邢台的公路咽喉要道。

7. 黄榆关，世称“黄榆古戍”。位于和顺县青城镇大雨门村东的山巅，秦汉时期依隘筑关，城堡有关门、墩台，城墙为南北走向，总长959米，宽2米，高1.25米，为山西、河北省交界要处之一。明代曾设巡检司于此地，清代至新中国成立前是晋冀两省的驮运道关口，现古关古道遗址尚存。

8. 松子岭：今称蔡岭，在和顺县李阳镇岩庄吉村，是和顺、昔阳两县的交界。清代曾驻兵防守，设有营房1所，墩台1座，烟墩5座。1921年平定至辽州公路修筑经过此处。1987年，207国道改造之前，都是从蔡岭通过。

9. 黄泽关，位于左权县羊角乡羊角村东南。明洪武《辽州志》记载“黄泽关，在州城东南一百二十里，乃太行绝顶，山势险峻，东西一径，往来难通车马，下山则盘踞曲折，故名‘十八盘’”。关口宽80米，长70米，高200米。南北两山相夹，高出关口200米，从底部到顶端是4.5千米长的十八盘崎岖小道，险峭岩壁，地势险要，是山西省通往河北省武安县的重要关口，素有“晋疆锁钥”之称。

10. 黑虎口，位于左权县麻田镇云头底村南。关口宽500米，长1500米，高1000米。两侧山势嵯峨，清漳河穿关而过，为晋中通往长治及河北省涉县的重要路口。

11. 方向岭口，位于左权县桐峪村西南1.5千米。宽4米，长4米，高12米。山口前后为谷地，口底为鞍部，坡度较陡。今有207国道通过。

12. 峻极关，位于左权县芹泉镇水泉村东2.5千米。北去黑虎关10千米。深山石结构，海拔1747米，山峰直峤，高插云端，故名峻极关，也称摩天岭。出关东北可达河北省邢台，东南可达原河南省武安县（今属河北省）境。民间俗称“三省要隘”。

13. 黑虎关，位于左权县下庄乡东山村东北0.5千米，晋冀两省交界地。居高临下，底部坡度陡峭，顶部平坦，北与和顺县夫子岭相望。今有县乡公路通河北省邢台市。

14. 武乡岭，位于榆社县城东与左权交界。西北1千米为榆社铺上村，正西5千米为黑神山，东为左权马背坡山。隘口宽5.3米，长150米，平均坡度170。两侧制高点分别为海拔1438米和1455米。省道南坡一太谷公路从中穿过，连接太谷、榆社、左权。

15. 神头岭，位于长治市潞城县东。1938 年 3 月 15 日，日军下元熊弥 108 师团柏谷部队一千五百余人，由潞城出发去援救黎城被围之敌，八路军三八六旅旅长陈赓率领七七一团、七七二团在神头岭伏击，歼敌一千多人，是谓“神头之战”。现建有红色神头旅游景区。

16. 东阳关，在黎城县东，即壶口故关，古称吾儿峪。《资治通鉴》：五代晋天福元年（936）“赵德钧自吾儿峪趋潞州”。《元史·察罕特穆尔传》：至正十八年（1281）“分兵屯上党，塞吾儿峪”，均此。明时设有巡司，为上党通往河北之要道。1938 年 3 月 30 日，八路军一二九师为打击日本侵略军从邯郸至长治的重要补给线，在徐向前副师长指挥下，以三个团于东阳关至涉县响堂铺之间设伏，并以小部队向黎城、涉县方向警戒，阻击增援之敌。上午九时，日军一百七十余人，汽车一百八十辆由黎城经东阳关向东出动。当敌人进入伏击圈内，我军发起进攻，经一小时激战将敌全部歼灭，烧毁敌人的全部汽车。同时，击退由黎城、涉县增援之敌，共歼敌四百余人。是役称东阳关战斗，亦称响堂铺战斗。

17. 玉峡关，原名风门口，位于平顺县东南玉峡关乡玉峡关村，东通河南林县。明正统年间，明王朝平息青羊里陈卿起义后设关，明清两代驻兵防守。其关两山峭立，宛若玉峡，中居雄关，有一夫当关，万夫莫开之势。

18. 虹梯关，位于平顺县东北虹梯关乡东虹梯山上。明正统年间（1436—1449），明王朝平息陈卿起义后置关驻兵防守。虹梯四周千峰壁立，中通峭峡，仅有一线羊肠悬崖山径东通河南林县，是河南林县通潞安的门户。由山底梯根筑石阶而上，石蹬齿齿，径若云梯，当地人传为鲁班所筑，因又称鲁班梯。石梯于清嘉庆八年（1803）补修，1913 年重修。现尚良好。

19. 漳义隘口，位于平顺东北候壁漳义口，又称漳义关。隘口两山壁立、漳水中流，仅通人行，为晋豫往来要隘。位于平顺县太行水乡恐龙谷景区。

20. 马踏隘口，在平顺县石城镇马塔村东，俗称马踏口、隘峪口。隘口左倚高山右临漳水，中通线道，仅容人行，为晋豫往来之要隘。附近有天涯寨风景区。

21. 永和隘，位于陵川县南 35 千米处的夺火村，古称夺火镇。清光绪《陵川县志》：县正南七十里至夺火镇，即永和隘，古名石会关。相传关隘地势险要，历史上亦曾有过驻军。今墩台遗址尚存。抗日战争初期，八路军借此地形，多次袭击过日本侵略军与国民党中央军。

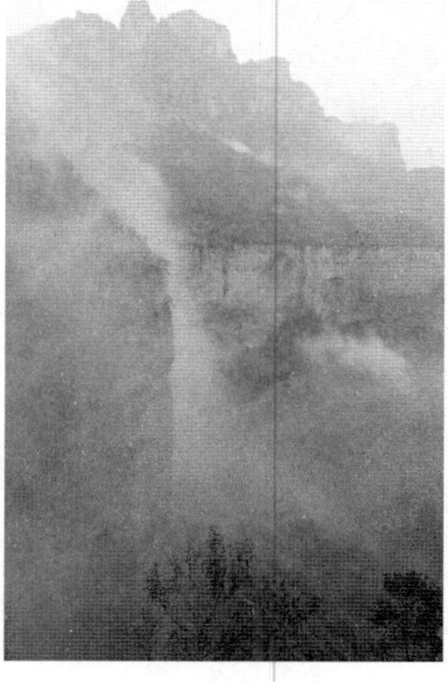

22. 抱犊寨，位于陵川县古交乡境内的抱犊村与河南省辉县上八里之间，距县城 60 千米。清光绪《陵川县志》：“抱犊寨即抱犊山，在马武寨东南三十余里。金史武仙镇抱犊寨即此。”该寨长 3000 米许，宽 200 米许。山高坡陡，路窄难行，是陵川重要关隘之一。

（三）古战场

1. 秦赵长平之战遗址，位于山西高平市永录乡东西梁山之间，丹

河附近河谷地带。

2. 羊肠坂道，是指平顺县五指峡至龙泉峡之间的一条古栈道。它东起盘底，西至东柏坡，全长约 10 千米，沿线盘旋弯曲，宛若羊肠，东通河南辉县，故得名“羊肠坂”，又名槲林隘羊肠坂。东汉末年曹操征高干时，经此作《苦寒行》一诗状其艰险，曰：“北上太行山，艰哉何巍巍，羊肠坂诘屈，车轮为之摧”。

3. 安贞堡，又名安贞寨，位于原村乡下马游村的寨上，长平大战时秦将白起一度设指挥所于此。

4. 三垂冈遗址，长治市北郊李村沟村北，有三个土石山头：大冈山、二冈山、三冈山。此地过去属潞城县西南边陲，统称三垂冈。因唐末李克用、李存勖父子在此与朱温前后打了五仗，清朝严遂成写了记述战斗的著名诗篇《三垂冈》，当今伟人毛泽东书写《三垂冈》巨作，有人称

为：奇山、奇诗、奇作。

5. 分水岭古墓群遗址，位于长治市城区的角沿村石子河畔，属于上党盆地的中部。大体属于春秋时期上党地区铎辰部落的家族墓地。1957 年以来，市博物馆配合山西省文物部门对分水岭的古墓群进行了有计划的发掘清理。当代已发掘清理春秋、战国、汉代及其以后的墓葬 270 多座，出土了大批石器、青铜器、玉器、陶器、瓷器、琉璃器、铜器、铁器等数千件，其中有礼器、乐器、兵器、车马器、装饰器等珍贵文物。分水岭战国车马坑于 1972 年发掘，坑中有木构车两排，共 17 辆，独辕双轮，车轮交于车厢。这批文物中，许多都是稀世珍品，如错金铜豆、铜犀立人擎盘、兽耳垒、提梁香、乌柱盘、宜乘之朝戈、编钟等，其中的错金铜豆、铜犀立人擎盘等文物还被选送到国外展览。分水岭古墓群是长治市的一个极有考古价值的地下宝藏。

6. 马武寨遗址，在陵川县东 25 千米处。坐落在方圆百里皆为绝壁的马武山中，其前后左右山环岭绕，地势奇险，易守难攻。相传，东汉将领马武曾在此安营扎寨。寨中原建有金銮殿、梳妆楼、望景楼、宰官楼等，以及东、西、南、北四大寨门，还设有菜园、肉瓮、小巴、盐场、

花门、秀窑、汉井、火房、西仓、南仓、瓦铺、教场、鹅宿窑、赶羊场、养鱼池、杀猪郊、神仙窑、诸神观等等。至今，部分残址仍存，尚有秦汉的箭矢、古钱或剑戟残片。

7. 秦、赵阏与城之战遗址，秦昭襄王三十七年（公元前270），秦昭襄王因赵国不履行交换城邑的协议，派中更胡阳率军围攻赵国阏与城（今和顺县西北）。赵惠文王命赵奢率兵援救。赵奢见秦军势猛，为隐蔽作战意图，率部出邯郸不远即坚壁不进。秦军一部进屯武安西南，并击鼓呐喊，耀武扬威。赵奢不为秦军声威所动，坚决制止驰援武安的主张，用增设营垒的方法造成赵军怯弱和惟保邯郸的假象，终使秦军轻敌麻痹。28天后，赵军趁秦军不备，偃旗息鼓，率军疾进，两天一夜赶到阏与城附近筑垒列阵。秦军突闻赵国援兵到来，仓促迎战。赵奢又采纳军士许历的建议，严阵以待，并派1万兵力抢占北山高地。秦军攻山不下，赵奢挥兵反击，秦军败走，遂解阏与城之围而归。赵王封赵奢为马服君。

二、寺庙

1. 晋中市

文庙大成殿，位于山西省左权县县城辽阳街。相传创建于晋代。据记载，现存大殿重建于元大德年间（1297—1307），迄今已有700年的历史。大成殿坐北朝南，面阔五间，进深三间，为重檐歇山顶，下檐斗拱一斗二升，上檐为单昂斗拱，柱础石质地为青石，屋顶瓦、脊及其上仙人走兽全为绿色琉璃。殿内通柱是典型的元代建筑风格。文庙大成殿气势恢宏，做工精细，用料硕大，具有很高的历史、科学和艺术价值。

寿圣寺，位于左权县桐峪镇苇则村，坐北朝南，四合院布局，轴线上自南而北建有山门、正殿。山门两侧建有钟鼓楼，院内东西两侧建配殿，现鼓楼与配殿已不存。山门面阔三间，进深四椽，单檐悬山顶。筒板瓦覆盖，黄绿琉璃剪边，正脊为黄绿琉璃的飞龙和牡丹，布局灵活，不求对称，或昂首、或低俯，姿态各异，神形兼备。正脊与垂脊相交处出兽头吞垂脊。斗拱四铺作单抄。正殿石砌台基，前出月台和垂带踏跺，面宽五间，进深六椽，单檐悬山顶，明间辟板门，筒板瓦覆盖，黄绿琉璃剪边，正脊为黄绿琉璃的飞龙和牡丹，脊刹两侧设兽头吞脊，鸱尾为黑色琉璃。柱头、补间斗拱为单下昂四铺作，重拱计心造，里转单抄。柱头无卷刹，柱础砂石质，雕覆莲瓣纹。梁架结构为草栿，彻上露明造，六椽栿通达前后檐用两柱，上用斗拱承四椽栿，再上用斗拱、驼峰承托乳栿，乳栿之上用叉手、驼峰、斗拱承脊檩。两山设博风、悬鱼。

天门寺，位于左权县拐儿镇天门村东北约 1 千米。创建于明弘治十二年（1499），清道光十七年（1837）、光绪七年（1881）、2004 年重修。占地面积 1329 平方米，坐北朝南，二进院落布局。中轴线上由南向北原建有山门、过殿、正殿，两侧为钟鼓楼、东西廊房，现庙内建筑多已改建，仅存正殿，为明代遗构。正殿面宽五间，进深七椽，单檐悬山顶，八檩前廊式构架，前檐明间、次间设隔扇门窗，稍间辟直方窗。殿内存明代石雕佛造像3尊。庙内存明代造像塔1座、经幢1座，明万历十六年（1588）、三十四年（1606）、清道光二十二年（1842）等重修碑6通。天门寺由南至北依次为大门，前殿，石塔，正殿，东西钟鼓楼，东西配房，东西碑房。正殿面阔五间，进深两间，悬山顶，斗拱三踩，为左权县境唯一保存最完整的古刹，1994年被公布为县级文物保护单位。

云居寺（云泉寺）遗址，位于左权县桐峪村东面，东囤山山腰。据碑文载，其当创建于北周。寺院建筑规模以唐代为最多，现存石碑8通、观音石雕像1尊，附近有建寺和尚（保定籍）墓1座，未发掘。石雕观音像为红砂石料，雕刻年代在唐代以前，残缺。地下尚有石雕像数尊，未发掘。此地人迹罕至，保存完好。

普照寺，位于左权县拐儿镇寺坪村中东部。在20世纪80年代全国第二次文物普查中发现，1994年左权县公布为该县第一批县级重点文物保护单位。据清雍正年间《辽州志》记载，该寺创建于五代后晋时期。原寺为三进院落，现存前殿、正殿、后殿3座建筑，坐北朝南。其正殿面阔7间，进深3间，单檐歇山顶，斗拱五踩。正殿前后有明、清石碑4通，整个碑身形制规整，均是青石龟趺座，碑身树立，两通碑额遗失，另两通保存完整。

永佛寺，位于左权县龙泉乡丈八村西侧。据碑载为明天顺年间（1457—1464）创建。坐北朝南，三进院落。中轴线的南殿、北殿、正殿建在3米高土台上。南殿前有台阶10余级，南殿前院东为戏台，西为神棚，东北角建山门钟鼓楼；正殿面阔3间，进深2间，悬山顶，斗拱3踩。殿内原存石佛1尊，高丈八，所在村故名“丈八”。属县文物保护单位。

东五指寿圣寺，位于东五指村内。创建年代不详。据碑文载，明成化年间（1465—1487）、清嘉庆年间（1796—1820）曾两次维修。寺依西山脚而建，南、东、北石砌院基。原寺建筑规模不考，现仅存正殿，坐北朝南，面阔3间，进深2间，硬山顶，一斗二升交麻叶斗拱。寺下有石桥一座，上雕九狮，名“九狮桥”。

观音堂，位于左权县城北面的前寨村口。据碑文载，创建于明万历六年（1578），清代曾维修。单体建筑，坐北朝南，面阔3间，进深2间，重檐歇山顶，斗拱三踩，保存完好。属县文物保护单位。

观音庙，位于左权县桐峪镇桐峪村内。创建年代不详。现存正殿为明代建筑，坐北朝南，面阔5间，进深2间，硬山顶，斗拱三踩。

崇圣寺，位于榆社县城以西30千米的禅隐山坳，初名崇严寺，又名禅山寺。创建于唐，宋嘉祐年间改名崇圣寺，南宋毁于战火，金大定十五年至二十六年（1175—1186）重新修建，元、明、清均有修葺。寺院坐北朝南，分为上、下两个院落，中轴线上依次为山门、过殿（南殿）、大雄宝殿及厢房等，寺庙西南有明代实心砖塔1座，元代石塔2座。东面有白龙庙，南面为戏台。建筑面积1840多平方米。大雄宝殿，建于金代，元至正九年（1349）重修。面宽三间，进深三间。南殿内保存有元代壁画。寺内还保存有唐代石刻造像6尊。

资福寺，位于榆社县海金山水库西北4千米的下赤峪村西土岗上，背靠山梁，前临小河，土崖如削，高约15米，寺庙据险而建，十分壮观。整个建筑为四合院式，正面是大雄宝殿3间，单檐庑殿顶，进深3间，建于元至正十年，是典型的元代木结构建筑。正墙有水陆画，线条流畅，刚劲有力，着色淡雅，有一定的艺术价值。再下有白龙庙3间（坐北朝南）。南面有菩萨殿3间，两侧有钟鼓楼和山门，是明代建筑。整个建筑布局严谨，小巧玲珑。

清凉寺，位于榆社县城东30千米处的清凉山中。清凉寺内，现存殿宇建筑有正殿、东西配殿各三间，这些殿宇，均为明、清所建。现在，清凉寺被列为榆社县县级文物保护单位。

福祥寺，位于榆社县城西 25 千米河峪乡岩良村东 200 米处。创建于后晋开运三年（946），金大定时重修，历代均有修葺。现仅存大雄宝殿、天王殿。寺址一面背山、三面环水。占地面积 844.6 平方米。大雄宝殿为寺内主殿，面阔五间，进深三间，单檐悬山顶。檐下斗拱为六铺作双抄双下昂。殿内采用减柱造，空间宽大。梁架为彻上露明造，用材硕大，举折平缓，出檐深远，保留了金代建筑风格。

石马寺，位于昔阳县大寨镇石马村。这里原是一处规模不大，以石刻为主体的摩崖造像群，后人依像造屋，筑以殿阁，遂成为佛寺布局。宋代时，名为寿圣寺，因寺前有石马一双，人们俗称之为“石马寺”。寺中现存石刻造像千尊左右。这些石雕中，大者 5 米，小者 5 厘米，高 1 米以上者 66 尊。其中，北魏、北齐造像约占 70%，其余均为隋唐作品。

崇教寺，位于昔阳县城北部，据《昔阳县志》载，创建于宋熙宁二年（1069），明洪武十四年（1381）与寿圣寺合并称北寺，元、明、清各代屡有修缮，解放后县粮食局占用。寺坐北朝南，占地面积 550 平方米，包括前后大殿、左右配殿。四殿梁架融为一体，屋顶殿身互相衔接，中间围成天井式院落。50 年代拆去四面大殿四周外檐斗拱，改为砖式墙壁，面向院内的四周檐部斗拱共计 33 朵，保存完好。前殿和后殿均面阔五间，进深三间，六架椽前后搭牵用四柱，属于彻上露明造。斗拱五铺作，单抄单下昂，单拱计心造，耍头作昂式，昂为琴面昂。左右配殿面阔三间，进深一间，屋顶两山与前后殿相互衔接构成一体。斗拱亦为五铺作，彻上露明造，屋顶均盖青色板筒瓦。

卧佛寺，位于昔阳县城东 40 千米的孔氏乡孔氏村西 3 千米。据寺内《重修卧佛岩记》石碑载：“元至正年间凿石佛，长数丈，卧于岩下。明嘉靖四年，道人王续绵募捐主持，创建大殿四楹，刻石为佛者三，菩萨二、罗汉者三十有六，经始于正德庚午正月，落成于嘉靖壬午十月。”现存卧佛寺为一天然岩洞，从东向西，宽 36 米，深 34 米，高 20 米。洞后壁凿一卧佛，身长 5.2 米，肩宽 1.4 米，螺纹内髻，面相方圆，高鼻大耳，身着袈裟，右臂上曲托头成卧状。另有二十余尊石雕像均缺臂少头，面目全非。木构建筑也荡然无存。洞内存有石碑 2 通，其中一通是明代吏部尚书乔宇撰文。昔阳卧佛寺为省级重点文物保护单位。

懿济圣母庙，位于中国山西省和顺县平松乡合山村东南卧龙岗，2006 年被列为第六批全国重点文物保护单位。懿济圣母庙始建于宋，元至治元年（1321）、至元四年（1338）重修。庙依山而建，坐南朝北，由上下二院及显泽侯神祠组成，占地 8400 平方米。上院有圣母殿、献殿、眼光殿、痘疹殿、白龙殿、药王殿，下院有牌楼、山门、戏台、东西廊房及禅院，显泽侯神祠有大王殿、虫王殿、阎王殿、财神殿、土地庙、山门，其中圣母殿为元代建筑，余为明清建筑。圣母殿面阔进深各三间，单檐歇山顶，斗拱四铺作单抄单下昂，计心造，梁架结构为六椽栿对后乳栿用三柱。圣母殿为寺内主体建筑，面宽、进深各三间，平面方形，单檐歇山顶。斗拱为四铺作计心造，单抄单下昂。梁架结构为六椽栿对后乳栿用三柱。寺内现存明、清、民国时期重修记事碑 8 通。

佛光寺，位于和顺县城西风景秀丽的国家级森林公园——云龙山的北峰，占地10000余平方米，建筑面积7000平方米。佛光寺整个建筑遵循唐代禅宗寺院“伽蓝七殿”规制，所有建筑均为砖木结构，共建有殿堂楼阁、亭台游廊、门牌楼等28座。其建筑设计，使得群山、松柏、殿堂和景点间遥相呼应，达到了仿古建筑和自然景观的浑然一体。殿堂

内外的浮雕和彩绘，是该寺的一大特色，充分体现了儒释道与民俗文化的融合。一幅幅造型别致、生动传神的绘画和雕饰，诸如鹿鹤同春、达摩渡江、太公垂钓、天女散花等，渲染出一个个自然风情、历史典故和神话传说的主题。

香山寺，位于和顺县喂马乡大佛头村西 500 米处的山坡上，始建于

北宋熙宁三年，距今约一千八百余年的历史，具有相当的文物价值，属县级文物保护单位。殿宇背靠山岗，东西有清水环绕，院内有两株古松参天，现存正殿五间，南殿三间，东、西配殿各四间，南殿两侧有钟鼓二楼，东侧另配有禅院。

天池寺，位于和顺县喂马乡前窑堤村西四千米处。其地“石澄嵯峨，曲经幽秀，地高而凹，状若天池”，寺名由此而得。寺院规模不大，建筑尚壮观，该寺创建年代不详，明代重修碑记载，始于嘉靖十年（1531），后于明崇祯十五年、清康熙二十九年、咸丰六年、同治十二年、民国二十五年数度修葺，现存建筑基本保持明代风格。此寺原为佛教寺观，后改祀释迦牟尼、孔丘、老聃，大殿由此更名为“三教殿”。全寺建筑为一四合院，占地 680 平方米。大殿高 8.2 米，面阔 10 米，进深 9 米，出檐 1.5 米，单檐歇山顶，屋顶覆盖筒瓦，板瓦，檐下斗拱壮实，单抄重拱。南向四根露明柱，明间装格扇门，次间下砌槛墙、上装格式窗。三梁起架，梁枋重金彩绘龙凤图案。殿内壁画犹有残留部分，内容与三教教义有关：老聃皓首红颜，面目慈善，执佛尘，背斗笠，骑青牛，书童相随。孔丘峨冠多髯，面目严肃，手执竹简，栩栩如生。寺

内所存壁画线条流畅，简朴写实，表现了明清时代北方传统的民间画风。

荣华寺，位于和顺县喂马乡政府附近的东喂马村西。寺创建年代不详，据寺内碑文载，宋元祐八年（1093）已有寺院，明嘉靖四十二年（1545）、清乾隆三十四年（1769）重修，现存为明清建筑。寺坐北朝南，四合院布局，占地面积1000平方米。轴线上自南而北建有山门、正殿。山门两侧建有钟鼓楼。院内东西两侧建配殿各五间。正殿于明嘉靖四十二年（1563）重建，石砌台基，面宽三间，进深六椽，单檐悬山顶。殿内石佛3尊，呈一字形排列。佛均站姿，砂石质，其造像手法和风格上应为南北朝时期作品。寺内还保存有明代碑碣各1通，清代残碑10通。

龙岩寺，位于陵川县城西礼义镇梁泉村，原名龙泉寺，为当地百姓祈雨求福之所。唐总章二年（669）称龙严寺，金天会七年（1129）僧惠耀主持修建过殿，天会九年（1131）增修法堂。大定二年（1162）改为“龙岩寺”。明万历八年（1580）又葺补修缮。现存过殿建筑为金代遗物，其余皆为明代建筑。寺坐北朝南，分为上下两院，总占地面积1832平方米。上下两院拾级而上，各院建在平台之上，中轴线上依次排列有山门（仅存基址）、过殿、正殿，东西两侧为垛楼、耳殿、禅房。寺内主体建筑过殿为金天会七年（1129）所建。正殿前檐下保存有金碑2通，一为金大定二十五年（1185），一为金天会三年（1163），记载了龙岩寺的历史沿革，碑文以草、篆、隶、楷、行等多种字体镌刻，书写流畅，刻工精湛，具有较高的书法艺术价值。

西溪二仙庙，位于陵川县城西3千米处，也称真泽宫。据碑文记载，寺创建于唐乾元年间（758—759），宋崇宁年间（1102—1106）加封“真泽宫”，金皇统二年（1142）扩建，后历代皆有修葺。庙坐北朝南，二进院落，整个院落呈长方形。中轴线上依次建有山门、拜亭、中殿、后殿，山门和中殿之间的东西两侧设廊，中殿至后殿之间的东西两侧建梳妆楼及配殿，后殿两侧各置耳房三间。寺内还保存历代碑碣20余通。现存建筑后殿、东西梳妆楼为金代建筑，其余皆为明清所建。

小会岭二仙庙，位于陵川县城西南17千米附城镇小会村。庙内供奉冲惠、冲淑二仙女，故名二仙庙。现存建筑正殿为宋代遗构，余皆明、清所建。庙坐北朝南，一进院落，占地面积为1254平方米。中轴线上依次为山门、献厅、正殿，东西两侧分布有垛楼、廊庑、配殿、耳殿。献厅为清代建筑，台基高0.41米，面宽三间，进深一间，单檐卷棚顶。正殿面宽三间7.75米，进深六椽7.45米，平面方形，单檐歇山顶。屋顶举折平缓，出檐深远。檐下柱头斗栱五铺作，单抄单下昂。梁架结构简洁严谨，用材粗大，主体梁架为五椽栿对后搭牵通檐用三柱。门窗设格扇门，显为后人改制，但原有榫卯仍可寻见。整个殿宇的建筑形制、结构手法为宋代建筑风格。

北吉祥寺：陵川县城西礼义镇西街村。创建于唐大历五年（770），宋太平兴国、元至元和明洪武、天顺、成化年间及清代均屡次修建。现存建筑前殿、中殿为宋代遗构，余皆明、清重建。寺坐北朝南，主要建筑有前殿、中殿、后殿、东西配殿、左右廊庑等。北吉祥寺为全国重点文物保护单位。

崔府君庙：位于山西省陵川县城西 20 千米处的礼义镇北街，又名显应王庙，是我国现存仅有的汉唐高台式建筑。据庙内民国年间《重修府君庙碑》及《长治县志》载，“府君姓崔，名珏，字元靖，唐贞观进士，为长子县令，有功德于潞地，故建庙祀之”。府君庙创建于唐，金大定二十四年（1148）重修，明洪武二年（1369）及清末民国初年均有修葺。现存山门为金代遗构，余皆明、清建筑。庙坐北朝南，占地面积 33456 平方米。为两进院落，中轴线上依次有山门、戏台、拜亭、府君殿，东西两侧为掖门、配殿、垛殿。2001 年 6 月，崔府君庙作为金至清代古建筑，被国务院批准列入第五批全国重点文物保护单位名单。

南吉祥寺，陵川县城西17千米礼义镇平川村。原名吉祥院。据《吉祥院碑文并序》碑载，唐贞观年间奉敕修建。该寺原在平川的宋家川，宋淳化三年（993）十月三日敕赐院额，宋天圣八年（1030）迁至今址。元至元六年（1269）和至治三年（1323）都进行过重修，明、清两代均有增建和补葺。寺坐北朝南，占地面积7081平方米。布局完整，呈前后二进院落，中轴线上依次排列有山门、过殿、圆明殿，东西两侧分布钟楼、鼓楼、东西配殿、禅房、夹楼。现存建筑过殿为宋代遗构，其余为金、元、明、清时所建。

椅掌玉皇庙，位于陵川县礼义镇椅掌村，距县城17千米。据庙内清道光三十年（1850）碑文载，该庙创建年代无考，大部分为明嘉靖年间（1522—1566）创修。现存建筑为清代建筑，也有部分建筑保留了明代风格。该庙为一进院，二层院落，坐北朝南。2007年1月公布为晋城市级文物保护单位。

南神头二仙庙，陵川县潞城镇石圪峦村。创建年代无考。清代进行过大规模修葺。庙为一进院，坐北朝南，占地面积1000平方米，建筑面积343平方米。现存建筑有正殿、东西廊房、垛殿。正殿为金代遗构，余皆明清所建。正殿面阔三间，进深六架椽，平面正方形，单檐歇山顶，柱头卷刹较缓，斗栱用材硕大，为五铺作单抄单下昂。前檐当心间施板门，两次间置直棂窗。殿内两山墙绘有 20 余平方米壁画，为清代作品。

寺润三教堂，地址陵川县杨村镇寺润村。始建年代不详，现仅存大殿一座为金代遗构。大殿为重檐歇山式建筑，平面正方形，建在长 13.5 米，宽 11.9 米、高 1.4 米的石台之上，面阔进深各三间，下层出廊，石质廊柱，斗栱用材较大，为四铺作单下昂，琴面式真昂。灰色筒板布瓦屋顶，四角柱侧脚明显。梁架结构为四椽栿通檐用二柱，前檐当心间施板门。石台前刻有“重修石台袁世节施舍石窝”题记，无年号留存。

石掌玉皇庙，陵川县潞城镇石掌村。创建年代不详，现存建筑为金、明、清时代。一进院落，依地势分为三层院落，主要建筑有山门、正殿，两侧有东西配殿、耳房、配房。正殿为金代遗构，余皆明清所建。正殿建在高 1.2 米石砌台基上，面宽三间，进深六架椽，单檐歇山顶。斗栱为四铺作单下昂，梁架结构为四椽栿对前乳栿用三柱。前檐当心间施板门，两次间安直棂窗。

玉泉东岳庙，地址陵川县附城镇玉泉村。创建年代无考，明清均有修葺。寺院坐北朝南，一进院落，主要建筑有山门（戏楼）、拜殿、正殿、配房、配殿等。其中正殿为金代遗构，山门为明代建筑，余皆清代所建。正殿面阔三间，进深六架椽，单檐歇山顶，屋顶筒板布瓦，琉璃剪边。斗栱四铺作单下昂，梁架结构为四椽栿对前乳栿通檐用四柱。

北马玉皇庙，位于山西省晋城市陵川县附城镇北马村，是山西省文物保护单位。玉皇庙坐北朝南，一进院落。南北长 32.9 米，东西宽 26.1 米，占地面积为 859 平方米。创建年代不可考，现存正殿为辽代建筑，其他为明清建筑。中轴线上建有山门（改制）、正殿，两侧为廊房、耳殿，东耳殿被改制。正殿面宽五间，进深六椽，单檐悬山顶，梁架为五椽栿压搭牵通檐用二柱，搭牵由前檐柱头铺作耍头延伸制成。五椽栿设于铺作之上，栿上施蜀柱、斗拱承托平梁，五椽栿之上、平梁两侧各施搭牵，搭牵两端分别插于承托中平槫的斗拱与承托。该庙现存基本完整。

南召文庙，坐落在山西省陵川县平城镇南召村，大庙坐北朝南，山门顶假重檐，门前抱厦。正殿前有方形丹墀，长 9 米，宽 7 米，高 0.7 米，三道石阶通向正殿。据墙碣记载，正殿系明万历十六年重修。但大梁用料粗拙自然，应当是金元时期的梁架构件。正殿面宽五间，五脊悬山顶，灰脊灰色筒板瓦。大殿木质金柱高 2.4 米，周长 2.2 米，东为荆木，西为圪棘木，荆、棘本是灌木，竟长这般雄伟，成为栋梁材，可谓奇观。

崇安寺，亦名丈八佛寺，俗称凌烟寺。位于陵川县城崇安西街。创建年代已无从稽考。唐初名丈八佛寺，宋太平兴国元年（976）赐名“崇安寺”，沿袭至今。现存规模为明代重修者。崇安寺现存两进院落。寺前有两层平台，第二层平台之上为山门，是古代陵川境内规模最大的楼阁式建筑。

黄围山古庙，位于陵川县城东南 30 千米黄围山中，包括宫院、顶庙和天桥三个部分。黄围宫院背山面壑，坐北朝南，分上、下两宫院，有房屋 60 余间。其中上宫院内的藏经楼三檐迭出，结构精巧。所有这些建筑，除藏经楼等少数房舍已毁之外，其余虽残缺，但仍有遗物保留。2007 年 1 月公布为晋城市级文物保护单位。

崇福寺，位于陵川县城西南 25 千米后山村堠子山南麓。古称万宁禅院。创修年代无可考，元代毁于兵灾，明正统年间（1436—1449），净斌（号鲁庵）和尚主持重修诸佛殿及东西禅寺。清代屡有修葺。壁间题咏甚多。现存雷音殿、昆卢殿、水陆殿、东西院楼房等 200 余间，均系明代建筑形制。全寺共有六院，中轴为三进院，前面三门楼檐五间。1996 年 10 月公布为陵川县级文物保护单位。

灵岩寺，位于陵川县城东 50 千米碾嘈河。据明弘治十四年（1501）七月重修碑载：寺院创建于唐代，明永乐年间创建大佛道场，后又创佛殿一座。天顺至弘治年间（1457—1505），建前殿、后殿、中殿、禅室、僧舍等房 50 余间，不久又建钟楼一座，并相继铸铁像 29 尊。寺院共分两院，有房 50 余间。1996 年 10 月公布为陵川县级文物保护单位。

古仙寺，位于陵川县城西南 35 千米参院村附近的古贤谷中，又称景净寺。创修于北齐天保二年（551），唐贞观元年（627）改名“古贤”。后晋天福元年（936）重建寺院。后周显德元年（954）重名为“景净”。宋太平兴国三年（978）重修，赐名“古贤禅林院”。明、清、民国多次重修。古仙寺坐北朝南，两进院落，有殿宇 50 余间。寺左有明代县令袁淮建贞白书院，并有陈荣题诗。现在寺院大部倾塌，尚存正殿等房 10 余间及宋、金碑数通，镌有赵安时等人所撰的碑记及题诗。

丈河祖师顶，位于陵川县附城镇丈河村北的一座孤峰上。山顶建有小巧玲珑的祖师庙，故称祖师顶。祖师顶之巅，顶部面积仅 220 多平方米，真武大帝庙就建在这绝顶上。真武庙正殿座北朝南，为高台式建筑，台面高出地面 1.3 米，居中有 5 个台阶可上到平台上。该庙为砖木结构，顶为歇山顶，琉璃屋脊，正中竖立铁制的八宝锥，高约 1 米，脊两头是兽头昂然朝天；屋坡是单筒瓦，两侧是琉璃护坡。祖师顶庙因受峰顶地势所限，虽不宏大但气势轩昂，巍巍矗立在峰巅之上。

2. 长治市

梁家庄观音堂，位于长治市区西小常乡梁家庄村东，观音堂是一处飞檐交错、五彩纷呈、彩塑瑰丽的悬塑艺术宝库。观音堂创建于明万历十年，至今完好。总占地面积 5722 平方米，建筑面积 350 平方米，堂座东向西，堂内古柏参天，殿堂玲珑。现存建筑有天王殿三楹（悬山式），南北配殿、观音殿、钟鼓楼等。建筑以明万历十年所建大殿为最早。正东面为观音殿，观音殿前身檐筑卷棚式厢房，吊垂莲花柱，隔扇四叶，镂刻有六

斜棂花图案；殿内塑像满布，或设在坛上，或悬于空中，观音、文殊、普贤三大士像局中，宝盖花顶纤巧细密；周围十八罗汉环绕，两侧雕有二十四诸天，神态各异，顾盼如生，上部十二圆觉菩萨，分别驾麒麟、狮、象等兽，前面还有四大天王、护法金刚、帝释、供养人等，共计 700 余尊，个个神态各异、顾盼如生。

法兴寺，位于长子县慈林镇东翠云山。寺院创建于北魏，唐肃宗年间曾改名为广德寺，宋英宗年间才更为现名。在寺内中轴线上，依次排列有山门、舍利塔、长明灯、燃灯塔、圆觉殿、毗卢殿、阿弥陀佛殿、中后两院廊庑配殿等历代古建筑，唐代布局，规模宏大，寺内佛像精美、石塔耸立，是不可多得的艺术宝藏。现建有翠云山法兴寺景区。

潞安府城隍庙：位于长治市城区东街庙道巷。始建于元至元二十二年（1285），明弘治、嘉靖、万历年间以及清道光十四年（1834）都有扩建和重修，潞安府城隍庙，不仅历史悠久，而且城隍庙中不同时期修建的建筑依旧保留了各自时代特色。

崇教寺，位于长治市北郊马厂乡故驿村。崇教寺有着悠久的历史，其宋代太平兴国九年（984）的赐额碣，反映出北宋初年国家对寺院建筑规模、塑造佛像数量的相关规定。寺内遗存的金、明两座殿宇，表现出两个时代的建筑风格，代表了不同时代的建筑艺术。

龙门寺，位于平顺县城石城镇源头村北二里许龙门山腰。相传北齐天保年间，法聪大和尚经五台山云游至此，顿觉此地清静幽雅，灵气飘逸，遂禀呈圣上，传旨建寺。宋太祖赵匡胤，还曾敕赐寺额“龙门山惠日院”。现存建筑当中，建于五代后唐时期的配殿是寺内最古老的建筑，也是国内已知唯一的五代时期悬山式建筑。大雄宝殿位于中轴线的正中，面宽进深各三间，单檐九脊歇山顶式古建，殿宇虽经明、清时期装饰翻修，但从其开间比例到构件的细部做法，均保留了宋代建筑的特征，殿顶黄绿琉璃脊兽为明代所制。

大禹庙，位于平顺县北社乡北社村，创建年代无考。基本格局保存完整，有山门、倒座戏台、献殿和大殿等。大殿为元代建筑。现存一进院，中轴线上自南依次有山门（戏台）、献殿、大殿，两侧有夹楼、廊房、配殿、耳殿。大殿主体结构为元代，石砌台基，面宽三间，进深四椽，但檐硬山顶。梁架四架椽层三椽栿对前搭牵通檐用三柱，斗栱四铺作双下昂，内檐斗栱四铺作。庙内存清代重修碑 1 通。传说，当年大禹途经此地，见百姓吃水困难，便停下来帮助寻找泉脉，打出了一口泉井，当地百姓将其称作“大禹泉”，并在泉井旁建起大禹庙以志纪念。

崇庆寺千佛殿，北宋大中祥符九年（1016），位于山西省长治市长子县城东南 22.5 千米处的紫云山山麓。

东泰山庙，位于山西省长治县苏店镇原家庄村东，规模恢阔，建制完整，组群结合，错落有致，气势宏大，是一处比较珍贵的明清古建筑群。其梁架斗拱，构造合理精妙，木雕、石雕华美细致；殿顶明代琉璃，制作精美，色泽缤纷，对于研究中国古代建筑史有重要作用，具备较高的历史和艺术价值，是长治现存明清古建筑中的代表性文物遗存，2004 年被山西省人民政府公布为第四批省级文物保护单位。

李庄文庙，位于潞城市黄牛蹄乡李庄村。文庙创建年代不详，现存大殿为元代遗构，其余为清代建筑。坐北朝南，一进院落，占地面积

1079平方米。中轴线上为大成门、大成殿，东西厢房、耳房。大成殿面阔三间，进深三间，单檐歇山顶。柱头四铺作单昂斗栱，明间出45度斜栱。梁架结构为六椽栿通达前后檐用二柱，正脊刹上有“元至元元年”题记。庙内保存有金代石碣1方、无纪年碣1方。

武乡千佛塔，位于武乡县城中央宝塔街。据旧县志记载，为清初名和尚阎福江（字洪润）主持修建，自清康熙38年（1698）始，至康熙49年（1710）建成，距今300余年。虽屡受地震、雷击，至今仍完好无损。其塔体为砖石结构，十三级锥形空心体，现为长治市重点文物保护单位。

龙王庙，位于潞城市东南5千米处的东邑村，始建年代不详。庙坐北朝南，两进院落，存有山门、戏台、正殿，及耳殿、厢房等。正殿面

阔三间，进深六椽，单檐悬山顶。因为后时屡有修缮，所以风格杂糅，但是殿内梁架保留了大叉手、平梁，基本保留了金代原建时的特点。

原起寺，在潞城市东北22千米的凤凰山下，滔滔漳河水依山而去。漳河上有一座22孔大石桥，叫辛安桥。桥西紧靠着一处80多米高的土崖，崖上有一个人工修筑的10米多高的石砌土台。台上是一座占地1200平方米的古寺。寺的名字叫原起寺。原起寺始建于唐天宝六年（747），后经历代维修、扩建，成为唐宋两代混合结构，保护的比较完好，是山西省重点保护文物。

宝峰寺，位于山西省长治市屯留县路村乡姬村，为第六批国宝。据传该寺是元朝一个姓姬的宰相所建。相传，本村一位姬姓宰相的母亲想到皇宫看看，姬宰相为满足母亲的要求，就模仿宫殿样式在村中建了一所建筑群，后被人告发，该宰相急中生智，将此建筑群改为庙宇功用才幸免于难。相传现存的五方佛殿与元代皇宫中皇后住的宫室一样，只是规模略小一些。宝峰寺因此香火旺盛，香客不绝。

回龙寺，位于平顺县阳高乡侯壁村外的坡地上。回龙寺座落在太行山深处，平顺县阳高乡侯壁村外的坡地上。寺史不详，现仅存佛殿一座。

佛殿坐北朝南，单檐悬山顶，进深四椽，手法古朴独特，颇具地方特色。栌斗下无普拍枋，柱头铺作用蝉肚实柏栱，下昂做法介于真昂与假昂之间。根据大木的做法结合碳十四测定，佛殿建造年代的下限可以断为金代早期。回龙寺是北京大学文博学院2003年平顺龙门寺古建测绘实习时的意外收获，是近年来晋东南地区宋、金木构建筑的重要发现。

三嵕庙，位于山西省长治市壶关县黄山乡南阳护村中，始建于金大定十七年（1175），明代曾予增建，清代又进行过修葺。现存建筑正殿为金代原构，香亭与钟、鼓楼为明代遗构，余皆清代所建。三嵕庙供奉之神为羿。神话传说尧时十日并出，烈日炎炎，植物烧死，猛兽长蛇为害。羿提弓于屯留三嵕山射去九日，又射杀猛兽长蛇，为民除害。并能行云雨为民御炎旱，有求必应，故而百姓敬奉，大兴土木、修筑三嵕庙。坐北向南，中轴线上有山门、献亭、正殿。两侧有钟、鼓二楼、廊房、耳殿、占地面积1140平方米，正殿为金代结构。深广各三间。悬山顶，柱头斗拱五铺作单抄单下昂，存历代重修碑五通。

真如寺，位于山西武乡县城东40千米的韩北乡土河村中，创建于元至治三年（1323）。明弘治、清康熙、乾隆年间均有增建与重修。寺院坐北向南，共为两进院落。中轴线上有天王殿、中大殿（俗称南殿）、后大殿，钟鼓二楼位居天王殿两侧，左右廊庑配殿对峙，共有殿宇三十余间。天王殿、钟鼓二楼及前院廊庑配殿于民国初年塌毁，其余主要殿宇尚存。

大云寺，位于长治市武乡县故城镇中，全国重点文物保护单位。始建年代无考，《新修大云寺记》载："残碣有，河清四年（563），寺旧名严净，易今名者，宋治平元年（1064）"，清嘉庆道光年间（1796—1850）重修，现存主体建筑正殿（大雄宝殿）为金代原建筑，面阔五间，开间明五暗四，进深八椽，殿内采用减柱法，仅用内柱三根。梁架简略，用材硕大。前檐斗拱六铺作重拱计心造，无补间铺作。整座建筑金代风格十分鲜明。其余各殿经清代重修，仅保留少许金代风格。

阳高佛头寺，位于平顺县城东北 50 千米的阳高乡车当村，因后靠山形似佛头而得名。创建时代不详，原有两座院落，现只存一座宋代大殿，从斗拱，梁架等特征来看，宋建筑明显。对于中国宋代建筑工作的研究，将起到一定的作用，并弥补此时代建筑研究的实存古建筑之不足。

黎城城隍庙，位于长治市黎城县城中河下街口。在黎城县城内正街

与河下街相交处北隅。该庙始建于宋天圣三年（1025 年）。城隍庙将门作楼，系三层重檐，故俗称三节楼。现存建筑主要有门楼和正殿。坐北向南，庙内前有山门、后有正殿，东西厢房左右配置，殿宇巍峨，飞檐凌空，红墙绿瓦，庄重古朴。

高平开化寺，位于高平市东北 20 千米陈堰镇王村舍利山腰，位列于高平十四寺之冠。开化寺创建于北齐武平二年（571），初名清凉若兰，距今已有 1400 多年的漫长历史。晚唐龙纪、大顺年间（889—891）重修，宋天圣八年（1030）改额开化禅院，亦名开化寺。宋熙宁六年（1073）重修大雄宝殿，宋元佑、绍圣年间（1086—1098）绘制大雄宝殿内壁画，金皇统元年（1141）建观音阁，历经元明清各代，屡有修葺，始成现在规模。开化寺是一处典型的佛教寺院建筑，在建筑的组群布局上，反映

了唐宋时的特色特点，是唐宋时期佛教寺院建筑总体布局的一个典型实例。以中轴线为主，两侧对称的格式展开。中轴线上为该组群建筑的主体建筑。主体建筑高大壮观，雄健沉重，其余的建筑侧处于陪衬和从属的地位而显得高低错落。

大雄宝殿无论是建筑结构，还是在建筑装修、装修色彩方面反映了宋代建筑的最高成就，具有极高的历史、艺术价值。殿内梁枋斗拱上的彩绘更是稀有之作，是我国目前保存最为完整的宋代彩绘，所绘古钱纹、海石榴、龙牙蕙草等与北宋王朝颁布的建筑专著《营造法式》的作纹样极为相似，拱眼壁画尤为精美。

襄垣城隍庙，位于襄垣县城府前路西侧。坐北朝南，南北长 160 米，东西宽 22 米，占地面积 3520 平方米。创建年代不详，据现存庙内碑记戏台创建于明洪武三年（1370），现存戏台为明代遗构，其余为清代遗构。二进院落布局，中轴线排列有山门、戏台、寝宫、献殿。东西建筑仅存鼓楼。戏台面宽三间，进深二间，单檐悬山顶，前檐施十字歇山顶抱厦。

关岳庙，位于襄垣县城北街。坐东朝西，东西长 40 米，南北宽 20 米，占地面积约 800 平方米。创建年代不详，一进院落布局，中轴线建有山门（上为倒座戏台）、献殿、正殿，两侧建有东、西妆楼，东、西配殿。现存正殿为元代遗构，其他建筑均为清代遗构。正殿石砌台基，高 0.38 米，殿面阔五间，进深六椽，前檐辟廊，单檐悬山顶。梁架结构当心间为六架椽屋五椽栿对前搭牵，通檐用三柱，次间为四椽栿对前后搭牵通檐用四柱，柱头斗栱五铺做双昂。前檐装修已不存。庙内存明、清残碑七通。2007 年被长治市人民政府公布为市级文物保护单位。

五龙庙，位于襄垣县夏店镇范家岭村中。坐北朝南，一进院落布局，东西长 21.82 米，南北宽 29.65 米，占地面积 646.96 平方米。创建年代不详，据庙内碑刻记载，清道光十六年（1836）修葺厢房。现存正殿为明代遗构，其余皆为清代建筑。中轴线上由南向北依次为山门（倒座戏台）、正殿，东西两侧对称为妆楼、厢房、耳楼。正殿建于高 1.05

米的砖砌台基之上，面宽三间，进深六椽，单檐硬山顶，七檩前廊式构架，柱头科为一斗二升，装修已改。庙内存清道光十六年（1836）重修碑一通，清布施碑一通。2007年被长治市人民政府公布为市级文物保护单位。

东岸底文公土地庙，位于襄垣县北底乡东岸底村东北。坐北朝南，东西长14.5米，南北宽13.2米，占地面积约为191平方米，创建年代不详，现存建筑为清代遗构。一进院落布局，中轴线现存山门、正殿，两侧为东西耳殿、东西厢房。正殿石砌台基，高1.5米，面宽三间，进深四椽，单檐硬山顶，梁架为五檩前廊式构架，通檐用三柱，后墙置龛，供神像。

炉沟村土地庙，位于襄垣县王桥镇炉沟村西。坐西朝东，一进院落布局，东西长33.7米，南北宽16.7米，占地面积约为562.8平方米。创建年代不详，据清代移建碑记载，清乾隆三十二年（1767）至四十七年（1782）移建于现址，现存为清代遗构。中轴线上由东向西依次有戏台、正殿各三间；两侧对称有妆楼各一间（一层均东向辟门），配房各五间，耳殿各三间。正殿建在1.4米沙石台基上，面宽三间，进深五椽，五架梁对前单步梁前廊式，单檐歇山顶，柱头科三踩单下昂；隔扇门满面装修，殿内存清乾隆四十七年（1782）重修碑一通。2007年被长治市人民政府公布为市级文物保护单位。

合漳大悲庙，位于襄垣县夏店镇合漳村北约50米。坐北朝南，二进院落布局，东西长27.21米，南北宽46.06米，占地面积1253.29平方米。据庙内碑碣记载，该庙于清雍正元年（1723）创建，清道光五年（1825）、民国二十年（1931）均有修葺。现存建筑皆为清代遗构。中轴线上由南向北依次为山门、正殿，两侧分别有前院东、西妆楼，东、西配楼，后院钟、鼓楼，东、西配殿，东、西角殿。山门为倒座戏台，面宽三间，进深六椽，单檐悬山顶，七檩构架，柱头科三踩单下昂，装修已改。庙内存清雍正元年（1723）创修碣一方。清道光五年（1825）

重修碣一方。

王家庄慕容将军庙，位于襄垣县古韩镇王家庄村中。坐南朝北，南北长 45 米，东西宽 24 米，面积为 1080 平方米。据现存碑记载始建于清咸丰元年（1851）。现存建筑均为清代遗构。一进院落布局，中轴线现存有戏台、献殿、正殿，两侧为东西妆楼、东西厢房、东西耳殿，庙内存碑一通。正殿位于高 0.6 米的石砌台基上，面宽三间，进深四椽，单檐硬山顶，五檩前廊式构架，柱头斗拱单翘单下昂，是一处保存较好的清代建筑群。清咸丰元年重修碑一通。2007 年被长治市人民政府公布为市级文物保护单位。

东岳庙，位于襄垣县古韩镇西李村北，坐北朝南，东西长 25 米，南北宽 47 米，面积约为 1175 平方米，创建年代不详。据庙内现存碑记载，明景泰二年（1451）重修。现存建筑为清代遗构。一进院落布局，中轴线由南向北现存山门、正殿，两侧东、西配楼，东、西厢房。东厢房面宽九间，进深四椽，五檩前廊式构架，柱头斗拱为梁头出挑，单檐硬山顶。院内保存着明景泰二年（1451）重修东岳庙碑记，清嘉庆元年（1796）重修东岳庙碑记等碑碣八通。2007 年被长治市人民政府公布为市级文物保护单位。

峪玉皇庙，位于襄垣县古韩镇上峪村。坐北朝南，南北长 31 米，东西宽 26 米，占地面积约为 806 平方米。创建年代不详，现存正殿结构为清代遗构。一进院落布局，中轴线上建有山门（新建）、正殿，两侧为东西厢房、东西耳殿。正殿面宽三间，进深四椽。梁架结构为五檩对前廊，梁架出挑做耍头。前檐新装修，殿内新塑像五尊。2007 年被长治市人民政府公布为市级文物保护单位。

曹家坪关帝庙，位于襄垣县下良镇曹家坪村东 50 米。坐东朝西，东西长 10.4 米，南北宽 4.56 米，占地面积约为 47 平方米。现存建筑为清代遗构，仅存正殿、南北耳殿。正殿面宽三间，进深四椽，梁架五檩前廊式构架，柱头斗栱为三踩。正殿南山墙存碑刻一通，为清代乾隆四十二年（1777）“关帝庙桩塑圣像”布施碑。

西港子胥庙，位于襄垣县古韩镇西港村中。坐北朝南，东西长19.5米，南北宽32米，面积约为624平方米。据正殿梁架题记，清道光二十三年（1843年）重修。一进院落布局，中轴线残存有山门、戏楼、正殿，两侧有东西耳楼、东西配殿、西耳殿，均为近年改建。

下良天齐庙，位于襄垣县下良村北50米。坐北朝南，东西长58米，南北宽15.6米，面积约为905平方米。创建年代不详，据戏楼题记为清雍正八年（1730）修，现存建筑均为清代遗构。二进院落布局，现存东西两院，东院为起架院，中轴线布局为戏台、正殿、东西厢房；西院为戏台、正殿、东西配殿、西厢房。其中西院戏台为清雍正八年所修，该戏台面宽三间，进深四椽，单檐歇山顶，顶饰灰瓦，台基高1.5米。明间开间较大，为移柱做法。院内有古树四株。

常隆三嵕庙，位于襄垣县侯堡镇常隆村西。坐北朝南，东西宽30米、南北长35米，占地面积约为1050平方米。创建年代不详，现存正殿为元代遗构，其余为明清建筑。常隆村是后羿射日故事的发生地，故而百姓敬奉，大兴土木、修筑三嵕庙祀之。“后羿射日”的神话传说已被申报为襄垣国家级非物质文化遗产。

甘露庙，也叫甘泽王庙，位于襄垣古韩镇桃树村中。坐北朝南，东西长21.5米，南北宽8.65米，占地面积约为186平方米。创建年代不详，现存建筑为清代遗构。现存正殿，两侧建有东、西耳殿。正殿面宽三间，进深六椽，单檐悬山顶，梁架为七檩前廊，柱头斗拱为五踩双下昂。庙内存清嘉庆三年（1798）改建碧霞元君菩萨碑记一通。

北畛沟山泉庙，位于襄垣县上马乡磨盘垴村自然村——北畛沟南50米。该庙坐北朝南，一进院落布局，南北40.7米，东西23.4米，占地面积952.4平米。山泉庙现存建筑为清代遗构，中轴线上存有正殿，两侧有东配殿三间、西厢房三间，均为砖木结构建筑。

流渠菩萨庙，位于襄垣县上马乡流渠村中。坐北朝南，一进院落布局，南北35.2米，东西25.8米，占地面积913平方米。创建年代不详，现存正殿主体为元代遗构。2007年被长治市人民政府公布为市级文物保护单位。

栗氏家庙，位于襄垣县下良镇郝村中。坐北朝南，东西长17.85米，南北宽16.5米，占地面积约为295平方米。一进院落布局，该庙创建于清乾隆十七年（1752），现存建筑为清代遗构。中轴线现存正房、院门，两侧有东西配房。正房面宽五间，进深四椽，单檐硬山顶，梁架五檩前廊式构架，柱斗拱为三踩，顶饰灰瓦。院门为垂花门。该庙为本村栗姓家族家庙。

崇福寺，俗称上寺楼，位于襄垣县古韩镇朝阳社区。坐北朝南，东西长36.5米，南北宽32米，占地面积约为1168平方米。创建年代不详，1999年被长治市人民政府公布为市级文物保护单位。

建封寺，又名百法寺，位于襄垣县古韩镇南里信村南，是唐代高僧、百法疏主释义忠出家和坐化之地，庙西南舍利塔为供养其身之塔。据碑文记载，建封寺创建于唐代，明代、清代均有重修。现存正殿、舍利塔为明代遗构，其余为清代遗构。

化城寺，位于襄垣县下良镇下良村东高地上。坐南朝北，东西长13.2米，南北长7米，占地面积为92平方米。据碑碣记载为明嘉靖三十年（1557）重修，现仅存阁楼为明代遗构，现存阁为重檐歇山顶，面宽三间，进深四椽，回廊式建筑。

侯堡余粮寺，位于襄垣县侯堡镇侯堡村南。坐北朝南，东西宽29米，南北长44米，占地面积1276平方米。创建年代不详，现存主体结构为清代建筑。一进院落布局，中轴线上建有山门、正殿，两侧为东西妆楼、东西廊房、东西配殿、东西耳殿。正殿建在1.2米高青石台基上，单檐硬山顶，面宽三间，七檩前廊式，三踩单翘斗拱，前廊柱为沙石质。1981年被襄垣县人民政府公布为县级文物保护单位。

善政三圣祠，位于襄垣县王桥镇善政村东。坐北朝南，一进院落布局，东西长 17.6 米，南北宽 29.3 米，占地面积约为 515.7 平方米。创建年代不详，现存为清代遗构。

周公神祠，位于襄垣县侯堡镇南垴上村中部。坐北朝南，一进院落布局，东西宽 19.65 米，南北长 20.16 米，占地面积约为 396 平方米，中轴线上从南到北依次有山门、正殿，均为硬山顶；两侧仅存东配房三间，东耳殿三间。正殿建在一米高沙石台基上，面阔三间，进深六檩，前廊式，一斗三升拱，前檐墙近年新加。西耳殿、配房为近年新修。

向家庄观音堂，位于襄垣县夏店镇向家庄村西。坐东朝西，一进院落布局，东西长 18.22 米，南北宽 16.47 米，占地面积 300 平方米。创建年代不详，据庙内碑碣记载，清道光三十年（1850）扩建。现存建筑皆为清代遗构。中轴线上由西向东依次有大门、正殿，两侧对称有南北厢房、南北耳殿。正殿面宽三间，进深四椽，单檐硬山顶，五檩前廊式构架，原门窗装修不存，代之以新砌前檐墙体。南山墙存有清道光三十年（1850）捐地扩建碣 1 方。

三、道观

玉皇观，位于长治县城南南宋乡南宋村中。创建年代不详，元、明、清三代皆有修葺。主要由乐台、厢房、五凤楼、钟鼓楼、东西配殿、左右道舍、玉皇殿、二垛殿、享亭等建筑组成。其中五凤殿和西配殿是元代建筑，其余皆为明清重建。五凤楼建造最佳，系一座二层四檐楼阁式建筑，面宽进深各三间，平方呈方形，通高 20 余米。楼上设廊柱及内柱各一周，四面勾栏围护，供人凭眺，一二层之间设有平座，并有两层屋檐，楼顶为歇山式，上覆黄绿蓝三色琉璃瓦及龙凤、人物、花卉等琉璃构件，制作精细，色泽鲜艳。原是长治规模较大的道教宫观。

真泽二仙宫，位于长治市壶关县城东南 45 千米的树掌镇神郊村。始建于唐乾宇初年。该庙座北向南，背靠青山而建，面对翠微峰。五进院落，规模宏大，建制完整。现存建筑有：牌房、山门、望河楼、钟鼓楼、戏楼、梳妆搂等，共计 200 余间。

南崖宫，位于陵川附城镇丈河村南，与祖师顶遥遥相对，屹立在南崖山腰，似一幅贴画挂在崖壁上，从南崖脚下登山至山腰，有一条宽不足 1 米的小径龙盘蛇绕般通往南崖宫。走到山崖中部，贴着崖畔宽约 1 米的天然石径平行 200 多米，即到南崖宫的庙外山墙，该庙为依山靠崖一坡形建筑，高 6.5 米，宽 3.2 米，过庙须紧扒外墙，迈过宽约 0.6 米的小道即是“崖宫”。宫前约 1.2 米外是百丈悬崖，内侧是一排九柱支撑的木屏风，屏风的梁上，雕刻着牡丹、莲花等精致的木刻图案。沿侧壁小径 10 多米，是一个依洞而建的独庙，后面是个天然石洞，此洞深约 5 千米。

南庙宫，位于山西省陵川县潞城镇东掌沟村。南庙宫始建于北宋，现在留存多为明清建筑。南庙宫建筑布局异于常见的对称结构，庙殿依山排列，步道在东方一侧。南起：戏楼，瘟神殿，石佛洞，石佛殿，高禖祠殿，三霄圣母殿。高禖祠殿最大，三霄圣母殿最老。瘟神殿面宽三间，进深四架椽，单檐五脊顶。前檐柱头额枋雕刻精美，玲珑剔透，殿内神台刻有龙、风、狮子及各种动物，雕刻精美。

白玉宫，陵川县潞城镇郊底村。金大安至崇庆年间重修，后历代均有修葺。共分三进院落，占地面积 2750 平方米。主要建筑有山门、倒座戏台、过殿、正殿、东西配殿、东西配房等。正殿为金代建筑，面阔三间，进深六架椽，单檐歇山顶，屋顶琉璃剪边。斗栱为四铺作单下昂，梁架结构为三椽栿对前搭牵通檐用三柱。前檐柱为方型抹角石柱，似白玉一般，故称“白玉宫”。

四、村落堡寨

马武寨遗址，在陵川县东 25 千米处。坐落在方圆百里皆为绝壁的马武山中，其前后左右山环岭绕，地势奇险，易守难攻。相传，东汉将领马武曾在此安营扎寨。寨中原建有金銮殿、梳妆楼、望景楼、宰官楼等，以及东、西、南、北四大寨门，还设有菜园、肉瓮、小巴、盐场、花门、秀窑、汉井、火房、西仓、南仓、瓦铺、教场、鹅宿窑、赶羊场、养鱼池、杀猪郊、神仙窑、诸神观等等。至今，部分残址仍存，尚有秦汉的箭矢、古钱或剑戟残片。

抱犊寨，金代武仙镇抱犊寨，即今抱犊沟，位于陵川县城东南 45 千米。赵状元帅台在杨寨村，距城县城 5 千米。相传金代状元赵安时（陵川人）在任南京路兵马都总管时，曾驻兵于此。现遗址尚存，当地群众讹称为“散台”。

黄庄坐，落在陵川县城西南 25 千米处的西河底镇境内，保留杜家大院共有三处，分别营建于清嘉庆至道光年间。村中的“节孝牌坊”是清嘉庆年间为旌表杜家先辈杜怀典之妻冯氏所立。牌坊由豆绿沙岩雕刻而成，形制为三门四柱，系中间高两旁低的歇山式庑殿顶。梁枋、门楣上的各种图案，既有“万”字边、“寿”字图、书籍带、“二十四孝”图，也有竹、菊、梅、兰等奇花异草和寿桃、石榴、葡萄、瓜果等图案，还有生活中常见的香炉、花瓶、笔砚及山水、田园、小桥、楼阁等图景。杜家大院大门开在东南方，一进两院。门楼为上下两层，大门两旁有石柱、石狮，门楣上为镂刻木雕，即四幅花卉屏风照壁。屏高 2.2 米，由 24 块烧制的砖图拼合而成，上刻“则笃其庆”四字，屏图分别是竹枝腊梅、桂树牡丹、荷花芦草、石榴海棠。杜家新院修建于清道光二十五年（1845），大院为三进式格局，大门开在西南方。在迎门的山墙上，有一幅文字照壁，内容是宋代欧阳修的《醉翁亭记》。黄庄还有杜家祠堂和玉皇庙等古建遗存。

南召古寨遗迹，坐落在陵川县南召村西的老寨山巅。是“百里围王、百里卫王”的建筑。即战国时长平之战前，保卫赵国王师的军事建筑。战国晚期，长平之战前，上党的北面和东面是赵国的后方和都城，所以西面和南面便是秦兵包围的前线。南线和西线一样面对强秦的围攻。因地形复杂，不易交战，便利用地形，坚壁固守，百里长城，十里一寨，南召寨由此产生。东汉安帝时期，在太行南端要冲屯兵，保卫洛阳，防御北侵外敌。南召寨担起保护京都的“卫南御北”的军事使命。到明代时，由于朱元璋的“高筑墙”政策，注重全国的军事设施建设，南召老寨又被重新整修一新。新中国成立前，老寨的顶层已经被毁，现在还有 4 米高的石墙。

岳家寨，原名下石壕村，位于平顺县石城镇南 14 千米处。据历史资料考证，下石壕村村民是民族英雄岳飞的后代。相传当年岳飞被奸臣所害，其后人被迫从河南汤阴逃难于此，为躲避追杀和蓄势待发，便依据地势取名，对内叫“岳家寨”，传承英雄历史；对外称“下石壕”，寻求保护屏障。村庄坐落于山体断层平台之上，这里平均海拔 1200 米，四临悬崖峭壁，有“太行空中村”的美誉。由于特殊的地理地貌，构成这里“冬无严寒夏无酷暑”的小气候。

五、驿道交通

长治境内古驿道在西周、春秋时期相继开通，战国时期已经成为行军、运粮、经商的重要通道。主干驿道有4条：一是由今长治经沁县、通往太原；一条从今长治经晋城、天井关通向河南；一条是由今长治、经黎城、东阳关到达河北；最后一条是今长治西出上党关到今晋南。驿道简易，经过历代修整，路面宽度仍在2米—3米之间，供行人车马通过。

陵川驿道。陵川昔有驿道通向泽州（治凤台），只设总铺和铺递，未设驿。光绪《陵川县志》："陵川共八铺，铺司兵二十五名，每名工食银五两四钱。后裁减六成，现每年工食银五十四两。总铺南关外四里；四姬铺县南十里；嘉炉铺县南二十里；罐泉铺县南三十四里；附城铺县南四十里；梧桐铺县南五十里；西王铺县南六十里；峰头铺县西南七十里，通凤台县党庄铺，以上每铺三名"。该驿道除经过上述8铺所在地外，还经过县西南的刘家脚（距县城五里）、石字岭（距县城十五里）、营里（距县城十里）、小回岭（距县城三十五里）、后子山（距县城四十五里）、焦家岭（距县城六十五里）等地，驿道"至风台县治一百二十里"。

白陉古道。位于陵川县马圪当乡横水河村与武家湾村之间，是古代穿越太行山的八条通道（即"太行八陉"）之一。"八陉"是指"轵关陉、太行陉、白陉、滏口陉、井陉、飞狐陉、蒲阴陉和军都陉"。白陉古道全长50多千米，跨越两省、四乡镇、十六个行政村及自然村。北起山西省陵川县城，南至黄河北岸河南省辉县市上八里镇鸭（蚜）口村。沿途经山西省陵川县城、大会村、长畛村；潞城镇石掌村、九光村、石圪峦村；马圪当乡黄金窑村、四义村、横水河村、双底村、榆树湾村、地八洞河村、大双村、武家湾村、长山底村；河南省辉县市上八里镇鸭（蚜）口村。从陵川县崇文镇大会村通往长畛村现存100多米，九光村至石圪峦村至八特岭（黄金窑村）现保存约有 3 千米，黄金窑村通往四义村约 300 多米，横水河村通往双底村保存约 3.5 千米，著名的 72 拐就位于双底村西部山谷中。榆树湾村“松盛老店”门前现存有 10 多米，武家湾通往长山底村白鹿山顶紫霞关（古称孟门）现存有古道 15 千米，关门遗址 1 座。2007 年 1 月公布为晋城市级文物保护单位。

和昔驿道，由县城往北经后峪、李阳，越蔡岭山到昔阳柏井驿站，境内长 24 千米，在李阳镇设铺递 1 处。和昔驿道为公文传递、官员过境必经之路，时人称之为官道。

和榆驿道，此道自县城往西，经寒湖、横岭、仪城，越八赋岭入榆次达太原，全长 137 千米，境内长 70 千米，时称通府路。途中在仪村、郜家庄、寒湖、沙峪、阳光占、白岩、横岭、刁岔、仪城、关池（关上）设 11 铺。既是公文传递和官佐通行之道，又是东西客商往来通道。虽山高路险，蜿蜒崎岖，而商旅不绝。道光十八年（1838），巡司官邵俊德途经八赋岭，骑乘难行，便在仪城召集四方绅士倡导募化修道。该岭前后村庄仪城、石拐、霍城、庆城等村民捐资上工，历时半年，将此段过岭道修筑畅通。

和辽驿道，与和昔驿道相通，交汇于和顺县城。此道自县城经南窑、喂马、窑底至辽州（今左权），全程 42 千米，境内 20 千米。途中在南窑、喂马、窑底设 3 个铺递。该道为州官巡视属县及公文传递之要道，时称为州道。

第二节
太行文化轶事

一、神话传说

（一）金牛山的传说

左权城西十里多的马厩村北，有座“金牛山”。很久以前，山下住着兄弟二人，老大赵恩，老二赵义。早年父母双亡，兄弟相依为命，种着村前几亩沙滩薄地度光景。数年之后，开下了不少滩田，家境好转起来，老大也娶了媳妇。谁知哥嫂贪财负义，全不念手足之情，将老二赶出门外。老二憨厚善良，勤劳诚实，并不计较这些，就在山脚下搭起茅棚，抠石造田，孤身度日。这年春天，滴雨未落，旱象严重，难以下种，村里人无不对天长叹。唯有老二地里苗全苗旺，长势喜人。入夏以后，仍未落雨，可老二的地却湿漉漉、黑乎乎的，粗壮的禾苗侧楞着耳朵直往上长。村里人觉得奇怪，老二也莫名其妙。一天夜里，老二隐身于大石背后，欲看究竟。大约二更时分，见山坡上亮起灯光，转眼间，灯光处金光闪烁，只见一扇石门徐徐展开，一水姑赶着一头驮着水篓的金牛下到田来灌地。顿时，水波粼粼，满地生津。老二连连看了三夜，心中好不喜欢，暗自烧香设供，跪拜祈祷。不久，他就把所见情景告诉了哥哥。老大听后，起了歹意。一天深夜，他手持柴斧，贼头鬼脑地窜过山来。当他真切地看到金牛时，忌恨之下，忘乎所以，早将柴斧向金牛砍去。这一砍，惹得金牛一声吼叫，一道金光而去，把老大吓得昏倒在地。当他醒过来时，怒气未消，又向金牛追去，不防被水姑一篓冷水泼来，只听“轰隆”一声，山门紧闭，老大化作守门石，蹲在了山门开启的地方。就在当夜，金牛复出为老二作媒，老二、水姑喜结良缘。俩人夫唱妇随，老二精心耕作，水姑赶着金牛驮水降雨。这里的百姓也托老二的福，在风调雨顺中，男耕女织，安居乐业。

（二）斑鸽子

榆社老百姓称斑鸠为“斑鸽子”。在榆社，流传着一个关于斑鸽子的忧伤故事。相传在很久以前，有位父母早亡的农家少女，孤苦无依，便投到她的姑姑门下生活。虽然少女年纪还小，但她的姑姑并不让她闲着，每天不是让她喂鸡喂猪，就是做饭洗衣，有时甚至还要让她去挑水砍柴。为了活命，少女只好强忍苦累，含悲坚持。但即使是这样，她的姑姑也常常看她不顺眼，打骂是家常便饭，有时还要让她受冻受饿。有一年秋天，眼看着天气一天比一天凉，少女浑身冷得直哆嗦。毕竟是娘家门上的亲骨肉，少女的姑姑看了也心有不忍，便对少女说：“你听姑姑的话，好好做活，等冬天时姑姑保证给你做条新裤子。”少女听了，心里顿时暖暖的。冬天转眼就到了，可是，吝啬的姑姑仍然没有给少女做下新裤子。少女心里已经指望上了那条裤子，但又不敢开口去问，做事的时候就有点心神不定。有一天，她在烧火做饭时不小心把锅台边的柴给引着了，幸亏扑救及时，不然的话就连房子也给烧着了。少女的姑姑大为恼火，拿起拨火棍就照少女的身上头上恶狠狠地打了起来。就这样，可怜的女孩还未看到她想要的新裤子，就被她的姑姑活活给打死了。

就这样，少女含冤而死。她的幽魂四处飘荡，无可寄托，最后，便化作一只瘦弱的斑鸽子，整日围绕在她姑姑家的附近不肯离去，每到秋天将冷时，便“姑姑——裤，姑姑——裤”地叫个不停。乡民们听了都说，那是可怜的小姑娘在向她姑姑要许诺给她的裤子哩。

（三）活财神与五谷神

在榆社，有许多关于财富方面的传说。据说，五谷神年轻时曾寄人篱下，跟着他舅舅生活。有一年，他舅舅家一块十几亩大的谷子地里，竟然就只长成一株谷子。他舅舅气得直骂五谷神懒惰，没好好给他养种。五谷神却只是笑笑，对他舅舅说："舅舅不要急，你只管准备一个大粮囤，我保证让你粮满囤。"他舅舅也没当回事，只当他是随便说说罢了。等到了收秋打场时，五谷神把那棵成熟了的谷子连根带谷穗收回打谷场上，然后用绳子系好备上牲口，拉着就满谷场转了起来。接着，怪事出现了，只转了几圈，打谷场上就厚敦敦地铺了一层已经打好的谷子。他舅舅又惊又喜，连忙叫人拿上口袋往粮囤里装。不大工夫，粮囤已装的满尖尖的，有人就喊："满了满了，放不下了，放不下了！"话音未落，打谷场上的谷子竟一下子空无一粒了。数年后，五谷神成家立业，另立门户。由于他勤劳肯干，又精打细算，田产越来越多，名声也越来越大。

另有传说活财神家有一只高不盈尺的黑陶罐。每年腊月将尽，快过大年时，榆社城里凡是与他家有生意来往的客栈、商铺等等的买卖人，就都上门来结帐了。待到账房把帐一结好，活财神就吩咐家人把那个黑罐罐端出来，然后就挨个儿地给那些人往出倒银子。让大家感到奇怪的是，在给第一个人往出倒银子时明明地看到黑罐罐已经口朝下，里边什么也没有了，可接下来再给第二个倒时，仍然还是该给多少就可以往外倒多少。城里的活财神听说山里有个五谷神，粮食多得不得了，就托人捎话上去，说他要是能用布袋装上谷子，一布袋一布袋从磨石挨着摆到我张家楼院大门口，我就把闺女许给他家做儿媳妇。第二天，五谷神就让下人把空布袋从磨石到县城长长拉拉摆了一道，然后他就骑了一头毛驴，一边摇摇晃晃地往前走，一边漫不经心地随身掏出一块土坷垃往布袋里一一丢去，那些原本空着躺在地上的布袋，在这一"丢"之间，竟一个接着一个都变成了满满一布袋谷子了。活财神看了，也不惊讶，更不食言，一边吩咐按乡俗议定两家亲事，一边就也骑了一匹雪白的高头大马，从他家大门上起步上路，一直顺着五谷神来的路上走去，一边走，一边也学着五谷神的样子，随手从身上掏出一块瓦疙瘩，照着五谷神的粮食口袋上一口袋一个，一口袋一个地一路丢下去—那瓦疙瘩却一块块都变成了光闪闪的银元宝。

（四）凶残歹毒老麻胡的传说

榆社乡民每遇小孩调皮捣蛋不听话时，总好用这样的话来吓唬孩子："再不听话，老麻胡可就来了！"老麻胡并不是兽，而是指一个人。这个人也与榆社出身的后赵皇帝石勒有着密切关联。传说石勒在遇到西域高僧佛图澄之前，并不懂得多少"好生之德"的道理，征战得胜之后，常把俘虏杀掉。他部下有许多猛将，也不懂得体恤生灵。比如石虎，虽然作战勇猛，但更是一个杀人不眨眼的凶残之人，不但滥杀战俘，有时连老百姓都要滥杀一气。石虎的部众里，还有一个大将，名叫秋，也是胡人。此人年有五十余岁，一脸麻子，满嘴板牙，性情暴躁，为人歹毒残忍，常视汉人为"羔羊"，任他随意宰杀。手下人称他秋帅，老百姓则称他为老麻胡。这个老麻胡还有一样令人发指的嗜好，那就是喜欢生食小孩内脏。所以，每当行军打仗到了一个地方，就要去附近村子里祸害村民们的孩子。所以，当地的老百姓谈"胡"色变，就连不太懂事的孩子，也是一听说"老麻胡"来了，就吓得一声也不敢吭了。

石虎、"老麻胡"之流的残暴行径，加深了汉人与羯人等胡人之间的矛盾，许多深受其害的汉人对他们更是恨之入骨。这也是导致后来"杀胡令"出笼和后赵政权跨台的一个重要因素。

（五）凤凰山的传说

很早以前，昔阳凤凰山上的寺院里住着一老一小两个穷和尚。他们每天到很远的地方去砍柴，然后担到炼铁炉铺去卖。砍得多了，可以满足自身吃喝；砍得少了，就得饿肚子。

有一天，他们在山上刨柴根时刨出一个盆子，于是便拿回去放在堆柴的南墙根下。第二天，盆子里就堆了满满一盆木柴。从此和尚就再不用上山砍柴了，盆子里的柴卖了就又长起来，一天可以卖两三次，并且都是非常值钱的铁林木。天长日久，买柴的掌柜觉得有些奇怪：过去两个和尚两天也卖不了一回柴，现在仅仅一个小和尚一天就能卖两回；开了几十年炉冶铁，从未整担整担收买过铁林木，于是便打发伙计到寺院打听。伙计到寺院后，看见两个和尚从盆子里割柴，割完就又长出来，从不见少。伙计把这一切告诉了掌柜。掌柜知道这是聚宝盆，便报告了官府。第二天县官带上兵马，将凤凰山团团围住，向和尚索要聚宝盆。两个和尚谁也不愿交出聚宝盆，眼看山下的官兵就要杀上山门，就把聚宝盆埋到门外的山坡上。官兵进了寺院，四处搜寻，又将两个和尚拷打逼问，仍一无所获，只好回城。聚宝盆从此找不见了，凤凰山上却全部长出了铁林木，两个和尚也只能每天砍柴去卖。

（六）左权十八盘传说

从黄泽关往东去，就是名传古今威震八方的十八盘，之所以出名，一是因黄泽关，二是因十八盘的陡峭——短短数千米的路程，海拔急剧

下降数百米。十八盘路侧有一块石头形似鲤鱼，头在地面，半截身子在地下。相传古代皇帝怕江山不稳，派许多阴阳先生到各地去查访和破坏龙脉。有一天阴阳先生来到云台山，发现了鲤鱼石，又见这条岭形似天门。他知道鲤鱼只要跳过天堑便成了龙，托生在山主家，长大就会抢坐皇帝的江山。阴阳先生找到了山主，把情况如实地告诉了他。山主很高兴，便问怎样才能使鲤鱼跳过天门。阴阳先生对他说，只要在鲤鱼石旁修个十八盘，就能顺势飞上天门。于是山主雇人昼夜施工开凿了十八盘，阴阳先生也就放心地走了。原来鲤鱼跳过天门才能成龙，若是落在十八个盘子里，那只能是人间的一道菜，风水也就这样被破了。

（七）王莽岭兵书石的传说

自古以来，陵川县民间广泛流传着王莽赶刘秀的故事。西汉末年，农民大起义爆发，绿林军、赤眉军揭竿而起；刘秀与其长兄率宾客子弟七、八千人起兵，并到河北等地活动，号召农民起兵。王莽为了巩固自己的统治地位，一方面派兵镇压农民起义军，一方面对西汉皇族后裔急欲灭绝，对刘秀尤其倍加憎恨，所以，他亲自率兵追杀刘秀，一直追到太行山南端泫氏东乡（现陵川县城以东）的崇山峻岭中，在一座巍峨高耸的大山上安营扎寨。王莽见此山高矗入云，中州平原尽收眼底，觉得在此既可以阻止刘秀出山，又可窥视起义军的动向，实属一处军事要地。故此，当下叮嘱部下高筑工事，死守关隘。并将随身所带兵书分发各位将领，命属下熟读兵书，精通战术，并妥善保管。一番嘱咐后，王莽便带领少数将士下山了。王莽走后，守军以为刘秀兵已被追杀得死伤惨重，所剩残兵败将只能散落在山林中充当野狼猎豹的食物，那么就只需派少许士卒把好山下峡谷就可以了，兵书无须看守，完全可以高枕无忧。所以，将领们就把王莽留给自己的写在绢上的兵书在各自的营帐折叠成一摞一摞，放进木箱，并且还用青石块将木箱垒得严严实实，以防潮湿、雨淋。其实，刘秀根本没被追杀所吓倒。他见王莽兵追得甚紧，便假装败阵逃命。在王莽还未到其驻扎的大山之前，刘秀已率军占据了一座奇峻突兀的山峰，在山上用石块垒筑城、操练，凭险据守，与莽军对垒。两军相距只有十余里之遥。莽军探到此情后，众将士感到又意外又恼火，几次出兵攻打，都攻克不下。这样，首将派重兵把刘秀占据的大山团团围住后，便带领将回山寨密谋奇袭刘秀的办法去了。这天，莽军大帐里，众将高谈阔论，各抒己见。有的提议智取，有的主张围困，一时难以统一意见。而首将则想从兵书中谋求制胜之术，可是正当去取兵书的一刹那，营寨上一声炸雷，活像山崩地裂，紧接着下起倾盆大雨。欲取兵书的这位首将想快快搬开石头取出拜读，却怎么也搬不动青石，众将当下都感到奇怪。他们出于保护兵书不受雨淋的目的，没再让搬动石头，各自回帐去了。再说刘秀连日鏖战，已疲惫不堪，况且还一直为伤残将士痛心发愁，心里十分着急。一日，他猛然意识到若不想法突围，自己将必死无疑。因此就在山上跪拜苍天和山崖，祈求一条生路。果然，顷刻间"轰隆"一声，山崖动，随即裂开一条惊险莫状的陡崖梯，由刘秀身边直通山下。传说那天刘秀朝天祷告、山崖抖动作响时，莽军营寨也正响炸雷下起大雨。民间相传是天神显灵阻止莽军袭击，保佑刘秀突围。轰隆声过后，刘秀突然看到有下山路就在脚下，深感神灵在暗中保护自己，很快率领将士从陡崖梯出溜下山，逃往河南，与绿林军会合。并在昆阳（今河南叶县）将王莽派去的镇压农民起义军的主力军全部消灭。遂又分兵两路，乘胜攻取洛阳和长安。这一声势浩大的军情传到山上后，驻守的莽军将士闻风丧胆，谁也顾不上收拾东西，即弃营逃窜了。从此以后，刘秀占据的那座山叫刘秀城山，王莽占据的那个山峰叫王莽岭。而当年分放于诸位将领帐内的兵书，竟神奇般地变成了一摞摞兵书石，渺无声息地散存在王莽岭上。至今，仍伴随着王莽赶刘秀的故事在民间广为流传。

（八）李忏遇仙记

相传很久以前，陵川侯庄的苇水村，有个叫李忏的人，家里有位七十岁的老母亲和中年怀孕的妻子，生活过得虽不富裕，可也还顺顺利利。李忏有个不大不小的毛病，就是一见棋就迷，一见棋就忘掉一切，一见棋就专心致志。有一天，李忏像往常一样上山砍柴。中午时候太阳火球一般吊在空中，那真是酷暑难当，口渴难挨，李忏正欲找点水喝，就听见一阵潺潺的流水声隐隐传来，他便循声而去找到了一条清澈的小溪。李忏爬在溪边喝了几口，顿时神清气爽，抬起头来，突然被水中漂浮者的一朵小白花吸引住了。那是一朵非常漂亮的花儿，花瓣透着银亮，花蕊闪着金光，其美丽之处，难以言表。李忏忍不住便伸手去采，却怎么也逮不住，追着追着便走上山来，只见小白花逆流而上飘进了一个山洞，洞口坐着两位老者正在对弈，李忏一下子兴奋起，不声不响地坐在了一边，就痴痴迷迷地观起阵来。两位老者，其中一位是鹤发童颜，长长的雪白的胡子飘在胸前；另一位老者是乌发童颜，长长的黑油油的胡子也飘在胸前。白胡者着白袍，黑胡者着黑袍，白胡者走白棋子，黑胡者走黑棋子。两位老者不急不躁，悠悠举子，轻轻定位，一来一往神怡自然。李忏却见阵地上枪林弹雨，杀声震天，胜败似乎在举手之间。两位老者一边下棋一边伸手在旁边的枣罐里抓颗枣儿吃，两双眼睛却从没有离开过棋盘。李忏看着也不时抓一颗送进嘴里，立刻就不渴不饿有了精神。忽然，李忏伸进枣罐的手被黑胡老者抓住，就见黑胡须老者一下子气得说不出话来，他抓起一把把棋子向洞外撒去，还猛地一下掀翻棋盘，把棋子撒得洞顶洞壁到处都是。此时，白胡子老者忙来解围，劝黑胡子老者消气息怒，并告诉李忏说，他们俩乃是天上仙公，闲情间见此地幽静便想在此开上一局，没想被你偷看，还偷吃了我们的仙果，要知道这仙果一颗管人活一百年哩。白胡子老者还说，他俩在此开局已大半个时辰，人世间已是三百年过去了。白胡子老者还对李忏说："你在此修行三百年也是天意，如愿意随我们走就走，不愿现在走我俩还在青峰巍等你"。李忏不相信老者的话，就走到洞口拿斧子回家，却见斧把子已经腐烂了。走回村里去见家人，村里却没有一个人能认识他。他又去看自己的屋子，那里已成为一片荒地，向左邻右舍打听他的母亲和妻子，大家都说不知道。他哭喊着说："我是李忏，我是李忏呀！"这时才有个白发苍苍的老太婆告诉他说，听老辈人传下来说，他家有个老爹叫李忏，三百年前去砍柴就没回来，他的后人有的还在本村，有的已迁往城关的尧庄去了。李忏这才相信了白发仙翁的话，二话不说就向青峰巍走去。现在，李忏遇仙的地方叫棋子山，满山遍野布满了黑白二色天然围棋子，人们说就是黑发仙翁抛撒出来的。棋子山有一个石洞叫棋子洞，有后人为二仙与李忏塑像，传说此洞就是仙人围棋的地方。此洞中有一泓清泉常年流淌，相传为小白花飘行的源头，洞顶洞壁上镶嵌的棋子，传说就是黑胡须仙翁掀翻棋盘的遗迹。

（九）青云桥的传说

陵川有座黄围山，黄围山上有座青云桥。相传，在距今很远的商纣王朝时期，诸侯梅伯因屡次直谏，纣王非但不听，反把梅伯剁成肉酱。大臣箕子见状，知商朝气数已尽，便装疯为奴，暗中将梅伯的亡魂收藏携带，乘机逃往五行山中。那时的五行山即今日太行山。因为箕子精通天文地理和占卜，他带着梅伯的亡魂，沿着太行山的龙脉一直走到了黄围山中。箕子在这里仰观天象，俯察地理，看到黄围山藏内寓气，龙象环合，气象非凡。箕子便在山中选了一穴好地，将梅柏的亡魂安置下来。当时正是金秋时节，黄围山中霜叶幽艳，漫山遍野，层林尽染，甚是好看。箕子不忍离去，便在这半山腰一座宽敞的山脊上，搭草为庵，隐居下来。箕子习惯于夜里坐观天象。这天，箕子又同往常一样，端坐于庵前的石头上。只见他调匀呼吸，握固凝神，运目静观宇空。不知是因为他聚精会神太甚，还是山中神异之力显验，箕子从此便一动不动地坐在了这里。风霜雨雪，朝朝暮暮，他坐在那里一直过了九九八十一天，箕子坐下的山脊，轰然一声震响，山体洞开一孔，东西贯穿，远望恰似架在云间的天桥一般。但见在箕子坐前，凭空现出一条浩浩荡荡的青云大道来，直达天宇。原来，由于箕子过分的聚神冥思和洞察天宇的异常执着，深深地感动了天帝。天帝便召梅伯的亡魂为仙，前来接引箕子。梅伯自青云道中缓缓走下来，与箕子携手踏上青云大道，飘然而去。后人所说的平步青云，其典故便从此来。后来，箕子和梅伯仙游至一山峰；箕子见其山上有很多黑白两色的圆石子儿，甚为可爱，便用天象地理之术创造了围棋，与梅伯在山上遣子围斗戏玩儿，被樵夫李忏学去传到人间来。后人便将此山叫做谋棋山和棋子山。

到了春秋时期，博学多闻的孔子，为了实现自己的学说，周游列国，不遗余力地四处游说，但终不见用。懊恼之余，孔子突然想起了箕子隐居后平步青云的传说，便驱车上太行山，决心要拜谒箕子平步青云的风水宝地。就在孔子路过晋城时，被拦车而回。孔子不但没有气馁，反而弃车从太行八陉之一的白陉步行而上。历尽了千辛万苦，孔子终于来到了黄围山中。此时正是秋天，黄围秋色如画，但孔子无心欣赏。只见他一看到那座状若天桥的山脊，便欣喜若狂，口中念念有词，端正衣冠，长揖至地。就在孔子抬起头的一刹那，只见天桥旁边豁然开朗，陡然间在那大孔旁边又多出一个小孔，神气飒然透过，阵阵馨风拥着孔子步上山脊，一条青云大道赫然出现在眼前。就这样，孔子在走投无路的境地，以坚毅的青云之志踏上了彼岸之路，成就为二千多年来备受世人尊敬的圣人。后人因为箕子与孔子在这里修炼的故事，便将此天桥唤作了青云桥，并把桥下大小两孔命名为开朗、孔明。唐朝时的禅宗五祖，也就是黄梅老祖，他也慕名来到黄围山中潜心修炼，据说也是在此得成正果。

尤其值得一提的是，到了金代，文人士子们在科考之前都要来黄围山拜谒青云桥，从中参悟成功之路。相传元朝的学问家郝经，也是受到青云桥故事的启迪而建功立业，名扬天下。查陵川自隋代至清代的科考史，千余年间，总共考取九十三名进士，其中七名状元，而金代独占5名。其中武氏叔侄连中三元，成为奇事佳话，广为流传。

（十）古石村的传说

古石村是陵川县马圪当乡的一个小村子。别看村子不大，却有“一百一十一个庙”。果然是这样吗？不是的，这句话妙就妙在利用谐音，淆人正听。一百的“百”，谐了“柏”音；“十”谐了“石”音；一个庙却是真的。连起来说，应是：“一柏一石一个庙”。奇中奇，奇在了一起。柏在庙院当中，庙在古石当中。庙中还有一尊石凿奶奶像，可见此石之大了。想见到奶奶的神像吗？没有二、三丈高的梯子是不行。至于那棵柏树，少说也有几百或者上千年的历史了。别的庙，总是先修盖了庙才塑老爷像的。然而这座庙却是先有了老奶奶的像才造了庙院的。为什么，这就得从那块惊心骇眼的巨石说起了。那么，巨石是怎样来的呢？

相传在很早很早以前，老奶奶去河南拾麦穗，走到现在的古石村处，觉得鞋里有个东西，便坐在那里脱下鞋来，磕了几下，倒出一个小石子来，起身又继续赶路了。待老奶奶从河南返回来时，发现自己从鞋里倒出来的小石子，已经长成了一块巨石。老奶奶有些生气了，在那块巨石上拍了一巴掌，说：“你长偌大干啥，不许你再长了！”因此，石头就再也不长了。现在那块石头上面还有一个手印痕迹。据说就是老奶奶用手拍巨石时留下的。后来呢，人们就把巨石凿空，里面成了一个庙，庙里还锻造了一尊老奶奶的像，后来又修了庙院等。每逢赶会的时候，也有人上去给老奶奶烧香。天旱了，还去祈雨哩，可灵验啦。古石村的村名，就是因为此石的时间久了，才得来的。

（十一）莲花山的传说

莲花山在陵川县古郊乡北 15 千米的地方，莲花山下有个村庄名叫莲花村，相传远古时南海观音曾两次到过此山，普度众生，救民于难，因菩萨身坐莲花往返人间，该山山形宛若莲花，故此而得名。莲花山山峦重叠，巍峨险峻，环绕四周，每一去处都有一个美丽的传说。东 5 千米处有“莲花盆”，其中之水终年不涸，而且四季保持一定水位，实为奇观。相传是观音菩萨在此坐落莲花做法，护送黑风老母归位替天行道。2.5 千米处有公鸡山，此山南北走向，周围 5 平方千米全是绿色草坪，有一条天然铺成的石阶步道实为奇妙，山之中央有一雄鸡形巨石，远眺中原，好似啼鸣。相传过去有一只神鸡在此啼鸣，每当拂晓前鸣叫，周边两省四县的庄户人家都能听得见（所谓两省四县是指河南省辉县、林县和山西省壶关县、陵川县）。1.5 千米处还有观日峰，待晨曦初露时，一轮红日升起，观之炎球一如泰顶。在偏东北 12.5 千米的山崖根处有一溶洞，名曰“黑风洞”。相传是黑风老母修炼成仙，观音菩萨让她在此替天行道。多少年来这里香火不断，每遇旱情，方圆的老百姓就要到此来求雨。在洞外山顶有一块灵石，高 4 米，宽 3 米，相传是黑风老母的观雨台，每遇百姓求雨时，她就要台上观看各方的旱情程度，以便掌握降雨的数量。在山之当腰有一座刀劈山，呈两半形，又名叫华山。相传是远古时三姐私自下凡，配偶于凡人刘彦昌，由于触犯了天规戒律，被压在了华山之中，后经霹雳大仙指点其儿沉香，投入东海超凡脱俗，15 年后武艺学成，手提神斧来到此处劈山救母。在正北方向 2 华里处有一溶洞，洞内有大约 220 平方米平坦地，可容数百人，由于洞顶北向有一“天窟”，观之象夜间星辰，因此，名曰“北斗洞”。洞内奇石象形，最为明显的有“二龙戏珠”“卧虎沉睡”。在莲花山的中央有一山，名叫“安家岭”，传说是观音菩萨化黑风老母在此安家，雨露一方禾苗。在偏西北 5 华里处有招军山、莲池洞、滴水窑、玉皇庙。招军山，相传是西汉王莽赶刘秀时，曾在此山插旗招兵。如今大山顶有一石碓，并凿有石臼，名曰“旗杆臼”。登临此山，方圆 20 千米尽收眼底：向东可望到河南辉县县境；南可望到六泉河、陵辉公路；向西可望到棋子山；向北可望到王莽岭。

莲池洞、滴水窑、玉皇庙的命名各有来历。相传唐僧师徒四人西天取经，途经此山被两个妖怪擒拿洞中，孙悟空几经周折，后求救于南海观音收降了妖魔才保住了师徒性命，一路西行。事后观音看到这方百姓生活艰难，又多数害病，于是大发慈悲，度天宫法水为百姓治病，此事被玉皇大帝得知后，便来视察，并委托山神土地要珍惜天宫良药，每遇患有疾病的百姓，三滴便愈。由于观世音到此山坐落莲花，为民除害，救民于难，人们就把此洞称为莲花洞。天宫法水造势形成滴水窑，无论旱情多么大，一年四季常滴如故。现在莲花洞口有一尊大石，象形乌龟，传说是观音降了妖魔所现的原形，洞上还有一人体显露的五脏六肺，传说是给百姓治病所诊视的五脏部位。百姓为了纪念玉皇大帝和观世音的大恩大德，就在此山建了玉皇庙。

（十二）醉仙姑山

传说，在很早很早以前，陵川平城多数以酿酒为业。最有名的酒叫桃花酒，也有叫平城为“桃花集”。村头有一口井泉水甘甜醇美，净无一尘，井旁有一户人家，老头儿姓李名余，据说是夏禹的后裔，老头与老太太，就像那口甘泉井一样，性情温和，心地善良，是远近有名的大好人。老俩口儿无田无地，就靠那口泉水酿酒度日。他们清晨早起提水，整天精心酿造，每月只酿得醇酒三坊。他们酿造的美酒，胜过王母娘娘蟠桃会上的琼浆玉液。

相传李家酿造“桃花酒”，最醇美的要算“千日醉”了，据称“开坛三家醉，泛杯十里香”。饮此酒者，不过三杯，就会醉倒，一醉就是一千日。好酒得有个好价钱。于是，李老头儿就在酒馆墙上题诗一首：一壶桃酒三百两，桃酒一坛换江山。君子但饮三杯酒，不醉三年不要钱。于是，李老头的酒价钱，一传百，百传千，就连天上王母娘娘都知道了，王母不信此事，派身边的贴身丫环瑶琳仙子下凡，查看此事是否真事。在一个春光明媚的三月天，李老头儿因有事需外出。家里就由老伴来操持酒店。瑶琳仙子下凡来到人间，摇身一变成了一位面净衣洁，举止斯文的老头儿，一踏进门，就看到粉墙上那首既像价目表，又象酒告儿的诗，不由嗤之以鼻，心想乡村野店哪有什么好酒，还这样夸口。随即桌旁一坐，喊道：“酒家，拿酒来！”李家老太太走出来，一看陌生人，忙问：“客官，吃酒吗？”瑶琳见上来的是老媪，就笑了笑：“嫂夫人，我是来吃酒的，只要好酒。”李老媪就捧来了“千日醉”。瑶琳接到酒后，一股浓烈的酒香直扑鼻腔，李老媪取一杯，她吃一杯。第一杯酒下肚，瑶琳觉得天转地旋；第二杯酒下肠，她感到浑身如棉；第三杯放在嘴边，只觉得就要醉倒，再也吃下这杯酒了。她放下酒杯，顾不得交酒钱，腾空就飞走了。在瑶琳往上天飞时，由于酒劲已发，头重脚轻，再也无力飞升上天，就落下来，躺在锡崖沟东面山上睡着了。这样一睡千年不醒，时间一长变成了石头。现在去到锡崖沟，站在沟中，向东山头看去，仿佛一个姑娘睡在山头上。

（十三）龙王头牡丹传奇

相传很久以前，陵川城西有一户姓丹的乡绅，养有一女，单名一个“青”字，人长得面目姣好，身姿窈窕，言行举止皆引人喜爱。一次，丹青姑娘街上走走，其美貌让一位县吏神智迷离丢魂失魄，隔日即携重礼上门，多方求助促丹青父许配成婚。没成想丹青姑娘在深闺长大，早已与自家长工私定终身，明日里主仆尊卑分明，其暗下已偷尝禁果，双双感情已如鱼水。那日丹青姑娘闻知其父欲将她许配别人，一时悲极糊涂，就与母亲吐露真情。没想其父知道后怒火中烧，当夜就将情郎吊起来毒打致死，并恨执执抛尸荒野，意欲让狼拖狗拽、鹰撕鸟啄。丹青知道这一消息后，先是气火攻心，一时即不省人事。待到缓过劲来，悲与痛仍交织不息，遂寻机逃离家园，奔荒野寻找到牛士的尸体。悲痛欲绝地喊一声：“牛哥呀，是我害了你！”一口气竟回不过来，立时已是身亡。后来，此处生一丛花，渐长如树，高丈许。周围丈许，花大如盘，状如碗，一树怒放百十花朵具十几种颜色，且花一日变三五次色，十分艳丽，十分神奇。传说其花树边曾有一石刻，写牛士、丹青字样，因年深日久字体又异常，人们便误认作“牡丹主月”。因山名龙王头，故称作龙王头牡丹。又相传，此牡丹树为西溪二仙奶奶所栽，神气毕现，可保佑青年男女爱情永驻，生男育女舒心合意。最为神奇的是，这树牡丹在 1943 年日军占领陵川后，变得形销骨立，竟三年只发叶不开花，大家感到甚是奇怪。直到 1945 年赶走了鬼子之后，这树牡丹才千姿竞秀，百花怒放，雍容华贵，招展人间。此后，这树牡丹每年四月盛开一次，其花色品质如故，神奇之名盛传。

（十四）二仙的传说

陵川县城西南五里的西溪村，有一座创建于金代的山中古庙——真泽宫。因为庙内敬的是“二仙奶奶”，所以人们又把它叫做二仙庙。关于“二仙”的身世，庙内的石碑上有着详细的记载。从中可以看出，关于“二仙”的历史传说，在民间最少已经流行了一千六七百年。相传“二仙”是晋朝时陵川人，后随父母迁居于壶关紫团山下一个小山村。姓乐，父名山宝，亲母杨氏。“二仙”是一母所生的同胞姊妹，但名字已经失传了。她俩生来聪慧异常，颖悟非凡。虽然七岁方始说话，但却言出有章，动合规矩，事事都很通情达理。所以，当时就流行着她们具有仙风道骨，是感神光而生的传说。对这般聪敏贤慧的两个女儿，父母当然十分钟爱，谁料亲母不幸早故，继母李氏对这对尚在幼年的前房子女，却视作眼中钉，百般虐待。在北风凛烈的寒冬，李氏竟令她俩单衣赤足到田去采集苦苣。她俩出于孝心，也只好惟命是从。冰天雪地里哪里会找到苦苣踪影呢？在这种情况下，她俩哭下的斑斑血泪，浸入土中，顷刻之间，竟使田间长出了一片红叶斑点的苦苣。她俩喜出望外，便共拾一筐，取回家中，而生性残暴的李氏并不以此为满足。迁居壶关紫团山后，在烈日当头的夏天，又令二女外出拾麦。这一带麦田既少，即使有些麦田，也属为富不仁的地主豪绅所有，都不让她俩到田里拾麦。所以，尽管东奔西跑地忙乱一天，到晚来也几乎一无所获。她俩怕李氏打骂和责备，无奈何便在田间仰天哭诉，再次向天祈祷。这种侍母的孝心和痛苦的遭遇，使天神格外感动和怜悯，便先降黄云，再降黄龙，使他们驾云乘龙，飞升天界。在一片仙乐声中，飘飘然然成了仙女。她姊妹俩成仙后，对人民群众的生活疾苦十分关怀。天旱时祈之甘霖立降，有病时祈之沉疔早愈，求男者祈之生智慧之男，求女者祈之生端庄之女。真是广施神通，有求必应。人民群众无不感恩戴德，便到处修庙立像奉祀。因为陵川壶关两县是“二仙”的故乡，修庙者尤为普遍。唐昭宗乾宁年间

（894—897），进士张瑜所撰《仙墨碑》，赞誉："岁俭求之即丰，时旱祈之即雨，违之者灾祸交至，顺之者恩德俱兴，益知神之灵验，福善祸淫昭然有矣。"这段碑文，表彰了"二仙"在民间惩恶助善之功，也说明了当时人民群众对"二仙"顶礼膜拜的主要原因。北宋徽宗崇宁年间（1102—1106），西夏侵犯宋朝边境，宋军奋起抵御。因军粮断绝，运输又十分困难，给宋军造成很大威胁。正在这千钧一发之际，忽有两个身着红衣，脚穿绣花鞋的妙龄女子，提着饭瓮前来卖饭。饭瓮虽小，但取之不尽，宋朝将士无不感激零涕，但又觉得神奇莫测，都认为是"天助"之功。不久，经过一番访问考证，才知道这两个女子原来是"二仙"变成的凡妇。宋朝统领在感激之余，便将这个仙女助战的大事及其侍母至孝的身世，一一上奏朝廷。朝廷便把她们姊妹二人分别封为冲惠真人和冲淑真人，并赐庙号为"真泽"。从此，人们把姐姐叫做冲惠，把妹妹叫做冲淑，把奉祀她俩的庙宇一律称为"真泽宫"。这种庙宇也就越修越多，甚至普及到全国各地。有人把二仙传说作为史实记载下来，不仅见之于碑记和县志，"二仙"犒军还被载入到《续资治通鉴》这部史书里。

（十五）石人等凤凰的传说

距陵川县南七十里处，有一个名叫"凤凰"的山村，靠村东边有座塔式小山，山顶的石崖上"凤仙诣途"四个大字依稀可辩。山腰有一石洞，洞旁伫立着一蹲异石，酷似人形，栩栩如生，像在等待着什么。这一奇景，就是当地传说的"石人等凤凰"。它与凤凰村的得名有着一段美好的传说。说是在很古的时候，那凤凰村原叫"四粒子庄"，这里风景秀丽，林木茂盛，野草遍地，百鸟争鸣，村前杨柳婆娑，小河潺潺，日夜不息。人们在这里过着春种秋收，安居乐业的美好生活。更令人可喜的是，每逢春天到来，便有一只身着五彩羽毛的凤凰由南往北飞行，途经四粒子庄，并且要在村东边的那座小山顶上落脚歇息，梳理美丽多彩的羽毛，高声鸣叫，引得林中百鸟争相歌舞，而后到山腰石洞中栖息一晚，次日，继续北飞。每当凤凰到来，四粒子庄的男女老少纷纷烧香顶礼膜拜，渴望这神奇之鸟能给全村带来吉祥。果真如此，凤凰年年来，四粒子庄一带年年风调雨顺，五谷丰登，无论生男育女，个个勤劳贤慧。因此，人们奢望凤凰能长久地留在四粒子庄，永远给这一带造福，于是村里请来一位老石匠，在那座山崖上刻下“凤仙诣途”四个苍劲的大字，以表示对凤凰的留恋之情和真诚厚意。谁知，四粒子庄村偏偏出了个人人痛恨的赖皮石仁。石仁对凤凰早暗暗地打下了坏主意。这一年春天到来，风和日丽，祥云朵朵，凤凰依旧自南向北飞行到四粒子庄停歇。半夜之后，石仁鬼鬼祟祟地摸到了小山，站在石洞旁，只等凤凰出洞时，上去将它逮住，好就此携带凤凰远走高飞，升官发财。

天色微明，凤凰醒来，猛然觉察到洞外有人，便伸利爪，一下把石洞的另一头抓开，高叫着飞了出去。石仁听见凤凰鸣叫，抬头一看，只见凤凰在四粒子庄上盘旋了三圈，叫声不绝，然后在小山对面石崖上拉了一堆屎，朝北直飞而去，石仁见此情景，气得两眼发呆，一口气没上来，便成了石头人。从此，凤凰再也没来到过四粒子庄。人们为了报答凤凰的恩惠，盼望她重新飞往四粒子庄，便把四粒子庄改名为“凤凰村”。把石仁气死后变成石头人的地方叫做了“石人等凤凰”。

（十六）红线金盒的传说

唐代潞州节度使薛嵩侍女名红线，善弹琴，通经史，薛嵩使其掌牒表，号内记室。时魏博镇节度使田承嗣将吞并潞州，薛嵩日夜忧闷，计无所出。红线自荐往魏博探看情况，请以一更上路，五更复命，并请薛嵩先派定一人，翌日骑马去向田承嗣问候。薛嵩允之，红线装束停当，再拜而行，倏然不见，五更果返，偷取田承嗣金盒，薛嵩即以金盒付使者去魏博，田见盒大惊，顿消吞并之意。

（十七）广志山的传说

黎城、襄垣两县毗邻。两县人不论男女老少，即使陌路相逢，往往一见如故，其中这是具有一定的缘故的。相传很早以前，黎城有个名叫赵保儿的后生，因家里贫寒，就到襄垣境内放羊。他人长得英俊，干活勤快，还有一身好武艺，又善于唱曲儿、讲故事。且一有空闲，就帮人家干活儿，人们都喜欢他。小伙子们喜欢跟他学两下拳脚，姑娘们愿意听他讲故事、唱曲儿。

有一年正月闹元宵，他因路见不平，动手打了一位调戏艳姑的阔少爷，闯了祸，就躲到广志山上去了。一去三载，人们十分想念他。谁知他因贫病交加已命丧黄泉了。那年农历四月十五广志山庙会，附近几十里的人们都能上山社赶会。艳姑也想去找找自己朝思暮想的恩人赵保儿，可她娘觉得艳姑是个独生女儿，并且女儿家抛头露面容易招惹是非，决意不让她去。她娘和邻里几个媳妇上了广志山。上山后就先到碧霞宫去上香求子，等她烧香叩头后，见人们围得水泄不透，个个朝她身后看，后生们更是看得目瞪口呆。她娘心想这是看谁呢？等她回头一看，原来是女儿艳姑跟在后面。大姑娘怎能来此求子呢？她娘不由怒气冲天，大声喝道："谁叫你来这？"边说边过去顺势打了她一耳光。哪知这一打一吓，姑娘随即就没气了。原来艳姑悄悄尾随其母上山来，见娘跪下叩头，自己也不问青红皂白，想让老爷指点迷津，好与保儿见上一面。刚才这一惊吓就魂飞九霄与保儿幽会去了。当下妇女老人们围拢来，七手八脚抢救姑娘，人们急得团团转。她娘见抢救无效，只气得死去活来。这时，黎城、襄垣几位老人商议了一下，将姑娘尸体抬在一个小庙内，劝慰艳姑她娘，让她与保儿合葬了。后来两县乡亲们为了纪念那位勤劳朴实的保儿和这位美丽善良的艳姑，就在山上为他俩修了庙，塑了金身，二人也就成了广志山的山神和仙姑奶奶了。从此两县人们每年四月十五都来这里上香。人们亲切地互称亲家。千百年来，相互来往，和睦相处。

（十八）洗耳传话

今黎城县之西井镇有座凤凰山，山麓缠绕一河，名叫"洗耳河"，古称"草儿河"。唐李白知此水而感怀，吟《古风诗》："世无洗耳翁，谁知尧与跖。"这个太行深处的小河有什么来历？

相传，三代时期的尧一度近佞臣而疏忠贤，政局日下。州长许由，德才兼优，力谏尧要亲贤远佞，结果遭到嫌疑，于是，许由辞官隐居凤凰山。后来，尧洁身自省，特以九州长官相许，命使臣去邀请许由辅政。许由觉得廉德受侮，于草儿河洗耳。尧听到许由洗耳之举，惭愧不已，特地于吉日躬亲迎请许由于草儿河。隔河相见，尧下马临河捧水洗脸，以示洗心革面。许由见状，再到河边洗耳。由问尧曰："草野涧水，不惟污君面乎？"尧反问："是恐污君面，汝何以洗耳？"又说："曩闻君洗耳以为吾之过，今洗耳何也？"许由笑答："见君洗面，吾岂不洗耳恭听？"二人相视大笑。于是，许由随尧返上党，竭力辅尧，尧政通人和。佳话传开，草儿河遂更名叫做"洗耳河"。明嘉靖年间，后人在河边建许由庙，并刻石记此佳话。

（十九）一城二隍

县毋二令，城毋二隍。然而黎城县自清康熙以来，却是两个城隍并存，境内升平，百姓安居乐业。康熙年间，黎城南委泉村出了个道台官，他在南方居官清正，百姓拥戴，神灵也为之感动。一日，道台到当地城隍庙降香，遥祝家乡太平，父老安康。其虔诚打动了城隍老爷，当晚，城隍爷托梦给道台，说他十分欣赏黎城的“沃土明邑，十年九收，邑民笃诚”，并表示“吾愿为隍黎邑久矣”，道台疑惑不解，城隍爷进而说出了他的苦衷；“近因政绩不佳，玉帝欲贬吾边陲为官，道台大人若肯相助，吾能到黎邑为隍，定庇佑贵邑百姓消灾得福。”道台听后许诺相助，说“一定作保，祈求玉帝恩准”。次日，道台去到玉皇顶上的玉皇庙，拜伏于地，向玉帝陈述了城隍爷痛改前非的决心，并祈求恩准城隍爷为黎邑隍。玉帝招回城隍，说“有道台作保，准汝之求”。城隍五体投地，千恩万谢。玉帝告诫他：“以黎邑之横岭为界，北属汝管。汝须谨慎供职，一城终不能有二隍，朕要摘优留用。”

城隍爷又在梦中与道台约妥，请道台将庙内香老所藏城隍的金身绣像带回，以证明城隍爷迁临。道台还乡，见县城北 40 千米的竖岭——柱形大山，果然横卧在地，人称横岭，它连联它山，显为界岭。道台摘吉日，祝祷天神、安抚百姓毕，面对乡亲父老，将袖内金身绣像请出，供奉在庙内。自此，黎城一邑二隍，年景日胜，人民称贺。

（二十）女娲的传说

据传，山西长治市西南有个“天台无影山”，就是女娲炼石补天的地方。这座山四周平坦，孤峰独秀，而且颇有灵气，“日出入胥无影”。又据说，晋城东浮山北谷中有“娲皇窟”，“中空如囊，传为炼石补天处”。太行山，古时也因此而名之为女娲山。传说，盘古开天辟地以后，不知过了多久，又出现了一个神通广大的女神，叫做女娲。她居然于寂寞之中，突发奇想，用黄泥抟造出一个类似于自己的小东西，并赋予他生命。这小家伙一着地面，就欢蹦乱跳。女娲非常高兴，接二连三造了好多。抟到高兴处，索性拉断一条枯藤，蘸了泥浆向四下里挥洒，泥点落地，竟也变成了一个个小生命。从此，寂寞的世界上开始有了人类，世界变得热闹了，喧嚣了，更加生机勃勃了。

谁知，过了不久，宇宙间又发生了一场巨大变动：天上塌了一个大洞，地上裂成条条深沟，树木被天火引燃，洪水从深沟涌出，猛禽野兽逃离巢穴，到处伤人。眼看着自己抟造的人类遭此大难，女娲痛心极了。她急忙找来许多五颜六色的石子，架起火来熔炼，辛辛苦苦地弥补天上的窟窿，又杀了一只大乌龟，用它的四脚立在四方，把天空牢牢地撑起来，天地总算稳定了。接着女娲又杀死了祸害人类的黑龙，用芦苇灰烬堵塞泛滥的洪水，大地终于恢复了欣欣向荣的气象。人们感念她的功德，一代代传诵着她的业绩。

（二十一）炎帝神农氏的传说

据说远古时期，炎帝就在以高平羊头山为中心的一带种五谷，教稼，尝百草，开华夏农耕文明之先河，启中华医药文明之先声。羊头山又名首阳山，海拔 1297.2 米，位于高平市北部的 12 千米处的神农镇，明《潞州志》记载“上有石状如羊头因名”，被认为是中华文明的发祥地之一，该地自古就是泽、潞两郡的分界，因此称其“岭限二郡，麓跨三邑，山高千余丈，磅礴数十里”。

传说，人类初起阶段，只以禽兽之肉、草木之实为生。而后，一来人类繁衍渐多，禽兽、果实不够吃了，二来偶吃有毒、腐败的事物常生疾病。这时，又出现了一位神话般的人物：炎帝神农氏。其时，正好天上下了一场谷子雨，他就率领大家把谷子收起来，教给大家耕地播种。一天，天上飞来一只漂亮的红色鸟儿，嘴里衔着九个谷穗的禾苗，有些谷粒掉下地来。神农氏又用它种出了良种嘉谷，人们吃了它，不仅可以充饥，还可以长生不死。为了救治人们的疾病，神农氏还用一条神奇的红褐色鞭子遍打各种草木，让它们显示出它们不同的药性，有时还亲自尝药，有一次，他一天之内竟中了七十种毒。就这样，他终于掌握了治疗各种疾病的方法，开创了影响深远的中药学。总之，炎帝神农氏在上党神话中占有突出的位置，集中代表了整个上党地区远古文明的进化程度。

（二十二）精卫填海

精卫本是炎帝的女儿，因游海上遭遇风浪，溺水而死。死后化做一只名叫“精卫”的鸟，形状如乌鸦，头有花纹，白嘴红足。它愤恨大海夺去了自己的青春，从西山衔来树枝和石子，发誓要填平东海，使它不再兴风作浪危害人类。故事中的西山，就是发鸠山，称其西山，是与东海相对而言。发鸠山位于长子县西 25 千米处，海拔为 1646.8 米，山势矗立，蜿蜒南北，雄伟壮观。山头云笼雾罩，翠奔绿涌，颇有仙境气势。发鸠山的庙宇大多与精卫鸟有关。如在发鸠山东山脚下浊漳河源头处，古时建有“泉神庙”，后改为“灵湫庙”，庙宇宏大，造型别致。传说就是炎帝为纪念其女儿所修建的。

（二十三）黄崖洞圣人泉

黄崖洞位于黎城县北东崖底镇上赤峪村西的板山岭下，占地约 10 平方千米，因一座海拔 1600 米的黄色崖壁上有一个可容百人的天然山洞而得名。黄崖洞陡峭的山势，奔腾的飞瀑，葱茏的林木，构成了一处天然的公园，现为黄崖洞国家森林公园。传说，当年二郎神担山赶太阳，路经黄崖洞时干渴异常，使掏出水葫芦饮水。饮了一半，顺手把葫芦放在山崖上。二郎看到这里山高水少，有心接济老百姓，便大喊“接水来！接水来”。无奈当时地广人稀，根本没人听见，更不用说有人接水了。喊了半天二郎见没人来接水，一时性起，抬脚踢翻葫芦，又继续担着山赶太阳去了，可葫芦里的水却滴答滴答的流个不停，越流越大，成了一股山泉。吃够了干旱苦头的人们突然发现黄崖洞有了山泉，高兴连忙动工在这里盖起了龙王庙。庙刚盖好，人们还没来得及烧香磕头，泉水竟干了！从打这儿起，当地就留下了一首民谣；“山泉啊山泉你在哪里，快快出来浇田地。圣人啊圣人你在哪里，快快出来引泉水。”也是从打这儿起，人们就给这山泉取名为圣人泉。

（二十四）羿射九日

《淮南子》说：“尧之时十日并出，焦禾稼，杀草木，而民无所食，羿上射十日，万民皆喜，置尧以为天子”。神话后羿射日之地就在屯留县城西北 30 千米处的三嵕山。其山名因由三峰所聚而得。

传说在辽阔的东海边，矗立着一棵神树扶桑，树枝上栖息着十只三足乌。它们同是上帝帝俊的儿子，每日轮流上天遨游，三足乌吐出强烈的火焰，就是人们看见的太阳（所以太阳也称三足乌）。后来，十只三足乌都抢着上天，天空中就同时出现了十个太阳，大地草枯土焦，炎热无比。人们只好白天躲在山洞里，黑夜出来觅食。猛兽毒虫借机残食人们，人类濒临灭绝的危险。消息传到天上，帝俊就赐给羿（天上的神仙）一张红色的弓、一袋白色的箭，叫他下凡到人间，惩治妖魔怪兽，同时也教训教训他的这些太阳儿子。可这些三足乌根本不把后羿放在眼里。后羿大怒，就选天下最高的地方，拉弓搭箭，瞄准太阳中心处的三足乌射去。他箭无虚发，一连射下九只三足乌。人们围着他连声喝彩。三足乌一死，火光自灭，人们感到清凉爽快，于是欢呼雀跃。呼喊声传到天上，帝俊大发雷霆，不准后羿再回天上。同时也令仅存的这只三足乌日日遨游，不得休息。从此大地酷暑消尽，万木复苏，百姓重新耕种。

（二十五）襄垣县九龙与常隆的传说

山西襄垣县有个九龙村，传说在大禹治水前，曾是一片汪洋。在汪洋之中，有十条恶龙，每天兴风作浪，推波助澜，致使洪水泛滥成灾，一片凄惨景象。原来这个村庄不叫九龙，而叫王堡，村人因受恶龙糟害无法生存，许多人家搬迁外乡。村里只剩下王老大等几户贫困农家和老弱残疾门户。王老大虽然人穷，但对恶龙愤怒至极，便联合了姓王本家的几个兄弟商量征服恶龙。他们做弓箭射猎，施毒药毒之，都无济于事，十条恶龙反而更加猖獗。

王老大心怀烈火，决心征服恶龙。一日，他到老爷山砍柴，听一樵夫说："有一圣人，名叫大禹，可治理天水归顺，所到之处水妖恶魔无不束手就擒。"王老大听了，便回到家中备妥干粮，发誓要走遍天涯海角，寻找禹王，恳求制伏龙患之策。一天傍晚行至一座大山上，累得实在走不动了，便倚着一株老松树坐下栖身，不一会儿便睡意朦胧。刹那之间，耳边松涛怒吼。王老大在睡梦中看到西天角上乌云卷着洪水，一浪高似一浪，向他的家乡袭来。在云头上立着一个头扎发髻、身着卜卦衣的善人，手中挽着一根碗口粗的铁链，拴着一只狮头，血口垂涎。只见善人用手一指，那怪兽便腾跃在大水旋涡之中，只听水中发出阵阵嘶叫，不一会儿，只见九条恶龙的脖子都戴上了枷锁，在善人面前苟延残喘。顿时河湾风平浪静，乾坤朗朗。王老大越看越高兴，禁不住发出呼叫……一下醒来，才知竟是一梦。

次日，王老大站在山头，左顾右看，甚感惊异：自己明明走了一百天，怎么回到常来打柴的老爷山呢？定睛遥望，王堡村前一片生机，被洪水吞没后的上千顷粮田又泛起绿波。逃至外乡的百姓又陆续搬回村子，过上了安居乐业的生活。原来，王堡的十条恶龙，九条被禹王所擒，其中一条逃至龙王山森林之中躲了起来。王堡村的人们为铭记龙害，便将村名改为“九龙村”。

后来，宋太祖赵匡胤路经龙王山之麓，遇一樵夫便问：“此地何名？”樵夫回禀道：“藏龙。”赵匡胤闻之失色道：“此地藏龙，对孤称帝大为不利。”随之吩咐随从传告乡人，将此地速改称“常隆”。

（二十六）甘露泉传奇

襄垣县九庄乡高庙岭下有个小村叫甘露岩。山岩里流出一股泉水，冬天不冻结，旱时不枯竭，终年清澈而甘甜。天长日久，便形成一条小河。襄垣古代八景之一的“甘泉漱玉”就是指这条泉水。

据当地老人讲，这条河原名苦水河。沿岸人们饮用后面黄肌瘦、四肢无力。男人活到40便亡，女人不育后代。人们只好背井离乡，逃出此地。当年唐玄宗李隆基任潞州别驾时，曾追着一只异鸟到此，异鸟飞到对岸，士兵纷纷过河，河水一浸腿部都麻木变肿，不能行走。马也因饮了此水而亡。李隆基大怒，强捉百姓过河追鸟。百姓不从，李隆基便下令封了此地。从此，这里路断人稀，蝉鸟不鸣，一片荒凉。

其实，这只异鸟是观音老母身边的净水仙子。她奉老母圣命来人间考察，这日飞经潞州上空，被官兵发现，禀报别驾，李隆基便带兵追来。

仙子本欲施法惩之，但算定他要做大唐皇帝，便飞到此地躲避。净水仙子逃回天庭，向老母叙述了百姓遭苦河之殃。观音便变作一农家少妇下界而来。当夜，观音来到苦水河边，想弄清水苦之故，猛然狂风大作，水涨浪起。观音定睛一看，一条毒蟒精在岩底钻着，泉水从岩上流出，它就喝了，然后尿出毒水，使河变成苦水，祸害百姓。观音大怒，显出真相。毒蟒一看观音老母，欲钻河底。观音用佛尘一点，蟒精即被镇住。净水仙子用神瓶倒出三江四海，将苦水冲走。观音用手一点，岩上便缓缓流出清澈的泉水。净水仙子尝试后，河水虽无苦味，但仍不甘甜。观音解衣开怀，挤出几滴奶汁，河水立刻变成乳白玉质，甘甜如蜜。人们为了感谢观音，便在此修筑了寺院，名曰甘露寺。从此，寺内祈祷声声，香烟缭绕，沿河两岸，绿树成荫，甘水滋润沃土，连年五谷丰登。

（二十七）南北马喊的来历

相传汉朝开国元勋张良，是古韩（今山西襄垣）子房沟人氏。张良家五世辅韩。秦灭六国时，因张良父亲率家卒抵抗，被秦始皇所杀，秦始皇还下令追杀他全家。张良为报父仇，便投奔刘邦，劝刘邦联合各路诸侯反秦。项羽自刎乌江后，刘邦成为西汉皇帝。张良为刘邦建立西汉王朝出谋划策，立下了汗马功劳。刘邦立国后，大封刘氏家族为王，对功劳最大的将领韩信却封侯位，并夺去了他的兵权。张良虽为汉朝三杰之一，可他看出刘邦私心之后，便在夜间悄悄乘马离开京城，向故乡飞奔。宰相萧何闻悉，乘马日夜追赶，也未追上，只好回朝禀报汉王。刘邦为失掉良臣痛心，便亲带人马日夜兼程。一日，来到襄垣夏店附近。时值炎夏，大地龟裂，人马干渴难忍。刘邦便令军士找水。军士们找了半天，仍不见一点儿水源。汉高祖不信，打马来到一石坡上，那马突然一声嘶鸣，马蹄便陷进了石头之中，蹄下立刻涌出泉水。

众兵士贺曰：“万岁洪福齐天，天降马蹄泉。请万岁先饮。”汉高祖叹曰：“一蹄之水，寡人岂能独享？还是共饮吧！”军士齐呼英明。每人各饮一口后，那马蹄水仍是满满的，众士十分惊喜。人马喝足之后，泉水仍然涌流不竭。

汉高祖对此深感稀奇，故把此地取名为“马喊”。后来天下大旱，唯有这里的泉水常流如注，周围百姓不仅饮用它，而且还灌溉了数百亩良田。由于此处有了水源，人们便在附近居住下来。数年之后，这里便渐渐形成一个村庄——马喊村。马喊泉水清澈，用之不竭。人们出于好奇，便日夜守护，看究竟是何神显灵。这天午夜，只见天空一朵白云从远处飘来，白云之上，一男一女骑一匹小白马徐徐而降，那马一声嘶鸣，泉水更加溢满。一位长者突然叫道：“原是张良和一仙姑来此降福！”转眼间，小白马嘶鸣着向北飞去，飞到北岭上空，从云中降下；又嘶鸣一声，隐入白云山中，这里顿时也溢出一股清澈的马蹄泉水。此地便是现在九庄乡的“北马喊村”。因一马嘶鸣两地，故有南北马喊之俗称。

（二十八）牛郎河的传说

襄垣县西营镇西北角有个小山庄叫“牛郎河”。说起牛郎河，还有一段故事哩！相传在远古年代，这里居住着一户人家，户主姓张，因此村名叫“张一庄”。张老汉每天天不亮，就背着干粮、拿着镰刀上山割荆条，晚上回来编织箩筐，以此维持全家人的生活。

这张一庄地处于山圪梁，吃水困难，下山挑一趟水要往返十多里的山路。若遇上旱年，日子就更难过了。有一天，天刚蒙蒙亮，张老汉便像往常一样身背干粮，手拿镰刀，向山上走去。当他走到半山腰时，山中忽然腾起大雾，举目一片迷蒙。正当张老汉彷徨之际，忽听远处隐隐约约传来一个声音：“……张老汉，我给你担来了金山、银山，你子子孙孙也享用不完……”张老汉脱口说道：“金山、银山我不要，只要一条小河流。”话音刚落，大雾顿开，满山普照晨晖。展现在张老汉面前的两座大山，一座像头牛，一座像只狼，中间夹着一条小河，河水哗哗向前流去。张老汉兴奋异常，自言自语道：“张一庄有水吃啦！”

据人们传说，南北两座大山，一座是金山，一座是银山。经神仙点化后，变成了石山。夹在两山中间的那条小河，是神仙的扁担。张一庄有了水，来此居住的人们便多了起来。为了感念神仙恩泽，家家捐粮捐款，在村南建了座庙宇，人们又在两座大山上分别雕刻了一头石牛和一只石狼，又将张一庄改名为“牛郎河”。

（二十九）马刨泉和龙落脚

传说汉高祖刘邦，亲自带领人马追赶贤臣张良，日夜兼程。在一盛夏的一日，来到山西襄垣冯家庄附近时，人马干渴难忍，却找不到一滴水源。刘邦的那匹马突然长嘶一声，前蹄腾空，向下一刨，马蹄下即刻涌出清澈的泉水。所有人马饮足之后，泉水仍没减少。刘邦深感奇怪，便把此地起名“马刨泉”。这就是现在襄垣九庄乡的“马刨泉”村。至今泉水清澈，泉边马蹄印清晰可辨。

汉高祖刘邦继续向白云山行走，走至九庄村北，命全军人马就地歇息。眺望白云山上，云雾缭绕，松柏参天，犹如仙境一般。汉高祖欣喜非常，赞不绝口。因刘邦曾在此落脚小憩，故取名“龙落脚”。汉高祖登上白云山，进入寺院，却不见人影，唯独石桌上留有一条幅，墨迹未干。仔细观察良久，认出笔迹是张良所写。刘邦沉思良久，意识到张良不愿见他，深为失去贤臣张良而痛心。于是，只好默默打马回朝。从此，张良躬耕山庄，不争功名的事迹流传至今。

（三十）鹿哭泉传奇

相传很久很久以前，距山西襄垣县城东三华里有一个村，名叫“北里信”，村东南有处水潭，叫鹿哭泉。原来，这里有一对恩爱夫妻，男耕女织，过着田园生活。妻子生下一个男孩，夫妻俩喜出望外，当抱起男婴仔细看时，发现孩子的左臂上有一只眼睛，便取名“三目子”。邻里有人劝导说，这是不祥之兆；如不将其弄死，将祸及邻里。掐死他，夫妻俩又于心不忍，所以就抱起来扔到了一个偏僻的地方。恰巧，一只鹿路过此地，就把三目子衔到了荒郊。

转眼间几年过去了。有一天，鹿外出捕食，洞内只留下三目子。一个猎人打猎路过此地，发现了三目子，便领回家中抚养。当鹿回洞后不见三目子，便四处寻找，终不见其影子。鹿整天哭丧着脸，思念着三目子，滴食不进，垂泪成行，忧郁成疾。后来，传说鹿泪竟化成了一股清澈、甘甜的泉水。这就是“鹿哭泉”。传说，喝了鹿哭泉水，能使无奶的奶母有了奶，所以，那些无乳汁的母亲便来这里求奶。从此，这里经常香烟缭绕，有的甚至从几十里之外的地方赶来“求奶”。说来也怪，凡喝了这里泉水的奶母大都乳汁如注。

（三十一）钟盘地的传说

山西襄垣上马乡固村的石林山北面，有块土地叫“钟盘地”。为啥叫这个古怪的名字呢？相传古时候，石林山上有座庙，庙里有一口很大很大的铁钟，每年七月，人们都要到庙里烧香还愿。

有一年七月，暴雨从天而降，数日大雨如注，人们只好望庙兴叹，直到过了七月，天才放晴。然而烧香日期已过，人们心里很不是滋味。第二年七月将至，人们又念叨起烧香还愿之事。为防发生水患，便提议捐些银两，把庙搬迁到平川来。一听说搬庙，很多人都来参加。谁知开工第四天就下起了大雨，人们仍然冒着风雨忙活。当天夜里，忽然刮了一阵大风。第二天，人们照常上山搬庙，然而大庙已经到了平川。奇事一下传遍全村，人们纷纷朝天祷拜，感谢老天搬庙之恩。有人说，庙虽搬迁下来，但铁钟还在原地。说话间，忽听“当当当”，铁钟不敲自鸣，人们闻声而至。走近钟边一看，钟上写有一行字：兄弟八人来抬钟，方能抬到村当中。去哪儿找这八个亲兄弟呢？人们思来想去，想到村里只有一户人家是七个儿子。可少一个怎办呢？不知谁说了句：“人家还有两个女婿。人常说，一个女婿半个儿，正好是兄弟八个。”于是便将这九人叫来，吩咐上山抬钟。当他们抬着大钟刚走到山下一块平地时，便怎么也抬不动了。有人提议歇一阵儿再走。谁知那口大钟刚落地，就陷进土里不见了。人们赶忙挖掘，一连挖了几天几夜，连个钟影也没找见。从此，人们就把这块地叫成“钟盘地”了。

（三十二）桃花节

山西襄垣城西北角有个桃树村，每年农历三月十五，村里的青年男女都要欢度“桃花节”。传说在很久很久以前，桃树村有一座桃林山，桃林山上有一个长得貌似天仙的女子，名叫桃花。父亲早逝，她能织善绣，织出的布就像天上的彩云一样鲜艳，绣的花草鸟兽活灵活现、栩栩如生。

三月，正是桃花盛开的季节。姑娘坐在门前绣花，绣着绣着，情不自禁地唱起了动人的山歌，歌声随风飘去，被一位在山上打猎的小伙子听到了。小伙子名叫牛娃，勤劳勇敢，从小在山中练就了一身本领。姑娘的歌声宛若一股清澈的小溪，流入了他的心里，他陶醉了，循着歌声来到了姑娘身旁。两个人唱起了山歌，你一支，我一支，在歌声中定下了终身。离桃林山二十里的地方，有个无恶不作的财主，他早闻姑娘长得俊俏，只是苦于无法下手；最近听到姑娘和一个穷小子定了亲，心里酸溜溜的。财主心生一计，派人监视桃花，等待时机下手。这天探客来报，说牛娃到很远的地方打猎去了，恐怕近几天难以回家。财主听了大喜，便带领一伙人把姑娘抢到家中，逼迫成亲。姑娘思念牛娃，誓死不从。狠毒的财主将姑娘打得昏死过去，并污辱了她。当姑娘从惊吓中醒来，发现自己遍体鳞伤，关在一间破旧不堪的房中，便哭得死去活来。她拨断窗棂，星夜逃回山中，在牛娃给她采花的那棵树上吊死了。

牛娃捕获了许多山鸡和野兔，一路小跑，想见桃花，刚走到桃林山，就得到了噩耗。牛娃怒火中烧，杀死了可恶的财主，最后也在姑娘吊死的桃树上殉情了。

这天正是三月十五，人们为了纪念姑娘和牛娃，就把这天叫做“桃花节”。多情的小伙子们总要设法采一枝最鲜艳的桃花，送给心上的姑娘，表示纯洁的爱情。

（三十三）松树坪上一怪松

每年阴历二月初八，是襄垣善福村的古庙会。其实庙会开始并不在善福村，而是在距善福村西南二华里的松树坪。松树坪上原有一棵松树，这棵松树的形状很特别，其树的下半截约一米高垂直于地面生长着，一米以上直到树梢平行于地面生长，树干枝叶都非常粗大，人们把这棵松树敬奉为神。这里还有一段美好的故事。传说很久以前，善福一带大旱，人们无法生存。为了养家糊口，只好求神乞雨。二月初八这天，有一条青龙打此路过，被眼前的情景感动了。青龙摆尾巴，一时间，天昏地暗，雷电交加，接着便是倾盆大雨。可巧石峪村后的一棵松树被青龙的尾巴带了一下，便被拦腰截断；青龙又是一爪，将已倾倒的树干托住，树干与地面正好平行；那垂直的一段距地一米左右，平行的那截一直延伸到树梢。

大雨过后，人们望不到那棵松树，便以为被青龙抓走了，可到那里一看，松树平平地躺在那里，依然郁郁葱葱。百姓们奔走相告，一传十、十传百，越传越神奇。“青龙下界，变成一棵松树！善福方圆要大福降临了。”这么一来，人们就把这里叫做“松树平”。方圆几百里的人们也都来求神降雨。村民们为了感谢青龙，在这里修了庙宇。每年都要在庙内唱戏庆贺。“松树平”顿时名扬上党，后来，“松树平”便改成“松树坪”。

（三十四）庙沟山传说

地处襄垣、屯留两县交界的庙沟山，有一溜青草是头朝下长的。这是为什么呢？相传很早很早以前，山东的老爷爷和老奶奶为了解脱人间疾苦，双双向山西走来。不知走了多少天，行了多少路，来到屯留和襄垣两县交界的一座山上，他们看到这里青山高耸，苍松翠柏，山涧流水，潺潺悦耳，便登上主峰，举目远眺，群山尽览眼底，真是个山青水秀的好地方。于是，就选定在此落脚。在此山脚下，住着王大爷和王大妈老两口。二老无儿无女，和睦四邻，又好吃斋念经。一天夜里，王大爷梦见一个白胡老汉对他说：“你老俩积德行善，当有厚报，我赐你们些药丸，你们把它施舍给穷人，治病救人吧。只是需要病人先到山顶上去求药，你们再把药给他们，你们也可得些香火钱。”王大爷醒来后，果然见炕头一张纸上堆了许多黑色小药丸。王大爷高兴极了，让老伴把药收起，然后把这件事告诉了村里人。有个山民叫王小二，妻子患病多年不愈。听了王大爷的话，便带上香物供品来到山顶求药。说也奇怪，其妻服药后，病体回春。消息传出，方圆几百里的人都来求药，真是门庭若市，香火兴旺。人们在此修了一座老爷庙，此山叫做“老爷山”。

本来给人舍药是老爷爷和老奶奶两人共同办的，可是人们只敬老爷爷，不敬老奶奶。老夫妻俩为这件事争吵起来，互不相让，愈吵愈烈。最后老奶奶赌气说：“你受着香火你在，我走！”老爷爷说：“你走？你能走出百里之外？”老奶奶说：“我要走到你看不到我的地方！”老爷爷说：“有我这双慧眼，岂能看不见？我不信！”老奶奶说：“我若走不出你看不到的地方，我就变为深沟！”老爷爷说：“我要看不到你，我就把庙门堵上！”二人打了赌。

老奶奶出得庙门，犹豫徘徊。老头子住在高山上，走到哪里也能看见。返回吧？又因赌言在先。于是，又向前走去。一天，老奶奶走到屯留八角沟圪梁上，由梁上俯视山下，山下有条深沟，树木遮日，青草遍地。她想，老爷爷一定看不到我了！便高兴地顺坡下滑去。滑过的地方，荒草至今是头朝下长的。老奶奶就在沟底住了下来。她向山民们托梦不久，远近的人们都前来求药。后来人们在这里建了一座奶奶庙，此地名为“庙沟山”。

自老奶奶出走以后，老爷爷每天盼望她归来。他几次登山远眺，总不见老奶奶的影子。奇怪的是，来这里求药的人不如以前多了。他去问人，才知老奶奶在庙沟施药。老爷爷一声长叹，只好履行诺言，将大庙正门封住。从此，门外出现一个绝壁深沟，深沟之下有个云洞，只要天气变阴，便会冒出云来下雨。人们传说这是老爷爷想老伴掉泪哩！

（三十五）阴沟米

传说，很早以前，山西襄垣有个穷秀才，以卖文讨饭度日，人们称他为“文穷郎”。文穷郎常年在一破庙安身。这夜他收留了一个迷路女子，没想到这女子竟是当朝皇上之妹，皇上正出榜寻找。文穷郎便送御妹进京，万岁大喜，封他为御史，太后招他为婿，不久又升为宰相。

文宰相是个受过苦的人，生活俭朴。可皇妹仗凭自己是金枝玉叶，张口山珍海味，伸手绫罗绸缎，过着花天酒地的生活。她的两个儿子更是欺男霸女、无恶不作。文宰相为了不让儿子们在京都惹事，便让夫人带他们回襄垣老家。可这些少爷们仗凭权势，不但未改恶习，反而更加骄奢荒淫，官府无人敢惹。

有一次，南方藩国向当朝进贡夜明珠，路经襄垣恰巧借宿文家。二位少爷竟把宝珠扣压。藩使进京禀报万岁，万岁听后龙颜大怒，于是传下圣旨，将文宰相革职。因家产被封，文宰相无耐带着家口来到隔壁寺院暂且居住，和尚看在文穷郎的面上，作了上好的白米饭让他们吃。文穷郎想不出寺院还有如此上等白米。向和尚道谢，和尚说：“不用谢，这本是你家的米呀！”文穷郎不解其意。和尚便引他到寺外，指着一道阴沟说：“你们家天天有大米从沟里流出来，我见可惜，就捞起洗净晒干，储在缸中，天长日久，已积万斤，足够你全家吃了。”文穷郎大惊：“吾子浪费天仓，何能不败！”遂坠沟而死。皇妹闻丈夫凶讯，也撞墙而死。两位公子后来沦为乞丐。

（三十六）油篓坡

山西襄垣浦池村，有个油篓坡，坡上的石头，有两个状似油篓，石上有一个屁股、一支烟袋、一个烟盒以及“王小山”三个字的印痕。据说，在开天辟地时，天上有十二个太阳，气候十分炎热。有个卖油郎挑着担子来到浦池村的山坡间，看见有条小河，便去洗脸。洗脸后，顿感凉爽了许多，便挑起担子上路。刚爬上山坡，啊呀！山坡的石头已被太阳晒成软泥，卖油郎走也走不动，爬也爬不出，一个踉跄跌倒在地，两个油篓随之陷进了石泥之中，烟盒、烟袋也摔到坡上。他自知即将丧命，便挣扎着坐起来，伸出右手，用最后的气力写下了“王小山”三个字。

从此，这里便留下了他的名字和油篓等痕迹，人们便把此地叫成了“油篓坡。

（三十七）金蛤蟆

在很早很早以前，山西襄垣城西有一个村庄叫干土坡。大禹治水前，这里地势较高，所以居住人家不少。后来因为没有水吃，人们就陆续迁移他乡。人们走后，村中只剩下一个身患瘫病的刘老汉和儿子刘土土，父子相依为命，决心住下来找水。刘土土每天早上要到十五里以外的里信河去挑水，上午下地干活，然后回家还要侍奉爹爹、做饭、洗衣。晚上他睡不着觉，便在村里村外找水。暑去寒来，年复一年，刘土土不知跑过多少路，磨破多少鞋，仍是找不到一滴水。一天，他到里信河挑水时，捞起了一个金蛤蟆，便想挑回家养着。不料，刚挑到村边一个大土崖下，那金蛤蟆便跳出水桶，顷刻不见了。

金蛤蟆本是漳河里蛤蟆大仙的独生女，因她不愿意做漳河龙王的第九房偏妃，便装作疯癫逃到她的姑姑家——里信河神那里去藏身。闲暇无事，仙姑常在河边替姑妈晾衣、晒食，每天见刘土土来河边挑水，遂生爱慕之心，因同情他寻水之苦，便背着姑母偷了一股漳河水，赐予干土坡，让土土一家所用。现今要供全村用水，一怕水量不足，二怕天长日久，声扬出去，被漳龙知晓，遭其祸殃。但是，好心的蛤蟆仙姑见公公、丈夫为全村人求水心切，只好担着风险答应下来。于是，她趁夜深人静来到漳河，恳求姑妈恩助。姑妈推辞不过，便答应下来。

第二天，果然泉水越流越大，成了一条绕村大河。有一天，天空雷霆万钧，蛤蟆仙姑一听便战栗不已，伏在土土怀里放声大哭：“漳龙果然告下我盗水配凡之罪，引龙神、雷公来捉拿于我。”土土一听，提起砍柴大斧喊：“吾今豁出性命，定要斩此恶龙救你。”蛤蟆仙姑说，“别说傻话，就是我父母和姑父、姑母也斗他不过，且说你一凡俗人。快将我藏你怀里，叫爹爹和全村人摆设整猪、整羊向玉帝、观音老母求救。”土土之父顾不得瘫病未好，挣扎着呼叫全村，摆上供品，祷告苍天，诉说蛤蟆仙姑赐水救民有功，声泪俱下，震撼九霄。

仙姑此时已变作一只金蛤蟆躲在土土怀里。漳龙几次扑入院中，未能得逞，一气之下，大显淫威，欲雷击房屋，毁掉禾苗。在这千钧一发之际，观音老母驾着祥云，在空中传下玉帝旨意："念金蛤蟆有拯救人间干旱之功，又愿配穷人为妻，可留人间为民造福。"漳龙只得气急败坏走了。从此，金泉水常年奔涌，使全村土地五谷丰登。因干土坡地处城西，河里且能行船，故起名为"西港村"。

（三十八）比干访微子

微子是商朝纣王的长兄，比干是微子的叔父。纣王荒淫无道，招致朝野上下强烈反对。朝中大臣纷纷议论要废纣王、立微子。纣王闻听此事，便贬微子到微子国（今潞城微子镇一带）做诸侯。微子来到微子国，同百姓一起放牧牛羊，垦荒造田，栽桑植木，勤耕善织，修建家园。数年后，便兴旺发达起来。

微子振兴微子国的消息传到朝中，朝中大臣无不称快。一向忧国忧民的比干丞相，得知此事，更是喜出望外。他从国都朝歌来到微子国，

找到微子。在微子国的所见所闻，使他兴奋不已。回朝之后，他向纣王进谏，劝他效法微子，救国救民。纣王哪里听得进去。这时，纣王身旁的妲己不怀好意的地说："陛下，他不是说要为你敬献忠心吗？你应该把他的心拿出来，看看到底是红的，还是黑的？"纣王听信谗言，竟当场将比干剖腹掏心。比干被掏心之后，竟未死去。他忍痛徒步来找微子。走到微子国东一座土山上时，卧地而死。后来，人们便在这里修了比干庙（三仁祠），塑起比干像，把这座土山叫做比干岭。

（三十九）天下都城隍

自古以来，城隍庙都建在城里，可在长治县城东南 25 千米处的一座大山一天紫岭上却有一座城隍庙，而且号称"天下都城隍"。此山独矗山头，威武壮观，庙前举起目，可望数百里之遥。为什么这座城隍庙要建在如此偏远的山上，而且还号称"天下都城隍"呢？说来还有段来历哩！

据说这天紫岭上原来只有一座小山神庙。相传，当年王莽篡位，追杀刘秀来到天紫岭上。这时，刘秀已口干舌燥，无力再逃。眼看追兵将至，刘秀一急，便向山神庙里跑去。这座山神庙已破旧不堪，当门被一个大蜘蛛网遮得严严实实，刘秀惊慌失措地闯过去，那蜘蛛网被戳了个大窟窿。他进了庙回头见蜘蛛网已破，不禁叹道："王莽贼到来，见蛛见已破，定料我在庙内，岂能活命？"想到此，他"扑通"一声跪到神台前祷告："山神爷显灵，你若能将蛛网弥合，救活性命，他日刘秀重登龙位，定封你为天下都城隍！"言毕看时，那蜘蛛网早已弥合，而且将门遮得越发严实。不一会儿，杀气腾腾的王莽带领人马到来，四下不见刘秀踪影，便欲进庙内搜查。他一看蜘蛛网罩门，又无丝毫破迹，便急急忙忙向别处追去了。后来刘秀登基，果真封此处为"天下都城隍"，并重建庙宇，亲书匾额。天紫岭也就叫成了"城隍岭"。至今，那庙门横额的"天下都城隍"五个大字还隐约可见。

二、民间故事

（一）媳妇山和棒槌崖

左权县上南会村前有一条清清的小河，村后有两座山，左边的叫媳妇山，右边的叫棒槌崖，棒槌崖前面是一溜黑乱石。传说很早以前，有一个白俄传教士来到了小河边。看到一位洗衣的媳妇手举一根银光闪闪的桦木棒槌捶衣时，喜出望外，要掏五百两银子买媳妇的棒槌。他为什么要出这样高的价钱买一根棒槌呢？聪明的媳妇思索着，也许是一件宝物呢！于是，媳妇答应了，但提出一个条件：“你必须把棒槌的用途告诉我，要不，休想买去！”传教士生怕媳妇不卖给他棒槌，立即答应了媳妇提出的要求。可他又怕媳妇知道了棒槌的妙用，不肯卖给他。于是，他要求媳妇宣誓。媳妇宣誓说：“我如不卖给你，我就变成石头！”这时传教士讲了起来：“在上南会村后的南山洞里，有一头金牛在推磨，磨的都是金豆豆。这根棒槌正是一把开山钥匙。”聪明的媳妇一听，心想，中国的宝贝为什么要让外国人盗走呢？她一下子看透了这只披着宗教外衣的豺狼，就举起棒槌向传教士头上砸去。只听轰隆隆一声巨响，聪明的媳妇变成了美丽的媳妇山，棒槌倒插在地上变成了笔直的棒槌崖；而那个白俄传教士呢，被砸得粉身碎骨，变成了一溜黑乱石。

（二）佛爷耳中挖鸟鸟

榆社人把掏鸟窝叫挖鸟鸟。因挖鸟鸟沾了光出了名的，在榆社历史上可能也就是个岳三孩。岳三孩大约生于上世纪初，崇纂村人氏。三孩自幼淘气顽皮，胆大无忌。崇纂村西有一佛爷庙，庙中有一尊约摸六米之高的唐代石刻佛像。人称老佛爷。有一年夏天，十四岁的三孩随他父亲在佛爷庙附近耕地，临近晌午歇息时，就跑到庙里檐头上睡觉去了。三孩刚闭上眼，就被几声麻雀给吵醒了。于是，起来恼火得就去找那鸟鸟，找来找去，听见那鸟好像是在那老佛爷的头顶鸣叫。三孩仰头看了看，就搬来几块大青砖，踩上就攀上了老佛爷的肩膀上。果然，原来那鸟就在老佛爷的耳朵里住呢。还没等他动手，那只鸟已受到惊吓，“哧溜”一声飞走了。三孩见没逮着鸟儿，心里就有点犯恼，干脆一把把鸟窝也给掏出来扔了。

三孩从老佛爷身上下来，躺到檐头下，脱下小布衫往头上一枕，又接着睡自己的觉。过了一阵，恍惚之间，他听到一个老者的声音在耳边对他说：“年轻人，感谢你给我掏了耳塞啊，不然的话，我就成了聋子了。”三孩没听懂老者的话，甚至连眼也懒得睁一下。

老者笑了笑，又说：“你帮了我的大忙，我可得好好谢谢你。现在我有两样东西可以给你，一是钱财，二是力气。说吧，你要哪样？”三孩这回听明白了，心想人生在世，再有多少钱财也总会有花完的一天，可有了力气却是用也用不完的。再说，有了力气，还愁不会发财？于是，赶紧高声道：“我要力气！”老者呵呵一笑，飘然而去。三孩将信将疑，连忙跑到庙中冲着大佛就磕了三个响头。许多时候，善行得于偶然，善报则必出于善德。自此，三孩神力无穷，每每随父耕田，总嫌牛慢，便常代牛拉犁，奔走如飞，累得扶犁老父气喘嘘嘘。

（三）秀英桥

从前，榆社城河西的一个村子里，住着一家富户，夫妻膝下只有一女，取名秀英。年方十八，不但长的眉清目秀，且知书识理，所以众人十分喜欢。一天，秀英带着丫环到县城赶集，不巧遇雨，回家过河时，被水冲倒。河岸的树林里有一个少年，正在用功读书，他听到呼救声，急忙跑来，不顾一切地跳下水里，把俩人救上岸来，并精心照顾，一直等到水退后又护送秀英回家。秀英爱慕少年助人为乐，品行高尚，便和少年订了终身。秀英和住在河东的少年成亲后，夫妻俩人恩恩爱爱，小日子过的十分甜蜜，唯一使秀英不称心的是因这条河相隔，不能经常去看望双亲。秀英的父母也十分想念女儿，为了能够与女儿经常见面，两位老人拿出钱财，在河上架起了一座简易木桥，两岸老百姓也得到方便，于是众人便起名叫它“秀英桥”。

（四）杨状元出世

传说金朝的时候，有个姓杨的先生，住在昔阳的川口村，每天穷得吃了上顿没下顿，只好在一所私塾教书。腊月二十九，眼看要过大年了，东家给了杨先生五百文铜钱让他回家过年。杨先生走在半路上，忽然看见路旁的柳树上吊着一个人，急忙跑过去一看，是个衣不遮体的老头。他立即将人解下，将老头救活了。老头苏醒后不但不感谢救命之恩，反而大发脾气说：“我好不容易死去，你为什么救活我？你快走吧，我好再死。”杨先生问他寻死原因。老头说：“我因妻病，借了东寨老财主五百文钱买药治病。前天债主前来讨要，我手中分文没有；昨天东借西借跑了一天也没借下一文钱，今日债主又要逼债，我不如一死百了。”杨先生听老人诉说后，非常同情他的遭遇，心想：“我虽然穷困，暂时还没债主逼债，既然已救了老者，就应救人救到底。”于是就将怀揣的五百文钱送给了老人。

杨先生回到家后，老伴喜欢得让他上炕休息，并说：“明天就要过大年，家中连买盐的钱也没有。你将赚的钱拿来几文，咱好秤点白面买斤盐过年。”杨先生忙将底理原情向老伴说明：“钱没有了，白面不买也能过年。至于盐，我在私塾剩下的也有半斤左右，将就着过个年吧！”杨先生救人的善举感动了老天。年三十半夜，空中笙管箫笛之音由远而近来到门外。有人喊道：“麒麟送子到门。”就在这时，杨先生的老伴生了个白白胖胖的小男孩。家中没有别的吃，只好用米汤蘸着咸盐过了个年。这孩子就是后来的状元杨云翼。

（五）襄垣黎城“小奶奶”的故事

从前，在襄垣北关村东厢坊的“小店院”，住着一对王姓夫妇，他们没有儿子，只有一个聪明伶俐的女儿，一十二岁了，长得如花似玉，王氏夫妇爱如珍宝，但因为没有儿子，这成了他们夫妇俩的一块心病，所以王氏夫妇每天求神拜佛，希望能得到一个儿子，以续香火。襄垣和黎城交界处有一座大山叫东顶山（黎城人叫广志山），山顶上有玉皇殿，当地人称为“老爷庙”。半山腰有娲媓庙，供的是女娲娘娘，女娲娘娘管着人间生儿育女，所以来这里求子的人特别多，也特别灵，王氏就决定到东顶山上的娲媓庙求子。这天，王氏一大早起来，穿戴整齐准备起身，十二岁的女儿也嚷着跟她一齐去。东顶山上原有个风俗，即未出嫁的女孩是不准上山的。所以王氏坚决不让女儿同去，她便一个人上路了。

来到东顶山娲媓庙已是正午时分，王氏进完香许过愿，回身一看，只见女儿站在身后，原来女儿也偷偷跟来了，王氏又急又气，抬起手就要打，不料手还没落下，女儿已跌倒在地气绝身亡了。这时，庙中的老道人走了过来，把小女的尸身扶坐在女娲神像身边的座椅上，一边倒身下跪，一边说道：“小奶奶大驾归临，在下等候多时了。”人们正要问是怎么回事，道人说：“昨夜娘娘曾托梦于我，说‘明日午时小奶奶要来本庙即位，可为她塑身，置于我身旁’，现在正是午时，又应了其母‘小奶奶’谶语，不是小奶奶是谁？赶快为其包骨塑身吧。”

女儿死去，王氏悲痛欲绝，听道人这么一说，又似信非信，只得由着众人。于是，大家七手八脚将女儿用白绫包身，用泥土封塑后，放置在女娲娘娘神像一侧。从此，娲媓庙里就多了一位“襄垣小奶奶”的神像。王氏当天回到家里，夜里便做一梦，梦见女儿华冠丽服飘然而来，王氏扯住大哭，女儿说：“母亲不必悲伤，我本是玉帝贴身侍妾，因触犯宫规，被贬到下界托生，今大限已满，蒙玉帝重新召回。玉帝已封我为‘小奶奶’，专管人间儿童聪明智慧。可告知四方人们，每年四月十八，凡十二岁儿童，不分男女，都要来东顶山娲媓庙‘开锁’，以求智慧。”说罢飘然而去。王氏醒来，心中释然，于是遍告四邻八方，一传十，十传百，人们都来东顶山娲媓庙拜“小奶奶”给孩子“开锁”，“开锁”之俗便兴盛起来并流传下来，四月十八成了东顶山娲媓庙的庙会，“忌女孩上山”的风俗也被打破了。因为襄垣的闺女嫁的是黎城的“老爷”，成了黎城的“小奶奶”，所以襄垣和黎城成了“亲家”，也就有了“外甥”、“小舅”的称呼和“没大没小”的打闹。每年四月十八日前，北关王家还要到东顶山给“小奶奶”换新衣、新鞋，年年如此，从不间断。

（六）崔珏断虎

故事发生在唐贞观年间。有位住在西乡的老太太到县大堂击鼓告状，告一只猛虎吃了她的儿子。县太爷崔珏一听，啼笑皆非，本想一推了事，可一看到惊堂木上刻着“为民作主”四个金字，便命有一身武艺的都头李能前去捉虎。这可把李能难住了，回到家，他将此事告与母亲，母亲让他到发鸠山，给山神献猪头，求山神捉虎。

李能来到发鸠山神庙前，已近黄昏，忽然计上心来，他把敬山神的猪头挂在一棵树上，想以些把那只老虎招来。这一招还真灵，天快亮时，虎真的来了，跳起来扑食。李能急忙将绳子打了个活结，随手一丢，不偏不倚，正好套在猛虎脖颈上。他随即用劲一拉，就把虎擒获了。李能便押着“罪范”向长子城走去。

到了县城西门，虎却死活不进。崔珏猛然醒悟虎是兽类，不能走人进出的城门，便命人在距西门往南一百步处另开了一个小西门，虎这才顺从地从小西门进了城。崔珏端坐在大堂，命虎卧下，那虎乖乖地卧下。崔珏对虎说：“你吃了王婆的儿子，理应问斩，但念你不懂人事，本官断你养活王婆，你可同意？”虎听后一个劲地点头。崔珏又对王婆说：“这只虎已被降服，你把它收回去，做你的儿子，它定会服服贴贴听你的话。”王婆同意了，将虎领了回去。果不其然，那虎从此百依百顺，再也没有滋生事端。

（七）圣旨楼

在山西襄垣县王家庄一带，流传着一个“圣旨楼”的故事。明朝末年，大旱三年，粮食颗粒不收，老百姓只好用树皮、草根充饥。就在这时，皇帝下旨征税。王家庄的保长没法子，只好“荞麦皮里挤油”，到各家各户挨着收。收来收去，只收了半口袋。保长为难了，这怎么向圣上交代呢？他眉头一皱，计上心来：对，让他去。只要给他好好吃两顿就行了！保长想到的这个人，是一个老乞丐，名叫王贵。这天，保长把王贵叫去，如此这般，交代了一番，并给他好吃好喝了三天，第四天就打发王贵上了路。王贵来到京城。征税官员看着这份税，皱了皱眉头问："这位先生，谁让你来交税的，怎么就这点儿？"王贵眼珠一转，计上心来，他哭丧着脸说："三年大旱，百姓肚子都填不饱，拿什么交税呢？这一点儿还是我祖上留下来的，我舍不得吃。现在国家有难，匹夫有责，就算我对朝廷的一点心意。"税收官顿时为之震惊：没想到这么一个小老头儿还有一颗爱国之心，这等年间真乃少见啊！

征税官回宫禀报皇上，皇上也为之吃惊，便拿起御笔，写了一道圣旨："念王贵有一颗爱国之心，赏赐良田八百亩，银子二千两，派人送还故里，称为'护国员外'。"王贵心里很是不安，觉得粮食本是村民所捐，只因数目太少，怕连累众人，才撒谎说是自家捐的，没想到竟受到朝廷恩宠，心里自觉惭愧。又怕说了实话，犯下欺君之罪。

王贵心神不安地领着圣旨，乘坐八抬大轿回到了王家庄，他挨家挨户地把进京送税之事说给乡亲们。村民念他为全村办了一件好事，应享"护国员外"之荣誉。并在王家庄门楼上加修起一座"圣旨楼"。从此，凡路经此地的官员，不管骑马坐轿，都要下来叩拜"圣旨楼"。

（八）陆登的故事

自古以来，上党便是兵家必争之地。北宋末年金兀术统领 50 余万大兵，围攻潞州。北关镇守节度使姓陆名登，字子敬，乃宋朝名将，人称"小诸葛"，手下有兵 5000。闻讯即令城外老百姓移进城里居住，坚壁清野。陆登又急修告急表章，差人星夜前往相邻州府求援。兀术领大兵一路滚滚而来，在离潞州 25 千米处安营，随后来到城下讨战。陆登嘱咐守城军士小心看守城池，自己披挂上马，来会兀术。兀术劝陆登投降，陆登不从，持抢大战兀术。打了五六个回合，陆登自知不敌，回马便走。那兀术来到潞州已 40 余日，屡次攻打不得成功，反伤了许多将士，急得捶胸顿足，就率 50 万大兵以排山倒海之势向城池压来。

再说陆登正在城门上镇守，忽听胡笳音响，知道情况不好，忙下令将士准备迎战。霎时城门上火炮巨响，烈焰腾空。说时迟，那时快，众金兵已到城墙外。陆登令火炮、火箭打射下来，金兵死伤无数，尸首成片。但兀术已领一群金兵闯到城门下，用刀砍，用枪砸，众人推，终将城门打开，金兵一拥而进。时值天亮，陆登率领将士与金兵代成一团。看陆登那一杆枪，左挑右拨，劈面分心，浑如蛟舞龙飞，直杀得金兵犹如落叶遭风卷，四散乱窜，真是将遇将伤、兵逢兵死。只是能虎打不尽群狼多，金兵打破一道道防线，卷入城里。陆登战了两个时辰，连追带杀来到衙门口，又饥又累，无力再，被一群金兵围住。陆登心想，城已破，我焉能得生。连喊数声罢了，自刎而亡。一群金兵看见陆登人亡，身体却昂然挺立，吓得大叫。这时兀术闯过来，走近一看是陆登，也大惊，忙提剑向衙内走去。进衙入后堂，见一妇人尸首，横倒在地，知是陆登夫人为丈夫尽节而死。兀术为陆登夫妇的忠义烈举所感动，遂将陆公子收为义子，将陆登夫妇合葬在城外土山上。

后来，陆公子在金营长大成人，练得一身好武艺，人称“双枪陆文龙”。他得知自己身世后，弃金归宋，替父报仇，为国尽忠。陆登坚守潞州为国尽忠的故事，在百姓中流传了数百年。

三、名人及名人故居

（一）历史名人

箕子（约公元前 11 世纪），名胥余，商纣王的叔父（一说是商纣王庶兄），因封于箕地（今榆社县讲堂镇一带）而称箕子。纣王即位，以王叔身份参与国政，官至太师。纣王骄奢淫逸，屡加规谏，建议废酷刑，减靡费，消战事，与比干、微子并受朝野敬重，号称“三贤元良”。然纣王日益荒淫无道，大臣刚直劝谏者皆被杀被贬。箕子只能装疯以避祸，然后仍被囚禁。被禁期间，只能一人鼓琴自歌，发泄心中的愤怨，人称其歌为《箕子操》。西周攻克殷商都城朝歌，得以获释。相传，周武王姬发敬重箕子是一位贤臣，请教治理天下的道理，并封地到高丽（今朝鲜半岛），立为国王。后来回国见周天子，路过殷墟，看到宫室毁坏，遍生禾黍，乃作《麦秀歌》：“麦秀渐渐兮，禾黍油油。彼狡童兮，不与我好兮”。所谓狡童，即指纣王，当地人听了莫不涕泣。史载其在封邑兴办农桑，鼓励农耕，在百姓中声望极高，历代祭祀。

羊舌三公

羊舌氏出自姬姓，是春秋时晋侯的后代。周武王灭商后，为了控制被其征服的广阔区域，大力推行“封邦建国，屏藩王室”的分封制度，先后分封七十余国，其中周武王之子叔虞被封于唐（今山西大部分地区），后发展为晋国。历十四世传至晋武公，武公庶子名伯侨，伯侨有孙子名突，晋献公时被封在羊舌邑，称羊舌大夫。其子孙以邑为姓，称羊舌氏。羊舌突之子名羊舌职，晋景公时期活跃于晋国政坛，公元前573年被晋悼公任命为中军尉，公元前570年去世，后来羊舌职的四个儿子（铜鞮伯华、叔向、叔鱼、叔虎）纷纷走上晋国政坛，羊舌氏成为晋国的一大名门。

羊舌赤，羊舌职之子，字伯华，号铜鞮伯华，因其食邑在铜鞮（今襄垣县虒亭镇），故得名。春秋时晋国中军尉。羊舌赤辅助晋悼公。在羊舌赤的辅助下，晋国越来越强大。凭着强大的军事实力，频频惩罚恃强凌弱的国家。在很长一段时间里使得诸侯各国相安无事。由于羊舌赤明法纪、严律令、睦邻邦、休战争，协助晋悼公把晋国治理成为一个称雄一时的强国。孔子说：“国有道，其言足以兴；国无道，其默足以容，盖铜鞮伯华之所行。”羊舌赤死后，孔子叹曰：“铜鞮伯华无死，天下有定矣！”

羊舌肸，羊舌职次子，字叔向，晋国大夫。生卒年不详。历事晋悼公、晋平公、晋昭公三世。晋悼公时，叔向以熟悉历史掌故、知识渊博被任命为太子彪太傅。太子彪即位，为晋平公，叔向为上大夫。此后，一直活跃在晋国政坛及各诸侯国之间，长达三十年之久。羊舌赤和羊舌肸都被孔子称赞，被后人推崇，前者被赞为“出言兴邦”，后者被赞为“以礼让国”。今襄垣县虒亭镇赤壁村有羊舌三公墓。

赵襄子（？—公元前425年），春秋战国时期晋国卿大夫赵氏的封君。“赵氏孤儿”故事当中赵盾的曾孙，生年不详，卒于周威烈王元年（公元前425年）。卒谥襄，史称赵襄子。赵襄子一生共有五个儿子，其在位33年，晚年不立自己的儿子，却传位于其兄伯鲁的后代。因伯鲁和其子赵周都去世较早，遂立伯鲁之孙赵浣为爵位继承人，史称赵献侯。襄垣城为赵襄子所筑，因而得名。

张良（？—公元前189年），字子房，西汉宰相。据乾隆《襄垣县志》载：“张良，按史记及西汉书皆称良，韩国人，查《一统志》，良生城甫，城甫即襄垣也。”如今襄垣县下良镇有村名下良、上良、子房沟，子房沟村当为张良出生地。张良出身于贵族世家，其祖、父先后任韩国宰相。至张良时代，韩国被秦吞并，张良心存亡国亡家之恨，悉散家财，访求刺客。后来得一力士，制铁锥重百斤。公元前218年，秦始皇率大队人马，浩浩荡荡，离京东游。张良趁此机会，与力士锥击秦始皇于博浪沙，结果误中副车。张良锥击秦王未遂，被悬榜通缉，不得不埋名隐姓逃匿。后张良辅助汉高祖刘邦得天下，成为汉功臣，被誉为“汉初三杰”之一。

冯奉世（？—公元前39），西汉将领，字子明。上党潞（今山西潞城东北）人，武帝末以良家子升为郎。昭帝时以功次补武安长。后失官。年三十余，乃学《春秋》，明习兵法，经前将军韩增奏以为军司空令。本始年间从军击匈奴。军罢，复为郎。宣帝时，为光禄大夫、水衡都尉，曾出使大宛，率兵击破莎车，代为右将军典属国。后以军功为左将军光禄勋，封关内侯。

石勒（274—333），十六国时后赵建立者，319-333年在位。上党武乡（榆社县北）人，羯族。少时耕田行贩，生计穷困，为并州刺史司马腾掠卖至山东茌平为奴，后与牧马帅汲桑起兵反晋。桑被杀后，他投奔刘渊，为安东大将军，转战冀、并、幽地区，合并王弥、王浚等部众，逐渐形成割据势力。光初二年（319），占据襄国（今河北邢台）称赵王。建政初期，石勒竭力提高羯人地位，同时重用汉族人张宾为辅佐，恢复租调制度，典定九流，崇儒学，兴佛教，借以稳定后赵政权。太和二年（329）攻灭前赵，控制中原大部，次年称帝，不久病死。

石虎（295—349），字季龙，上党武乡（今榆社县北）人，十六国时后赵皇帝石勒之侄。因父早逝，从小随母亲生活，由石勒的父亲抚养，故有人称石虎系石勒之弟。石勒被拐卖到山东，石虎随母仍留在山西。永嘉五年（311），二人才得以团聚。石虎弓马娴熟，骁勇善战，深得石勒赏识，初拜征虏将军。石勒称赵王后，加封都督禁卫诸军事，加侍中开府，进封中山公。石勒称帝后，石虎任太尉，守尚书令，进封中山王，食邑万户。公元 333 年，石勒病死之后，石虎利用执掌兵权之势，尽杀石勒所用重臣，并捉拿石勒太子大雅，扶其为傀儡皇帝，自任丞相、魏王。任用亲信担任要职，不久即将石勒的子孙残杀殆尽。335 年，石虎自立为主，称大赵王，年号建武，将国都从襄国（今河北邢台西南）迁到邺（今河北临漳县西南）。咸康三年（337），改称大赵天王，永和五年（349）改称赵皇帝。晋穆帝永和五年（349），愁恐而死，终年 54 岁，谥号武帝。死后儿子们为争夺皇位相互杀戮。石虎共有八个儿子，其中五位就被家人杀死，汉语中“自相残杀”就是由石虎家族“创造”的。次年，石闵（原姓冉）乘机夺取后赵政权，改国号魏，史称冉魏。

李阳，西晋末期人，出生于和顺县南李阳村。据传李阳幼时与石勒为邻，曾因沤相争斗。后来，石勒起兵逐鹿中原，成为后赵的开国皇帝，石勒不计前嫌，任命李阳为大将军，共同治理天下。这段故事在历史上留下了千古美谈，至今脍炙人口，相传和顺之名来历与此有关。至今南李阳村口古阁上，前后分别雕刻“李阳故里”“麻池胜迹”八个大字。

法显（？—422），东晋高僧，俗姓龚，平阳武阳（今襄垣）人，杰出的旅行家、翻译家。法显是我国十大高僧之一，他去印度取经比唐玄奘早 226 年。

张公铎（？—945），五代时乐平县（今昔阳县）人。早年追随孟知祥效力于晋王李克用父子，骁勇善战，军纪严明，深得孟知祥信任。清泰元年（934）闰正月，孟知祥称帝，建国号蜀，史称后蜀。同年六月，孟知祥死，与其他六人同为顾命大臣，接受遗诏，分别掌握军队，共同处理朝政，拥戴孟知祥之子孟仁赞改名孟昶即位。后蜀广政四年（941），因各节度使长期领禁兵驻在成都，所辖地区由副职僚佐理事，政令不通，弊端重重。孟昶即罢诸人所领节度使，加授官衔。张公铎授检校太尉，免保宁节度使，统领禁兵如故，驻守成都。广政八年（945）张公铎病故。孟昶临丧哭祭称："严而不猛，清而不隘，惟张公而已。"

薛超（939—995），宋代名将，辽州平城县（今和顺县仪城）人。少年有勇有力，机智果敢。乾德初，应募入虎捷军。太平兴国初年，薛超跟随宋太宗出征太原，带领游骑兵千人在镇、定两州（今河北正定、定县）边境防御。太宗归驾还朝后，契丹族屡屡入侵，骚扰境内百姓，薛超带兵抗击。在徐河之战中，毙敌将数名，加步军都军头，擢神卫军都校兼叙州刺史。雍熙三年（986），随大将潘美北征，在雁门关附近与辽军激战，奋力斩敌五百余人。敌军溃退，追至寰州（今山西朔州东），迫敌将赵彦辛献城投降。紧接着率军直指应州，应州归降，升任马步军都军头。淳化初，屯兵镇州，先后升任卫军都校兼徐州刺史、天武指挥使、澄州团练使。

郝经（1223—1275），字伯常，陵川（今山西晋城）人。家世业儒，其祖父郝天挺是元好问之师。元世祖忽必烈为皇弟时，在藩府中召见郝经，对他所陈述的治国方略极其赏识，即位后，授翰林侍读学士，并派遣他为国信使，与南宋谈判。入宋后遭拘禁达十数年，始终不屈身辱命，宋崩溃后始归朝，不久卒。有《陵川集》。郝经反对传统的"华夷之辨"，力图在蒙古王朝征伐四方的盛大事业中实现个人的人生价值。他的《内游》、《养说》二篇发挥孟子"吾善养吾浩然之气"的论点，强调主体精神的自我涵养，提出"圣之所以为圣，贤之所以为贤，大之所以为大，皆养之使然也"。进而对于文章写作，他也强调"皆自我作"，"不必求人之法以为法"、认为"三国六朝无名家，以先秦二汉为法而不敢自为也；五季及今无名家，以唐宋为法而不敢自为也"，这些都表现出强烈的自信和创新意识。

释义忠，唐代大慈恩寺高僧。俗姓尹，潞府襄垣（今襄垣县古韩镇南里信村）人。据《宋高僧传》记载，释义忠九岁出家，师从慧沼。13岁时，慧沼授予《大涅槃经》，他"相次诵彻四十卷"，被称为"空门奇童"。20岁受戒，授《四分律》，义理精通，旁习《十二门论》，两本即可讲演。慧沼看出他是千里之骏，怕耽误他。听说长安京兆大慈恩寺窥基大师新造疏章，门生纷集，声震天下，就带他一起到长安窥基门下学习。不到五年，又通二经五论。然后《法华》、《无垢》等百法皆通，于是开场讲经，子弟繁多。释义忠还与唐玄奘等高僧一道翻译、注释佛经，被称为"百法疏主"。所著有《成唯识论纂要》、《成唯识论钞》三十卷、《法华经钞》二十卷、《无垢经钞》二十卷、《百法论疏》等。其中《百法论疏》最为重要，所注深入浅出，去繁就简，直到今日，佛教界用书多是释义忠所注的文本。

王彦（1090—1139），北宋上党（今长治）人。徽宗时以武艺选为清河尉，曾从种师道守边，有战功。金兵入汴京，他归河北招抚使张志，为都统制，率岳飞等败金兵，后创建"八字军"，屡败金兵。

王廷相（1474—1544）字子衡，明潞州人（今长治市），幼有文名，1494年中河南弘治乙卯乡试，弘治十五年（1502）中进士，选为翰林庶吉士，授兵科给事中，后被刘瑾贬为地方官。嘉靖二年（1523）迁山东右布政使，以咸副都御史巡抚四川，又升迁为兵部左侍郎至南京兵部尚书参赞机务。廷相博学，以哲学称世，于天文、历法、音乐均有研究，诗文提倡复古，与康海、李梦阳、何景明、徐祯卿、边贡、王九思并号“七才子”，有《雅述》《慎言》等刊世。

乔宇（1457—1524），字希大，号白岩，乐平（今山西昔阳）人。成化进士，授礼部主事，官至兵部尚书，参赞机务。宁王朱宸濠反，扬言旦夕下南京，他严为警备，斩宸濠潜伏南京为内应之羽三百人，使其不敢东向。宸濠败，武宗幸南京，论功加太子太保，又加少保。世宗即位，召为吏部尚书，朝政为之一清，凡为权贵所黜者，皆起列庶位。“大礼”之争起，世宗召席书、桂萼等，他力谏，因忤帝意，被夺官。他善诗文，有《乔庄简公集》。

李新芳，字元德，明潞州（今长治市）人。嘉靖癸未（1523）进士，历任保定府推官，升户部主事，改监察御史。性刚直，不善交际，为官清廉明断，不畏权贵，在御史任上曾巡按正定，除强暴，伸正义，史称其“风裁凛然”。后为忌其者阴告，罢官归里，杜门讲学，学问精深，从其学者都甚众，延庆知州陈应登即出其门下。著有《漳野文集》，世称“漳野先生”。

栗永禄，字士学，明潞州（今长治市）人，嘉靖庚子（1540）举乡试第一，甲辰（1544）科进士，授寿州知州，任上有政绩迁苏州府同知。后历任陕西佥副、浙江参政、河南参议迁直隶副使，备兵昌平。时值俺答犯昌平，永禄积极备战，大获胜利，因功上调陕西参议，分守河西，兼理灵州盐课。在任期间，下车伊始即访问民间疾苦，数月后，庶政一新，提拔为光禄寺卿转顺天府君。不久，俺答又犯昌平，遂以副都御史出镇其地，俺答摄其威，遂退。其后改任河南巡抚，入兵部侍郎，巡抚甘肃。其镇边、治内均有政绩，时人称其有“边才”。

任环（1519—1558），字应乾，号复庵，明长治人。明代抗倭爱国将领民族英雄。嘉靖二十三年（1544）中进士，历任黄平、沙河、滑县知县，升苏州府同知。任环少时喜读书，志趣高雅，常以“充海阔天高之量，养先忧后乐之心”自勉。在苏州任上，恰值倭寇侵据而海防松驰，上司又不懂兵事，任环召募乡民，亲自训练，组建成抗倭部队，负起指挥抗倭重任。嘉靖三十一年（1552）闰三月御倭寇于宝山洋，任环奋勇杀敌，身先士卒，杀退倭寇。后倭寇犯太仓，“滨海数十里，同时告誓”，任环受命抗敌，临行不及与家人别，匆匆领三百人，奔赴前线。战斗中，身被三创仍坚持指挥战斗，终用计破敌，战后升按察佥事。此后，又在常熟、吴江、嘉兴等地大破倭寇，因战功升右参政。因连年抗倭多次受伤，于嘉靖三十七年卒，享年 40 岁。苏州士民为其建祠立祀。生前著有《山海漫谈》三卷。

靳荣藩（1726—1784），字价人，号绿溪，黎城县麦仓村人。雍正四年出生于诗礼之家。幼即聪慧好学，博览强记，精通史事。所写的文章诗赋有大家风度。十七岁参加童试，县、府俱名列第一。十九岁中举，乾隆戊辰科中进士。靳荣藩秉性朴讷，持身俭素，幼即勤奋好学，成名后进入仕途二十多年，仍手不释卷。所到之处关心民众疾苦，兴利除弊，培育人才，奖掖后进，深得民心。著有《吴诗集览》二十卷、《吴诗谈薮》、《绿溪诗》二卷，《咏史偶稿》《潞郡旧闻》三卷等。由于他在文化界的成就和声望，时人称他为“绿溪先生”。

陈卿，平顺县青羊里石埠头村人，明嘉靖年间平顺农民起义军首领。嘉靖三年（1524），陈卿因不满统治者的欺压，来到青羊山组织起义。义军日夜活动于山西、河南之间，杀富救贫，声威震惊了明王朝。嘉靖皇帝于 1525 年派大军，第一次对青羊山起义军进行围剿，结果被起义军打得大败。潞城、黎城、壶关、潞州大部分地区被起义军占领。河南林县、河北涉县也成了起义军基地。1527 年农历十一月，明王朝对起义军进行第二次围剿，起义军采用正面迎击和迂回敌后奇袭的办法，再次粉碎了围剿。经过战斗的严峻考验，起义军声威大震，兵分三路主动出击敌人。起义的迅猛发展吓得明王朝魂惊魄散，又派 10 万兵力分三路围剿起义军。义军在敌众我寡的形势下退守马武寨据险固守。后因河南林县乡绅郝世昌告密、指路，官兵才攻下马武寨。陈卿率军突围转移，行至常军山遭敌伏击被抓，解往北京斩首。为了防止农民再度起义，明嘉靖八年（1529）划潞城16里、黎城10里和壶关10里设为“平顺”县，意即平息了暴乱，让百姓依顺朝廷。

（二）名人故居

陈永贵故居，位于山西省晋中市昔阳县大寨镇，是一个典型性大寨式的院落，院落并不大，与旁边的院落形制完全一样，大门两侧的对联上写着“一生耕雲鋤月創神農新路，半世從政為官清廉哲賢”，这是对陈永贵最好的评价。走进普普通通的院门，这里既有北方农居那种平房，也有大寨式的那种窑洞，平房就是三间北方最普通的瓦房，这里是陈永贵的接待室。陈永贵曾在这里接待过来大寨访问的外国国家元首、政府首脑与外国友人，三间平凡的瓦房记录着那一段不平凡的历史。

魏拯民故居，位于屯留县路村乡王村，是东北抗联英雄魏拯民的故居。2012年，魏拯民故居被屯留县人民政府公布为县级文物保护单位。2014年，曾经作为东北抗联第一路军副总指挥的魏拯民被国家民政部公布为全国首批300名抗日战争英烈之一。

李顺达故居，位于山西平顺西沟村。李顺达（1915—1983）系全国劳动模范，祖籍河南，15岁时随父亲从河南林县逃荒落居于此。抗日战争爆发后，李顺达当上了西沟村的民兵队长。1938年加入了中国共产党。他一面带领本村农民发展生产，一面组织民兵配合八路军抗击侵华日军的“扫荡”。他先后担任了村农民救国会组长、主席、民兵大队长和党支部书记。为了克服因日军“扫荡”和自然灾害带来的困难，响应党中央“组织起来，发展生产”的号召，于1943年2月6日建立了在全国成立较早的农业劳动互助组。他组织民兵参战队，先后参加了解放山西长治县和豫北汤阴县等10多次战斗。由于他所领导的合作社实行了男女同工同酬和合理的“六定一奖”计酬办法，大大激发了社员的热情和干劲，彻底改变了西沟村穷困的落后面貌。1952年，李顺达被中央人民政府授予“爱国丰产金星奖章”，成了全国著名的劳动英雄。

故居陈列了许多珍贵照片、文献资料和他用过的劳动工具，充分展示了李顺达热爱劳动，艰苦朴素的农民本色，为开展革命传统教育提供了又一个好的场所。

麻田八路军总部纪念馆，坐落在距山西省晋中市左权县城南45千米麻田镇上麻田村西南部。主要景点为八路军总部旧址，坐北朝南，一进四合式院落，砖木结构瓦房30余间，北楼5间。纪念馆总占地面积9.6万平方米，展陈面积6500平方米。素有太行山上“小江南”之称和“小延安”的美誉。1980年成立并正式对外开放。抗日战争时期这里是华北政治、军事、经济、文化中心。八路军总部、中共中央北方局等党、政、军首脑机关曾在此驻扎。彭德怀、刘伯承、邓小平、左权、杨尚昆、罗瑞卿等老一辈无产阶级革命家在此战斗、生活达五年之久，他们在此书写了争取民族独立和人民解放的篇章。这里保存着许多珍贵的抗日战争时期建筑和革命文物。是中国革命纪念地之一。

（三）世家大族

1. 郝氏家学，也称“陵川家学”。郝经在给其先曾叔大父（曾叔祖父）郝震写的墓铭中说：“陵川学者，以郝氏为称首。”郝氏家学，有三个特点：第一，开馆授业，阵容可观。从郝震起，有其子郝天佑、郝天祺、郝天祯，其侄郝源、郝天挺，皆治经为学，执教授业，为当时名士。郝震与郝天挺叔侄两人，先后执教于县蒙馆、县庠。但时局动荡，除郝天挺外，其余都死于战乱。郝天挺之后，其子郝思温，其侄郝思直、郝思舆、郝思犛都是当时名士，除郝经之父郝思温外，同样都死于战乱。第二，教授学生，授之以器。郝经在为其祖父郝天挺写的墓铭中说：“其教人以治经行已为本，莅官治人次之，决科诗文则末也。”郝天挺是元好问的老师，元好问为老师写的墓志铭中说：“先生尝教之曰：‘学者，贵其有受学之器。器者何？慈与孝也。’又曰：‘读书不为艺文，选官不为利养，唯知义者能之。’”在《金史·郝天挺传》中，也记载有郝氏家学的教育思想，如太原元好问曾经跟随郑天挺修业，天挺曰：“今人赋学以速售为功，六经百家分磔缉缀，或篇章句读不之知，幸而得之，不免为庸人。”又曰：“读书不为艺文，选官不为利养，唯通人能之。”又曰：“今之仕多以贪败，皆苦饥寒不能自持耳。丈夫不耐饥寒，一事不可为。子以吾言求之，科举在其中矣。”第三，棣花堂里，才俊迭出。郝天挺有门生元好问、杨士表、武从善等，其中以元好问最为知名；郝思温有门人赵泰、尚文等。郝氏家学传到郝经这一代，已经是发扬光大了，不仅门生众多，而且出类拔萃，主要有张弘范、张弘略、苟宗道、郭贯等。元好问深受郝氏家学影响，其一生中弟子众多，而且也要求弟子成“美器”，是郝氏家学思想的传承与延续。

2. 陵川秦氏家族

秦氏家族的世系尚待考证。其家族的代表人物主要是秦略，其父秦事轲，生卒时间不详，关于他的资料甚少，只知他“善书”“通经博古”“有诗名”“为乡里所重”；秦略与其子秦志安，诗作甚佳，现在许多文学史教程里，都要述及他们父子。秦略与郝天挺同时，而且私交甚好。元好问对秦略也非常尊崇、敬重，一首诗专门为秦略返回住处苏坟别业而写：“三月不见君，渴心欲生尘。论文一樽酒，雅道谁当陈……”（《送诗人秦略归苏坟别业》）元好问在编辑《中州集》时，收秦略诗 13 首，并作了小传：“陵川秦简夫，年四十，困于名场，即不就举选。临终诗云：‘躯壳羁栖宅，儿孙解逅恩。云山最佳处，随意著诗魂。’掷笔而逝，时年六十七。”秦略自号西溪老人，著有《西溪集》，已不存世。秦略之子秦志安，自号通真子，与元好问同时并交好，对道教文化的贡献尤大。享年 57 岁。元好问在给他写的《通真子墓碣铭》中，对他的事迹所载甚详。有著述传世。

3. 武氏家族，武氏于唐代起就已世居陵川。《武氏家谱》表明，陵川武氏的祖先为“三世五先祖”，即唐始祖武亶，二世祖武壮图、武宏图，三世祖武少仪、武幼仪。其中三世祖的武少仪是唐代诗人，举明经，不乐仕进，现有《和权载之离合诗》《诸葛亮丞相庙》《移丹河记》《王处士凿山引瀑记》《相马赋》等诗作存世。武明甫 24 岁状元及第，做官后鲠正敢言，不仅深谙治国之道，而且精通军事，官至户部尚书。继武明甫之后，其胞弟武俊臣登正隆五年（1160）进士；39 年后的承安四年，其侄武天佑词赋科状元及第；天佑胞弟武天和高中榜首，经义科状元及第。上下 50 年，武氏叔侄两辈出了三位状元，一名进士，这在中国 1300 余年的科举史上，非常罕见。金章宗赞曰：“汝叔侄昆季连中三状元，虽尔一门之庆，亦邦家之光也。”并御题“三状元第”匾额，悬于武氏之门，以奖掖其门，倡导世风。

4. 李氏家族，陵川的李氏家族是唐高祖李渊第二十二子韩王元嘉之后，唐初迁居陵川，发展成陵川文化望族。李氏出进士颇多，并多有父子进士、兄弟进士，仅见于陵川县志的便有 20 名。从北宋第一位进士李平始，到清最后一位进士李汝凭（陵川历史上唯一的一位武进士）止，李氏进士占了陵川进士总数的 22%，其中金元两代有 13 位进士。对于一个家族来说，是非常了不起的。

5. 武乡李姓宗族，以“崇文尚德”为家风。根据资料显示，这支李姓已经遍布武乡、榆社、左权、黎城、襄垣等地一百多个村庄，主要分布在武乡境内的墨镫、广志、蟠龙、洪水、监章、大有和上司乡一带，目前已经成为太行山地区一支庞大的宗族。这支李姓跨越了将近千载的岁月时空，自北宋以来武乡李氏枝叶繁昌，散而四方，户籍益增，子孙益众，其家族发展纵贯了北宋、大金、元、明、清数个朝代，史料详实为三晋地区所少见。武乡李氏上千年的家族历史在中国北方极具代表性。

武乡李氏有文字记载始于北宋，从祖义坟到文峰山、从进士岩到龙头碑，每一个地名和石碑都叙述着辉煌。这个家族历经千年风云激荡，始终保持“世德渊源，文墨茂盛”的本色，纵观武乡李氏近千年历史有两个显明的特征：第一、科第云仍，文墨茂盛，诚如上述典故所言，武乡李氏各支派自六世祖李严登金大定进士以来，科第云仍，雅颂不缀，文墨茂盛，称雄武邑。据武乡县志不完全统计，明清俩朝仅墨镫、广志、苏峪三村的岁贡、例贡、恩贡、掾吏、封荫、孝义就有五六十人，儒士、国子监生不计其数，贡士、举人、进士、知府事、县令、县丞、巡抚等盖官云集，“一门三进士”、“同门四举人”武乡李氏显赫一时。进士岩，在墨镫之崇城山，为李姓家族中金进士李严、明进士李翿、李尧德前后读书处，后人因以名焉。在《重修圣泉寺碑记》中：“武邑崇城岩险，甲于一方，峭壁危崖，奇峰突起…寺相距二十里为墨镫村，村中李氏为邑望族，若严、若尧德、若翿读书获隽于其中，而大进士渠、小进士渠流传不朽”。因此县志赞曰：双峰壁立，堪舆氏所云文峰也，科第云仍，雅颂不缀，邑中所称文献地；第二、祖功宗德，世泽清望，据明故文林郎政德碑记碑文记载，整个家族自秀祖而始递及哲祖赈施种德，子承孙继，前后一心，世称清望。其中如聂祖孝悌忠信，勇于担当；赟祖谦恭尽瘁，毕其能事；严祖登金大定进士，朴实纯真，文章华丽；敏祖敦本务实，宏才伟度，治任期间劝学训农、通商惠工、励廉节惩、重德教化，治道修明、推重守令，声蜚三晋；翿祖，登正德甲戌进士，仕莱阳令，“有政声，浩然正气，不畏权贵。官某等欲为奸利，挟众奏请，祈移县治于故城，又欲分作二县。翿上书各上书《上台止分县治书》，极言其害，事遂寝。未几告归，筑云深庄于其里，与乐平乔字、襄垣刘龙、和顺王云凤结纳，唱酬吟咏，播一时义；惟一祖慷慨激昂，快意潇洒；廷森祖舍身救母，后世敬仰”。龙头碑鉴证了李姓数百年的辉煌，李氏子孙历代拯危济困、族风肃然受乡党称颂。这种崇文尚德的家风已经持续注入了血脉，成为整个家族教育子嗣修身立命的宗族俗成。

（四）民间文化

1. 左权小花戏

起源于明初或宋、元之间，形成于清代，清末盛行于辽州。左权小花戏有两种表演形式：一是群舞式的表演，即出场 4 至 12 人、20 人，甚至上百人不等；节目只有简单的故事情节，随歌词内容进行舞姿表演造型。如《摘花椒》《放风筝》《筑路哥哥》《太行颂》《百花迎春》《春潮》等。这种形式最便于结合形势宣传中心，还可组成大型舞蹈队，参加各种集会游行和广场表演。二是有故事情节和人物构成的歌舞小戏，它继承和发扬了传统小花戏的基本动作、舞蹈步伐和民歌曲调，有完整的戏剧情节和人物塑造，如《打樱桃》《槐林会》《菜哥》《王三和小兰》等。这种节目以短小精悍的故事情节和独特优美的舞蹈动作为广大群众所喜爱，在舞台广场、家庭院落都可进行表演。抗日战争时期，抗日政府便利用辽州小花戏这一艺术形式宣传群众，打击敌人。这时，新文艺工作者和广大农村艺人一起，对小花戏进行了大胆创新。人物上增加了老太婆、老头子、姑娘、媳妇等角色；舞蹈上继承了三颠步及大转扇，同时吸收了外地传入的许多舞蹈动作；道具以彩扇为主，又根据角色的需要增加了马鞭、花篮、彩灯等。

2. 榆社霸王鞭

源于十六国时期。后赵开国皇帝石勒争霸天下时，每逢胜仗后，士卒手舞足蹈，举枪挥鞭，兴舞庆贺。后渐由军营传入民间，演化为庶民祈鬼神、庆丰年、贺喜事的一种舞蹈艺术。后赵建平四年（333），石勒卒于仰天村，当地人们为了纪念他，借项羽霸王别姬故事创作出霸王鞭。初为一男一女表演，鞭长三尺，鞭杆用彩带缠裹，装置小铁环、小铜环。男戴红布缠圆圈帽（将军帽），身着古装，束腰带，穿软鞋，手持鞭，起舞磕打四肢，威武雄壮；女扎头花，身穿彩衣、彩鞋，手拿彩扇，含情脉脉伴舞，乡土气息浓郁。清光绪年间，流传到县城附近，由男女多人表演。抗日战争时期，抗日军民将原模式改编，一男一女为一组，组组列队成行，随伴奏乐曲，女手舞彩扇，男手持霸王鞭，有节奏地在肩、腿、脚、手等处磕动，鞭杆上镶嵌的活动铜铃哗啦作响，动作明快，姿态优美，情调和谐。中华人民共和国成立后，榆社县乡村盛行霸王鞭舞活动。一度停止，1980年后再度复兴，1990年后达到高潮。鞭艺推陈出新，能磕、打、推、挑、转、翻、荡、摇、摆、甩，配乐、服饰也浑然一体。

3. 昔阳拉话

清末民初，在昔阳县城乡流行，原名“文故事”，意即通过舞蹈动作表演故事。唱词以七字句为主，舞蹈动作有踩脚、踮脚、抱脚、趺步、四平架等 6 种基本步法，道具有圪节鞭、竹板、八角鼓、钱杆儿 4 种。每场由 8 人组成（老生、小生、花脸、小旦各 2 人），队形分正场、斜场、进场、出场，程式又分大场、小场。表演时依据伴奏节奏，边舞边歌，边拍边打，前后穿插，左右变位，舞蹈造型画面风格独特。代表剧目有《八沿神仙赴蟠桃》《崔虎抢亲》等。

4. 和顺音锣鼓

明末清初．音锣鼓在和顺县农村流传。主要以打击乐器为道具，边击边舞。演出形式有全鼓、半鼓之分。全鼓由 21 人彩扮成须生、老生小生等行当，分别持有挑头鼓（高音）、平鼓（低音）、音锣、大铙、小镲等 21 件乐器。鼓点曲牌有《长流水》《八字鼓》《四棱鼓》《磕头鼓》《连头鼓》等。表演中有踩趶奏、圊场、行进、跨跳等步法。队形变换有 23 种，并能编成“八字阵”“六连环阵”“老龙盘窝阵”等 10 种阵图。表演中飞铙特技十分抢眼，背旗飘飘，鼓罩飞舞，威武雄壮，独具一格。中华人民共和国成立后，仍在元宵节和农历七月十五赶庙会时活动。至 2005 年，只有青城村尚在坚持活动。

5. 和顺民间牵绣

和顺民间牵绣从样式到整理成形一般需要糊裱、画图、裁剪、手工牵绣等 4—5 道工序；在牵绣针法的运用上主要用斜针、平针、散针绣、打子绣、套扣绣、盘金绣等多种针法。和顺民间牵绣品多为日常用品，主要有鞋垫、肚兜、帽子、耳套、枕头、荷包、针线包、粉线袋、钥匙套、坐垫、香包等，图案多以莲生贵子、二龙戏珠、十二生肖、福海无边、祥龙献瑞、丹凤朝阳、五子夺莲、孔雀开屏、喜鹊登梅、松鹤延年、凤凰牡丹等吉祥图案和虎、狗、狮、花草、昆虫等为主。和顺民间牵绣有着自己独特的艺术风格，其图案纯朴、色彩艳丽、构图简洁、造型夸张、针法多样、绣工精致的民间工艺品。

6. 和顺凤台小戏

凤台小戏是具有和顺地方特色的小剧种，也是山西唯一的一个特色剧种，起源于明初。起初是一种家传式的说唱故事，其内容仅有一些民间曲调和片段词曲，如《张生和莺莺》《占花魁》《红娘下书》《八角鼓》等节目，经过艺人们的不断完善，到了明末已经形成曲调清雅流畅、剧情简练完整、人物角色丰富、诗词雅俗共赏的地方小戏，并有了其代表剧目《顶嘴》《避雨》《送灯》《饯别》《拷红》《寄简》《逾墙》《拍蝴蝶》《打尿床》《牧牛》等 30 个剧目。

7. 陵川钢板书，因说书者手持钢板演唱而得名。形成年代无文字记载。相传，早在清末演唱活动就已渗透到百姓们的婚丧等风俗习惯中。清末民初，出现了艺人相约二三人合作演唱的方式。是在陵川当地的“干板书”基础上吸收河南“四股弦”音乐素材演变而成。流行于陵川全境，盛行时曾流传泽州、高平、长治、壶关以及河南辉县部分地区。钢板书以演唱中长篇书目见长，多坐场演唱，以唱为主，说唱相间，一人多角。“陵川钢板书”辑录 1997 年《中国曲艺音乐集成·山西卷》。

8. 十不隔

流传于陵川县附城镇南马村及周边地区的一种民间打击乐。从唐代流传至今已有一千多年的历史。它所用的乐器有十几种，这些乐器相互配合，不可分隔，所以叫“十不隔”。旧时在迎神、赛社时使用。乐队以鼓为中心，其它乐器围鼓而打，人数可多可少，多则上百人，少则几十人，但不可少于 20 人。节奏由慢变快、由弱到强、越打越紧、越打越激烈、到达高潮时，围鼓而打的乐器全部举过头顶，向中心靠拢。整个演奏过程气氛热烈，节奏简单质朴，风格粗犷、豪放、气势恢宏。“十不隔”已编进了《中国民间器乐集成》。

9. 平腔秧歌，

平腔秧歌也叫“混场秧歌”，又因发源于陵川县礼义镇东沟村，故又称“东沟秧歌”。形成年代无史料可稽。据艺辈相传，至少在清代道光年间就已演唱。传统剧目有《空棺记》《乌金镯》《雷宝童投亲记》等本戏和连台本戏。还有《采桑》等折子戏，共计近百本（出）。现代戏有《王三参军》《捕获汉奸》等。平腔秧歌的艺术特点是有唱无白。传统的演唱只有锣鼓伴奏，唱腔以字数分类，一般分七字腔、十字腔、另外还有一种倒板。演唱不只是用叙事抒情、人物之间的对话寒暄，甚至连人物的抬手动足都伴之以说明性的唱词。该剧种先后被收编于《山西剧种概况》和《中国戏曲剧种大辞典》。其音乐资料也于1997年入辑《中国戏曲音乐集成》。

10. 霸王鞭，又名打花棍。1939年9月，由襄垣县抗日政府县长徐国华从陕西咸阳传入襄垣，是一种传统的儿童表演游戏。解放前，每年4月4日儿童节，各学校都要组织儿童进行表演。花棍是把四尺长的木棍用彩绸裹缠紧，两端打眼孔，扎上彩穗，系上铜铃、银铃。表演动作有单打头、双打头、绕前头、绕后头、缠胳膊、打前心、背后心、单过腿、双过腿、鹞子翻身、飞燕抄水、单膝跪、后翻腰、转身打脚、男女对打、交叉打等技巧花样。表演时由领队在前吹哨儿指挥。一般为36人、48人为宜，男女各半，服饰男女不一。男儿童为白毛巾包头、黑衣黑裤，腰系红彩绸，花棍两头系六个铜铃；女儿童为粉红绸带、绿绸带，将小辫扎成蝴蝶结，画眉红腮，身着红彤彤的中式衣裤，穿绿绣花带红缨鞋，花棍两头系6个银铃。动作一致整齐，边演边唱，花棍飞舞，铜铃银铃叮当交错作响，激动人心。

11. 赶旱船

襄垣北关村兴起这一游戏在清朝乾隆年间已有记载。旱船的制作是用竹木、彩绸锦缎等扎成船形，用带系在船两帮挎入表演者颈部与肩上，船底用绿绸遮掩人腿。赶旱船一般为十二条，一人乘船，三条一组，一组配一艄公。旱船在打击音乐《马不莲曲牌》的伴奏下有序进行。表演节目多为“许仙游湖”“龙宫借宝”“柳毅传书”“大闹通天河”“金山寺”“草船借箭”等。随着时代的变迁，又增加了蚌、鱼、虾、乌龟、蟹等水中动物造型辅助演出，增添了节目表演的可视性和感染性。20世纪70年代，又新编排了“战洪图”“海港”“海霞”“龙江颂”“突破乌江”“碧水战歌”等现代戏内容。关键在一个“赶”字。赶旱船表演得好不好，主要看赶旱船的艄公表演技艺水平和指挥能力。只有“赶”得到位，旱船才能体现出随波逐浪、百舸争渡那飘飘欲飞的动作，才能饶有风趣，赢得满场喝彩。

12. 耍龙灯

耍龙灯是襄垣县传统的游戏项目之一，历史悠久，群众参与广泛。据1936年一份统计资料显示：“邑内耍龙灯者众，正月十五计有一百五十余村扎制龙灯，三千余人舞耍，为上党龙县。”据康熙版《襄垣县志》中载：早在712年春，唐明皇李隆基任潞州别驾时，到襄垣浊漳河观“鱼潮”，千百条鲤鱼飞跃水面，掀起巨浪，竟将他乘坐的龙舟摆的上下颠簸，十分壮观。随行的官员齐贺颂“鲤鱼来朝拜，王驾定有兆运”。后人为其著《鲤鱼赋》。不久，李隆基登上九五。当时虒亭镇寨沟村举子董华堃在场亲睹其景，值潞州官府为李隆基登基令各县文娱进京祝贺，董华堃便制出巨龙一条，用二十多个青壮汉子挑之进京，唐玄宗李隆基亲自 封其为龙舞状元。从此，虒亭寨沟舞龙誉满天下，襄垣扎龙灯耍龙灯普而广之，形成了“三村一龙灯、五村两雄狮”。直到现在，在上党地区还流传着“襄垣人鬼精灵，龙灯耍得活生生”的顺口溜。

13. 襄垣鼓书是一种山西省的汉族戏曲剧种。起源于山西襄垣，流行于上党地区。又称鼓儿词、襄垣调。相传清代乾隆初年襄垣的盲艺人成立了“三皇会”，借以传授鼓书和算卦，使鼓儿词代代相传，并在曲调上不断有所丰富和改革。早期的演出是以矮木架支书鼓，演唱者操挎板、鼓箭击节，另一人操老胡或二胡伴奏。唱腔只有慢板、快板两种。2008年入选第二批国家级非物质文化遗产名录。

（五）特色民居

1. 赵氏民居，位于和顺县李阳镇回黄村中，整体建筑坐西向东，

占地面积约 2000 平方米。民居始建于清代，民国时期进行了扩建和改建。大院依山势而建，现存建筑有四组大院，房屋 30 余间，窑洞 10 余孔。每组大院均为一进四合式，对内院院相通，对外院院有门，门为里外两层，防盗功能明显。木雕门楼、石雕装饰，门里做砖雕影壁。整座建筑保存较为完整，设计精巧，为和顺县不可多得的一处民居建筑群。

2. 毛氏民宅，位于昔阳县乐平镇西南沟村，整体建筑坐西向东，

占地面积达 8325 平方米，建筑面积 2298 平方米。毛氏民宅始建于清嘉庆年间，清光绪、民国年间又进行了部分扩建和改建。大院依山势而建，现存两堂、两巷、六组大院、十五座小院，房屋 120 余间，窑洞 20 余孔。建筑布局分为一、二、三进四合式。每组建筑主体坐中，左右厢房对称，对内院院相通，对外院院有门。

3. 天聚生古民居，坐落在山西省昔阳县城东南的赵壁镇楼坪村西南隅，建于清末民国初年，楼坪村三面环山，东北面一条小河静静流淌。村东靠近河北邢台市，南邻山西和顺县，距昔阳县城 35 千米。天聚生古民居背靠西北山丘，面朝东南，前面为四个主院、祠堂、再加偏院和后院，共由大小九个院落组成。建筑面积 1520 平方米，占地面积 2627 平方米，它设计巧妙，布局严谨合理。现保存基本完整。为传统的北方民居四合院建筑形制，是我省一座规模较大、颇有影响的传统古民居建筑群。

4. 申氏棋盘四院，位于黎城县正社村正街口东侧，属于清代古民居宅院建筑群。整个宅院的主体建筑基本型制是由四个内外套四合院组合而成，外围还建有多个附院，在空中俯瞰整个宅院建筑群，四四方方一座城，就像一座大型的棋盘，又因为宅院由申氏修建，因此而得名。

5. 南宋村秦氏民宅，位于长治县南宋乡南宋村。大院建于明代中叶，为当地一商人住宅。现尚存 4 处院子、六进院落，其中东、西院较为完好。大院平面布局紧凑合理，院与院既分隔又相通，且在建造中刻意注重防火、防盗等功能的设计。大院所有门窗装修、柱础、博风、悬鱼、惹草等木石砖雕十分精美，别具一格。高楼始建年代不详，现存为一座明代的防御性高层建筑。

6. 郭家大院，位于陵川县城以北 6 千米处，占地 6200 多平方米，

由10个院落组成，共建有72道门，院院相隔，院院相连。郭家大院大门多为双层，院中的楣梁、木柱、窗扇均为木雕工艺，既有龙兽、鹿鹤，也有石榴、莲花、牡丹。其门墩石鼓上雕刻的狮子造型生动，主院的大门上还留有“门衡蔼瑞”的匾额。镇内的三皇阁和关圣阁保存完好，三皇阁建在3米多高的台基上，共分三层，下为门洞，二、三层内外由木柱顶立，外圈半截花墙，全由雕花窗扇相隔。，上下分五层，面阔五间，进深四椽，悬山顶。通体青砖砌筑。

7. 张氏民宅，位于襄垣县上马乡阳沟村中。坐北朝南，一进院落布局，南北32.5米，东西27米，占地面积877.5平方米。现存建筑为民国时期遗构。轴线上现存有南房七间、正窑一座，两侧有西房三间，西房后有串窑一座共八孔。正窑为民国时期修建的靠崖窑，西房和南房均为土木结构二层楼房，单檐硬山顶，窗台石上雕有牡丹瑞兽等图案，西房后有暗窑八孔，从北向南六孔为串窑，窑内有逃生暗道以防范盗匪。该民宅为研究当地传统民居提供了实物资料。

8. 西石李氏宅院，位于襄垣县夏店镇西石村村西。李氏宅院为清朝道光年间江西布政使李懋公旧居，拥有宅院四座，有垂门、仪门，有当铺、酒坊、油坊、醋坊等。现存一处宅院和当铺较完整。该宅院现存建筑为清代遗构，一进院落布局，坐西朝东，东西长24.8米，南北宽21.8米，占地面积约为536平方米。中轴线现存正房、东房，两侧为北房、南房。正房为4孔土坯窑洞，拱券式门窗，前檐上有砖雕出檐，上饰筒瓦。北配房为二层棚楼式建筑，面宽三间，进深四椽，单檐硬山顶，五檩式构架，一层为拱券式门窗，二层为方形门窗。其砖雕和木刻有较高的艺术价值，该民居为典型的北方传统民居。

9. 李元善宅院，位于襄垣县古韩镇西关村中，由清末大财主李元善修建，坐北朝南，南北长22.45米，东西宽20米，占地面积约为449平方米。宅院为一进院落布局，中轴线残存正房、南房，两侧为东西厢房。正房为砖砌窑洞，共3孔拱券式门窗，前檐出仿木砖雕椽飞，上饰灰瓦。东、西厢房各 3 间，二层棚楼式，面宽三间，进深四椽，五檩式构架，单檐硬山顶。南房东侧辟门。该民居保存较为完整，其木雕和砖雕有较高的艺术价值，具有浓郁的地方传统民居特点。

10. 连泰荣宅院，位于襄垣县古韩镇阳泽河村北。坐北朝南，东西长 36.8 米，南北宽 25.45 米，占地面积约为 937 平方米。一进并排二院布局，中轴线依次为南房、正房，两侧为东西厢房。正房为土坯前墙窑洞，共 7 孔，前檐出砖檐。西厢房为二层阁楼式砖木结构，灰瓦饰顶。正脊为陶脊，硬山顶，东西房门楣和窗顶有砖雕图案，做工精致。三座院落均相通，规制一样。每院东辟门。该民居保存较为完整，具有浓郁的地方传统民居特点。

11. 王家峪韩氏民宅，位于襄垣县王村镇店上村王家峪自然村中。坐北朝南，一进院落布局，南北长 28 米，东西宽 22 米，占地面积 616 平方米。创建年代不详，现存建筑为民国遗构。中轴线上由南向北遗存南房 5 间，正窑 1 排 4 孔；两侧遗有东、西阁楼各 3 间。南房面宽五间、进深四椽，单檐悬山顶，灰布仰板瓦屋面；明间辟板门，门额彩绘，且檐下设三踩单翘斗拱，门后有木质影壁，上书“福”字。东、西阁楼皆面宽三间、进深四椽，二层单檐悬山顶，灰布仰瓦屋面，棚楼式建筑。明间辟板门、次间设窗装修。棚楼式建筑是当地民宅建筑的一种营造手法，是根据区域自然条件及民俗习惯进行营建的二层房屋，一层功能是满足日常生活起居，二层功能为隔热储物。该民宅为研究区域性民居建筑提供了重要的实物资料，具有一定的历史、科学价值。

12. 王氏宅院，位于襄垣县夏店镇桥头村中。该宅院为民国爱国人士、农商部技正王缙云旧居，建于民国八年，坐北朝南，东西长 21.6 米，南北宽 44.9 米，占地面积为 969.8 平方米。现存建筑为民国遗构，二进院落布局，中轴线依次为南房、过厅、正房，两侧为东西配房、东西厢房。正房为砖砌基础，土坯窑洞，共四孔，拱券式门窗，前檐出砖雕仿木椽飞。东西厢房为二层棚楼式建筑，土坯结构，面阔三间，进深四椽，五檩式构架，单檐硬山顶，棚楼式建筑是当地民居的营造做法，一层功能为起居及日常活动，空间较高，二层功能为保温隔热及储物。过厅面宽五间，进深四椽，五檩前后廊式构架，砖木结构，单檐硬山顶。东南角辟门。该民居为研究当地民居建筑提供了实物资料。

13. 连氏民宅，位于襄垣县王村镇胡岩村中 34 号院。坐北朝南，一进院布局，东西 18.5 米，南北 16 米，占地面积 296 平方米。现存建筑为清代遗构。中轴线上由南向北依次遗存雕花门楼，正房窑洞一排三孔；两侧仅存西厢房三间。西厢房建于石砌台基之上，面宽三间，进深四椽，单檐硬山顶，灰布仰瓦屋面，明间辟板门、次间格子窗已毁，遗有槛框，近年改换窗扇。门楼面宽一间，进深四椽，单檐悬山顶灰布筒板瓦屋面；五檩构架，前檐下设三踩单翘斗拱，中劈板门。该民宅为研究当地的传统民居建筑提供了实物资料。

14. 贾氏民宅，位于襄垣县侯堡镇东回辕村中。坐东朝西，东西长 24.3 米，南北宽 16.6 米，占地面积约为 403 平方米。一进院落布局，中轴线残存正房、西房，两侧为南北配房。正房为三孔砖砌窑洞，南、北配房均面宽三间，进深四椽，二层单檐硬山顶，棚楼式建筑，灰布仰瓦屋面。棚楼式建筑是当地民居的一种营造做法，即一层功能为起居及日常活动，空间较高；二层功能为保温、隔热及储物，空间较低。南、北房门楣和窗顶有砖雕花草图案，雕工精致。该民宅为研究当地传统民俗建筑提供了实物资料。

（六）医药文化

1. 党参

（1）壶关党参，壶关县种植中药材党参的历史已达千年。“壶关党参”产于壶关太行山大峡谷，据记载，壶关县党参的种植历史可追溯到汉唐，距今已有千年的历史，特别是太行山大峡谷中的紫团山党参为参中极品，一直是历朝皇室的御用贡品。宋朝大词人苏轼，曾作诗《紫团参寄王定国》对紫团参称颂备至。目前，壶关党参的种植已覆盖该县大部分乡镇，种植面积达到了600余亩。

（2）平顺党参，平顺县党参参条纤长、质厚味纯、皮黄肉红、色泽鲜艳，如横断参条，可见明星点点，整体呈“虎头凤尾菊花心”，三五叶、松花头、花淡黄、有芳味。平顺党参最重可达400克左右。人称“党参之王”。

（3）陵川“五花芯”党参，陵川“五花芯”党参受特定地理、气候、土壤、矿物质含量等局限，只产于陵川县，年产30万千克。参的横断面呈五花形，油性大，无渣滓，含糖量和药用价值比一般党参高出1～1.5倍，有“一棵五花芯，强如十斤参”之说。

2. 榆社龙骨

榆社县所产龙骨量大，骨纯，杂质少，吸湿力强，色白，有花纹。质坚如石，断面不平坦，色白，有的中空，摸之细腻如粉质。关节处膨大，断面有数蜂窝状小孔。吸湿力亦强。无臭，无味。龙骨的化学成分主含碳酸钙、磷酸钙。味甘、涩，平。有敛气逐湿，止盗汗，安神，涩精止血之功效。主治夜卧盗汗，梦遗，滑精，肠风下血，泻痢，吐血，崩带。外用可敛疮口。煎剂或入丸散。

3. 黄芪

黄芪为补气诸药之最，它的功效是多方面的，主要表现在补脾健胃、补肺益气、固表止汗、益气固表、补气消肿、补气养血、补气通络、补气升提、托毒排脓生肌等。明代名医李时珍称它为“补药之长”。其中产于山西省的品质较好，尤其是山西沁州（沁县）所产，特称之为绵芪。黄芪的药用部位为干燥根，多为秋季采挖，除净泥土，切去根头部及支根，晒干后，分别打捆即成。研究表明，山西产的黄芪中含有人体必需的钡、钴、锶、铬、锰、锌等多种元素，并且含量高于其它同类产品。

4. 潞州大凤丸

大凤丸是产于古潞州的传统名药。具有舒筋活血、开窍祛风、通经络、强肝肾、补虚养壮的功能。对于腰腿疼痛、四肢麻木、半身不遂、筋骨酸困以及妇女产前产后一般风症有特殊疗效。许多卧床多年的患者，服后药到病除。在华北、西北尤其是山区，享有很高声誉。处方始于明末清初，由“万镒堂”药号根据祖传秘方配制成药，霜蜡为丸。

5. 克烧净

壶关县中医院烧伤专科医师李文良在其祖传秘方的基础上，结合现代医学技术研制而成的“克烧净”烧伤药品，以治疗方法独特，病人无痛苦、费用低、愈合快、深度烧伤不手术、无疤痕的声誉迎来众多患者。中国烧伤协会副主席孙荣华、烧伤专家席秀曾、薛铁所、陈承祜等专家认为：该技术为中国一绝，世界一流。

第三节
文化风情村镇

一、大寨村

大寨村位于山西晋中昔阳县，风景秀丽，是全国农业旅游示范点、山西省著名特色旅游景区、山西省爱国主义教育基地、中国“十大名村”之一，大寨展览馆是全国第二批红色景点。

大寨是举世无双的世界名村，人文名胜得天独厚。众多的中央领导，军界将领，社会名流及五大洲政坛要人曾到大寨参观访问，七沟八梁一面坡留下了他们的足迹身影，特殊的文化沾润使大寨益发显得诗意葱茏，魅力无穷。大寨是华夏农业文明的佳作名篇。首战白驼沟、三战狼窝掌、奋力战洪灾、三不要三不少、搬山填沟造平原、科学种田等至今脍炙人口，留下史迹斑斑。团结林、知青林、红碑、军民池、周恩来纪念亭、虎头山标志石、大寨全景、陈永贵墓园、贾进财墓地、郭沫若诗魂碑、孙谦纪念碑、团结沟渡槽、大寨文化展示馆、大寨展览馆、大寨村标楼、大柳树、陈永贵故居、大寨生态园等众多特色景点构成了全国著名的红色旅游景区，这里旖旎动人的精神画卷，令人思绪万千。

新时期的大寨，经济繁荣、社会和谐、环境优美、民富村强、人和政通、人民幸福自豪，在新一轮发展中又铸辉煌。这里区位优越、交通便捷、通讯畅达、设施完善、热情好客的大寨人竭诚欢迎国内外宾朋光临。

二、榆社云竹湖

云竹湖位于榆社县城西 25 千米处云竹镇云竹村，距太原市 88 千米。湖区面积 21244 亩，流域面积 353 平方千米，设计库容 1 亿立方米，平时库容 5000 多立方米。湖面既可为游湖、泛舟水上观光游乐提供广阔场所，也可以为垂钓、休闲、开展各种水上运动提供所需各种空间。湖边有国家级重点文物保护单位福祥寺、崇圣寺，省级重点文物保护单位资福寺和省级自然保护区悟云山景区。景区还连接和辐射左权、武乡八路军纪念馆“红色”旅游和晋中晋商文化旅游，形成立足晋中太原、面向河北、京、津乃至全国的晋中旅游圈中的一个旅游基地。

三、莲花岩生态庄园

莲花岩生态庄园位于左权县桐峪镇西北面的桐滩村骁营沟自然村。2009 年被县委政府评为“先进生态庄园”；2011 年 3 月又被县委县政府评为“生态庄园经济开发标兵工程”；2011 年 11 月，中央电视台 7 套“乡土”栏目，在莲花岩千年古崖居拍摄了《崖居人家》；2012 年 11 月山西省图书馆在莲花岩古崖居拍摄了《山西古村落》纪实片。2013 年 2 月被山西省旅游局批准认定为首批省级旅游休闲度假区。

尤其是在 2009 年 10 月份，当地民众在莲花岩千年古崖居内发现了八路军 129 师卫生部 83 名革命烈士的《死亡证书》，随后北京晚报、山西日报等数十家媒体详细报道了此事。2013 年经解放军总参军事博物馆、山西省文物局鉴定，《烈士死亡证书》为国家一级红色文物。同期，国家、省、市、县各级政府及双合成企业通过各种渠道为革命烈士魂归故里寻找亲人，现仍在进行之中。2013 年 4 月份中央电视台 7 套军事频道在崖居遗址拍摄了三集电视纪实报道《英雄的亲人，您在哪里》。引起了社会各界极大的关注。

经过多年的努力打拼，当年的偏僻闭塞的太行山村，如今焕然一新，成为太行深处“自然风光观赏”和“美丽动人传说”的旅游度假休闲庄园。

四、左权日月星生态庄园

日月星生态庄园位于左权东部、邢台西南，地处晋冀要隘，山下的黑虎关正是“晋疆锁钥，山西屏障”。日月星生态庄园地处太行山中段断层边缘，是山西高原和华北平原的天然界线和分水岭。分水岭山西一侧地势相对平缓，河北一侧地势则骤然下降，山势陡峻，石崖相连，绝壁成排，峡谷万仞。回望山西，群峰连天，北瞰河北，层峦叠嶂。奇绝二景，晨观日出、高观云海，蔚为壮观。2013 年被评为“山西最佳避暑胜地”之一，并获得“山西省营养协会理事单位”称号，并多次受到省内外领导及专家学者的广泛关注。

五、水磨头

山西晋中市昔阳水磨头渔乡旅游坐落在太行群峰、松溪河畔的水磨头村，山环水绕，峰秀洞奇，鹤飞鹳舞，山泉喷涌，村民开塘养鱼，辟田种稻，早被誉为世外桃源，太行渔乡。往昔阳县方向大概 40 多千米就可以到达，可以一并游览昔阳县大寨。

六、中山自由呼吸生态园

昔阳县自由呼吸生态农业有限公司座落于昔阳县沾尚镇中山村，是一个以生态开发为宗旨，集住宿、餐饮、会议、采摘、垂钓、观光、休闲、游乐、拓展运动、园林绿化和乡村情调于一体的多功能休闲园区。园区建设在百年松山与潇河之中，山上林木茂盛，春季百亩油菜花外景使整个园区更加绚丽多姿，景色如画，是旅游、观光、休闲的好去处。

七、平顺太行水乡风景区

太行水乡风景区位于平顺县城东 30 千米，地处晋、冀、豫三省交界，景区总面积 439 平方千米，由大云院、藏兵洞、南堖山、华野漂流、柳树湾、天鹅湖、小三峡、月亮山、恐龙谷、龙门寺等景点组成。首尾相接，景景相连，森林奇松，松翠梅红，稻香竹秀，集北国雄姿与南疆旖旎于一体，聚阳刚之气与阴柔之美于一体。太行水乡沿途自然景观与人文景观交相辉映，天赐绝景与国之瑰宝珠联璧合。因景区内浊漳河全长 54 千米，又名“百里水乡”，再因其是百里陆路，百里水路，故也称其为“双百里旅游区”。这里群山巍峨，绝壁对峙；大河滚滚，悬瀑飞泻；高映平湖，碧波荡漾；杨柳依依，鸳鸯戏水，野鸭成群，堪称世外桃源。

八、东寺头乡神龙湾村

神龙湾村位于山西省长治市平顺县东寺头乡神龙湾村。这里自然生态优美，山水风光绮丽，民俗风情独特。过去，这里山高、坡陡、路弯、石头多，自然环境恶劣。为方便出行，人们在高约百丈的悬崖绝壁上开凿出一段羊肠小道，分九十九盘共 1800 余个台阶，攀爬异常费力，呼吸时会发出“哈喽、哈喽”的喘息声，被形象的命名为“哈楼梯”。而今，与之形成鲜明对照的是新修的挂壁公路。它全长 1526 米，共有 35 个天

窗，穿山而凿，地处山梁险境，蜿蜒曲折，形似一条悬挂在山中的巨蟒，这条路使古村落的面貌焕然一新。

九、平顺西沟村

平顺西沟村曾经被誉为新中国农业战线的一面旗帜，新中国农村发展的一个缩影。这里曾经诞生了中国第一个互助合作组，当地人们凭借自力更生、艰苦奋斗的精神，让西沟从一个满目疮痍、五行俱缺的穷山沟，发展成为今日富裕兴旺的新农村。作为一处撼动过无数中华儿女心灵的圣地，西沟被毛泽东誉为“边区农民的方向”，李顺达、申纪兰这些声名斐然的全国劳模以他们无可挑剔的卓越品质，影响着一辈辈新中国儿女。西沟村当代已经成为闻名华夏的红色旅游基地，在爱国主义和廉政教育等领域都发挥着不可小视的力量。如今修建一新的西沟展览馆中，展示了大批珍贵的照片和实物，老一辈西沟人艰苦奋斗、建设山区的辉煌历程，以及党和国家领导人的殷切关怀，都在这里得到了真实的还原与生动的呈现。

十、砖壁村

砖壁村位于山西省武乡县城东部 45 千米的崇山峻岭之中，地形险要，易守难攻且便于隐蔽，被选定作为八路军总部。作为华北抗日前线的指挥中心和战略枢纽，它见证了在抗日烽火四起的华北大地上军民一心痛击倭寇的光辉历史，珍贵的红色标记使砖壁村名声大振。

1940 年，由彭德怀、左权等领导人部署指挥的震惊中外的百团大战就发生在这里，八路军数十万将士驰骋在华北原野，砖壁村上空电波频传，在总长 2500 千米的破袭线上，拨据点、夺关隘、毁交通、炸桥梁，打击外敌侵略，建立了覆盖华北全区的抗日根据地。朱德总司令和彭德怀、左权、刘伯承等八路军和中共中央的领导人曾在这个院子里，召开了许多重要的会议，作出了重大的方针政策，还先后接待了不少抗日民主人士、国民党抗日将领和一些国际友人的参观访问，砖壁村也成了八路军对外宣传和交流的重要窗口。

十一、岳家寨

岳家寨原名下石壕村，位于平顺县石城镇 14 千米处。据历史资料考证，下石壕村村民是民族英雄岳飞的后代。相传当年岳飞被奸臣所害，其后人被迫从河南汤阴逃难于此，为躲避追杀和蓄势待发，便依据地势取名，对内叫“岳家寨”，传承英雄历史；对外称“下石壕”，寻求保护屏障。村庄坐落于山体断层平台之上，这里平均海拔 1200 米，四临悬崖峭壁，有“太行空中村”的美誉。由于特殊的地理地貌，构成这里“冬无严寒夏无酷暑”的小气候。

十二、大河古村

大河村地处晋豫两省交界处，长治市壶关县东南，太行山旅游开发区腹地，毗邻太行山大峡谷青龙峡景区，这里海拔 400 多米，一年收两季庄稼，全村 800 口人，全村村民多数经营旅游产业生存，是旅游开发的最佳地。经过多年的发展，如今的大河古村已经形成了以青龙峡、大河激情漂流、中国攀岩基地国际攀岩赛等为主的自然风光和户外娱乐景区；以佛寿塔、报恩精舍、佛缘桥和观音寺等为主的佛教文化线路；以大河关晋豫商路古驿道、相传曹操当年住过的老客栈和太行山大峡谷国家地质公园博物馆等为主的融历史文化和科教功能的景点，同时还有三星级大河宾馆和不同规格的农家乐客栈为远道而来游客提客房、餐饮、娱乐等服务。

十三、陵川县锡崖沟村

锡崖沟村是全国农业旅游示范点，位于陵川县城东南部晋豫两省交界处，群山环绕，村中一道深谷，终年流水潋潺。这里不仅山青水秀、风景优美，而且气候宜人、冬无严寒、夏无酷暑。村落民居，田园阡陌，皆别致古朴、赏心悦目。更兼民情淳厚，古风犹在、村中男妇老幼，皆悠然自乐，和善有礼。沟里人历时 30 年开山筑路的壮举待世以后，在全省全国引起了强烈反响，锡崖沟村从此闻名遐迩。

第四章

太行革命文化篇

1937年7月7日，日本帝国主义发起全面侵华战争。八路军奉命开赴山西抗日前线，自11月起，八路军129师开赴晋东南收复失地，陆续建立起以太行为依托的晋冀豫抗日根据地。1940年中共中央北方局在黎城召开高级干部会议，提出“建党、建军、建政”三大任务，太行周边抗日根据地统一组成“冀南太行太岳行政联合办事处”，1941年在此基础上建立晋冀鲁豫边区政府，领导抗日军民在华北地区浴血奋战，为中华民族的解放立下不朽的功勋，形成了为了革命理想革命利益不惜牺牲的太行精神。

第一节
太行革命根据地概述

一、太行革命根据地的开辟与巩固

抗日战争爆发前，晋东南、豫北、冀西等地的党组织领导群众进行斗争，但先后多次失败。1935 年“华北事变”发生后，抗日民主运动出现了新的高潮。晋东南、冀西、豫北等地的党组织在中共中央北方局的领导下，大力领导抗日救亡运动，地方党组织得到恢复和发展。1936 年，薄一波等人在阎锡山邀请下，接办山西牺盟会。牺盟会逐渐发展为由中国共产党领导的抗日救亡团体，积极组织群众、武装群众。

全面抗日战争爆发后，以国共合作为基础的抗日民族统一战线正式形成。中国工农红军主力改编为八路军开赴山西抗日，9 月 25 日八路军首开得胜，取得了平型关战斗的胜利。10 月份，八路军、晋绥军、中央军共同参与忻口会战。10 月底，自石家庄方向西来的日军突破了娘子关防线，迫使忻口中国守军退守太原。1937 年 11 月 8 日，太原失守后，八路军总部根据中共中央、中央军委和毛泽东主席的指示，命令 129 师开赴太行山区，开辟以太行山为依托的晋冀豫根据地。与此同时，10 月中旬成立的冀豫晋省委（书记李菁玉，组织部长李雪峰，宣传部长徐子荣）随 129 师师部活动，对外称“一二九师编辑部”，出版《战斗》为机关刊物。之后，冀豫晋省委与 129 师结合，共同建立以太行山为依托的晋冀豫抗日根据地。

11 月，129 师在和顺县石拐召开会议，决定全师化整为零深入太行山区，充分发展群众，开展游击战争，并且每个营抽出一个连与地方党组织、游击队一起活动。会后，129 师和冀豫晋省委先后派遣一批干部和连队组成工作团、游击支队，赴晋东南、冀豫区、太南、豫北等地区开展活动。至 1938 年 4 月日军九路围攻前，129 师分遣了三分之二以上的兵力结合地方党组织开辟根据地。同时，129 师和中共冀豫晋省委在辽县西河头开办游击训练班，训练师属各部队的干部和地方县、区干部开展游击战争和建立游击根据地。这些学员毕业后，分赴各地发动群众，发展壮大了游击队。在这一时期，晋冀豫等省几乎每个县都建立了抗日武装。为了在全区恢复和建立党组织，129 师派出的工作团与地方党组织结合，组建中共县委或县工委。到 1938 年 3 月，晋冀豫地区建立起晋中特委、冀西特委、冀豫特委、晋东南特委、晋豫特委和省委办事处。各地共产党组织的建立，使得开展游击战争、建立抗日民主政权有了领导核心。

1938年一二月间，冀豫晋省委在左权县辽阳镇西河头村召开冀豫晋省委活动分子会议，对当时党的工作进行了讨论和部署。同时，129师召开了高级干部会议，邓小平接替张浩担任129师政治委员，会议讨论了根据地建设中的武装、政权、群众工作三大问题。会后，冀豫晋省委和129师师部召集十个县区委以上干部会议，讨论和研究了建立根据地的有关方针、政策问题。这三次会议，加强了党对根据地各项工作的领导，加速了建立太行根据地的进程。二三月间，129师先后取得了长生口、神头岭、响堂铺三战三捷的重大胜利，给入侵晋东南和邯长线的日军以沉重打击，对太行根据地的开辟起了关键性的作用。4月，129师经过半个月艰苦斗争，粉碎了日军的第一次“九路围攻”，打破了“皇军是不可战胜”的神话，奠定了以太行山为依托的晋冀豫抗日根据地的基础。

1938年4月下旬，日军九路围攻业已粉碎，晋冀豫根据地正式建立了晋冀豫军区和下辖的各军分区。军区对外称“一二九师后方司令部”，下辖五个军分区：第一军分区为秦（基伟）赖（际发）支队活动的晋中地区；第二军分区为桂干生、张贻祥领导的基干支队活动的冀晋

地区：第三军分区为张南生部队活动的冀豫地区：第四军分区为谢家庆、张国传部队活动了浊漳河流域地区：第五军分区为赵涂支队活动的太南地区。晋冀豫军区和各军分区建立后，全区的基干武装很快发展到近两万人，129 师的 385 旅、386 旅都发展到七千人左右。自 1938 年夏季开始，129 师以太行山为支点，出兵由山地向平原发展，开展平原游击战争。半年的时间里，129 师扫清了抗日战争以来邯（郸）长（治）公路一带的混乱局面，进到漳河以南、道清路以北的豫北地区，在林县、辉县的山区开辟了抗日根据地，拔掉了敌人多处据点，有力的配合了正面战场的作战。至 1938 年 10 月，晋冀豫根据地已扩展到平汉、正太、同蒲铁路沿线和豫北的广大地区。

1938 年，“中国共产党冀豫晋省委员会”改为“中国共产党晋冀豫区委员会”，并于 9 月发出《全区工作的发展与党的领导任务》的“九月指示”，针对根据地各区工作发展不平衡，提出了具体要求。中共晋冀豫区委的负责人先后巡查了晋中、冀晋、冀豫、太岳、太南、晋豫等地区的工作，采取深入调查研究和批评与自我批评的方法，对各地区的工作根据具体情况作出了具体指导。1938 年底中共六届六中全会之后，晋冀豫区根据六中全会精神，加速全区农救、青救、妇救、工救、文化界和各界救联的统一领导。

随着太行周边根据地的不断扩大，1939 年 8 月成立了以邓小平为书记的太北军政委员会，以统一领导敌后根据地党政军全面工作。1940 年太北军政委员会改名为“太行军政委员会”，领导冀南、太行、太岳三区的工作。此时，晋冀豫区党委所辖范围主要是太行区的太北区。当年 4 月，中共中央北方局在黎城召开高级干部会议，冀南、太行、太岳等根据地领导均参加（史称“黎城会议”），会议提出了各根据地进行建党、建军、建政“三大建设”，并成立了“冀南太行太岳行政联合办事处”（简称“冀太联办”），制定和颁布了一系列政策。“黎城会议”决定统一全区党政军民的领导，对晋冀豫根据地的巩固和建设有重要意义。

会后，根据黎城会议上关于党的建设的决议，全区开展了第一次整党工作，发扬了“具体分析，提出具体措施，由试验、典型示范，一步步发展”的工作方法，提倡“具体领导、深入群众和自下而上的工作方式”。根据会议上的建军要求，129 师师部进行整军工作，提出军队建设要转向整编阶段。1940 年 6 月，晋冀豫军区建制撤销，代之以成立太行军区，由 129 师兼，下辖五个军分区。通过整军，部队的政治素养和战斗力明显的提高。同时，各地群众武装组织在各种群众组织的基础上逐步建立起来。

1940 年 8 月 1 日，冀太联办在涉县正式成立，下辖太行、太岳、冀南三个行政区，太行区是冀太联办的直辖区。冀太联办成立后，对根据地政治、经济、文化等方面提出了一系列的发展政策，统一了根据地的行政领导，使得根据地各项工作由分散走向集中。冀太联办成立后，县级以上的抗日政权实行共产党、左派进步份子和中间派各占三分之一的“三三制”政权。太行根据地的腹心地区开展了大规模的村选活动，建立了农村新政权。3 月，冀太联办第二次行政会议召开时，邓小平提出成立晋冀豫边区临时参议会，按照“三三制”原则选举临时议员。7 月，晋冀豫边区临时参议会第一次会议召开，会议决定成立晋冀鲁豫边区政府。

二、太行革命根据地极端困难时期

经过三年多的发展，太行根据地成为华北敌后一个重要的抗日堡垒。1940 年 10 月开始，日军调集重兵对根据地进行疯狂的“扫荡”，国共摩擦此起彼伏，严重的自然灾害也随之而来，根据地进入了极端困难的时期。这种困难局面一直延续到 1943 年底。

太行区是华北敌后抗日根据地领导机关最集中的地区。晋冀鲁豫边区政府、边区参议会及直属单位、129 师师部及直属部队、中共中央北方局、八路军前方总部及直属部队、中共中央北方局太行分局都驻扎在太行区。这些机关单位的供养都需要太行区人民负担。1941 年 12 月，中共中央提出“精兵简政”，规定脱产人员不能超过负担人口的百分之三。面对严重的自然灾害和“鱼大水小”的财经状况，1942 年，太行区响应中央指示，从军队到地方、从上层到基层，普遍实行精兵简政。经过两年的努力，太行区的军政系统达到了精简、统一、效能、节约和反对官僚主义的目的，减轻了人民的负担，利于克服困难。1943 年 1 月，太行分局在涉县召开高级干部会议（“温村会议”），确定了在极端困难条件下全区的工作方针，加强了党的一元化领导。1943 年冬，太行分局撤销，中共太行区党委根据温村会议精神制定了《关于今明两年完成全区整风任务及目前阶段计划》，全区展开了军队、地方所有干部都参加的整风运动，为抗日战争做了最好的思想准备。

同时，为了调动广大群众的积极性，1942 年起，全区开展了全面的减租减息运动。减租减息运动以减租、保佃、清债、退押为中心，解决农民的土地问题。到 1943 年，以清债、减租、增加工资为中心的群众运动达到高潮。面对自然灾害带来的粮食短缺困境，太行区积极展开救灾工作，在“不饿死一个人”的口号下，用以工代赈、开展社会互济运动、生产渡荒等方式救济灾民、渡过灾荒。

在加强太行区建设的同时，太行根据地党政军民积极开展反“蚕食”、反“扫荡”的斗争，发动群众性游击战争。在战斗过程中，民兵们创造了地雷战、麻雀战、窑洞战、围困战和联防战等形式，粉碎了1943年日军的五月扫荡。1943年，太行部队歼灭庞炳勋、孙殿英汉奸部队，使得太南和太北连成一片，并重新开辟了豫北地区。使得太行区进一步得到巩固。

三、太行革命根据地的全面发展

1944年，世界反法西斯战争形势急剧变化，太行区周围的日军有所减少，太行区部队发起局部反攻，收复了许多县城和据点，根据地面积进一步扩大。

1943年秋到1944年，太行区党政军民掀起了以农业生产为中心，包括工业、手工业、运输业、畜牧业、商业在内的大生产运动。由于蝗灾严重，大生产运动与“剿蝗”运动同步进行。1944年，太行区党委发出《关于贯彻减租运动的指示》，进一步开展减租减息运动，刺激了农民的生产积极性。同时，八路军前方总部滕代远、杨立三制定并颁布了《总部伙食单位生产节约方案》（滕杨方案），全区机关部队开展起大规模的生产节约运动。根据地的生产事业轰轰烈烈的开展起来。

1945年8月，日本无条件投降。为了保卫抗日战争时期的胜利果实，太行部队进行了上党战役、邯郸战役等自卫反击战。1945年11月20日，太行行署成立，刘岱峰为行署主任，此时太行区已经拥有十多个基本完整的县治。在此期间，全区根据中共中央“五四指示”精神，开展减租减息运动以进一步发展生产，在整个解放战争期间，太行区经济、文化、医药卫生等都有了很大发展，有力的支援着全国解放事业。

1946 年 6 月，国民党挑起全面内战之后，太行部队先后进行了正太战役、辉县战役，打退了蒋介石军队和阎锡山军队的武装进攻。1947 年豫北战役后，太行部队进入全面进攻阶段。1949 年，解放军攻克安阳和新乡，太行区全境解放。

四、革命年代太行行政区划变迁总括

七七事变后，中国共产党人根据国内外面临的严峻形势，对党的政策作出了及时调整，同年 8 月中共中央政治局在洛川会议作出了重大决议。会议决定了坚持统一战线中无产阶级的领导权，确立了深入敌后，组织发动群众，开辟敌后战场，创建抗日根据地，开展人民游击战争等重要战略方针。太行区作为晋冀鲁豫根据地一部分，地处山区，具备开展敌后游击战争的优越条件，是极其重要的战略阵地。

1937 年 11 月，太行区在中共中央北方局和八路军总部的直接领导下初步创建，1938 年太行区基本趋于稳定。太行革命根据地处于山西、河北、河南三省交界地区，称晋冀豫抗日根据地，所辖正太路以南、平汉路以西、同蒲路以东、黄河以北地区，包括七十余县。当时尚未建立统一的行政领导机构。1938 年 3 月，晋冀豫地区建立中共晋中、冀晋、冀豫、晋东南等特委及省委办事处。同年 4 月，以八路军 129 师后方司令部名义建立晋冀豫军区及 5 个军分区，从而为包括太行区在内的晋冀鲁豫边区的政区建制，奠定了基础。1940 年 1 月，晋冀豫抗日根据地以白晋路为界，分成两个战略区：东为太行区，西为太岳区和晋豫区。

（一）冀南、太行、太岳行政联合办事处辖期（1940.8—1941.8）

1940 年 8 月，冀南、太行、太岳行政联合办事处成立，太行区成为联合办事处的直辖区，太行区下设两大专区，包括冀西专区、太南专区和三个办事处：太行第一办事处、太行第二办事处、漳北办事处。冀西专区：内邱、临城、赞皇、获鹿、元氏、井陉、平（定）东、昔（阳）东、和（顺）东、邢（台）东、邢（台〉西、武（安）。太行第一办事处：平（定）、昔（阳）西和（顺）西、寿阳、榆次、太谷。太行第二办事处：祁县、榆社、辽县、武乡、襄垣、武（乡）西、辽（县〉西。太南专区：黎城、平（顺）北、潞城、长治、壶关。漳北办事处：林（县）北、安阳、偏城、武安、涉县、沙河。

（二）晋冀鲁豫边区政府辖期（1941.9—1945.11）

1941 年 8 月，晋冀鲁豫边区政府成立，太行区成为边区政府直辖区，总共管辖六个专区，39 个县。晋冀鲁豫边区政府辖期内进行了两次区划调整。1941 年 9 月太行区区划情况，大致分为六个专区。一专区辖县：包括内邱、赞皇、临城、获鹿、高邑、元氏、井陉、平（定）东、昔（阳）东、和（顺）东。二专区：平（定）西、昔（阳）西、和（顺）西、寿阳、榆次、太谷。三专区：祁县、榆社、武乡、襄垣、辽县、武（乡）西、辽（县）西。四专区：黎城、平（顺）北、平（顺）南、潞 城、长治、壶关。五专区：林（县）北、安阳、偏城、武安、涉县、磁县。六专区：邢（台）东、邢（台）西、武（安）北、沙河。原辽县在 1942 年 9 月 8 日为纪念抗日名将左权将军改为左权县。

1943 年 12 月，八路军开辟了豫北地区，太行区划由六个专区增加为八个专区。一专区辖：元氏、内邱、井陉、赞皇、临城、和（顺）东、昔（阳）东、平（定）东、获鹿。二专区：和（顺）西、昔（阳）西、平（定）西、太谷、榆次、寿阳、辽（县）西。三专区：武（乡）东、武（乡）西、左权、襄垣、榆社、祁县、黎（城）北。四专区：平顺、黎城、壶关、潞城、长治。五专区：涉县、磁武、林（县）北、安阳。六专区：邢台、武安、沙河、偏城、武（安）北、邢（台）西。七专区：林县、辉县、汲县、淇县、汤阴、获嘉、新乡、原阳、修获武。八专区：陵川、陵高、晋城东、修武、修陟、沁博、温陟、温孟、博爱。

（三）晋冀鲁豫边区政府辖期（1945.11—1948.5）

在晋冀鲁豫边区政府的统一领导下，由太行行署直辖太行区，在此期间经历了四次行政区划改革。

1945年11月区划，设有六大专区，共48个县，3个市。一专区：内邱、临城、邢东、赞皇、元氏、井陉、邢（台）西、高邑、获鹿、邢台、沙河、邢台市。二专区：榆次、寿阳、太谷、左权、榆社、武乡、昔阳、平定、祁县、和顺、榆太祁。三专区：襄垣、黎城、潞城、壶关、长治、平顺、长治市。四专区：博爱、沁阳、武陟、温县、修武、修获武、焦作市、陵川。五专区：林县、辉县、汤阴、汲淇、新乡、辉嘉。六专区：陟县、武安、磁县、林（县）北、安阳、偏城。

1946年6月6日区划调整为四个大的专区，辖41个县。一专区：沙河、邢台、临城、内邱、赞皇、高邑、获鹿、元氏、井陉。二专区：昔阳、武乡、和顺、左权、壶关、平顺、黎城、长治、潞城、襄垣、平定、榆次、太谷、祁县、榆太祁、榆社。三专区：林县、左权、涉县、磁县、平顺、武安、汲县、潞城、辉县、安阳、汤阴。四专区：陵川、博爱、沁阳、温县、修武、武陟、修获武。

1947年3月区划调整为五个专区，辖40个县、1个市，包括山西境内18个县。一专区：临城、内邱、元氏、赞皇、获鹿、井陉、高邑、沙河、邢台。二专区：寿阳、榆次、左权、太谷、平定、武乡、昔阳、长治、榆社、祁县、平顺、和顺、榆太祁、襄垣。三专区：黎城、潞城、壶关、长治、平顺。四专区：修武、武涉、温县、沁阳、陵川、修获武、焦作市。五专区：陟县、林县、辉县、汲县、汤阴、武安、安阳、磁县。

1948年3月区划再次调整，专区数目变为六个专区，辖43县，1个市，山西就有17县，1个市即长治市。一专区：元氏、赞皇、临城、内邱、高邑、邢台、邯郸。二专区：昔阳、和顺、左权、寿阳、榆次、太谷、祁县、榆社、襄垣、武乡、平定。三专区：黎城、潞城、长治、平顺、壶关、长治市。四专区：修武、博爱、沁阳、武涉、温县、陵川、焦作、获嘉。五专区：林县、安阳、汤阴、淇县、汲淇、辉县、新乡、邺县。六专区：沙河、武安、涉县、磁县。

（四）华北联合行政委员会（1948.5—1948.8）

华北联合行政委员会领导华北人民政府，下设太行行署，管辖整个太行区。1948年8月到1949年4月，太行区仍为六个专区，其中二专区的榆次、太谷、祁县、寿阳于1948年8月划归新建的晋中区，其余所属专区均未变化。

1949年8月区划设五大专区。邢台专区：邢台市、邢台、元氏、内邱、赞皇、高邑、临城、沙河。左权专区：左权、昔阳、和顺、武乡、襄垣、榆社。长治专区：长治市、长治、壶关、黎城、潞城、平顺、陵川。新乡专区：新乡市、焦作市、新乡、博爱、沁阳、温县、修武、武陟、辉县、获嘉、汲县。安阳专区：安阳市、安阳、林县、武安、漳南县、淇县、磁县、涉县、汤阴、邺县。

1949年5月，太行区行政规划做最后一次调整，分为5个专区，辖37个县，5个市。专区以专员公署驻地命名，包括山西的左权专区、长治专区、河北的邢台专区、河南的新乡专区、安阳专区，共辖25县、4市。其中山西为左权、长治两个专区，辖12县，1个市。左权专区：左权、榆社、和顺、昔阳、襄垣。长治专区：长治县，潞城、黎城、平顺、壶关、陵川及长治市。1949年8月19日，太行行署撤销，所辖各县分别划归山西、河北、河南三省。

第二节 太行地区革命文化遗址遗存

一、党政军民机关旧址

（一）军队旧址

1. 仪城八路军总部旧址

位于和顺县横岭镇仪城村。1937 年 10 月，八路军总部、第 129 师师部等机关先后来到和顺的仪城、石拐一带开展创建根据地的工作。八路军总部的全体干部战士与当地村民同吃同住同劳动，与群众打成一片。仪城、石拐一时成了整个太行区的政治、文化、军事中心，成为革命力量的汇集点。

2. 榆社八路军总部旧址

位于榆社县城榆社中学内。1937 年 11 月 12 日，朱德、彭德怀率领八路军总部，由辽县徒步到达榆社郜村，在此积极组织群众进行抗日救亡宣传工作。13 日凌晨，总部由郜村出发，于当日下午进入榆社县城，进行抗日演说，同时在街头向群众宣传抗日救国十大纲领。14 日，八路军总部由榆社出发，途经潭村、郝壁到达武乡县段村。

3. 八路军总部义门旧址

位于武乡县西北 15 千米的义门村。1938 年 4 月 14 日，八路军总部由沁县小东岭村召开国共两军高级将领会议后移驻于此。朱德、彭德怀在此指挥了著名的长乐村战斗。彻底粉碎了日寇对晋东南抗日根据地的九路围攻。

4. 八路军总部寨上旧址

寨上村位于武乡县城西北 7 千米。1938 年 4 月 20 日，八路军总司令部由义门移驻在此，大部队驻满寨上及周围马牧、里庄、南沟等村，并在寨上村召开了粉碎日军九路围攻的祝捷大会。1938 年 5 月 23 日，总部离开寨上移往沁县南底水村。属县重点文物保护单位。

5. 八路军总部故县旧址

八路军总部办事处故县旧址于长治市郊区北 30 千米的黄碾镇故县村南的二仙庙内，该庙坐北朝南，分上、下两进院落。遗存殿宇 40 余间，占地面积 3000 平方米。是抗日战争时期八路军进入太行山的第一个重要驻地，也是我军在华北抗日战争的主要指挥中心。1938 年 8 月 8 日，中共中央北方局、八路军总部由沁县南底水迁至屯留县故县镇（现长治市郊区故县存村）办事处就设在二仙庙内。朱德、彭德怀等老一辈无产阶级革命家在这里领导了晋冀豫抗日根据地的建设，指挥了华北的抗日战争。八路军总部在故县期间，除朱总、彭总、左权将军外，黄克诚、康克清、傅钟、刘白羽、何长工、陈锡联、陈再道、李达等领导也先后率部队在村中驻扎。二仙庙作为八路军总部办公场所，先后有电话局和抗大一分校等机关在此办公。抗大一分校是共和国将军的摇篮，从这里走出的将军有迟浩田、杨得志、韦国清、铁瑛、聂风智等，抗大一分校把二仙庙作为宣传革命、组织群众、巩固和发展抗日根据地的重要阵地，在这里进行了积极的抗日活动，在我党我军的抗日史上写下了重要的一页。

6. 八路军总部北村旧址

位于长治市区北部30千米的潞城市北村。1938年12月21日，八路军司令部进驻北村。翌年7月8日，八路军总部由此转移至武乡县砖壁村。彭德怀、左权和参谋部、北方局党委住北村杜姓大院。该院现陈列有236幅历史照片、56件实物和50余万字的历史资料，大门上的鎏金匾额现有杨尚昆题写“八路军总部北村旧址”，徐向前题写了“八路军总部纪念馆”。该馆为全国重点文物保护单位。

7. 八路军总部特务团大黄庄旧址

位于襄垣县古韩镇大黄庄村中。1938 年 9 月至 1939 年 1 月，八路军总部特务团进驻该村，团部设在苗森院内。八路军总部召开了“军民团结抗日战争大会”，朱德总司令在会上作了有关目前形势等方面的报告。

8. 八路军总部苏村旧址

位于襄垣县侯堡镇苏村范思培家。1939 年春，八路军总部在此驻扎 3 个多月。

9. 八路军野战总政治部堙里与下合旧址

八路军野战总政治部，1939 年 7 月 15 日由潞城县中村转移至武乡县堙里村。10 月 11 日野战总政治部迁至下合村。罗瑞卿、陆定一均住梁安平院内。1940 年 6 月底，又返回堙里村。八路军野战总政治部在堙里、王家峪驻扎期间，除做军队政治工作外，还对抗大、鲁艺和太行山火星剧团进行领导，召开了许多重要会议。属县重点文物保护单位。

10. 八路军总部砖壁旧址

位于山西省长治市武乡县蟠龙镇砖壁村。1939 年 7 月 15 日，八路军总司令部由潞城县北村经襄垣县普头和黎城县霞庄转驻武乡县砖壁村。期间，指挥了粉碎日军对晋东南的围攻和“扫荡”。10 月 11 日迁驻西南 16 千米处的王家峪。1940 年 6 月日军占领武乡县段村后，总部于 10 月 5 日又返迁砖壁，并由彭德怀副总司令和左权副总参谋长在此指挥了“百团大战”。1940 年 11 月 4 日，总部转移至辽县（今左权县）的武军寺。1942 年 5 月反“扫荡”后，总部在彭德怀副总司令的率领下第三次进驻砖壁村，在此举行了左权烈士追悼会。总部先后在砖壁共驻 140 天。

1980年该址接待参观，以300余幅历史照片和688件珍贵的革命文物，再现了八路军艰苦抗日战争的光辉历程，为首批全国重点文物保护单位。

11. 八路军总部王家峪旧址

位于武乡县韩北乡王家峪村。1939年10月至1940年10月，八路军总部在此驻扎。在这里，总部电台曾先后发出《朱、彭总副司令通电全国反对枪口对内、进攻边区》《朱德同志就山西“十二月政变”发表谈话》等电讯。1939年，朱德在此接见印度援华医疗队的柯棣华、巴苏华、爱德华等国际友人。1940年2月，朱德总司令、左权副参谋长和杨尚昆、陆定一等，在总部和国民党97军军长朱怀冰进行谈判。1940年清明节前后，朱总司令带领军民开展生产自救和植树造林，组织总部机关和抗大学员，仅在王家峪一带植树2万余株，还亲手在王家峪的寨湾栽下一棵白杨树。

12. 武军寺八路军总部旧址

位于左权县麻田镇武军寺村中央。1940年11月8日，彭德怀、左权、罗瑞卿等首长率领八路军总部机关进驻武军寺村。八路军总部办公室设在一个（偌大的古庙里）。八路军在武军寺村继续指挥“百团大战”，命令各部队准备反扫荡作战。百团大战结束后，八路军政治部在这里向全世界公布了给日军以沉重打击的赫赫战果：进行大小战斗1824次，毙、伤日伪军25800余人，破坏铁路470千米，公路1500千米，缴获各类枪支5942支、炮53门，破坏煤矿5座，仓库11所。此外，还缴获和破坏了其他大量军用物资。1941年7月1日迁驻上麻田村，在武军寺驻扎共计236天。

13. 滩里八路军野战政治部旧址

位于左权县桐峪镇滩里村。1940年11月8日，八路军政治部进驻滩里村，政治部主任罗瑞卿、副主任陆定一等同时到达。1942年5月下旬，八路军政治部迁往距总部0.5千米的下麻田村。

14. 麻田八路军前方总部旧址

位于左权县麻田镇上麻田村南，由总部机关旧址、左权旧居、邓小平旧居组成，为国家级重点文物保护单位。八路军总部机关于1941年7月1日从武军寺村移驻上麻田村，一直到1945年9月2日抗日战争胜利结束才离开。这期间除重大的作战行动中做短期战略转移外，八路军总部机关一直在麻田驻扎。驻扎期间，邓小平发表了《反对麻木，打开太行区的严重局面》的文章，彭德怀作了《敌寇治安强化运动下的阴谋与我们的基本任务》的报告，八路军总部、野战政治部发布了《告敌伪、伪组织人员书》。

15. 下麻田八路军总政治部旧址

位于左权县麻田镇下麻田村。八路军政治部在1942年5月反扫荡后，由滩里村移驻下麻田村，直至1945年日军投降后迁离。

16. 石拐八路军第一二九师师部旧址

位于和顺县横岭镇石拐村。1937 年 11 月，八路军第 129 师在师长刘伯承，副师长徐向前率领下，进驻和顺石拐村。129 师师部在石拐镇召开全体党员干部会议。129 师根据中央军委的指示，一面将部分主力进抵抗日前线，一面将三分之二以上的兵力，划分成若干游击队和工作团，配合地方党组织，逐步建立抗日政权。之后，刘伯承、徐向前率第 129 师师部离开石拐，进驻辽县（左权县）西河头村。

17. 西河头一二九师司令部旧址

位于左权县辽阳镇西河头村，为国家级重点文物保护单位。1937 年 11 月 15 日，刘伯承、徐向前、张浩、倪志亮率领八路军一二九师司令部进驻西河头村。129 师司令部进驻西河头村之后，不仅立即开办了辽县游击训练班，还实施战略大展开。刘、邓在这里指挥 129 师粉碎了敌人的“九路围攻”。

18. 滩里一二九师司令部旧址

位于左权县桐峪镇滩里村。1939 年 6 月，一二九师司令部移驻于此。刘伯承、邓小平、李达、蔡树藩等首长同时到达，师直属的许多单位也移驻于附近村庄。八路军在此召开军事会议，制定了反顽固战役的作战计划。在驻扎的一年时间里，通过召开座谈会、举办轮训队等形式，129 师广泛建立抗日统一战线、提高部队作战能力，并与地方武装和广大民众配合开展游击战争。1940 年 6 月下旬，迁往涉县赤岸村。

19. 西河头一二九师保卫处旧址

位于左权县辽阳镇西河头村。1937 年 11 月 15 日，八路军一二九师进驻西河头村，一二九师保卫处设于此。

20. 西河头一二九师供给处旧址

位于左权县辽阳镇西河头村。1937 年 11 月，129 师司令部进驻西河头村，供给处设于此。1939 年 6 月，一二九师司令部撤离，供给处随之转到滩里村。

21. 井沟一二九师修械所建立地旧址

位于左权县辽阳镇井沟村。建筑占地面积 50 平方米。1937 年 11 月中旬，八路军一二九师司令部进驻西河头村后，所属供给部队也驻扎于附近村庄。1939 年 1 月，为避免日军“扫”撤离，迁往到离县城较远的高峪村。

22. 八路军第一二九师师部旧址

位于昔阳县沾尚镇卷峪沟村。1940 年百团大战期间，刘伯承师长和邓小平政委行军到了卷峪沟村，在此停留并指挥战斗，住在当时的苏全张家两晚离开。

23. 八路军 129 师司令部黄贝坪村旧址

位于平顺县东北石城镇黄贝坪村。1941 年至 1942 年，刘伯承领导的八路军 129 师司令部曾住在石城镇黄贝坪村常国政院内。1941 年初春，129 师军校（参训队）移驻黄贝坪村，有学员 200 名。均为营以上军官，他们分别住在老百姓家，每天昼夜值班都是营级干部。这些学员有空就给住户挑水、扫院、劈柴，干家务事。不少妇女为学员洗衣服，缝缝补补，他们与老百姓相处的像一家人。129 师在黄贝坪居住时与村上共同办起了合作社，当时抵垫资金 5000 元。

24. 圈马坪八路军第一二九师三八五旅旅部旧址

位于和顺松烟镇圈马坪村。1937 年 11 月，385 旅进驻圈马坪。385 旅在石南坪进行了阻击战，日军一部被歼，军民们不仅增强了克服困难的勇气，而且也坚定了抗日必胜的信心。

25. 马厩三八五旅旧址

位于左权县石匣乡马厩村。1937 年 12 月，129 师 769 团团部在陈锡联团长的带领下进驻马厩村。1938 年 6 月 12 日在马厩村正式组建以陈锡联为旅长的三八五旅司令部。1939 年 385 旅在马厩村进行了为期三个月的局部整训。整训后士气正旺的三八五旅立即投入反扫荡作战，重创敌板津大队。从 7 月至年底，独立二团共作战 20 余次，毙伤俘敌 352 人，收割电线 2559 斤，砍电线杆 247 根，破坏公路 42 段，总长百余千米。

26. 殷家庄晋冀豫军区司令部旧址

位于左权县辽阳镇殷家庄村，距一二九师司令部驻地西河头村仅 6 千米。1938 年 4 月下旬，一二九师司令部根据中共中央、中央军委和中共中央北方局、八路军总部指示，在殷家庄村正式成立了以倪志亮任司令员、黄镇任政委、王树声任副司令员的晋冀鲁豫军区司令部。这是粉碎日军“九路围攻”后在晋冀豫根据地建立的第一个军区，对外称“一二九师后方司令部”，后改称“晋冀豫军区游击队”等番号。

27. 芹泉晋冀豫区司令部旧址

位于左权县芹泉镇芹泉村南。1938 年 7 月 5 日，晋冀豫军区司令部奉命移驻距县城 15 千米的芹泉村。倪志亮司令员、黄镇政委、参谋长秦基伟、政治部主任赖际发等同驻芹泉，副司令员王树声由延安出发，经数月行程也到达芹泉村。1938 年 12 月，晋冀豫军区对外番号由第一二九师后方司令部改称为晋冀豫边区游击司令部。1940 年 3 月从芹泉镇撤离。

28. 小南庄晋冀豫军区司令部旧址

位于左权县芹泉镇小南庄村西部。1939 年 3 月至 8 月晋冀豫军区司令部驻扎在小南庄村。在此期间，晋冀豫军区司令部召开了第一次党员代表大会，总结了军区建立以来党的工作，选举了出席中共晋冀豫区第一次党代会的代表。同时加强了地方武装和民兵建设工作，坚持开展敌后游击战争，与国民党反共顽固派进行了游击战争。

29. 晋冀鲁豫军区司令部黄碾旧址

位于长治市郊区黄碾镇。1945 年上党战役期间，晋冀鲁豫军区司令部于 9 月 5 日进驻该村李连义院，并在此召开旅长以上干部会议。现旧址门上挂有“上党战役指挥部旧址”纪念匾。

30. 翟家庄秦赖支队旧址

位于和顺县横岭镇翟家庄村。1937 年 11 月 27 日，八路军第 129 师第一游击独立支队在和顺翟家庄成立。秦基伟任司令，赖际发任政委，简称秦（基伟）赖（际发）支队。这支队伍以太谷县人民武装自卫队、榆次晋华纱厂工人自卫队、正太铁路工人自卫队及阳泉煤矿工人游击队为基本力量，吸收当地抗日青年参加，在正太铁路以南，同蒲铁路以东和平（定）辽（县）公路沿线地区，开展抗日根据地工作。在翟家庄，老房东把给儿子结婚的新房腾出来，作秦赖支队指挥部，保证秦赖支队的正常运转和作战所需。1938 年，秦赖支队发展到 5000 人，下辖 3 个大队，是太行第二军分区的主力部队。

31. 八路军 115 师 344 旅徐海东、黄克诚黑虎村旧址

位于平顺县杏城镇。1940 年 2 月，115 师 344 旅旅长徐海东、政委黄克诚部队进驻黑虎村。当时徐、黄就住在村民马群龙院。10 月奉命开往苏北。

32. 邓小平、杨勇南关旧址

位于襄垣县城南关樊家大院。1938 年初，邓小平同八路军 115 师 686 团杨勇副团长进驻襄垣县开展抗日工作。团部驻南关樊家大院，邓

小平和杨勇在樊家大院住60天，组建八路军襄垣工作团，在全县山庄窝铺，宣传抗日战争，发展共产党组织，完成建党建政、扩军囤粮任务后撤走。

33. 山西决死队三纵队司令部小宋村旧址

位于长治县城西北小宋村。山西抗日决死队三纵队由戎子和、董天知领导。日军九路围攻时，决死三纵队按照作战部署，将司令部设在长治县高河乡小宋村的一座四合小院民宅中。决死三纵队在此驻地进行军事训练，宣传民众抗日，发展牺盟会组织，为长治地区抗日战争胜利作出了重大贡献。

34. 堡下太行军区第二军分区司令部旧址

位于榆社县北寨乡堡下村中。太行军区第二军分区成立于1940年，隶属于太行军区。1944年驻地由和顺县迁入榆社县堡下村。1945年迁往左权县马厩村。在此期间，司令员为曾绍山，指挥所属部队多次粉碎了日军第62师团等日伪军对根据地的疯狂“扫荡”。1945年日军为寻找被俘日军铃木川三郎，出动200多人突袭堡下村，牺牲八路军战士40多名、太行二地委干部培训党员35名、堡下村群众19名，正在堡下村考察抗日根据地的美国观察团美军上尉惠特尔西和跟随的翻译、中共党员李绍唐也在此次突袭中牺牲。

35. 太行四地委、军区司令部寺头村旧址

位于平顺县东寺头镇寺头村。1941-1945年抗日战争时期，太行四地委、四专区、军区司令部驻此地。当时有组织、宣传、武装部等48个单位驻在这个村。村上大庙内还设有兵工厂和银行。那时用过的饭碗、油灯等实物保存完好，现存平顺县烈士陵园。

36. 太行第八军分区旧址

位于陵川县夺火乡东琵琶河村、马圪当村古石自然村。琵琶河村民原爱国、王学忠居住的小院，即为当年太行八分区分区司令部驻地。1943年9月，晋冀鲁豫边区在太南地区设立太行第八区，同时成立太行第八地委、第八专署和太行军区第八军分区。10月，太行第八军分区主力部队决7团和129师新编第1旅2团奉命开赴陵川境内，迅速剿灭了陵川南部夺火、马圪当一带山区及豫北太南边界地区的国民党残匪和敌伪武装，收复失地1万余平方千米。

37. 上武朝鲜义勇军华北支队原址

位于左权县桐峪镇上武村。旧址于1942年2月3日被日军烧毁，现已改建为学校。1941年7月初，朝鲜义勇军华北支队进驻上武村，1942年2月迁离。百余名义勇军在留守队郎队长带领下驻扎在上武村洪福寺大院中，主要任务是组建武装宣传队，配合八路军对日作战，在这段时间里，华北支队共参加大小战斗40次。他们在宣传中，除写标语外，还排演过戏剧，如《爱莲》《皇军梦》《朝鲜的女儿》等。1942年，日军偷袭上武村边，朝鲜义勇军的步枪、机枪突然向敌开火，手榴弹接着投向敌人，使毫无准备的日军不敢贸然进村。激烈的枪声给群众报警，为全村男女老少在黎明前避向深山赢得了宝贵时间。

38. 云头底朝鲜义勇军华北支队旧址

位于左权县麻田镇云头底村东。1942 年 2 月，朝鲜义勇军华北支队进驻与麻田村一河之隔的云头底村，1942 年秋迁离。队伍设在云头底村东的庙院里，队员大都居住民房。这支队伍除参加战斗之外，主要任务是宣传发动，特别是深入到敌占区对朝鲜人和日本人喊话，用朝鲜文和日文写标语或给他们写信，以此来瓦解敌人。1942 年 5 月敌人大扫荡时，这支队伍随同八路军总部转移。在十字岭遭敌重兵包围后，朝鲜义勇军华北支队和日军展开激战，突出重围。战斗中，金光华（朝鲜平安南道人）、石正（大韩民国庆南道人）、金学武等负责同志血洒太行，壮烈牺牲（后来三烈士遗体均葬于邯郸晋冀鲁豫烈士陵园）。这次反扫荡结束后，八路军总部首长在总结大会上表彰了朝鲜义勇军，奖励给他们一挺歪把机枪，枪柄上刻着“为了共同理想，我们永远战斗在一起”的誓言，体现了中朝人民共同抗击日军的战斗友谊。

39. 柏峪左权独立营旧址

位于左权县粟城乡柏峪村。1941 年中共辽县县委、辽县抗日民主政府组建辽县独立营，1942 年易名为左权独立营。初建时为两个连队和一个通讯班，全营 250 余人，营长左奎元，武器装备由 60 支步枪发展为人手一枪，并有机枪一挺，成为一支活跃在太行山上的地方武装。

左权独立营依仗土生土长、人地两熟的优越条件，打伏击，夺据点，攻碉堡，破公路，并经常配合主力部队作战。独立营在高儿梁三次伏击战、攻打文峰塔敌碉堡、配合八路军进行苏亭伏击战和解放县城等战斗中，英勇顽强，均取得很好战绩。1942 年“九一八”大会上，上级向左权独立营授枪，以示表彰鼓励。1945 年春，独立营扩建第三连。县城解放后，又扩建了第四连。1945 年 5 月左权独立营奉命改编为八路军三八五旅七六九团第四营。

（二）党政机关旧址

1. 中共中央北方局堙里与王家峪旧址

1939 年 7 月 1 日至 10 月 11 日，中共中央北方局随八路军总司令部由潞城县北村移驻武乡县堙里村。同年 10 月 11 日暂驻前王家峪。1940 年 9 月 27 日又返迁堙里，11 月 4 日砖壁保卫战之后，随总部移驻辽县（今左权县）下武村。

2. 中共中央北方局王家峪旧址

位于山西省长治市武乡县韩北乡王家峪前庄。1940 年 10 月，因砖壁和堙里村水源奇缺，八路军总部和中共中央北方局便移驻距此 10 千米处王家峪村，驻前庄李国平家。1940 年 1 月 12 日，杨尚昆在武乡县王家峪召开北方局扩大会议，讨论了统一战线与反磨擦斗争的策略与政策，指示各地军民本着“人不犯我，我不犯人，人若犯我，我必犯人”的原则对国民党顽同派进行针锋相对和有理、有利、有节的斗争。

该址陈列室展出历史照片 60 余幅和文物 50 多件，1995 年被山西省委、省人民政府公布为山西省爱国主义教育基地。

3. 中共中央北方局下武旧址

位于左权县桐峪镇下武村。1940 年中共中央北方局书记杨尚昆率北方局机关和北方局党校由武乡县堙里村迁驻辽县下武村。中共中央北方局妇委驻于后沟的刘秋河家，北方局政治工作部、社会部、城市工作部、秘书处、调查研究室、华北财政委员会等及大伙房均借民房驻与此相邻处。党校驻于相距较远的村里，利用沟口的大庙做教室讲课。1940 年 8 月，“百团大战”开战，中共中央北方局于 9 月下旬召开党的高级干部会议。1941 年，北方局在此先后发布《关于成立晋冀豫边区临时参议会的提议》《关于敌占区及接敌区工作的指示》、关于纪念“七一”中国共产党成立二十周年的指示。1941 年 8 月下旬，北方局迁往上南会村。

4. 上南会中共中央北方局旧址

位于左权县麻田镇上南会村中央大槐树下。由于战争形势的变化，1941 年 8 月下旬，中共中央北方局由下武村迁往离八路军总部驻地不远的上南会村，随行的组织部、宣传部、青年运动委员会、妇女运动委员会、政权委员会、政策研究室及秘书科、交通科、总务科、统战科等也都驻扎于此。

中共中央北方局在上南会驻扎近一年的时间里，彭德怀、邓小平、李大章、左权、罗瑞卿等老一辈革命家在这里战斗、生活、学习，带领八路军发动反“蚕食”、反“扫荡”斗争，展开了强大的政治攻势，彻底挫败了敌人的阴谋。1942 年 6 月，中共中央北方局迁往上口村。

5. 上口中共中央北方局旧址

位于左权县麻田镇上口村。1942 年 6 月中旬，中共中央北方局和八路军总部遭受了不同程度的损失，中共中央北方局及其所辖单位也停止了转战，重新集合于党校驻地上口村，北方局党校迁于麻田东沟的熟峪村。遭受重创之后，为了激励广大军民的抗日斗志，中共北方局于6月24日出台了《关于追悼左权将军的决定》，华北各抗日根据地于7月3日举行了追悼左权将军大会，进一步激发了华北军民的抗日斗志，增强了战胜困难，迎接胜利的信心。

6. 上麻田中共中央北方局旧址

位于左权县麻田镇上麻田村南。1994年被确定为县级重点文物保护单位。1942年10月，中共中央北方局移驻上麻田村，直至抗日战争胜利后才离开。在此期间，北方局于1943年发布了1943年整风运动的指示、《对太行区的锄奸反特问题指示》《第九期对敌政治攻势指示》《关于开展城市工作的指示》，强调打入城市建立内线，建立党组织，为大反攻积蓄力量。1944年，出台《关于一九四四年的工作方针》。1945年，邓小平在冀鲁豫分局召开的会议上作了极为重要的报告。报告结合实际，提出了政策性很强的建议，特别强调减租减息是扩大根据地的中心环节。这个报告统一了广大干部的思想，提高了政策水平，直接推动了工作的展开。

1945年6月中旬，邓小平带领李大章等北方局领导返回麻田。8月20日，中共中央决定撤销中共北方局，成立由邓小平任书记、薄一波任副书记的晋冀鲁豫中央局。

7. 冀南太行太岳联合办事处西井村旧址

位于黎城县西井镇西井村。1940年8月冀南太行太岳联合办事处在黎城县西井镇正式成立。杨秀峰同志为联合办主任，薄一波、戎子和为联合办副主任。

8. 山西抗日五专署旧址

位于山西省长治市城区南石槽村裴宝棠旧居。1937 年 10 月，山西第五行政区政治主任公署成立，1938 年 2 月改称山西第五行政区督察专员公署（简称抗日五专署），机关驻在长治城省立第四女子师范学校，辖屯留、长子、壶关、长治、平顺、陵川、沁水、阳城、高平、晋城、浮山、潞城等 12 县。1938 年 6 月，共产党员戎伍胜（戎子和）担任山西省第五行政督察专员公署专员，杨献珍任秘书主任。1939 年初，日军飞机不断轰炸长治城，并重点轰炸抗日五专署驻地，抗日五专署遂迁至长治东南部靠山的南石槽村，在豪绅裴宝棠家东院办公。1940 年 8 月，冀南太行太岳行政联合办事处成立，山西省第五区行政督察专员公署使命终结。山西抗日五专署旧址于 2009 年 12 月被山西省委、省人民政府公布为山西省爱国主义教育基地。

9. 李家沟太行二专署机关旧址

旧址位于榆社县北寨乡辉沟村。1941 年 8 月，太行二专署在榆社县北寨乡李家沟（今辉沟村）成立，领导所属地区的抗日斗争。太行二专署在辉沟村驻军达 4 年之久。太行二专署专员，开始是梁文瑞，他在反“扫荡”战斗中被俘，牺牲于太原，后由范新三代理专员。1942 年至 1945 年间，太行二专署在当地开展了减租减息运动和整风运动。1945 年，太行二专署搬迁至辽西县石匣村。

10. 石匣太行二专署、左权专署旧址

位于左权县石匣乡石匣村，院内建筑大部分已被重新改建，仅留下大门维持原貌。1945 年 6 月，太行二专署由和顺县石拐迁至辽西县石匣村。为了从各方面支援抗日大反攻，太行二专署组织全区重点开展反奸反霸、减租减息和大生产运动。1948 年 1 月 10 日，中共太行二地委、太行二专署、太行第二军分区在左权县城礼堂整编党的队伍，历时 30 多天。1949 年 1 月，太行二专署奉命改称左权县行政

督察专员公署（简称左权专署）。1949 年 8 月，根据中共中央北方局和华北人民政府调整华北行政区划的决定，左权专署奉命撤销，所辖各县分别划归榆次、长治专署管辖。

11. 太行行署第四专署寺头村旧址

该机关设在平顺寺头村。专员先后为王兴让、张茂甫、张维翰、范文彩。专署下设为秘书处、民政科、财政科、教育科、建设科、公安局六个单位。1945 年 10 月太行第四专署迁至长治市后改为太行第三专署。

12. 太行八专署机关驻地旧址

位于陵川县夺火乡鱼池村。1943 年 10 月，在粉碎降日的伪军庞炳勋部进攻之后，中共建立太行第八专署，第八专署随太行第八地委、第八军分区进入陵川南部，驻鱼池村。杜毓云任专员，张大英任专署秘书主任。军分区协同地委对所辖区域进行区划调整，建立陵高、陵川、晋东、修武等县，同时成立了县委、县政府和地方武装。至 1945 年 12 月，

太行八专署在陵川两年多，机关先后驻马挖当、武家湾、庙凹、鱼池和博爱西小底等村。

13. 西河头中共冀豫晋省委旧址

位于左权县辽阳镇西河头村，现仅存窑洞 3 孔，为县级重点文物保护单位。

冀豫晋省委在 1937 年 10 月下旬宣布成立。1937 年 11 月 15 日中共冀豫晋省委书记李菁玉（后李雪峰接任），组织部长李雪峰（后何英才接任）、宣传部长徐子荣等随同一二九师司令部进驻西河头村。1938 年 1 月中旬，中共冀豫晋省委书记由李雪峰接任，何英才任组织部长，宣传部长由徐子荣担任。之后，省委组织机构也逐步健全，除组织部、宣传部外，军事部、民运部以及群众团体、党校也先后建立。1938 年中共冀豫晋省委在西河头村召开了全区特委书记和县委议、“太行山根据地会议”、各特委书记和各支队政委联席会。

中共冀豫晋省委于 1938 年 5 月中旬离开西河头村。处于烽火战乱的抗日根据地初创阶段，西河头是中共冀豫晋省委第一个“落脚地”，是太行山抗日根据地的红色“摇篮”。

14. 高家井中共晋冀豫区委员会旧址

位于左权县羊角乡高家井村。1939 年 4 月上旬，由于日军侵占了县城及周围村庄，区党委离开西河头村游击转移至高家井村。区党委在高家井先后召开两次区党委扩大会议。1939 年 8 月下旬，中共晋冀豫区党委迁往西黄漳村。

15. 西黄漳晋冀豫区党委旧址

位于左权县芹泉镇西黄漳村村南。1939 年 8 月下旬，中共晋冀豫区党委进驻西黄漳村，李雪峰、何英才、彭德怀等领导同时到达。区党委于 9 月下旬在武乡县举行第一次全区党代表大会之后，发出了《新阶段新任务》《关于巩固组织的指示信》，并确定辽县为区党委直属的实验县。11 月，区党委召开了各界座谈会，讨论山西时局问题。反顽斗争告一段落后，区党委于 1940 年发出《关于春耕运动的指示》并召开各地委书记、县委书记参加的会议，主要研究全区党的工作。1940 年 3 月，中共晋冀豫区党委迁离西黄漳村。

16. 下南会中共晋冀豫区党委旧址

位于左权县麻田镇下南会村村南。1940 年 3 月，中共晋冀豫区党委从西黄漳迁驻下南会村，区党委书记李雪峰，组织部长徐子荣等同时到达。同年 7 月，区党委迁往涉县西辽城村。在此期间，中共晋冀豫区党委先后召开了第二次民运干部会议和第二次组织联席会议，发出《关于执行保障人权的紧急通知》，并转发《辽县实验县具体领导的几点经验》。

17. 下武中共中央北方局党校旧址

位于左权县桐峪镇下武村。1940 年 4 月，中共中央北方局机关由武乡县堙里村迁驻辽县（今左权县）下武村。中共中央北方局党校在下武组织部队团以上和地方县以上干部进行集中培训。校室就利用村口一座大庙。四周还有几户民居，学员就借住民房，集中在大庙里上课。北方局书记杨尚昆直接领导了北方局党校招收学员办班。为适应形势变化，全面开展根据地建设，杨尚昆十分注重利用党校培养党的干部。由中共中央北方局秘书长杨献珍具体负责这期学员，于 5 月正式开始上课学习。1940 年 8 月，杨尚昆在党校讲授《巩固抗日根据地及其各种基本政策》，全面总结了抗日战争三年来华北抗日根据地的工作，论述了建立、巩固与发展抗日根据地的关系，详尽阐述了抗日民主政权的民主制度、战争动员和武装政策、财政政策、经济政策、土地政策、劳动政策、内务政策、文化教育政策。此讲授提纲被《前线》杂志发表。期间，彭德怀还在党校作了《民主政治与三三制政权的组织形式》的报告，使学员进一步了解了党的政策，提高了对党的认识。

党校规定每周六为党日，除由党校组织科组织各支部过组织生活外，还安排阅读党报、文件等。由于学员是从华北各地部队和党组织中抽调出来的在职干部，文化程度、工作经历、党龄等存在差异，党校在教学中坚持区别对待、因材施教的教学原则，并不断改革教学方法，使学员在几个月的学中取得了较好的学习效果，为党培养了一批既有一定马列主义理论水平，又有较高党性的领导干部。1942 年春，中共中央北方局党校迁往上口村。

18. 熟峪中共中央北方局党校旧址

位于左权县麻田镇熟峪村。1942 年 5 月至 6 月中旬中共中央北方局由上口村移驻到熟峪进行了休整。在人员和物资上得到补充之后，开始在熟峪招收学员，正式上课学习。学员大多数都是从各县选送来的县、团干部，还有少数地委级干部。学员除学习《联共（布）党史简明教程》外。还认真学习毛泽东的整风报告和其它整风文件。村里的群众为了配合党校学员学习，把自己的房子腾出来供学员居住。由于太行地区遭受前所未有的旱灾，生活十分艰苦。党校学员节约粮食，赈济村里特别困难户。八路军总部和中共中央北方局领导有时也到党校讲课。1942年9月下旬，路经麻田的刘少奇，在彭德怀的秘书李琦陪同下，到熟峪为党校学员作了《关于政策和策略》的报告。

二、战斗战场遗址

（一）开辟太行根据地时期的战斗遗址

1937年7月7日，日本发动全面侵华战争。10月，战火烧到娘子关。12日，二战区副司令长官黄绍竑率军以娘子关、固关为核心，展开娘子关保卫战。为侧应正面战场的战斗，从10月26日到11月7日，一二九师与一一五师配合，先后在平定县七亘村、昔阳县黄岩底、广阳等地接连打了几个胜仗，占据了晋东南北部战略要地，迈出了开辟晋冀豫根据地的第一步。

1. 七亘大捷旧址

位于平定县东回镇七亘村。七亘村与固关、娘子关互为唇齿。1937年10月26−28日，刘伯承领导的八路军129师在七亘山运用“重叠待伏”战术，连续两次伏击日军。八路军以伤亡30余人的代价歼毙敌人400余，打开了平定县抗日战争局面，揭开了太行山抗日游击战争的序幕。1985年，平定县政府在七亘村建碑纪念此役。

2. 黄岩底伏击战旧址位于昔阳县赵壁乡黄岩底村。

1937年10月底，日军入侵昔阳。八路军总司令朱德、129师师长刘伯承命陈赓率386旅进入黄岩底村，利用该村两面大山、中间河谷的有利地形，摆下布袋阵。11月2日凌晨6时，386旅引诱日军进入伏地，771团、772团士兵居高临下、勇猛射击，击退日军。整个战斗击毙日军300余人、骡马400余匹，缴获200余支枪支及大批辎重。

3. 广阳伏击战遗址

广阳伏击战遗址位于昔阳县沾尚镇广阳村。1937 年 11 月 4 日，在朱德亲自指挥下，115 师 343 旅旅长陈光率部在广阳附近的龙门口树林中摆下了长蛇阵，与日军激战 6 小时。7 日，刘伯承再命 129 师 772 团在广阳村设伏，击退另一支来犯日军。两次伏击共毙伤日军 1100 余人、骡马 200 余匹，缴获机枪 1 挺、骡马 700 余匹、步枪三百余支以及大量辎重。

4. 马坊战斗遗址

1937 年 11 月，日军占领太原后，妄图消灭一二九师主力。12 月 22 日，日军分六路进犯晋东南地区。23 日，刘伯承命陈赓指挥 772 团内线作战，385 旅 769 团、汪乃贵支队、秦赖支队在外线配合，采取内线打击，外线打援、内外夹击的战术。在和顺县马坊镇南城一带，八路军与日军激战一天，一举粉碎了日军六路同攻。

“三战三捷”：1938 年 1 月，为牵制日军南下山东，蒋介石、阎锡山计划反攻太原。同月，日军为配合津浦路的作战，向豫北、晋南、冀西发动了新的进攻，占领了道清铁路、邯长公路等重要交通线。为了配合反攻太原的作战，并牵制进攻晋南的日军，一二九师在邢台、潞城、黎城等地先后发起了长生口、神头岭、响堂铺战役，三战三捷，对晋冀豫根据地的开辟起了关键性作用。

5. 神头岭战斗遗址

神头岭位于潞城县（现为潞城市）邯长公路中段。该地有一条东北—西南方向的深沟，两旁山势陡峻，既利于隐蔽，又便于出击。1938年3月16日，刘伯承、邓小平采用“攻其所必救，歼其救者”的战术，一面由385旅佯攻黎城，引诱潞城日军出兵援助黎城，一面由陈赓率386旅设伏神头岭伏击援敌。3月16日上午9点多，从潞城出发的日军1500余人行至神头岭，陷入我军三面包围之中。战斗仅持续了两小时，129师共毙伤日军1500余人，俘虏8人，缴获各种枪支500余支、骡马600余匹及大量的军用物资，成为震撼中外的典型战例。1988年，潞城市在此立碑纪念。

6. 响堂铺伏击战遗址

响堂铺位于邯长线上黎城县东阳关下。神头岭战役后，日军加强了对邯长线的警戒。1938年3月，刘伯承、邓小平命769团和771团主力设伏在公路以北后宽漳到杨家山一线，另一支部队埋伏于南山脚下，其余埋伏部队于30日半夜到达预定伏击地，徐向前的指挥所设在临近的一个小山丘上。31日约9时，日军第十四师团的180辆汽车进入伏击圈。一声号令，硝烟弥漫，鬼子一批批倒下。从黎城县、东阳关、涉县城赶来增援的几股敌人，均被我军打得仓惶而逃。这场战斗共毙伤日军400余人，击毁汽车180辆，缴获了大批军用物资，大灭日寇嚣张气焰。

粉碎日军“九路围攻”。为了剿灭在太行地区日渐站稳脚跟的八路军，1938年4月，日军以108师团为主力，纠集三万多人，分九路围攻晋东南根据地，史称第一次“九路围攻”。为了粉碎敌军围攻，一二九师积极部署，进行反围攻作战，奠定了晋冀豫根据地的基础。

7. 石南坪阻击战遗址

石南坪阻击战遗址位于和顺县坪松乡石南坪村。1938年4月11日，日军兵分两路，一路沿平辽公路南侵，一路沿清漳河东犯，妄图合围八路军主力部队。385旅769团在石南坪村与日军激战一天一夜，毙伤日军百余人、马23匹，769团伤亡50余人。4月17日，日军退出和顺县城。2003年，和顺县政府在此立碑纪念。

8. 长乐村急袭战遗址

长乐村位于武乡县城以东。长乐村之战是反日军“九路围攻”中的决定之战。该战由朱德、任弼时、左权、刘伯承、邓小平、徐向前等统一指挥129师，与日军赫赫有名的将领苫米地及其旅团作战。1938年4

月16日早晨7时，129师在武乡以东长乐村附近，对行进在河谷中的日军夹击进攻，将困在河谷里日军1500余人截成数段。772团多次打退日军应援部队，有力地保证了河谷里的歼灭战。长乐村急袭战歼灭了九路敌军中最骄纵、最精锐的一路，一战而震动全局，我772团团长叶成焕等800余名将士献出了宝贵生命。1980年，长乐村战斗遗址公布为武乡县重点文物保护单位。

9. 煤窑沟伏击战遗址

位于左权县芹泉镇店街村上店街口西1000米。

1939年1月27日，129师386旅772团及决死纵队某部，在辽县东部四五千米长的煤窑沟设伏，居高临下，严阵以待。是日早晨，寺坪村副村长高飞鹏诱敌进入煤窑沟伏击圈内。经一个多小时的激战，我军消灭日伪军400余人。

10. 桃躯战斗遗址

位于昔阳县皋落镇桃躯村。1939年2月5日，一路300余人的日军从和顺进入昔阳的桃躯村。129师385旅769团和独立团获得情报后，遂勘察地形、设置埋伏，准备袭击日军。次日早上5时许，日军在桃躯河东的开阔地集合。八路军两个团的炮火急风暴雨般射向日军，毙伤日军 150 余人、俘虏 3 人，射杀日战马 14 匹，粉碎了日军偷袭昔（阳）东抗日根据地的阴谋。

11. 云簇战斗遗址

位于榆社县云簇镇北村至河峪乡西周村。1939 年 7 月 6 日，日军 109 师团 107 联队 300 多人，进入云簇镇。当晚，129 师独立团团长丁思林率新 1 团夜袭日军。7 日，新 1 团与日军在云簇附近的新庄、高庄、桃阳、乔家沟一带激战。到 8 日上午，将士们没有休息，没有吃饭，已与敌人激战两天，杀伤敌人上百名。战斗快要结束时，丁思林团长牺牲。

12. 狼牙山战斗遗址

位于左权县石匣乡石匣村。1939 年 7 月，西犯榆社的日军板津大队遭八路军痛击后退缩至长城镇。769 团、独立二团奉命于雷家沟一线及狼牙山高地设伏。11 日晨，长城镇日军 600 人分三路向县城回窜。敌主力至石匣附近即遭八路军猛烈射击。日军拼命抢夺狼牙山阵地，屡攻屡败。前来增援的永井中队至河中，被猛涨的河水冲没多人。这次战斗重创板津大队三九中队和永井中队，毙敌 120 多人，缴获轻机枪两挺、步枪 20 枝、手枪 1 支及一批军用物资。

（二）百团大战前后的战斗遗址

1939 年 8 月下旬，反“扫荡”作战宣告结束，日军仍占据邯长线和白晋公路，把晋冀豫区分成太行、太岳两区，太行区又分成太北、太南两部分。之后，八路军分遣一部分主力，对敌之交通线、据点开展广泛的游击战。12 月 8 日，乘日军调整防务之机，129 师奉总部命令发动了邯长战役。至 26 日战役结束时，我军收复涉县、黎城两座县城及 23

处据点，结束了太行区分割的局面。1940 年，129 师继续在交通线开展游击战。5 月，129 师主力部队对白晋路发动了大规模的破击战，这场战役一直持续到 8 月，沉重打击了白晋线之敌。白晋战役是“百团大战”的前奏。8 月 21 日夜，在八路军总部统一指挥下，各根据地统一行动，打响了“百团大战”。整个战役经过了 3 个阶段，持续了三个多月，出动 105 个团，近 20 万兵力，取得了对日作战的重大胜利。

1. 比干岭之战遗址

比干岭位于今潞城市东，三面环山，为邯长公路的咽喉之地。日军在此修筑工事碉堡，驻防 160 余人。1940 年 1 月 3 日，129 师特务团团长皮定钧率部队于午夜突袭比干岭敌人碉堡。经过激烈战斗，歼灭日军 72 人，其余受伤逃窜，彻底捣毁该据点。

2. 白堠高怀山战斗遗址

位于左权县石匣乡白堠村村后 5 千米。1940 年 5 月 14 日，辽县、和顺日军合击长城镇。八路军 129 师 385 旅在此迎击敌人。经过一天激战，我军击毙日军 100 余人，缴获 300 余匹骡马，收复长城镇。

3. 八路军 129 师前线指挥所旧址

位于和顺县横岭镇石拐村。1940 年 8 月 18 日， 129 师前线指挥所在石拐村召开由左、中、右翼破击队指挥员参加的作战会议。刘伯承师长、邓小平政委亲自部署正太铁路破击战。

4. 冶西村攻坚战遗址

位于平定县冶西镇冶西村寨垴山，现建有农民公园。百团大战期间，日军在冶西镇驻守 230 人，凭借天险负隅抵抗。8 月 21 日，陈赓率 386 旅 772 团在平西县武装自卫队配合下，夜袭冶西据点，并实行攻坚作战，在炮火的掩护下，八路军几经冲锋和白刃恶战，激战 4 天 4 夜。25 日下午，攻克了最后一个碉堡。此役共毙敌 160 余人，其余敌人窜回平定县城。1983 年，冶西村在此建立寨垴山农民公园，供人游览。

5. 大落坡反袭击战遗址

位于寿阳县马首乡大落坡村。1940 年 8 月 21 日午夜，寿阳县城日军 60 余人，直扑大落坡村，偷袭 25 团团部。天微亮时，被正在挑水的炊事员发现，团参谋长李懋之立即指挥战士进行战斗。日军队长登木几次组织进攻均未得逞。隐蔽在村北窑后青纱帐里的 8 连向日军猛烈射击，又经过白刃战，日军一一倒下。战后，129 师司令部、政治部联名表彰 25 团 8 连锦旗一面。

6. 破袭娘子关铁路桥遗址

位于平定县娘子关镇娘子关村东北约 500 米的石桥，当地人称“三孔桥”。1937 年 10 月日军侵占后，加修了四个大堡垒，在关下村子里还驻守了一部分伪军。百团大战开始后，八路军右纵队五团士兵潜入娘子关村，解决伪军，然后依托村庄，向娘子关上敌堡垒仰攻。经过 3 个小时的反复冲击，迫近黎明之时，八路军胜利的旗帜已经插上了娘子关

头。占领娘子关后，八路军乘胜破坏了娘子关东面的铁路桥，收割了大批电线。21日，日援军到达后，八路军撤离娘子关。

7. 沙峪保卫战遗址

位于和顺县阳光占乡沙峪村。1940年9月5日，日军突然袭击129师师部驻地沙峪村，385旅奉命阻击。八路军将士从早晨一直打到中午，击退了日军3次进攻，敌人死伤惨重。

8. 双峰战斗遗址

位于榆社县社城镇双峰村。1940年9月初，八路军主力到榆社双峰村一带休整。驻和顺日军出动800余人进犯。5日，陈赓旅长部署军队埋伏在西北山上。经过激烈斗争，7日夜晚，386旅击败日军，消灭日军600余人，击毙大队长永野及两个中队长，缴获轻重机枪37挺、战马44匹。

9. 榆辽战役遗址

位于左权县石匣乡石匣村。1940年9月23日23时，129师发起榆辽战役，至29日，连克小岭底、铺上、石匣、管头等据点。

10. 收复榆社县城战斗遗址

位于榆社县城。1940 年 9 月 23 日，129 师 386 旅向日军据点——榆社县城省立第八中学展开第一次强攻。次日 16 时，发起第二次强攻。在日军施放毒气、飞机扫射下，我军占领日军碉堡。25 日，我军利用坑道作业，突入日军最后一个碉堡，全歼日军藤本中队及伪军共 300 余人，缴获大批武器和粮食，夺回县城。

11. 弓家沟伏击战遗址

位于左权县寒王乡寒王村。弓家沟是平辽公路上一个重要的隘口，是日军运输给养的必经之路。1940 年 10 月 14 日，八路军 129 师新 10 旅在公路两旁的山坡上设伏。炸毁敌人汽车 40 余辆，击毙日军 150 多名，将物资搬运一空。

12. 武军寺伏击战遗址

位于左权县麻田镇武军寺村。1940 年 11 月上旬，日军扑向武乡、辽县，妄图摧毁八路军总部。769 团 1 营和 3 营负责殿后掩护总部撤退。该部在武军寺到桐峪之间的一条峡谷设伏。29 日，6000 多敌军进入伏击地。经过激烈的斗争，黄昏时分，敌人伤亡 400 左右，我方弹药越来越少，于是撤出阵地，追赶总部部队。武军寺伏击战为总部、北方局等领导机关转移赢得了宝贵时间。

13. 关家垴歼灭战遗址

武乡县东的关家垴是洪水河东岸的一个制高点。1940 年 10 月 29 日，日军 700 余名占领了关家垴高地。晚 8 时，刘伯承命 385 旅、新 10 旅、386 旅与决死一纵队分四路围歼关家垴。30 日凌晨 4 时，战斗开始。我军强攻 10 余次，经 5 小时冲杀，占领了半个山壁。天亮后，我军冒着敌机的轰炸，经数次猛攻肉搏，血战至深夜，终将周围高地完全占领。此战共歼敌 700 余人，歼灭冒险深入的日军冈崎大队，粉碎了日军“扫荡”的企图，使八路军总部安全转移到辽县的麻田。

百团大战结束后，日军制定了对八路军的“治安强化运动”方针。1941 年 3 月至 1942 年秋，日军对太行根据地实行了五次“治安强化运动”，进行了无数次大、小“扫荡”，采取烧光、杀光、抢光的“三光政策”。1942、1943 年，太行区遭遇严重自然灾害，日军进一步加紧扫荡。为保卫根据地，八路军进行了艰苦卓绝的反“蚕食”作战。

14. 小王强突围战旧址

位于寿阳县南燕竹镇小王强村东头。1941 年 3 月 20 日，寿阳路北县政府在小王强村召开会议时，不料突然被日伪 600 多名包围。在附近执行任务的晋冀军区二分区河南区队 1 中队抽出两个排冲破日伪包围圈实施救援。参会人员和百余村民脱险。

15. 白草坪事件遗址

位于寿阳县羊头崖乡白草坪村。白草坪是中共寿（阳）南县政府常驻地。1941年4月25日，冀家垴据点日伪军包围白草坪。因汉奸告密，日伪军占据高处，公安队在抵抗过程张，因寡不敌众，干部群众死伤36人、被俘5人，部分枪支、粮食被日军抢走，房子被烧。寿（阳）南县政府遭受重大损失。

16. 广志山阻击战遗址

1939年，八路军129师第三后方医院转移到黎城县广志山的奶奶庙处。1941年，因汉奸告密，日寇攻击广志山后方医院。八路协同地方武装利用有利地形，多次击退了鬼子进攻，掩护了伤病员的转移。1974年，黎城县政府在此建碑纪念。

17. 发鸠山战斗遗址

位于长子县发鸠山南麓一带。1941年9月，日军扫荡发鸠山，国民革命军98军与日军激战八天八夜，98军军长武士敏不幸牺牲。

18. 黄崖洞兵工厂保卫战旧址

黄崖洞兵工厂位于黎城县北面黄崖洞镇赤峪村西的板山岭下。1941年11月11日，日军纠集5000余重兵向黄崖洞兵工厂发起了大规模进攻。当时守卫兵工厂的八路军总部特务团不足1500人，凭借天险和有利地形，与敌血战八昼夜，打退敌人多次进攻，歼敌1900余人，取得敌我伤亡6：1的辉煌战绩。1972年县政府在此建起了“黄崖洞保卫战殉国烈士纪念塔”。1985年，邓小平同志为“黄崖洞”题名。2006年该地被国务院公布为第六批全国重点文物保护单位。

19. 白庄伏击战遗址

位于榆社县郝壁镇白庄村。1942 年 4 月 15 日，太行军区第三军分区得到情报：日军将从长治、沁县两地经武乡城开往榆社。16 日，决死队第 1 纵队所属决 8 团、9 团、武乡和武西两县游击队配合在白庄村设伏，经三小时激战，全歼日军第 39 师团高木联队的一个机械化中队 226 人，缴获一门日本天皇亲赐山炮、枪支 120 余支，粮食 1 万公斤及其他大批弹药物资，焚毁汽车 18 辆。1984 年被榆社县政府公布为县级文物保护单位。

20. 十字岭突围战役遗址

位于左权县麻田镇北艾铺村十字岭。1942 年 5 月，日军派三万余人围攻八路军总部。24 日中共中央北方局、八路军总部、野战政治部、总后勤部、北方局党校、《新华日报》社等单位准备由麻田向熟峪沟转移。26 日，万余转移部队被数万日军包围在十字岭一带，头上敌机侦查，四周枪炮不断。总部和北方局领导决定由彭德怀、罗瑞卿、杨立三、左权率部队分路突围，双方激战十多次。彭德怀、罗瑞卿、杨立三等率队突围，左权、刘毓瑶、张衡宇、朝鲜义勇军陈光华等英勇牺牲。

21. 苏亭伏击战遗址

位于左权县粟城乡苏亭村西，为县级重点文物保护单位。1942 年 5 月，385 旅 769 团一营三连受命在苏亭东思垴设伏，在山头上堆起大石头，用滚石打击敌人，并于苏亭村口及河滩埋置地雷。30 日下午 3 时，战斗开始，地雷轰炸，山顶的民兵将石头纷纷推出，八路军机枪、步枪一齐向敌群猛烈射击。战斗约半小时，即杀伤敌伪军 140 余人，骡马 28 头（匹）。此役是“以绝少的牺牲换取大的胜利的模范战斗”，受到师长刘伯承的称赞。

22. 郭家岭战斗遗址

郭家岭位于襄垣县孔家洞村。1942 年 10 月，八路军 385 旅 769 团在陈锡联指挥下，同日军在郭家岭一带展开了一场血战，通过两天一夜战斗，敌人留下 200 多具尸体狼狈逃窜。769 团殉国烈士在郭家岭的南坟顶安葬树碑。

23. 阳曲山保卫战纪念地

位于和顺县松烟镇阳曲山。1943 年 5 月，日军向太行根据地进行“篦梳式大扫荡”。杨立三携一部电台带领警卫部队向和顺转移时，日军以电台发报信号为目标，将警卫部队围到阳曲山上。警卫部队在和（顺）东独立营的配合下，多次击退敌人。最后只剩下排长和 5 位战士，子弹打完，就往山下滚大石头，在弹尽粮绝的情况下，6 名战士跳下悬崖，仅一名女战士，被灌木架住得以幸存。

24. 李峪村地雷战遗址

位于武乡县城东李峪村。1943 年 6 月 14 日，太行区民兵联防指挥部，组织军民围困蟠龙日军。李峪村民兵王来法和本村民兵在官道坡公路上巧布“梅花雷”，炸毁鬼子两辆汽车，炸死 28 个鬼子、两匹马，生俘伪军 40 余名。战后，王来法荣获“地雷大王”称号。1964 年此处遗址对外开放，1980 年公布为县文物重点保护单位。

25. 漆树坡窑洞保卫战遗址

位于武乡县城东南，与襄垣、沁县二县交界处。1943 年农历 6 月，日军向漆树坡进击。漆树坡民兵以 7 人、5 支枪，开展“设三关、拐三弯、楼上楼、天上天、住得久、跑得脱、熏不着、饿不死”的战斗窑洞，与敌人血战一整天，击毙敌伪军 60 余名，全村群众安然脱险，抗日机关未受损失，创造了著名的“窑洞保卫战”战例。为了纪念牺牲烈士，抗日政府将窑洞所在地的桑树沟改名为“英雄沟”。1989 年，县政府在此建立纪念碑。聂荣臻、陆定一等人均为纪念碑题了词。

（三）抗日战争走向胜利之际的战斗遗址

1944 年春至 1945 年春，太行区军民抓住日军抽调兵力至太平洋战场、正面战场的有利时机，发起攻势作战。1945 年 7 月，太行区部队采用掏心战术，取得了夏季攻势的胜利。8 月 11 日，太行区发起对日伪作战大反攻，直至全国抗日战争胜利。

1. 红都炮台战斗遗址

位于左权县石匣乡红都村村东关字梁，为县级文物保护单位。1944 年 8 月 10 日，385 旅 769 团埋伏到红都炮台根底。战役打响后，一直持续到 8 月 11 日清晨 4 时 30 分，敌人吹嘘的“红都阵地”终于变成一片废墟。

2. 麻衣山伏击战遗址

位于和顺县义兴镇刘家窑村。1944 年 7 月下旬，日伪军一个小队由和顺县城到泊里哨棚换防，行至麻衣山时，受到和（顺）西基干队伏击。伪小队长和 20 多名伪军士兵全部被俘。

3. 壶关常行村民兵抗日窑洞战斗遗址

位于长治市壶关县东井岭乡常行村。1943 年常行村民兵从村中挖有三个出口（村外两个）、一个通气口（另一个井窑）的地下坑道。1944 年农历 7 月，常行村的干部、民兵及群众与日军一个小队和阎锡山剿共第二师及国民党保安五中队共 1000 余人进行了四天四夜的窑洞作战，取得了最后胜利。之后，村武委会主任徐顺孩、民兵队长张小保被选为“杀敌英雄”。

该遗址于为山西省文物保护单位、山西省爱国主义教育基地。

4. 青杨树伏击战遗址

位于和顺县义兴镇青杨树村。1944 年 12 月，太行第二军分区新 10 旅 28 团一个连及和（顺）西县第四区基干队在青杨树村口一带设伏，阻击日伪“农产品收集督励队”。最后，粮食悉数被夺回。

5. 西庄湾活捉铃木川三郎战斗遗址

位于寿阳县丹凤区西庄村。1945 年 1 月 16 日，太行杀敌英雄赵亨德率 30 人在西庄湾设伏，与敌激战。战斗接近尾声时，发现原任日军少将师团长、后派驻伪山西省首席顾问、伪省教育学务专员——铃木川三郎。

6. 铺沟伏击战遗址

位于昔阳县李家庄乡铺沟村。1945 年 4 月 1 日，昔（阳）东独立营在铺沟村前的公路桥至拐弯处设伏，歼灭日伪运粮队。

7. 八·一八矿工起义石圪节旧址

石圪节煤矿位于长治、潞城、屯留交界处。1945 年日军投降后，日伪拒绝太行八路军接收矿山。8 月 18 日，石圪节煤矿工人举行武装起义，在八路军武装配合下，使矿山回到人民手中。

9. 松溪河战斗遗址

位于昔阳县乐平镇松溪河。1945 年 8 月 14 日，昔（阳）东独立团在松溪河两岸设伏阻截，击毙日军 30 余名，俘虏 10 余名，缴获枪支 20 余条。

10. 解放昔阳城战斗遗址

1945 年 8 月 15 日，日军投降后，昔阳县城的日军准备外逃。22 日，昔东独立营和民兵在河西石桥追堵日军。经过两小时激战，胜利的红旗插上了昔阳城。

（四）上党战役有关战斗遗址

日军投降以后，阎锡山企图抢占整个晋东南，入侵长治地区。9 月上旬，刘伯承、邓小平在中共中央保卫上党的指示下，开始上党战役。该役 9 月 10 日打响，12 月 12 日胜利结束。

1. 上党战役指挥部黄碾旧址

位于长治市郊区黄碾镇黄中村新市巷 16 号李蓬义院落。刘伯承、邓小平在此指挥战役。现今院落保存完好，门上挂有“上党战役指挥部旧址”牌匾。

2. 上党战役指挥部北天河村旧址

位于长治县城东北苏店镇北天河村姜万锁家中。刘伯承、邓小平在此指挥上党战役。1984 年长治县政府在这里立石挂牌，作为革命传统教育基地。

3. 刘邓指挥所邓家岭旧址

位于屯留县西北 13 千米的贺家岭村。1945 年 10 月，在上党战役老爷山战斗中，刘伯承、邓小平指挥所设立在该村，刘邓亲临前线指挥了老爷山战斗。

4. 上党战役陈赓前线指挥所走马岭旧址

1945 年 9 月上党战役期间，陈赓先后将前线指挥所设在屯留县原余吾镇政府西院、吾元镇张家沟村的走马岭、上莲开发区的邢家庄村。

5. 上党战役指挥部大平村旧址

位于离襄垣县城西 23 千米处的大平村，刘伯承和邓小平在这里指挥了决定上党战役胜负的磨盘垴打援战和土落截击战。该遗址现为市级文物保护单位。

6. 上党战役北关战地旧址

位于长治市区北关桥北岸。抗日战争胜利之后，阎锡山部队即来抢占长治。1945 年 9 月 24 日，晋冀鲁豫部队攻取长治南关。25 日，太岳部队与阎锡山军队史泽波部在北关一带展开激烈巷战，一举夺下北关。后我军于将军岭、桃川地区，全歼逃敌阎军第十九军，军长史泽波等被俘。1985 年长治市在此建起纪念园。

7. 屯留老爷山遗址

位于长治市屯留县城西北老爷山。1945 年 10 月，刘伯承、邓小平率部在老爷山截住了阎锡山第 7 集团军司令彭毓斌和炮兵司令胡三余所率领的 3 个军 8 个师共 2.2 万余人的增援上党的部队，激战四天三夜，全歼增援上党之敌。建国后，屯留县在此立碑纪念，并被山西省公布为省重点文物保护单位、省爱国主义教育基地。

8. 磨盘垴战斗遗址

位于襄垣县上马乡东南部关上村。在上党战役中，我军主力将敌围于磨盘垴地区，白天组织兵力抗击敌人反扑，夜间则向敌占各要地实施突击。经我军打击，敌伤亡惨重。

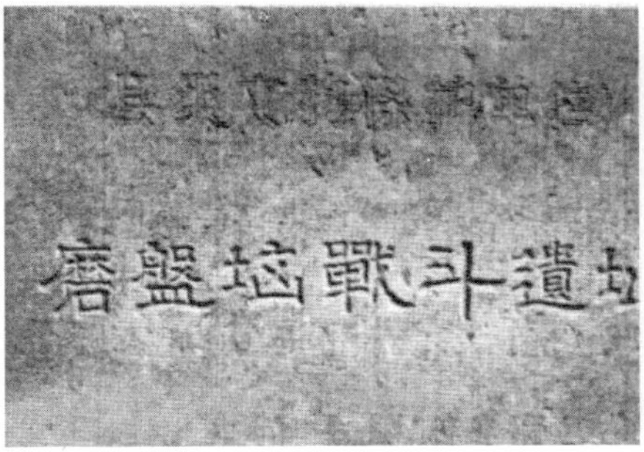

9. 上党战役土落截击战遗址

位于襄垣县土落村。1945 年 10 月 6 日，老爷山、磨盘垴的阎锡山败兵逃至土落村被太岳20团截住，经过1天激战，大部被歼。1985年，在此建起“上党战役土落截击纪念碑亭”。

（五）解放战争期间战斗遗址

1945年10月10日，在谈判斗争和上党战役胜利的有利配合下，国共双方签订了“双十协定”，宣布避免内战。然“双十协定”签订不久，国民党军队即向华北各根据地进犯。晋冀鲁豫军区发动邯郸战役。1946年1月13日，国共双方停战令生效，太行军区部队基本上控制了清道路西段以南、黄河以北地区。1946年6月1日，蒋介石公开撕毁停战协议，国共内战爆发。太行部队积极开展游击战争，打退了国民党的军事进攻。

1. 杨村战斗遗址

位于寿阳县马首乡杨村。1946年11月，埋伏在杨村南沟底的独立营2连战士在连长带领下直杀阎军背后。战斗只进行了半小时，便以俘虏72人，缴获轻炮4门、机枪4挺、步枪80余枝、弹药无数而胜利告捷。该战斗是名震太行的“零比九十”的光辉战例。

2. 宗艾战斗遗址

位于寿阳县宗艾镇宗艾村。1947年10月，宗艾据点的阎军向解放区进攻。寿阳县委和途经的晋察冀野战军4日晚向宗艾突袭。经过一夜的战斗，毙伤阎军1440余人，缴获各种火炮49门，炮弹65发，机枪33挺，步枪520支，刺刀200把，汽车2辆，电台1部，战马60余匹。

3. 种子坡地道战遗址

位于寿阳县解愁乡种子坡村。1947年9月20日凌晨，阎军1000余人分两路包围种子坡村。县独立营部分武装人员利用地道进行战斗，成功的打退了阎军的包围，使其撤回宗艾镇。2000年，寿阳县政府在此成立种子坡地道战纪念馆。该馆被晋中市委授予“市级爱国主义教育基地”的称号，被晋中军分区授予“晋中市国防教育基地”称号。

三、英烈纪念园陵场馆

1. 南庄革命烈士陵园

位于榆次区东阳镇南庄村东南约 1000 米处。1964 年，南庄村党支部为悼念吕惠民、吕子兴、吕海金三位烈士而建坟立碑。1990 年建立陵园。吕子兴（1901—1944），原名思滨；1944 年，担任榆（次）太（谷）县公安局局长的他在太谷敦坊掩护战友突围时壮烈牺牲。吕惠民（1911—1946），原名思端、辉民；1946 年他被举为榆太祁（路西）县长，他到祁（县）北区检查工作、携带征粮款返回时，被阎军杀害。吕海金（1923—1946）烈士，曾任榆太祁（路西）抗日联合县政府第三区助理员。

2. 宗艾革命先烈碑

位于寿阳县宗艾镇宗艾村戏场内。1947 年，阎军占据宗艾镇，使用“俊义奋斗法”，将抓来的群众人人“过关”，杀死数百人。刘变兰等几名干部、群众被杀害于宗艾戏场。11 月，被击退的阎军卷土重来，将尹灵芝残忍杀害。1951 年政府在此立碑。

3. 平舒太原战役无名烈士墓

位于寿阳县平舒乡平舒村派出所斜对面。太原战役持续了 6 个多月，共计歼灭阎军 13 万余人，解放军也付出了 45000 余人伤亡的代价。这场战役成为国共内战期间，历时最长、参战人员最多、战斗最激烈、伤亡最惨重的城市攻坚战。战后，政府将牺牲后无法确认其身份的战士，集体安葬在平舒村。

4. 寿阳尹灵芝烈士纪念馆

位于山西省晋中市寿阳县城朝阳街。尹灵芝（1931—1947），从小受父亲尹尔恭的影响，曾任村儿童团团长，妇救会主任，组织妇女儿童火线送饭，精心护理伤病员，发动和帮助当地群众斗争地主汉奸。1947年，尹灵芝组织群众与阎军开展地雷战、游击战、抢收秋粮斗争。因叛徒告密被捕，遭受了钉竹签、绞手指等酷刑。被审15天后，尹灵芝被敌人摁在铡刀下腰铡三截，年仅16岁。之后，山西省人民委员会追认尹灵芝为革命烈士，寿阳县人民政府修建尹灵芝烈士纪念馆。

5. 陈宜胜烈士纪念碑

位于寿阳县解愁乡北连村民小组。陈宜胜（1910—1937），湖南省茶陵县严塘镇和吕村人。1937年12月，他任中共盂（县）平（定）阳（曲）寿（阳）四县中心县委书记。1938年2月，由盂县到寿阳北连村，与日军遭遇，英勇献身，年仅27岁。1991年政府为陈宜胜烈士立碑纪念。

6. 崔家垴革命烈士陵园

位于寿阳县温家庄乡崔家垴村村西。1940年，寿（阳）西抗日县政府为开辟寿（阳）东工作，由县长芦纳华率抗日部队驻扎在崔家垴。因汉奸告密，日军包围崔家垴。除教育科长付岩等数人脱险外，县长芦纳华、县委秘书朱秩英、牺盟会秘书章美龄等9位同志跳入40米深的胡家沟。芦纳华被半崖灌木丛挂住而幸免于难，其余8人壮烈牺牲。

7. 里思革命烈士纪念碑

位于寿阳县松塔镇里思村。1955年4月15日，里思乡人民政府为本乡在抗日战争、解放战争和抗美援朝中牺牲的11名烈士——刘恒林、范玉贵、范三小、胡真明、庞天禄、阎二非、郭三孩、郭贵荣、李鼠小、何拴小、成贵小等人立碑纪念。

8. 景尚烈士阁

位于寿阳县景尚乡景尚村。景尚村是寿阳正太路南较大的村子。

1944 年秋，日军开始了抢粮行动。在景尚村党支部的组织下，群众开展了一次反抢粮斗争，获得了很大胜利。1947 年，寿阳县民主政府设立纪念碑。1991 年，修建了烈士阁。

9. 张韩河烈士纪念碑亭

位于寿阳县景尚乡张韩河村。1952 年，张韩河村为纪念本村在革命战争中牺牲的 7 名烈士立碑纪念。7 名烈士为：郭守贞，任教员，1938 年在泥河村被敌人杀害；郭炳良，28 团部队战士，1939 年牺牲；郭满贵，游击队员，1939 年英勇牺牲；郭汝明，1943 年被敌人残害；郭荣德，武工队队员，在五顷坳村袭击敌人被地雷炸死；郭炳富，武工队司务长，在敌人包围花豹岭村时牺牲；郭永富，42 团战士；在太谷县内汀前线壮烈牺牲。

10. 中共寿阳（正太）路北县委书记李勇争纪念碑

位于寿阳县上湖乡莲花池村村南。李勇争（1915—1941），山西寿阳县尹灵芝镇李家沟村人。1941 年，他任中共寿阳县委书记，领导全县人民开展抗日斗争。7 月 5 日，他在莲花池工作的当晚，遭芦家庄、上湖据点的日军突然包围，经英勇搏斗为国捐躯。建国后，政府为他建碑纪念。

11. 羊头崖烈士塔

位于寿阳县羊头崖乡羊头崖村。1946年，为纪念寿阳县正太路南抗日战争牺牲的烈士，中共寿（阳）路南县委、县政府建立此塔。塔底部为圆形基座，高度为13米，共三层。一层镌“烈士塔”三字；二层为“陵园”二字，左刻“任松筠”三字；三层镌“烈士”二字。塔内一层建有纪念抗日战争死难烈士纪念碑两块。

12. 崔作山烈士墓碑

位于寿阳县西洛镇韩村。1937年，抗日战争全面爆发。寿阳沦陷后，他积极投身抗日事业，出任寿阳（正太）路南中共二区区委书记。1938

年在寿阳（路南）工会成立大会上，崔作山与赵昌寿号召工人阶级联系起来，打倒日本帝国主义，打倒资本家。会后，寿阳（路南）县委书记以“托派”为由，未经集体通过，擅自将其枪杀。后中共晋中特委为其平反，追认为烈士。1986 年，当地政府为其在道坪村立碑纪念。

13. 赵昌寿烈士墓碑

位于寿阳县西洛镇道坪村外的山坡上。赵昌寿，山西寿阳县道坪村人。他曾东渡日本求学深造，回国后出资办学，发展教育。寿阳沦陷后，赵昌寿联络了一些有识之士在道坪村建立了抗日政权，开展抗日工作。1938 年在寿阳县工会成立大会后，县委书记以“托派”为由，将其杀害。1986 年政府为其在道坪村立碑纪念。

14. 道坪革命先烈碑

位于寿阳县西洛镇道坪村。1937 年 10 月，赵玉清组织太原部分失业工人、进步青年和正太铁路工人，建立寿阳县工人抗日自卫队，开始了早期抗日活动。1937 年李步瀛、朱熹、赵虎臣组成中共寿阳（路南）县委，发展群众武装，建立区、村政权，奠定了以鸭子岭为依托的寿阳（正太）路南抗日根据地。寿阳路南军民在和日本侵略者、阎锡山军队斗争中付出了巨大牺牲。1956 年，当地政府在此设立革命先烈碑，共刻有烈士姓名 15 人，无籍贯及职务。

15. 程联如烈士墓

位于太谷县侯城乡中北岭村。程联如（1920—1945），太谷县中北岭村人。抗日战争时加入青年抗日先锋队，被评为“边区杀敌英雄”、“土炮能手”。1945 年，凤山据点日伪军突然包围中北岭。程联如带领民兵掩护群众撤离，只身断后，最后子弹打完了，又甩出了最后两颗手榴弹，壮烈牺牲。在太行区召开第二届群英会上，程联如被追认为太行区杀敌英雄。

16. 胡大昌烈士墓

位于太谷县胡村镇胡村南 200 米处。胡大昌（1907—1942），胡村人。早年就读于太原国民师范学校，后参与牺牲救国同盟会太谷分会的建立工作，历任太谷县抗日民主政府一区区长、三区区长、区政治指导员、县财粮科科长、工商管理局局长、太行二专署贸易局局长等职。1942 年 5 月，胡大昌在深入敌区执行任务途中，被叛徒出卖，不幸被捕，在狱中多次拒绝敌人威逼利诱，最后在县城西门外被日军用刺刀刺死，时年 35 岁。

17. 胡光烈士墓

位于太谷县侯城乡贯家堡村。胡光（1917—1941），原名殿基，太谷县贯家堡村人。曾任榆（次）太（谷）联合办事处任主任、中共榆（次）太（谷）（同蒲）路西抗日民主县政府县委书记。1941 年他在榆次逯村召开县、区干部会议，部署抗日工作。次日晨，他发现村口有日伪人员正在搜查吕辉民县长，为营救同志，他果断向敌人开枪，把敌人引向自己，不幸中弹负伤。他宁死不当俘虏，用最后一粒子弹自尽，时年 24 岁。

18. 战斗英雄卢根宝墓

位于太谷县任村乡王思村。卢根宝（1920—1987），太谷县东庄乡东峪村。曾参加过黄卦战斗、太原战役等，被评为特等功臣。1949 年他参加开国大典，受到毛泽东、周恩来、朱德等国家领导人的亲自接见，并授予了“华北特级战斗英雄”的光荣称号和勋功章，1954 年退伍。1987 年，故于王思村。

19. 乔喜云烈士、乔荣华烈士及戏曲名家乔国瑞墓

位于太谷县侯城乡中北岭村。乔国瑞，中北岭村人，山西省名声卓著的晋剧花脸演员。在七七事变后，他一面参加演出，一面参加抗日救亡运动，送子参加革命，送钱为家乡民兵添置武器。1957 年去世。乔荣华，乔国瑞之子。曾任中北岭村党支部书记、六区区委工会主任。1947 年冬，他带领几个民兵到惠安看望群众，在南寺遭敌人伏击，壮烈牺牲，年仅 20 余岁。乔喜云，乔国瑞之女，乔荣华之姐。从小受家庭影响，

参加革命活动。1947 年因内奸告密，被敌人乱棍打死，时年 34 岁。

20. 武光大烈士墓

位于太谷县北洸乡曹庄村 6 队的麻沙地。武光大（1893—1939），原名武耀奎，太谷曹庄村人。1937 年 11 月，太谷沦陷后他带领百余人的武装自卫队赴太谷南山抗日根据地，负责军需工作，为表达光复山河之志，改名光大。并任太谷县抗日民主政府首任县长。1939 年，日军偷袭太谷补充营驻地东坡村，在突围至新伍科村时，他因营救战友中弹牺牲，时年 46 岁。

21. 敦坊革命烈士陵园

位于太谷县胡村镇敦坊村。安葬着温廷喜等 20 位烈士。温廷喜（1925—1947），女，敦坊村人。1942 年她与其姐姐温廷花被正式吸收为党的地下工作人员。姐妹俩多次掩护八路军地下工作者从事抗日战争，还经常做宣传发动、送情报、探敌情等工作。1947 年，因叛徒告密，温廷喜等 6 名同志相继被捕，英勇就义，年仅 22 岁。

22. 范村民兵纪念馆

位于太谷县范村镇范村村北 500 米。自 1940 年以来，太谷县范村民兵队伍多次配合八路军与日伪、国民党军队浴血奋战，共参加战斗 368 次，曾多次受到党中央、中央军委的表彰，是全国民兵的一面旗帜。纪念馆收集了从抗日战争到解放战争以来范村民兵英勇作战的历史图片、漫画，有缴获的机枪、手榴弹。纪念碑位于纪念馆正北 30 米处，基座正南存石碑 4 通，北面为烈士纪念碑，上书 5 名烈士的英名。纪念碑周围不远处有完整和不完整的碉堡群数处，依稀可见当年战争的痕迹。

23. 太谷马定夫等烈士墓

位于太谷县城东南马定夫村。该村原名枫子岭村。1943 年 7 月 22 日，太谷县六区区政府，在太谷县枫子岭村召开了军民联欢晚会。200 多名日伪军偷偷袭来。马定夫立刻命令部队准备战斗，经过 3 个多小时的激战，突出重围。战斗中，马定夫牺牲，年仅 28 岁。本次突围战当中，总共牺牲 12 人。1964 年，太谷县人民政府特修建烈士墓群，并将枫子岭村改名为“马定夫村”。

24. 太谷革命英烈纪念碑

位于太谷县城西苑公园东北部。太谷乃革命老区，抗日战争时期为太行山根据地的重要门户，被周恩来誉为动员民众抗日模范县。解放战争时期太谷县独立营被晋冀鲁豫军区通令表彰为模范独立营、太行第二军分区表彰是晋中游击战争之旗帜。为纪念独立营在革命战争年代的牺牲者，1998 年，太谷县中共党员、共青团员、少先队员共同捐款建立此碑。

25. 蒋鸿高烈士纪念碑

位于昔阳县阎庄乡陈村。1939 年，此碑初立，2003 年重立。蒋鸿高 15 岁即参加中国工农红军，亲历长征。七七事变后组建晋东游击队九龙支队并任支队长，作战英勇，指挥有方。1939 年蒋鸿高在昔阳陈村附近训练新兵时，为救护游击队员临危不惧壮烈牺牲，卒年 30 岁。

26. 三烈村三烈士遇难地

位于昔阳县西寨乡三烈村。路世享，曾任昔（阳）西县四区区委书记。陈殿辅，曾任昔（阳）西县八区、区长县武装部副科长。阎凝义，曾任昔（阳）西县抗日民主政府公安局侦察员、公安局副队长。1943 年三人在昔阳沾岭村落脚，被汉奸郭二保告发，日军包围了沾岭村。三人为了掩护转移群众，将敌人引开，经过激烈战斗，被捕残害。昔阳解放后，沾岭村改名为“三烈村”，以示对三位烈士的纪念。

27. 阎庄烈士碑

位于昔阳县阎庄乡阎庄村。阎庄村村民张战国等 13 人均在抗日战争中牺牲。1943 年，阎庄村村民为纪念这 13 位烈士，特立此碑，以教育后代。

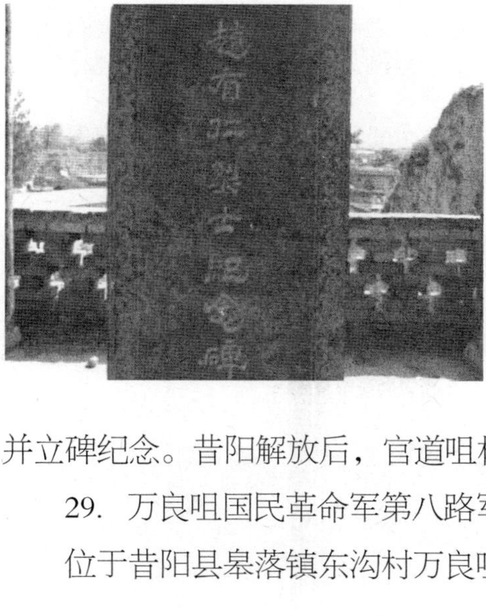

28. 赵有仁烈士纪念碑

位于昔阳县赵壁乡有仁村。赵有仁任昔阳县官道咀村农会主席兼武装指导员，积极参加抗日斗争，屡建战功。1942 年在抗日工作中，被叛徒告密遭敌杀害。昔（阳）东县政府称赵有仁为“民族英雄”和“群众领袖”，并立碑纪念。昔阳解放后，官道咀村改名为有仁村。

29. 万良咀国民革命军第八路军荣誉碑

位于昔阳县皋落镇东沟村万良咀。

30. 庄窝烈士陵园

位于晋中市昔阳县西寨乡庄窝村。1945 年，为纪念在昔（阳）西抗日战争中牺牲的烈士，昔阳县政府建成 3 个公墓，分别是“昔西死难同胞之公墓”“昔西对敌斗争中党政军民干部人员死难烈士之公墓”和“革命烈士三李、三烈之公墓”。

31. 和顺县烈士陵园

位于和顺县城西南。烈士陵园 1947 年 1 月建立，在 1957 年、1969 年和 1979 年进行了三次维修。陵园内竖着 9 尊石碑，铭记着太行二专署专员梁文瑞等 1026 位革命烈士的英名。

32. 北台梁革命烈士墓群

位于和顺县松烟镇七里滩村。1943 年 5 月，八路军总部警卫营战士与日军在牛南堖沟中进行拼死战斗。战斗中，210 名烈士捐躯。此次战后，当地群众将 210 名烈士遗体埋葬在七里滩村西南的北台梁，立碑永志，定名为“北台梁革命烈士墓群”。

33. 云簇烈士纪念亭

位于榆社县云簇镇云竹村东约100米。1947年，榆社县政府为纪念姚忠祥等烈士，在云竹村建立烈士亭。1988年迁建于村北。内置烈士碑三通：一通为姚忠祥烈士碑。姚忠祥（1906—1936），山西榆社北村人。1936年姚忠祥协助任悟僧创建和平村党团联合支部；不久被捕，被国民党当局秘密枪杀，年仅30岁。另一通为云簇镇烈士碑，记述了23位烈士的生平事迹。迁建时，新立碑一通，主要内容是迁建烈士亭的缘由以及补刻云簇镇130名烈士的姓名和生平事迹。

34. 曹更修烈士墓

位于榆社县西马乡更修村东南200米处。曹更修（1915—1947），字子仁，榆社县西马乡侯日村人，山西新军决死队营长、太行五专署军事科长、高平县公安局局长、潞城独立营营长、八路军30团团长、八路军第7旅参谋长等职。1947年，奉命调任19团代理团长，率部收复山东省金乡县时，被国民党军包围，壮烈牺牲。1949年，榆社县人民政府将其故乡侯日村改名更修村。墓前立碑一通。

35. 榆社县烈士陵园

位于山西省晋中市榆社县箕城镇板坡村。1946年榆社县人民政府为纪念在抗日战争中殉国的榆社烈士建亭立碑，1993年，迁入箕城镇板坡村，并更名为榆社县烈士陵园。烈士陵园坐北朝南，占地面积30240平方米。建有纪念亭2座，均为砖、木、石结构，六角攒尖顶。烈士亭高10米，占地长4.5米，宽4.5米，面积20.25平方米。亭中央，是由六块石碑围成的六面体烈士碑，每块碑高1.5米，宽0.5米，下面有高0.2米的碑基。亭内各置烈士碑一通，左面一通刻有“建立抗日殉国烈士亭纪念文”和马定夫、张寿砚、姚忠祥等九位烈士简历。右面一通依次刻有区级、排级以上烈士名录12人和村级烈士名录115人。

榆社县烈士陵同于1984年被榆社县人民政府公布为县级文物保护单位，2009年12月被山西省委、省人民政府公布为省级爱国主义教育基地。

36. 长子北高庙烈士陵园

位于长治市长子县城北关外。抗日战争时期，日军在北高庙建大炮楼。抗日战争胜利后，阎军占据北高庙。北高庙成为上党战役的主要战场之一。陈赓指挥 386 旅 772 团夜里智破敌堡。作为上党战役主战场之一的北高庙也从此声威大震。

中共长子县民主政府于 1946 年元月将北高庙辟为革命烈士陵园，埋有王逸飞、刘时智、谢荣德等 6 位团级以上烈士和岳明玉、李炳德等 6 位战斗英雄的忠骨。之后迁建，馆内展览着薄一波、刘忠、陈赓等老一辈革命家的题词 25 幅，战争年代的珍贵照片 40 余幅，陈列有革命战争年代民兵土法制作的石雷、手雷、地雷以及枪支、医疗器械和革命干部、烈士用过的笔记本、油灯、餐具、灶具等实物百余件，还展览着革命战争时期的历史资料、烈士的生平介绍等 50 余份及抗日战争时期的珍贵历史照片 30 余幅。

37. 太行太岳烈士陵园

1948 年始建于山西省长治市区西南隅的明沈王府遗址，1952 年竣工。陵园正门两侧的楹联是戎伍胜题写的“英雄功劳换来民族幸福，烈士血汗奠定国家安全”。纪念塔由程子华题写的“太行太岳烈士纪念塔”九个丹漆大字，背面是邓小平的题词“人民永远纪念着你们”。纪念塔的基座四周还分别刻着刘伯承、徐向前元帅等的题词和薄一波写的碑文。烈士纪念堂安放着 33 位烈士遗像及骨灰盒，其中有八路军副总参谋长左权等 5 位高级指挥员、活捉铃木川三郎的太行一等杀敌英雄赵亨德、强渡大渡河十八勇士之一的周平烈士等。两侧的大厅内还陈列着 120 多位烈士的画像、照片及部分实物。烈士公墓区，其中有武士敏将军烈士墓。

38. 八路军太行纪念馆

位于山西省长治市武乡县城西凤凰路。1988 年 9 月 3 日，八路军太行纪念馆正式建成并对公众开放，邓小平题写了馆名。该馆主要有八路军抗日战争史陈列馆、临时展览馆、百团大战半景画馆、窑洞战景观、八路军雄风碑林公园、八路军军抗日战争纪念碑、八路军将领组雕、“和平颂”主题公园等 8 个参观点，拥有国家一级文物 150 多件。

39. 晋城烈士陵园

位于山西省晋城市城区南街办事处和景小区。晋城人民在中国共产党的领导下，在大革命时期、土地革命战争时期、抗日战争时期、解放战争时期和新中国成立后，作出了巨大牺牲。1969 年，晋城县政府建造晋城烈士陵园，1985 年扩建。内有胡乔木、郑思远为陈列厅题名。

40. 麻田八路军总部纪念馆

位于左权县麻田镇上麻田村南，为全国重点文物保护单位。该馆中有 18 个展室，展室面积为 697 平方米，展室有“八路军总部在麻田”、“彭德怀生平”、邓小平旧居、左权、罗瑞卿旧居等，馆藏革命文物 183 件，展室陈列图片 370 幅。1980 年成立并对外开放。

41. 西河头一二九师司令部纪念馆

位于左权县辽阳镇西河头村，确定为全国重点文物保护单位。馆内收藏着 1937 年 11 月至 1939 年 6 月期间，一二九师司令部留下来的所有物件，有军衣、书籍、油灯、枪、刀、箩筐等共计 102 件。

42. 左权将军纪念碑、纪念亭

位于左权县麻田镇北艾铺村十字岭。1965 年，左权县政府在此处建纪念碑。1985 年，政府在此修建左权将军纪念亭，亭正上方悬徐向前所题“左权将军纪念亭”。中心纪念碑的左面为朱德痛悼左权的七绝手迹：“名将以身殉国家，愿拼热血卫吾华，太行浩气传千古，留得清漳吐血花”，右侧为邓小平同志题词的手迹：“怀念左权同志”，背面刻有彭德怀于 1942 年“敬撰”的“左权同志碑志”，简要介绍了左权将军的战斗历程。

43. 左权将军纪念馆

位于左权县城陵园街东段北侧。1945 年，辽西县政府在原万寿宫旧址兴建“烈士祠”。1946 年，扩建后改称“烈士园”，以纪念在抗日战争中壮烈殉国的左权将军和 733 名军、政、民烈士。2002 年，更名为左权将军纪念馆。亭内矗立着左权将军纪念碑，上镌朱德怀念左权将军的悼词、罗瑞卿怀念左权将军的碑文。园内还存有纪念碑 16 通，纪念石碣 2 方、汉白玉左权将军像 1 尊。左权将军纪念馆展厅门前高悬刘华清题写的“左权将军纪念馆”的金字匾牌，展有左权将军的半身铜像、生平简历、抗日战争时期的宝贵图片和珍贵的遗物。

44. 西黄漳村左权将军纪念碑

位于左权县芹泉镇西黄漳村。1942 年左权牺牲后，辽县政府集资镌刻左权将军纪念碑，民众踊跃捐资献款。该碑现保存完整。

45. 中华新闻烈士纪念园

位于左权县麻田镇上麻田村。1942 年，日军扫荡华北《新华日报》、新华社华北总分社驻地山庄村。《新华日报》（华北版）社长兼总编辑何云、经理部秘书主任黄君珏、国际版编辑缪乙平等 57 位新闻工作者为国捐躯。1985 年，山西新闻工作者协会、太行新闻史学会、左权县人民政府共同筹资，在麻田西山脚下兴建了“太行新闻烈士纪念碑”，杨尚昆、陆定一分别题词。2007 年，左权县政府定在“太行新闻烈士纪念碑”的基础上，修建纪念园。

46. 王爱甫“辽县抗战纪实”收藏馆

位于左权县城西关社区。此展馆由全国著名收藏家、全国国防教育先进个人、省检察院退休干部、原左权县西关村村民王艾甫和其弟王致远自筹资金创办。收藏馆收集有：见证日本侵华惨绝人寰滔天罪行的《支那画报》，八路军党、政、军社会团体150多个单位在辽县驻扎5年间的史实资料，西河头民兵自卫团的资料，辽县人民交军粮、军鞋、钢铁、电杆的收据和辽县抗日政府的命令、通告、指示、通知等文献资料，以及抗日战争时期为国捐躯的辽县烈士名单。

47. 东隘口烈士陵园

位于左权县桐峪镇东隘口村，现有无名烈士墓一座，八角亭一座，碑记一方，另有原左权县第一任县委书记翟英、第一任民选县长黄明等墓。

1940年至1945年，八路军附属医院一所驻扎在西隘口村，收治了来自冀西、豫北、晋东南和本地的伤病员。一些未能抢救治愈的战士牺牺牲后，埋至东隘口村南的山坡下，烈士坟前插上木牌，标其姓名籍贯，同时有一些牺牲的无名烈士，共计 800 余人葬于此地。随着时间的推移，这里渐渐成为一座无名烈士墓。1999 年，县政府在此修筑了烈士集体公墓，以水泥封顶。又新建抗日烈士八角纪念亭，永远纪念长眠于此的抗日英魂。

48. 赵垴无名烈士陵园、豆垴烈士墓

位于左权县拐儿镇赵垴村东北、豆垴村西。赵垴无名烈士陵园园内中心竖纪念牌 1 座，正中刻有李修仁题写的“阵亡英烈永垂不朽”。陵园内另存一方座圭首青石牌刻有“中华脊梁，民族忠魂”。抗日战争爆发后，一二九医疗四所便驻扎在豆垴、赵垴、西五指三个村。在 1938 年至 1942 年间，百名烈士牺牲后埋葬于此。为缅怀先烈，1993 年左权县政府在拐儿镇赵垴村修建了无名烈士陵园。2009 年进行了重修。

49. 马厩无名烈士陵园

位于左权县石匣乡马厩村。抗日战争时期，八路军卫生部的卫生所急救中心就设在马厩村中。许多八路军干部、战士和机关工作人员，经抢救无效牺牲在这里，烈士们的遗骨大都埋葬在马厩村对面东坡根名叫“相壳坟”的一片平地里。2009 年，左权县政府在此建起了“马厩无名烈士陵园”。

50. 上武朝鲜义勇军殉国先烈战绩碑

位于左权县桐峪镇上武村村西。1940 年 7 月至 1942 年 2 月，朝鲜义勇军来到辽县与辽县抗日武装联合抗击日寇，在抵御日军扫荡、掩护群众转移、配合主力部队进攻期间，义勇军部分战士牺牲于此。2002 年，大韩民国殉国先烈遗族会、中国左权县人民政府特刻石立碑。

51. 云头底朝鲜义勇军殉国先烈战绩碑

位于左权县麻田镇云头底村东北角。2002 年，左权县政府和朝鲜义勇军后裔为纪念抗日战争中牺牲于此地的义勇军烈士朴喆东、李正淳、孙一峰、崔铁镐、石鼎（即石正）、尹世胄、陈光华、李元大等人而立。

52. 桐峪抗日战争阵亡将士纪念碑

位于左权县桐峪镇桐峪村西南，碑体占地 2 平方米。保存完整。1940 年 7 月，辽县县政府为缅怀牺牲于桐峪村的抗日革命先烈刻石立碑。碑身正中镌刻行书“抗战阵亡将士纪念牌”，碑座正镌刻辽县抗日县长魏永生行书题记，共 7 行，每行 16 字。

53. 华山墓

位于左权县麻田镇西山村太行新闻烈士纪念碑侧旁，占地 9 平方米。保存完整。华山（1920—1985），全国著名新闻记者、作家，《鸡毛信》为其代表作。1985 年，华山在广州去世。根据他的遗嘱，将其一部分骨灰撒进清漳河，一部分安葬于麻田镇清漳河畔的西山村。

54. 平定县烈士陵园

位于平定县冠山镇庄窝村北 207 国道西侧。1984 年新建纪念馆，馆内建有赵亨德烈士塑像、碑亭、纪念碑、展厅。陈列室里，有抗日战争和解放战争时期 16 位烈士的生平事迹及部分照片。陵园名称由徐向前元帅亲笔题写，落成后李德生、王谦、池必卿、赵雨亭、王庭栋等中央和省级领导曾前来凭吊。

平定县烈士陵园于 1985 年被平定县人民政府公布为县级文物保护

单位。

55. 襄垣县烈士陵园

襄垣县烈士陵园原建于东关吕祖庙前，建有烈士纪念亭、纪念碑各1座，碑载抗日战争和解放战争初期为国捐躯的革命英烈1166名。1996年移建，记载了各个时期光荣牺牲的革命烈士2562名，原中共中央顾问委员会副主任薄一波，原中共中央委员、辽宁省委书记戴苏理，原二炮副司令员李懋之等老领导为纪念碑亲笔题词。

56. 黎城县烈士陵园

黎城县烈士陵园，始建于1946年。主体建筑为烈士亭、殡仪堂、陈列室。烈士亭内中央矗立着一座6面体石碑。

57. 屯留县烈士陵园

位于屯留县旧县城东南魁星台。陵园正中立有一石碑，记载着解放战争中牺牲的死难烈士的英雄事迹。

58. 壶关县烈士陵园

位于壶关县城西南万紫千红山上。始建于1946年，原址在县城北关，1958年在原基础上扩建。1992年重建。主要包括烈士公墓、灵堂、纪念碑、展厅、碑廊、门楼、工作房等主体建筑和基础设施。为县国防教育基地。

59. 潞城民兵烈士碑亭

位于潞城市城东北石梁村南端长邯公路旁。

60. 落摩寺烈士纪念碑

位于寿阳县尹灵芝镇落摩寺村慈化寺内。1940年5月，日本侵略军在落摩寺一带烧杀抢掠、奸淫妇女、无恶不作，抗日军民浴血奋战，英勇抗敌，进行艰苦卓绝的斗争，有23名烈士在此牺牲。1946年，平定县第四区立碑，以纪念英勇牺牲的23名先烈。

61. 董天知牺牲地

1940年，董天知率部队在潞城县王郭庄伏击日军，终因寡不敌众，董身中四弹，与28名英雄一起为国殉难。董天知时年仅29岁。1991年，潞城县政府在董天知牺牲的王郭庄重新立董天知烈士纪念碑，并确立为潞城县重点烈士纪念建筑保护单位。

62. 张绍良烈士碑

张绍良，店上镇绍良村人。1944年8月被日伪军抓捕杀害。壶关县店上镇和东汉村为纪念张绍良烈士立碑。碑额镌刻“英勇”二字，碑文记载了烈士生平事迹。

63. 黄崖洞烈士公墓碑

现存黄崖洞烈士公墓，1942年勒石记载黄崖洞保卫战事略。该碑为黄崖洞保卫战牺牲的四十名烈士而立，十八集团军特务团团长欧致富、政委邹开胜志。碑高130厘米，宽65厘米，首刻“永垂不朽”四字。

64. 广志山烈士墓

广志山在黎城县西部。1940 年，日寇集结 1 个营的兵力进攻广志山，山上仅有 1 个警卫连驻守，我方 42 名干部、战士和民兵为保卫后方医院而壮烈牺牲，后将烈士遗体葬于广志峰之阴，并建亭纪念。

第三节
英烈劳模故居

一、尹灵芝烈士故里

位于寿阳县尹灵芝镇赵家垴村。

二、乔增禄烈士故居

位于昔阳县皋落镇铺上村。乔增禄（1913—1936），昔阳县皋落镇铺上村人，为山西学生运动的杰出领袖。1935 年 12 月 9 日，为反对冀察政务委员会的成立，北平大中学生发动示威游行，一二·九运动爆发后。消息传到太原，乔增禄立即组织成立了太原国民师范抗日学联，积极声援北平学生的爱国斗争。1936年2月，红军东征之际，阎锡山加紧镇压抗日救亡运动。3月2日，警察和宪兵千余人包围了国民师范，将段若宗、乔增禄等15名学生抓走。3月16日，阎锡山当局以“宣传共产，吊打警察”的罪名判处乔增禄和段若宗等4名学生死刑。乔增禄就义时年仅23岁。

三、马定夫烈士故居

位于榆社县箕城镇东汇村。马定夫烈士故居于1984年被榆社县政府公布为县级文物保护单位。

四、张寿砚烈士故居

位于榆社县西马乡南白村。张寿砚烈士故居占地面积 225 平方米，坐北朝南，一进院布局，有正房、东西厢房。

五、劳模李顺达故居

坐落于山西省平顺县西沟乡老西沟庄。李顺达（1915—1983）抗日战争爆发后，担任了村民兵队长，一面带领群众发展生产，一面带领民兵配合八路军抗击日军。1944 年，他被太行区第一届群英会评为“生产互助一等英雄”。1946 年，在太行区第二届群英会上被表彰为“翻身农民的道路”。1948 年，带领村民发展经济林 110 多亩。1951 年，他在人民日报发表《李顺达互助组向全国发起爱国增产竞赛的倡议》，推动了全国农民生产发展。同年创办初级农业生产合作社，粮食增产每亩 15 公斤，荣获国家农业部颁发的“爱国丰产金星奖章”，模范事迹被广泛传播。李顺达多次受到毛泽东、周恩来、刘少奇、朱德等国家领导人的接见。

六、郭玉恩故居

位于平顺县川底村，是平顺县红色旅游基地。郭玉恩（1917—1996），全国著名劳动模范，中国农业合作化的先驱。1951 年创办川底村农业生产合作社，1952 年荣获中央农业部颁发的“爱国丰产金星奖章”。抗美援朝时期，赴朝鲜慰问，受到金日成的接见。1957 年荣获“全国农业劳动模范称号”。是新中国第一届人大代表，受到国家领导人的接见。

七、岳勇烈士故居

位于平定县岔口乡岳家庄村玉成号 5 号院，为县级文物保护单位。岳勇（1902—1942），原名张步瀛，平定岳家庄村人。1941 年，因被叛徒出卖被捕。1942 年，日军将其家属押至行刑现场，当着亲属的面给其押杠子，穿竹签，然后用十个大铁钉将其双手和双脚钉在一扇门板上，均未能使其屈服。最后敌人用铁锤向其头部砸去，惨死于万子足村。

第五章

山西太行旅游远景展望

太行山川秀美，人杰地灵，拥有丰富多彩的旅游资源，具有巨大的开发潜力。2017 年山西省委政府提出旅游三大板块战略，在此政策指导下，壮美绚丽的太行资源将会在新理念指导下更为充分的呈现在世人面前。在此旅游开发过程当中，必须牢牢贯彻“创新、协调、绿色、开放、共享”的新发展理念，努力达成“主题拓展 + 空间整合”的开发模式，同时须得加快太行地区的基础设施建设，完善交通系统和配套服务设施，协调相关市县之间的利益点，让八百里壮丽山川的太行天下熟知。

第一节
精准扶贫目标下的全域旅游开发

一、精准扶贫背景下的“全域旅游”战略的提出

精准扶贫这一方针是新时期我国扶贫工作的精髓和亮点。它的提出是以习近平为总书记的党中央在治国理政方略中对我国扶贫开发工作新挑战与新要求的积极应对和正确指引。对脱贫攻坚工作中所面临的问题，习总书记作出了重要指示，他强调脱贫攻坚是硬仗中的硬仗，必须付出百倍努力，全党全社会要坚决打赢脱贫攻坚战，在全面建成小康社会的征程上不断创造新的业绩。到 2020 年，达到现有全部贫困地区、贫困人口实现整体脱贫，全面实现小康社会建设目标，是党中央做出的重要决定和庄严承诺。这一科学论断对当前我国的扶贫工作具有重要意义。

近年来，党和政府在旅游扶贫方面出台了很多政策和措施。如对贫困地区基础设施建设的扶持政策，极大地改善了贫困地区的交通条件和发展环境，为旅游业的发展提供了良好基础，带动了更多的贫困地区参与旅游业的发展，实现脱贫。旅游精准扶贫构成了国家扶贫战略的重要组成部分，富有地方特色的旅游开发已经成为贫困地区脱贫致富的重要途径。

“全域旅游”是基于全景化、全覆盖基础上的新型旅游，是资源优化、空间有序、产品丰富、产业发达的科学系统旅游。通过对区域内经济社会资源尤其是旅游资源、相关产业、生态环境、公共服务、体制机制、政策法规、文明素质等进行全方位、系统化的优化提升，实现区域资源有机整合、产业融合发展、社会共建共享，以旅游业带动和促进经济社会协调发展的一种新的区域协调发展理念和模式。推动山西省旅游产业从景点旅游模式向“全域旅游”模式转变，正是深入贯彻落实习近平总书记提出的“创新、协调、绿色、开放、共享”五大发展理念的体现。2017 年 3 月 5 日，全国人大第十二届第五次会议在京召开，国务院总理李克强在政府工作报告中明确提出，要“完善旅游设施和服务，大力发展乡村、休闲、全域旅游”。这是“全域旅游”首次被写入政府工作报告，将“全域旅游”提升为国家战略，这说明推进“全域旅游”是我国新阶段旅游发展战略的再定位，是一场具有深远意义的旅游产业变革。让“全域旅游”带动精准扶贫，正是将旅游产业升级和扶贫开发牢牢结合在一起，使其收到经济、社会的双重效益。

“全域旅游”的提出为新时期的精准扶贫工作提供了新导向和新思路。将“全域旅游”与扶贫开发相结合，以“全域旅游”带动精准扶贫，不仅可以促进旅游业的全面协调可持续发展，同时还有利于进一步深化贫困地区旅游扶贫工作的改革，使精准扶贫目标下的全域旅游开发为拥有丰富旅游资源的贫困地区提供了良好的机遇。

二、山西全域旅游的资源优势

“十年中国看深圳，百年中国看上海，千年中国看西安，五千年中国看山西”。山西是中华民族文明的发祥地之一，历史悠久，源远流长，自然美景、历史文明、革命史迹和新时期建设成就，共同构成了山西得天独厚、古今兼备、多姿多彩的旅游资源。目前山西省正处于转型跨越发展的关键时期，将旅游业作为新型支柱产业是走向转型发展的重要途径。尤其是太行红色文化是其重要的组成部分，也是山西省独有的红色基因，亟待全域开发，全面提升山西的文化品位。

太行山区绵延数百里，山川秀美、人杰地灵，无论是自然景观还是人文风土都是宝贵的旅游资源，具有巨大的开发潜力。太行山在山西的分布主要集中在晋中、阳泉、长治和晋城。这些地区在战争年代曾是党领导人民进行伟大革命斗争的根据地，集中连片的红色旅游资源在这里广泛分布。“太行精神”作为伟大革命精神的代表之一，其中凸显的艰苦奋斗作风和坚强勇敢品格是中国共产党在领导中国革命、引领中国实现伟大复兴的集中精神体现。

近年来，太行山以红色精神作为特色旅游招牌，已经把红色旅游打造成了当地旅游产业的重点开发项目，将其作为充实、丰富、凸显“太行精神”的文化载体。在开发思路上，以继承八路军光荣传统为特色，挖掘整理、创新创意地具象展示、体验、感悟和弘扬“太行精神”。经过一系列的开发，现在的太行山已经形成了北起平型关，经黄崖洞，到武乡八路军总部，连接晋察冀和晋冀鲁豫根据地的太行山（东线）红色旅游线路，景点品位高而且特色鲜明，远近闻名。在中共中央办公厅、国务院办公厅颁布的《2004 ~ 2010 年全国红色旅游发展规划纲要》中：12 个重点红色旅游区，以山西、河北为主的太行红色旅游区就名列其中。

太行山区不仅是历史悠久的革命老区，同样也是深度贫困的革命老区，由于自然、历史等多重因素的影响，老区的发展相对滞后，基础设施薄弱、人民生活水平不高等矛盾仍然比较突出，所以当前太行革命老区的脱贫攻坚任务相当艰巨。习近平总书记在山西主持召开深度贫困地区脱贫攻坚座谈会上对革命老区的扶贫工作提出了建议，并对全党共同努力解决革命老区深度贫困问题作出了重要战略部署。2016 年，中共中央办公厅、国务院办公厅印发了《关于加大脱贫攻坚力度支持革命老区开发建设的指导意见》，其中提出了进一步加大扶持力度，加快老区开发建设步伐，按照党中央、国务院决策部署，以改变老区发展面貌为目标，以贫困老区为重点，更加注重改革创新、更加注重统筹协调、更加注重生态文明建设、更加注重开发开放、更加注重共建共享发展，进一步加大扶持力度，实施精准扶贫、精准脱贫，着力破解区域发展瓶颈制约，着力解决民生领域突出困难和问题，着力增强自我发展能力，着力提升对内对外开放水平，推动老区全面建成小康社会，让老区人民共享改革发展成果，过上更加幸福美好的生活。但由于交通闭塞、信息不畅等原因，这里的旅游资源始终没有完全被开发。

三、已有的扶贫开发

目前，山西正在对武乡、黎城、左权等革命老区进行深入的挖掘、整理，力求将当地丰富的红色旅游资源进行充分开发，希望通过红色旅游来实现老区脱贫。

2017 年太行地区被确定为国家级扶贫开发重点县的有左权县、和顺县、平顺县、武乡县、壶关县；被山西省确定为省级贫困县的有榆社县、昔阳县、沁县、沁源县。这些区县大多地处山区，离中心城市比较远，所以产业不发达、就业生产能力比较差，但该地区风景优美，生态完好，具备了良好的旅游发展潜力。太行山要利用好全域旅游战略，将这些地区得天独厚的旅游资源转化为产业开发优势，为当地贫困地区的扶贫开发工作提供新的方向，新的思路。

在精准扶贫政策的指导下，做到旅游开发与扶贫脱困紧密结合。武乡、左权、沁源、黎城等地方，山势险峻，空气新鲜，各有各的奇光异景，经过全域旅游化的改造，把这些地方潜在的旅游资源挖掘出来，不但要继续推广“红色旅游”，同时也要将“生态旅游”、“乡村旅游”

发展起来。经过系统科学的规划，整合开发，迎合现代旅游需求，提供高质量的旅游环境与优质的服务，提升影响力，吸引游客。这样一来，太行山老百姓就能够在家门口利用自家的条件进行旅游创业，改变以往的收入结构，由此达到脱贫致富的目的。

太行山的旅游资源主要集中在乡村，乡村地区也是贫困人口分布的主要地区。在太行山地区以“全域旅游”推动精准扶贫，具有带动性强、参与面广、返贫率低、可持续等特点，是“造血式”扶贫，是物质和精神的“双扶贫”。发展“全域旅游”扩大了对太行地区贫困人口的覆盖率和扶贫的有效性，因为“全域旅游”的全覆盖理念囊括了广大乡村地区，这就使乡村地区也能被纳入到旅游产业发展的框架之内，使太行山旅游产业的发展能让贫困村和贫困户分享，以此强化旅游业对扶贫开发的精准带动作用，让贫困村和贫困户最大程度参与到旅游产业发展过程中。

实施精准扶贫目标下的全域旅游开发要从以下主要几方面着手：

（一）做到科学统筹规划，要认识到太行地区发展旅游业的优势，在此前提下，由政府主导，吸引企业进行投资，合作开发。在这种模式之下推动旅游发展，让政府的运行机制和市场的运行机制双轨并行。政府出台政策方面的优惠与便利，以市场为导向，把握旅游新动态，把太行山打造成独具特色的现代化旅游胜地，以此带动贫困地区经济发展。

（二）通过依托城镇、交通干道等，完善乡村旅游配套设施。乡村旅游配套设施包括当地的道路交通、环境卫生、住宿餐饮、购物服务等方面的硬件配套服务以及相应的信息服务等，这些工作都可以使太行地区的老百姓参与到其中，为他们提供一些就业岗位；同时，要想做好当地的环保工作，维护村庄的生态平衡，保持当地的民俗风情也需要当地的居民的有力支持，按照“风貌特色化、功能现代化、服务标准化”要求，打造太行旅游特色业态；开办农家乐和经营乡村旅馆，打造景观农业、休闲农业，使贫困户成为第三产业的经营业主，增加经营收入，实现脱贫增收。

（三）创意开发当地旅游产品。根据太行山旅游产品独有的区域特点，进行包装，使得游客产生浓厚的兴趣，由此能够起到树立当地旅游品牌形象的作用。在旅游产品的研发和创新过程中，让太行山当地的群众依据当地的风土特色，不断植入文化因素、特色理念。如将“太行精神”这一鲜明主题深深根植于旅游景区建设，使得从旅游景点、旅游设施再到旅游产品都独具太行特色，让本地区的产品做到独树一帜。老百姓也可以把自家的产品依托太行山的旅游品牌效应推销出去，实现脱贫致富的目标。

（四）创新乡村旅游营销模式。首先，联合多个县、乡、村景点，构建太行山旅游度假联盟，与当地旅行社合作，进行宣传、营销，同时利用新闻媒体和当地的文体活动进行宣传，扩大知名度，吸引更多的游客；此外，太行山的贫困群众要依据自身的条件，实施目标化营销战略，如开办农家乐等特色体验活动，以低廉的成本和价格吸引游客；还要紧紧依靠当地政府和各旅游主管单位，对旅游营销进行培训和指导。总之，各地区要应因地制宜，利用多种渠道创新乡村旅游营销模式。

（五）大力培养和引进旅游经营管理人才、营销人才、服务人才，不断壮大旅游人才队伍。旅游从业人员是旅游产业的主力军，从扶贫的角度培养贫困人口从事旅游行业是旅游扶贫工作的重要举措。加强导游、农家乐经营者等从业人员培训管理，不断加强太行山地区旅游人才的培养，提高综合服务水平，根据精准扶贫家庭情况，因人施教，通过“走出去、请进来”等多种方式，加大当地贫困人口的旅游创业培训，提高旅游创业就业能力，帮助贫困家庭吃上旅游饭，走上脱贫致富路。

四、对旅游资源开发的新认识

但值得注意的是，在当前“全域旅游”的视角下，对旅游资源开发要有新的认识，不同类型的旅游应加以综合、全面的考虑，也就是说在开发红色旅游资源的同时也要对当地的自然景观资源、人文风俗资源进行同步开发。太行山不能仅仅依靠革命老区、红色文化这一单一旅游品牌发展，对当地的自然景观和人文风俗的开发和包装是太行山走向“全域旅游”模式的重要环节。如壶关县是长治市的东大门，系上党城镇群重点之一。故西铁路、荫林公路横贯县境，是国家中部地区经济开发的重化工基地，也是晋豫经济文化交流的要冲。平顺县，地处太行山脉南段西半侧，是典型的山区和革命老区。抗日战争时期平顺县是太行抗日根据地的一部分，朱德、杨秀峰等老一辈革命家曾在此生活和战斗。20世纪50年代农业合作化时期，李顺达、申纪兰等先进模范带领西沟村群众发展农林生产的事迹家喻户晓，“西沟精神”成为中国农业战线的一面旗帜。

在太行山打造“全域旅游”，就是要开拓思路，做到全方位、全覆盖的对太行地区的旅游业进行产业升级，让这一地区的旅游产业增强市场竞争力，不再依托单一的旅游开发要素进行发展，而是要把各种旅游资源进行整合，形成完整的旅游发展产业链。通过改造后的太行山的旅游业，不仅格局更加合理，而且可以更好的带动贫困老区走出困境。

要从整体上确定“全域旅游、景区带村、能人带户”的旅游扶贫思路。景区带村，重点实施以资产平台带村、以旅游规划带村、以基础设施带村、以旅游业态带村、以旅游培训带村、以政策扶持带村、以市场营销带村、以优先就业带村；能人带户，重点实施法人带个人、党员带群众、先富带后富、回乡带本乡。

当前太行山区旅游扶贫还面临着很多困难和挑战，产业基础薄弱与地区财政紧张并存，整体配套提升难度大；由于整体旅游产业底子薄、基础弱，旅游相关要素的不完善，所以还存在游客进入性不高、配套功能不强等问题，这成为制约太行山旅游扶贫的最大瓶颈；贫困人口存在资本与能力双重不足，参与旅游发展的难度大，加上区域贫困面大、贫困程度较深，缺高层次人才，推进旅游发展的后劲也不足；企业投资与精准扶贫存在目标差异，协同融合难度大，企业投资旅游追求效益最大化，旅游扶贫要求贫困人口获益最大化。旅游产业发展的市场化运作机制与精准扶贫的公共目标属性，使得两者之间的内在矛盾迫切需要找到一个“焊接点”，而这些困难和矛盾都需要在具体实施中寻求解决。

“旅游 + 扶贫”是好的“钱景”，所以太行山区要积极搭上发展全域旅游这辆快车，创新旅游新业态，拓展脱贫新路径，强力推动旅游业转型升级，改变太行山贫困落后的旧面貌，为实现山西从“旅游大省”向“旅游强省”的转变做出应有的贡献。

第二节 出路：多元协同下的旅游产业升级

创新、协调、绿色、开放、共享的新发展理念，是针对我国经济发展进入新常态、世界经济复苏低迷形势提出的治本之策。在这样的大背景之下纵观山西的发展，正处于一个发展动力深度转换、经济结构全面升级的新阶段。旅游业作为现代化朝阳产业，不仅是现代服务业的重要组成部分，同样还是拉动现代服务业快速发展的龙头。而现代服务业在经济社会发展中的作用越来越突出，所以山西向转型跨越发展迈进的过程中，旅游产业的转型升级是重要环节。“十三五”时期是山西文化旅游业转型升级、提质增效的攻坚期，我们要深入学习贯彻习近平总书记系列重要讲话精神，全面贯彻落实党中央、国务院关于发展文化旅游业的决策部署，按照山西省委“把文化旅游业培育成我省战略性支柱产业”的重大思路和要求，大力推进文化旅游业改革发展。

一、三大板块战略之下的太行旅游产业升级

2017 年，山西省明确提出打造黄河、长城、太行三大旅游板块的战略决策，唱响“黄河之魂在山西”“长城博览在山西”“大美太行在山西”旅游主旋律，全力锻造黄河、长城、太行三大旅游新品牌，打

造国际知名国内一流的山西旅游新产品，将山西的旅游资源优势转化为竞争优势，努力满足广大游客对山西优质旅游的需要。目前全省上下正围绕黄河、长城、太行三篇旅游大文章，构建山西旅游发展大格局的升级版。

“全域旅游”战略的提出，为太行山旅游业转型升级提供了前瞻性的指导。使太行山在新思路下不再拘泥于传统，从思想观念上寻求转变，争取做到旅游经营者利益与旅游者利益、当前利益与长远利益、经济利益与社会利益以及环境效益等多方面的统一。

太行山的多元旅游产业升级应该要从以下几方面着手进行：

（一）加强区域协调合作，强化基础设施建设，转变传统发展观念。

太行山景点分布广，但由于经济、交通、信息等原因，存在基础设施不完善、信息闭塞的问题，所以在旅游开发的过程中各地区常常各自为战，孤立发展，缺乏沟通与合作，使得太行山旅游资源没有完全形成区域性整体开发。因此，在今后的发展中要着力转变单一景点景区建设管理的思路和各行政区孤立封闭发展的方式，将目光放远、放宽，扩展到整个太行山地区，树立“大太行”的发展观念。

各县区、部门要协调合作，各自发挥优势，把每个地方特有的旅游文化资源作为太行旅游体系大板块的拼图，加以重新整合，最终形成特色鲜明、知名度高的太行山旅游文化体系。在景区规划与建设中要破除景点景区内外的体制壁垒和管理围墙，实行多规合一，实行公共服务一体化，做到不同区域的相关配套设施同步协调发展。由当地政府出面，对外招商引资，选择资金雄厚、富有旅游管理经验的大企业，与太行山各景区共同组建旅游管理公司，具体负责管理太行山景区。

现代旅游者具有既希望冒险又担心安全、既渴望奇异又追求舒适、既想远离尘世又要联系畅通等特征，因而发展像太行山这样地处山区地带的旅游业就要努力改造和提升服务设施质量来满足旅游者的需求。太行山旅游景区大多分布在农村，而目前农村地区又普遍存在着基础设施落后、卫生条件差的状况，这就要求在旅游基础设施和公共服务的建设上，单单做到景区内完善和加强是不够的，需要把景区与周边地区的旅游相关设施建设同步进行，并且要将这些工程扩展到太行山的每个地区，从景点景区拓展到全域。整个太行地区的农村及周边城镇的交通、通讯、卫生等设施质量全面提升，各个地区的旅游服务设施做到无缝对接；打造成集中连片的旅游文化服务区，并且在这些文化服务区的建设上要体现出太行山当地的风土人文特色，使游客一进入太行山就有不一样的感受，无论是景区内还是景区外都有令人驻足游赏的欲望，改变游客来本地区旅游直奔景区游览的现象；加强道路交通建设，开通旅游专线，保证畅通，让游客“进的来，出的去”，随时随地都可以享受到方便、快捷的高质量旅游服务。

（二）推进从门票经济向产业经济转变。

山西省省长楼阳生在 2016 年山西省旅游发展大会上指出：“旅游景区（景点）管理体制不顺、经营机制不活是制约我省文化旅游业发展的主要症结所在。”山西省委省政府为此着力推进旅游景区（景点）体制机制改革创新的意见，目标是要增强旅游市场主体活力、提升景区（景点）核心竞争力，加快改变景区（景点）单一的“门票经济”格局。对不同类型旅游景区实行分类改革，公益性景区要实行低价或免费开放，市场性投资开发的景点景区门票价格也要限高，遏制景点景区门票价格上涨过快势头，打击乱涨价和价格欺诈行为。

现代旅游业的发展已经不再处于单单依靠收取门票达到创收目的的时代。通过提高周边的餐饮、休闲、住宿、文化体验等服务项目来将游客吸引已成为现代旅游行业的共识。太行山独特的风景、人文旅游资源不仅要体现在作为主体的景点景区上，还要与其他相关服务项目进行融合，让这些配套服务项目发挥应有的作用。例如，在文化体验服务上，可以推出“红色革命体验”项目，开办摄影展、表演八路军革命主题话剧等，让久居城市的游客体验革命老区战争年代的艰苦岁月，进行爱国主义再教育；其次，要给予游客参与感与体验，如襄垣县建成非物质文化遗产体验馆，这是山西省首家以非物质文化遗产项目内容为主题的公共文化展示体验馆，该馆通过文字、照片、音像、动漫、模型、场景等形式，形象生动地展示襄垣多项非遗资源，使得游人感同身受。再者，对景区周边的设施进行特色改造，如将饭店、旅社等融入太行山文化元素，营造出独具特色的文化氛围，使游客体验到不一样的太行风貌。通过对这些主体景区以外的资源进行有效利用，提高经济效益。从以往过度依赖门票收入的阶段走出来，做到内外联动，达到太行山旅游产业转型升级的目的。

（三）优化旅游服务结构，满足游客多样化的旅游需求。

当前旅游业的发展趋势正在由传统向现代转变，在旅行社组织的团队旅游继续稳步增长的同时，散客旅游已经成为旅游方式的主体。特别是自驾车旅游的兴起，使得旅游方式的总体格局发生了很大的转变，所以游客的旅游需求正呈现多样化的趋势，像俱乐部旅游、网上拼团旅游等新的旅游方式在年轻人中广受欢迎。这些新形式的出现也就意味着旅游服务也要随之发生结构性转变。

过去游客在选择旅游目的地和路线时，更多的是依靠旅行社来掌握旅游资讯，随着互联网科技的普及，现在基本上可以做到足不出户就可以了解的各地的旅游信息。太行山区应该着眼这一形势，推进数字化景区建设，将旅游景区介绍、路线设计、服务项目、相关咨询等利用互联网向广大游客进行介绍，并提供网上订票、订餐等业务。这些措施不仅可以给游客提供便利，而且从另一方面来讲对太行山旅游也能起到一种宣传的作用；此外，景区内现代化的服务设施也是提高旅游服务质量的重要方面。太行山旅游区应尽量满足游客在景区内进行各种现代生活活动，在服务过程中使用现代化工具、设备，能够提供当前旅游市场上流行的最新服务，如无线网络服务、电子导游系统等。通过利用现代化科技使游客感受到景区服务的质量，让旅游服务更加符合当前大众的需求，也为太行山旅游业注入新的活力。

二、太行旅游新业态

在努力完善现代化旅游服务项目的同时，太行山还要进一步加强对旅游服务业的管理力度，严格执行规范的行业规则，维护正常的旅游市场，提倡平等竞争，保护旅游者和经营者的合法权益；要有步骤、有计划的加强旅游从业人员培训，执行旅游工作人员持证上岗和资格认证制度，全面提高旅游服务人员素质和旅游服务水平。只有将旅游服务质量彻底提高，才能使太行山旅游业的发展跟上时代潮流，充满竞争力。

太行山旅游资源丰富多样，山水风光、人文风俗、革命文化都存在着巨大的发展潜力。作为全国知名的革命老区，尤其在抗日战争时期，这里成为华北各抗日根据地的游击战争和政治斗争的领导和指挥中心，留下了许多弥足珍贵的革命史料和遗址，这些革命遗迹成为太行山宝贵的红色旅游资源。通过近几年来的开发，已经形成了以平型关战役遗址、太行太岳烈士纪念馆、徐向前故居、百团大战遗址、麻田八路军旧址、黄崖洞革命纪念地、八路军太行纪念馆、八路军文化园等等这些红色旅游景点，这些红色旅游资源的成功开发已经为太行山旅游业奠定了基础。但是仅仅通过打造红色文化旅游这一单一的品牌还不够，要想让太行山旅游业进一步发展就需要更深层次的挖掘和开发。那么，努力推动生态、人文、红色等多元素旅游同步开发是今后太行山旅游业发展的主要趋势。

在城市化进程不断加速的今天，人们对大自然的需求超出任何一个时代，所以以绿色生态文明为主题的生态旅游和乡村旅游越来越受到人们的欢迎。太行山优质的自然山水风光是发展生态旅游的天然条件，将这些自然风光进行有效的利用，通过科学的调查与测量，将太行山山地景观、水体景观以及动植物景观的开发价值进行评估，合理规划，综合开发，形成独具特色的太行山水生态主题。在对生态旅游的开发过程中，人与自然和谐相处是指导太行的生态旅游事业的核心，把保护好太行山的生态环境作为前提和基础，同时协调好自然生态系统、社会文化系统和经济系统等等这些要素的关系，旨在取得最大的综合效益。

此外，发展生态旅游活动离不开太行山当地人民的参与和支持，保护当地居民的切身利益是使生态旅游活动持久开展的稳定剂。按照“谁保护，谁受益”的原则，要让太行山居民作为受益人自觉成为保护旅游资源和生态环境的主力军。同样，太行地区的民居也是现潜在的旅游资源，将其打造成和红色旅游、生态旅游并驾齐驱的新型旅游项目，可以使太行山现有的旅游产业格局更加多元。发展乡村旅游，要以太行山独特的自然环境、田园风光和民俗风情将游客吸引，悠闲的“乡土气息”、“返朴归真”和“亲近自然”对于游客，特别是那些难以长途奔波寻觅放松惬意的双休日游客，更具有吸引力。为此可以拓展乡村旅游模式：

（一）发展观光农业旅游

发展观光农业旅游就是一种很可行的乡村旅游模式。以农业资源为基础，根据不同农业特点，分为观光农园旅游、观光畜牧业旅游、花卉植物园旅游、农业大观园旅游等等不同类型。通过这种田园景观、农业生产经营活动和农村特有的人文景观，吸引游客前来观赏、休闲、习作、购物、度假，满足游客区别于城市的食、住、行、娱、购、游的需求和体验。这种观光农业旅游不仅具有观光娱乐功能，而且还可以让游客参与农业生产活动，让其在农业生产实践中，学习农业生产技术，体验农业生产乐趣。除此之外，观光农业所涉及的农业资源，均具有丰富的历史、经济、科学、精神、民俗等文化内涵，给那些对农业及农村生活不太熟悉，又非常感兴趣的城市游客以耳目一新的感受。但在开发这种观光农业旅游的过程中要遵循以农业经营为主；以自然生态保护建设为重点；以带动农业观光旅游增收为核心的原则。这样特色鲜明的农业观光旅游在满足现代旅游市场需求的同时也可以推动太行山乡村农业的发展。

（二）农家乐旅游

乡村旅游还有一种重要模式就是农家乐旅游模式。它以区别于城市的景观，将农家的乡土、民俗、民情作为卖点，让广大游客去享受和体会不一样的感觉。这类农家乐旅游投资成本相对较小，农民可以利用自家院落所依傍的田园风光、自然景点，以低廉的价格吸引游客。在开发农家乐旅游模式中，最重要的就是在经营的思想和风格上要强调太行山农家特色，要给游客以“家”的感觉，向游客提供可参与性的特色娱乐活动，而且在硬件上要“外土内洋”，即外观民俗古朴，内部装饰要干净、卫生、舒适满足现代人的一些必要需求。在产品形式上有家庭旅馆、观光农园、休闲鱼塘、民俗节庆等多种形式，内容丰富多彩，而且在服务风格上突出了乡情和亲情。在这里，游客吃农家饭、住农家屋、干农家活、玩农家乐，体验原汁原味的太行农家风格。

开发农家乐旅游时特别要注意加强管理和规范，对农家乐接待户的管理力度和培训教育要加强，提高服务质量和水平，尤其是在卫生安全方面强化安全意识，严格把关，保证游客的安全及合法权益不受损害。在整体规划与管理上还要注意正确处理景区饭店和农家乐的关系，使得景区内外不同类型的旅游模式形成良性竞争，协调发展。

三、针对当前太行旅游开发的思考

加大宣传力度，树立品牌形象。旅游市场的开发与旅游宣传、促销有密切的联系。旅游市场较好的旅游区，其旅游宣传、促销投入力度大。制约太行山旅游发展的重要原因之一就是信息不畅，宣传力度不够，所以要想让太行山吸引更多的海内外游客，就必须在宣传上做文章，应当开展多形式、多渠道的旅游宣传活动，提升影响力，努力扩大客源市场，把太行山旅游业打造成知名的旅游品牌。具体措施主要有以下几点：

（一）设计旅游形象宣传口号

通过设计朗朗上口、便于记忆、形象生动、富于联想的旅游形象宣传口号，树立太行山旅游在旅游者心目中的主体形象，宣传和打造太行山独具特色的旅游品牌，以此吸引更多的游客。

（二）加强广告宣传力度

太行山旅游可以通过广告这种高效、快捷的宣传促销形式，将太行山旅游介绍给八方游客。从考虑投入成本和取得效果相结合的角度看，太行山旅游区的载体首先是户外广告牌，其次是电视和报纸杂志。户外广告牌应设置在太行山地区各市县火车站、长途汽车站、街道醒目处以及公共交通工具和重要交通干线，反复提示，从而达到广泛宣传的目的；太行山旅游区可以将景区内拍摄成 10 分钟左右的电视风光片，在中央电视台、山西电视台和其他收视率较高的电视台播出，以此赢得广大客源；同时，应该在《中国旅游报》《山西日报》《三晋都市报》山西省旅游局主办的《山西旅游》等报刊杂志定期刊登宣传广告，特别是在“黄金周”旅游长假期间应更进一步加强宣传促销，使太行山的旅游品牌形象深入人心。

（三）利用互联网有效推广

太行山旅游宣传要紧跟潮流，搭乘信息时代的快车，利用互联网进行有效的宣传。例如，在各大门户网站、旅游专业网站以及旅游电子商务平台上投放广告；再如，制作太行山旅游区自己的网站，把主要景点、娱乐活动、美食特产等进行分门别类的介绍；还有就是利用手机各类社交软件和应用将太行山旅游最新的资讯信息及时发布。通过这些丰富多彩、形式多样的宣传手段将太行山旅游推外广，让更多的游客能够走进太行、了解太行进而爱上太行。

（四）进一步加大交通基础建设，实现太行景区跨市县的发达交通网络

长期以来，由于交通瓶颈的制约，太行沿线很多景区景点“养在深

阁人未识”。值得一提的是，2018 年 1 月 20 日，晋城市全长约 402 千米的太行一号国家风景道正式开工，这是晋城市委市政府贯彻省委、省政府打造黄河、长城、太行“三大旅游板块”的具体行动。该风景道起点为陵川县六泉乡浙水村，与长治市壶关县太行大峡谷忽东公路相对接，终点位于沁水县龙港镇尧都村，途径陵川、泽州、阳城、沁水四县，覆盖晋城市 21 个乡镇 231 个行政村。晋城太行一号国家风景道工程建成之后，届时将连接王莽岭、珏山、皇城相府、历山为龙头的太行山水、太行古堡四大旅游景区。届时，晋城的山山水水将连通晋城的历史文化，促进沿线群众的脱贫致富。并且，山西以后又多了两条路分别是长治经平顺至林州城际铁路、南太行山旅游轨道由此通过架构交通网络，将山西省的长治县、壶关县、平顺县与河南省林州市的主要旅游景区串联以推动南太行区域的全域旅游发展。由此可见，旅游产业升级的机遇业已来临。

当前的旅游业竞争越来越激烈，太行山作为拥有自然、人文双重旅游资源的地区，发展旅游业是太行山地区实现由封闭走向开放、由贫困走向富饶的重要途径。而如何将其有效合理的开发，是一个非常值得深

入研究的问题。在全域旅游思路的指导下，通过科学合理的规划，从灵活多变的开发模式入手，突出地方特色、提高服务质量，迎合现代游客的需求，不断释放太行旅游的发展潜力，使太行山可以为游客提供优质的旅游享受。同时，太行山通过对旅游业的转型升级也会使得本地区的产业结构更加合理，经济增长点的分布更加平衡，而且还可以带动太行山区更多的老百姓参与到其中，利用旅游业来达到脱贫致富的目的。我们有理由相信，在党和国家政策的扶持下，在山西省委省政府的正确领导下，经过科学、有效的开发和治理，太行山旅游业的发展前景一定会更加光明。

作者

2018 春

后 记

编写一本系统展示壮美太行的读物，作者本人感到相当的压力，一则在于个人能力有限，怎么写，怎样写好，行文之间往往力不从心；二则视野不够，因而较难确定壮美太行的中心和重心，全书难以一气呵成。不过，让本人释然的是，本书肯定不是壮美太行的终极文本，它只是一个短时间内推出的讴歌太行的介绍性读本，势必存在诸多问题，因此，本书的定位是一个有益的尝试，或者说是抛砖引玉。那么，太行举不胜举的雄奇险秀，本书所选自然是挂一漏万，敬请专家学者批评指正，以便日后再赋太行新篇做准备。

本书中所介绍的相关景点，多是作者本人有过亲身体验者，不意味着它们就是太行某类景观的代表，尚有大量的更为壮观者，因为时间匆匆本次写作没有收录，特此声明。

特别需要指出的是，本书写作过程当中，参阅了大量的著述，在此表示诚挚的谢意。考虑到本书的推出非为商业目的，其初衷都是本着爱太行爱山西，大家群策群力，挖掘山西潜能，快速提升文化品位，以尽快提振经济。从这点来说，本人愿意和各位专家一起把此项文化工程做好，我们有能力也应该为山西的复兴贡献各自的能力。

参考文献

［1］陆岩司，程秀龙，吕福利．〈读史方舆纪要〉选译［M］．太原：山西人民出版社，1978.

［2］太行革命根据地史编委会．太行革命根据地史稿［M］．太原：山西人民出版社，1987.

［3］刘书友．黎城志略［M］．北京：人文出版社，1993.

［4］张金富．陵川县交通志［M］．太原：山西经济出版社，1997.

［5］长治市城区志编委会．长治市城区志［M］．西安：陕西人民出版社，1999.

［6］晋中地区交通志编纂委员会．晋中地区交通志—公路交通篇［M］．北京：人民交通出版社，2001.

［7］王树洲．搜尽奇峰画丛·太行山［M］．郑州：河南美术出版社，2002.

［8］韩金廷．长治市交通志［M］．北京：人民交通出版社，2002.

［9］左权县文化志编纂委员会．左权县文化志［M］．北京：中国农业出版社，2004.

［10］秦海轩，卢路．漫画太行山［M］．北京：山西春秋电子音像出版社，2007.

［11］常宝玉，许民孝．晋城市教育志［M］．太原：山西人民出版社，2008.

[12] 陵川县志编纂委员会 . 陵川县志 [M] . 北京：中华书局，2009.

[13] 晋中市志编纂委员会 . 晋中市志 [M] . 北京：中华书局，2010.

[14] 郝红东编 . 左权县革命遗址概览 [M] . 北京：中国文史出版社，2011.

[15] 长治市老区建设促进会 . 太行丰碑：长治老区革命纪念地介绍 .2011 年，内部印刷 .

[16] 中共山西省委党史办公室 . 山西省革命遗址通览 [M] . 太原：山西人民出版社，2012.

[17] 中共中央党史研究室科研管理部 . 全国重要革命遗址通览 [M] . 北京：中共党史出版社，2013.

[18]《中国地理百科》丛书编委会 . 太行山 [M] . 北京：世界图书出版广东有限公司，2014.

[19]《中国地理百科》丛书编委会 . 上党盆地 [M] . 广州：世界图书出版广东有限公司，2015.

[19]《中国地理百科》丛书编委会 . 太行东麓 [M] . 广州：世界图书出版广东有限公司，2016.

[20] 牛汝辰 . 中国地名掌故辞典 [M] . 北京：中国社会出版社，2016.

图书在版编目（CIP）数据

壮美太行 / 李常宝编著 . — 太原 : 山西经济出版社 , 2018.5

（表里山河丛书 / 车效梅主编）

ISBN 978-7-5577-0322-6

Ⅰ . ①壮… Ⅱ . ①李… Ⅲ . ①太行山—介绍—山西 Ⅳ . ① K928.3

中国版本图书馆 CIP 数据核字（2018）第 079860 号

壮美太行

编　　著：李常宝

责任编辑：熊汉宗

装帧设计：赵　娜

出 版 者：山西出版传媒集团 · 山西经济出版社

地　　址：太原市建设南路 21 号

邮　　编：030012

电　　话：0351-4922133（市场部）

　　　　　0351-4922085（总编办）

E - mail：scb@sxjjcb. com（市场部）

　　　　　zbs@sxjjcb. com（总编室）

网　　址：www. sxjjcb. com

经 销 者：山西出版传媒集团 · 山西经济出版社

承 印 者：临汾工艺美术印刷有限公司

开　　本：787mm × 1092mm　1/16

印　　数：18.75

字　　数：300 千字

版　　次：2018 年 5 月　第 1 版

印　　次：2018 年 5 月　第 1 次印刷

书　　号：ISBN 978-7-5577-0322-6

定　　价：132.00 元（全二册）

山西省「1331工程」山西省互联网+与旅游产业升级协同创新中心系列成果

表里山河丛书 BIAOLI SHANHE

太行气象

鲁立智／编

山西出版传媒集团
山西经济出版社

《表里山河》丛书编委员会

主　　　编:车效梅

副　主　编:史建红　侯慧明　上官定一

编委员会成员:(以姓氏笔画为序)

上官定一　卫　红　车效梅　史建红

仝建平　朱红康　刘士义　李晓敏

李常宝　张世满　胡炜霞　侯慧明

贾郭军　夏文华　鲁立智

人说山西好风光

近年来，历史、文化和旅游结合得越来越紧密，文化旅游受到越来越多的关注，人们徜徉于自然山水的同时，也感受着历史文化的熏陶与启迪，自然与人文通过文化旅游自然地结合起来。山西，这一华夏文明的起源地之一，最早的中国所在地，具有开展文化旅游得天独厚的条件。

五千年绵延不绝的华夏文明给三晋大地留下了大量瑰宝和丰厚的文化积淀。山西现存文物古迹53000余处，旧石器早期遗址400余处；山西是全国古村落保存最完整的省份之一，古村落和古民居近千处遍及全省；宋辽金及之前的木结构建筑占全国的72.6%，享有“中国古代建筑艺术博物馆”的美誉；现存唐代以来彩塑12712尊，金元以来古戏台2800余座，均居全国之冠。山西现存戏曲剧种38个，剧种数量为全国之最。山西又是“民歌的海洋”“民间舞蹈之乡”，现存的民间舞蹈有200多种，民歌更是高达20000余首。这些琳琅满目、数不胜数的历史文化资源，等待着我们去保护、开发、利用，并将其完好无缺地传承给我们的后代。

在2016年夏季达沃斯论坛上，李克强总理提出的旅游、文化、体育、健康、养老五大幸福产业的概念。随着经济社会发展水平和居民收入等条件不断提升，旅游与文化会逐步成为民众获取幸福感的刚需。

2017年楼阳生省长在山西省旅游发展大会上指出，“把文化旅游业培育成我省战略性支柱产业”，要求把旅游业发展成为“大众创业，万众创新的大舞台”，提出打造黄河、长城、太行三大旅游板块的思路举措，要加快构建“乐水、尚城、崇山”旅游品牌体系。此后，山西省政府连续召开了黄河、太行、长城三大板块及其相关会议。相关部门在顶层设计、项目引领、业态融合、基础建设、市场营销等方面进行了积极探讨，并对三大板块进行了总体和局部的部署。在省政府的统一部署下，各地政府也加快旅游产业布局与政策落地，全省上下掀起一股发展旅游业的热潮。一时间，黄河、长城、太行成为最热的词汇。

黄河、长城、太行是华夏文明的载体，是三晋大地悠久历史文化和壮美山川风光的标识与符号。黄河之魂在山西，长城博览在山西，大美太行在山西。立足黄河、长城、太行三大品牌集聚一省的独特禀赋，目前，我省正着力推动转型发展，加快把文化旅游业培育成我省战略性支柱产业。以此为契机，山西旅游发展也开启了新的时代。山西将充分挖掘黄河的博大内涵，凝练黄河风情、民族精神主题，构建母亲黄河、龙腾黄河、多彩黄河、生态黄河的旅游精品线路；挖掘长城的边塞、军事、农牧、贸易等历史文化元素，凝练爱国主义、民族融合主题，建设古建长城、军事长城、民族长城、丝路长城的历史文化旅游公园；挖掘太行的山水、生态、红色圣地等文化元素，凝练大美太行、天下脊梁主题，打造雄奇太行、秀丽太行、红色太行、古韵太行的精品风景旅游带。三大板块不同于传统意义的景区景点，也不是简单景区景点集合集群。它既是旅游地理概念范畴，更重要的是山西旅游产业发展新定位。

2017 年 9 月山西省教育厅批准成立“山西省互联网 + 与旅游产业升级协同创新中心”，中心的牵头单位为坐落于华夏文明重要发祥地古尧都临汾市的山西师范大学。中心的建设思路和发展目标定位为根据《山西省“十三五”发展规划》和国家《“十三五”旅游业发展规划》的要求，努力把文化旅游产业发展成为山西省的战略性支柱产业。探索旅游业与互联网融合发展路径，提升旅游业资源和要素整合集成能力和模式创新能力，促进旅游基础设施和旅游公共服务体系数字化建设，推动旅游管理体制和机制改革的信息化建设，建设互联网 + 旅游综合改革试点，培育山西旅游新业态，形成旅游新优势。在我省提出打造“三大板块”的旅游战略后，我们及时抓住这一契机，组织力量编写关于黄河、长城、太行的系列图书，尝试为三大板块旅游做一些文献、文化方面的准备，也为中心工作的开展做一些有益的尝试与探索。

长风破浪会有时，直挂云帆济沧海。在刚刚结束的第十三届全国人民代表大会第一次会议上，通过了国务院机构改革方案，其中与文化与旅游直接相关的就是新组建“文化和旅游部”，这一改革是为了增强和彰显文化自信，统筹文化事业、文化产业发展和旅游资源开发，提高国家文化软实力和中华文化影响力，推动文化事业、文化产业和旅游业融合发展，具有极其重要的历史意义，给文化旅游的发展带来新的契机，文化旅游即将迎来新时代。我们庆幸赶上了这样的新时代，我们渴望在新时代里有新作为，我们愿意为我省的文化旅游尽自己的绵薄之力。千里之行，始于足下，编写“三大板块”系列图书只是我们的一个开端，我们也希望能抛砖引玉，唤起文化界同仁们关注文化旅游的热忱，共同投身于文化旅游的事业中来。

车晓梅

2018 年 3 月

注解凡例

1. 本书分为三编，第一编以整体概念的太行山为对象，作为作品选择的依据。第二编以太行山脉中各处名山为对象，作为作品选择的依据。第三编以太行山脉中各处关隘为对象，作为作品选择的依据。各编按朝代先后顺序进行编排。

2. 体例为：作者、作品、注释、解说。作者皆有小传。在第二编、第三编中，于各处名山、关隘下，均有简明介绍。

3. 遇有可辨识的古体字、异体字，一般直接改为规范字。重要异文加校勘记录。

4. 注释尽量简明，为节省笔墨，一般不在释文后另引他文以作说明。

5. 每篇作品之后皆有解说。一般的作品注释书籍，解说皆以意思解读或者诗艺赏析为主，都是以作品为主要的阐释对象。以意思解读为主的解说方式，容易导致诗歌的美在解说中被置换掉；在对大量相似题材的作品进行评论时，以诗艺赏析为主的解说方式，容易导致评语的缥缈空泛，以及评价的千篇一律。为避免这些不足的发生，本书有相当一部分作品，不是按照意思解读或者诗艺赏析的方式进行解说的，而是使解说的语言从作品中游离出来。这一部分解说的内容也各异，从作者的境界修养到注者的人生态度皆有涉及，算是以古人酒杯，浇自己块垒。

6. 编者的学识素养有限，人生境界尚浅，所以，从作品的选择、校勘，到注释、解说，错误必然不少，希望读者批评、指正。

目　录

太行代代有遗篇

太行山是中华民族的摇篮，女娲补天、炎黄创业、愚公移山等神话故事皆发生于此。太行山是历代英雄的土地，胡服骑射、曹操北伐、大唐建国等事件皆在此演绎。太行山更是华夏绝美之山，既有北方大山的雄浑，又有江南山水的灵秀，被赞为："天下奇峰聚，何须五岳攀。"古往今来，针对或涉及太行山的诗文可谓汗牛充栋，浩如烟海。这里仅就目力所及，罗列数般，以作管窥而已。在古人诗句中，太行山有时是真实的，有时是意象的。

汉

遂初赋（节录）

刘　歆

……驰太行之严防兮，入天井之乔关。历冈岑以升降兮，马龙腾以超摅[①]。无双驷以优游兮，济黎[②]侯之旧居。心涤荡以慕远兮，回高都[③]而北征。剧强秦之暴虐兮，吊赵括于长平。好周文之嘉德兮，躬尊贤而下士。骛驷马而观风兮，庆辛甲[④]于长子。哀衰周之失权兮，数辱而莫扶。执孙蒯[⑤]于屯留兮，救王师于途吾[⑥]。……以夫子之博观兮，何此道之必然。空下时而矐世[⑦]兮，自命已之取患。……虽穷天地之极变兮，曾何足乎留意。长恬淡以欢娱兮，固贤圣之所喜。……（《古文苑》）

注释：

①超摅：腾跃貌。②黎：商周时期的诸侯国，位于今山西壶关西南。③高都：在黎南面。④辛甲：为纣王臣子，后弃商事周，周文王封其于长子。⑤孙蒯：春秋时卫国人。⑥徐吾：茅戎的一支，活动于屯留西北。“救王师”也是晋国的作为。⑦下时，矐世：皆是关注社会之义。

解说：

作者西汉沛人，刘向子。成帝时为黄门郎，与父向总校群书。王莽称帝，为国师，封嘉新公。后谋诛王莽，事泄自杀。力主立古文经于学官，遭太常博士反对。

作者因力主将古文经立于学官而触怒众臣，被远贬“五原”（今内蒙古包头市的五原县)。他北上太行山,足迹遍布山西南北,将晋国历史与所行之地紧密结合,勾勒了一幅纵贯晋地全境的、历史文化旅游“线路图”。

魏晋

苦寒行

曹　操

北上太行山,艰哉何巍巍。羊肠坂[①]诘屈,车轮为之摧。树木何萧瑟,北风声正悲。熊罴对我蹲,虎豹夹路啼。溪谷少人民,雪落何霏霏。延颈长叹息,远行多所怀。我心何怫郁[②],思欲一东归。水深桥梁绝,中路正徘徊。迷惑失故路,薄暮无宿栖。行行日已远,人马同时饥。担囊行取薪,斧冰[③]持作糜[④]。悲彼《东山》诗[⑤],悠悠使我哀。(《文选》)

注释:

①羊肠坂:太行山上的坂道,萦曲如羊肠,故名。这里指的是今山西壶关县东南。②怫郁:忧郁,心情不舒畅。③斧冰:凿冰。④糜:粥。⑤《东山》诗:《诗经》篇名,写远征军人还乡,旧说是周公所作。这里提到此诗,一则用来比照当前行役苦况,二则以周公自喻。

解说:

沛国谯县人,字孟德,一名吉利,小名阿瞒。是东汉末期的实际当政者,统一了北方。好文学,喜诗歌,开一代文风。后病卒,谥武皇帝。

这是曹操在建安十一年(206)正月北越太行山征高干时所作,时高干屯兵壶关口。诗人用质朴无华的笔触描述了屈曲如肠的坂道、风雪交加的征途、食宿无依的困境,以及因艰难的军旅生活而引起的厌倦思乡情绪。

咏怀

阮　籍

平生少年时，轻薄好弦歌。西游咸阳中，赵李[①]相经过。娱乐未终极，白日忽蹉跎。驱马复来归，反顾望三河[②]。黄金百镒尽，资用常苦多[③]。北临太行道，失路将如何。(《文选》)

注释：

①"赵李"：赵，汉成帝赵后飞燕也；李，武帝李夫人也。后用以泛指结交贵戚。②"三河"：洛阳地区。《史记·货殖列传》："昔唐人都河东，殷人都河内，周人都河南。夫三河，在天下之中，若鼎足，王者所更居也。"③苦多：因某物繁多而忧心愁苦。

解说：

字嗣宗，陈留尉氏（今属河南）人。阮瑀子。初仕为太尉蒋济掾，后依附司马氏，累至散骑常侍，封侯。与山涛、嵇康等人交游，为"竹林七贤"之一。

曹魏后期，司马氏大肆屠杀异己人物，阮籍只能将自己的情绪用隐晦曲折的形式倾泻出来，创作了八十二首《咏怀》。在这首诗中，他看着那政治的中心，犹豫着要不要出仕，那里可是比太行道还要凶险呐！在古诗中，太行山被赋予世途艰险的意象。

南北朝

连句诗

谢　晦

伟哉横海鳞[1],壮矣垂天翼[2]。一旦失风水,翻为蝼蚁食。功遂侔昔人,保退无智力。既涉太行险,斯路信难陟。(《宋书》)

注释:

①横海鳞:指鲸鱼。②垂天翼:指大鹏鸟。

解说:

南朝宋陈郡阳夏人,字宣明。宋武帝死,少帝立,与徐羡之等共辅政。旋共废杀少帝,迎立文帝。后出为荆州刺史。文帝元嘉三年,遣檀道济讨晦,晦兵败被杀。

这是作为顾命大臣的谢晦的绝命诗。《宋书》载,谢晦被诛,其侄谢世基从坐。临刑,世基赋诗"伟哉……",谢晦续之曰:"功遂……"一句"既涉太行险,斯路信难陟",令人无限感慨。

门有车马客行

张正见

飞观霞光启,重门平旦开。北阙高軿[1]过,东方连骑来。红尘扬翠毂,赭汗染龙媒[2]。桃花夹径聚,流水傍池回。投鞭聊静电[3],接轸[4]暂停雷。

非关万里客,自有六奇才⑤。琴和朝雉操⑥,酒泛夜光杯。舞袖飘金谷,歌声绕凤台。良时不可再,驺驭郁相催。安知太行道,失路车轮摧。(《乐府诗集》)

注释:

①高輶:高大的车子。②龙媒:骏马。③静电:电是对骏马飞奔的形容。静电即马停了下来。④接轸:从车上下来。⑤六奇才:汉陈平为高祖刘邦谋画了六条奇计。⑥朝雉操:古曲名。

解说:

南朝梁陈时人,字见赜,祖籍清河郡东武城(今河北清河北)。

前十六句皆是对为官者极尽奢华享乐之能事的描写。后四句是诗人的感慨,为什么如此醉生梦死呢?因为良时不可再来,而为官随时有倾覆的危险。将官场比喻成太行路,真切地表达了时人动辄得咎的惊惧心理。

隋唐五代

送晋熙公别诗

尹　式

太行君失路，扶摇我退飞[①]。无复红颜在，空持白首归。色移[②]三代服，尘化两京衣。道穷方识命，事去乃知非。西候[③]追孙楚，南津送陆机。云薄鳞逾细，山高翠转微。气随流水咽，泪逐断弦挥。但令寸心密，随意尺书稀。（《先秦汉魏晋南北朝诗》）

注释：

①退飞：鸟飞遇风而退缩不进。后用以比喻畏缩后退。②色移：三代服指自祖至孙的衣服，指官服。两京衣即东西二京的衣服，也指官服。意谓晋熙公仕途失意，无法保持祖上的辉煌。③西候：西边的亭站。旧时送别之处。

解说：

隋河间（今属河北）人。博学，善为文。官至汉王谅记室。谅败，自杀。

与前面相同，这里的太行山仍然是仕途险恶的意象。这是隋代送别诗中的精品，情深意切，佳句迭出。特别是最后一句，有无尽意味。

春日离长安客中言怀（节录）

骆宾王

……自惟安直道，守拙忌因人[①]。谈器[②]非先木，图荣异后薪。揶揄惭路鬼[③]，憔悴切波臣[④]。玄草[⑤]终疲汉，乌裘[⑥]几滞秦。生涯无岁月，岐路有风尘。还嗟太行道，处处白头新。(《全唐诗》)

注释：

①因人：依靠人。②谈器：指终身仕途不畅。③路鬼：《世说新语·任诞》注载罗友言"昨奉教旨，乃是首旦出门，于中路逢一鬼，大见揶揄，云：'我只见汝送人作郡，何以不见人送汝作郡？'"④波臣：指水族，后亦称被水淹死者。从憔悴一词看，应该指屈原。⑤玄草：指扬雄恪守本职。⑥乌裘：指苏秦说秦不果。

解说：

婺州义乌（今属浙江）人。唐高宗末为长安主簿，坐事贬临海丞，怏怏失志而弃官。后随徐敬业起兵反对武后，败，被诛，或云为僧。初唐四杰之一。

作者在这里点明了潦倒失意的原因，有一种"我爱朝廷，但朝廷不爱我"的悲哀。最后感慨，当时在官场上，正直的人一辈子也不会有朋友。太行山，仍然是仕途险恶的代名词。

早登太行山中言志

李隆基

清跸[①]度河阳，凝笳[②]上太行。火龙明鸟道，铁骑绕羊肠。白雾埋阴壑，丹霞助晓光。涧泉含宿冻，山木带余霜。野老茅为屋，樵人薜[③]作裳。宣风[④]问耆艾，敦俗劝耕桑。凉德惭先哲，徽猷慕昔皇。不因今展义[⑤]，何以冒垂堂[⑥]。(《全唐诗》)

注释:

①清跸:旧时谓帝王出行,清除道路,禁止人行。借指帝王的车辇。②凝笳:徐缓幽咽的笳声。③薜:指野麻。④宣风:宣扬风教德化。⑤展义:宣示德义。《左传·庄公二十七年》:“天子非展义不巡守,诸侯非民事不举。”⑥垂堂:靠近堂屋檐下。因檐瓦坠落可能伤人,故以喻危险的境地。

解说:

即唐玄宗。景云元年(710)攻杀韦后,被立为太子。712年受禅登基。在位前期开创了“开元之治”。“安史之乱”次年逃往四川,太子亨即位灵武,遥尊他为太上皇。至德中返回长安,后抑郁而死。

这是开元十一年(723)正月李隆基首次巡幸潞州,路经泽州太行山时所作。作者刻画了夜行太行山的所见所感,《唐诗观澜集》评:“寻常景,写得笔走风电。”另外,诗中对民生疾苦的关注,很能体现他前期的贤明。

奉和圣制早登太行山率尔言志

张九龄

孟月摄提贞[①],乘时我后征。晨严九折度,暮戒六军行。日御驰中道,风师卷太清。戈鋋林表出,组练雪间明。动植希皇豫[②],高深奉睿情。陪游七圣[③]列,望幸百神迎。气色烟犹喜,恩光草尚荣。之罘[④]称万岁,今此复同声。(《全唐诗》)

注释:

①孟月摄提贞:孟月,四季的第一个月,这里指正月。摄提,摄提格的省称,指寅年。②皇豫:天子巡行。③七圣:指传说中的黄帝、方明、昌寓、张若、謵朋、昆阍、滑稽七人,典出《庄子·徐无鬼》。泛指明君贤臣。④之罘:以秦皇汉武登之罘山比拟玄宗登太行山。

解说:

唐韶州曲江人,字子寿,一名博物。开元贤相。后为李林甫所谗,罢相,出为荆州长史。卒谥文献。有《曲江集》。

此为玄宗《早登太行山中言志》之和诗。诗中刻画了巡狩队伍经过太行山时威严宏大的场面，称颂了皇帝的圣明与恩德。除本诗外，侍驾而来的张嘉贞、张说、苏颋、苗晋卿等王公大臣也有和诗，此处不一一列举。

偶然作

王　维

日夕见太行，沈吟未能去。问君何以然，世网婴我故。小妹日成长，兄弟未有娶。家贫禄既薄，储蓄非有素①。几回欲奋飞，踟蹰复相顾。孙登长啸台②，松竹有遗处。相去讵几许③，故人在中路。爱染④日已薄，禅寂⑤日已固。忽乎吾将行，宁俟岁云暮。（《全唐诗》）

注释：

①有素：本来具有，原有。②孙登长啸台：《晋书·阮籍传》："籍尝于苏门山遇孙登，与商略终古及栖神导气之术，登皆不应，籍因长啸而退。至半岭，闻有声若鸾凤之音，响乎岩谷，乃登之啸也。"后用为游逸山林、长啸放情的典故。③讵几许：谓无多。④爱染：佛教语。谓本来洁净的本性为外界情欲所感染。⑤禅寂：佛教语。释家以寂灭为宗旨，故谓思虑寂静为禅寂。

解说：

字摩诘，太原祁（今山西祁县）人。开元进士，官至尚书右丞。以诗画闻名于开元、天宝年间。晚年长斋，笃信佛教。被称为"诗佛"。

在世人心中，王维是才华横溢的诗人，是超然物外的隐士。而这首诗却告诉我们，他还是个有血有肉的普通人，是一个满怀亲情的好哥哥。为了抚养弟弟妹妹，使其成家立业，他必须辗转于官场。但这并不是他想要的生活，他本希望挣脱这一切，进入太行山中做一个隐士。然而，他终究还是放弃了自己的理想。

杂诗

储光羲

秋气肃天地，太行高崔嵬。猿狖清夜吟，其声一何哀。寂寞掩圭荜[①]，梦寐游蓬莱。琪树远亭亭，玉堂云中开。洪崖[②]吹箫管，素女[③]飘飖来。雨师既先后，道路无纤埃。鄙哉楚襄王，独好阳云[④]台。(《全唐诗》)

注释：

①圭荜：亦作圭筚。筚，筚门，即柴门；圭，圭窦，即墙洞。指穷人的住处。②洪崖：传说中的仙人名。黄帝臣子伶伦的仙号。③素女：传说中古代神女，与黄帝同时。或言其善于弦歌。④阳云：典出宋玉《高唐赋》序："王因幸之。去而辞曰：'妾在巫山之阳，高丘之岨，旦为朝云，暮为行雨，朝朝暮暮，阳台之下。'"后遂以"阳云"指男女幽会之所。

解说：

润州延陵人，祖籍兖州。开元十四年(726)进士。任冯翊、汜水、安宜、下邽等县尉。后隐居终南山。复出任太祝，世称储太祝。迁监察御史。安禄山陷长安，迫受伪职。后脱身归朝，贬死于岭南。

储光羲是一个穷隐士，但是他的精神却超越了穷富的范围。在他的梦中，与他有关的一切都是仙境才有的，而这个仙境就是他隐居的太行山的写照。他追求的是神仙的境界，而不是神仙的享受。他的梦中也有女仙，却与襄王神女的男女之情不同。

忆旧游寄谯郡元参军（节录）

李　白

……君家严君勇貔虎，作尹[①]并州遏戎虏。五月相呼度太行，摧轮不道羊肠苦。行来北凉(京)[②]岁月深，感君贵义轻黄金。琼杯绮食青玉案，使我醉饱无归心。时时出向城西曲，晋祠流水如碧玉。浮舟弄水箫鼓鸣，微波龙鳞莎草绿。兴来携妓恣经过，其若杨花似雪何。红妆欲醉宜[③]斜日，百尺清潭写翠娥。翠娥婵娟初月辉，美人更唱舞罗衣。清风吹歌入空去，歌曲自绕行云飞。此时行乐难再遇，西游因献长杨赋④。……(《全唐诗》)

注释：

①尹：旧时官名，这里指太原尹，太原为唐朝北都。②北凉：似误，应作北京，唐代称太原为北京。③宜：相得益彰。④长杨赋：《汉书·扬雄传》载，扬雄以《甘泉赋》《河东赋》《羽猎赋》《长杨赋》献皇帝，受到赏识。后遂以“献赋”成为文人自荐显才学，受到皇帝赏识的典故。

解说：

字太白，祖籍今甘肃天水。幼时随父迁居绵州昌隆(今四川江油)。早年隐居，天宝初入长安，待诏翰林。以蔑视权贵，遭谗斥逐。后坐永王李璘叛乱事，长流夜郎，遇赦返归，醉死于宣城。

此诗当是李白在天宝十二年(753)以前所做，诗中详细叙述了诗人与好友元参军的交往。选段写到了诗人过太行山时，认为曹操所说的“车轮为之摧”仍不足以语太行之险。写到了在太原时，受到元参军父子的热情款待，相偕游览晋祠的情景。晋地的风光令李白无限留恋。

北上行

北上何所苦，北上缘太行。磴道①盘且峻，巉岩凌穹苍。马足蹶侧石，车轮摧高冈。沙尘接幽州，烽火连朔方。杀气毒剑戟，严风裂衣裳。奔鲸②夹黄河，凿齿屯洛阳。前行无归日，返顾思旧乡。惨戚冰雪里，悲号绝中肠。尺布不掩体，皮肤剧枯桑。汲水涧谷阻，采薪陇坂长。猛虎又掉尾③，磨牙皓秋霜。草木不可餐，饥饮零露浆。叹此北上苦，停骖为之伤。何日王道平？开颜睹天光。(《全唐诗》)

注释：

①磴道：登山的石径。②“奔鲸”两句：奔鲸，奔跑的鲸鱼，喻指不义凶暴之人。凿齿，古代传说中的野人，比喻残暴作乱之徒。两句意谓，中原地区皆被不义作乱之人占领。③掉尾：摇尾。

解说：

这首诗写于安史之乱爆发初期，当时安禄山攻占洛阳，给人民带来了沉重的灾难。诗歌描写了难民背井离乡，绕行太行山，辗转流亡的悲惨景象和愁苦心情，表达了作者对处于战乱中的百姓的深切同情。同时表达了对安史叛军的强烈诅咒以及对天下太平的强烈愿望。作品让我们看到了李白豪迈飘逸的另一面：两眼含泪的悲哀与深切的同情。

行路难

金尊清酒斗十千，玉盘珍羞直万钱。停杯投箸不能食，拔剑四顾心茫然。欲渡黄河冰塞川，将登太行雪满山。闲来垂钓碧溪上[①]，忽复乘舟梦日边[②]。行路难，行路难，多歧路，今安在？长风破浪[③]会有时，直挂云帆济沧海。（《全唐诗》）

注释：

①闲来垂钓碧溪上：《史记·齐太公世家》记载，吕尚年老垂钓于渭水边，后遇西伯姬昌（即周文王）而得重用。②忽复乘舟梦日边：伊尹未遇商汤之前，曾梦见自己乘舟经过日月旁边。③长风破浪：《宋书·宗悫传》，“悫年少时，炳（悫叔父）问其志，悫曰：‘愿乘长风破万里浪。’”后比喻人的志向远大，气魄雄伟，奋勇前进。

解说：

本诗作于天宝三年（744）李白遭受谗毁而被排挤出长安时。诗中抒写了他在政治道路上遭遇艰难时，产生的不可抑制的愤激情绪；但仍盼有一天会施展自己的抱负，表现了他对人生前途的乐观豪迈气概，充满了积极浪漫主义的情调。雪满太行、冰塞黄河成了人生道路上的艰难险阻的著名象征。

杂曲歌辞空城雀

嗷嗷空城雀，身计何戚促。本与鷦鹩群，不随凤凰族。提携四黄口，饮乳未尝足。食君糠秕余，尝恐乌鸢逐。耻涉太行险，羞营覆车粟[①]。天命有定端，守分绝所欲。（《全唐诗》）

注释：

①覆车粟：《益部耆旧传》载：“扬宣为河内太守，行县，有群雀鸣桑树

上。宣谓吏曰‘前有覆车粟,此雀相随,欲往食之。’行数里,果如其言。”

解说:

本诗充分地表现了李白的正直。他不是真的相信天命,只是如果为了富贵就要去做那些让他羞耻的事情,他宁愿穷困一生。

就道士问周易参同契①

王昌龄

仙人骑白鹿,发短耳何长。时余采菖蒲②,忽见嵩之阳。稽首求丹经,乃出怀中方。披读了不悟,归来问嵇康。嗟余无道骨,发③我入太行。(《全唐诗》)

注释:

①周易参同契:早期道教重要经籍。东汉魏伯阳撰,以明炼丹修仙之术。②菖蒲:北魏郦道元《水经注·伊水》:“石上菖蒲,一寸九节,为药最妙,服久化仙。”③发:指引,指示。

解说:

长安(今陕西西安)人。进士擢第,又登博学宏词科,授汜水尉。以故贬岭南,北归,迁江宁丞。晚年又贬龙标尉。故世又称王江宁、王龙标。以世乱还乡,道出濠州(一作亳州),为刺史闾晓丘所杀。被称为七绝圣手。

唐代文人多好道术,王昌龄也是如此。昌龄自谓没有慧根,因此道士指引他入太行山。为何如此?据《太平广记》卷九“王烈”载,太行山有石髓,人若服之,寿与天齐。

悲哉行

勿听白头吟①,人间易忧怨。若非沧浪子②,安得从所愿。北上太行山,临风阅吹万③。长云数千里,倏忽还肤寸。观其微灭时,精意莫能论。百年不容息,是处生意蔓④。始悟海上人,辞君永飞遁。(《全唐诗》)

注释：

①白头吟：古曲名，曲调幽怨。②沧浪子：隐居者。③吹万：语出《庄子·齐物论》。吹，指风而言；万，万窍。谓风吹万窍，发出各种音响。④生意蔓：生意，生机。蔓，延展。

解说：

面对世间的忧患，王昌龄总是无法摆脱。待登上太行山，看到大自然的雄奇与变化，他才感到了因世间得失而忧怨的不足道，似乎明白了神仙所以飘然隐去的心理。

秋日荆南送石首薛明府辞满告别奉寄薛尚书景仙颂德叙怀斐然之作三十韵（节录）

杜　甫

……公时呵猰貐[①]，首唱却鲸鱼[②]。势惬宗萧相[③]，材非[④]一范雎。尸填太行道，血走浚仪渠[⑤]。滏口[⑥]师仍会，函关愤已摅[⑦]。紫微临大角，皇极正乘舆[⑧]。……（《全唐诗》）

注释：

①猰貐：古代传说中的吃人猛兽，比喻凶恶的人。②鲸鱼：这里指安史叛军，杜甫的其他作品如“燕蓟奔封豕，周秦触骇鲸”，“莫守邺城下，斩鲸辽海波”用法相同。③萧相：原注“郭令公”，即郭子仪。④材非：原注“诸名将”。⑤浚仪渠：狼汤渠分黄河水东流至浚仪县（今河南开封市）境一段的别称。⑥滏口：太行八陉之一。在今河北省邯郸市西南石鼓山，滏水（即今滏阳河）源出于此，故名。⑦摅：抒发。⑧“紫微”两句：紫微，即紫微垣。大帝之座也，天子之常居也。大角，张守节正义：“大角一星在两摄提间，人君之象也。”两句指唐肃宗及位及还京。

解说：

杜甫，河南巩县人，祖籍襄阳，字子美，自称杜陵布衣，又称少陵野老。杜审言孙。初举进士不第，遂事漫游。后居困长安近十年。后曾拜左拾遗，检校工部员外郎，故世称“杜工部”“杜工部”曾营草堂于浣花溪，后携家出蜀，客居耒阳，病卒于湘江舟中。与李白齐名，并称李杜。

本诗作于大历三年(768)秋。诗中包含了大量史实,就节录部分而言,"公时"两句指的是至德元年(756)薛景仙为陈仓令,杀杨国忠妻子及虢国夫人等,其后又克复扶风,击破贼兵。"势惬"两句指的是郭子仪于乾元元年(758)进位中书令,朝廷中团结了很多讨贼名将。"尸填"四句指的是乾元元年(758)郭子仪、李光弼等九节度使会师,讨伐安庆绪之事。太行山是这段风云变幻的历史的见证。

留花门①

题注:甘州东北千余里,有居延海。又北三百里,有花门山堡。又东北千里,至回纥牙帐。肃宗还西京,叶护辞归,奏曰:"回纥战兵留在沙苑,今归灵夏取马,更为陛下收范阳余孽。"

北门天骄子,饱肉气勇决。高秋马肥健,挟矢射汉月。自古以为患,诗人厌薄伐。修德使其来,羁縻固不绝。胡为倾国至,出入暗金阙。中原有驱除,隐忍用此物。公主歌黄鹄②,君王指白日。连云屯左辅,百里见积雪。长戟鸟休飞,哀笳曙(一作晓)幽咽。田家最恐惧,麦倒桑枝折。沙苑临清渭,泉香草丰洁。渡河不用船,千骑常撇烈③。胡尘踰太行,杂种抵京室④。花门既须留,原野转萧瑟。(《全唐诗》)

注释:

①花门:指回鹘。②"公主"句:《汉书·西域传下·乌孙国》:"昆莫年老,语言不通,公主(江都王建女细君)悲愁,自为作歌曰:'……居常土思兮心内伤,愿为黄鹄兮归故乡。'"③撇烈:迅疾貌。④"胡尘"两句:这里"胡尘""杂种",皆指史思明。乾元二年(759)九月史思明由范阳引兵渡河而南,攻占汴州、郑州,并陷洛阳,洛阳唐时为东京,所以说抵京室。

解说:

这首诗大约作于唐肃宗乾元二年(759)秋。安史之乱是所有唐人的痛,而肃宗在平定安史之乱时一味依赖回纥,也是杜甫的痛。诗中的太行山,隐然是作为唐王朝的屏障出现的。

太行苦热行

独孤及

题注:一作奉和李大夫同吕评事太行苦热行兼寄院中诸公。

驷马上太行,修途亘辽碣①。王程无留驾,日昃未遑歇。请问此何时,恢台朱明月②。长蛇③稽天讨,上将方北伐。明主命使臣,皇华④得时杰。已忘羊肠险,岂惮温风入。摇策汗滂沱,登崖思纡结。炎云如烟火,溪谷将恐竭。昼景赩⑤可畏,凉飙何由发?山长飞鸟堕,目极行车绝。赵魏方俶扰⑥,安危俟明哲。归路岂不怀,饮冰⑦有苦节。会同传檄至,疑议立谈决。况有阮元瑜⑧,翩翩秉书札。起予歌赤坂⑨,永好踰白雪⑩。维念剖竹人⑪,无因执羁绁⑫。(《全唐诗》)

注释:

①辽碣:辽东和碣石都临近渤海,故并称。②恢台朱明:恢台亦作"恢炱",亦作"恢胎",旺盛貌,广大貌。尸子《卷上》:"春为青阳,夏为朱明,秋为白藏,冬为玄英。"③长蛇:喻指贪残凶暴者。④皇华:《诗·小雅》中的篇名。《序》谓:"《皇皇者华》,君遣使臣也。"⑤赩:大红色。⑥俶扰:动乱。⑦饮冰:谓受命从政,为国忧心。⑧阮元瑜:阮瑀,事曹操,军政文书多出其手。"建安七子"之一。这里或指代吕评事。⑨赤坂:西域地名,以酷热著称。⑩白雪:阳春白雪,喻指高雅的诗词。⑪剖竹人:古代授官封爵,以竹符为信。剖分为二,一给本人,一留朝廷,这里指李大夫。⑫执羁绁:马络头和马缰绳。常用作谦辞,指随从人员。

解说:

唐河南洛阳人,字至之。曾历濠、舒二州刺史,以治课加检校司封郎中。徙常州,卒,谥宪。世称独孤常州。

李大夫当指李涵,宝应元年(762)赴镇潞州,途经太行道,作《太行苦热行》诗,独孤及作和诗。太行道山高路险,加之夏日如火,跋涉更为艰难。作者借此将李涵的"明哲"形象与"苦节"精神表现得真切感人。

太行苦热行

刘长卿

题注:一作奉和李大夫同吕评事太行苦热行兼寄院中诸公仍呈王员外。

迢迢太行路,自古称险恶。千骑俨欲前,群峰望如削。火云从中起,仰视飞鸟落。汗马卧高原,危旌倚长薄[①]。清风何不至,赤日方煎铄。石枯山木燋,鳞穷水泉涸。九重今旰食,万里传明略[②]。诸将候轩车[③],元凶愁鼎镬。何劳短兵接,自有长缨缚[④]。通越事岂难,渡泸功未博[⑤]。朝辞羊肠坂,夕望贝丘[⑥]郭。漳水斜绕营,常山遥入幕。永怀姑苏[⑦]下,因寄建安作[⑧]。白雪和诚难,沧波[⑨]意空托。陈琳书记好,王粲从军乐。早晚归汉廷,随公上麟阁。(《全唐诗》)

注释:

①长薄:绵延的草木丛。②明略:英明的策略。以上两句意谓皇帝勤于政事,李大夫则奔赴万里之外传达皇帝的策略。③轩车:有屏障的车。古代大夫以上所乘。④长缨缚:将敌方首领生擒活捉。典出《汉书·终军传》。⑤"通越,渡泸"句:通越,《后汉书·马援传》载,马援率兵击越,成功而返。渡泸,《三国志·诸葛亮传》:"五月渡泸,深入不毛。"⑥贝丘:在今山东博兴县南五里。⑦姑苏:苏州,时作者在苏州。⑧建安作:具有建安风骨的文学作品,这里是对李大夫同吕评事《太行苦热行》的赞美。⑨沧波:碧波,沧波之意即长风破浪会有时,直挂云帆济沧海之意。

解说:

唐河间人,一说宣城人,河间为其郡望,字文房。玄宗天宝进士。历任监察御史,长洲县尉等,终随州刺史,世称刘随州。长于五言,自称"五言长城"。

此作品与独孤及的作品应作于同时同地,从诗中可以看出是在苏州。作者刻画了太行山的险恶与酷热,赞美李大夫的将相之才,表达了追随李大夫的热切愿望。前人多写太行山的苦寒,如曹操的《苦寒行》和李白的

《北上行》,这里又告诉世人,太行山的酷热同样令人生畏。

自叹

孟　郊

愁与发相形,一愁白数茎。有发能几多,禁愁日日生。古若不置兵,天下无战争。古若不置名,道路无欹倾。太行耸巍峨,是天产不平。黄河奔浊浪,是天生不清。四蹄日日多,双轮日日成。二物不在天,安能免营营①。(《全唐诗》)

注释:

①营营:劳而不知休息;忙碌。

解说:

字东野,唐湖州武康(今浙江德清)人。少时隐居嵩山,后为东都留守郑余庆宾佐。性狷介,与韩愈为至交,常唱和于文酒之间。工诗,与贾岛齐名,以诗风瘦硬,有"郊寒岛瘦"之说。

孟郊一生穷愁,所以,对人世间的感慨也较他人为多。然而,"当举世竞趋浮艳之时,虽豪杰不能自拔,孟生独为一种苦淡不经人道之语"(刘克庄《后村诗话》),确实令人敬佩。中间八句,堪称警句。

感怀

孟冬①阴气交,两河②正屯兵。烟尘相驰突,烽火日夜惊。太行险阻高,挽粟输连营。奈何操弧③者,不使枭巢倾。犹闻汉北儿,怙乱谋纵横。擅摇干戈柄,呼叫豺狼声。白日临尔躯,胡为丧丹诚。岂无感激士,以致天下平。登高望寒原,黄云郁峥嵘。坐驰④悲风暮,叹息空沾缨。(《全唐诗》)

注释:

①孟冬:冬季的第一个月,农历十月。②两河:唐安史之乱后,称河南河北二道为两河。③操弧:持弓发箭。这里指官军将领。④坐驰:谓虽无举动而杂念不息。

解说：

此诗作于建中三年(782)冬，抒发了对李希烈叛乱的愤慨，表达了对天下太平的期待和绝望。

赠崔纯亮

食荠肠亦苦，强歌声无欢。出门即有碍，谁谓天地宽。有碍非遐方①，长安大道傍。小人智虑险，平地生太行。镜破不改光，兰死不改香。始知君子心，交久道益彰。……(《全唐诗》)

注释：

①遐方：远方。

解说：

此诗为孟郊再下第后之作。前面数句，分明一副"行路难"，至"镜破"以下，则世间仍有美好的事物。若眼中多了人生的艰难，小人的阴险，人的器量就狭小了。眼中多看到些美好，人的境界也就高了。

杂曲歌辞游子吟（节录）

顾　况

……艰哉远游子，所以悲滞淫①。一为浮云词②，愤塞谁能禁。驰归③百年内，唯愿展所钦。胡为不归欤，坐使年病侵。未老霜绕鬓，非狂火烧心。太行何难哉，北斗不可斟④。夜静星河出，耿耿辰与参。佳人夐青天，尺素重于金。……(《全唐诗》)

注释：

①滞淫：长久停留。②浮云词：浮云喻游子。《古诗十九首·西北有高楼》："西北有高楼，上与浮云齐。……不惜歌者苦，但伤知音稀。"③驰归：时光飞逝，转眼至死。④"北斗"句：《诗经·小雅·大东》："维北有斗，不可以挹酒浆"，是说眼前所见却不能为我所有。

解说：

唐苏州(今属江苏)人，字逋翁。肃宗至德二载进士。性诙谐，能歌诗,与李泌极友善。初为校书郎,迁著作郎后,郁郁不得志,不久以事贬饶州司户,遂全家去,隐茅山,自称华阳山人。有《华阳集》。

一个人在外奔波,却长久无所成就,无人扶助,理想成为空想,是最令人痛苦最令人伤感的。痛苦之际,佳人的家书真的比万金还重。在他的眼中,太行山的艰难又算得了什么呢!

初入太行路

白居易

天冷日不光,太行峰苍莽。尝闻此中险,今我方独往。马蹄冻且滑,羊肠不可上。若比世路难,犹自平于掌。(《全唐诗》)

解说:

字乐天,其先太原(今属山西)人,后徙居下邽(今陕西渭南东北)。贞元进士。元和初召入翰林为学士,拜左拾遗。因上表请求严缉刺死宰相武元衡的凶手,忤权贵,贬江州司马。后历任忠、杭、苏三州刺史,河南尹、太子少傅。自号"香山居士"。

白居易诗的一大特点就是通俗浅显。他行走在太行路上,体验着太行山的险,可是显然不以为意。人世道路更为艰辛,太行山的崎岖险峻,在他看来或者成了一种享受吧。

初冬月夜得皇甫泽州[1]手札并诗数篇因遣报书偶题长句

清泠玉韵两三章,落箔[2]银钩七八行。心逐报书悬雁足,梦寻来路绕羊肠。水南地空多明月,山北天寒足早霜。最恨泼醅[3]新熟酒,迎冬不得共君尝。(《全唐诗》)

注释:

①皇甫泽州:皇甫曙,文宗大和九年,为泽州刺史。②落箔:即落泊,意为字迹狂放。③泼醅:即酦醅,重酿未滤的酒。

解说：

诗作于开成元年(836)，当时作者在洛阳。“我在太行南，你在太行北，梦中都是越过羊肠坂”，足见两人的友情。在白居易的心中，初冬的太行山有两个特点：路险和霜寒。

太行路借夫妇以讽君臣之不终也

太行之路能摧车，若比人心是坦途。巫峡之水能覆舟，若比人心是安流。人心好恶苦不常，好生毛羽恶生疮[①]。与君结发未五载，岂期牛女为参商[②]。古称色衰相弃背，当时美人犹怨悔。何况如今鸾镜中，妾颜未改君心改。为君熏衣裳，君闻兰麝不馨香。为君盛容饰，君看金翠无颜色。行路难，难重陈。人生莫作妇人身，百年苦乐由他人。行路难，难于山，险于水。不独人间夫与妻，近代君臣亦如此。君不见左纳言，右纳史，朝承恩，暮赐死。行路难，不在水，不在山，只在人情反覆间。(《全唐诗》)

注释：

①“人心”二句：人心好恶无常，喜欢就极尽赞扬，讨厌就极力贬斥。张衡《西京赋》：“所好生毛羽，所恶成创痏。”②参商：参星在西，商星在东，此出彼没，永不相见。

解说：

此篇或疑与宪宗怒白居易不逊，欲逐之出翰林事有关。或谓与德宗朝杨炎、窦参罢相后不旋踵间赐死事有关。又云与韦执谊贬崖州事有关。终究与“若比世路难，犹自平于掌”(《初入太行路》)相似。

送刘禹锡

窦 巩

十年憔悴武陵溪[①]，鹤病深林玉在泥。今日太行平似砥，九霄初倚入云梯。(《全唐诗》)

注释：

①武陵溪：在唐朗州武陵县境内，代指朗州。

解说：

字友封，窦群弟。元和进士。曾为袁滋从事、薛平、元稹副使。善五言诗。性温雅，短于言辞，白居易等人目为“嗫嚅翁”。

此诗为元和九年(814)冬刘禹锡被征召还朝时所作。作者先是慨叹刘禹锡的十年贬谪，对其遭际表示惋惜，也对其人品学问表达了极高的评价。然后预言他从今以后将会仕途通达。事实证明，正直之人的仕途永远不会平坦，刘禹锡非但没有青云直上，反而被贬到更远的地方去了。

卢郎中云夫寄示送盘谷子诗两章歌以和之

韩　愈

昔寻李愿向盘谷，正见高崖巨壁争开张。是时新晴天井[①]溢，谁把长剑倚太行。冲风吹破落天外[②]，飞雨白日洒洛阳。东蹈燕川[③]食旷野，有馈木蕨[④]芽满筐。马头溪[⑤]深不可厉，借车载过水入箱。平沙绿浪榜枋口[⑥]，雁鸭飞起穿垂杨。穷探极览颇恣横，物外日月本不忙。归来辛苦欲谁为，坐令再往之计堕眇芒。闭门长安三日雪，推书扑笔歌慨慷。旁无壮士遣属和，远忆卢老诗颠狂。开缄忽睹送归作，字向纸上皆轩昂。又知李侯[⑦]竟不顾，方冬独入崔嵬藏。我今进退几时决，十年[⑧]蠢蠢随朝行。家请官供不报答，何异雀鼠偷太仓。行抽手版[⑨]付丞相，不待弹劾还耕桑。(《全唐诗》)

注释：

①天井：水名，在太行山。《水经》曰：“天井溪出天井关，北流注白水，世谓之北流泉。”②“冲风”句：冲天而起的暴风吹起此长剑般的水。③燕川：盘谷东北的小溪。④木蕨：多年生草本植物，根茎长。嫩叶可食，根茎可制淀粉，其纤维可制绳缆，耐水。全株入药。⑤马头溪：水名，流经盘谷东侧入蟒河。⑥枋口：在阳城与济源交界处的宫娥涧下流，盘谷之侧。⑦李侯：李愿，侯是对士大夫的尊称。⑧十年：贞元十七年(801)韩愈作《送李愿归盘谷序》，至今元和七年(812)作此诗，已经十二年，十年为虚数。⑨手版：即笏。古时大臣朝见时，用以指画或记事的狭长板子。

解说:

唐河南河阳人,字退之,郡望昌黎,世称韩昌黎。贞元进士。初拜监察御史。曾两次贬官。后官至吏部侍郎,故世称“韩吏部”。愈力反六朝以来的骈偶文风,提倡散体古文,抒意立言,自成一家,为唐代古文运动的领袖。

借着回忆,韩愈把南太行的美展示了出来。南太行的美,不但是山灵,更是水秀。他羡慕李愿的隐居,这在他那篇著名的《送李愿归盘谷序》中就已经清楚地表达了。然而,十二年过去了,他仍是徒有归隐之心,却不能摆脱名利的束缚。太行山又岂愿为他敞开怀抱?

韦道安

柳宗元

题注:道安尝佐张建封于徐州,及军乱而道安自杀。

道安本儒士,颇擅弓剑名。二十游太行,暮闻号哭声。疾驱前致问,有叟垂华缨。言我故刺史,失职还西京。偶为群盗得,毫缕无余赢。货财足非吝,二女皆娉婷。苍黄见驱逐,谁识死与生。便当此殒命,休复事晨征。一闻激高义,眦裂肝胆横。挂弓问所在,趫捷①超峥嵘。见盗寒涧阴,罗列方忿争。一矢毙酋帅,余党号且惊。麾令递束缚,纆索相拄撑②。彼姝久褫魄,刃下俟诛刑。却立不亲授,谕以从父行。捃收③自担肩,转道趋前程。夜发敲石火④,山林如昼明。父子更抱持,涕血纷交零。顿首愿归货,纳女称舅甥⑤。道安奋衣去,义重利固轻。师婚古所病,合姓非用兵⑥。朅来事儒术,十载所能逞。慷慨张徐州⑦,朱邸扬前旌。投躯获所愿,前马出王城⑧。辕门立奇士,淮水秋风生。君侯既即世,麾下相欹倾。立孤抗王命⑨,钟鼓四野鸣。横溃⑩非所壅,逆节非所婴⑪。举头自引刃,顾义谁顾形⑫。烈士不忘死,所死在忠贞。咄嗟徇权子,翕习尤趋荣⑬。我歌非悼死,所悼时世情。(《全唐诗》)

注释:

①趫捷:矫健敏捷。②“纆索”句:纆索,绳索。拄撑,将盗贼彼此捆

绑，使其互相倚靠牵制。③捃收：收集。本句为道安对刺史之言。④石火：以石敲击，迸发出的火花。⑤舅甥：即甥舅，外甥和舅舅，亦指女婿和岳父。⑥“师婚”两句：师婚，指征伐期间的婚配。合姓，合二姓为婚姻。两句为道安所言，意谓自己绝不会因人危难而得成婚配。⑦张徐州：徐泗濠节度使张建封。⑧王城：贞元十三年(797)，建封来朝，道安从之。⑨“立孤”句：指徐州乱军拥立张建封子张愔不听朝命事。⑩横溃：河水决堤横流。比喻溃乱。⑪“逆节”句：逆节，叛逆。婴通撄，触犯。意谓对于叛逆之人之事阻止不了。⑫“顾义”句：意谓惟顾忠义，哪顾得上生命？⑬“翕习”句：翕习，亲狎朋比。趋荣，追逐荣华富贵。意谓那些追求权力之辈，各个朋比为奸，追逐荣华。

解说：

字子厚，唐河东(今山西永济)人。登进士第，又中博学宏词举，拜尚书礼部员外郎，参与王叔文改革，败，贬永州司马。后迁柳州刺史，卒于任。著述颇丰，名闻于时，世称柳柳州。

贞元十六年(800)，徐、泗、濠节度使张建封死，其子张愔拥军作乱，胁迫朝廷，韦道安劝阻无效，只得“举头自引刃”以示抗争。道安之死震动了二十八岁的柳宗元的内心，诗人怀着满腔激情，为这位名不见经传，位不及公卿的韦道安写下了这首诗。诗记录了道安路见不平义愤填膺，登山越岭，追杀盗贼，递缚余党，拒财辞婚，最后飘然而去的豪侠义举，叙文详赡，篇法高古。韦道安因柳宗元之诗而传闻后世，太行山因韦道安之事愈显雄奇。

萋兮[1]吟

刘禹锡

天涯浮云生，争蔽日月光。穷巷秋风起，先摧兰蕙芳。万货列旗亭[2]，恣心注明珰。名高毁所集，言巧智难防。勿谓行大道，斯须成太行。莫吟萋兮什[3]，徒使君子伤。(《全唐诗》)

注释：

①萋兮：《诗经·小雅·巷伯》："萋兮斐兮，成是贝锦。彼谮人者，亦已大甚。"如此立题是要突出此诗的伤谗意义。②旗亭：市楼。古代观察、指挥集市的处所，上立有旗，故称。③萋兮什：既指《巷伯》，也指此篇。

解说：

字梦得，唐彭城（今江苏徐州）人。进士及第，又登博学宏词科。参与王叔文永贞革新，失败后贬朗州司马。迁连州刺史，由裴度力荐，官至集贤院学士、太子宾客。晚年常与白居易唱和往来，白氏誉之为"诗豪"。

诗作于永贞革新遭遇挫败之际。当时改革者已遭到保守势力的反击，在他人的谗毁中，作者感到了悲惨命运的不可避免，因此，诗中充满了愤慨。更可悲的是，他也指出了愤慨的徒然。太行山再一次地成为了险恶仕途的象征。

愚公移山赋

邱鸿渐

止万物者艮[①]，会万灵者人。艮为山以设险，人体道以通神。是知山之大，人之心亦大，故可以议其利害也。

昔太行耸峙，王屋作固。千岩纠纷，万仞回互。蓄冰霜而居夏凝结，联源流而飞泉积素[②]。爰有谆谆愚叟，面兹林麓。怆彼居之湫隘，慜祁寒之惨毒。激老氏之志[③]，且欲移山；当算亥之年[④]，宁忧就木。乃言："日月无私照也，山则蔽之；春夏无伏阴也，山则藏之。倾阻我比屋，拥隔我通逵。我将拔本塞源，使无孑遗。得则为功之美，否则为身之耻。终当诒厥孙谋[⑤]，施于翼子。"于是协室而一乃心力，荷担而三夫[⑥]杰起。畚斫[⑦]斯备，其功聿修。于涧于沼，爰始爰谋。一之日土垦石凿，二之日崩崖陨崿，三之日夷峰弥壑。云林摧以盖偃[⑧]，火石迸而星落。尔其洞突堙塞，阴阳交错。飞禽走兽，魄褫气慑，而不复巢居穴托；王乔偓佺[⑨]，低徊频蹙，而无所骖鸾驾鹤。山神操蛇闻之，乃壮其功，深其计。将惧不已，先谒于帝。命夸娥二子，发神威，振猛厉。始将怒目决眦，终欲飙举电逝。遂乃斡砀莽[10],挟崔嵬。下拔乎三泉,上冲乎九垓。突兀云动,磅礴天回。遽投雍朔,而不复来。世人始知愚公之远大,未可测已;夸娥之神力,何其壮哉。傥若不收遗男之助,苟从智叟之辨,则居当困蒙,往必遇蹇[11],终为丈夫之浅。

今者移山之功既已成,河冀之地又以平,则愚公之道行。客有感而叹曰:事虽殊致,理或相假。多歧在于亡羊,齐物同于指马[12]。我修词而忘倦,彼移山之不舍。吾亦安知夫无成与有成,谅归功于大冶[13]。(《全唐文》)

注释:

①艮:八卦之一,代表山。②积素:积雪。③老氏之志:《老子》:"我愚人之心也哉,沌沌兮!俗人昭昭,我独昏昏。俗人察察,我独闷闷。淡兮,其若海,望兮,若无止。众人皆有以,而我独顽似鄙。"④算亥之年:亥是十二支的末位,指生命即将终止。⑤诒厥孙谋,施于翼子:《诗·大雅·文王有声》有"贻厥孙谋,以燕翼子"之语,指要为子孙的将来善做安排。这里似乎指就算在自己手里完不成,也要子子孙孙的做下去。⑥三夫:三个成年男子。⑦畚斫:畚,簸箕。斫,大锄。⑧盖偃:树木像车盖一样的倒落。⑨偓佺:古传说中的仙人名。见汉刘向《列仙传·偓佺》。⑩砀莽:芒砀,广阔无边。⑪"困蒙,遇蹇"句:《周易·蒙》:"困蒙,吝",即处于困境。《周易·蹇》:"蹇,难也",即遭遇困厄。⑫"多歧"两句:第一句是说选择太多而一无成就,见《列子·说符》"杨子之邻人亡羊"章。《庄子·齐物论》谓"天地一指也,万物一马也。"第二句是说忘掉区别则难易也就不见了。⑬大冶:比喻造化。

解说:

唐贝州人。官左司郎中。

愚公移山是中国古代的寓言故事,选自《列子·汤问》,从此,愚公就成了坚韧不拔、不懈奋斗精神的写照。这是太行的精神,这是中华民族的精神。作者强调,大丈夫做事应该认定目标,专力去做,忘掉难易和成败。末尾笔锋一转,指出自己就是文学领域的大丈夫。作品气势恢宏,语言流丽,是相当优秀的骈文。

七月一日晓入太行山

李 贺

一夕绕山秋，香露溘蒙菉[①]。新桥倚云阪，候虫嘶露朴[②]。洛南[③]今已远，越衾[④]谁为熟。石气[⑤]何凄凄，老莎如短镞。(《全唐诗》)

注释：

①“香露”句：香露，花草上的露水。溘，忽然；突然。菉，草名。即荩草。一名王刍。②露朴：凝结着露水的树丛。③洛南：昌谷在今河南宜阳县西南洛河之北，李贺原居于此。④越衾：用越布做的被子。⑤石气：环绕山石的雾气。

解说：

唐宗室后裔。字长吉。父名晋肃，避父讳难应进士。七岁能辞章，为韩愈、皇甫湜所重。每旦日出，骑弱马，从小奚奴，背古锦囊，途中得佳句，即书投囊中，及暮归，整理成篇。辞尚奇诡，所得皆惊迈，当时无能效者。为协律郎。卒年二十七。有《昌谷集》。

元和八年(813)六月，李贺由昌谷至潞州，七月一日清晨进入太行山。李贺是出了名的心思细腻之人，他借助对太行山寒凉秋气的细腻刻画，把远离家乡的不适之感真切地表现了出来。

酒罢张大彻索赠诗

题注：时张初效潞幕

长鬣张郎三十八，天遣裁诗花作骨[①]。往还谁是龙头[②]人，公主遣秉鱼须笏[③]。太行青草上白衫，[④]匣中章奏密如蚕。金门石阁[⑤]知卿有，豸角鸡香[⑥]早晚含。陇西长吉摧颓客，酒阑感觉中区窄。葛衣断碎赵城秋，吟诗一夜东方白。(《全唐诗》)

注释：

①花作骨：董懋策曰，“花作骨，犹锦心绣肠之谓。”②龙头：《三国志》裴松之注引《魏略》：“歆与北海邴原、管宁俱游学，三人相善，时人号三人

为‘一龙’，歆为龙头，原为龙腹，宁为龙尾。”③鱼须笏：古代大夫所用之笏。因饰以鲨鱼的须（一说鲨鱼皮），故名。④“太行”句：唐代平民穿白衣，八九品穿青衣。这是以太行草色染衣暗示张彻做官。⑤金门石阁：金门，即金马门，汉代未央宫宫门。门旁铸有铜马，汉武帝曾使学士待诏于此。石阁，即石渠阁，西汉皇室藏书之处。⑥豸角鸡香：豸角，即獬豸冠。古代御史等执法官戴的帽子。鸡香，即丁香。古代尚书上殿奏事，口含此香。

解说：

此诗大约作于元和元年（806）。张彻，为韩愈的门人和侄女婿，此时任潞州（治所在今山西长治）节度使属官。诗中赞美了张彻的文才学养，表达了对其青云直上的祝愿。也抒发了自己穷愁潦倒、不得施展的苦闷。“太行青草”一句，真是奇诡异常。

为李怀州祭太行山神文

李商隐

谨按《礼经》云，诸侯得祭名山大川之在其地者。今刺史乃古之诸侯，太行实介我藩部，险虽天设，灵则神依。岂可步武[①]之间，便容孽竖；磅礴[②]之内，久贮妖氛？今忠武全师，河桥锐卒，指贼庭而将扫，望寇垒以争先。神其辅以阴兵，资之勇气，使旌旗电耀，桴鼓雷奔，一麾开天井之关，再举复金微[③]之地。然后气通作限，云出降祥，长崇望日之标，永作倚天[④]之柱。酒肴在列，蔬果惟时，敢洁虑以献诚，冀通幽而写抱。（《全唐文》）

注释：

①步武：很短的距离，指太行山神所管之地。②磅礴：广大无边貌，指太行山的广大地区。③金微：当作“金桥”，在上党南二里。④“望日，倚天”句：形容山极高。

解说：

字义山，怀州河内（今河南沁阳）人。开成二年进士，位至检校工部郎中。时牛僧孺、李德裕两党大相仇怨，商隐属牛党令狐楚，因娶李党王茂元女，深为楚子绹所恶，绹拜相后，久不擢用。诗多感时伤事，颇得风人之旨。文思清丽，尤善诔奠之辞，与温庭筠、段成式等齐名。

晚唐时期，藩镇割据，会昌三年(843)，昭义节度使刘从谏死，其侄刘稹自立，朝廷调集八镇兵马加以讨伐。十一月上旬，李璟莅怀州刺史任，祭太行山神乃其例行之公事。文中埋怨太行山神不该容"孽竖""妖氛"存于己界，同时又希望神灵相助，消灭叛逆。文章洋溢着强烈的爱国情怀，一气呵成，是一篇非常优秀的骈文。

侠士诗

崔　涯

太行岭上二尺雪，崔涯袖中三尺铁。一朝若遇有心人，出门便与妻儿别。(《全唐诗》)

解说：

唐吴，楚间人。与张祜为友。久客扬州，喜于青楼倡肆题诗，誉之则车马继来，毁之则门前冷落，倡妓无不畏其嘲谑。娶扬州雍氏女为妻，夫妇甚睦。崔涯恃才傲物，呼妻父为雍老。雍久之不能堪，仗剑呼女出，逼令出家为尼。崔涯不得已，为赋诗以诀。后官至汜水令。《侠士诗》传诵人口。

据《桂苑丛谈》："进士崔涯、张祜下第后，……自称豪侠。二子好尚既同，相与其洽。崔因醉作侠士诗云：'太行岭上二尺雪……'由是往往播在人门，崔、张真侠士也。以此人多设馔待之，得以互相推许。"本诗中，豪侠的形象完全是借助于太行山的雄奇而完美凸显的。至于为他人而离弃妻儿，太行山也不承认这样的侠客吧。

赠太行开路者

于　濆

手斸[①]太行山，心齐太行巅。斸尽太行险，君心更摩天。何如回苦辛，

自凿东皋[2]田。(《全唐诗》)

注释:

①斸:掘。②东皋:水边向阳高地。也泛指田园、原野。

解说:

于濆,生卒年不详,字子漪,京兆长安(今陕西西安)人。会昌五年,应进士举,咸通二年(861),方登进士第。曾官泗州判官。因不满于唐末颓靡诗风,作《古风》三十首,以矫时弊。

世界上本没有什么通途,每条大道都是开路者艰辛拓就的。作者在这里热情地歌颂了太行山的开路者们,赞美他们心与太行山一般高,心与天一般高。就在情绪最高昂的时候,却急转直下,感慨他们如何才能用自己的劳动,耕种自己的土地?深切地表达了对开路者的爱怜,反过来,对朝廷的批判就不言而喻了。

金桥[1]感事

吴 融

太行和雪叠晴空,二月春郊尚朔风。饮马早闻临渭北,射雕今欲过山东[2]。百年徒有伊川叹[3],五利宁无魏绛功[4]。日暮长亭正愁绝,哀笳一曲戍烟中。(《全唐诗》)

注释:

①金桥:《玉海》:"金桥,在上党南二里。"②"饮马"两句:饮马,谓使战争临于某地,射雕,《史记·李将军列传》:"广曰:'是必(匈奴)射雕者也。'"这里指敌寇。两句意谓沙陀不断将战事扩大。③伊川叹:周平王迁都洛阳时,大夫辛有在伊水附近看到一个披发的人在野外祭祀。披发是戎族的风俗习惯,辛有据此预言这地方必将沦为戎人居住。辛有死后,戎人果然迁居于伊水之滨。④魏绛功:魏绛是春秋时晋悼公的大夫。晋国所在地的山西,是个汉、戎杂居的地方,民族间经常发生战争。魏绛曾建议用"和戎"方式解决矛盾,他认为"和戎"有"五利",晋悼公采用了魏绛的主张,因此收到"修民事,田以时"的政治效果。

解说：

唐越州山阴人，字子华。吴翥孙。昭宗龙纪进士。韦昭度讨蜀，表掌书记。坐累去官，后以礼部郎中为翰林学士，拜中书舍人。昭宗反正，御南阙受贺，融最先至，草十数诏，语当意详，进户部侍郎。终翰林承旨。

唐昭宗大顺元年(890)，李克用进据邢、洺、磁三州。昭宗不顾多数大臣的反对，采纳了宰相张浚等人发兵讨李的主张。结果三战三败。张浚的副手孙揆，就在这年九月李克用破潞州(今山西长治西南)时被杀。昭宗被迫罢了张浚等人的官，又为李克用加官晋爵。诗人时在潞州金桥，有感于此，写了这首诗。雄伟壮美的太行山体现了作者的眼界和胸襟，哀笳一曲则展现了作者有心无力的忧愁、感伤。

送元叙上人归上党

刘　沧

题注：时节镇罢兵

太行关路战尘收，白日思乡别沃州[1]。薄暮焚香临野烧，清晨漱齿涉寒流。溪边残垒空云木，山上孤城对驿楼。此去寂寥寻旧迹，苍苔满径竹斋秋。(《全唐诗》)

注释：

①沃州：亦作“沃州”，山名，在浙江省新昌县东。

解说：

唐汶阳人，字蕴灵。体貌魁梧，善饮酒，尚气节，好论古今事。工诗，尤长七律。屡举进士，宣宗八年(854)方及第，时发已白。调华原尉，迁龙门令。

藩镇割据导致的连年战火，迫使大量的人背井离乡，也阻滞了客居他乡之人回归故土。而今藩镇罢兵，连高僧也动了返乡之念。作者在送别之时，刻画了太行山地区经历多年战火的冷寂，那溪边的残垒和山上的孤城，让人不知道该喜该悲。

狂题

司空图

十年三署[①]让官频,认得无才又索身[②]。莫道太行同一路,大都安稳属闲人。(《全唐诗》)

注释:

①三署:汉时五官署、左署、右署之合称。②索身:抽身;退身。谓解官辞职。

解说:

字表圣,临淮(今江苏盱眙)人。咸通进士,官至中书舍人,知制诰。不久辞官,隐居中条山王官谷,后病卒。有集三十卷。

作者的频频辞官是有原因的,诗中说是自己无才,在给好友的信中却交待,是因为朝廷暗弱,纲纪大坏,“虽进亦不足与救时耳”(《答孙郃书》)。他愤怒地表示,在入太行山一般艰险的官场中,我和那些人是不一样的,安安稳稳做官的,哪一个是心里装着国家和百姓的?

二十四诗品·委曲

登彼太行,翠绕羊肠。杳霭流玉[①],悠悠花香。力之于时,声之于羌[②]。似往已回,如幽匪藏。水理漩洑,鹏风翱翔[③]。道不自器,与之圆方。(《二十四诗品》)

注释:

①杳霭流玉:杳霭,云雾飘缈貌。云雾如流动的美玉。②“力之”两句:二句历来难解,注疏纷杂。一说时力为弓名,羌声为笛声,以弓形容曲折之形,以羌笛声形容委婉之姿。一说力指才力,时指时势,才力之施展因时势而定,或大或小,或轻或重,极尽曲折之妙。③“水理”两句:水理,水纹。漩洑,回旋起伏。鹏风,《庄子·逍遥游》:“鹏之徙于南冥也,水击三千里,抟扶遥而上者九万里。”指盘旋而上的旋风。

解说：

“委曲”的艺术风格，表现为委婉曲折、百折千回、纡曲萦绕、缠绵悱恻的阴柔之美。首四句借南太行来展现委曲之美：沿着翠绿的羊肠道攀上高耸入云的太行，那里云绕山间、花香悠悠。隐居于王官谷的司空图，竟然用南太行的美来做文艺理论的说明，山水奇，人也奇！

苦别离

邵　谒

十五为君婚，二十入君门[①]。自从入户后，见君长出门。朝看相送人，暮看相送人。若遣折杨柳，此地树无根。愿为陌上土，得作马蹄尘。愿为曲木枝，得作双车轮。安得太行山，移来君马前。（《全唐诗》）

注释：

①“十五”两句：十五订婚，二十入门，乃是夸张，是为了凸显夫妻在一起的时间很短。

解说：

唐韶州翁源人。少为县吏，触县令怒，被逐。遂截发悬于县门，发愤读书，博通经史。懿宗咸通七年(866)赴京，隶国子监。工诗，所作多刺时事。

此诗以女子的口吻，感叹丈夫常外出不归，令自己饱尝分离之苦。皆以痴语表达痴情，愈显奇妙。最后幻想以太行山来截断丈夫的去路，更是不可思议。

两宋

途次望太行山

释保暹

盘影遮空黑，愁生入望赊。高来难客路，深去断人家。翠死寒溪水，香残别洞花。今宵何处宿，山口日将斜。(《全宋诗》)

解说：

字希白，宋金华(今属浙江)人。普惠院僧。真宗景德初直昭文馆，宋初九僧之一。

僧人为寻师求法而游食四方，本应该随遇而安。然而本诗却极力描摹了在太行山上行走的艰辛与冷寂。

送河东提刑张太博（节录）

范仲淹

……一旦改使节，匆匆指并汾。惜别固不忍，赠行当有云。从来宿兵地，北与胡汉分。长河出紫塞，太行入青云。天然作雄屏，览者怀忠勋。行府①在平阳②，山川秀氤氲。尧民击壤歌③，千古犹得闻……(《全宋诗》)

注释：

①行府：在京师外设置的调度军务的机构。②平阳：古尧都。在今山

西临汾市西南。③击壤歌：古歌名。相传唐尧时有老人击壤而唱此歌。

解说：

宋苏州吴县人，字希文。真宗大中祥符八年(1015)进士。仁宗景祐三年(1036)，忤吕夷简，出知饶、润、越三州。后守边数年，负防御西夏重任。庆历三年(1043)，入为枢密副使，进参知政事。上十事疏，推行新政，为夏竦等中伤，罢政。卒谥文正。

宋张焘提点河东(即山西)刑狱时，范仲淹为这位曾经的副手创作了赠别长诗，这是其中的一部分，刻画了山西的风土民情。太行山是宋代山西也是北部中国的天然屏障，看着它，怎能不升起忠贞为国、力建勋业的壮怀！

过魏东郊（节录）

石　介

全魏地千里，雄大视区宇。黄河为血脉，太行为筋膂。地灵育圣贤，土厚含文武……(《全宋诗》)

解说：

字守道，一字公操。兖州奉符(今山东泰安东南)人。尝讲学徂徕山下，学者称徂徕先生。仁宗天圣八年(1030)进士，庆历二年(1042)召为国子监直讲，四年擢直集贤院。

这是对山西的诗性概述。黄河是山西的血脉，太行山则是山西的脊梁。

太行道

苏舜钦

行行太行道，一步三叹息。念厥造化初，夫何险此极。左右无底壑，前后至顽石。高者欲作天朋党，深者疑断地血脉。夜中岩下埋斗杓，日午阴壁风雪号。攀缘有路到绝仞，四望群峰合沓如波涛。忽至逼侧处，咫尺颠坠恐莫逃。嗟乎古昔未开时，隔绝往来人不思。淳源[①]一破山岳碎，巧心遂去缘崄巇[②]。崄巇不穷甚可畏，悼此二者[③]亡其宜。天地不自崄，崄由人为之。彼车摧轮马伤足，中路勿叹勿恸哭。世上安涂故有焉，孰使汝行此道驱高轩，丧坠不收[④]宜尔然。（《宋诗钞》）

注释：

①淳源：淳朴风俗的源流。这里指太行山路未开之时。②崄巇：险峻崎岖的山地。③二者：指古昔未开与淳源一破两种状态。④丧坠不收：在太行山上丧命而无法收得尸骨。

解说：

宋绵州盐泉人，字子美。当天圣中，学者为文多病偶对，独其与穆修好为古文歌诗，一时豪杰多从之游。庆历中，范仲淹荐其才。岳父杜衍与仲淹主新政，多遭谗陷，舜钦坐售故纸钱召妓乐会宾客除名。流寓苏州，后为湖州长史卒。

只有亲身体验过太行道的人才能写出这样具体而真切的文字来。明道元年（1032），苏耆出为河东转运使，舜钦随父赴任。太行山为开封至河东（今山西省）的必经之路，此诗正是诗人过太行山之作。

对酒

丈夫少也不富贵，胡颜[①]奔走乎尘世。予年已壮志未行，案上敦敦考文字。有时愁思不可掇，峥嵘腹中失和气。侍官[②]得来太行颠，太行美酒清如天。长歌忽发泪迸落，一饮一斗心浩然。嗟乎吾道不如酒，平褫[③]哀乐如摧朽。读书百车人不知，地下刘伶吾与归。（《宋诗钞》）

注释：

①胡颜：犹言有何面目。②侍官：在官舍侍奉父亲。宋代有家属随任官所的制度。③平褫：消除。

解说：

《宋史》本传说他："时发愤懑于歌诗，其体豪放，往往惊人。"此诗与上一首创作时间相同。作者借酒表达了对世俗的不满以及对自身不合时宜的行为的坚持。

弟得臣归觐并州

梅尧臣

知君归去心，已逐秋风起。明发登太行，远望将汾水。蔼蔼白云下，吾亲正居此[①]。拜庆曷为荣，新除一官美。（《全宋诗》）

注释：

①“蔼蔼”两句：《旧唐书·狄仁杰传》：“其亲在河阳别业，仁杰赴并州，登太行山，南望见白云孤飞，谓左右曰：‘吾亲所居，在此云下。’瞻望伫立久之，云移乃行。”

解说：

字圣俞，宣州宣城（古名宛陵，今属安徽）人。历任地方小官，官至尚书都官员外郎。重视写作技巧，主张“状难写之景如在目前，含不尽之意见于言外”。南宋刘克庄、陆游等均受其影响。有《宛陵先生集》。

秋风起则叶落归根，所以，秋风也成了游子思乡的催化剂。与黄河相比，作为支流的汾水更令山西人感到亲切。而自狄仁杰之后，太行山的浮云也成了山西人的父母所居的象征。

寄题刘仲叟[①]泽州园亭

城临太行谷，谷暖宜草木。既移洛阳花，又种阮家竹。五色杂黄红，一林常翠绿。其间广亭开，亦欲危榭筑。春归百禽嚎，抟黍[②]及布谷。桑上啄椹食，林下窥果熟。果收椹已尽，飞去不须逐。婆娑黄杨树，谁谓逢闰缩[③]。物犹有进退，此理何用告。余心当效君，未有地可卜。缀书[④]岂贪乐，且以苟微禄。（《全宋诗》）

注释：

①诸本皆作“叟”，夏敬观云，“叟当作更。”②抟黍：黄莺的别名。③“婆娑”二句：此一说法不知从何而来。④缀书：二人皆在唐书局修唐书。

解说：

从本诗对刘仲更泽州居所的刻画可以看出，梅尧臣是非常羡慕的。

他解释自己仍然身在朝廷是因为没有一个像这样的地方供其隐居，并非为了富贵。是的，隐居在风光无限的太行山大峡谷，是多么惬意的生活啊！

送李学士河东转运

重持使者节，北上太行行。未注螭头笔[①]，来赒[②]塞下兵。朱轓[③]邦伯至，黄绶[④]县官迎。腊雪临关密，宵烽出堠明。山川壮汾晋，戎马说幽并。此地多才俊，其人不易轻。（《全宋诗》）

注释：

①螭头笔：指史臣入值记事。②赒：接济；救济。转运使负责粮食运输等事务。③朱轓：车乘两旁之红色障泥。《汉书·景帝纪》："令长吏二千石车朱两轓，千石至六百石朱左轓。"④黄绶：古代官员系官印的黄色丝带。《汉书·百官公卿表上》："比二百石以上，皆铜印黄绶。"

解说：

李学士即李中师，时调河东转运使。作为朋友，梅尧臣告诫他，山西乃山川形胜之所，又是古今的百战之地，所以钟灵毓秀，从历史上看，此地确实多人才，所以一定要礼贤下士。

送潘司封知解州

题注：其父尝守此州

盐池[①]暗涌蚩尤血，红波烂烂阳乌热。岸旁遗老记南风[②]，五月满畦吹作雪[③]。白径岭上橐驼鸣，太行山中骐骥茶[④]。古人射利今人同，行商不困何由设。朱轓太守自东来，先世大夫留故辙[⑤]。是非取与应不移，秦人[⑥]休衒张仪舌。（《全宋诗》）

注释：

①盐池：盐湖，在今山西运城市南。《汉书·地理志》河东郡安邑县："盐池在西南。"《水经·涑水注》："今（盐）池水东西七十里，南北十七里，紫色澄渟，潭而不流。水出石盐自然印成，朝取夕复，终无减损。惟山水暴至，雨澍潢潦奔泆，则盐池用耗。"②南风：古代乐曲名。相传为虞舜所

作。解州正是虞舜故里。③"五月"句:对盐湖遍地是盐的形容。④苶:疲倦。⑤"朱幡"二句:意谓潘司封父曾为解州太守,并留下了可供遵循的成法。⑥秦人:似指盐商。

解说:

没想到,运城盐湖早在宋初就已经进入诗歌了,开篇四句是对东方死海多么形象的刻画!而太行山间原来还有一条弥漫着驼铃声的繁荣的贩盐商道。

送公期得假归绛

欧阳修

风吹积雪销太行,水暖河桥杨柳芳。少年初仕即京国,故里几归成鬓霜。山行马瘦春泥滑,野饭天寒饧粥[1]香。留连芳物佳节过,束带还来朝未央[2]。(《全宋诗》)

注释:

①饧粥:甜粥。②未央:本为汉宫名,借指宫殿。

解说:

宋吉州庐陵人,字永叔,号醉翁、六一居士。仁宗天圣八年(1030)进士。庆历中赞助范仲淹新政,神宗朝反对王安石新法。为当时古文运动领袖,奖掖后进,曾巩、王安石、苏洵父子俱受其称誉。亦擅史学,与宋祁等修《新唐书》,自撰《新五代史》。

薛仲孺,字公期,欧阳修岳父薛奎继子。薛奎为绛州人,嘉祐三年(1058),公期回乡扫墓,欧作诗送之。诗歌以太行春景开篇,令人感到旅程的无限美好。颈联刻画旅程的艰难,却将其结合在到家之前的感动中,艰难竟成了值得的享受。尾联表达对他早日回朝的期盼。整首诗歌意象密集,意远生新。

送仲更归泽州

司马光

太行横拥巨川回，三晋由来产异才。展墓[①]乘春走乡陌，负书拂晓下兰台[②]。河阳路侧花应合，天井关头雪未开。会使乡人惊六印，莫羞今日敝裘来[③]。(《全宋诗》)

注释：

①展墓：省视坟墓。②兰台：东汉时班固为兰台令史，受诏撰《光武本纪》，故史官亦称“兰台”。仲更在唐书局修唐书。③“会使”两句：以苏秦先期大困而终佩六国相印之典安慰仲更。

解说：

宋陕州夏县人，字君实。司马池子。仁宗宝元元年(1038)进士。极力反对王安石所行新法，退居洛阳十五年，专修史书，绝口不论时事。哲宗立，主持朝政，悉除新法，恢复旧制。在相位八月卒，赠太师、温国公，谥文正。编《资治通鉴》。

送别诗如何才能写得大气磅礴？当然是要诗人的眼睛能够涵括从送别之处到所至之地的广大时空。司马光就是这样做的。泽州被太行所拥，被黄河所环，从京城汴梁到泽州的路途，他看到的是河阳路边未开的花，天井关头未融的雪。有这样大气磅礴的送别诗，离人还会悲悲戚戚吗？

苦寒行

穷冬北上太行岭，霰雪纠结风峥嵘。熊潜豹伏飞鸟绝，一径仅可通人行。僮饥马羸石磴滑，战栗流汗皆成冰。妻愁儿号强相逐，万险历尽方到并。并州从来号惨烈[①]，今日乃信非虚名。阴烟苦雾朝不散，旭日不复能精明。跨鞍缆辔趋上府[②]，发拳须磔指欲零[③]。炭炉炙砚汤涉笔，重复画字终难成。谁言醇醪能独立？壶腹迸裂无由倾。石脂装火近不热，蓬勃气入头颅腥[④]。仰惭鸿雁得自适，随阳南去何溟溟。又惭鳦鸟[⑤]识时节，岩穴足以潜微形。我来盖欲报恩分，契阔[6]非尽利与荣。古人有为知已死，只恐冻骨埋边庭。中朝故人岂念我，重裘厚履飘华缨。传闻此北更寒极，不知彼民何以生。(《全宋诗》)

注释：

①惨烈：气候寒冷或景象凄凉。②上府：上级官署；上司。③"发拳"句：极言冷的感受。④"石脂"两句：将石油倒入火中，靠得很近仍很冷，油气被吸入体内，只觉得阵阵不适。⑤鳦鸟：燕子。⑥契阔：勤苦，劳苦。

解说：

此诗乃至和二年(1055)到并州任通判时所作。寒冬时节的太行，艰险严寒已经难以想象，而寒冬时节的太原，更是冷到须发断，酒壶裂。作者不惮于艰苦的环境，就是为了报答国恩。这样做官，苦了自己，却是对得起自己。

太行

象帝胚浑散[1]，愚公辙迹开。横行四极外，蟠据九河隈。岪郁天阍近，峥嵘地轴回[2]。阳崖明草树，阴壑转风雷。波沓群峰涌，云奔峭壁来。猿岩垂磊落，龙窟斗喧豗。喷雨惊湍洒，跳星巨石颓[3]。平途忧屐折，跬步戒轮摧。覆顶千春雪，缘潭万古苔。谷盘容国士，髓裂饵仙才[4]。晋市飞樵札，燕郊落烧煤。棋图分冀野[5]，蚁壤认丛台[6]。在昔王涂塞，尝闻霸略恢。严关阴伏甲，间道夜衔枚。挟诈挥金斗，贪功袭墨缞[7]。战场空爝火，京观悉蒿莱。险易曾何变，兴亡只可哀。隆平[8]方恃德，襟带[9]自崔嵬。(《全宋诗》)

注释：

①"象帝"句：象帝，指天帝。胚浑，混沌。意指太行道的开辟。②"岪郁"两句：太行的高接近天宫，太行的曲折如回环的地轴。③"喷雨"两句：是对瀑布的形容。④"谷盘"两句：指山中有隐居的奇才，也有饮石髓而成仙的仙人。⑤冀野：唐韩愈《送温处士赴河阳军序》："伯乐一过冀北之野，而马群遂空。"因以指人材聚积之地。⑥丛台：台名。战国赵筑，在河北邯郸城内，数台相连，故名。⑦"在昔"六句：概括晋国波澜壮阔的

历史。“霸略恢”指晋文公成为霸主，“衮墨缞”指秦晋崤之战。⑧隆平：昌盛太平。⑨襟带：谓山川屏障环绕，如襟似带。比喻险要的地理形势。

解说：

太行山既有北方大山的雄浑，又有江南山水的灵秀，被赞为“天下奇峰聚，何须五岳攀。”太行山，很多神话和传说在这里产生，英雄人物在这里创造历史。它见证了历代兴亡，它也证明了昌盛太平不能依赖于它，而只能依靠“德”。

临城道中作

苏　轼

予初赴中山，连日风埃，未尝了了见太行也。今将适岭表，颇以是为恨。过临城、内丘，天气忽清彻，西望太行，草木可数，冈峦北走，崖谷秀杰。忽悟叹曰：吾南迁其速返乎，退之衡山之祥也[①]。书以付迈，使志之。

逐客何人着眼看，太行千里送征鞍。未应愚谷能留柳[②]，可独衡山解识韩。(《全宋诗》)

注释：

①衡山之祥：指韩愈从贬所北还，路经衡山，天气由阴转晴，是个吉兆。②愚谷能留柳：柳宗元于永贞革新失败之后，长期贬居永州，自称“以愚触罪”，曾仿古代愚公谷之例，将冉溪改称愚溪。

解说：

宋眉州眉山人，字子瞻，一字和仲，号东坡居士。苏洵子。仁宗嘉祐二年(1057)进士。再中制科。熙宁中，上书反对王安石新法，迁通判杭州，徙知徐、湖等州。因作诗讽新法，被捕入御史狱，贬黄州团练副使、安置黄州。元祐初，授翰林学士，元祐四年(1089)，出知杭州。召入为翰林学士承旨，旋出知颍州，徙扬州。以兵部尚书召还，改礼部兼端明殿、翰林侍读两学士。哲宗亲政，出知定州。绍圣初，御史劾其讥讽先朝罪，贬宁远军节度副使，安置惠州，再贬昌化。徽宗即位后赦还，病死于常州。追谥文忠。

苏轼贬谪定州，一直没有机会清晰地观赏太行风光。而今从河北定州再贬广东英州，途径太行山，仍不能看清楚，岂非憾事？不料天气突然转晴，太行景色尽收眼底，让苏轼大感欣慰，并认为是自己南迁速返的吉兆。诗歌借韩柳二人的典故表达了诗人此时的欣喜与乐观。

次韵滕大夫三首雪浪石

太行西来万马屯，势与岱岳争雄尊。飞狐上党天下脊，半掩落日先黄昏。削成山东二百郡，气压代北三家村①。千峰右卷矗牙帐②，崩崖凿断开土门③。揭④来城下作飞石，一炮惊落天骄⑤魂。承平百年烽燧冷，此物僵卧枯榆根。画师争摹雪浪势，天工⑥不见雷斧痕。离堆⑦四面绕江水，坐无蜀士谁与论。老翁儿戏作飞雨，把酒坐看珠跳盆。此身自幻孰非梦，故国山水聊心存。(《全宋诗》)

注释：

①代北三家村：代州（山西代县）以北偏僻的小乡村。②牙帐：将帅所居的营帐。前建牙旗，故名。③土门：即土门关，亦即井陉关。太行八陉之一。在今河北井陉县北井陉山上。④揭：句首助词。⑤天骄：天之骄子，汉时匈奴用以自称。后亦泛称强盛的边地少数民族或其首领。⑥天工：天然形成的工巧，与人工相对。⑦离堆：在今四川省都江堰市西南岷江分流处，即都江堰所在。

解说：

本诗作于元祐八年(1093)定州任上，滕大夫即定州通判滕希靖。本诗为咏雪浪石之作，却从石头的产地——太行山写起。雄奇的太行山在苏轼的笔下愈加显得无与伦比，谁与争锋？太行山上这块普通的石头并不简单，曾经作为飞石砸死过敌国的首领，极具传奇色彩，也体现了诗人的雄心壮志。最后诗人刻画了雪浪石的今生。在它神奇的形象背后，寄托了诗人的寂寞与感慨。

苦寒行

文　同

上太行兮高盘盘[①],日将暮兮岁已阑。入谷口兮出林端,风惨惨兮吹骨寒。冰霜结兮玉巑岏[②],光上照兮天色乾。纷横委兮草树残,黯慄烈兮烟云(雨)漫。仆足皲兮马蹄刓[③],望所舍兮摧心肝。囊立空兮衣且单,嗟道途兮胡艰难。(《全宋诗》)

注释:

①盘盘:曲折回绕貌。②巑岏:高峻的山峰。③刓:磨损。

解说:

宋梓州永泰人,字与可,号笑笑先生,世称石室先生、锦江道人。仁宗皇祐元年(1049)进士。历知陵、洋、湖州。与司马光、苏轼相契。工诗文,善篆、隶、行、草、飞白,尤长于画竹。

太行山的艰险和苦寒是出了名的,即便是像文与可这样"胸有成竹"的人面对它,也不得不心惊肉跳,嗟叹不已。当然,文与可慨叹的,又不止太行山,他其实是借太行山来写仕途艰险、政治黑暗。

感山赋[①](节录)

崔伯易

客有为予言太行之富,其山一名皇母,一名女娲,或于此炼石补天,今其上有女娲祠,因感其说为之赋。其辞曰:

……起为名丘,妥为平冈。岿乎甚尊,其名太行。挟大河于楚东,瞰北岳其在旁。其高也,逦迤而上,始莫知其高也,登蹑千里,昂目而前望,骇实与夫天当。其深也,缭绕盘辟,始莫知其深也,驰朔东而左转,垂三月而见脊,盛连延乎碣石。《传》曰:"东海之水不尽,而此山也,吾莫知其所极。"此其知言哉!如彼大邦,圻钩壤连,如彼大川,洲维浦联。殊乡异观,习乎所传,坳然若鞍者曰鞍山,突然若灶者曰灶山,色黑者黑山,形方者方山，如此之类，名何可殚！墨翟察而知骥之贵，尸佼过而辨牛之难。穆王升由雀道而出，世宗行自大河而还，孝明尝登幸上党郡，章帝以游至天井关，孟德北上纪摧轮之恐，谢公西顾引忧生之端，阮籍失路而咏怀，刘峻怀交而发叹，归晋阳子惠之便道，对二坂祖濬之祥观[2]。开元锡问于逢车，武德置县而当烦。霍襄吾襟，共附吾肘，缠午壁之势，探长城之口，天门揭其部分，乌岭支其躏蹂。姑射、王屋、隆虑、雷首，靡迤嵚岑，参错飣餖。或拱其左，或捧其右，或导其前，或赞其后，让以奇巘，贡以重岫。曾夸娥之输力，攡大帝之宝授[3]，上晻暧兮鹏击，下砰磕兮鲸斗。又若王畿之外，五等诸侯，奉命守土，率属千万，悉面内而腾辏，此山之形也。

……自古受命之主，不先得其土，则先得其士，不得其地不足以控诸夏，不得其兵不足以威万寓。

……不顺乎冬夏，不相乎阴阳，禽兽之殄暴，货币之诛戕，不时而源枯，不禁而山伤，逆于天元，降为灾祥。

……高者愈贪而肆虵豕，下者抵禁而趋口腹，刑罚日增，灾害日续，盖兼并不去，不足以语政；制度不立，不足与言治。

……以众人之耳为耳，听众耳之所不听；以众人之目为目，视众目之所不视。

……问阜财得阜民之法，问治山得治国之风。……（《宋文鉴》）

注释：

①感山赋：宋孙升《孙公谈圃》载，崔伯易“作《太行山赋》，以太行近时忌，改作《感山赋》”。太、大二字同形，亦通用，讳“太行”就是讳“大行”，而大行指皇帝、皇后刚刚死去。②“墨翟”以下诸句：墨子问“我将上大行，驾骥与羊，子将谁驱?”借此来教育耕柱子，见《墨子》卷十一“耕柱”；《尸子》云：“夫龙门，鱼之难也；太行，牛之难也；以德报怨，人之难也”；《白孔六帖》引《穆天子传》载，穆王“径绝雀道，升太行，南济于河”；“世宗”句尚不明其出处，阎若璩曰：“世宗，疑当作孔子”；汉明帝在永平十三年夏四月登太行，进幸上党，见《后汉书》；汉章帝在元和二年三月北登太行山，至天井关，见《后汉书》；曹操《苦寒行》述太行之险难，有“羊肠坂诘屈，车轮为之摧”之言；谢灵运《平原侯植》诗有“西顾太行山”之句，

其小序云:“公子不及世事,但美遨游,然颇有忧生之嗟”;阮籍《咏怀》诗:“北临太行道,失路将如何”;见刘孝标《广绝交论》;子惠,齐高澄字。尝往晋阳道出林虑郡,语见《北史》;羊肠阪有二处,崔赜尝以对隋炀帝。赜,字祖濬,见《隋书》。③《列子·汤问》载愚公移山的故事,末云:“操蛇之神闻之,惧其不已也,告之于帝。帝感其诚,命夸娥氏二子负二山,一厝朔东,一厝雍南。”

解说:

宋高邮人,崔希甫孙。口吃,博览群书,过目不忘。欧阳修得其所作《感山赋》,示韩琦,琦上之英宗,授国子直讲,不就。王安石当国,献《熙宁稽古一法百利论》,安石延与语。召对,擢光禄丞,知阳武县。寻荐为御史。后历兵、礼部郎中,知颍、润、宣、通四州。致仕卒。

《感山赋》篇幅宏大,达七千余言,以骈散结合的手法,铺陈了山之形、容、气候、势胜、隐逸、物产,结合历史事件,说明了太行山的战略意义和三晋民风,据此讨论了对太行山的资源利用和环境保护,最后,表达了自身的政治观点和政治态度。这篇作品体现了作者广博、深厚的学识,简直就是古代关于太行山的百科全书。作品受到欧阳修的赞赏,他在赋后题道“司马子长之流也。”这个评价是极高的。

登塔望太行

陆　佃

浮图千尺俯楼台,天地晴无一点埃。日薄马初经具次①,风轻船稍近蓬莱。迁移曾费愚公力,分擘宁烦巨掌开②。东北若无丘垄碍,好同灵鹫却飞来③。(《陶山集》)

注释:

①具次:古山名。在今河南省禹州市北。《庄子·徐无鬼》:“黄帝将见大隗于具茨之山”,即此。②“分擘”句:《列子·汤问》:“帝感其诚,命夸娥氏二子负二山,一厝朔东,一厝雍南。自此,冀之南,汉之阴,无陇断焉。”③“东北”两句:意谓东北若没有阻碍,就好像是佛祖讲法的灵鹫峰

飞到了此处。

解说：

宋越州山阴人，字农师，号陶山。神宗熙宁三年(1070)进士。曾受经于王安石。主张参用元祐人材，反对穷治元祐余党，遭谗，罢知亳州而卒。

站在佛塔之上望太行山，应该是什么样的景象呢？大概是实在无法描述，所以作者使用了虚笔，利用悠久的传说来表现太行山的宏大气象，利用莫名的仙境来表现太行山的无限风光。

初见太行

赵鼎臣

已作盐梅①济时了，却收霖雨②入山来。当年富贵汾阳郭，异代功名相国裴③。(《竹隐畸士集》)

注释：

①盐梅：盐味咸，梅味酸，均为调味所需。亦喻指国家所需的贤才。②霖雨：比喻济世泽民。③"当年"两句：指名将郭子仪和贤相裴度。

解说：

宋卫城人，字承之，号苇溪翁。哲宗元祐六年(1091)进士。绍圣二年(1095)复举博学弘词科。徽宗宣和中，以右文殿修撰知邓州，官终太府卿。工诗，与苏轼、王安石诸人相酬和。

诗人相当自负，或者说是志向高远。他想要立不世之功，也想要功成身退，这几乎是中国所有文人士大夫的理想。看见太行山，他想到了两个人，郭子仪被封为汾阳郡王，裴度是闻喜出来的一代名相。

席上分韵送天觉使河东以登山临水送将归为韵分得临字

范祖禹

唐尧茹藜藿，民俗犹忧深。晋国壮山川，羌虏皆外禽①。宸心敬折狱，使节慎所临②。夫君③台阁旧，空老翰墨林。松柏饮岁寒，鵰鹗候秋阴。

揽辔上太行,北风爽烦襟。当令桑枣地,愁叹为讴吟[4]。二江带双流,三峨耸危岑[5]。何时早归耕,杖履日相寻。(《全宋诗》)

注释:

①“羌虏”句:山西省北面是金国。②“宸心”两句:宸心,帝王的心意。张天觉(商英)此时提点河东刑狱,从皇帝的角度看,是欣赏他判决诉讼案件的能力,从张天觉的角度看,他表现得极其谨慎。③夫君:称友人。④“愁叹”句:忧愁叹息变成歌唱吟咏。⑤“二江”两句:大概是概括太原的形胜。

解说:

宋成都华阳(今四川成都)人,字淳甫,一字梦得。嘉祐进士。助司马光纂修《资治通鉴》十五年。深受王安石信重,但与富弼等相契,反对新法。哲宗亲政,责授武安军节度副使、永州安置。

对于穷愁困顿的人而言,太行山是畏途。对于立志为国效力,为民排忧的人来说,太行山正好能涤荡人的胸襟。壮丽的山川,忧深的民俗,以及悠久的历史,是山西省永恒的财富。

送张天觉使河东席上分题得将字

张　耒

张侯蜀都秀,玉立身堂堂。手持明光节[1],六月登太行。三晋雄中夏,朔方临大荒。传声贤使者,父老相扶将。控弦百万户,十年废耕桑。但使把锄犁,自然息桁杨[2]。主人延阁老,别酒泛兰觞[3]。寄声梁谏议,欲试紫参方[4]。(《全宋诗》)

注释:

①明光节:明光,汉代宫殿名。后亦泛指朝廷宫殿。节,朝廷使臣所持的凭证。②桁杨:加在脚上或颈上的刑具。亦泛指刑具。③兰觞:精致的酒杯。④“寄声”两句:自注“梁欲寄上党参,久未至也。”梁谏议未知何许人,上党参即紫团参。

解说:

宋楚州淮阴(今江苏淮阴西南)人,字文潜,号柯山。神宗熙宁六年(1073)进士。哲宗时坐元祐党籍,徙宣州,谪监黄州酒税,再徙复州。崇宁初再坐党籍落职,以曾为苏轼举哀行服,贬房州别驾,黄州安置。为"苏门四学士"之一。

太行山是由河南进入山西的必经之处。如果不是秋冬季节,而是六月,行走在太行山间,欣赏着奇幻的风光,倒是一件非常惬意的事。在诗文中,登上雄奇的太行山,这个人以及与他有关的事,就都成了高尚和伟大的了。

送天觉使河东

孔武仲

张郎肥马衣轻裘,俊气轩轩不解愁。曾立玉墀联近侍,新持金节领诸侯。屠龙[①]伎俩终须用,探虎[②]功名未肯休。去矣范滂[③]联缓辔,太行云路戒摧舟[④]。(《全宋诗》)

注释:

①屠龙:《庄子·列御寇》:"朱泙漫学屠龙于支离益,单千金之家,三年技成,而无所用其巧。"后因以指高超的技艺或高超而无用的技艺。②探虎:比喻不畏艰难。③范滂:东汉名士。借以赞美张天觉。④摧舟:即摧辀,辀是车辕。形容道路难行。唐柳曾《险竿行》:"山险惊摧辀,水险能覆舟。"

解说:

宋临江新淦人,字常父。仁宗嘉祐八年(1063)进士。哲宗元祐四年(1089),为著作郎,论科举之弊,诋王安石《三经新义》,请复诗赋取士,又欲罢大义而益以诸经策。拜中书舍人,直学士院。后坐元祐党夺职,居池州卒。与兄孔文仲、弟孔平仲以文声起江西,时号三孔。

这也是送张天觉(商英)提点河东刑狱的唱和诗。诗人告诫天觉,要放松缰绳,骑马缓行,要小心翼翼地过太行。这句话更深层的意思是,在提点刑狱的任上，一定要谨慎。

见太行山

王安中

地上行人怜紫翠①，羊肠九折有谁过。履危侧足非吾敢，远目看云得更多。（《初寮集》）

注释：

①紫翠：山中林木的颜色。

解说：

宋中山阳曲人，字履道，号初寮。哲宗元符三年（1100）进士。徽宗政和中，以疏劾蔡京，迁翰林学士承旨。宣和五年（1123），授燕山府路宣抚使，知燕山府。钦宗靖康初，为言者所劾，累贬象州安置。

作者喜欢太行山的风景，却不敢挑战太行山的险境，只好给自己找个借口。不过，这个借口表现了他旷达的风神。

登太行

吴则礼

君看太行高，历井①安足道。回头看禹门，砥柱②一何小。歇鞍坐苍崖，九地俯飞鸟。瑰诡平生无，摧车亦复好。白辉作许奇③，梁宋红未了④。兀然流转躯，甘与君王老。（《全宋诗》）

注释：

①历井：李白《蜀道难》：“扪参历井仰胁息”，参、井，皆星宿名，谓山势高峻，可以摸到参、井两星宿。后因以“扪参历井”形容山势高峻，道路险阻。②“禹门，砥柱”两句：禹门即龙门，在山西河津县西北、陕西韩城县东北。砥柱，山名，又称底柱山、三门山。在山西平陆县东南五十里大河中。③“白辉”句：作许，这般；如此。白辉大概指今辉县及其附近地区。④“梁宋”句：梁宋是今以河南省商丘市为中心的地区。此句模仿杜甫

《望岳》“齐鲁青未了”。

解说：

宋兴国永兴人，字子副，号北湖居士。哲宗元符元年（1098）为卫尉寺主簿。徽宗崇宁中累官至直秘阁、知虢州，编管荆南。晚居江西豫章。

作者登上太行山的高处，歇鞍下马，坐于苍崖之上，看着平生未见的风光，不由得慨叹，“摧车亦复好”。其实，他坐在苍崖上看风景，我们在文字里看他。太行山丰富了他的眼，他丰富了我们的寂寞。

送公桓行

汾河水落雁南飞，一马萧萧木脱时。苍鬓宁堪异乡别，幽人况有故园悲。山头日没喧笳断，陇底[①]驼鸣塞草衰。千里黄云太行路，自怜北望独相思。（《全宋诗》）

注释：

①陇底：似乎指陇坻。即今陕西省宝鸡、陇县与甘肃省清水、张家川诸县间的陇山。应该是公桓去处。

解说：

异乡送客，不但有难舍的离情，还会勾起思乡的情绪。秋天的汾河水与太行山，就这样被笼罩在千丝万缕的哀情中。

太行道中

李若水

千山倚奇峭，十日寄登临。宇宙蜂房小，功名虎穴深。诗多马上得，家只梦中寻。头白双亲健，飘零寸草心。（《全宋诗》）

解说：

字清卿，原名若冰，宋洺州曲周（今属河北）人。靖康二年（1127），以吏部侍郎，从钦宗至金营，金人逼钦宗易服，废其帝位，若水极力反对，骂不绝口，遇害，年仅三十五。

崎岖的太行道上，回荡着嗒嗒的马蹄声，声里饱含着对父母的思恋，也蕴含了对功名的警畏。

伯时往河东戏与廉夫分韵道相思之意

傅　察

朝氛霁西山，晚日明仿佛。遥怜太行上，陟巘[1]眩可畏。王侯眇小夫[2]，中盘凌云气。端如车公贤，谈笑出真味[3]。胡为久崎岖，使我重歔欷。王事有程期，来归惧其未。（《全宋诗》）

注释：

①陟巘：巘，大山上的小山。《诗经·公刘》"陟则在巘。"②"王侯"句：戏王伯时形貌矮小瘦弱。《史记·孟尝君列传》："赵人闻孟尝君贤，出观之，皆笑曰：'始以薛公为魁然也，今视之，乃眇小丈夫耳。'"③"端如"两句：端如，犹端然。庄重貌。《晋书·车胤传》："（车胤）又善于赏会，当时每有盛坐而胤不在，皆云'无车公不乐'。"

解说：

字公晦，宋孟州济源（今属河南）人。年十八，举进士。宣和七年（1125），接伴金朝贺正旦使，至燕，金兵来犯，被胁迫东北行，途中遇金朝二太子斡离不，痛斥其败盟，被金兵捽于地，察愈直立而不服。遇害。

相思之意，也可以通过戏谑的诗句来表达。好朋友的个头虽然如晏子一般矮小，但当他登上太行山时，也应该会意气高迈吧！这样的诗句正表现了两人的亲昵。所以下面紧接着表示，怕太行山道会耽搁他的回程。

靖康迎驾行（节录）

邓　肃

女真作意厌人肝[1]，挥鞭直视无长安。南渡黄河如履地，东有太行不能山。帝城周遭八十里，二十万兵气裂眦[2]。旌旗城上乱云烟，腰间宝剑凝秋水。雪花一日故濛濛，皂帜登城吹黑风。我师举头不敢视，脱兔放豚一扫空……（《全宋诗》）

注释：

①厌人肝：《史记·伯夷列传》"盗跖日杀不辜，肝人之肉。"②裂眦：因发怒而眼睛睁得极大，眼眶似乎要裂开。

解说：

字志宏，宋南剑沙县（今属福建）人。入太学，能文善论。张邦昌僭位，肃奔往建康，擢左正言。遇事敢言无所隐，反对罢李纲。为执政者所怒，送肃至吏部，罢官归家，病死。

在面对北方少数民族政权的时候，黄河与太行山就成了中原汉族政权的屏障。然而，历史证明，当一个政权产生了依赖地势之心，它离灭亡就不远了。

过太行

曹 勋

太行应助往还程，一带峰峦日日青。岂比韩苏当日祷[①]，兹行国事叶三灵[②]。（《全宋诗》）

注释：

①韩苏当日祷：指"韩愈开云"和"东坡祷海"之事，参韩愈《谒衡岳庙遂宿岳寺题门楼》诗和苏轼《海市》诗。②三灵：指天神、地祇、人鬼。

解说：

字公显，宋阳翟（今河南禹县）人。绍兴十一年（1141），宋金和议成，充金国报谢副使，劝金还徽宗灵柩及韦太后，迁枢密副都承旨。孝宗时，加太尉，提举皇城司、开府仪同三司。卒于淳熙初，赠少保。

当日，韩愈为了看衡山的风光而向岳神祈祷，苏轼为了看海市蜃楼而向海神祈祷，结果皆有感应。如今，我为国事而路过太行山，太行山岂能给我增加阻碍？

望太行

落月如老妇，苍苍无颜色。稍觉林影疏，已见东方白。一生困尘土，

半世走阡陌。临老复兹游,喜见太行碧。(《全宋诗》)

解说:

凌晨的太行山,只是一片昏黑凄凉的景象。这不正是作者一生奔走与挫败的写照吗？然而,晨曦中那一带碧绿,却让作者无比欣喜,还不是因为那是故乡的山,故乡的颜色。

跋丘宗卿侍郎见赠使北诗一轴(节录)

杨万里

太行界天二千里,清晨跳入寒窗底。黄河动地万鼙雷,却与太行相趁来。青崖颠狂白波怒,老夫惊倒立不住。乃是丘迟出塞归,赠我大轴出塞诗。手持汉节娖[1]秋月,弓挂天山鸣积雪。过故东京到北京,泪滴禾黍枯不生[2]。誓取胡头为饮器,尽与遗民解魋髻[3]。诗中哀怨诉阿谁,河水呜咽山风悲。……(《全宋诗》)

注释:

①娖:通捉。②“泪滴”句:表达的是大夫亡国的黍离之悲。③魋髻:亦作“魋结”。结成椎形的髻,少数民族的发饰。

解说:

宋吉州吉水人,字廷秀,号诚斋。高宗绍兴二十四年(1154)进士。张浚勉以正心诚意之学,遂名其书房“诚斋”。性刚直,不附韩侂胄,立主恢复之计。工诗,自成诚斋体,与尤袤、范成大、陆游号称南宋四大家。

黄河与太行相趁而来,一个是中华民族的血脉,一个是中华民族的脊梁。诗中时时凸显这两个形象,既有誓要斩杀敌人的昂扬气魄,又有风景不殊,正自有山河之异的悲慨。

太行

范成大

西北浮云卷暮秋,太行南麓照封丘。横峰倒岭知多少,行到燕山翠未

休。(《全宋诗》)

解说:

字致能,宋吴郡(今江苏苏州)人。绍兴进士。乾道中,出使金,词语慷慨,几乎被杀。历知静江府、四川制置使,颇有政绩。召对,除权吏部尚书,拜参知政事,旋为言者所论,奉祠,以疾退居。素有文名,尤工诗。

孝宗乾道六年(1170)作者出使金国,途中作绝句一卷,写渡淮后的见闻,表现其渴望恢复国家统一的心情,本诗就是其中一首。面对绵延八百里的太行山,作者是什么样的心情呢?绝句的妙处就在于,短短的二十八个字,包含了多种甚至是不同的意思。

中原民谣　任契丹

周麟之

任契丹,太行为家千叠山。此山阻绝天下脊,中有义旅蛟蛇蟠。任君本是良家子,身长七尺风姿伟。心怀忠义欲擒胡,誓与群豪揭竿起。时从数骑出郊垧,所向万人皆披靡。不驱丁口不攫金,只取餱粮事储偫[①]。道遮天使夺牌归[②],佩牌夜易人不知。往来燕赵数百里,徒手不假寸铁持。夜半相逢沃州[③]北,问知南使宁相阨[④]。倡言我辈抱雄图,郎主打围[⑤]曾狙击。时来左袒奋壁呼,十万儿郎一朝得。劝君努力雪国雠,为我斩取单于头。(《全宋诗》)

注释:

①储偫:储备,特指存储物资以备需用。②"道遮"句:在路上拦住使金的宋使并截取了他们的金牌。③沃州:金天德三年(1151)改赵州置,治所在赵县(今河北赵县)。④相阨:互相困辱;彼此妨碍。⑤郎主打围:北方少数民族称君主为郎主。打围即打猎。因须多人合围,故称。

解说:

宋泰州海陵人,一说江宁人,字茂振。高宗绍兴十五年(1145)进士。绍兴二十九年(1159),充金国哀谢使,言辞详雅,金人为加礼。次年为同知枢密院事。金主背盟,复奉命出使,以主张俟金来南,尽锐奋击,必能成功，辞之。因被劾。

宋、金对垒时期，山西南部太行山上的泽潞一带，是抗金斗争的前沿和最为活跃的地区。在这里有著名的爱国抗金将领王彦和他创建的“八字军”，以及大闹太行山的抗金将领翟兴与太行忠义社的梁兴。他们依托太行山险峻的地形，筑寨建堡，与金兵展开了长期的周旋。他们抗敌救国的英雄主义精神，在一定程度上反映了山西和中原人民的性格。义士的慷慨悲歌，令人血气为之激荡。这里的任契丹也是这样的一位英雄。

次韵初望太行山

洪　适

曾峦逾碣石，形胜镇神州。可惜羊肠险，今包鼠穴羞[①]。天心端有待，人力岂能谋。未老如凭轼，壶浆为曲留[②]。（《盘洲文集》）

注释：

①包鼠穴羞：不得不忍受成为鼠穴的羞耻。②曲留：小心地留着。

解说：

字景伯，皓长子。以父荫补修职郎。绍兴中，中博学宏词科。因父忤秦桧，亦罢官。桧死，起知荆门军。累官尚书右仆射、同中书门下平章事兼枢密使。

一句“形胜镇神州”，将太行山的地理特点与文化地位完全凸显出来了。可惜现在竟然被敌人占据，太行山也为此感到丢脸。作者虽然不知道是否能收复失地，却希望见到故土的人民仍然人心思汉，因为有民心，就有希望。

过黄河用上介龙深甫迁居旧韵

风埃如雾满川黄，马上朝来识太行。水泻浊河桥甚壮，沙连远塞路何长。皇华[①]复讲衣裳[②]会，京阙今为毡罽[③]乡。夹道桑麻过千亩，野花时有一枝香。（《盘洲文集》）

注释：

①皇华：《诗·小雅》中的篇名。为赞颂奉命出使或出使者的典故。②衣裳：借指中国。③毡罽：指以毡罽为服的北方少数民族。

解说：

作者作为使臣回到中原，发现曾经的繁华化作满地桑麻的荒凉，曾经的礼仪之邦变成了毡罽之乡。这是多么令人心痛的画面！太行山的桥依然在，路依然在，在作者的眼中却满是风沙。如同千亩桑麻，一枝野花不是对都市的赞美，桥的壮和路的长也不是对曾经的太行山的刻画。

客枕

崔敦礼

客枕愁无寐，悠悠夜未分。谁同对床雨[①]，惟想太行云。黄犬[②]行应健，飞鸿过亦勤。如何万金信[③]，别久寂无闻。(《全宋诗》)

注释：

①对床雨：唐白居易《雨中招张司业宿》诗："能来同宿否，听雨对床眠。"②黄犬：晋陆机有犬曰黄耳，曾为机长途传递书信。事见晋祖冲之《述异记》。后遂以黄犬为信使的代称。③万金信：杜甫《春望》有"家书抵万金"之语。

解说：

宋通州静海人，字仲由。崔泾孙。与弟崔敦诗同登高宗绍兴三十年(1160)进士。历江宁尉，平江府教授，江东抚干，诸王宫大小学教授。

作者客居他乡，夜不成寐。亲友不可得，家信不可得，是多么的凄楚啊！那缥缈的太行云，正是游子最美好的渴求，也是他此时心绪的象征。

过陈桥见太行

许及之

驱车夜半出都城，策马陈桥已半程。回首白云南阙下，太行何事马前

迎。(《涉斋集》)

解说:

宋温州永嘉人,字深甫。孝宗隆兴元年(1163)进士。因谄事韩侂胄,官至同知枢密院事、参知政事,进知枢密院事兼参政。侂胄诛,降两官,泉州居住。

这是南宋许及之出使金国时所作的诗。陈桥,是汴京去往河北大名府的第一个驿站。赵匡胤在此发动兵变,建立宋朝。回首故国宫阙,瞻望故国山河,惓惓之情,无限低回。笔墨简练而又含蓄,意在言外。

渡河有感

韩元吉

衮衮河流到底黄,谁言一苇便能杭。伤心击楫无人会,举酒回头酹太行。(《全宋诗》)

解说:

宋开封雍丘人,字无咎,号南涧。徙居信州上饶(今属江西)。曾与张元干、张孝祥、范成大、陆游、辛弃疾等以词唱和。

这里出现了黄河与太行两个意象,黄河难渡,太行难近。黄河阻隔南北,如同投降派的阻碍光复。黯然遥酹太行,体现对中原失地的无限深情。

哀北

陆　游

太行天下脊,黄河出昆仑。山川形胜地,历世多名臣。哀哉六十年,左衽沦胡尘。抱负虽奇伟,没齿不得伸。老夫实好义,北望常酸辛。何当拥黄旗,径涉白马津?穷追殄犬羊,旁招出凤麟。努力待传檄,勿谓吴无人!(《全宋诗》)

解说:

宋越州山阴人,字务观,号放翁。少有文名。高宗绍兴二十四年

(1154)应礼部试，名列前茅。因论恢复，遭秦桧黜落。孝宗即位，任枢密院编修官，赐进士出身。宁宗嘉泰二年(1202)，召修孝宗、光宗实录。以宝谟阁待制致仕。工诗、词、散文，亦长于史学。

太行山本来是天下的脊梁，而今却已不是自己的国土，这让陆游如何面对？他期待着有朝一日能领兵渡河，与北地的英雄们一道，追杀敌寇，收复中原。语言是那么的迫切，态度是那么的自信。

观运粮图

王师北伐如宣王，风驰电击复土疆。中军歌舞入洛阳，前军已渡河流黄。马声萧萧阵堂堂，直跨井陉登太行。壶浆箪食[①]满道傍，刍粟岂复烦车箱？不须绝漠追败亡，亦勿分兵取河湟；但令中夏歌时康，千年万年无馈粮[②]！(《全宋诗》)

注释：

①壶浆箪食：指百姓欢迎、慰劳自己所拥护的军队。②馈粮：运送军粮。

解说：

此诗庆元六年(1200)春作于山阴，诗人因观运粮图而想象宋军出师北伐，取得胜利的情形。洛阳、黄河以及太行山(井陉)这三组地名的排列，刻画了宋军的逐步胜利。而宋军登上太行山，也就意味着中原的彻底光复。全诗气势如虹，意境壮阔。

九月十六日夜梦驻军河外遣使招降诸城觉而有作

杀气昏昏横塞上，东并黄河开玉帐。昼飞羽檄下列城，夜脱貂裘抚降将。将军枥上汗血马，猛士腰间虎文韔[①]。阶前白刃明如霜，门外长戟森相向。朔风卷地吹急雪，转盼玉花深一丈。谁言铁衣冷彻骨，感义怀恩如挟纩[②]。腥臊窟穴一洗空，太行北岳元无恙。更呼斗酒作长歌，要遣天山健儿唱。(《全宋诗》)

注释：

①虎文韔：画有虎纹的弓套。②挟纩：披着绵衣。比喻受人慰勉而感

到温暖。

解说：

陆游的记梦诗有百首，他常借助梦境展开想象，抒发无法实现的理想，描写胜利的喜悦。全诗勾勒了一幅边塞雪景图和征战受降图，富于浪漫主义色彩和豪放奇伟之气。

书怀绝句

老死已无日，功名犹自期。清笳太行路，何日出王师？（《全宋诗》）

解说：

陆游一直到死，始终抱着为效忠国家而建立功名的壮志。总是渴望着率领大军，向太行山进发的那一天。在陆游的诗思中，太行山就是整个北中国的象征。

贺新郎　送陈真州子华

刘克庄

北望神州路。试平章①、这场公事，怎生分付。记得太行山百万，曾入宗爷驾驭。今把作、握蛇骑虎②。君去京东豪杰喜，想投戈、下拜真吾父。谈笑里，定齐鲁。两河萧瑟惟狐兔。问当年、祖生③去后，有人来否。多少新亭挥泪客，谁梦中原块土④。算事业、须由人做。应笑书生心胆怯，向车中、闭置如新妇。空目送，塞鸿去。（《全宋词》）

注释：

①平章：商酌。②握蛇骑虎：喻身处险境。③祖生：东晋名将祖逖，率部渡长江时中流击楫，誓复中原。由于东晋内部迭起纠纷，对他不加支持，他大功未成，忧愤而死。④“多少”两句：谓士大夫只会痛哭流涕沽名钓誉而不去行动。新亭，用新亭对泣事。块土：犹言国土。

解说：

宋兴化军莆田人，初名灼，字潜夫，号後村居士。刘夙孙。宁宗时以作《落梅》诗获罪，不仕二十余年。淳祐六年（1246）赐同进士出身，以劾权相史嵩之，贬知漳州。景定初以焕章阁学士致仕。诗学晚唐，为江湖派诗重要代表。词风雄放沉厚，多感慨时事。

靖康之变后，在河北、山西等地结集了很多抗金义军，其中有不少归附东京留守宗泽。太行山成了北方抗金英雄们的根据地。宝庆三年(1227)，刘克庄的朋友陈韡(字子华)调知真州，即今江苏仪征，是当时宋金对峙的前线。作者希望子华能与义军合作，收复失地。

剑客行

周文璞

燕云逆胡着柘黄[①]，仁人烈士集太行。已闻泣涕拜明诏，共挟金舆归大梁。安得山人一双剑，走入云中看不见。人间夜半风雨时，逆胡首奏延和殿[②]。我生四十无所成，荆淮好汉为知音。丈夫志在仁义耳，麟阁貂冠非本心。功成剑化两龙去[③]，我亦变名入烟雾。此时再拜康山人[④]，九霄客星[⑤]在何处。(《全宋诗》)

注释：

①柘黄：用柘木汁染的赤黄色。自隋唐以来为帝王的服色。②延和殿：北宋汴梁的宫殿。③剑化两龙去：指龙泉、太阿二剑化作龙事，意谓脱俗成仙。④康山人：待查。⑤客星：用了严光客星犯帝座的典故。这里指冒犯大宋朝廷的金国。

解说：

宋阳穀人，字晋仙，号方泉，又号野斋、山楹。与姜夔等相唱和。曾官溧阳县丞。

金占领北方后，各地抗金起义风起云涌，太行山区成为汉民武装主要的活动场所。他们被指为“太行群盗”，不断地给予统治者以沉重的打击。较著名的有王彦的八字军，梁小哥起义，陈俊起义等等。岳飞军曾与太行山抗金义军相联络。

宋江三十六赞

龚　开

浪子燕青

平康巷陌,岂知汝名,太行春色,有一丈青。

船火儿张横

太行好汉,三十有六,无此火儿,其数不足。

神行太保戴宗

不疾而速,故神无方,汝行何之,敢离太行。

没遮拦穆横

出没太行,茫无畔岸,虽没遮拦,难离伙伴。(《全宋诗》)

解说:

宋淮阴人,字圣予,号翠岩,一号龟城叟。尝与陆秀夫同居广陵幕府。宋亡不仕。精于经术,工诗文、古隶,善画人物、山水。

关于历史上的宋江起义,我们要了解两点:一,地点并非水泊梁山,而是太行山。二,他们是或者至少一部分是抗金的英雄,如《建炎以来系年要录》卷九十三中云:"自靖康之末,两河之民不从金者,皆于太行山保聚。太原义士张横者,有众二千,来往岚、宪之间。是秋,败金人于宪州,擒其守将。"

答徐雪江

汪元量

十载高居白玉堂,陈情一表乞还乡。孤云落日渡辽水,匹马西风上太行。行橐尚留官里俸,赐衣犹带御前香。只今对客难为答,千古中原话柄长。(《全宋诗》)

解说:

宋临安钱塘人,字大有,号水云子。度宗咸淳间进士。以善琴供奉内廷。宋亡，随北去。仕元，后辞官南归。为诗慷慨有气节，多纪国亡北徙事，后人推为“诗史”。

汪元量在元廷任职十年左右，但很少有人以他为失节。素来重君臣之义的王国维甚至给他“有宋近臣，一人而已”的评价，这是很不易的。此诗把他复杂的心情极其宛转的表现了出来，辽水和太行山都涂上了一抹难言的感慨。

保州道中（节录）

文天祥

昨日渡滹沱，今日望太行。白云何渺渺，天地何茫茫。落叶混西风，黄尘昏夕阳。牛车过不住，毡屋行相望。小儿骑蹇驴，壮士驾乘黄①。高低叶万顷，黑白草千行。村落有古风，人间无时妆②。宋辽旧分界，燕赵古战场……（《全宋诗》）

注释：

①乘黄：传说中的神马名。②时妆：当代通行的装饰，打扮。

解说：

宋吉州庐陵人，字履善，又字宋瑞，号文山。理宗宝祐四年（1256）进士第一。恭帝德祐初破家财为军费，率义兵万人入卫临安。次年出使元军议和，被拘至镇江，后脱逃回朝。祥兴元年（1278）被俘于五坡岭，次年书《过零丁洋》诗以明心志。后被囚于元大都三年（1269），临刑作《正气歌》。

祥兴二年（1279），文天祥被元兵押往大都，九月二十一日至保州。这是文天祥眼中的太行山，以及太行山东的燕赵之地。在一片苍茫中，一切都失去了颜色。

题太行山石壁

无名氏

太行千里连芳草，独酌一杯天地小。醉卧花间人不知，黄莺啼破春山晓。(《全宋诗》)

解说：

太行山除了雄奇的阳刚之美，也有清幽淡雅的柔情。这位不知名的作者，境界正与太行山相得益彰。凡夫俗子，眼中塞满了功名利禄，真正的隐士，胸间装得下整个天地。

金元

下太行

李俊民

山中日日伴云闲，不见闲云只见山。君去试从山下望，青山却在白云间。(《全金诗》)

解说：

金泽州晋城人，字用章，号鹤鸣道人。得程氏之学及邵雍《皇极》数。章宗承安五年(1200)进士第一，授应奉翰林文字，未几，弃官教授乡里。宣宗南迁，隐嵩州鸣皋山，后徙西山。蒙古忽必烈在潜藩，以安车召之，问以祯祥。卒年八十。

日日与闲云相伴却不见闲云，其实，日日见山，山中所见与山下所见又何曾一样？人生也是如此，真正清闲的人不会去考虑自己是否清闲，因为感受到的清闲与清闲本身并不是一回事。同样，我们眼中所见的别人的清闲，其实只是我们自己定义的清闲，与别人体会到的清闲并不一定相同。

和平太行路韵四首

六丁[①]驱役鬼神奔，一夜开山掌样平。多少往来车马客，尚忧行路涩难行。

凿开险阻若天成，暂使时闲眼界平。却羡长安西去路，青山不管送人行[2]。

千年古道跨山城，可笑人心自不平。容易莫将天险坏，须防闲客此闲行[3]。

自古太行天下险，纵令禹凿不能平。寻常着脚无安处，何况羊肠路上行。(《全金诗》)

注释：

①六丁：六丁六甲，道教神名。相传为天帝所役使，能行风雷，制鬼神。②“却羡”两句：长安，代指朝廷。两句意谓有些人刚刚有所成就，又羡慕别人仕途通达。③“容易”两句：意谓不该随便的就将太行山路铲平，要知道还有“闲客”(指自己一类人)愿意在这样的山路上行走呢。

解说：

四首绝句，四种感慨。第一首，前人已经铺平了道路，后者却仍嫌道路崎岖。这是只知向人索取的人。第二首，刚刚有机会感受眼前的美，却又关注于下一个目标。这是只懂追求功名的人。第三首，山道本无所谓险与不险，关键在行人的心境。闲适之人在太行道上只会看到美和闲适。第四首，太行山路从来如此，如果你是寻常俗人，比如前两种，你的眼中就只有艰险。

李道人家山图

麻九畴

见说高斋住太行，溪山襟带古祠堂。圭桐叶落周家雨[1]，铁树根盘晋国霜[2]。烽火不堪耕夜月，画图犹可挂残阳。自怜不及汾州雁，春去秋来过石梁[3]。(《全金诗》)

注释：

①“圭桐”句：《史记·晋世家》：“成王与叔虞戏，削桐叶为珪以与叔虞，曰：‘以此封若。’史佚因请择日立叔虞。成王曰：‘吾与之戏耳。’史佚曰：‘天子无戏言。言则史书之，礼成之，乐歌之。’于是遂封叔虞于唐。”这里指雨中的桐树。②“铁树”句：这里指盘根错节的霜树。③石梁：石

桥。

解说：

金易州人，初名文纯，字知几。幼颖悟，善草书，能诗，号神童。弱冠入太学，有文名。博通《五经》，尤长于《易》《春秋》。宣宗兴定末，试开封府，词赋得第二名，经义居魁首，廷试，以误落第。后以荐赐进士，授太常寺太祝，迁应奉翰林文字。天兴元年（1232），避兵确山，为蒙古兵所俘，病死广平。

李道人家在山西，身在异乡，烽烟四起，无法归去，一副家山图里蕴含着无尽的乡愁。一年又一年飞过太行山的大雁，也成了向往的对象。

赋邢州鹊山（节录）

元好问

……太行横截九州半，一掩一重①俱有态……（《全金诗》）

注释：

①一掩一重：指山峦重叠稠密。出自杜甫《岳麓山道林二寺行》诗："一重一掩吾肺腑，山鸟山花吾友于。"

解说：

金忻州秀容人，字裕之，号遗山。元德明子。七岁能诗。宣宗兴定五年（1221）进士，历内乡令。官至行尚书省左司员外郎。金亡，不仕。以著作为己任。所辑《中州集》，录金二百四十九人诗词，各附小传以存史。为文备众体，诗尤奇崛，且以身处金元之际，特多兴亡之感。为一代宗匠。

在地图上望去，八百里太行山，将北中国东西拦腰截断，太行山的宏大气势在七个字中表现的淋漓尽致。而太行山的千峰万峦，山山水水，又各有不同。

德风亭[1]

熊　戴

天下多名山,太行居第一。泽潞伯仲间,上党天之脊。屹立界中原,形势控南北。千秋万古松,于焉杳无迹。瞻彼德风亭,巍然峙孤立。德犹天地风,风犹君子德。德风唯得人,何草不狼籍。嗟彼德风亭,在德不在饬[2]。水湍味更甘,雪乳泛玉液。轩窗瞰危台,垂云纪奇石。我来憩此亭,登临览八极。十年尘土襟,抖擞豁胸臆。把此德与风,无忧亦无戚。矫首望太行,太行山自碧。鸟诗招义阳,义阳不可得[3]。日暮下亭来,令人三叹息。(《潞安府志》)

注释:

①德风亭:唐玄宗李隆基任潞州别驾时在州府后花园修建的一座亭台,旧址在今长治市府后街。②饬:通敕,这里指敕建。③“鸟诗”两句:待查。

解说:

元代地方官吏,生平不详。

一个花园里的小亭子,何以要以太行山为背景?难道是因为它是皇帝敕建的吗?不是,因为它与“德”相联系。从唐到元,太行山中多少古树都已经不见了,可是这个亭子却仍然存在,难道不是因为“德”是人类永恒的追求吗?这就是作者的高明之处,只有太行山能体现德的伟大,也只有太行山才能体现有德之人的境界,“太行山自碧”。

太行望

郝　经

半天遮断连青城[1],参差雉堞[2]云间横,当时十岁初渡河,舟中错愕[3]来相迎。今年恰得到苏门,百泉亭[4]上更峥嵘。千岩万壑入绝壁,落日倒衔山尽赤。玉立万仞礫鲸牙,金翠千层拥鳌脊。天沉影重看不足,云净烟虚晚尤碧。西北两峰寒，云是双石人，不觉泪横臆，患难思二亲。一从戎马三十年，桑梓惨澹埋荆榛。何时突兀过绝顶，拜扫丘园见乡井，黄沙神头[5]闻有千尺松，洒尽苦泪吟长风，注目直向东海东。(《陵川集》)

注释：

①青城：元刘祁《归潜志》卷七："大梁城南五里号青城，乃金国初粘罕驻军受宋二帝降处。当时后妃皇族皆诣焉，因尽俘而北。后天兴末，末帝东迁，崔立以城降，北兵亦于青城下寨，而后妃内族复诣此地，多僇死，亦可怪也。"②雉堞：城上短墙。③错愕：山崖交错，嶙峋。④"苏门，百泉亭"两词：苏门，山名，又名百泉山。在今河南辉县市西北七里。百泉亭，在苏门山。⑤黄沙神头：似指作者故乡的某处。

解说：

元泽州陵川人，字伯常。郝天挺孙。金亡，徙顺天，馆于守帅张柔、贾辅家，博览群书。应世祖忽必烈召入王府，条上经国安民之道数十事。及世祖即位，为翰林侍读学士。中统元年，使宋议和，被贾似道扣留，居真州十六年方归。旋卒，谥文忠。

作者家在陵川，陵川就在太行山中。离家三十年，那厚重的思乡之情，也只有太行山才能承载。他身在苏门山，北望太行山，南太行的风光尽收眼底。"千岩万壑"以下诸句，是形容南太行的绝妙文字。那黄沙神头的千尺松柏，既是故乡的象征，又是他此刻凝目含泪的写照。

去三汊[1]见太行

二年大河间，胸次汹余浪。身与天根[2]浮，泱漭随下上。灵槎杳虚舟，颠倒泥底样。恍疑浑沌初，溟涬[3]天水象。扬鞭得西归，瞠目为一放。举首见太行，逸翠蜚万丈。爽朗肝胆张，豁达气宇旷。真宰[4]耸奇骨，顿觉天地壮。兹山自佳色，何乃气彫丧。吾家在椒崤[5]，老雾横莽苍。松楸日樵采，山灵亦凄怆。何时鹤发翁，携我蹭叠嶂。虽无锦绣裹，粗著文彩状。山河表里全，自古更霸王。于今何索然，死石徒映向。在人不在山，先民语无妄。行行重行行，落日两相忘。(《陵川集》)

注释：

①三汊：在今山东陵县东南。②天根：星相术士谓人之足后跟。③溟涬：水势无边际貌。④真宰：宇宙的主宰。⑤椒峣：即嶕峣，指高山。

解说：

当作者从山西往山东时，随黄河而下，心胸与黄河一样浩荡。而今从山东西归，看到太行山，心胸又如山一样雄壮。然而，由于樵采的原因，太行山上已经只有石头，景物索然了。作者虽然强调，胸次的旷远与否在人不在山，但心胸与丽景若能相互映衬，总是好过只追求精神的高远。为了一己之私而破坏环境的人，真是愚昧而可恨啊！

临江仙　送王从事

刘　因

行色匆匆缘底事，山阳梅信[①]相催。梅花香底有新醅。南州今乐土，得意即衔杯。君见太行凭寄语，云间苍壁崔嵬。平生遮眼厌黄埃[②]。高楼吾有兴，无惜送青[③]来。（《全金元词》）

注释：

①山阳梅信：山阳，在今河南省修武县境。梅信，梅花开放所报春天将到的信息。亦暗指信函。②"平生"句：遮眼，谓遮人眼目，装模作样。黄埃，比喻尘世间。乃自嘲自己没有真正隐居的勇气。③青：一作君。

解说：

元保定容城人，字梦吉，初名骃，字梦骥，号静修。学宗程朱，而兼采陆九渊之说。家居教授，随材器教之，皆有成就。世祖至元十九年(1282)，以学行荐于朝，为承德郎、右赞善大夫。不久，以母疾辞归。

虽为送人之作，却无关乎离愁别绪。词的上片指出王从事此去必有雅趣。下片希望王从事代自己向太行山表达惭愧之意，并思念之情。身在异乡的游子，能看到太行的一片青色，已经是最大的满足了。

定兴喜见太行山

曹伯启

小年闻说此山名,梦里西游隐见形。今日得观真面目,却教低首愧山灵。(《曹文贞公诗集》)

解说:

字士开,济宁砀山(今安徽砀山)人。至元中,为兰溪主簿。延祐元年(1314)升刑部侍郎。五年,为司农丞。奉命至江浙议盐法,罢检校官,在浙东、浙西,设置六仓,设运盐官。后官至淮东廉访使、陕西诸道行御史台中丞。卒于毗陵。

定兴在河北省,这是从东面看太行山。作者并没有描述太行山的形象,只是通过表现自己对太行山的魂牵梦绕以及惭愧来凸显太行山。然则,何以要惭愧呢?联想孔稚珪的名篇《北山移文》,大概作者是一个想要到太行山隐居却又放不下功名富贵的人吧。

与同年①邹焕同归舟中望太行山和前韵

陈　泰

我行访道真劳哉,岂意万里逢君来。琳宫误落丹篆笔②,惊起电火龙池雷。龙池雷息丹篆裂,蚀食真铨窃仙骨。投笔归来帝未知,长揖金华紫薇客③。相携历井扪箕斗,侧身太行一挥手。俯眠苍茫八极深,始悟丹经一刍狗④。旧传石髓在兹山,惝恍灵光石缝间。可怜中散餐不得,王烈一去何年还⑤。九原劫灰⑥无日起,我独从君探奇伟。君知混沌非死生,我亦空同⑦无表里。哦诗寄谢山中云,采芝种术非殊勋。太行山倾河绝泻,此时正到无何野。(《所安遗集》)

注释:

①同年:古代科举考试同科中式者之互称。②"琳宫"句:琳宫,仙宫。亦为道观、殿堂之美称。丹篆,指仙道之书或符箓。指在道观作法事。

③金华紫薇客：指邹焕。④刍狗：古代祭祀時用草扎成的狗。喻微贱无用的事物或言论。⑤“可怜”句：用嵇康没有仙缘之事，参《太平广记》卷九“王烈”条。⑥九原劫灰：指九州大地为战火所焚。⑦空同：虚无浑茫。与混沌相同。

解说：

元长沙茶陵人，字志同，号所安。仁宗延祐初举于乡，以《天马赋》得荐，官龙泉主簿。生平以吟咏自怡，出语清婉有致。有《所安遗集》。

太行山是隐士理想的隐居之所，这里不但有仙境一般的风光，更有可以助人成仙的石髓。然而，作者一说“九原劫灰”，再说“太行山倾河绝泻”，此时寻求隐居之地，显然是有避乱世的意味。

过太行山

周伯琦

太行苍翠插秋旻[①]，叠岭重关自昔闻。战国东西分晋赵，中原南北带河汾。帝王都邑[②]青青草，豪杰勋名[③]点点坟。鸟道盘空频立马，便从高处望飞云。（《山西通志》）

注释：

①秋旻：秋季的天空。②帝王都邑：指尧都平阳（今临汾），舜都夏邑（今夏县），禹都蒲坂（今蒲县），都离太行山不远。③豪杰勋名：太行山上及其周围有历代无数英雄豪杰的墓地。

解说：

元饶州人，字伯温，号玉雪坡真逸。周应极子。幼入国学为上舍生，以荫补南海簿，三转为翰林修撰，顺帝至正中累迁参知政事，招谕平江张士诚，拜江浙行省左丞，留平江十余年。士诚灭，乃归，寻卒。

这首诗是作者路过太行山时所作。诗歌颂了太行山的重要地理位置和历史地位，描写了太行山雄奇的自然风光，同时也抒发了人生如梦的感叹。山河依旧，人事全非，读之不由不生出悲凉慷慨之情。

明

太行险一首送李尚友秦士能二秀才还陵川县学兼寄教谕马（阙）训导路世安刘九成三契旧

宋　讷

太行之势高倚天而险拔地，鸿蒙磅礴不可以涯际兮，中原万古之名山。山中之路不知何年始开辟，羊肠萦纡孰得以形状？险巇[1]可畏惊尘寰。下瞰涧壑微茫之天井，上拥峰峦缥缈之云鬟[2]。商来贾往迤逦而不绝，梯危磴绝劳跻攀。嗟予乘蹇，十步五步一下，时见草腥而木恶，土老而石顽。搴衣扶杖以登顿远望，俯视黄河之在目，微如潦水澄一湾。山家诛茅斩木作旅馆，小如蜗舍蔽风雨，衣食之资何其难。一尺树根不出土，凿臼舂米于道左兮，行人为叹生涯悭。流民负戴襁褓者，吾亦悯其妇寡而夫鳏。青林仰不见白日，中无人兮不可以久留，三日之路万曲而千弯。惟有珍禽奇鸟得所乐，惺忪巧语和绵蛮[3]。石城[4]之畔几蹭蹬，石苔树藓苍斓斑。黄崖[5]之巅雨中过，行不可行立不可立兮，使人睥睨凋朱颜。欲下未下更回首，不数马陵之道居庸关[6]。卓卓仙李英华秦仲裔[7]，梁栋之梓非茅菅。往返相送五百里，我独东去君西还。翩翩文采不忍别，双鹄飞入青云间。传道授业有师在，愿加雪窗萤几之功兮，寸阴莫使成虚闲。后日南宫战艺[8]想得隽，玉笋并列枫宸[9]班。送君有诗无好句，芜词正望重加删。（《西隐集》）

注释：

①险巇：崎岖险恶。②云鬟：高耸的环形发髻。这里指山。③“惺忪”

句:指鸟鸣声。惺忪,形容声音轻快。绵蛮,指小鸟或鸟鸣声。④石城:在今河南林县南。⑤黄崖:黄崖山,在今长治市黎城县。⑥“不数”句:不亚于马陵与居庸关的险。马陵为太行绝顶处。⑦“卓卓”句:即李尚友秦士能二秀才。⑧南宫战艺:南宫,指礼部会试。战艺,指参加科举考试。⑨枫宸:指帝王的殿庭。汉代宫庭多植枫树,故有此称。

解说:

元明间大名府滑县人,字仲敏。元顺帝至正进士。明洪武二年(1369),以儒士征,预修《礼》《乐》诸书。事竣,不仕归。后以荐授国子助教,累迁文渊阁大学士、国子祭酒。严立学规,勤于讲解。

欲写赠别诗,选择诗的内容很重要。宋讷所送皆陵川人,于是将自己对陵川地区南太行的印象浓墨重笔地刻画了一番,这样既是对离去之人故乡的赞美,又能体现自己对陵川风物与陵川友人的思恋。没有人不愿意赞美自己的家乡,更何况这里确实是难得一见的美丽。

太行山谣送靳手中归潞州

贝 琼

太行之山包燕跨晋兮,拔地千仞谁能踰。天何不铲羊肠九折坂,使人万古方驾①而长驱。山寒六月积冰雪,穷猿怪鸟左右时相呼。故人玉女泉②头居,北上岂不愁崎岖。翔风吹沙不见涂,青天茫茫飞鸟孤。我歌短歌倾酒壶,勿言太行险,人间之险何时无。(《清江贝先生诗集》)

注释:

①方驾:两车并行。②玉女泉:在黄榆岭上。

解说:

元末明初浙江崇德人,字廷琚。元末领乡荐,年已四十八。战乱隐居,张士诚屡辟不就。洪武初聘修元史,六年除国子助教,与张美和、聂铉并称“成均三助”。九年改官中都国子监,教勋臣子弟。十一年致仕。

靳手中要回到故乡潞州(今长治),作者却极言太行山之广,之高,之险,之寒,之苍茫。最后指出不必介怀,因为和人间相比,太行的险又算得了什么呢？太行的险，恰恰造就了一个能够让靳手中感到安乐的天堂。

太行山五十韵

谢　肃

题注：洪武十年余自越中北走燕南西度太行寓并汾南取道于覃怀绝河汴淮江以还盖太行东西咸历矣乃作是诗

宇宙寻陈迹，山川考夏书[1]。遂浮天堑筏，来驾太行车。修坂云端走，连峰石上驱。岧峣赴修武[2]，绵亘达幽都[3]。既接常山峻，仍临碣石孤。大河三面带，沧海一浮盂。天井关雄壮，羊肠路郁纡。八陉天设险，九塞[4]地呈图。河翔元为脊，星躔恰应枢。阴阳钟秀异，土壤剧膏腴。五谷资民食，群材副国储。萧森罗杞梓，卓落挺杉槠。桧柏参天直，槐榆向日敷。隰原纷黍稷，畎亩杂粳稌。牟麦先秋刈，蔓菁冒雨锄。翠丛分韭薤，碧蔓引瓜壶。岂但群蔬圃，由来众药区。人参供土贡，国老应时需。苓产松根美，脂生石里濡。眚应蕤核疗，嗽必款冬除。参错梅桃树，峥嵘橡栗株。霜梨包水碧，露枣濯珊瑚。百谷喧啾鸟，重渊拨刺鱼。磨牙冲猰貐，过迹看于菟。木客频来往，清猿或啸呼。阳坡奔鹿豕，丛薄隐熊貙。动植皆云遂，跻攀敢惮劬。哦诗泣山鬼，岸帻似仙儒[5]。流水鸣焦尾，晴虹拂湛卢。蒲萄微醉了，杞菊饱餐诸。草茂眠欹藉，泉香渴屡□。白云生绝壁，古雪积深渠。环坞疑城郭，回崖失道涂。炕烟多燠寝，陶穴尽安居。生齿何其众，淳风慎莫渝。观游吾岂倦，行迈仆将痡[6]。谩尔穷朝夕，悠然念古初。怀襄[7]存禹绩，左右奠尧墟。周猎登千骑，秦徭塞万夫。萧王[8]蹦射犬，汉祖距飞狐。魏武摧轮恐，文皇扼窦谟。陉兵楚王信，晋甲李司徒[9]。出垒曾戡史，临坻[10]更斩余。飞扬皆自此，形胜定何如。圣主家天下，苍生率海隅。兹山镇中域，为国壮方舆。偶踏烟霞表，聊将意气舒。挥毫余解赋，好事孰言迂。始怪夸蛾负，终寻李愿庐。乌巾白羽扇，放鹤向天衢。（《密庵集》）

注释：

①夏书：指记载夏代史事的书。这里指《尚书》中《禹贡》。②修武：

战国魏地，即今河南省获嘉县。③幽都：《淮南子·修务训》："北抚幽都"，高诱注："阴气所聚，故曰幽都，今雁门以北是。"④八陉，九塞：八陉，指太行山的八陉，见本书第三部分。九塞，九个险阻的地方。《吕氏春秋·有始》："山有九塞……何谓九塞？大汾、冥阸、荆阮、方城、殽、井陉、令疵、句注、居庸。"⑤岸帻：推起头巾，露出前额。形容态度洒脱，或衣着简率不拘。⑥"行迈"句：《诗·周南·卷耳》："我仆痡矣。"痡，累病了。⑦怀襄，怀山襄陵，谓洪水汹涌奔腾溢上山陵。⑧萧王：东汉光武帝刘秀，曾受封萧王。⑨李司徒：这里指李光弼。⑩坻：高坡地。

解说：

元明间浙江上虞人，字原功。学问赅博，与山阴唐肃齐名，时称会稽二肃。元末张士诚据吴，肃欲见宰相，献致太平之策，无所成就，归越隐居。明洪武中举明经，授福建按察司佥事，坐事死。

作者几乎将太行山绕了一圈。在这首五言长诗中，他铺排连绵，将太行山的疆域、雄险、风景、动植物产、风俗、历史等，作了描述。这样长篇叙述太行山的作品不多见，可说是太行山诗化百科全书。

南宫望太行

寻山不远数千里，始向堂阳[①]见太行。群嶂北连恒岳翠，众流南赴大河黄。已知天地凝元气，欲啸云霞[②]俯八荒。它日向平[③]家事了，不惟五岳恣游翔。（《密庵集》）

注释：

①堂阳：在今河北省新河县西北。②云霞：比喻远离尘世的地方。③向平：东汉高士向长字子平，隐居不仕，子女婚嫁既毕，遂漫游五岳名山，后不知所终。

解说：

如此壮阔的太行山，总是能引起古人隐居其中的感慨。这充分说明，中国文化熏陶出来的隐士，都有一种追求无限境界的心胸。

太行绝顶

千里驱车涉太行，秋风高拂鬓丝凉。关当天井闻灵籁，路出羊肠绕大荒。广武西连关陕近，黄河东合泗淮长。野夫不尽清游意，缓节吹箫坐石床。（《密庵集》）

解说：

站在太行山巅，看九州的壮阔，听天地的声响，是一场多么惬意的旅行啊！如果再能抚弄一曲，你也成了神仙中人。

太行歌送丁分教之襄陵

薛 瑄

太行之山何崔嵬，铁崖翠壁万仞中天开，其势北来。吾不知其几万里，但见横亘辽碛，包括秦晋，斗起中原之地何壮哉。往年吾尝陟其顶，四顾山如培树如苔。黄河一线遥遥下，砥石奔流直到东海不复回。此时英风浩然洒六合，便欲历览天上金银台。其中羊肠九折走峻坂，摧轮怪石硼磳磊落而成堆。太行之高且险也如此，子今远行令人兴难裁。倘到昔所登览最高处，为我歌此一曲还徘徊。西望襄陵①迢迢只几驿，驱车径须往渡清汾隈。愿子居易思险慎厥守，始终保令誉慰我相思怀。（《敬轩文集》）

注释：

①襄陵：在今山西襄汾县东北。

解说：

明山西河津人，字德温，号敬轩。永乐十九年（1421）进士。正统间，初为山东提学佥事，以白鹿洞学规开示诸生，亲为讲授，人呼薛夫子。召为大理寺左少卿，以正直忤宦官王振，被诬下狱，几被杀。天顺间，入阁预机务。寻致仕。

本诗乃模拟李白《蜀道难》之作，为了凸显太行山的雄奇，作者大量使用长句，营造龙飞蛇舞之势，读来抑扬顿挫，朗朗上口。本来，路途遥远又艰难，作者却说“西望襄陵迢迢只几驿，驱车径须往渡清汾隈”，丁分教的心情自然轻快了。

太行山中晓行

于　谦

月落日未出，东方隐又明。云连怀庆郡，雾绕泽州城。道路淹归计，关河动客情。故乡不可见，搔首望神京。（《于忠肃集》）

解说：

明浙江钱塘人，字廷益，号节庵。永乐十九年（1421）进士。巡抚河南、山西，前后在任十九年。正统末年召为兵部左侍郎。土木之变，英宗被俘，谦与诸大臣请郕王即位为帝。瓦剌兵逼京师，身自督战，击退之。论功加少保。终迫也先遣使议和。英宗复辟，被杀害。

宣德五年（1431），于谦被破格擢升为兵部右侍郎，巡抚山西、河南两省。他每年冬春两季在山西，夏秋两季到河南，就这样不辞劳苦地在任上忙碌了十九年。他经常晓行夜宿，十分辛苦。虽然时刻思念家乡，可是望望京城，就把这份思念压下了。

登太行思亲

马足车尘不暂闲，一年两度太行山。庭闱缥缈孤云下，游子思亲几日还。（《于忠肃集》）

解说：

古语有云："求忠臣必于孝子之门"，于谦是个孝子，也是个忠臣。

到泽州

信马天将暮，离山路转平。川萦太行驿，树绕泽州城。落日翻旗影，长风送鼓声。孤云在天际，回首若为情。（《于忠肃集》）

解说：

从太行山上走下，进入坦途，作者是什么心情呢？可能如前一般是思亲，也可能是忧国忧民，可能他自己也说不清吧。

上太行山

西风落日草班班，云薄秋空鸟独还。两鬓霜华千里客，马蹄又上太行山。(《于忠肃集》)

解说：

这首诗的情感比较显明，即思乡。

暑月将自太原巡汴

三晋冲寒到，中州冒暑回。山川元不改，节候自相催。绿树连天暗，红葵向日开。太行云缥缈，搔首意徘徊。(《于忠肃集》)

解说：

于谦为何不在天寒之时驻比较温暖的河南，天热之时驻比较凉爽的山西呢？他所以在夏秋季节驻河南，主要原因是抓黄河防汛。由此可见于谦的情操。

自叹

我生四十余，已作十年客。百岁能几何，少壮难再得。今朝太行南，明日太行北。风雪敝貂裘，尘沙暗金勒。寒暑互侵凌，凋我好颜色。齿牙渐摇脱，须发日以白。位重才不充，况此迟暮迫。为上乏勋劳，为下无德泽。揣分宜退休，非惟慕奇特。蚤赋归去来，庶免清议责。(《于忠肃集》)

解说：

于谦为国为民，今朝太行南，明日太行北，四十几岁就已经齿摇发白。他早就想退居林下，果真如此，他也不至于后来惨死。然而，他若真的退隐，后来的历史证明，那必然国将不国。

河内[1]境望太行山

王　沂

北向藩全晋，南来触倦游。近天腾绝壁，特地[2]割平畴。绿竹依稀尽，黄河自在流。孙阳[3]不世出，老马复何求。（《山西通志》）

注释：

①河内：古代指黄河以北的地区。这里专指河南省黄河以北的地区。②特地：突然，忽然。③孙阳：即伯乐。

解说：

生平不详。

作者在有限的文字中，将太行山的雄大高绝以及秀丽沉静都展现出来了，足见其人眼界不小。然而，却感慨世无伯乐，在随顺命运安排的心境下，隐藏着对世间黑暗的不平。

过太行

李攀龙

千峰郡阁[1]望嵯峨，此日褰帷[2]按塞过。落木悲风鸿雁下，白云秋色太行多。山连大陆蟠三晋，水划中原散九河。回首蓟门高杀气，羽林诸将在横戈[3]。（《李攀龙集》）

注释：

①郡阁：指郡守的府院。②褰帷：为官吏接近百姓，实施廉政之典。出自《后汉书·贾琮传》。③横戈：把戈横拿着。多指作战。

解说：

明山东历城人，字于鳞，号沧溟。嘉靖二十三年（1544）进士。累迁河南按察使。母丧，心痛病卒。为后七子之一，与王世贞操海内文章之柄垂二十年。其持论诗不读盛唐以后人集，文不读西汉以后人作。攀龙有才力，诗以声调称，然古乐府似临摹帖，并无可观。文章失之模拟生涩，而效之者甚众。

写秋日登高，既见景色之壮阔，又见胸襟之高远。一个诗人的眼界和胸襟，能够通过他的诗文表现出来。读李攀龙的诗，就像身在太空中俯视，黄河，太行，中原，三晋，都被囊括在眼底。另外，与蒙古的战争一直是作者关注的。山西正是京师与蒙古之间的壁垒。因为笼罩在战争的阴影下，所以太行山除了有一股雄壮凛然之气外，也笼罩着悲凉的气氛。

于鳞寄太行诸篇走笔以谢

王世贞

太行峰色党[1]青天，刺史搴帷紫气前。中夜星辰低摘尽，忆余飞赠蓟门烟。（《弇州四部稿》）

注释：

①党：结伙，这里指映衬。或者这里指上党地区。

解说：

明苏州府太仓人，字元美，自号凤洲，又号弇州山人。嘉靖二十六年（1547）进士，官刑部主事。为严嵩所恶。会鞑靼军入塞，嵩诿过于世贞父蓟辽总督王忬，论死，兄弟号泣持丧归。隆庆初讼父冤，复父官。后任山西按察使，累官刑部尚书。好为古诗文，始与李攀龙主文盟，主张文不读西汉以后作，诗不读中唐人集，以复古号召一世。攀龙死，独主文坛二十年。

朋友之间，诗歌往还，这是多么惬意的生活呀。你把南太行的高险斑斓送来，我把蓟门的雾霭苍茫送给你。生活中的美有两种，一种需要你去发现，另一种需要你去创造。

初登太行回望有思

千山立马送斜晖，平楚苍然色渐微。最是东南欲尽处，黏天一点白云飞。（《弇州四部稿》）

解说：

整首诗都是景物描写，那么我们该如何去感受作者的心境呢？在中国文学中，白云是一种意象，暗含了游子思乡的心绪。知道了这一点，回望有思的思，我们就懂了。

太行歌

祝允明

上客坐高堂，听仆歌太行。六岁从先公，骑马出晋阳。遥循厚土足，忽上天中央。但闻风雷声，不见日月光。狐兔绕马蹄，虎豹嗥树傍。衡跨数十州，四面殊封疆。童心多惊栗，壮气已飞扬。自来江南郡，佳丽称吾乡。邈哉雄豪观，寤寐不可忘。人生非太行，耳目空茫茫。（《山西通志》）

解说：

明苏州府长洲人，字希哲，号枝山、枝指生。弘治间举人。授兴宁知县，迁应天府通判，旋辞归。与唐寅、文徵明、徐祯卿称吴中四才子。与寅并以任诞为世指目。工诗文，其诗取材颇富，风格与祯卿为近，而胜于唐寅。书法尤善，兼工楷草。

登上太行山是一种什么样的感受呢？诗里面有一句话表现的最好，“童心多惊栗，壮气已飞扬。”在害怕的同时，又感到心胸壮阔。一生当中，若只看到江南的佳丽风光，而没有看到太行山的雄豪，就跟瞎子一样。人生的经历又何尝不是如此呢！

归途览咏古迹并追记百泉游事

李梦阳

太行王屋是天关，吐出风云天地间。河内[1]休夸盘谷胜，共城[2]亦有石门山。（《空同集》）

注释：

①河内：指黄河以北的地区。或河南黄河以北地区。②共城：又名龚城。在今北京市密云县东北。

解说：

明陕西庆阳人，徙居开封，字献吉，自号空同子。弘治六年（1493）进士，授户部主事。弹劾宦官刘瑾等，下狱免归。瑾诛，起为江西提学副使，倚恃气节，陵铄台长，夺职。家居二十年而卒。尝谓汉后无文，唐后无诗，以复古为己任，为前七子之一。诗宗杜甫，颇狂放可喜，文则诘屈謷牙，殊少精彩，时人则视为宗匠。

这首诗表面上是要共城的石门山与河南的的盘谷争胜，但其实是太行山的北端和南端的争胜。不管是谁更好，依然是太行山的好。而太行山的美又何止这南北两端？

苦寒行

太行之山何崔嵬，天寒溪谷禽兽饥。黄熊赤罴力相食，翠衿绣翼徒南飞。啄食饮泉百意足，野田稚子寒无衣。张罗挂毕[①]伺鸟雀，口作雌雄鸣且悲。鹌鹑小鸟鼓翅落，鼎食之家意不乐，顿箸待尔登品错[②]。奏应钟，开玄堂，毡帏锦幄冬夜长。微禽效体樽俎光，秃鹙驾鹳当檐翔。（《空同集》）

注释：

①毕：捕鸟用的网。②品错：精美的食器。

解说：

在太行山里，凶禽猛兽彼此相食，无力的鹦鹉则只能南逃。然而山里还有另一类弱者等待着它，那就是贫寒无依的少年。厌倦了鹌鹑的贵族们正等着它下饭呢。在它被吃掉的时候，凶猛的大鸟则在旁边飞翔。

望太行

唐顺之

北望太行山，嵚岑[1]霄汉间。倚天开叠嶂，画地作重关。车向羊肠转，人从鸟道还。一为寒苦曲，泪下摧心颜。(《山西通志》)

注释：

①嵚岑：指高峻的山峰。

解说：

明常州府武进人，字应德，一字义修，称荆川先生。嘉靖八年(1529)会试第一。曾协助总督胡宗宪讨倭寇。又亲率舟师，邀敌于长江口之崇明。提倡唐宋散文，与王慎中、茅坤、归有光等被称为“唐宋派”。

太行山的高险，连曹操这样的大英雄也不得不慨叹。作者也不例外。当他暗诵曹操的《苦寒行》时，止不住地害怕变色起来。是啊，除非长了翅膀，否则还想从太行山经过?

西江月　观瀑水帘作

陈　棐

铁壁翠云堆里，悬崖细路萦回。丹河转处境天开，云圃琼田堪爱。玉凤九苞[1]倒下，银河几派低垂。楼台回首莫言归，落日钟声云外。(《泽州府志》)

注释：

①九苞：凤的九种特征。后为凤的代称。

解说：

明河南鄢陵人，字汝忠，号文冈。嘉靖十四年(1535)进士。任礼科给事中，直谏敢言，不避权贵。因忤旨谪大名长垣丞，升知县，莅政宽平，为吏民畏服。官至宁夏巡抚、都御史。

将瀑布比喻成银河，李白之后就不再新奇了。作者将更多笔墨放在瀑布周围的景色上,将以瀑布为中心的整体风光摆在读者面前,就显得聪明多了。最后,落日钟声云外,更在瀑布的奔腾之外,塑造了悠然的意境。

古道通三晋

李 贽

黄河远缀白云间,我欲上天天不难。三晋谁云通古道,人今惟见太行山。(《焚书》)

解说:

明福建晋江人,回族,字卓吾,别号温陵居士。嘉靖三十一年(1552)举人。万历中为姚安知府。旋弃官,寄寓黄安、麻城。反对以孔子之是非为是非,讥刺时之讲周、程、张、朱者,谓皆口谈道德,心存高官,志在巨富,品格反不如市井小夫。为给事中张问达所劾,以"离经叛道""勾引士人妇女,到庵里听讲"为罪状,甚至捏造"与妓女白昼同浴"等无稽之谈,下狱,自刎死。

万历二十四年(1596),诗人曾由河南入山西,到沁水、云中游历。到太行山之前,他意气风发,认为上天也有可能。自古都说太行八陉是河北河南进入山西高原的要道,可是,作者看到的,只是太行山横在眼前,挡住了去路。

太行

傅 山

紫盘①天井上,青幕太行郛②。风雨诗何壮,冈峦气不奴。争韩来破赵,报楚去吞吴。临老河山眼,苍茫得酒壶。(《傅山全书》)

注释:

①紫盘:紫色的巨石。②郛:古代城圈外围的大城。

解说:

明末清初山西阳曲人,初名鼎臣,字青竹,后改青主,署名很多。明末诸生。明亡为道士,康熙中举鸿博,屡辞不得免,至京,称老病,不试而归。顾炎武极服其志节。于学无所不通,经史之外,兼通先秦诸子,又长于书画医学。

看着风雨中的太行山,诗人的气势是何等的雄迈！这不仅是它的自然风光决定的,也是这里发生的历史决定的。然而,在如此壮阔人心的山河面前,以遗民气节著称的傅山,也不得不感慨身心已老,借酒消愁。这是多么痛苦的感受啊！

清

望太行

屈大均

一石连千里,峰峰石上标。北襟恒岳大,西接华山遥。口外非戎索①,关中本汉朝。茫茫形胜在,天险为谁骄②。(《屈大均全集》)

注释:

①“口外”句:口外,泛指长城以北地区。也称口北。戎索,泛指法令。②“天险”句:程明道先生谓太行山千里片石,众山皆石上起峰云。

解说:

明末清初广东番禺人,初名绍隆,字介子,号翁山。明末诸生。清初曾与魏耕等进行反清活动。后为僧,名今种,字一灵、骚余。中年仍改儒服,用今名。足迹遍及江浙与北方各省。诗与陈恭尹、梁佩兰称岭南三家。

在民族矛盾尖锐的情况下,太行山就成了中原汉族的屏障。明清易代之际,作者极力刻画作为天险的太行山,一方面,借此强调了夷夏之防的态度,另一方面,也引发了对明王朝灭亡的反思。

太行

万障西来作太行,三关①北锁控渔阳。刑余②不惜王公③险,献与青丝白马④郎。(《屈大均全集》)

注释:

①三关:上党关、壶口关、石陉关。约在今之山西东南部。②刑余:指阉人。也是咒骂人的话。③王公:犹王事。公,通“功”。④青丝白马:指作乱的人。见《梁书·侯景传》。

解说:

与前一首一样,这里的太行山,仍然是中原王朝的屏障。在作者看来,明朝所以灭亡,就是国家的屏障被刑余之人献给了作乱之人。

太行绝颠望黄河歌

赵执信

晓日欲放山尽红,行人犯晓行山中。连嶂障天望何极,唯余云气寒蒙蒙。冬深冰雪塞大地,只虞[①]马迹无由通。前临忽觉地形逼,两河烟树开千重。中间烟断树灭处,青黄一道连高空。初疑当风曳云锦,又似东风升蝃蝀[②]。料量[③]始识大河见,势拟天阙悬飞龙。昆仑倒泻几万里,划分南北无始终。蜿蜒胜已控秦豫,奔腾气欲吞华嵩。眼底太行将恐没,古来雄观何能同。我闻今年大水涨,舟楫日夜相撞舂。有时青天万艘失,咄嗟人命随悲风。江淮相接渺巨浸,田庐尽作蓬蒿丛。海门不启河伯怒,坐令堤埽难收功。即今远望仅如带,晨光指点愁匆匆。可怜黔首半鱼鳖,漫言游子开心胸。(《饴山堂集》)

注释:

①虞:担忧。②蝃蝀:即“虹”。③料量:估计;猜度。

解说:

字仲符。山东益都人。福建按察使赵进美之从孙。承从祖家学,工诗。康熙前期进士,授编修。主持山西乡试,升右赞善。与朱彝尊、陈维崧、毛奇龄相友。

站在太行山上眺望黄河,几乎可以说,这就是北中国最宏大的风景。作者的文笔确实没有辜负他的眼睛。然而,在这个任谁都会心胸开阔的风景中,作者却仍然是一腔愁绪,这是为何?原来在忧国忧民的人眼中,是国富民安的风景才能让他心胸开阔。

下太行入河北

万山围马首，崚嶒行相逼。如入稠人中，仓皇乱迎揖。连朝蹑危险，徒侣疲登陟。晓看白日近，渐觉山势急。前路纷羊肠，下赴将何极。眼明见平地，河色漾寒碧。浮云千里通，清流一线直。参差散林莽，指点辨城邑。久行望弥真，屡下境转逼。回视高峰颠，一一诧所历。野旷山尽收，村晚天半赤。向风指孤烟，息此穷日力。（《饴山堂集》）

解说：

作者的文字比画面还要生动，他把太行山中旅客的神态形象的表现出来了。他们是如此的疲倦，读者也跟着疲倦。直到他们走出大山，来到村口，他们的心有了安慰，读者也获得了安慰。

太行山早发

吴　雯

晨风迷晓色，辛苦戒同行。不辨水流处，惟闻泉乱生。霞深石蹬险，月落草珠明。一失孙阳[①]后，盐车处处程。（《山西通志》）

注释：

①孙阳：即伯乐。

解说：

清山西蒲州人，字天章，号莲洋。诗得王士祯揄扬，声名大噪。康熙十八年举博学鸿词，未中。有《莲洋集》。

羁旅之人，在太行山中早行，自然是无比的艰辛与凄苦。有的人就会将满腹的牢骚转化成文字——如果这世间有伯乐，我这匹千里马岂会如此！

太行四首

陈廷敬

天井关门跨碧空，太行开辟想神功。遥连绝塞羊肠尽，下视中原虎踞雄。嵩岳诸峰元拱北①，河源万里远随东。驿楼斜日凭轩意，回首萧萧落木风。

家山归处路分明，北上车轮梦里声。每忆梁公如盖语，高歌孟德苦寒行。横遮四塞如长堑，俯抱三川②似列城。午壁亭③前万亩地，祇应耕凿足吾生。

比似人间路较强，崔巍历尽亦康庄。嵇生未解青泥饮④，孙绰空登赤石梁⑤。少华西看峰影小，大形东望海云长。遗民敢笑唐风陋，山水连天接混茫。

绝嶂登临兴未孤，白云回合尽平芜。界分韩魏初盟土，表里山河旧帝都。曾度千峰趋大漠，懒从五岳问真图。更看天上黄河水，长作岩前雪练铺。(《午亭文编》)

注释：

①拱北：犹拱辰。②三川：指洛阳。③午壁亭：在阳城。④“嵇生”句：《太平广记》载，王烈得石髓，人服之寿与天齐，拿给嵇康，却变成石头。王烈告诉弟子，这是因为嵇康不该得道成仙。⑤“孙绰”句：孙绰曾游赤石山。

解说：

清山西泽州人，初名敬，字子端，一字说巌，号午亭。顺治十五年(1658)进士。康熙间累官吏部侍郎，兼管户部钱法，疏请钱币改重为轻，以杜私铸之风。历充三朝《圣训》《一统志》《明史》等馆总裁官。官至文渊阁大学士。所作古文，为汪琬所赏，诗亦为王士禛所奇。谥文贞。

作为一名泽州人，作者对三晋的山河了若指掌，极尽歌颂之能事。通读这四首作品，一股壮美之气扑面而来。这不但由于山河之美确实如此，也是因为书写的背后有一股厚重的乡情。另外，作为朝廷重臣，作者对仕途的危脆深有体悟，这也触发了作者飘然林下，终老故土的情怀。

下太行

杨乾初

一条山路万峰横，都似依依送远行。最是潭头千尺水，出山还比在山清。(《陵川县志》)

解说：

杨乾初，陵川人，嘉庆十三年(1808)举人，曾任宁洋、邵武(均在福建)知县，《陵川县志》有传。

离开家乡去外地闯荡，依依不舍之情自会油然而生。不说自己难离，反说山水不舍，是中国传统诗词常见的表现手法。作者去外地为官，除了表达对家乡的不舍，也向故乡作了保证，他会像潭头流水一般，越来越清澈。和王昌龄的“一片冰心在玉壶”有异曲同工之妙。

点绛唇　夜宿临洺驿

陈维崧

晴髻离离，太行山势如蝌蚪。稗花盈亩，一寸霜皮厚。赵魏燕韩，历历堪回首。悲风吼，临洺驿口，黄叶中原走。(《陈维松集》)

解说：

字其年。江苏宜兴人，明左都御史陈于廷之孙，陈贞慧之子。少时即擅长诗文，称天才，受推重。其诗沉郁雄丽，词多达一千八百多首，骈体文则被称为唐天宝之后无匹敌者。年逾五十始举博学鸿词科，授翰林院检讨，参加纂修《明史》。

前片写由远而近的景色，后片略含吊古意。结句以象征性手法，隐喻自己的漂泊，可能指作者自己由临洺将赴河南。

沁园春　十月晦日怀庆使院望太行山积雪

雪满太行，碧潋瑶翻，纷然沓来。正黄河欲吼，六花籍籍，青山乍老，一夜皑皑。素女凌空，眩师泼水，十万琼楼面面开。深林外，更狐踪半灭，兽窟全埋。万钟宁我加哉。且濡发狂歌干百杯。看猎徒并代，霜鹰雪犬，神仙王屋，璐殿瑶阶。聂政祠荒，袁尼宅破，世上谁人识此怀。樽犹热，尽天公颠倒，造化安排。（《陈维松集》）

太行行四首

陈封舜

东西地劈控陵章[①]，齐晋天开压太行。处处涧泉含宿冻，年年山木带新霜。

背横王屋面河阳，绝顶城临泫水[②]旁。笑我输他花似锦，惟知乡校与耕桑。

表里山河自昔名，乘时策马太行行。七年课最何循绩，大愧纯公[③]令晋城。

风尘历落六泉[④]行，宦海苍茫万里情。南望白云惊杳渺，东来紫气幸分明。（《陵川县志》）

注释：

①陵章：陵川地区。②泫水：陵川县的河流。③纯公：宋代程颢谥纯公，曾为晋城令。④六泉：在高平境内。

解说：

镇南州（属云南南华县）人。进士。乾隆十三年（1748）陵川知县，《陵川县志》有传。

在这一组诗中，一位陵川县令在太行山上有赏识的心境被较明显的表达出来了。第一首是对太行山壮美高寒的赞美。第二、第三首是对自己为政一方的评价。第四首是游宦之人的思乡之情。他不无惭愧的说，面对太行山的美景，自己的心里却只装着学校教育和农业生产，很是煞风景。然而，唯大英雄能本色，是真名士自风流。他才是真正懂得欣赏美的人。

扈驾西山

纳兰性德

凤翥龙蟠势作环，浮青不断太行山。九重殿阁葱茏里，一气风云吐纳间。熊虎自当驰道伏，蛟螭长棒御书闲。黄图[①]此日论形胜，惭愧[②]频叨侍从班。(《纳兰成德集》)

注释：

①黄图：泛称记载京都形胜的著作。②惭愧：感幸之词。意为多谢、难得、侥幸。

解说：

清满洲正黄旗人，纳喇氏。大学士明珠子。以避废太子名改成德，字容若，别号楞伽山人。康熙十五年(1676)进士，授乾清门侍卫。诗文均工，尤长于词。生平淡于荣利，爱才喜客，所与游皆一时名士。

这是太行山的最北端，站在西山顶上，整个北京城尽入眼底。九重的宫殿就在苍松翠柏间，天地间的风云如同自己所吞吐。这是多么大的气魄。最后，作为传统的中国文人，作为康熙皇帝的侍从，他也习惯了以诗文颂圣。这似乎成了本首诗的败笔。

太行山歌

范学孜

上党平临尺五天，高盘峻踞太行巅。山势纡迴矫蜿蜒，峰峦历历点春妍。我一登临万像悬，羊肠鸟道尽俄延。北跨冀并包幽燕，铜堤数里列眉前。西望尧封古帝阡，鸠峰鹿谷迭相联。漳澜泻碧水潺湲，春芜南指洛阳川。清华翠竹美娟娟，九曲长堤起风涟。淇水悠悠瀹百泉，东顾紫团访二仙[①]。凤山五色映龙渊，凭陵巨丽俯大千。阴壑雾埋晓日鲜，回车辙迹如刓镌。望若黑云眼欲穿，青萝石磴何苍然！风清月白自年年，忆昔龙飞指玉鞭。鸣銮佩玉走青騆，旌旗斜整凌风翩。云从虎啸悉英贤，君唱臣赓多巨篇。薜裳茅屋入睿编，燕许大手笔如椽。敷藻封书颂乘乾[2]，百年底事尽情牵。岩谷花开笼柘烟，石作端溪云作笺。铺排笔阵吐高搴，雄思那怵古人先。浮云俯视低原田，郡城一点草芊绵。大开胸襟破拘挛，蹑跋不愿拾金钱。惟望中秋皎月圆，云梯直下与山连，霓裳依桂舞蹁跹。（《长子县志》）

注释：

①二仙：紫团山真泽宫主祀的乐氏二仙，唐昭宗时，乐姓的两个女儿为了在山间采灵芝给继母治病被风刮到山岸之下而殒命，乡人立祠纪念。

②乘乾：指登极为帝。

解说：

字尔，号淳园，长子（今山西长子县）人，乾隆乙酉科举人，任山东济宁州州同。任职期间秉公谨慎，为国为民办了许多好事，被上司称为良吏，死于任上。

作者本身就是长子人，对太行山既有感情，又了然于胸。因此，刻画太行山就更加得心应手。况且，作者本就气魄宏大，有意与古人争雄，明言“雄思那怵古人先”，太行山的气魄自然更是浑厚。作者确实做到了自己说的“石作端溪云作笺”。最后，欲在山巅观女仙跳舞，更让诗歌显得灵活飞动。

太行山歌

田　雯

太行山为天下脊，幽州河内如游龙。天泻黄河直截断，重冈叠阜纷相从。济源之北更秀拔，二十五里三高峰。下有奔流势迅驶，不知何物来踏路？云是神鳌伏地底，屃赑[1]莫动无其踪。小县孤城压背脑，枕石面水诸侯封。车轮摧折羊肠坂，苦寒吟眺何龙钟[2]！我今拥传[3]孟门道，手把长剑曳竹筇。直上此山绝顶望，西揖恒霍东岱宗。（《田雯诗选》）

注释：

①质赑：蠵龟的别名。②龙钟：失意潦倒貌。③拥传：谓出使。因使用驿站的车马，故云。

解说：

清山东德州人，字纶霞，又字子纶、紫纶，号漪亭，又号山子，晚号蒙斋。康熙三年(1664)进士，授中书，累迁工部郎中，督江南学政，历江宁、贵州巡抚，官至户部侍郎。诗师黄山谷，欲以奇丽驾王士禛之上。

这里刻画的是南太行山的气势。在感受太行山的气势时，作者的气势我们也就感受到了。此外，对于山川地理的熟知，是一个人政治才能的体现，正如我们经常说某些人“上知天文下知地理”，因此，作者的创作也是有意识地表现政治才能的。

太行绵亘上党之东险隘林立述其在潞安境内者示朱生甫

徐继畬

太行走北乾，山势何巑岏。河内与上党，两界起峰峦。潞州扼其吭，形胜留不刊。壶关汉名县，大河流急湍。新旧两窟窿，五丁凿奇观。其北为玉缺，高岭路纡盘。桃花隔两园，斗绝不容攀。林虑近可接，望之云漫漫。再北为潞城，虹梯空际蟠。鸟道回百折，投足欲走丸。樵苏尚彳亍[①]，何人敢据鞍。奇险由天造，一夫可以完。下有茉兰岩，峨峨石剑攒。岜崿怖行旅，群吟《行路难》。黎城古建国，《式微》诗欣叹。东瞰吾儿峪，壶口旧安澜。雄关有遗址，雉堞半凋残。坡陀高数仞，山涧纡且宽。地利无可恃，常忧兵力单。楸园与石背，要隘烦控抟。行行渡漳水，古道走邯郸。我行来乘鄣，被命试师干。请缨虽有志，无如气力殚。聚米[②]愧未能，括地[③]借诗坛。伫闻吴楚捷[④]，环瀛普乂安。(《晚晴簃诗汇》)

注释：

①彳亍：比喻犹疑不定。②聚米：比喻指划形势，运筹决策。见《后汉书·马援传》。③括地：拓地。④吴楚捷：指清政府与太平天国的战争。

解说：

字松龛。山西五台人。道光进士。官历御史、福建巡抚兼署闽浙总督，太仆寺少卿。道光、咸丰中，屡上疏言时政得失，请简教令、则例、处分；行节俭，开言路。后在山西督办防堵太平军事宜；再总办各府州团防，镇压捻军、回民起义。同治二年（1863）在总理各国事务衙门行走，三年后辞官。同治十二年（1873）卒。

作者将太行山的山形地势如数家珍，并非仅仅因为太行山处处可入诗，更是在向友人表明，他是个将才，应该参与前线的战斗。他这是在学东汉名将马援。《后汉书·马援传》载：“援因说隗嚣将帅有土崩之势，兵进有必破之状。又于帝前聚米为山谷，指画形势，开示众军所从道径往来，分析曲折，昭然可晓。”可是，自己的一番抱负，一身本领，只能在诗坛表现了。换句话说，他认为自己的诗也是很好的，事实确实如此。

登太行山

缪　烜

题注：上党，今之潞安府。

千里延袤势纵横，当年秦晋此纷争。河从远树苍茫见，人向低天咫尺行。云顾每思亲舍在[①]，雪飞应苦客车征[②]。也因涉险兴徒戒，心一持平路亦平。（《江上诗钞》）

注释：

①“云顾”句：原注，唐狄梁公登太行，遥瞻，“吾亲舍其下”。②“雪飞”句：原注，曹孟德有诗《太行苦寒行》。

解说：

字旭之，江阴诸生，道光咸丰时人。少时读人诗，即喜效其体吟咏，曾佐学使刘信芳整理诗宗。

太行山的高险是出了名的。但是，同样的高险，并不能产生同样的心境。面对同样的太行山，狄仁杰产生游子思亲之感，曹孟德产生功业难成之感。而作者呢，也意识到，高险不在山上，而在心中。用享受的心态走在太行山上，山路也就平坦了。

登太行绝顶五首（选二）

魏　源

太行北泽、潞，南怀庆，实止五陉，首尾千里而近。其三陉在滹沱以北者，乃恒山，非太行也。惟壶关一陉，为入晋通衢。自河内清化镇入谷数十里，四山环互，水竹村落奥旷，真盘谷。自此逾羊肠坂九折，至天井关，则太行绝顶，天下之脊矣。脊北皆堇黝顽石，惟脊南郡县云木蓊郁，故太行之阳，号小江南。

其一

临险如大敌，奋势成独往。竭尽筋力能，驯至青冥上。一壁石怒生，千崖狞相向。石云昼不收，崖瀑夜逾响。数日惟一登，不知所历向。及颠反下视，始悔轻身妄。俯影如在渊，其深不及望。中奥何包孕，山于斯府藏。一降一生妍，一步一回仰。（《魏源全集》）

解说：

字默深。湖南邵阳人。初以举人捐纳为中书，道光二十四年（1844）进士，历官江苏兴化、高邮知州。熟悉朝典国故，于古今成败、得失利病，学术流派，河务、盐政皆有论列。道光中，认为筹防外夷必知夷情，著成《海国图志》一百卷。其他著作多种。咸丰六年卒。

面对高险时的不屈不挠，绝不服输的倔强，是人的精神，也是太行山给人的感觉。站在山顶上向下眺望时的后怕，既是太行山高险的写照，也是欣喜于成就的一种表达。很多人只关注站在巅峰时的风景，作者却告诉我们，下山的时候，更要有不一样的心境。

其三

一石亘千里，石上森万峰。羊肠绕其西，孟门峙其东。凛然长黑云，我行入其中。崩崖划大谷，飞瀑裂鸿蒙。诸山听指挥，趋侍何鞠恭。关塞肘腋扼，郡邑尻脽从。昂头赴东海，三月脊犹穹[1]。绝顶竟砥平，万马屯崇墉。建瓴批捣势，扼吭当关雄。一面制天下，络绎驱驼蒙[②]。宜乎紫团参，自古王气钟。到此身骤贵，宇宙蟠心胸。承平无险要，怀古来悲风。（《魏源全集》）

注释：

①“三月”句：形容太行山首尾之长，即使入海三个月，它的脊背仍在空中。②驼蒙：驼队。

解说：

“到此身骤贵，宇宙蟠心胸”，这是每个站在山颠的人都有的感受，却很少有人能如此真切的表达出来。作者在末句也提出了一个诗词美学上的题目，当笔下有着壮阔的空间时，应该以无限的时间来呼应。

望太行

缪荃孙

万千云气郁青苍，马首西回见太行。左界河山蟠晋赵，中原天地划阴阳。雪花吟入冬心淡，风色吹余鬓影凉。十载盐车空历碌，长鸣坂下太摧伤。（《缪荃孙全集》）

解说：

字炎之，号筱珊，晚号艺风，江阴人。光绪丙子进士，改庶吉士。授编修，历官学部候补参议。有《辛壬稿》《癸甲稿》。近代藏书家，校勘家。

依然是千里马常有，而伯乐不常有的慨叹。但这首诗更让我关注的却是颔联。太行山如蟠龙，太行山如太极图上的曲线，这是何等的形象啊！又是何等的意蕴深长啊！

游陕西登太行山感赋

康有为

陕城形势天下雄，河流滚滚与天通。巍楼翼翼峭函关，时有舟楫泛其中。北望太行势崇隆，千里叠巘望不穷，九秋万里起长风。城头苍翠极太空,县衙池沼倚高墉。河声岳色自雄蒙,朝晖夕霭应接同,老夫七十意兴浓。东望崤函汉关封,西顾桃林秦塞空,喟叹河山心有忡。(《万木草堂诗集》)

解说:

清广东南海人,初名祖诒,字广厦。光绪二十一年(1895)进士。光绪十四年(1888),首次上书光绪帝,建议变法。二十一年《马关条约》签订,有为联合在京会试举人一千三百余人上书清帝,要求拒签和约、迁都抗战、变法图强。中进士,授工部主事,不就,鼓吹变法维新。光绪二十四年(1898),成"百日维新"。戊戌政变起,逃亡国外。后持保皇立场,反对民主革命。辛亥革命后,曾与张勋共谋复辟帝制。

满眼都是雄伟高大的风光,笔下都是几千年历史的地名,那个历史悠久、文明昌盛的华夏,怎么就成了割地赔款、备受欺凌的晚清了呢?看着雄壮的山河,谁能不升起自豪感?想到它的未来,谁又能不忧心忡忡!

太行绵延半山西

太行山绵延八百里，纵跨北京、河北、山西、河南 4 省、市，山脉北起北京市西山，向南延伸至河南与山西交界地区的王屋山，西接山西高原，东临华北平原。在山西境内，太行山至少包括了 232 座被命名的山峰，其中很多蕴含着独特的历史文化，以及具有令人心醉的风光。

王屋山

在阳城县西南边，西界垣曲县，南入河南济源县，北连云蒙山，东接鳌背山。旧志“山有三重，其状如屋。”又云：“其状如王者车盖。”故名王屋山。东西长约30千米，海拔在1200—1700米。主峰在西端，海拔1800米以上。为太行山脉之尾闾。自古以来乃旅游佳境。

历代与王屋山有关的文学作品极其丰富，今人对此已经做过了专门辑录。在有限的篇幅下，为了更好地展示太行山其他地区的文学作品，此处不再选录任何作品。请参看中国文史出版社的《王屋山名胜诗画》一书。

鳌背山

在阳城县西南部。横河乡南部，向南伸入河南省境。因山脊似鳌背而得名。山上清泉微涧甚多，旧称龙潭岭。山体北接析城山，南至河南省界。主峰海拔 1929 米。属太行山脉南段。

下鳌背

李俊民

浮云踪迹去留难，谷谤岩嘲勒我还。毕竟一身无着处，大都百计不如闲。无多伎俩三休[①]外，是亦风流二老[②]间。昨日主人今日客，回头山色若为颜。（《全金诗》）

注释：

①三休：为退隐之典。见《旧唐书·文苑传下·司空图》。②二老：指伯夷、叔齐，或老子、老莱子。

解说：

作者简介见前。

一个人若总是被世事推来推去，不是因为有太多无奈，而是他的心总是向外攀援。闲的秘诀就在于心不攀援。不攀援即自己是自己的主人，反之则身是客。心若不同，看山的颜色都是不同的。

鳌背元夜

山市家家秉烛游，风檐齐挂月灯毬。不须更用闲妆点，人在鳌峰最上

头。(《全金诗》)

解说：

元夜点灯，家家如此。风俗习惯在不知不觉中就成了束缚，若不如此，似乎就不能释怀。李俊民则能看破这一点，所以，立于鳌峰之上，愈加显得潇洒脱俗。

壬午（节录）

文天祥

……我欲疏河岳，借助金与汤①。吾道率旷野，绕树空徬徨。慷慨抚鳌背，艰关②出羊肠。扶日上天门，随云拜东皇。祖逖誓兴晋，郑畋③义扶唐。人谋岂云及，天命不于常。……(《全宋诗》)

注释：

①金与汤：即金城汤池。②艰关：谓崎岖展转，历尽艰险。③郑畋：黄巢攻陷东都，统军大破之。

解说：

作者简介见前。

在这首诗中，作者明确地表明了要借助于黄河与太行山的地势来维系南宋的政权。他登上羊肠坂，伫立鳌背山，追想古来拯救国家危亡的英雄豪杰。然而，一个政权衰弱到如此地步，又岂是地势或人谋所能改变的？

鳌背峰

张　晋

巨鳌驾山不肯前，长驱断折神龙鞭。一朝鳌伏山陷地，独余高背撑青天。当年命名叹奇绝，今我一见形宛然。析城之峰难悉数，斯游颇诩窥其全。如兹诡谲真罕觏，屈第一指何惭焉。日暮疲驴绕山脚，不登绝顶嗟无缘。三山①戴首②竟何处，此景在目非虚悬。欲行不行重回首，斜阳倒射

苍苍烟。(《阳城历史名人文存》)

注释:

①三山:一说析城、云蒙、鳌背三山,一说析城、砥柱、鳌背三山。此处三似为虚数,且不当含鳌背山。②戴首:即敬礼、供奉之意。

解说:

清山西阳城人,字隽三。诸生。工诗,长于七古。足迹半天下,后落拓以死。有《艳雪堂诗集》。

此诗就鳌背之名说起,以虚笔写实景,这是一个很好的写法。第一,他抓住了鳌背山的特征,把山写出了神奇和动感;第二,鳌背山的风光也不是语言所能描尽的。

石门

张文炳

深潭百尺鱼龙伏,断崖千寻涧道回。一水中流从地涌,两山相并接天开。空濛[1]半锁巉岩石,缥缈斜封削壁苔。更有闲云关不住,无拘朝暮任飞来。(《阳城县志》)

注释:

①空濛:迷茫貌;缥缈貌。

解说:

清山西绛州人,字明德。康熙间以实录馆供事议叙,授高唐州州判,终泗州知州。有《易象数钩深图》《公余笔记》。

石门,也叫石峡,在云蒙、鳌背两山峡谷中,位于烧犁铺村南,是晋豫边境的一个重要隘口。诗人以雄奇强健的笔调、描绘丁壁立千仞,潭深百尺,雾锁霞封的石门胜景。闲云则表现了徜徉其间的悠然之态。

蟒山

古名王莽山。相传王莽赶刘秀曾经过此地故名。在阳城县城南25千米,桑林乡东南部,蟒河左岸。主峰叫三盘山,海拔1198.4米。属太行山脉南段脊背。“望蟒孤峰”为旧阳城八景之一。

望莽孤峰三首

杨伯朋

峻嶒卓立耸孤峰,莽莽苍苍望远踪。绝顶应知红日近,高寒时有碧云舂[①]。回环丛树如孙子,罗列群山俨敬恭。雨后遥看何所似,凌空涌出玉芙蓉。

峥嵘绝地簇瑶华[②],特立亭亭信足夸。似插玉簪横碧落,好将斑管[③]绘晴霞。宛然独秀昂头立,不使群峰望眼遮。最是斜阳相映处,遥从天际数归鸦。

遥从天际望晴空,苍莽孤峰气概雄。远岫周遭如列帐,小山旋绕合为宫。全无依傍超群垤[④],时有烟云在下风。为问高标谁是伴,老松冬岭正青葱。(《阳城历史名人文存》)

注释:

①“高寒”句:高寒之处时有人间舂米声透云而来。②瑶华:喻指霜、雪。③斑管:毛笔。以斑竹为杆,故称斑管。④垤:小土丘。

解说:

字正吾,一字振吾,号雪鸿,又号无证道人,阳城人。同治甲子(1864)

科举人。曾主讲河南洧川、滑台书院，著有《蛙天蠡海集》。

“莽山孤峰”为阳城八景之一。此三首诗，紧紧围绕一个孤字，衬托一群峰秀水，老松归鸦，清空烟霞，真可谓蟒山之大观，灵秀难名！

由济源入望蟒山

王豫泰

黄雾蔽天风吹吹，连日山容郁不开。天公不负游山兴，雨师一夜清尘埃。晓起新晴曳杖走，身逐飞云入山口。回头俯视云满谷，云里群仙时招手。云气漾漾雨霏霏，卧鳖栖岩静不飞。嘘之即来吹即去，但觉空翠湿裳衣。身入云堆拥云坐，絛(?)倚飞鸟云中过。斗惊空谷足音跫，樵子披云来一个。下岭烟消天气清，人在青山深处行。(《阳城历史名人文存》)

解说：

初名晋泰，字介三，号见山，阳城县润城上庄村人。清乾嘉年间人，贡生。博学工诗，专攻古近体、乐府诗，受业于诗人张晋。一生清介自持，不求仕进。著有《此中有我山房集》《守史乐府》。

此诗与前一首不同，乃紧紧围绕一个云字，将蟒山的仙意烘托出来。“樵子披云来一个”，七个字令人耳中充满樵歌之声。

砥柱山

一名指柱山。在阳城县南部，桑林乡南5千米。因三峰突起，形如石柱，故名。中峰最高，海拔1572米。属太行山脉南段。山南峭壁绝崖，山北稍缓。山上天然杂木林密布。蟒河源出山之东南麓。属蟒河自然保护区，阳城县旅游胜地之一。

游底柱山

杨鹏翼

并足难容鸟道穿，孤筇扶我步云边。方迎峭壁疑无路，才转深溪别有天。林树排空笼晓日，岩花弄色绚朝烟。身随流水环湾处，未入蓬莱已觉仙。（《泽州府志》）

解说：

字子羽，号屋山，阳城人。崇祯庚辰年（1640）中进士，官浙江会稽县知县，有德政，明亡后，弃官侨居浙东。顺治初年还里，杜门谢客，蛰居于白巷里老圃亭，后又迁自在庵，享年78岁。著有《圃亭诗集》已佚失。

作者特别关注砥柱山的风景，包括路险，壁峭，林深，花绚，再配以深碧的流水，感觉如在仙境一般。“方迎”两句乃模仿“山重水复疑无路，柳暗花明又一村”而来，自然贴切。

南楼[1]见砥柱

陈廷敬

楼外砥柱山，几席[2]浮青空。神禹所表置[3]，高标天阙通。王屋连析城，秀色摩苍穹。登楼遥见之，怀古心忧忡。二崤秦垒灭，三川晋国雄。蛮触[4]纷斗争，役役会有穷。渺然想开辟，玄化[5]观无终。(《午亭文编》)

注释：

①南楼：在午亭山村，即今皇城相府。②几席：几和席，为古人凭依、坐卧的器具。③"神禹"句：《水经·河水注》："砥柱，山名也。昔禹治洪水，山陵当水者凿之……指状表目，亦谓之三门矣。④蛮触：喻指为小事而争斗者。典出《庄子·则阳》。⑤玄化：神妙的变化。

解说：

作者简介见前。

砥柱山无疑是峻秀的。但作者并没过多关注它的美，而是透过山，想到了山所见证的历史，那无非是为了利益而争斗的历史。作者期待的是一个没有争斗的世界。到哪去找呢？自然是没有人存在的天地开辟之时。

龙树掌[1]张氏北楼望砥柱山

不辞历井与扪参，望尽三峰路转侵[2]。华岳斜通西颢[3]远，青萝已映北楼深。百年过眼浮生梦，万事看山未了心。早是鸡鸣怀往路，要令岩壑快幽寻。(《午亭文编》)

注释：

①龙树掌：今名龙掌，是台头西石臼村北岭上的一个行政村。②侵：接近。③西颢：西方曰颢天。

解说：

砥柱山很高，西通华岳，北映青萝。作者望山之际，心中好像总有数不清道不明的苦闷。幸好到了清晨，他决定登上岩壑间，一洗胸中的烦闷。

游底柱山入天井谷[1]，卫北山远来饷食，兼简衷明府

灵壑青峰入望频,鞭丝乌帽[2]映嶙峋。寻山我愧谢康乐,好客人称郑子真[3]。空谷乍逢如逆旅,斜阳立语见交亲。因君凭寄神明宰,玉洞丹砂不厌贫。(《午亭文编》)

注释:

①天井谷:在底柱山北上天井村附近。②鞭丝乌帽:鞭丝,马鞭。借指出游。乌帽,黑帽。古代贵者常服,隋唐后多为庶民、隐者之帽。③郑子真:名朴。汉隐士,耕于岩石之下,名震京师。

解说:

游山玩水之际,有隐居的朋友远来送食,良辰美景之外更有感动与温暖,真是难得。临行之时,再托其转达对其他朋友的问候与赞美,山水中间充溢着浓浓的情意。

东冈[1]望砥柱山

金　农

砥柱峰高俨帝囷[2],每于檐隙挹鲜新[3]。酒场莫负今朝约,风扫疏林雨洗尘。(《扬州八怪全书》)

注释:

①东冈:指午亭山村背靠的山冈。当时作者客居陈壮履家。②帝囷:天帝的圆形谷仓。③鲜新:指山色。

解说:

清浙江仁和人,字寿门,又字司农、吉金,号冬心、稽留山民、曲江外史、昔耶居士、百二砚田富翁、荆蛮民等二十多种。中年遍游南北,以后居扬州近二十年,为扬州八怪之一。乾隆元年(1736)举鸿博,不赴。亦工诗。有《冬心先生集》。

昨夜的风雨将天地山川洗刷一新,今朝在窗檐下与友人把酒言欢,抬

头即可观见砥柱山秀丽的风光，这简直是不出家门即可同时拥有世上最美好的事物啊。将砥柱山比喻成帝囷，生新活泼。

砥柱顶望析城

徐　昆

杖藜如意趁云踪，更上危岩第九重。万里丹霄悬一柱，九秋烟翠滴三峰。歇腰人到齐飞鸟，绝顶我来攀古松。平览析城怀禹迹①，随山刊木遍光封②。（《阳城县志》）

注释：

①禹迹：大禹治水的功绩。②光封：似指九州。

解说：

字厚山，平阳府举人。才美学富，乾隆四十一年(1776)任阳城县教谕，立学规八条镌石嵌壁。课文皆依据六经，诚心教诲启迪诸生，一时士风丕变。其官署之中摆满彝鼎图书，与名宿诗歌唱和不绝。著有《柳崖外编》，多载邑中轶事。

兴致浓郁，就连手杖也如人意。从砥柱山望析城山，不由得让人联想到大禹当年在这里治水的情形，感佩他为天下万民造福的情怀。“万里”两句，将砥柱山的特点表现的准确而气势雄浑。

析城山

又名析津山、圣王坪、东坪。在阳城县西南部，横河、西交、杨柏三乡交界处。旧志：山峰顶平，四周如城，有东西南北四门，故名。山体呈南北走向，长达20千米。主峰海拔1888米。属太行山脉西南端。自古以来即为风景名胜区。

北青萝[1]

李商隐

残阳西入崦[2]，茅屋访孤僧。落叶人何在，寒云路几层。独敲初夜磬，闲倚一枝藤。世界微尘里，吾宁爱与憎。（《全唐诗》）

注释：

①北青萝：在阳城境内析城山东南。②崦：即"崦嵫"，山名，在甘肃。古时常用来指太阳落山的地方。

解说：

作者简介见前。

当我们害怕一孤独时，不妨思考一下诗中孤僧的生活。为什么他不害怕孤独呢？因为当我们懂得享受孤独，孤独也就成了一种美。如何才能享受孤独呢？那需要进入没有执着的境界。不执着于对热闹的喜爱和对孤独的厌恶，我们就会静静地感受生命中的每一秒，每一分阳光和每一滴声响。

登析城山

李　瀚

故人携我上烟霄，佳景兼逢春色交。地壮洪蒙留禹迹，天开鳌极[1]奠殷郊。峰头雨过龙归洞，树杪风回鹤避巢。连日泛观神未倦，瘦萝重倚尽峣拗[2]。(《阳城县志》)

注释：

①鳌极：神话传说中指女娲断鳌足所立的四极天柱。②峣拗：从用韵看，应为峣峣。

解说：

字叔渊，号石楼居士，山西沁水人。明成化十七年(1481)中进士。历官四十余年，政绩卓著，执法严厉，不徇私情，不屈权贵，甚至对一时权倾朝野的刘瑾阉党也耿直相对。后告老还乡，居石楼村，徜徉咏歌至老。

中国古代诗歌因为受篇幅和格律的限制，所以它追求的是以意取胜。颔联借历史典故来突出析城山的文化底蕴，颈联借龙归鹤避来烘托析城山的神奇秀美，至于具体如何美，在意会之后，最好实地去看一番。

下交村谒商王成汤庙

夏道日沦亡，天符命武汤。南巢[1]方放雪，率土悉归王。揖让推虞舜，忧勤并姬昌。冈头遗庙在，香雾霭龙章[2]。(《阳城县志》)

注释：

①南巢：在今安徽巢县西南。《尚书·仲虺之诰》："成汤放桀于南巢"。②龙章：指龙旗。

解说：

成汤庙是析城山著名的人文景观。本诗从人文二字入手，着重刻画成汤的历史功绩与伟大品格，使诗歌呈现出悠远而肃穆的色彩。最后，以"香雾霭龙章"一句点出后人对他的无限敬仰。每年五月十二的汤王庙会，是当地历史最悠久的民俗节日。

成汤庙

马汝骥

阊阖[①]开关紫气分，汤王行阁[②]坐氤氲。春莺啼树旌旗合，古柏含霜剑戟森。千里郊原沾大雨，八荒箪食望征云[③]。商孙于赫[④]绵神器，请读桑林自省文[⑤]。(《阳城县志》)

注释：

①阊阖：这里指成汤庙门。②行阁：行宫。③“千里”二句：指成汤祷雨以及吊民伐罪。④于赫：叹美之词。《诗经·商颂·那》：“于赫汤孙，穆穆厥声。”⑤桑林自省文：《吕氏春秋》载：“天大旱，五年不收。汤乃以身祷于桑林曰：‘余一人有罪无及万夫；万夫有罪在余一人。无以一人之不敏，使上帝鬼神伤民之命。’”

解说：

明陕西绥德人，字仲房。正德十二年(1517)进士。改庶吉士。以谏南巡，受杖，出知泽州。惩虐小民之王府人。陵川知县贪，褫其官。世宗立，累官礼部右侍郎。博览典故，平居恂恂不出言，遇集议矢口驳正，斧劈理解。将大拜，以病肺卒官。死无以为敛。有《西元集》。

本诗将自然与人文结合，前两联写自然，后两联写人文。而在风景的刻画中能体现帝王威严，在功业的回顾中能以自然风光加以表述，手法高妙。

闻曹将军败贼于圣王坪[①]喜而赋之

庞太朴

杀人者，干天和，于兹无辜罹网罗。百暨千，千暨万，杀人抑何多！尔乃盘踞山之阿。将军拥铁骑，壮士挥金戈。野战不用步与伐，但披彼之荆棘，斩彼之藤萝，兵气随雾色而入嵯峩[②]。渠魁欻授首，胁从尽蹉跎[③]。金帛不收委紫陌，花钿不插泣青娥。箭服鱼鼓鸣鼍罟[④]，喑呜听唱歌。歼此草寇不足介[⑤]，四国以此反侧吪[⑥]。(《泽州府志》)

注释：

①圣王坪：即析城山顶。《竹林纪年》记载："商汤24年大旱，王祷于桑林（析城山）"。②嵯莪：即嵯峨，指高耸的山。③蹉跎：失时。④"箭服"句：指战事结束。弓箭如囊，战鼓停敲。⑤不足介：不可以止息。介，止息。⑥侧吪：潜伏行动。

解说：

作者简介见前。

崇祯四年（1631），明末农民起义军王嘉胤率部入山西，五月二七日，在圣王坪花儿沟屯扎。六月初二日，夜饮大醉，被其侄及右丞白玉梁等杀害，献首级投奔官军，时总兵为曹文诏。体裁用古体，更显慷慨激昂。

避难山中奉怀薛夫子①

白胤谦

阳春正二月，瀛洲集鸳鹭②。九霄回眄睐，光彩失寒素。烈哉王室祸，崩迫③主恩负。风尘间函丈④，寸心不可布。寂寥东海琴，匍匐邯郸步⑤。欲从王屋游，冀博真仙顾。琳宫白鹤旋，瑶坛紫烟聚。杖策几时逢，傍徨泣中路。云生析城岚，雨落河阳树。黄鹄入青冥，空令弋者慕。（《阳城历史名人文存》）

注释：

①薛夫子：薛瑄，初为山东提学佥事，以白鹿洞学规开示诸生，亲为讲授，人呼薛夫子。②"瀛洲"句：追忆当年身居朝堂获得荣宠的情景。瀛洲，诗文中常用瀛洲比喻士人获得殊荣，如入仙境。鸳鹭，鹓鹭。比喻朝臣。③崩迫：奔忙。④函丈：对前辈学者或老师的敬称。⑤"寂寥"两句：这是对自己想要成为薛瑄弟子而不可得的感慨。前一句用成连海上琴之典，后一句用邯郸学步之典。

解说：

明末清初山西阳城人，字子益，号东谷。明崇祯十六年（1643）进士，选庶吉士。清初入翰林，官至刑部尚书。五十九岁致仕。去官后杜门却扫，名所居为“归庸斋”，以宋朱熹、明薛瑄之学说训其子弟，又十余年而卒。有《东谷集》、《桑榆集》等。

作者是阳城人，薛瑄就在河阳，离得并不算远。但作者慨叹到，身在王屋仙山，却碰不见山上的神仙，能见到析城的岚气，却得不到山上落下的雨，离名师如此的近，却无缘与他亲近。

析城

析城山色拥晴岚，一片秋容画里看。鸟路盘旋七十里，白头空自望巑岏。（《阳城历史名人文存》）

解说：

七十里的山路，析城山的广大和深邃都表现出来了。

游析城山，遍历千峰寺、铁盆嶂诸名胜

陈宏度

西南山万点，争似析城尖。路逼蚕丛[①]仄，峦纾马首[②]瞻。云翳迷咫尺，衣露怯零沾。石磴蟠车辙，藤梢刺帽檐。岩花白闪闪，径草绿纤纤。雨歇晴岚滴，滩高细响添。壶餐分雪乳[③]，樵爨仰刀镰。茅屋几人住，荒涂五日詹[④]。探幽穷奥窔，问俗绝猜嫌。淳朴还风物，艰难藉养恬。农籍珍橡栗，天产歉鱼盐。客意轻轩冕，氓情隔釜鬵。范金劳鼓铸，旷土病闾阎[⑤]。谷暗虚堂阒，枝稠巨木粘。观空驱黑业[⑥]，丽景入朱炎。赤射琉璃瓦，青遮翡翠帘。拂尘尊现佛，翻贝没楞严。碧藓前朝碣，苍虬古干髯。药苗希采采，麦秀已渐渐。鸥鸟元相狎，烟霞不碍廉。回鞭寻断道，蹑履历危阽。野性耽麋鹿，荣施及艾蒹。雅梳双粉黛，熊画[⑦]四彤檐。履舄行交错，缁黄迹并兼。容华同鲍照，彩笔忆江淹。布席纷酬劝，阄题索笑拈。酒香杯琥珀，砚湿墨涟涟。低拍从喉转，毫吟触目占。搜肠茗酪苦，选境蔗浆甜。筋力宁辞倦，泉声总未厌。夕阳林乱影，明月镜开奁。却待歌招隐，槃阿[⑧]莫浪潜。（《泽州府志》）

注释：

①蚕丛：相传为蜀王的先祖，教人蚕桑。这里指蜀道。②马首：指策马前进。③雪乳：指酒或泉水或茶水。④五日詹：《诗经·小雅·采绿》："五日为期，六日不詹。"詹，至。⑤闾阎：借指平民。⑥黑业：佛教语。即恶业。⑦熊画：汉制，公与列侯之车轼画熊为饰，后因以画熊为咏公卿及地方长官之典。⑧槃阿：《诗·卫风·考槃》："考槃在涧，硕人之宽……考槃在阿，硕人之薖。"后因以盘阿称避世隐居之处。

解说：

字子容，雪篁或为其号，阳城人。曾编《阳城诗抄》四卷，常与里居的白胤谦论诗，似亦与田六善为诗酒唱和的契友。

析城山山秀水美，有"北方张家界"之誉。作者按照自己的游历顺序，将各处的风景、名胜做了细致的展现。描写风景，若不参以人事，就会显得缺乏生机，本诗将地方民情及山中游客融入在风景刻画之中，不但在风光中增加了笑语，更体现了作者对人民生活的关心。

登南天门

田六善

削壁巉岩护祖龙[①]，悬崖天上耸山容。依微河洛长空见，到此方登第一峰。（《阳城历史名人文存》）

注释：

①祖龙：指秦始皇。也借指其他帝王。

解说：

字兼山。山西阳城人。顺治进士。历官江南道御史、右佥都御史、工部侍郎。顺治间，上疏论举荐清吏三难五便。康熙中，屡上疏论时政，言及裁军、刑法、财政、吏治。康熙十三年(1674)，建议重用绿旗军队，公平赏罚，以破"三平之乱"。康熙二十年离职，十年后卒。

当我们登上一处高峰，不是因为它高才说它美，而是因为站得越高，就越能将山以外的景色收入眼中。写诗也是如此。如果单纯的在文字中表现景色，就如同登上了高山却只看这座山一样。作者把南天门写成天上的南天门，在门的后面，似乎还有天帝和一众神仙。七个字就营造出了身在整个天宫的氛围。南天门的美也就被艺术化的展现了。

析城山南天门

田七善

阊阖中开倚碧空，凭虚远眺思无穷。通天却忆车箱路[①]，得似莲峰瓣瓣同。（《泽州府志》）

注释：

①“通天”句：杜甫《望岳》：“车箱入谷无归路，箭栝通天有一门。”这里用华山车箱谷喻盘亭峡谷。

解说：

阳城人。顺治己亥(1659)进士，历任合江、狄道知县。康熙中吴三桂反，岷洮陇蜀等地陷落，七善投奔大将军靖逆侯幕下，幕府为之上奏不屈从叛逆的事迹，被提升为吏部主事。不久，因足疾辞官归里。

站在高山上看周围诸峰，杜甫是这样形容的：“诸峰罗立如儿孙”，很形象。田七善却以莲花瓣瓣围绕花心形容之，也是很有创造力的。只是不得不说，这样的话，那些山峰岂不是缺少了自己的特点？

避流寇麻楼山[①]

武　杰

挂冠经世变，遁迹向麻楼。德负前朝重，恩图异世酬。鬓毛惊渐白，匣剑惜空留。北望烟尘沸，泫然涕泪流。（《泽州府志》）

注释：

①麻楼山：亦称麻娄山，在析城山东北麓，有东西两峰，相距四五里。其地险峻，是屯兵避难的好去处。明末战乱，邑中仕宦多避难于此。

解说：

阳城人。天启辛酉(1621)中举,曾任河南沈丘知县。明末农民起义军攻占中州各县后返回阳城,避乱于麻楼山。

人们读这样的诗歌,应该考虑这样一个问题:避世隐居甚至自杀殉国,于国于民是否有意义呢?他们的行为虽然改变不了什么,但产生的影响,或许比所能改变的,还要大且深远。

杪秋麻楼夜饮

石凤台

山孤月色寒,猿啸野花残。秋气清如洗,潭光青可观。诗情依鸟树,酒力坐云磐[①]。澹漠甘林壑,谁歌行路难。(《泽州府志》)

注释：

①云磐:云雾缭绕的磐石。

解说：

明末清初山西阳城人,字六象,号逸斋。明天启五年(1625)进士。历官为宁前兵备道。崇祯间上疏言与清议和事,触思宗怒,逮治几死。清初,任陕西巡抚,又历荆西道、关西道。有《石先生诗钞》。

在秋夜的麻楼山夜饮,享受着美酒和恬淡,享受着清冷与澄澈。不必歌什么行路难,他从来不是因为仕途艰难才选择徜徉林下的。

登麻楼山

河清不可俟,避世始萦萦[①]。野老识余意,招呼山上行。东峰既崒嵂,西峰亦峥嵘。坐卧烟霞拥,时听松柏声。(《泽州府志》)

注释：

①萦萦:缠绕貌。这里指萦绕于心。

解说：

这个为国为民的人,不是因为仕途艰难而避世,而是因为天下混乱而避世,这是不一样的。然而,即使在麻楼山坐卧皆有烟霞环绕,好似神仙一般,他仍旧眼底峥嵘,耳绕松涛,豪杰之气丝毫没有泯灭。

析城山

陈廷敬

河东形胜古王畿[①],蒲坂南来垒嶂[②]奇。禹贡山川连砥柱,唐风宫室尽茅茨。阴埋半岭云车过,翠入中峰雨脚移。极目下方千万壑,樵村归路客先知。(《午亭文编》)

注释:

①古王畿:这里指禹都蒲坂(今蒲县)。②垒嶂:形容山岭重重叠叠,连绵不断。

解说:

作者简介见前。

要想写好律诗,不但要语新,还要意新。它的中间两联是对仗的,这就要求一联内的两句结构相同,要想做得好,就一定要语新。而首联与尾联无须对仗,这就给了作者追求意新的可能。本诗的尾联即是如此,出人意表而又在情理之中。

析城道中望樊山[①]

松云缥缈倚高空,无数烟峦远望通。底柱三山皆拱北,太行千里尽回东。登临早识随刊[②]意,开辟深知造化功。家向翠微多处在,芙蓉九点[③]落当中。(《午亭文编》)

注释:

①樊山:樊山在阳城东北部,陈廷敬故居在其山麓。②随刊:《尚书·禹贡》:"禹敷土,随山刊木,奠高山大川。"③芙蓉九点:樊山一名芙蓉九蕊山,可见山为九峰。

解说:

在古代诗歌中,用典是一个非常重要的问题,它能让语言更显典雅厚重,情感更加含蓄深沉。比如在本诗的颈联中,即隐晦地使用了大禹和盘古的典故。一旦意识到了，就会感受到诗人对为民造福之人的赞叹。

游圣王坪

陈壮履

曩闻圣王坪，高出西山颠。峡[①]北路盘屈，磴道相钩连。暮春月晦日，兴至整吟鞭。穿林惊夜鹿，举袂陵飞鸢。再上得尽旷，渐入清虚天。成汤有遗庙，殿阁殊巍然。神灵夙所著，展拜抒寅虔。五百毒龙窝[②]，一一含甘泉。虎豹绝跄伏，荆棘无蔓延。奇葩尚寂寂，细草初芊芊。非关气候异，还因地势偏。意惬群妄息，境越凡尘捐。石髓恨难识，兰膏[③]愁自煎。顿思脱世网，拟欲从真仙。浮岚忽沉冥，风雨来飘翩。返步毛发森，回首空云烟。(《泽州府志》)

注释：

①峡：山脚。②五百毒龙窝：圣王坪上有很多窝状的凹地，俗称毒龙窝。③兰膏：古代用泽兰子炼制的油脂。可以点灯。

解说：

字幼安，一字礼叔，号南坨，阳城皇城村陈廷敬第三子、康熙丁丑(1697)进士，选清书庶吉士，官至翰林院侍读学士、日讲起居注、内廷供奉。他力承家学，素擅鸿词，以文章著称。曾参加编修《康熙字典》，著有《潜斋诗集》等。

登高眺远，总能给人以出世之念，本诗中也有这样的话语。然而，这不过是作者的一念而已，一场不期而来的风雨，立刻就让他回到现实中。当他从山顶下来并回头遥望的时候，只有一片苍茫的云烟。

圣王坪

金　农

访道通幽象，仙山视听殊。鹤鸣知子午，松吹叶笙竽。香雾迷三里，天浆[①]散百瓠。肯教容易别，琼月闭金铺[②]。(《扬州八怪全书》)

注释：

①天浆：指美酒。②金铺：金饰铺首。又门户之美称。

解说：

作者简介见前。

雍正三年(1725)九月，作者赴泽州投陈壮履(宇幼安)处，客居三年。雍正四年(1726)春，访圣王坪、石淙院。圣王坪的美与他处不同，所谓"仙山视听殊"。作者流连忘返，却说圣王坪不忍教他离去，寓情于景是也。

圣王坪

朱　樟

箫鼓祈年及万家，滤泉新汲古城洼[①]。仙人待雨呼龙草，少女留香弄粉花[②]。未买春田培百药，难搜灵气孕三桠[③]。何时许访烟萝子[④]，移屐重寻罨画[⑤]沙。(《泽州府志》)

注释：

①古城洼，即指娘娘池，是坪中的一处洼地。所以称古城，是因为传说圣王坪为上古帝王的都城。②"龙草，粉花"两句：作者自注："《寰宇记》，山顶汤王池四岸生龙须草。""坪产胭粉花，一枝五色，天下所无。"③三桠：人参。以其三桠五叶，故称。④烟萝子：相传为古代学仙得道者。亦泛指隐士。⑤罨画：色彩鲜明的绘画。

解说：

清浙江钱塘人，字亦纯，又字鹿田，号慕巢，晚号灌畦叟。康熙三十八年(1699)举人，历官四川江油知县、山西泽州知州。少时从学于毛奇龄，颇为所赏。官蜀中十年，取诸书所载及观察所得，著《蜀客余谭》，另有《观树堂集》。卒年八十。

圣王坪除了景色优美，而且还有许多特产。如龙须草，胭粉花，各种药草特别是人参，等等，愈加显示出这是人间福地。所以，作者再抒发想要入山寻仙的情感时，就显得那么真切。

十八罗汉峰

在阳城县城西南27千米，横河乡外郎庄以东。因山峰似十八罗汉侍立于析城山西门外而得名。主峰海拔1656.9米。属太行山脉南段。诸峰连绵突起，四周苍翠，为旅游佳境。

游盘亭千峰寺[①]

李　瀚

云里千峰寺，凭君特地过。细流萦曲涧，老树挂长萝。世远残碑少，林空宿鸟多。夜来盘石上，对月共吟哦。（《阳城县志》）

注释：

①盘亭千峰寺：盘亭是横河古镇的旧称，千峰寺在古镇横河西岸塔楼山西北的鸡头山下。

解说：

作者简介见前。

在幽静的山间寺内，坐于石上与月相对，即使没有什么风景，单就意境而言已经让人心生向往，何况山水秀美呢？

盘亭

石凤台

山情[①]回合处，青松挂古藤。借问前溪叟，白云深几层。（《阳城县志》）

注释:

①山情:为山中景物所引起的情趣。

解说:

作者简介见前。

诗的语言与日常用语不同,有时在可解与不可解之间。如本诗所言,游览的情趣似有若无,就存在于青松古藤之间,已经让人很难体味了。再去问溪边樵叟,云有几层,更让人难以思议。但这一切又如在目前。

盘亭寺①

石　渠

寺古游踪少,山荒蔓草遮。屏风还列嶂,台雨歇飞花。殿闭蛛罗结,碑残蚪篆斜。潺潺石上水,空自绕恒沙②。(《阳城县志》)

注释:

①盘亭寺:在铁盆嶂下方,紫幢绀宇,掩映丛林,风景秀美。与寺一墙之隔,另建有石淙院。②恒沙:恒河沙。佛教语。形容数量多至无法计算。这里指河中沙。

解说:

清代人,生平不详。

文学作品的妙处在于,只要作者有一双审美的眼睛,他就能够为你呈现出美的事物,并不是那里没有美,而是我们根本意识不到。只要你有一双这样的眼睛,也会在荒凉中发现清幽和生命。

登铁盆嶂

白象灏

霜风吹薄裳,猎猎①盘亭路。霄汉插群峰,揖让迎马步。我闻古至人,卓锡②云深处。每叹湖海③姿,久昧桃源渡。峦嶂忽蔽亏④,古刹因幽护。山花漾清馥,哀猿绕深树。奇哉咫尺潭,幻邈涵灵趣。夜阑豺鸟啸,呗响⑤

高云度。月色映空林,悠然发深悟。(《阳城县志》)

注释:

①猎猎:象声词,指风声。②卓锡:卓,植立;锡,锡杖,僧人外出所用。因谓僧人居留为卓锡。③湖海:指浪迹江湖,不与朝政。④蔽亏:谓因遮蔽而半隐半现。⑤呗响:佛教的音乐。

解说:

字沆仲,阳城人。清顺治丙戌(1636)中举,先任崇信知县,又代理静宁知州,后托病辞官归里。擅文工诗,下笔千言,一挥而就、归里后闭门读书,点校整理了不少书籍,晚年更逃避饮宴,纵情吟咏,著有《怀观堂文集》。

普通人每每羡慕能够远离尘俗的人,也想体味一下摆脱世间束缚的生活。在游览山水的时候,更容易获得这样的感受。所以,无论去哪里游览,若感受不到哪怕一秒钟的解脱,这样的游览是没什么价值的。诗中没有告诉我们作者悟到了什么,但可以肯定,他已经体会到了自由的感觉。

宿石淙院

陈廷敬

山房行欲近,半空人不知。微径碍古木,青霭来差池。鸭脚寒已乱,鸟翼昏相追。林开孤烟出,飞崖落厜㕒[①]。巨灵擘左股,元气犹淋漓。森严惊鬼物,幽险疑蛟螭。石坎[②]象铁盆,千古垂流澌[③]。淙淙一线长,晴雨无盈亏。逝者有如此,吾生几何时。(《午亭文编》)

注释:

①厜㕒:山巅高峻。②石坎:石洞;石坑。③流澌:流水。

解说:

作者简介见前。

作者详致地刻画了石淙院的风景,令人感受到了浓浓的、幽冷的色调。借此,我们能够体会到作者当时的心境。在他冷静的背后是一丝焦虑和凌乱,在感慨时光的流逝中又夹杂着不甘。

铁盆嶂三首

空青[①]削山峰,金沙[②]裹山麓。山头明月行,山腰白云宿。

探奇乃大惊,叹绝但狂叫。山僧浑惯见,对予发微笑。

风洞闻风归,云窝见云去。乃知风与云,生自无人处。(《午亭文编》)

注释:

①空青:指青色的天空。②金沙:借指泉水。苏轼《佛日山荣长老方丈》诗之三:"东麓云根露角牙,细泉幽咽走金沙。"

解说:

铁盆嶂位于阳城县横河镇西南岩岗,层层叠叠,高险奇峻,下面梯田环绕,树木葱茏,上面古树参天,绿荫盖顶,中间悬崖峭壁,似刀砍削,恰如屏障,向西一字铺开。岩下神凿隙乳水滴流,注入天生石盆,散落成珠,嶂以盆得名铁盆嶂,泉以珠得名珍珠泉,"滴水成珠"美景,自古闻名。

石淙院与禅人茶话

金　农

虚空同瞑坐,竖拂老汤[①]师。一夕庄严论,三生茗果期[②]。花宫何窈窕,药树自逶迤。不厌春泉沸,淙淙檐下垂。(《扬州八怪全书》)

注释:

①竖拂老汤:竖拂,本谓高僧谈禅说理时竖起拂尘,用以难倒对方。老汤,品茶用语,指煎沸时间过长的茶汤。②"三生"句:唐代李源与高僧圆泽禅师相约来世相见的故事。借指作者与禅人的关系。

解说:

作者简介见前。

幽静出尘的寺院,花树、春泉,都是吸引人的事物,然而,情谊和境界更能吸引人。这里有学问高深的寺僧,而作者与之恰恰有深厚的交情,这就更增加了石淙院的吸引力。所以,要出游,就一定要和情谊深厚或者境界高深的人一起。

小尖山

在阳城县城西南27千米，李圪塔乡东北边。因山似帽尖而得名。主峰海拔1692米。属太行山脉南段。山势高峻，断崖高耸，如削似壁，登百余级石梯可至山顶，有古庙。森林茂密，古树参天，为旅游佳境。

登尖山顶题句

田　珩

晓行析山西，深林转蒙密。萧然闻远钟，天开一峰出。宫阙在云间，攀缘上层级。地偏草木秀，山迴凉吹疾。玉笛何缥缈，人在诸天立。脱冠憩高窗，爽豁生胸臆。浓绿染修螺①，千峰遥一色。揽胜斯游最，看云日将入。归途屡回首，怅怅如有失。（《阳城县志》）

注释：

①修螺：修长的山峰，螺，这里指像螺壳纹理的山。

解说：

字楚白，阳城人。清乾隆年间增广生员，善诗文。曾游燕赵间，历览名山川，归构别业，稽查古事，评书论文，岁无虚日，文风清高简约，自树一帜。

在作者心中，尖山的风景是他所见过最美的，“揽胜斯游最”，这既是客观的评价，也是对家乡山水的一种偏爱。不过，他离去的时候“怅怅如有失”，这完全没必要，明天再来吧，毕竟就在家门口。真正的喜欢，从来没有看腻的时候。

游尖山

延君寿

晓发盘亭水，归路转溪口。一峰矗天外，万峰皆培’。数折历层巅，放眼窥九有①。王屋向西来，太行复东走。浩气落云汉，举手扪星斗。大笑哀人间，日暮罡风②吼。(《阳城县志》)

注释：

①九有：九州。②罡风：道教谓高空之风。后亦泛指劲风。这里也比喻恶势力。

解说：

字荔浦，阳城人生性纯朴，好学不倦。历任山东莱阳知县、浙江长兴知县、安徽五河知县。后退居乡里，潜心于诗文，乾隆五十六年至五十七年(1791～1792)间同张晋、陈法于、张为基等组成“樊南吟社”，倡导一代文风，成为清乾嘉年间阳城文坛的巨子。

从对风景的描写中可以看出，作者是一个眼界宽广的人，只有眼界宽广的人才能囊括山川。同时，作者也是一个胸中充满沉郁之气的人，他在山顶抒发了浩气的同时，也表达了对人间的哀叹。

小尖山

王豫泰

朅来①方外觅仙踪，乍上云间第一峰。危阁栏前通帝座，群山眼底斗乖龙。或愁高处寒偏甚，才到名区目不供。王屋析城纷待我，天风直下又携筇。(《阳城县志》)

注释：

①朅来：犹言来。归来；来到。

解说：

作者简介见前。

描写山高的方式有无数种，本诗是极有特点的。他说站在玉皇阁的栏杆前，就能直接通到玉帝的宝座，低头就能看到群山如龙一般在争斗。气势确实不凡。而在天风中又携杖攀登，更显风流潇洒。

晋普山

在晋城市郊区，南村镇西南部，与大箕乡和犁川镇交界处。主峰海拔1151.4米。属太行山脉南段。山顶有“李卫公”庙。庙前有浮杯亭，庙东有一石雕佛像，相传是唐代大将军李靖的神封，故名。山腰有松林寺，亦名灵岩寺。

松岭谒卫公祠

杨庭秀

泽[1]居太行巅，绕郭山如带。西南古松岭，杰出群峰外。巉巉耸熊耳，隐隐负鳌背[2]。小楼不垂帘，倚栏日相对。春风遇休沐，俗累谢机械[3]。寸心渴登临，老气鼓衰惫。阴崖冰磴滑，凌涧鸟道隘。瘦藤盘绝顶，清境豁眼界。卫公庙貌存，英气凛如在。法轮[4]灵迹古，殿阁启采绘。祖灯相继续，劫火不可坏。盘亭接天坛[5]，胸次何芥蒂。苍流会清沚[6]，缘络分支派。翠峦卧浮云，幽壑产珍怪。松风咽笙磬，岩溜响环佩。此来真胜游，所适了无碍。不作白头吟，且偿行脚债。可唤千金儿，漫写垂堂[7]戒？（《泽州府志》）

注释：

①泽：泽州。②熊耳，鳌背：附近山名。③机械：桎梏，束缚。④法轮：山上法轮院。⑤盘亭，天坛：附近山名。⑥沚：水中的小块陆地。⑦垂堂：靠近堂屋檐下。因檐瓦坠落可能伤人，故以喻危险的境地。

解说：

字德懋，华州人，大定中进士。自题华山晦叟。学诗于兰泉张吉甫，有"谒心晓梦江湖阔，醉眼春风草木低"之句。当时任泽州刺史，迁平凉府同知，致仕后被诬以谋反诛。在泽州时，"政平讼理，民用康乂"。

官府闲暇之日，登上晋普山，赏松岭之奇秀，吊卫公之英灵，游法轮之幽阒，胸次开阔，兴致盎然。虽身处崇山峻岭中，却没有慨叹衰老，更没有小心翼翼，似乎让我们也感受到了他的欢欣与轻快。

游法轮院

许安仁

太行冈岭横漫漫，撑空一带云霞间。巨鳌背负数州出，重重山上复有山。高都城头见松岭，突兀双峰螺髻并。招邀析城揖王屋，指顾硖石瞰天井。萧萧风叶满山秋，岩峦掩抱云林幽。攀崖转壑路攲侧，虽有佛刹谁曾游。年丰郡邑闲无事，琴酒招呼二三子。题诗古壁赠山僧，略记衰翁曾到此。(《泽州府志》)

解说：

金献州交河人，字子静。幼孤，刻苦读书。世宗大定七年(1167)进士，调河间县主簿，累迁太常博士，为皇太孙(章宗)讲学。章宗即位，超授礼部郎中。朝议以流人实边，安仁谏止之。出为泽州刺史，升汾阳军节度使致仕。

郡邑无事，邀几个朋友去晋普山游玩，是多么惬意的事。千里太行，"重重山上复有山"，满眼的秋色，虽是如此的美丽，游人却是稀少，难道我们都比作者忙？其实，关键不在于有事无事，而在于心中是否有一份闲暇！

硖石山

在晋城市郊区东南部，铺头乡杆栅底村东，丹水西岸，隔丹水与珏山对峙。主峰海拔900余米。属太行山脉南段。山有青莲寺。寺内现存唐宋以来修建的十数座古建筑。内有佛塔、塑像、碑刻等珍贵文物。掷笔台下的乳窦泉，细流似乳。泉周石壁上题字石刻甚多。硖石山、青莲寺与珏山组成了晋城市东郊著名的游览区。

游青莲寺

李俊民

闲携方外友，同谒梵王宫。山吐三更月，松摇万壑风。流年飞鸟过，浮世落花空。不有归来兴①，何能见远公②。（《全金诗》）

注释：

①归来兴：隐居之兴。②远公：东晋高僧慧远。

解说：

作者简介见前。

颔联只用意象来表现青莲寺的美，山吐三更月，那清凉似乎洒在了我身上，松摇万壑风，那广漠起伏的山岭就在眼前。颈联充满了悟道的气息。

游青莲寺，值巨川、彦广二上人出

寂寂荒庭落叶堆，与谁重上远公台。青山不解留人住，立尽秋风僧未

来。(《全金诗》)

解说:

寻人而不遇,在有的人那里会演变成焦躁,在有的人那里则成了另一种美,不但有美,还有浓浓的眷恋。

游青莲寺分韵得春字,并序

已亥暮春十有八日,刘巨川济之、瀛汉臣、王特升用亨、郭甫仲山、姚升子昂、史显忠遂良,同游福严禅院,与巨川、彦广二山主道旧,兵革之余,不胜感叹,仍以“春山多胜事”为韵,赋诗以纪其来。

四面山围故故青,茶烟榻畔坐忘身。与师贪论安心法,门外飞花送却春。(《全金诗》)

解说:

所谓“兵革之余”,即指元灭金。易代之际,个人除了伤感,能有什么办法呢?心不宁则要安心,在求心安之时,飞花已不知不觉送春归,他的心是安还是不安呢?

掷笔台[1]

空山老却涅槃师,掷笔台前且过稀。雉子岂知身后事[2],至今犹傍法堂飞。(《全金诗》)

注释:

①掷笔台:位于青莲寺东南,传为北朝高僧慧远《涅槃》疏就,于此掷笔驻空。②雉子:小野鸡。

解说:

昔人已去,空余传说,一切的名胜古迹皆是如此。身处其中的人,若不能重现历史的记忆,和法堂边的小野鸡又有何分别?

青莲寺

杨庭秀

青莲胜概名天下，竹杖芒鞋得得[①]来。障日乱峰围翠柏，倚天峭壁老苍苔。一炉沉水藏经阁，千古清风掷笔台。欲访开山圣贤迹，断碑细与拂尘埃。（《泽州府志》）

注释：

①得得：任情自得貌。语本《庄子·骈拇》："夫不自见而见彼，不自得而得彼者，是得人之得而不自得其得者也。"宋黄庭坚《和甫得竹数本于周翰喜而作诗和之》："人知爱酒耳，不解心得得。"

解说：

作者简介见前。

青莲寺天下闻名，不仅是因为它的自然风光，也是因为它的文化底蕴。作者在欣赏风景之余，显然更关注于人文。如今的人们，关注人文的已不多，谁还会去细拂残碑呢？

青莲寺二首

许安仁

硖石山藏古洞天，秀岩水隐老蜿蜒。巨峰蔽日两株角[①]，叠嶂排空三叶莲[②]。兰若政当群景会，规抚[③]方悟昔人贤。涅槃大义笼高阁，掷笔危台锁碧烟。

圣迹名山自古传，太行庐阜渺云烟。青莲寺比白莲社，北远名齐南远贤[④]。下界林泉蟠万壑，上方楼阁会诸天。自怜未得安心法，只有僧窗且遏缘[⑤]。（《泽州府志》）

注释：

①两株角：指珏山双峰。②三叶莲：指硖石山。③规抚：仿效；依循。④北方的慧远与南方的慧远齐名。北远指创建青莲寺，注释《涅槃经》的

慧远。⑤遏缘：遏制了佛缘。

解说：

作者简介见前。

青莲寺的山水之美，人们是容易感受到的，但那保存在佛经中的涅槃大义，却是少有人知。作者在敬佩高僧之余，开玩笑地写到，自己所以尚未悟道，登堂入室，是因为僧窗的阻隔吧。其实，僧窗里面是出世，僧窗外面是入世。

宿福岩禅院

硖石峻岩一迳幽，神功开凿几经秋。青莲殿阁千山涌，丹水①波涛万古流。林壑深埋龙虎气，云烟误入凤麟②州。今宵掷笔台边月，来照幽人物外游。(《泽州府志》)

注释：

①丹水：唐刘餗《隋唐嘉话》卷下：“怀州北有丹水，其源出长平山下。传云秦杀赵卒，其水变赤，因以为名。”②凤麟：凤凰与麒麟。比喻杰出罕见的人才。

解说：

作者是泽州刺史，龙虎气凤麟州，既是对硖石山的赞美，也是对泽州的赞美。

宿福岩院

壶中①烟景水云闲，寺在千岩万壑间。一夜西窗冷无寐，卧看月落凤凰山②。(《泽州府志》)

注释：

①壶中：指仙境、胜境或超尘脱俗的境界。②凤凰山：即青莲山。

解说：

一夜西窗冷，是多么难耐的经验？卧看月落山，又是多么潇洒的境界？作者却将其完美地融合在一起，这就是境因人异。

青莲寺

宋雄飞

距州仅一舍[①],得造古名寺。龙潭蓄神奇,虎径转幽邃。树深峡始门,日落山各位。烟霞媚清秋,金碧[②]化平地。高僧福闲境,造物不能闭。诗人吊陈迹,等是梦中记。予生僻林泉,卜筑意未遂。区区[③]了公私,万虑贮曾次[④]。此来真有缘,欲事且姑置。胜处既周览,静憩宿双翠。独怜杖屦游,绝胜萧鼓醉。俄然促归程,却作尘埃吏。(《泽州府志》)

注释:

①一舍:三十里。②金碧:指寺庙。③区区:谓奔走尽力。区,通驱。④曾次:即层次,指相属的各级机构。这里指自己所在机构。

解说:

字翔霄,号和安居士,金真定(今河北省正定县)人。由辞科进士任刑部检法司,出为泽州通判郡事。官至汾州(今山西省隰县)同知。

作者是一个懂得享受寂寞的人,所以有独怜杖屦之语。但作者却不是一个洒脱圆融的人,他还要把万虑留在机关里,他还要选择隐居地点,还要耿耿于游山与工作。

暮春游硖石山青莲寺

牛文郁

走马东郊正暮春,看山透出石嶙峋。一湾云水分金界[①],十里烟霞隔世尘。塔影遥从天外耸,青螺浮向画中皴[②]。我来留宿招提境,借扣禅关悟宿因。(《泽州府志》)

注释:

①金界:佛地,佛寺。②皴:中国画技法之一,涂出物体纹理或阴阳向背。

解说：

字弘道，金宣宗时人。

作者能否悟到前世的因缘，我们不得而知，但我想，他前世大概是画师吧，否则，何以能将青莲寺的山水写的这样美？王维不就说过："当代谬词客，前身应画师"？

青莲山

董雄飞

层峦咫尺对青莲，胜日跻攀会有缘。我与白云盟已久，不须更借买山钱[①]。(《泽州府志》)

注释：

①买山钱：《世说新语·排调》载："支道林因人就深公买印山，深公答曰：'未闻巢由买山而隐。'"

解说：

元代人，生平不详。

作者必定是一个通达圆融的人，否则写不出这样的诗句。所谓"大隐隐于市"，心中有山云，何必在山住？

游泽州青莲寺

皇甫琰

叙[①]分一径下林峦，金碧觚棱[②]紫翠间。峻岭秀攒青菡萏，孤峰突出玉湖山。凿开一屋乾坤小，占断千年日月闲。浩浩兵尘满河朔，天风吹不到禅关。(《泽州府志》)

注释：

①叙：谈话。②觚棱：宫阙上转角处的瓦脊成方角棱瓣之形。借指佛寺。

解说：

字邦端，东平（今山东省东平县）人，一作襄垣人。至元中以荐举任泽州知州，以儒雅为治，交游多名士，政事之暇，多吟咏，句多清俊雅致。任内于元世祖至元九年（1272）增修天井关文庙，勒石纪其事。

寺在山巅，所以寺中人就有小乾坤的胸襟？寺在世外，所以寺中人就有无限的悠然？其实在人不在寺。天下大乱，山寺独闲，你会不会觉得出家就是逃避呢？且不论圣人忘情、圣人无情的话吧，是不是他们辗转在铁蹄下才不算逃避呢？

福岩即事

善　住

村边几株红树，屋外四面青山。终日无人能到，孤云薄暮飞还。（《泽州府志》）

解说：

元僧。字无住，号云屋。尝居吴郡报恩寺。往来吴淞江上，与仇远、白挺、虞集、宋无诸人相倡和。工诗。为元代诗僧之冠。有《谷响集》。

无人能到之地，却住的这么自在，不愧法号“善住”。

碧落山

位于今晋城市北7千米处。山麓有碧落寺，始建于唐初，为全国重点文物保护单位。据旧志载，碧落寺系唐代王子英国公李譔于永淳二年(683)为母妃房氏祈福而建，有弥勒石佛像和摩崖碑。碑文疑为李譔自书，人称“碧落碑”，为世人所珍贵。

题泽州石佛阁

陈子昂

览胜诗千首，登高酒一壶。此情谁管领[1]，分付石浮图。(《全唐诗》)

注释：

①管领：理会，过问。

解说：

唐梓州射洪人，字伯玉。陈元敬子。少任侠，后苦节读书。举光宅进士。以上书论政，为武则天所赞赏，拜麟台正字，转右拾遗。随武攸宜击契丹，表掌书记，军中文翰皆委之。圣历元年(698)以父老解职归乡，旋居父丧。武三思指使射洪县令段简罗织罪名，将其下狱，冤死狱中。论诗标举“风骨”“兴寄”，反对柔靡之风，为唐诗革新先驱。

盛唐时期，碧落寺进入全胜阶段。陈子昂慕名而来，并题诗石壁云云。唐诗兴相玲珑，不可凑泊，本诗即是如此。在登高揽胜，诗酒自适之时，似乎只有他和对面的佛塔才能心意相通。

碧落寺

李俊民

壬寅重午日,陪郡侯段正卿暨王用亨、刘汉臣济之、君祥、仲宽、姚子昂、张唐臣禄卿、平阳赵君玉、王润之同行。

浮云翳炎景[①],长夏惬幽事。相陪林下友,共造金碧地。清流漱寒玉,老树耸苍翠。何人开山祖,妙处发天秘。悠悠岁月深,剥落摩崖字。邀游兴不浅,有酒留客醉。幽鸟背人飞,不惯闻鼓吹。抵暮出山门,溪风送归骑。(《全金诗》)

注释:

①炎景:炎热的日光。

解说:

作者简介见前。

当我们数人一起出游的时候,就该像古代的文人士大夫们一样,有诗有酒有娱乐,这样才不会玷污了风景。

过碧落寺二首

流水溪边一径通,参差殿阁倚晴空。东林少个开山祖,何处人间有远公[①]。

古寺荒凉不计年,庭松相对欲参天。入门不见溪堂主[②],只恐苍髯[③]是老禅。(《全金诗》)

注释:

①"东林"两句:意谓碧落寺如东林寺一样是名寺,却不知道开山祖师为谁。②溪堂主:临溪堂舍的主管僧人。③苍髯:松。

解说:

如果你习惯于思索,无论在多么微小的物事中,都能够发现道理。松树和老和尚之间有什么是相似的呢?显然不是形状。而是他们都能成为问道者参寻的对象。

雪后送宝泉之碧落

洒面轻风不作寒，天花散落满人间。殷勤行脚休辞远，出得城门是雪山[①]。(《全金诗》)

注释：

①雪山：传说释迦牟尼曾在雪山苦行。后借指佛教圣地或僧侣住地。

解说：

赠人诗一定要应情应景。这首赠送僧人的诗歌就是如此。诗歌充满了佛教气息，四句话中有三句里有佛教的典故或者行为。而最后两句，既是实指出城即碧落山，又含有只要努力参究，很快就能悟道的祝愿。

碧落院松

霜干亭亭耸碧空，几年春雨养髯龙[①]。也能送得菩提法，何处人间有万松[②]。(《全金诗》)

注释：

①髯龙：指虬枝盘曲的松树。②万松：万松行秀禅师，与作者同时的高僧。

解说：

李俊民应该是深通佛法的，他不止一次地提到松树也能令人悟道(如前《过碧落寺》)，这就是"所谓佛法者即非佛法，是名佛法"的意思。"何处"句是何处人间没有万松的省略。

碧落途中遇雪

出郭山行十里余，据鞍拥鼻[①]一臞儒。飞花落在吟肩上，便是蓝关遇雪[②]图。(《全金诗》)

注释：

①拥鼻：《晋书·谢安传》："安本能为洛下书生咏，有鼻疾，故其音浊，名流爱其咏而弗能及，或手掩鼻以效之。"后以拥鼻吟指用雅音曼声吟

咏。②唐韩愈《左迁至蓝关示侄孙湘》诗："云横秦岭家何在？雪拥蓝关马不前。"

解说：

韩愈在蓝关时是沉痛悲壮，李俊民却是飞花落在吟肩上，相同的仅仅是文人遇雪，不同的是作者的身上多了一份潇洒悠然。作者的诗多忧幽激烈之音，寄怀深远，但这里似乎看不出这些。

碧落四景其一横峰卧云

蛰龙[①]起后愿相从，便有人闲润物功。一片青山是归处，无心更逐渡溪风[②]。（《全金诗》）

注释：

①蛰龙：山形。比喻隐匿的志士。②作者自注：白云无心，逐风渡溪耳。

解说：

本诗或许可以说达到了写景诗的最高境界。句句是写景，又似乎句句言情。前两句分明是功济天下的雄心，而后两句是功成身退、泛舟五湖的愿望。

碧落四景其二阴壑积雪

漠漠山阴雪拥门，何时天道变寒暄。虽然不是回光地，销得阳和几许恩。（《全金诗》）

解说：

此诗的写景也似乎包含了其他情感。

碧落四景其三寒泉漱玉

沥沥山泉枕畔鸣，六根[①]先得一根清。从来只向琴中听，不识徽弦意外声。（《全金诗》）

注释：

①六根：佛教语。谓眼、耳、鼻、舌、身、意。后面“一根”指的是耳。

解说：

中国文人习惯了在琴声中感受流水，著名的高山流水就说明了这一点，反倒忽略了自然中的流水之声。作者此时感受到了寒泉之音，所以有出乎意料之感。

碧落四景其四枯松挂月

门前老树数难推，独有栽松道者知。夜半风催山月上，政当鹤睡觉来时。(《全金诗》)

解说：

松风月上岭，也不算什么难得一见的景致。只是，当一个人没有了审美的能力，就算有难得一见的景致，他也是看不出来的。

白马寺山

在晋城市城区正北 5 千米，因山顶有白马寺而得名。魏司马懿封长平侯曾登此山，又名司马山。主峰海拔 1010 米。属太行山脉南段。

游司马山

李俊民

千年古庙映崇冈，寂寂空庭草树荒。见说旱时求得雨，一池应有老龙藏。(《全金诗》)

解说：

作者简介见前。

司马山并不以风光闻名，然则“山不在高，有仙则名。水不在深，有龙则灵”，此为司马山受人关注之原因。

赵□[①]司马山谢雨

乙未岁旱，自春徂夏。五月丙申，泽倅赵公唐斋沐洁诚就司马山祈祷，八日庚子大雨，年谷遂登，民物安逸，累获嘉应。次年丁酉孟冬巳丑，公与本郡僚属父老人等具牲币酒醪箫鼓之礼，仰答神休，仍求嗣岁，祭毕聊识岁月云尔。

去岁不雨民忧深，愆阳亢甚多伏阴[②]。冥冥造物岂难料，感以志诚神所歆。我公默祷若响应，出岫谁谓云无心。天瓢疑是池中水，三日以往皆为霖。淋漓元气满人望，解愠何止熏风琴[③]。家家豚酒乐丰岁，空山鼎沸

箫鼓音。春祈秋报有常典，仰荷灵贶[4]如桑林。(《全金诗》)

注释：

①倅：副职。②"愆阳"句：愆阳，阳气过盛。这里指天旱。伏阴，盛夏中出现的寒气。谓气候反常。③"解愠"句：《孔子家语·辩乐解》："昔者舜弹五弦之琴，造《南风》之诗，其诗曰：'南风之薰兮，可以解吾民之愠兮。南风之时兮，可以阜吾民之财兮。'"④灵贶：神灵赐福。

解说：

不必强调有龙还是无龙，重要的是官员是否有关心百姓福祉的诚心。对于我们后人而言，随着作品想象当年祈雨的盛况，是一种精神享受。如果能再现这样的仪式，必定是很受欢迎的文化产品。

大粮山

一名米山。在高平市城区东南 7 千米，米山镇南。相传战国时赵将廉颇曾屯军粮于此，故名。主峰海拔 1009 米。属太行山脉南段。山顶庙中塑廉颇、蔺相如像。山腰有定林寺，始建于唐，历代重修。是高平市著名的游览胜地。

咏米山

李雪山

积雪如山夜唱筹[①]，廉颇为赵破秦谋。将军老去三军散，一夜青山尽白头。（《泽州府志》）

注释：

①唱筹：高声报时或呼叫数码。

解说：

明代人，生平不详。

粮山积雪是高平八景之一。这首咏史诗表达了对古代良将的怀念。公元前 260 年，秦攻上党，赵将廉颇驻军长平（今属高平县），使秦军无法前进。后赵王中秦反间计，令赵括为主将，导致了长平之战的惨败，四十万赵军被白起坑杀。

黄围山

在陵川县东南部，横水河乡黄围村北，又名黄梅山。主峰祖始顶海拔1521米。属太行山脉南段。孤峰插天，巍峨秀丽，登顶远望，可见黄河。山阳有一大洞，叫灵湫洞，又名黄围古洞，深约1千米。洞内钟乳石悬挂，石笋簇立。“黄围灵湫”是陵川古八景之一。

黄围洞

武维藩

何处寻幽境，黄围别有天。青山重叠叠，绿水响涓涓。古柏森千载，苍松历万年。云临高士榻，鹤共老僧眠。物外尘心静，花开鸟语喧。盘槑[1]清不厌，即此是神仙。(《陵川县志》)

注释：

①槑：古书上说的一种树。

解说：

陵川人，乾隆年间拔贡。《陵川县志》有传。

神仙不是永生不死的人，而是尘心已静的人。若心中有烦恼，永恒的生命岂不意谓着永恒的烦恼！

游黄围洞记（节录）

……明晨登楼四顾，秀丽非常，遥连数百里，峰峦高下，皆历历在目，朝暾西射，霞彩重重，下视则青云环壑，绿树满川，气象之佳，如海波起伏，而远近诸山之相为映带者，若飞浮来往，顷刻万状。噫！山之可游者至此亦几观止矣。

余即赋诗以纪其胜，又详其形势综述始末，以呈同游诸君子，并以告欲游而未逮者。（《陵川县志》）

解说：

有人即使到了景致绝佳的地方，也感受不到美，其次是不会描述美。像作者这样描述就好。作者也教给了我们欣赏的技巧。那就是看它的静与动，也看它的动中静，静中动。其实，审美是需要练习的。

黄围洞

秦懋效

古洞云封锁，年深积鲜苔。巨灵何代凿，俗客不曾来。绕曲盘龙穴，阴森卧虎台。春风瑶草路，树树碧桃开。（《陵川县志》）

解说：

字松岗，清代陵川人，乾隆四十二年（1777）拔贡，官至直隶深州州判。工于写诗，以五言见长，为当时陵川六诗人之冠。其诗清新人微，语言通俗达意。

洞天福地不仅要美，还要险和古。这里给了“险”“古”更多的表现。

游黄围洞

施璇枢

性爱探奇胜，黄围洞郁深。踏云行曲径，攀石到禅林。幽境涤尘胃，空山生道心。归来一返顾，翠霭碧沉沉。（《陵川县志》）

解说：

乾隆二十六年(1761)恩科进士，任泽州府教仁令，雍正初因事罢调，改兴安知县，寻辞归，教授于家。

踏云行曲径，蕴含了神仙一般的悠然与潇洒，是本诗的诗眼。

黄围洞歌

孙必振

黄围之山山谷口，夹崖长林风怒吼。曲磴嶙峋鸟道通，扶笻赑屃[①]登缘陡。峰回路转现琳宫，老衲藏修时岁久。为言洞中别有天，登探须把衣衫抖。洞口霏霏烟雾轻，庄严妙相当窗牖。座后突兀说法台，宝塔玲珑三五耦。石乳悬空滴蔗浆，龙泉清冽漱琼玖[②]。四壁斑斓翡翠屏，凤篆龙章杂蝌蚪。石芝倒挂白鸽飞，石脊蜿蜒苍螭走。更有幽奇探不尽，鸿蒙浩气忘昏酉。肃肃阴森衣袂凉，炎天六月归何有。游罢玉楼肌粟生，幸有高人载斗酒。把杯长啸响天风，欲起何妨时被肘[③]。村农皓首喜相从，不减山阴五老叟[④]。炮羔蒸黍酹使君，使君莫负攀枝手。秋来红叶满山隈，乘兴还思来再否？(《陵川县志》)

注释：

①赑屃：指作气用力之貌。②琼玖：泛指美玉。这里指如玉一般的泉水。③被肘：形容受到牵掣或暗示。④山阴五老叟：是《后汉书·刘宠传》中的人物，代表百姓对太守刘宠表达敬重和依恋之情。

解说：

字孟起，号卧云，诸城市相州镇人。清顺治十六年(1659)进士。康熙三年(1664)授淮庆府推官，康熙八年(1669)任山西陵川知县，康熙十六年(1677)为河南道御史。后以病归，卒于家。为官多有政声。

作者是一代名宦，《聊斋志异·孙必振》就是他的故事。作为陵川父母官，深受县民爱戴，他游览黄围山时，村民欢喜相从。他从洞外写到入洞再到出洞，步步换景，让人眼花缭乱，而黄围洞的风光和欢乐的意境就这样被表现出来了。

黄围灵湫

青鞋短杖蹑山岑，十里岚光雨后新。断续蝉声来远岫，高低梵呗隔疏林。云生虚谷含千界，气结洪濛空四邻。出洞尘心无着处，此身疑见葛天[1]民。（《陵川县志》）

注释：

①葛天：葛天氏，传说中的远古帝名。一说为远古时期的部落名。

解说：

《吕氏春秋·古乐》："昔葛天氏之乐，三人掺牛尾，投足以歌八阕。"《路史·禅通记》："其为治也，不言而自信，不化而自行"。作者身为地方长官，黄围山的风景自然令他赏目，而民风的淳朴，政治的和谐，更是他欢喜的基础。

黄围洞二首

马作宾

拾级登黄围，黄围景如画。题诗有古人，恶用叙陈话。唯愿学坡仙，飘飘如羽化。寄身此山中，与山同久乍。灵湫握琼浆，天桥视龙挂。清风与明月，一切无碍窒。会当放光明，纵眼观世界。

腹忆孟襄阳，隐居鹿门寺。红颜弃轩冕，白首饶逸致。似此黄围山，佳景殊不易。安得卧松云[1]，留得后人至。（《陵川县志》）

注释：

①松云：李白《赠孟浩然》："红颜弃轩冕，白首卧松云。"

解说：

清阳曲人，生平不详。

羽化乃成仙，放光为作佛，作者有这样两种追求。愿学苏东坡，忆想孟浩然，作者又又这样两个偶像。

黄围洞

李研农

恍入神仙境，游观兴未阑。山高人气馁，路滑马蹄难。洞外禅林静，峰头眼界宽。是谁临画本，留与后人看。（《陵川县志》）

解说：

清陵川人，字文田，生平不详。

人气馁马蹄难，仍挡不住游观之兴，一番辛苦后，得到了心静眼宽的报答，这种雅兴值得每个人拥有。然而，尾联以假论真，似乎成了败笔。

望黄围山

武去私

古庙巍巍接紫氛，逢秋更觉绕清芬。岩间树色堪遮日，山侧人家半入云。松影多从明处见，佛香遥自静中闻。低徊不忍轻回首，饱看岚光到夕曛。（《陵川县志》）

解说：

字奉三，一字凤山，号松亭，陵川人。乾隆已酉（1789）拔贡。

一个静字，是游赏的指南。只有在静中才能看到真美，只有感受到静才能算得上赏。而情景交融，不忍轻回，则是达到了游赏的至高境界了。

秋日登黄围山

薛景祚

孤峰耸出太行颠，有客登临夕照悬。九曲黄河来眼底，半空晴雨落台前。阴霾古洞蛟龙隐，幽僻深林虎豹眠。乘兴不知清磬歇，秋山夜色静无边。（《陵川县志》）

解说：

清代人，生平不详。

古代诗歌字数有限，因此，不能浪费任何一个字。清磬歇，即僧人晚课结束之际。三个字既指出了时间，又刻画了风景，还暗示了作者的住处，一举多得。

黄围灵湫

都九畴

洞入黄围几度游，尘怀欲涤问灵湫。老僧笑指烹茶水，点点都从石畔流。（《陵川县志》）

解说：

清陵川人，字瑞徵，岁贡生。《陵川县志》有传。

老僧禅机微妙，如果能悟到，一生都将受用无穷。作者欲去灵湫洗涤尘怀，老僧则指出，这里的茶水就是灵湫水啊，喝茶就是以灵湫水洗涤尘心了。也就是说，去除尘心很简单，只要不着相就好。

十里河

都壮邦

两岸青山十里河，峰回谷转总清波。行来渐涤尘襟尽，一路潺湲流水多。（《陵川县志》）

解说：

清陵川人，廪生，参与《陵川县志》的编撰。

山水无情，那只是在无情人面前如此。如果能以真情亲近山水，它就会抚慰你的情感，涤除你的尘心。

再过仙人桥

马承周

题柱[①]雄心在，重来度石峦。仙人何处去，流水夕阳寒。（《陵川县志》）

注释：

①题柱：司马相如的典故。比喻对功名有所抱负。

解说：

清陵川人，岁贡生，候选儒学训导。

仙人从来没有去别处，仍然在黄围。只是作者仍有题柱的雄心，这样的人是没有仙缘的。不过，世人多如此，谁不想"腰缠十万贯，骑鹤下扬州。"

马武山

在陵川县东南部，马武寨和马圪当两乡境内，向东南延伸到河南境。传说东汉初马武曾在此山筑寨屯兵，故名。主峰海拔 1678.3 米，属太行山脉南段。

游石壁

郝天挺

绝壁秋云胜，荒墙冷气清。野僧迟客饮，山鸟罥[①]人鸣。已极登临兴，无穷今古情。浩歌入樽酒，四海共升平。（《泽州府志》）

注释：

①罥：缠绕。

解说：

金泽州陵川人，字晋卿。举进士不第。元好问从之学。天挺谓："读书不为艺文，选官不为利养。"又勉之云："大丈夫若不能耐饥寒，一事不可为。"生平专事教学，虽落魄困穷，终不一至豪富之门。

登山临水之时，人最易产生感慨。为四海升平而欢欣，反映了作者爱国爱民的情怀，虽然表现的有些模式化。

马武山

马　炳

太行高处不胜寒，积雪危蜂霄汉间。冻后几经红日落，晴时遥见白云

闲。东皇[①]布令开琼岛，北帝[②]司权启玉关。六月相将逃酷暑，冰宫疑不在人寰。(《陵川县志》)

注释：

①东皇：指司春之神。②北帝：指司寒之神。

解说：

明代人，生平不详。

马武山海拔1678米，是个避暑的好地方。这里既秀美又清冷，但清冷容易令人感到寂寞，作者用东皇与北帝来表现，显得热闹多了。

马武砦

杨 炌

太行一角青天撑，狂风猎猎愁云生。山下故老谈往事，竞称马武曾屯兵。当年炎祚叹中绝，运厄金刀九鼎倾[①]。权奸窃柄敢拟圣，周官大诰摹难精。五幡赤眉铁胫众，青犊铜马何纵横[②]。成纪之嚣[③]茂陵述，僭闰[④]紫色兼鼃声。真人未当白水起，大将且向青山行[⑤]。此地天险称独绝，一夫可守无与争。建瓴之势高且峻，下窥河洛连幽并。遵养时晦非养寇，鸿冥豹隐需澄清。一自南阳神龙跃，风云便会昆阳城。捕虏勋名诚卓卓，督邮自许无乃轻[⑥]。云台[⑦]画像侔列宿，人与山色同峥嵘。至今千六百余岁，震旦久已歌升平。古道草深窜狐狸，危崖松老眠鼯鼪。野语荒唐非耶是，荆棘倒生蛙不鸣。颓垣遗垒半沉没，山田荦确农人耕。闲舍戈头与残印，土花剥啄青碧莹。欲落不落夕阳下，吊古无限沧桑情。但见溪流喧豗误鼙鼓，草木动摇疑旆旌。(《陵川县志》)

注释：

①"炎祚，金刀"两句：皆指汉朝。②"五幡"两句：五幡、赤眉、铁胫、青犊、铜马都是西汉末年农民起义军的称号。③成纪之嚣：隗嚣，天水成纪(今甘肃秦安)人。④僭闰：越分窃据上位。⑤"真人"两句：真人指刘秀，大将指马武。⑥"捕虏"两句：马武以战功封捕虏将军。马武少年只想做个小小的督邮。⑦云台：汉明帝时因追念前世功臣，图画马武等二十八

将于南宫云台。

解说：

清代人,生平不详。

马武山山势磅礴雄伟,四周百里皆为绝壁。但作者却将大量的笔墨用在了对马武功业的描述上。借着那段恢弘的历史,马武山也被以另一种形式表现出来了,“人与山色同峥嵘”。当作者追溯历史的时候,历史也参与了作者的游赏,因此,眼前的自然与遗迹,便罩上了无限沧桑的色彩。

王莽岭

在陵川县东部，古郊乡东南边，与河南辉县交界处。相传王莽赶刘秀至此札营筑寨而得名。主峰海拔 1665 米。太行山脉南段东翼。传说山顶有跑马场，山南有太子窑，东南有库屯窑，均为王莽用过之遗迹。为著名景区。

王莽岭

马承周

虎斗龙争日，伊谁越岭回。徒观形突兀，惟见势崔嵬。肆螫[1]心何壮，称雄事已灰。空山遗迹在，不及子陵台[2]。(《陵川县志》)

注释：

①肆螫：谓任意残害。②子陵台：东汉严子陵隐居钓鱼处，在浙江桐庐县南富春山腰间。

解说：

作者简介见前。

王莽岭因西汉王莽赶刘秀到此地安营扎寨而得名。登上王莽岭，雄奇的风光会将我们带入两汉之交的峥嵘岁月。不及子陵台，是肯定地说王莽岭比不上富春山，还是反问，何以遗迹皆存，却没有富春山的名声呢？我选择第二种。

棋子山

一名棋子岭，古名谋棋山。在陵川县城东 13 千米，因山中出产圆滑光洁的小石子，黑白分明，酷似围棋子，相传为神仙谋棋处，故名谋棋山，俗名棋子山，为围棋的发源地。主峰海拔 1488 米，属太行山脉南段。淇水源出山下。

箕子山

武思明

凭虚望远坐箕山，万壑千峰似玦[1]环。泉石岁华闲蔓草，町畦村落杳尘寰。壮怀感昔龙高卧，幽思深惭豹未斑[2]。闻道古人遗迹在，樵夫遥指白云边。(《陵川县志》)

注释：

①玦：半环形有缺口的佩玉。②龙高卧，豹未斑：前者指圣贤待时；后者指自己未能隐居。

解说：

字克诚，陵川人。弘治十五年(1502)进士，官金坛知县，卒于任。

棋子山不但美不胜收，更有隐居的文化。周武王灭商后，箕子曾避居于此，摆布石子，推演天文。古人遗迹就在此山，作者却说在白云边，那是在感慨自己与古人的情怀遥不可及啊！

同怀云登箕子山

王充耕

与君乘舆[①]上箕山，万仞丹梯任意攀。树杪缓行同蹑足，石岩笑饮共开颜。飘飘天外凌歌袖，袅袅云中舞佩环。自是谢安多逸兴，日西著履漫追还。（《陵川县志》）

注释：

①乘舆：坐车子。

解说：

明陵川人，选贡，曾任湖北枣阳县令。

据《晋书》载，谢安"虽放情丘壑，然每游赏，必以妓女从。"带着歌妓游山玩水，这是富贵，能在富贵中写出真情，这是潇洒。谢安的东山之典就是为作者准备的。

箕子岭

王临池

一片箕城石，寒云亘古封。曾无前圣履，惟有巨人[①]踪。日落空山草，霞明半岭松。至今余庙貌，矗对状元峰。（《陵川县志》）

注释：

①巨人：清光绪版《山西通志·山川》中有"箕子山……西南山麓石上存巨人足迹，相传箕子避地憩山中，及武王访以治道，于此纳履。"

解说：

清陵川人，字墨溪，恩贡生。家贫励学，不慕荣利，屡赴乡试不售，遂绝意功名，悉心教学，一时文士多出其门。晚年尤精医学，济人甚众。

箕子岭的历史太悠久了，悠久的连一丝痕迹也没有留下，这美丽的风光，似乎也很少有人来欣赏。但是，传说不正是口头的历史吗？后人对箕子的敬仰不是丝毫未减少吗？箕子岭就这样默默地等待着人们来观赏，来凭吊。

菊巘山

位于陵川县城东2.5千米的狮古桥村东南,俗称龙王山。主峰海拔1377米。产菊,有龙王庙、生祠、王公卓笔峰(文峰塔)、東滢(yíng)亭等著名景观。

登菊巘山

雷士佺

崚嶒高出五云[①]幽,此是方壶[②]最上头。万树松楸清影覆,一区禾黍翠光浮。老龙洞府惊狂雨,开士[③]山房接素秋。为问菊花香发处,不妨重约到林邱。(《陵川县志》)

注释:

①五云:五色瑞云。②方壶:传说中神山名。一名方丈。③开士:菩萨的异名。

解说:

清代人,生平不详。

菊巘山的风景很美。但风景因人而异,让人百看不厌的原因不在景,而在人。你想要闻闻菊花的香味吗?那么我们再去一次菊巘山吧。作者可不是为了别人才要再去一次的。

秋日偕同学游菊巘山小憩松林下

严肇墉

独撑孤掌小城东,生翠嶙峋映碧空。为访秋花登菊巘,却携杯酒听松风。客来犬吠寒云里,饭熟僧归清磬中。幽景闲情消不去,一齐收拾自诗筒[①]。(《陵川县志》)

注释:

①诗筒:盛诗稿以便传递的竹筒。

解说:

清代人,生平不详。

写大家一起出去游赏,就要写出热闹来。但菊巘山是很幽静的,要怎样写的热闹呢?作者给我们做了示范。犬吠声回荡在山间,僧人在磬声中回寺用斋,同学数人一起创作诗歌,这样场面就热闹了。除了热闹,风度也要写出来,一句杯酒听松风,风度也有了。

陵川竹枝词其一

傅学周

菊巘浮青蒲水寒,牡丹开罢又山丹。锄苗陇上熏风[①]燠,半翅[②]飞过社稷坛。(《陵川县志》)

注释:

①熏风:东南风;和风。②半翅:即沙鸡。或指像沙鸡的一种鸟。

解说:

清代人,生平不详。

这是一首很美的写景诗。但我们要知道,静态的美总是不如动态的美,因为动态的美蕴含着更多的生命和活力。此诗也是如此。最后一句的使用,让我们的心也跟着活动了起来。

状元峰

位于陵川县抱犊村西。双峰壁立万仞,形如青萍宝剑。因民间传说陵川出七状元,乃因此峰属木,脉气旺盛之故,故名。

双状元峰

韩　彬

山城匼匝[1]绕崇墉,双乳中撑剑气冲。七子钓鳌三岛外,至今争说状元峰。(《陵川县志》)

注释:

①匼匝:周匝环绕。

解说:

清陵川人,廪生,参与《陵川县志》的编撰。

当我们提到尊敬的人的死亡时,我们都会尽量宛转。古代除了崩、薨、卒、不禄,或者归西、驾鹤之类的,还有一些更加文学化的说法。这里的钓鳌三岛外就是如此。钓鳌喻抱负远大或举止豪迈,陵川的七状元当然如此。当年他们独占鳌头,死后自然也是如此。不过,他们不是死了,而是去做神仙了。

双状元峰

严炳元

七子金貂七叶荣，一家更占两魁名[1]。兹峰留得芳馨在，山鸟喧传胪唱声[2]。（《陵川县志》）

注释：

①两魁名：陵川七状元中有兄弟状元赵安时、赵安荣。② 胪唱：科举时代，进士殿试后，皇帝召见，按甲第唱名传呼，称胪唱。其制始于宋时。

解说：

清归安（旧县名，属浙江）人。陈封舜所聘为书院主教者。

陵川前后有七名状元及第，有九十三名进士金榜题名。这是非常了不起的事情。这七位状元是：北宋的崔有孚，金代的赵安时、赵安荣、武明甫、武天祐、李俊民、武天和。七状元、九十三进士，不仅成为陵川人的骄傲，也形成了陵川长久不衰、影响深远的状元文化。看到这山，听到这鸟，似乎就感受到了状元见皇帝时的场面。

秦岭

在陵川县城西北 15 千米，与高平、长治两县交界处。主峰海拔 1340 米。属太行山脉南段。旧志：秦将白起在此筑台断赵救兵，绝其粮草，山顶有秦始皇台遗址，故名秦岭。又因山顶常卧白云，一名卧云山。山半腰有寺庙、甘泉、古洞，幽静雅致，是旅游胜地。

秦岭卧云

武思明

青山遥望若屏开，上有闲云漫作堆。黯淡久停笼涧壑，氤氲常是护楼台。只宜隐士自怡悦，更许幽僧共遣排。莫谓无心还有意，要为霖雨润埏垓[①]。(《陵川县志》)

注释：

①埏垓：指广阔的大地。

解说：

作者简介见前。

秦岭卧云是陵川八景之一。美景只宜幽人赏，那是因为只有在幽人的眼睛里，青山才能被比喻，云才是有情感的。同样，幽人也是悲天悯人的，只有在他们的心中，无心之物才会想着天下百姓。

宝应寺

杨　灏

灵泉宝刹古秦关[①],亭午无人自跻攀。清磬忽敲诸虑断,白云高卧一身闲。时看度岭僧孤去,仍待冲烟鹤独还。只有洞门开不得,恐飞蝴蝶乱青山。(《陵川县志》)

注释:

①秦关:这是指陵川的秦岭。

解说:

清代人,生平不详。

一个人游寺,游得又是这样的闲静,作者的志趣一般人想象不到。刻画寺院的诗歌不好写,想表现好志趣更难。这首诗中间两联已经很不错,而尾联出人意表,简直是神来之笔。

秦岭卧云

黄国璨

一片慈云度远溪,无心动静欲栖迟。闲中澹洒多霖雨,利济苍生事有期。(《陵川县志》)

解说:

字观虚。清郓城(今属山东)人。以选贡知陵川县,称良吏。见《山西通志》。

人们对于事物的形容,反映了人们对此事物的态度。以云为例,什么样的态度才能让人在云前加个慈悲的慈呢?当然是对云的拯济众生有所赞叹或期待。面对有名的景致,首先想到的并不是它的美,而是它对百姓的功用,黄县令也是一个爱民如子的好官。

东垴山

在陵川县东北部，六泉乡东边，香磨河南岸。主峰海拔1444米。这里悬崖壁立，沟谷深险，香磨河水从65米高处骤然下泻，形成著名的“灵泉瀑布”，为陵川古八景之一。

灵泉瀑布

李萃秀

历尽千盘一罅开，排空倒壑势潆洄。谁施练影[①]拖苍谷，疑剪珠文[②]缀紫苔。彩动朝云清可供，声摇夜雨冷宜醅。泠然不减匡卢[③]胜，相对惭非太白才。（《陵川县志》）

注释：

①练影：指瀑布的白色光影。②珠文：指瀑布的水珠飞溅。③匡卢：庐山。

解说：

明陵川人，有《碎笑轩集》。

经过千旋万转的山路，瀑布排空而来，气势如虹。它就像山谷中的白练，水花四溅，如同颗颗珍珠落在清苔上。它的颜色如同朝云，赏心悦目，它的声音如同夜雨，令人心醉。作者虽然没有太白的才华，对瀑布却有着和太白一样的情感。

灵泉瀑布

张尧卿

行山峭拔倚云霄，空谷声传瀑布潮。似霞远看浑不见，如丝长挂任风飘。空蒙雨气晴还暗，滴沥林烟晚更饶。自是山灵深作事①，水晶帘箔缀琼瑶。（《陵川县志》）

注释：

①作事：谓役民兴造。

解说：

明代人，生平不详。

作者是个有趣的人。在他之前已经有很多人把瀑布比喻成水晶帘，这很恰当。作者也喜欢这个比喻，但他不喜欢千篇一律。所以他更进一步，还要说明那是谁的水晶帘，哦，原来是山神的，而且是山神花了大量精力兴造的。

灵泉瀑布

武维藩

山形峭拔太行颠，断岸时飞百斛泉。滴沥珠光圆似蚌，轻明雪浪淡如烟。晶帘悬泻无虚日，练影翻空不计年。自是源头来活水，会心只此得真诠。（《陵川县志》）

解说：

作者简介见前。

因观赏瀑布而对人生进行思考，这既是作品的成功，也是作者的成功。瀑布因有源头活水而美丽，人生何尝不是？当然，对人生而言，源头活水的范畴就太大了。

佛子山

位于陵川县城东 20 千米处的六泉村，古称佛山，紧邻陵（陵川）辉（辉县）公路。该山山势挺拔突兀，奇险异峻。山上苍松翠柏，郁郁葱葱。周围峰峦连绵不绝，山花灌木遍野丛生。主峰海拔 1745 米，有“太行第一峰”之称。山上原有古佛寺，名为栖云寺。

佛子山

徐　河

绝顶诸天此构台，忽扪斗极见昭回[①]。左齐右晋分棋局，北岳南嵩覆廪堆[②]。野鸟倦飞无力上，闲云投宿有时来。势翘两党[③]诸山外，独自携筇卧草莱。（《陵川县志》）

注释：

①昭回：谓星辰。②廪堆：米仓。③两党：秦时有两上党之名，泽与潞之谓。

解说：

明代人，生平不详。

佛子山主峰海拔 1884 米，被誉为“太行第一峰”。本诗极力表现佛子山的高，以至于鸟尚无力飞上去。然而，闲云却时来“投宿”，对照末尾的“独自携筇卧草莱”，分明是以闲云对应自己。

佛山寺次壁间韵

韩国宾

瞿昙高阁枕层台，万壑千峰势抱回。叆叇慈云笼翠壁，廉纤[1]法雨点苍苔。烟迷洞口浓还淡，月照松关去又来。长啸登临空世界，何须海上问蓬莱。(《陵川县志》)

注释：

①廉纤：细小，细微。多用以形容微雨。

解说：

明陵川人，有《鸣野集》。

天下没有不美的寺院，当一座寺院被写入文字，它的每一分美中几乎都蕴含着更令诗人沉醉的东西，禅意。禅宗语录里说，一个人听到砖头敲在竹子上，就悟道了。我们没办法说明禅是什么，但我们知道，那是做人的另一种境界。

佛子山

武去私

何必蓬莱寻海岛，白云堆里有禅关。浅深岚气苍烟外，高下楼台绿树间。曲径穿林人不见，飞花隔岸鸟知还。登临屡倚疏栏坐，为爱斜阳缀远山。(《陵川县志》)

解说：

作者简介见前。

蓬莱仙岛所以为世人羡慕，就是风光秀丽。蓬莱仙人所以为世人敬仰，也无非是逍遥自在且长生不老。真正逍遥的人不会去追求长生，被长生所扰的也不可能逍遥。作者此时和神仙有何区别？

佛耳山

在长治市长治县荫城镇的东北部。山明水秀,风景优美。山上有天仙庙,庙高入云,背摩蓝天,故谓“佛耳摩云”。人称此为绝景。

佛耳山

佚　名

佛耳镇坤维①,秀色当窗牖。磴道几回旋,排云渐登觏②。仰瞻象纬③逼,俯睇众山陋。烈风韵松响,晨曦促禅侯④。空堂喜索居,烧丹消白昼。(《长治县志》)

注释:

①坤维:指西南方。②登觏:攀登并眺望。③象纬:指星象经纬,谓日月五星。④禅侯:坐禅的时刻。

解说:

佛耳山的美是多方面的,作者从它的秀、险、高、寂四个方面入手,不但让读者领略了自然的美,同时,也让读者感受到在佛耳山上隐居的生活。

佛耳摩云

茅　坤

插汉如来境,相参乔木林。壑深云出没,堂邃气萧森。怪石生苍藓,疏松转绿阴。晓来堪听处,梵语杂禽音。(《长治县志》)

解说:

字顺甫,号鹿门。归安(今浙江吴兴)人。嘉靖十七年(1538)进士。历广西兵备佥事、大名兵备副使。好谈兵。有破瑶功。被劾罢归。编选有唐、宋《八大家文钞》。

这是一首纯之又纯的写景诗,似乎没有运用情景交融或者借景抒情之类的手段。在客观的描写中,将佛耳山的风光细致地展现在人们面前。然而,读者也不应该忽略,这种客观的描写恰恰是作者热爱自然,享受寂寞的反映。

佛耳摩云

张 铎

胜概分黎国,崇冈俯柏林。到来天逼近,坐久气萧森。白日生灵籁,青云接地阴。尘机何日息,从此听禅音。(《长治县志》)

解说:

明南京留守卫人。嘉靖二十年(1541)进士。授监察御史,巡按辽东。于要害处建台堡,修仓积粟。后十年,大水、疫疠继作,赖以赈济。

作者将风景写的很美,抓住了佛耳摩云的特色。面对这样高远的风光,作者也升起了对尘俗的厌倦。只是他还不够圆融,不知道只要他愿意,尘机随时可以熄灭,禅音随时可以感受。

五龙山

位于今长治县城东北约 10 千米,旧时环山植松数千株,冬夏苍翠。宿雨初霁,远而望之,佳气蓊葱,若烟云缥缈。相传西燕慕容永时有五龙见于山上,故名五龙山,并依山建五龙庙。

五龙祠祷雨

李 晏

麦槁禾焦厌火云,引觞潜祷五龙神。君能借我青骢马,倾倒天瓢济此民。(《长治县志》)

解说:

金泽州高平人,字致美。熙宗皇统六年(1146)进士。调岳阳丞。世宗即位,召为翰林直学士、迁侍讲学士,兼御史中丞,奏免二税户为良者六百余人。官终昭义军节度使。卒谥文简。

据明《潞安府志》载,五龙山"祷雨辄应",官民在五龙祠祷雨,成了五龙山中的一大盛事。作者在诗中倾注了济民于水火的热情,希望自己能够乘骑天马,手扬天瓢,立刻解救身处干旱中的百姓。

游五龙山二首

朱德舆

爽气饶灵景,飞旌一纵观。龙归云欲瞑,松合昼生寒。纪胜多留碣,呼雩[1]有旧坛。太行千万叠,磐石此中安。

结驷探名刹,朝霞满翠微。郊原望杳霭,岩岫转崔嵬。碧树分丹盖,飞花上锦衣。称觞[2]有同气,拟向月中归。(《长治县志》)

注释:

①呼雩:祷雩,祷雨。②称觞:举杯祝酒。

解说:

明沈王,驻潞州。

在第一首中,作者关注了五龙山的云,松,碑碣,雩坛,我们暂且把这一首看作是游山的指南吧。第二首中,作者与朋友们早晨登山,晚上尚在,更细致地观察了风景,升起了飘飘欲仙的感觉。

游五龙庙

栗应麟

绝巘龙祠紫翠中,褰帷拂晓入巃嵸[1]。三山海气蒸初日,万壑松涛走半空。朝夕风云随世变,古今登眺几人同。若知渡水寻花意,始信桃源有路通。(《长治县志》)

注释:

①巃嵸:山势高峻貌。

解说:

字仁甫,生卒年代不详,潞安府(今长治市)人。明嘉靖八年(1529)中进士,幼负才名,以《易经》魁天下。历任河南陈州知府、直隶顺德府同知。陕西佥事,缘宗亲例不得在朝中做官,一直在地方上任职。诗词文章自成一家,以婉丽见长。

作者极具审美与历史的眼光,虽然只是写五龙庙,诗里却囊括了天下古今。末句则表现了作者的境界,何谓“渡水寻花意”?大概是好奇于所见所闻,而心中又无所期待吧!

登五龙山

盛重辉

镇日行游晚骑回，聊将山色佐深杯。书间锦字迟[①]归雁，笛里关山听落梅。松似虬龙争赴壑，人如图画交登台。五龙幻迹留今古，极目风烟动客哀。(《长治县志》)

注释：

①迟：等待，希望。

解说：

字孝洁，明华亭县人，复社中人。

客游五龙山，却借酒消愁愁更愁。不想听那哀婉的笛声，笛声偏偏入耳。想要递一封家书，鸿雁迟迟不来。山间的游客如同山间的景色，热闹非凡，可是，景色越美，别人越乐，我越感孤独。

天台山

位于长治县城西北13千米高河乡上郝衬西北，属太行山系。山峰酷似馒头，巍然壮观。相传为女娲炼石补天时，将鞋内积土磕在此处而成，俗名“无影堆”，不论日出日落，横看纵看，不见其影，令人称奇。

天台山咏

程之珝

数年踪迹隔天台，为觅胡麻饭[①]又来。二水波澄鸳鸯集，千山日暖杏桃开。争修墙屋缘丰岁，多蓄鸡豚见阜财。莫怪此乡风最古，补天原有圣人台[②]。（《长治县志》）

注释：

①胡麻饭：胡麻炊成的饭。表示仙人的食物，典出刘阮入天台故事。②“补天”句：俗传此为女娲炼石补天处。

解说：

字二漳，号什袭，又署武陵山人，长治人。康熙间岁贡生，有《舌耕堂诗赋》十二卷，兼通医术。

天台山有成仙的机会，有美丽的风光，有富庶的百姓，有淳朴的民风，当然，这里的历史可以上溯到女娲时，更是一个让人浮想联翩的地方。

阙题

鲁兆嵩

覃怀[①]倒影最为奇，无影[②]于今复见兹。晓日平铺融岭碧，斜阳四射转阴迟。不妨鸣雨铿林叶，岂作飞峦蔽野曦。世俗相传天是补，娲皇炼石有谁知。(《长治县志》)

注释：

①覃怀：在今河南武陟县以西、孟县以东地区。②无影：俗传女娲补天时，曾在这里磕鞋内积土，成“无影堆”。

解说：

清代人，生平不详。

作者极力描摹天台山的美，却表现出对此处人文的怀疑。其实，当我们读到最后一联时，我们感受到的并不是怀疑，而是对悠久历史的感慨。

阙题

蔡履豫

天台原不在穹窿，荡荡平平色相空。日月照临都近正，云霞蒸蔚亦当中。漫开捷径牛羊践，肯信官山虎豹丛。闻道娲皇曾炼石，阴阳调燮著神功。(《长治县志》)

解说：

字由安，黄冈人，江夏籍。乾隆丙子举人，参修乾隆《长治县志》。

此诗由眼中所见写到耳中所闻。但眼中所见的却说不清楚。因为天台山的好不在于高，而在于日月云霞中的不断变幻，所谓“色相空”即是。

紫团山

在壶关县东南部，北起平顺县虹梯关，南接陵川县佛山，长约50余千米，实为平顺、壶关两县东南部群山之总称。古代曾以产紫团参驰名。海拔1500米上下。此山有险峰50余处，登高远眺，悬崖绝壁，峭拔耸翠，森若剑戟，使人神移目眩，如临幻境。俯瞰云烟。中间瀑布、流泉、霞城、洞府，实为海内不可多得，古今游人不绝。

以人参遗段成式

周 繇

人形上品传方志，我得真英自紫团。惭非叔子[①]空持药，更请伯言[②]审细看。(《全唐诗》)

注释：

①叔子：晋名臣羊祜字。②伯言：东吴名将陆逊字。晋羊祜镇守荆州时曾以药赠吴将陆抗，抗服之不疑，当时成为美谈。陆抗乃陆逊次子，作者似乎混淆了两人。

解说：

唐池州青阳人，字允元。工诗赋，有时名。懿宗咸通十三年(872)进士，为咸通十哲之一。授校书郎，历福昌尉，迁建德令。有集。

紫团山物产丰富，历史最悠久，最著名的似乎就是紫团参。人参以人形为上品，作者送的就是这样的宝贝。当年季康子馈药，孔子说："丘未达，不敢尝。"作者也有此一虑，所以先请段成式仔细看一看。同时，他又用了羊祜陆抗的典故来表达送药行为的多重寓意。

送客之潞府

韩　翃

官柳青青匹马嘶，回风暮雨入铜鞮[1]。佳期别在春山里，应是人参五叶齐。(《全唐诗》)

注释：

①铜鞮：在今山西省沁县南。

解说：

唐邓州南阳人，字君平。玄宗天宝十三年(754)进士。善诗，为大历十才子之一。官终中书舍人。有集。

送别之词，也可以不伤感。一个春天的节日里，作者于沁县山中送友人去长治，只是强调，这时党参已经五叶长齐了。诗歌完全没有悲伤，却并非无情。人说唐诗兴象玲珑，不可凑泊，确实是如此。

奉和袭美谢友人惠人参

陆龟蒙

五叶初成椵树阴，紫团峰外即鸡林[1]。名参鬼盖[2]须难见，材似人形不可寻。品第已闻升碧简[3]，携持应合重黄金。殷勤润取相如肺[4]，封禅书成动帝心。(《全唐诗》)

注释：

①鸡林：指佛寺。②鬼盖：人参的别名。③碧简：指简牍。④相如肺：司马相如有消渴之疾。

解说：

字鲁望，长洲(今江苏吴县)人。举进士不第，往从张抟，历湖、苏二郡从事。后隐居松江甫里，多所论撰，时谓江湖散人，或号天随子、甫里先生。

这是对著名的紫团参的描写。对于缺乏佛教常识的人，第一句不好理解。这里运用了禅宗初租菩提达摩“一花开五叶”的预言，来表现紫团山的神圣。

紫团参寄王定国

苏　轼

谽谺[①]土门口，突兀太行顶。岂惟团紫云，实自俯倒景。刚风被草木，真气入苕颖[②]。旧闻人衔芝，生此羊肠岭。纤纤虎豹鬣，蹙缩龙蛇瘿[③]。蚕头试小嚼，龟息变方骋。矧予明真子[④]，已造浮玉境[⑤]。清宵月挂户，半夜珠落井。灰心宁复然，汗喘久已静。东坡犹故目，北药致遗秉。欲持三桠[⑥]根，往侑九转鼎。为予置齿颊，岂不贤酒茗。(《金宋诗》)

注释：

①谽谺：山谷空旷貌。②苕颖：草花和禾穗。亦泛指植物的花、穗及其茎。③："纤纤"两句：形容人参的样子。④明真子：似指王定国。⑤浮玉境：浮玉山，传说仙人居住的地方。⑥三桠：人参。

解说：

作者简介见前。

“紫团参”因出产于紫团山而得名。紫团山的南庄村一带有条参园沟，沟上的庙宇里竖石碑一通，记下了当地产参的历史。至今这一带仍广泛流传着党参姑娘传播党参的传说故事。苏轼将这一地方风物写的很神奇，并表达了对王定国的关切。替我把人参吃了，这不是比茶酒好多了？苏轼对朋友真是没话说。

题紫团山三十六景

王　寀

碧罗峰

风曳山妃带，云穿木客衣。青松容袅袅，红叶半飞飞。月为幽人罢，春从旧处归。明朝碧峰外，试与绊斜晖。

东华表

借问辽东鹤，归来得许悲。浮生随念变，何待冢累累。

西华表

寄谢西朝相，神奸[1]古有图。如何延客处，庭燎照丰狐。

迎阳峰

阳燧初升八极车，飞光犹带赤城霞。山英固有葵心在，不许群峰取次遮。

倚秀峰

山形叠叠掩禅关，长薄萧森落照间。天女欲夸新结束，都将翠藻簇烟鬟。

天杠

不分苍梧西北倾，只将一柱与支撑。而今六幕安然处，不使斯人乐太平。

磨崖

家山本与语溪接，使节曾过砥柱游。见说紫团铭勒处，西风千里重回头。

濯缨溪

江上老人终独往，尘中孺子果何知。溪翁欲识沧浪意，看取青霄浸月时。

金屋山

云拂层峰四面朝，朝阳北过更岧峣。金仙[2]自合居金屋，不为胶东贮阿娇。

鸱尾山

天借溪头奠佛居，全将帝所作规模。汉家不识真鸱尾[3]，何笑区区问越巫。

驻云亭

尘迹初从世网收，一邱一壑此优游。却应化作飞云片，长向亭前伴客留。

老人峰

江庐已别游河侣，商洛休陪谒汉宾[4]。独立南山千嶂里，长将万寿祝岩宸。

山翁崖

仙翁爱山居，留形在东岭。风林度啸声，云壑漾飞影。华发欲萧萧，青瞳犹耿耿。追踪有名流，回首发深省。

南极园

清征有逸仙，畴昔下南极。紫气远成图，照此太白域。芝田手所耘，地灵亦知啬。云根一十八，斸握安可得。惟余乱峰间，乔林竦寒色。（《壶关县志》）

注释：

①神奸：能害人的鬼神怪异之物。②金仙：即佛。③鸱尾：古代宫殿屋脊正脊两端的装饰性构件。外形略如鸱尾，因称。④游河，谒汉：指游河源，谒天汉。皆寻仙之事。

解说：

宋江州德安人，字辅道。王韶子。好学，工词章。登进士第。累官校书郎。好延道流谈炼丹修仙事。为徽宗所召，约某日即内殿致天神，为林灵素所陷，术不验，下大理狱弃市。

紫团三十六景，因山高路险，分布广阔，游人难以窥其全貌。看着这一组诗章，可以想见各处奇幻的风光。欣赏名胜不仅仅是用眼睛看风景，还必须要了解当处的典故与文学，这样才不会忽略了这一处名胜的灵魂。

紫团杂咏（二十四首）

冯文止

何人浩劫悟真空，幻境迷离笑转蓬。独有乡思挂云树，随风吹到紫团东。

洞顶

紫团山色锁天荒，湿翠沾衣暑亦凉。石骨玲珑云出没，千门万户此中藏。

钟乳

空濛元气孕真精，水筋依稀壁上成。闻说柳州称上药，石钟乳向玉床生。

玉女盆

裁冰镂雪妙无痕，四面浑元任手扪。一脈灵源探不尽，遗来玉女洗头盆。

石笋

满地浮屠满壁花，参差石笋乱如麻。插空玉柱龙文活，尽是空濛水气加。

洞府

洞府清幽倚碧霄，神仙无事自逍遥。山灵不许尘埃入，莫向凡人叹寂寥。

二仙遗迹

相传众口岂无讹，巧出天成物亦多。何事真仙逞幻术，偏留手印在山阿。

真人父母墓

空中哀哭有遗声，指点灵风葬穴成。一自高坟华表立，二千年后事如生。

天桥

神施鬼设此天桥，石甃何曾匠巧雕。七里栈南飞瀑布，轻烟一抹画图遥。

凤山

盘古于今老凤凰，羽毛两翅欲朝阳。纵然不觅人间食，忍使知音属楚狂。

龙山

不为舟楫不为霖，蟠屈荒皋岁月深。独有余威传草木，风来皆作老龙吟。

落指碑

耆德应知无愧辞，淋漓血渍铁梁时。行人感叹思前事，落指碑成堕泪碑。

参园

瑶光华采毓人参，天设园林得气深。一自政和灵瑞绝，空山寥落到于今。

云盖寺

前施华表后围屏，照壁遥连似列星。向背阴阳天设巧，恨无人复志山经。

翠云洞

翠微仙洞翠微中，石窦玲珑万窍通。暑雨行时悬瀑布，蒙泉山下出无穷。

摩云洞

古洞云埋碧草丰，侍郎遗迹字朦胧。自从燕邸弹冠去，不记当年野客丛。

道嶂岭

虫声花色尚依然，四面萧条十月天。荣悴寿夭皆若此，武陵人忆避秦年。

熊耳顶远望

群山出没乱如争，怪幻无端万状成。世上奇峰安有此，我疑尽是夏云横。

五指崖

五朵危崖五指开，亭亭玉立绝尘埃。惊涛忽涨清泉水，是否翻云覆雨来。

黄花寺

紫团尽处入烟霞，萧寺荒凉释子家。高隐先生持晚节，合将身事托黄花。

白龙潭

老龙窟宅接神渊，粉暗丹陈不计年。呼吸真堪通帝座，白云常伫寺门前。

真人面壁处

面壁人何许，令威化鹤时。元谈惊虎眼，丹诀授龙眉。世事花常谢，仙踪石不移。太行千里外，争忆紫团师。

秋山即事

仄径费盘桓，猿愁接度难。马蹄惊木末，人语落云端。地锦铺轻翠，天花吐薄寒。山珍争采取，相顾失林峦。

题壁

石磴盘纡欲到天，紫团风景伫神仙。红稠几树三春雨，翠远群山万点烟。过客何心惊伏鹿，居人无事看飞鸢。可能半亩营荒宅，长此披云伴月眠。(《壶关县志》)

解说：

壶关县人，乾隆己卯(1759)科解元，癸未岁进士。诗词歌赋无所不通。为官多年后病归故里教学，著有《东山堂集》，时人称之为“冯妙笔”。

能够一气创作出咏唱紫团山二十四处风景的诗篇，这个人不一定是有多高成就的诗人，但一定是懂得如何欣赏风景的人。他不但知道没有一处相同的风景，更能把握住每一处风景的神髓。读他的诗歌，不必考虑用词造句，但一定要关注和领悟他欣赏风景的视角。

紫云山

在长子县东南部，主峰海拔1233.6米，属太行山脉南段。每日早晚陶清河水蒸腾起云雾，斜阳一照，紫色云雾飘渺于山头，故名。据说，明皇别驾潞州时，与郡僚宴壶口，遥见羊头山西北紫云朝拱，因名紫云山。

紫云晴瘴

周一清

路转峰回别一天，上方楼阁紫云连。郁蒸佳气如披雾，杳霭岚光似带烟。暝结长松巢独鹤，阴埋幽谷怯啼鹃。巨灵①储积元精久，千载能生间世贤②。(《长子县志》)

注释：

①巨灵：神话传说中劈开华山的河神。泛指神灵。②间世贤：隔代才能出现的贤才。

解说：

疑即周昌，一清可能为其字。浙江临海人。明成化七年(1471)由举人以万能胶安县教谕升藩府右长史。

所谓地灵人杰，灵秀之地才能诞育杰出人物。紫云山的风景是如此的美，钟灵毓秀，这里的人肯定也非常的优秀。这既是对紫云山的赞美，也是对紫云山的期待。从神农开始，这里出现过很多杰出人物，以后也将如此。以这样的手法刻画紫云山，才是对它最好的刻画。

紫云晴瘴

王　纯

漫兴看山信杖藜,好山无限望中迷。游尘滚滚日光薄,积雾冥冥天势低。听濑不知溪远近,采芝谁识路东西。模糊烟雨潇湘景,赋与诗人自品题。(《长子县志》)

解说:

明浙江慈溪人,字希文。弘治六年(1493)进士。授大理右评事,历左寺正,升江西佥事,升河南副使,改广东。为刘瑾所恶,矫诏罚输边粟千石。累官左佥都御史,巡抚宣府,与同事中官不协,称疾致仕。

风光无限好,只是望中迷。难道就没得欣赏了? 不,模糊自有它的美丽。苏轼不是说过"山色空蒙雨亦奇"吗? 在紫云山,我们可以用耳朵去感受溪濑,也可以在不管西东中感受大自然的神奇。

紫岫晴云

刘　樾

历观土俗兴民情,紫岫排空一望清。两面峰连岚自淡,千重瑞霭日偏明。前朝几见云环拱,古赋还供我细评。但愿文光追上世,儒林佳气似山横。(《长子县志》)

解说:

清代人,生平不详。

此诗由风景联想到风景诗篇,由风景诗篇联想到自身的文学创作。表达了勇追前贤的闳大愿望,以及对当世文学成就的期待。

慈林山

在长子县东南部,山上原建有慈林寺(现名法兴寺),寺院、丛林、山峦相互依托,故名慈林山。主峰海拔1160米。属太行山脉南段西支。

留题慈林山寺二首

孙　冲

秋宿山寺中,洽然洗宦心。况当衰鬓发,消得[①]卧云林。泉涩石沟浅,灯昏松屋深。上方清梦寐,晓谷扬钟音。

山中古佛寺,暂到觉神清。扫地云粘帚,敲钟谷应声。诵经僧坐石,下树鸟寻生[②]。白日尘寰内,劳劳徒利名。(《长子县志》)

注释:

①消得:需要;须得。②寻生:寻觅食物。

解说:

宋赵州平棘人,字升伯。第进士。授将作监丞,累迁太常博士。累擢刑部郎中,历湖北、河东转运使,知河中府、潞州、同州,所至以强干称。官至给事中。

天下名山僧占多,其实应该是有僧之山容易成为名山。因为佛教能够让山更庄严,也更脱俗。是文化特别是出世的佛教文化,给了自然风光以灵魂和精神。悠然的钟声里,就连梦也被净化了,就连鸟也是奔波劳碌的。这种心境才是游赏山水时最应该关注和获取的。

寄慈林交讲师

舒岳祥

有意西林寻小隐，无田东瀼[1]可邻家。闻师投谒不入巷，知我无人能点茶。山色一溪连雨色，雪花十里糁[2]松花。秋声正与公相似，相对忘言定不差。(《长子县志》)

注释：

①东瀼：瀼河东，瀼河在河南。②糁：洒，散落。

解说：

宋台州宁海人，字舜侯，一字景薛。理宗宝祐四年(1256)进士。仕终承直郎。后以文学名。宋亡不仕，避地奉化。尝读书于阆风台，人称阆风先生。著述统名《阆风集》。

法师从不入俗室，作者从不喝俗茶。正所谓物以类聚，人以群分。慈林山山色连着雨色，松花恰似雪花，在这样雅致的秋景中，两个雅致的人对面饮茶，与山交相呼应，极有禅意。

慈林好（十首录三）

程　尅

向者韩忠献公尝著《望江南》词五章，皆以"维扬好"为首句，后人或改《望蓬山》。仆窃拟之，作《慈林好》十阕。所愧学荒才鄙，语意猥浅，固不敢比肩前哲，亦效颦之意云。大定十六年岁直涒滩季夏之既望日，广平程尅述。

咏寺

慈林好，楼阁上齐云。后魏建修知创始，大唐完构复更新。兴废几经春。高士至，福地岂徒云？窣堵波[1]高藏舍利，头陀碑莹勒遗文。千古播清芬。

麻衣从深尝云："此福地也，塔下有所藏舍利三七粒。"

拄笏轩

慈林好,拄笏榜轩名。烟锁林梢攒远绿,雨添山色送遥青。爽气望中生。风月会,文友集斯亭。春晓凭栏看野景,秋宵欹枕听泉声。心迹喜双清。

径

慈林好,一迳绕山长。稳衬征轮春草细,笑迎行客野花香。松桧晚风凉。佳节近,游赏倍于常。车骑奔驰迎送急,绮罗交错往来忙。喜到白云乡。(《长治金石萃编》)

注释:

①窣堵波:梵语,塔。

解说:

金广平(今河北省广平县)人。

十首中选了三首。第一首追溯了慈林寺的悠久历史。第二首不但描绘了慈林寺的风光,也表现了作者与友朋雅集时的活动,风光与文艺交相辉映。第三首在描绘慈林寺风光的同时,也表现出了慈林寺旅游事业的兴盛。

老顶山

位于山西省长治市区东2千米处。曾名北珏山，俗称百谷山，因其松柏茂盛，又称为柏谷山。是我国北方地区最理想的避暑、休假胜地之一。山有五峰，俗称五顶，由北向南依次为老顶、梳妆顶、玉皇顶、奶奶顶和新顶。老顶海拔1378米，为五顶之尊，由此得名老顶山。境内五顶九岭十八道沟，峰岭跌宕，沟谷纵横，雄浑壮观。

百谷山唱和诗

吴中复

宝界嵚崟路入云，闰余[①]三月属芳辰。烟林未动阴森地，山杏寒开寂寞春。潞子岭头销白日，神农祠畔柅[②]朱轮。乘闲自是逍遥事，谁羡襄阳倒载人[③]。(《长治县志》)

注释：

①闰余：指闰月。②柅：挡住车轮不使其转动的木块。③襄阳倒载人：晋山简嗜酒，饮辄醉，醉后常倒戴头巾骑在马上，醉态可掬。出《世说新语·任诞》。

解说：

宋兴国永兴人，字仲庶。仁宗宝元元年(1038)进士。知峨眉县，悉废祠庙，以荐为监察御史，迁殿中侍御史，奏罢宰相梁適、刘沆。改右司谏。历知泽、瀛州及江宁、成德、成都、永兴诸府军。以沮青苗法削一阶，提举玉隆观。起知荆南，复坐事免官。

百谷山神农寺是一个令人心旷神怡的地方，不仅风景优美，更有助于觉悟人生。怎么样才能逍遥？是山简一般在沉醉中忘忧吗？举杯消愁是一种无奈，它无法带来解脱。清晰的认识自己，把握当下的闲适，才是真正的逍遥。

次韵百谷山唱和诗

陈述古

扬旌麦野从如云，访古烟岩惜此辰。使节乍临尘外境，时光增丽岭头春。已忻得闰重三月，更拟挥戈驻二轮[1]。才德掞天[2]多乐事，风流丕变[3]潞川人。（《长治县志》）

注释：

①挥戈驻二轮：鲁阳公挥戈回日之典。这里指让时间停止。②掞天：光芒照天。③丕变：大变。

解说：

北宋阆州阆中人。陈尧咨长子。荫补入仕。庆历初，累官至司勋员外郎、知蔡州。历任三司盐铁副使、河北都转运使等职。治平二年（1065）知忻州。后以右正议大夫致仕而卒。

作者与友人同游百谷山，闰三月已经是让他多过了一个暮春时节，他还想要将太阳止住，足见这次游赏令他欢喜不已。

和王举元柏谷山院（嘉祐壬寅年三月二十三日）

韩　标

附骥游僧刹，天清晓色开。园林喷雨过，殿阁踏云来。日转花阴薄，山深磴道回。凭栏堪写望，陇麦翠如堆。（《山右石刻丛编》）

解说：

宋代人，曾任都官员外郎，通判州事。余不详。

雨后的山寺，自然是美的不可方物。然而，千万不要忽略了那苍翠成堆的麦田。美不仅在山高路绝处，也在一马平川地，特别在百姓无惊无扰，悠然自得的生活中。

过柏谷山英上人旧居

朱恬烷

袈裟挂壁锡[①]依台，寂寞空门生碧苔。坐久不闻钟磬响，满庭残月杏花开。(《御选明诗》)

注释：

①锡：禅杖。

解说：

字达庵，沁水庄和王叔子。封镇国将军，有《达庵集》。

袈裟锡杖仍在室中，但门生苔藓，英上人似乎圆寂未久。寺院依旧幽然，只是月光似乎有一丝伤感，杏花似乎有一段寂寞。

林滤山

位于平顺县城东南58千米玉峡关乡背泉村东，太行山东部边缘，海拔1800米，为太行山主峰之一，山顶有金灯寺，山下有老洞沟等风景点多处。该山雄伟峻峭，奇险壮观，云封雾锁，素有“不登林滤山，不知太行险”之说。

宋中遇林卢杨十七山人因而有别

高　适

昔余涉漳水，驱车行邺西。遥见林虑山，苍苍戛天倪。邂逅逢尔曹，说君彼岩栖。萝径垂野蔓，石房倚云梯。秋韭何青青，药苗数百畦。栗林隘谷口，栝树森回溪。耕耘有山田，纺绩有山妻。人生苟如此，何必组与圭。谁谓远相访，曩情殊不迷。檐前举醇醪，灶下烹只鸡。朔风忽振荡，昨夜寒螀啼。游子益思归，罢琴伤解携。出门尽原野，白日黯已低。始惊道路难，终念言笑暌[①]。因声谢岑壑，岁暮一攀跻。(《全唐诗》)

注释：

①暌：分离，不在一起。

解说：

字达夫，一字仲武，渤海蓨(今河北沧州)人，后迁居宋州宋城(今河南商丘睢阳)。安东都护高侃之孙，唐代大臣、诗人。曾任刑部侍郎、散骑常侍，封渤海县侯，世称高常侍。于永泰元年(765)正月病逝，卒赠礼部尚书，谥号忠。

杨山人隐居在林滤山，高适曾顺道拜访。看到他的生活状态，高适羡慕不已，感慨到，人生如此，何必功名。山人热情的款待了他。当高适不得不离开的时候，才感受到世俗生活的劳扰。俗人为什么总是这样去感慨呢？

送卢山人归林虑山

皇甫冉

无论行远近，归向旧烟林。寥落人家少，青冥鸟道深。白云长满目，芳草自知心。山色连东海，相思何处寻。（《全唐诗》）

解说：

唐安定人，避地寓居丹阳，字茂政。十岁能属文，张九龄呼为小友。玄宗天宝十五年(756)擢进士第，授无锡尉。代宗大历初，王缙为河南节度，表掌书记。累迁右补阙。有诗集。

林虑山的美景中蕴含了卢山人的悠闲自在，那悠然的白云就是卢山人的形象。也蕴含了皇甫冉的离别之情，那漫山的芳草就是作者的萋萋别情。然而，当山人入山之后，便云深不知处了，作者纵有思念，那思念又能寄托在何处呢？

游宝岩寺诗二首

马锦堂

怪石参差画亦难，骚人提笔仔细看。欲将此景书毫末，写满诗囊写石栏。

梵宇神灯自昔传，灵光闪烁想当年。而今不见神灯现，月落乌啼星满天。（《全金诗》）

解说：

金代人，生平不详。

两首绝句，写了宝岩寺的两种事物。前者写怪石参差，为什么明明只有二十八字,却要说写满诗囊写石栏?这是要告诉读者,当你看到这番景物,你的心中也会有无数的话想说。后者写梵宇神灯,当一种美被呈现,同时也就被限制了。梵宇神灯成了传说,它的美也就无所限制了。

又题水陆殿三首

碧水清溪绕座流,洞中别贮小瀛洲。分明辟破琅嬛境,信是神工鬼斧修。

宝岩灵迹妙无边,未稽工成几许年。片石玲珑藏玉宇,半由神力半由天。

玉液琼浆滴碧空,云间铁马①响丁东。危楼上接三千界,古刹高悬百尺中。碧水遍护罗汉座,丹霞普罩梵王宫。洞通百窍何人辟,内里神奇数不穷。(《全金诗》)

注释:

①铁马:檐铃。悬于檐间的铃,风吹发声。

解说:

单纯以佛寺殿堂为题,事实上是很难的。作者连写三首,不是因为他才思敏捷,而是因为殿在洞中,洞似仙境。这样的景色或者说建筑实在是太难遇到了。

登林虑南楼其一

王庭筠

殿阁偏宜落照间,倚天无数玉潺湲。黄华墨灶①知名寺,荆浩关仝②得意山。游子也如红树老,残僧偶与白鸥还。人生见说功名好,不博南楼半日闲。(《全金诗》)

注释:

①黄华墨灶:两座著名寺院。②荆浩关仝:两个著名画家。

解说:

金盖州熊岳人,字子端、号黄华山主。世宗大定十六年(1176)进士,调恩州军事判官，有政声。章宗时试馆职，罢归，读书黄华山寺，因以自号。后召为应奉翰林文字。累迁翰林修撰。诗书画均工，尤善山水墨竹。元好问有"百年文坛公主盟"之誉。

游子如红树一般老，这样的诗句作者是如何构思的呢？真是令人叹为观止。秋天的枫叶漫山遍野的红，游子的思乡之情更是弥漫于天地之间！

登林虑南楼其二

户牖凭高可散愁，石田[1]棋布青林稠。西山万古碍新月，南风六月生凉秋。见说官闲百无事，不妨客至一登楼。扬州骑鹤[2]亦何有，诚哉不负三年留。(《全金诗》)

注释：

①石田：贫瘠的田地。②扬州骑鹤：南朝梁殷芸《小说·吴蜀人》："有客相从，各言所志，或愿为扬州刺史，或愿多赀财，或愿骑鹤上升。其一人曰：'腰缠十万贯，骑鹤上扬州。'欲兼三者。"后因以比喻欲集做官、发财、成仙于一身，或形容贪婪、妄想。

解说：

一个清闲的人，不是无事可做的人，而是心中没有贪婪妄想的人。作者说自己无事，那也只是因为心中无欲而已。而无欲则刚，无欲的官员一定是个好官员，作者不羡慕腰缠十万贯，骑鹤上扬州，却以做三年的清官为最终的要求。

黄华峪十绝句

元好问

岱嵩王屋旧经过，自倚胸中胜概多。独欠太行高绝处，青天白日看山河。

树经冻雨半青黄，山入高秋老更苍。且就同游尽佳客，不妨五日未重阳。

红叶黄花风露清，比来春色不多争。秋山却也堪人恨，白与高欢作锦城[①]。

绝壁孤云仔细看，云间龙穴想高寒。碧澜寸寸横秋色，空对山灵说到难[②]。

玉立千峰画不如，天公自有范宽[③]图。闾山要著黄华老，千尺珠帘得似无。

团团石瓮琢青瑶，仰面看云觉动摇。谁着天瓢洒飞雨，半空翻转玉龙腰。

万古飞流泻不供，枉教喷薄困鱼龙。谪仙剩有银河句，不道香炉更一峰。

天汉何因有蚌胎，无穷冰雹落悬崖。只愁驼背模糊锦，翻倒龙宫复此来。

落峡飞流散不收，湍声汹汹动高秋。也应嫌被红尘涴，才近山门便洑流[④]。

乞得三泉住不成，风沙鞍马负平生。故山定已移文[⑤]了，又被黄华识姓名。(《全金诗》)

注释：

①“白与”句：东魏高欢曾在黄华山下避暑。②到难：自注：“唐人到难篇有‘碧澜之下寸寸秋色’之句，见文粹。”③范宽：宋代著名山水画家。④洑流：潜流。⑤移文：这里用《北山移文》典。

解说：

作者简介见前。

这套组诗，境界幽深，想象奇特，语言苍老质健，是诗人晚年老成之作。末两首较显明地表达了在世间对于性灵的戕害。两首都使用了拟人手法，一是借暗泉表达，一是说自己早已经被故山移文声讨，而今黄华山又知道了自己。

林虑北园待李子周不至

谢 榛

北园台榭雨晴初，坐对群峰澹自如。四野暝烟飞白鸟，半池秋水落红蕖。海天月近幽栖处，石树风生浩唱余。清夜放怀须酒伴，隔林犹自听来车。(《平顺县志》)

解说：

作者简介见前。

谢灵运《拟魏太子邺中集诗序》云：“天下良辰、美景、赏心、乐事，四者难并。”风景如此秀美，却只能一人欣赏，这酒也难喝。所以，他全部的身心都在关注朋友是否会到来这个问题上了。

冬日游林虑观珍珠帘

毛际可

丹嶂何年剖，悬流万仞溪。峰晴留古雪，石怒抱寒霓。小径攀藤滑，危亭俯树低。天台差共拟，翘首石城[①]西。(《平顺县志》)

注释：

①天台，石城：天台，指长治的天台山。石城，今山西省长治市平顺县。

解说：

清浙江遂安人，字会侯，号鹤舫。顺治十五年(1658)进士，授彰德府推官，历城固、祥符等知县，兴水利，禁横暴，所至有善政。在浙江与毛奇龄齐名。

观瀑布却只有一句写瀑布，这就是作者的高明之处。一切的名胜，都只有在与周围风景的相互映衬下，才能完整地展现它的美丽。

卢医山

在潞城县城南5千米。相传扁鹊曾路过此山，以岐黄术救人，人称卢翁。后人建卢翁庙纪念他，山随庙名。主峰海拔1222米。属太行山南段。

卢山叠翠

冯惟贤

翠壁层峦接太行，盈眸山色郁苍苍。神医[①]览胜来游此，登啸应添潞水长。(《潞城县志》)

注释：

①神医：指扁鹊。

解说：

明代人，潞城知县。

本诗最妙的是末句。登上山顶，或观赏卢医山下的风光，或追溯扁鹊在此地的事迹，或抒发为民父母的感慨，复杂的情绪，恐怕连自己都无法弄清。将情怀化作流水，前人多有，如恰似一江春水向东流。然而，李煜的名句恐怕也没有本句形象。

秋日友人邀饮卢山

黄洪辉

山势蜿蜒接太行，登临直得傲羲皇[①]。五龙气绕南冈雨，三晋人浮北海觞[②]。司马[③]文章游处好，王生[④]词赋醉中狂。相期更有黄社[⑤]约，莫谓并州非故乡。(《潞城县志》)

注释：

①羲皇：即伏羲氏。②北海觞：汉末孔融为北海相，常叹曰："坐上客恒满，尊中酒不空，吾无忧矣。"后以喻主人之好客。③司马：司马相如。④王生：指王勃。⑤黄社：待查。

解说：

清鄞人，顺治十五年(1658)进士，即墨知县。

这里的风光令人思接千载，这里的百姓热情好客，朋友皆是词林翘楚，就算身在异乡为异客，又有什么关系呢？

卢医山

张士浩

饮毕长桑[①]上翠巅，山深药草自芊芊。神卢[②]丹灶愁空绝，剩得林间万叠烟。(《潞城县志》)

注释：

①长桑：长桑君，传扁鹊医术之人。②神卢：扁鹊家于卢国(今山东省长清县南)，故又称卢医。

解说：

陕西泾阳人，岁贡，康熙年间任潞城知县。

这首诗将扁鹊的事迹与山中的风景紧密结合，在追寻扁鹊的神奇的同时，也感受了山间的美丽。末两句将山中烟雾比喻成扁鹊炼药的丹灶中遗留的药气，形象生动。

凤凰山

一名天冢山。在潞城县东部，浊漳河右岸。相传神农时凤凰巢此，故名。主峰海拔800多米。属太行山脉南段。景色秀丽，是本县旅游佳境。

阙题二首

张士浩

皂盖[1]车前振翼飞，九苞[2]留得北山辉。即今梧叶萧萧下，仿佛朝阳见羽衣。

凤凰山上凤凰鸣，凤去山留得美名。共说朝阳千古事，高岗天塚亦峥嵘。（《潞城县志》）

注释：

①皂盖：古代官员所用的黑色蓬伞。②九苞：凤的九种特征。后为凤的代称。

解说：

作者简介见前。

两首绝句，用了两个方式书写凤凰山。第一首，只就凤凰二字入手，把凤凰山写得很灵动。将梧桐叶比喻成凤凰羽毛，更是恰到好处。第二首，模仿李白《登金陵凤凰台》开篇，诗歌显得比较大气。

仙堂山

在襄垣县东北角,因山腰有仙堂寺而得名。重峦回绕,叠嶂起伏,如九龙汇集,又名九龙山。主峰海拔1728.6米,是襄垣县最高点。属太行山脉中段。有黑龙洞、白龙洞等旅游佳境。

咏仙堂寺

李　浚

天生胜概景非常,山绕藩篱石作墙。地涌金莲关佛像,水流石洞泛花香。西山二子①全身隐,北海孤标②遁世藏。此处蓬莱真景界,更于何处觅仙堂。(《襄垣县志》)

注释:

①西山二子:西山即首阳山(今山西省永济县南)。相传伯夷、叔齐隐居于此。②北海孤标:似乎指孔融。

解说:

明成祖永乐年间进士。

虽然咏仙堂寺,但并没有被寺院束缚,事实上,诗中只有第三句与佛教相关。仙堂山充满了隐居文化,咏寺而超越佛教,这样才会将风光与人文更好地表现出来。

仙堂旧隐

刘　龙

高士当年不可求，白云无恙水长流。桃源路杳应难问，蓬岛春深是胜游。已入烟霞成痼疾，肯将霖雨慰深忧。苍松翠柏遮天日，独傲人间万户侯。（《襄垣县志》）

解说：

明山西襄垣人，字舜卿，号紫岩。弘治十二年(1499)进士。预修《孝宗实录》《武宗实录》。官至南京兵部尚书参赞机务。卒谥文安。有《紫岩集》。

仙人该是什么样子？这首诗做了回答。一方面超脱世间，已入烟霞成痼疾，另一方面关心民生，肯将霖雨慰深忧。其实，这是作者自己。他有这样的境界，自然独傲人间万户侯。

崇城山

俗名棚棚寨，古名进士岩。在武乡县城东 46 千米。主峰海拔 1733 米。属太行山脉中段脊部。悬崖半壁有一天然半圆形石洞。洞内有一眼泉水升溢，常年不涸。相传古为避兵之地，素有太行天险之称。古代建有北魏大丞相高欢的避暑亭。明嘉靖年间建圣泉寺于洞中。

崇城山

魏　伦

峻逼极天鸟道，幽回匝谷山花。朝吐一轮红日，晚餐几片落霞。（《武乡县志》）

解说：

清武乡县韩壁村人，曾任猗氏县教谕。

作者如同画家一样，在一块画布上随意的点染了几笔，就成了一幅美丽的图画。在看似漫不经心的创作中，体现了作者对崇城山热情而细致的观察。

登崇城山

赵　括

青山千余仞，微径苦仄仄。急而回环处，宛然别一域。悬崖直下垂，古庙居其北。凭栏一南眺，连峰去如翼。远景分浓淡，岗峦互相逼。爽气

豁吟眸,高峰荡胸臆。举足可升天,奚借罡风[1]力。始信涉山人,登峰宜造极。嗟哉尘俗士,可望不可及。(《武乡县志》)

注释:

①罡风:道教谓高空之风。后亦泛指劲风。

解说:

清代人,生平不详。

这是一首仄韵诗。一般而言,诗歌押平声韵,则声韵较和谐,相反,仄声韵读起来就显得生硬。然而,生硬也是一种美,给人以古直劲健的感受。读这首诗,有一种读诗如登山的感觉。

十景词·崇城岩险

程步堂

老气镇乾坤,雨脉云根,岭嶒[1]竦处果堪尊。笑尔诸峰环左右,貌若儿孙。何必洗头盆[2],险比龙门,神工鬼斧削无痕。绝顶河山凭一览,日射朝暾[3]。(《武乡县志》)

注释:

①岭嶒:应为崚嶒,形容山高的样子。②洗头盆:玉女洗头盆,在华山中峰玉女祠南的崖石上。③朝暾:早晨的阳光。

解说:

字玉署,清武乡人,举人,名医。

作者使用了《浪淘沙令》这一词牌,全篇围绕一个“险”字。一首诗中若只有险也就不算什么了,所以,作者在最后,不但开阔了我们的胸襟,也给我们眼中注入了朝阳的色彩。

马鞍山

在黎城县城东北17千米，与河北省交界处。因山峰形状像马鞍而得名。主峰海拔1081米。属太行山脉中段。

望马鞍山

程　雅

使君千骑出东方，盘凤花鞯七宝妆。顾盼生姿谁据此，漳河西望晓苍苍。

奋鬣长嘶解辔缰，何年峻坂遇孙阳[①]。电飞一抹千山过，遗却小鞍在太行。

骖虬控鹤小游仙，昭泽[②]飞骑去不还。人指空鞍留绝顶，至今涧底有清泉。（邑西有马跑泉，相传焦公马渴跑地泉涌。）

万松风过瀑喧豗，玉勒骄嘶何处来。髀肉空销[③]还自惜，会须揽辔一登台。（《黎城县志》）

注释：

①孙阳：即伯乐。②昭泽：待查。③销：当作生。

解说：

清代人，生平不详。

当一座山的名字有趣时，诗人会经常从名字入手。四首绝句中，第一首写马鞍，通过马鞍表现马鞍山的风光。第二首写马，千里马遇到伯乐而一去不返，只留下马鞍化作山脉，显得奇巧。第三首写仙人与马离去而空留马鞍，以及马跑地而成之清泉，显得灵动。第四首写自己，终有一日要骑马登台，既是应景之作，又表达了壮志未酬，虚度光阴的感慨。

登马鞍山

高垣雯

双峰屼嵂[1]耸云间，俯视千山与万山。层岚翠壁凌霄汉，恍如天马下尘寰。太行北来多奇赏，五龙发鸠雄上党。狮子韩国本狞狰，黎水艳称白岩蟒。乃有骏骨丰棱起，腾骧何必日千里。稽古负图出河中，腰褭尝从穆天子。不数秦家铁驷[2]群，汉时得之渥洼[3]水。无端误值太行车，矫首顿足长嗟吁[4]。孙阳一顾空冀北[5]，揽辔跃跃入云衢。于今皇路正升平，大展逸足任所行。圉人安得施闲绁，始信当年伏枥心。君不见云锦鞯玉华鬃，具眼谁不羡游龙。夸奔电逐遗风，霜蹄不数汗血红。紫燕青雅拳毛𫘨，金鞭玉勒重天家。雍雍待漏立天仗，烽火惊人踏风沙。练光照耀空千古，千骑万乘何足数。不信试看马鞍山，依然骅骝㊄駬谱。（《黎城县志》）

注释：

①屼嵂：耸立貌。②铁驷：即驷铁，《诗·秦风·驷铁》："驷铁孔阜，六辔在手。"③渥洼：水名。在今甘肃省安西县境，传说产神马之处。④"无端"两句：《战国策·楚策四》："夫骥……服盐车而上太行……伯乐遭之，下车攀而哭之"。⑤"孙阳"句：伯乐一过冀北，冀北的良马就被挑选殆尽。

解说：

清黎城下桂花村人。

从马鞍山想到千里马，从负河图的龙马起，写了历代被发现的以及被埋没的千里马。最后落在今日，如今仍然有各式各样的千里马，马鞍山上就有。显然作者是在说自己。

广志山

一名至王山，俗称广志脑。位于黎城县城西 30 千米的平头、柏峪两乡间。主峰海拔 1807 米。属太行山脉中段脊背。山势险峻，峰头耸入云表。晴朗之日，可登其顶望出百里之遥，心志开豁，故名。

娲皇祠二首

程　雅

古皇云日下，佛号等闲呼。女侍班珠佩，天香篆玉炉。烟开平楚[①]阔，雪点乱峰余。再拜欢哗[②]里，石溪不倩扶。

楚天不待补（楚郧阳有女娲山），灵贶此山开。绀殿横冈直，花幡蔽野来。布金同侒佛，祓子半郊禖[③]。仿佛迎青雀，云冠下九垓。（《黎城县志》）

注释：

①平楚：从高处远望，丛林树梢齐平。②欢哗：欢笑喧哗。③“祓子”句：郊禖，求子所祭之神。意谓一半人是来求子的。

解说：

作者简介见前。

娲皇与佛菩萨混杂一处，似乎是后世女娲文化的一个特点。女娲崇拜的一个方面就是求子。诗歌将广志山娲皇祠的求子风俗表现的很热闹。

游广志山二首

李　灏

生寄黎阳四十年，始来西北访林泉。羊肠绕处疑无路，蜡屐[1]踏开别有天。漳水一条纤似发，屏峰几叠小于拳。任他山下风雷作，不碍晴光顶上圆。

每欲携朋瑶岛巅，周围一览遍三千。果然联袂来云外，不羡乘槎到日边。目小乾坤何异佛，手挥星斗已成仙。归途还与银蟾接，带得天香[2]下暮烟。（《黎城县志》）

注释：

①蜡屐：涂蜡的木屐。②天香：祭神、礼佛的香。

解说：

清黎城人，生平不详。

山高则目远。漳水如发，屏峰似拳，山下风雷，山上晴日，第一首的角度就是“高”。第二首也是高，但不是山高，而是意高。所谓仙佛，就是眼底装得下天地，身心能接近自然而已。

黄崖山

在黎城县城北40千米，东崖底镇西5千米.与武乡县交界处。因山崖色黄而得名。主峰海拔2008米。为太行山脉中段脊线上一高峰。这里奇峰竞秀，峭壁千尺，并有许多溶洞，其中黄崖洞最为著名。

黄崖洞

文　同

黄崖大洞埋古云，入去所履平如席。其中玉髓尽可餐，只恐归来变为石[①]。(《全宋诗》)

注释：

①“其中”句：《太平广记》载，王烈得石髓，人服之寿与天齐，拿给嵇康，却变成石头。王烈告诉弟子，这是因为嵇康不该得道成仙。

解说：

作者简介见前。

黄崖洞处在云深处，内部却又平如席子，里面有令人成仙的石髓，完全就是洞天福地。然而，能否成仙，不在于是否有成仙的石髓，而在于其人是否有仙缘道气。当我们去黄崖洞时，也可以试一试。

诉衷情　九日登黄崖

王丹桂

重阳又早一年期。景物正凄凄。凭高畅情凝望，极目彻天涯。秋日

短，塞天低。雁南飞。诗题红叶，酒泛黄花，不醉无归。（《全金元词》）

解说：

字昌龄，号白云子。祖居利州（今四川广元），隐居昆仑山（在今山东牟平）清神洞，全真道士，马钰弟子。著有《草堂集》，词存一百四十六首。

没有一句话不渗透着伤感，在仙境般的黄崖山登高眺远，仍不能释怀的是什么情绪呢？从诗题红叶四字看，应该是相思之情吧。

黄崖白塔

唐之淳

黄崖壁立千万尺，色黄乃是中央德。地当北塞压玄冥①，要使朔云敛阴慝。谁筑浮图如蚁蜂，点缀霜雪悬虚空。健儿到来不敢视，叫啸山鬼诃神工。我不知名问关吏，吏言昔有金仙寺。长廊斋磬杂钟鱼，焚香膜拜多豪贵。由来南北几兴衰，关山不殊人事非。区区一寺何足惜，万里之城今属谁。（《唐愚士集》）

注释：

①玄冥：神名。冬神。

解说：

明浙江山阴人，名愚士，以字行。唐肃子。建文二年（1400），以方孝孺荐，为翰林侍读，与孝孺俱领修书事。旋卒。有《唐愚士诗》。

本诗前半雄壮，后半冷静。作者从黄字入手，说黄崖山能挡住北方的阴寒，似乎有所暗示。白塔悬于虚空，令健儿也不敢下视。点缀霜雪照应了白字。由白塔过渡到金仙寺，在今昔对比中表达了世事无常的真理。冷静的背后有淡淡的悲哀。

松子岭

在和顺县城东北13千米,主峰海拔1519米。属太行山脉中段。

松子岭(松子,鸷鸟名)

刘 敞

鹿儿峡未尽,松子岭相望。走险暇扫荫,摩空愁乱行。霜增头皓白,尘变马晒黄。不作还乡意,羁人应断肠。(《全宋诗》)

解说:

字原父,宋临江新喻(今江西新余)人。庆历进士。历三司使、知制诰、知扬州。累迁集贤院学士、判南京御史台。敞学问渊博,长于《春秋》学,涉及天文地理、佛老卜医之说,无所不通。著有《春秋权衡》等。

行走在松子岭上,羁旅之人是无心观赏的。他只能看到悲伤的颜色,和悲伤的自己。

和使回过松子岭

苏 颂

石径萦纡甚七盘①,披榛策马上烟峦。回头却见临潢②境,千里犹如指掌看。(《全宋诗》)

注释:

①七盘:指七盘岭。在四川广元东北与陕西宁强的交界处,上有七盘

关。②临潢：今内蒙古巴林左旗东南波罗城，即契丹之上京。

解说：

字子容，宋泉州南安（今属福建）人。举进士。元祐初，拜刑部尚书，累迁至翰林学士承旨。元祐七年（1092），拜右仆射兼中书侍郎。为谏官奏劾，罢知扬州。以太子少师致仕。徽宗立，进太子太保，封赵郡公。

作品表现了松子岭的高和险，这又和使臣密切相关。松子岭的险展现了使臣出使任务的艰难，而高则表现了使臣的政治素养，所谓“千里犹如指掌看”，语本《论语·八佾》：“曰：‘……知其说者之于天下也，其如示诸斯乎！’指其掌。”

松峰书院[1]寄孔伯仪二首

吕思诚

玉瓶携酒远相邀，羸马何思道路遥。流水绕门山色近，熏风杨柳乱鸣蜩。

夕阳林树欲栖鸦，偶到东山处士家。松子岭高岚气润，幽轩开碧落松花。（《山西通志》）

注释：

①松峰书院：松子岭元代曾设书院叫“松峰书院”。

解说：

元平定州人，字仲实。泰定帝泰定元年（1293）进士，授同知辽州事，后累官刑部尚书，改礼部，总裁辽、金、宋三史，升侍御史。出为河东廉访使，入拜中书参知政事，中书左丞。

有一句流行语叫“来一场说走就走的旅行”，几乎人人会说，却很少有人能做。为什么呢？因为很多人并不知道说走就走的真谛。“玉瓶携酒远相邀，羸马何思道路遥。”作者知道。“竹杖芒鞋轻胜马，谁怕？”苏轼知道。“夜乘小舟就之，经宿方至，造门不前而返”，说“吾本乘兴而行，兴尽而返，何必见戴”的王子猷知道。

虎头山

在昔阳县城东南7千米，大寨乡大寨村南。因山形似虎头而得名。主峰海拔1161米。属太行山脉中段。

虎头山

李之华

破壁龙飞羡虎头[①]，画工墨妙绝千秋。此间亦有虎头石，谁写掀天万木飕。（《昔阳县志》）

注释：

①“破壁”句：虎头是晋代画家顾恺之字。恺之每画人成，数年不点睛，人问辄曰：“传神写照，正在阿堵中。”唐张彦远《历代名画记》：张僧繇画四白龙，“不点眼睛。每云‘点睛即飞去’。人以为妄诞，固请点之。须臾，雷电破壁，两龙乘云腾去上天，二龙未点睛者见在。”作者将两人混淆了。

解说：

明代人，生平不详。

虎头山山形酷似伏虎，山名又与顾恺之字相同。所以，将这两个角度结合起来融入一篇当中，是一个不错的写法。

蒙山

在昔阳县城东7千米，主峰海拔1327米。属太行山脉中段。登上峰顶便可鸟瞰县城。夏季东风劲吹，阴云密布，峰顶被烟云荫没，即为下雨的先兆，“蒙山烟雨”为昔阳八景之一。山上有龙神洞、古塔及风洞等名胜。

蒙山烟雨

乔　宇

俯瞰荒原一掌中，乱山迢递走西东。路盘绝顶羊肠险，势压层城[1]虎踞雄。冉冉轻烟浮远碧，霏霏零雨下空蒙。高墟[2]合是神灵地，父老年年祀礼同。(《昔阳县志》)

注释：

①层城：古代神话中昆仑山上的高城。②高墟：不详其址。

解说：

作者简介见前。

蒙山景色别具一格。每当夏秋两季，东风劲吹，洞口便吞云吐雾，一会儿，整个峰顶便阴云密布，是下雨的预兆。所以群众说：“蒙山戴了帽，庄稼人睡了觉”，意思是天要下雨了。古人把“蒙山烟雨”列为昔阳八景之一。

游蒙山次郭伯瞻韵

涧谷盘回带峁峋[1],直上飞磴跨苍旻。云驱物色千鬃马,峰叠晴光万角麟。雄饮讵知樽有尽?捷才谁说句无神?镜湖一曲皆君赐,高尚何如贺季真[2]。(《昔阳县志》)

注释:

①峁峋:山势曲折,山形瘦削。②"镜湖"两句:贺知章字季真,天宝初,乞还乡里,唐玄宗有诏赐其镜湖剡川一曲。

解说:

前四句特别是颔联将蒙山写的大气磅礴,动感十足。后四句似乎是在赞美郭伯瞻的风度和才华。

蒙山

雨过花香落涧泥,远寻樵径记还迷。吟跻绝巘开苍雾,笑倚危槎[1]拂翠霓[2]。下界俯看千壑迥,半空遥指万山低。纷纷尘世何为者,忙逐昏鸦共晓鸡[3]。(《昔阳县志》)

注释:

①危槎:高高的树枝。②翠霓:青霓,虹。③昏鸦共晓鸡:归巢的乌鸦与报晓的公鸡。

解说:

人因为站的高而眼界宽广,因眼界宽广而心胸开阔,因心胸开阔而意识到争名逐利的渺小。不可避免地,因为这种认识而升起出世的慨叹。很多人把出世理解为消极避世,其实不然,那是到达另一种境界时才会理解的状态。每天鸡叫而出,鸟归而回地操劳生计的人,是不可能理解的。

沾岭

古名揭戾山、鹿谷山、少山；今又称沾山、沾岭山。在昔阳县城西南15千米，主峰崔榆山海拔1567米。属太行山脉中段。松溪河与潇河、清漳河的分水岭。

沾岭寿圣寺

乔 宇

沾麓禅宫似少林，左环青翠右丹岑[①]。空阶暖雾熏花气，香殿微风引梵音。枕上藤萝堪自乐，城中租税免相侵。悬车[②]已遂看山兴，一岁须教一度临。（《昔阳县志》）

注释：

①丹岑：绚丽的山峰。②悬车：指黄昏前一段时间。又指致仕，古人一般至七十岁辞官家居，废车不用，故云。

解说：

作者简介见前。

天下的山水尚有相似之处，何况寺庙？关键是看风景的人有哪些不同？作者辞官家居，无忧无虑，这种生活是最难得的。作者是个知足常乐的人，甚至对享受美也不执着，一年一次就好，气度悠然。

沾岭观清漳

鳌峰千叠到平林，突出招提拥翠岑[①]。花雨夜空天水色，松风时送海

潮音。山中芳草春长换，世上红尘老[2]不侵。却笑禅栖[3]非我事，谢公[4]余兴在登临。(《昔阳县志》)

注释：

①岑：小而高的山。②老：总是。③禅栖：谓出家隐居。④谢公：谢灵运。

解说：

芳草春长换则年年皆有春色，红尘老不侵则永远不落红尘，这分明是一种出世的境界。却被作者立刻否定了。而这恰恰是一种更为中道的境界，即既有出世的态度，又有入世的情怀，圆融无碍。

沾水拖蓝

一脉涟漪出远岚，山光云影共拖兰。春深欲染云衣净，夜久微将月镜涵。清别泾流同渭水，碧分江派比湘潭。旧时县治今何在？雉堞[1]茫茫野草毵[2]。(《昔阳县志》)

注释：

①雉堞：城上短墙。②毵：细长的样子。

沾水拖蓝

赵士吉

冉冉清流映碧岚，玄圭象水此何蓝。山光入水颜如染，水色因山影倒涵。莫道浅滩无鲤窟，也从深处注龙潭。临流我愧无佳句，幽涧谁怜春草毵。(《昔阳县志》)

解说：

字修之，号庆门。明代乐平(今昔阳县)钟村人。万历二十三年(1585)进士。官至工部都水司郎中，因宦官魏忠贤擅权而告归。隐居县城东门巷门楼上，着红衣而不出。

以上两首韵脚相同，是赵士吉步乔宇之韵而作。民国四年县志载："沾水拖蓝，其水发源处微有蓝色，汲于器则白。"20 世纪 70 年代前，这条河水量充沛，除发洪水外，平常远远望去，犹如一条蓝色的飘带。最近几十年，由于人们对森林的破坏，山已无云遮雾罩之景象，水已无涟漪泛波之清碧，且时断时流。人们期盼着生态的恢复，“沾水拖蓝”景象的再现。

陡泉山

又名陵泉岭,马道岭。在昔阳县城西 15 千米,沾山北端。主峰海拔 1427 米。属太行山脉中段。

陡泉山

乔　宇

石磴参差路颇艰,女郎祠在翠微间。攀林绝巘清秋回,万壑空山白昼闲。仙驾鹿㈢[①]常濯濯[②],灵泓泉响自潺潺。一乡胜迹堪留咏,高视乾坤豁醉颜。(《昔阳县志》)

注释:

①㈢:驾在车辕两旁的马。②濯濯:象声词。这里形容车马声。

解说:

作者简介见前。

万壑空山白昼闲。作为一乡胜迹,来这里的人却少之又少,只有仙人们经常驾乘来此游赏。这一实一虚,将山的幽和美都表现出来了。同时,作者不同凡俗,高出世人的境界,也被体现了。

陡泉关

李早荣

绕郭嵯峨峰插天,西山一带更蜿蜒。我来行部[①]披榛莽,石悬乳窦[②]

见陡泉。泉出山腰沃[3]且滑，珍珠万斛随风发。上有忘机之猿鹤啸松云，下有为雨之蛟龙踞石窟。睥睨天光一线青，藤萝疏处不容发。关头古刹列层层，泉声低绕犹沸腾。如此仙境成荒废，欲叩往事无山僧。摩挲苔藓认碑字，蝌蚪[4]已蚀十三四。野禽有意噪深林，黄叶无情飘满地。吁嗟山青水自流，夕阳欲暝若为[5]愁。夜半归来重回首，城西惟见月如钩。(《昔阳县志》)

注释：

①行部：谓巡行所属部域，考核政绩。②乳窦：石钟乳洞。③沃：丰美。④蝌蚪：古文字体的一种。笔画多头大尾小，形如蝌蚪，故称。⑤若为：怎堪。

解说：

字开甫，号果泉。清代直隶东光县举人。乾隆三十九年(1774)，任乐平知县。

作者宦游于此，为一县父母，好容易离开官署，到外面考察民情，按理说应该有轻松之感才对。事实却不是如此。在这篇诗作中，风景无疑是美的，却被作者浓郁的孤寂之感所笼罩。

凤凰山

在昔阳县城北 2.5 千米，瑶头村以北。传说山上落过凤凰而得名。主峰海拔 900 多米。属太行山脉中段。

过凤凰山

元德明

凤凰闻说似天坛[1]，北去南来马上看。想得松声满岩谷，秋风无际海波寒。(《全金诗》)

注释：

①天坛：王屋山的绝顶。

解说：

金忻州秀容人，号东岩。幼嗜书。布衣蔬食，处之自若。人负债不能偿，往往毁券。累举不第，放浪山水间，饮酒赋诗以自娱。卒年四十八。有《东岩集》。元好问父。

在羁旅途中观看凤凰山，当然不如刻意游赏那么从容。作者无暇细看凤凰山，但“闻说似天坛”五字已经表现了它的美。似乎在一撇之间，作者抓住了凤凰山的神韵，松声如海。

登凤凰山漫兴四首

赵廷松

题注：大明嘉靖癸卯偕张子登山之作

小亭立翠画楹高，闻道丹邱[1]有凤毛。灵雨朝联千峰秀，香风暮卷万松涛。

静里云峰看似画，醉来禅榻卧如雷。松声唤醒庄生梦，独对南山歌有台[2]。

岧峣山阁映云霄，翠柏苍松共寂寥。为忆凤凰旧时伴，不知何处听箾韶[3]。

松河南去水拖彩，沾岭东回云作城。飞上凤台看不惰，忽疑身世在蓬瀛。(《昔阳县志》)

注释：

①丹邱：传说中神仙所居之地。②南山歌有台：《诗经·小雅·南山有台》是一首颂德祝寿的宴饮诗。③箾韶：箫韶，舜乐名。《尚书·益稷》："《箫韶》九成，凤皇来仪。"

解说：

明代广东省东嘉县人，曾任山西佥事。

四首诗中，中间两首要好一些。第一首完全是就景写景，第四首的抒情太没有新意。第二首表现出作者真率自然，立足当下的洒脱，第三首在对美丽风光的描写中暗含了对清明政治的期待。

登凤凰山

李　榕

山绕孤城雉堞雄，振衣[1]石上受天风。不妨旅望凭高骋[2]，遂使闲愁此日空。云气遥连蒙岫[3]外，松涛声杂沾波[4]中。九苞振彩雍熙[5]世，醉倚峰头夕照红。(《昔阳县志》)

注释：

①振衣：抖衣去尘，整衣。②骋：抒发，发挥。③蒙岫：蒙山。④沾波：沾水。⑤雍熙：谓和乐升平。

解说：

作者简介见前。

作者游宦昔阳，为本地知县，诗中只是“旅望”、“闲愁”表达了淡淡的身在异乡之感，可见，他当时的生活是比较满意的。整首诗眼界阔大，情绪舒缓，很好地体现了盛世文人的精神风貌。

神山

神山亦名尖山。在寿阳县城北7千米,因山上有风神洞而得名。又因山居全县中部、群峰峥嵘,形如刀削,故名尖山。主峰海拔1243米。属太行山脉中段。

尖山雨过

郝仲成

黄花时节雁来天,北望关门动晓鞭。十里乍惊衣上雨,一峰如竖指头禅。丹林树染幢幢叶,白日珠抛的的泉。天惜诗人狂眼乱,秋风满路结清缘。(《寿阳县志》)

解说:

字次昌,山西寿阳人。乾隆庚辰(1760)举人。著《匏屋诗稿》。

秋天的清晨,作者又开始了征程。走了十里才发现衣上有雨,是走的匆忙,还是树木繁密?似乎是前者,因为他突然意识到了自己的匆忙,也意识到了秋天的景色是多么美。

双凤山

在寿阳县城北20千米,海拔1562米。因两峰对峙如凤,故名。山中有洞曰五龙洞,悬石如龙状,文成五色,滴水不绝。山坳有黑龙、白龙二泉,皆挹之不竭。其山日出即照,故称双凤朝阳。

双凤朝阳

吴祚昌

双凤飞来地势雄,参差对峙碧霄中。似依北斗朝云黑,故向东峰映日红。瑞异不闻书竹简,神奇应有奏梧桐①。犹遗古庙高原祀②,野老年年报岁功。(《寿阳县志》)

注释:

①奏梧桐:《诗经·大雅·卷阿》:"凤凰鸣矣,于彼高冈。梧桐生矣,于彼朝阳。"②"犹遗"句:似乎是指祭祀双凤山的五龙圣母和五龙。

解说:

江南沭阳(今属江苏省)人,以拔贡于康熙七年(1668)任寿阳知县。修补《寿阳县志》。

双凤山附近的西张村有一位常双凤姑娘,在山脚下的莲花池洗衣服时,发现一块五花石,含着玩,不小心吞肚子里,三年后在山脚下的洞里生下五条龙。五龙行云布雨,救助百姓,百姓尊双凤为五龙圣母,建庙祭祀。

方山

在寿阳县城东北16千米,与盂县交界处。因山顶平坦、从四面观望,顶的侧面均为方形而得名。晋代称神福山,北宋政和二年(公元1112)赐名方山。属太行山脉中段。

从征行方头山[1]诗

袁 宏

峨峨太行,凌虚抗势[2]。天岭交气,窈然无际。澄流入神,玄谷[3]应契。四象[4]悟心,幽人来憩。(《先秦汉魏晋南北朝诗》)

注释:

①方头山:崔伯易《感山赋》"(太行山中)形方者曰方山"。②抗势:刚强之势。③玄谷:幽深的山谷。两句意谓澄澈的河流、幽深的山谷与不可言说的道法相应。④四象:含义众多,这里指春、夏、秋、冬四时。意谓四时的景物皆可令人心悟。

解说:

东晋陈郡阳夏人,字彦伯,小字虎。尝倚马作文,顷刻得七纸,殊可观。撰《后汉纪》等。

桓温率师北伐,袁宏也随从出征,本诗该作于此时。东晋玄言诗盛行,此诗就是在这种风气下创作的。面对太行山,作者感慨到,巍峨深邃的太行山,与大道相应,其中必然藏着众多隐士。作品能将说理与写景紧密交融,没有一般玄言诗理过其辞的毛病。

游方山

王　雷

车轮马足遍人间，岂意穷荒逢此山。便欲栖迟成地隐，始知空阔①破天悭。松声万壑秋风急，石径千盘暮雨斑。为报草堂真碧眼②，莫教辜负个中闲。(《全金诗》)

注释：

①空阔：豁达；旷远。②"为报"句：不详所指。

解说：

金代祁人，大定三年(1163)曾谒宋无定居士张商英祠堂。

人生不如意事十之八九，有的人能在不如意中思索人生，找到不如意中的如意。有的人则只是消极地等着那十之一二的到来。"松声万壑"两句美不美，那得看作者的心境了！当他意识到豁达的心境能破除人生的穷苦，一切的不如意就烟消云散了。

过方山

边大绶

三十年来岁月虚，偶因烽火过禅庐。白云不断人行路，消受松风一夜余。(《寿阳县志》)

解说：

字素一，号长白，任丘人。明崇祯己卯(1639)举人，官米脂知县。人清，历官太原知府。

作者曾受崇祯密旨，掘李自成祖坟，后为李自成所捉。他艰难逃脱，路过寿阳时，得县人及方山寺僧人的帮助，最后虎口脱险回到家里。本诗正是逃难入方山寺时所作。曹寅据其《虎口余生纪》，改写成长达50出的剧本。

方山

傅　山

方山方如墉[①]，埤堄[②]列疏松。日暮俯诸山，蜿蜒盘紫龙。黑阴坐老虎，摧崣[③]摇天风。般般亦佛子，山僧无过恟[④]。长者[⑤]载经至，七尺何其恭。(《傅山全书》)

注释：

①墉：城墙。②埤堄：城上呈凹凸形而有射孔的矮墙。③摧崣：高峻，《全书》“摧”作山下彖，似误。④恟：恐惧。⑤长者：指唐代李宾，开元年间自沧州赍《华严经》至盂县，后到方山神福寺居住，作《华严经》论。

解说：

作者简介见前。

这首诗的前半部分描写了黄昏时分的寿阳方山怪异奇丽的景色，很有特点。后半部分用了戏谑的笔法，调侃方山寺的僧人们，借此也表现了傅青主物我一如的佛学造诣。

罕山

俗称太原东山，古名旱山、看山。在太原市区东 20 千米，为太原市与寿阳、榆次之界山，主峰海拔 1591 米。峰峦叠嶂，林木葱蔚，山头云涌往往降雨，故称“罕山时雨。”

登罕山

周铁

镇日闲居苦寂寥，为寻登眺上岧峣。眼明只觉云霄近，气爽宁知石磴遥。涧下水鸣无犬吠，岩前尘过有人樵。杖藜未尽名山赏，日暮诗成兴倍饶。(《榆次县志》)

解说：

字汝威，号钝轩，榆次张庆人。少勤奋读书，筑室闭户不出者屡年。嘉靖五年(1526)中进士，授行人，九年(1530)，升任湖广遭、河南道监察御史。当时嘉靖帝欲举兵征安南(今越南)，周铁上谏，以军饷未充，调度未备，力言不可，征安南事遂止。晚年官至吏部文选主事。后为严嵩借故削职为民。

登上高高的罕山，作者只用四个字就把最普遍的生理感受表现出来了，“眼明”，“气爽”。作者没有将名山游遍，却兴致勃勃，一是因为游山之时无犬吠，有人樵，也就是远尘离垢。二是因为山水助诗性，他将登山的兴致用诗作进一步升华了。

罕山时雨

褚 铁

灵山角立[①]势崔嵬，叠嶂层峦次第开。峻极北连恒岳峙，岧峣东向太行来。油云若得从龙岫，灵雨应知遍草荄[②]。四海苍生仰膏泽，好为霡霂[③]洗尘埃。（《榆次县志》）

注释：

①角立：卓然特立。②草荄：草根。③霡霂：小雨。

解说：

字民威，榆次阳安村人。他从嘉靖四十四年（1565）考中进士起，先后任河间县令、河南巡抚、大理寺卿、工部侍郎、刑部侍郎、左都御史兼户部侍郎、户部尚书等职。是明代后期一位颇有政声的政治家。

当我们说可以从作品中看出作者的品格的时候，并不是看他说了什么，而是看他在什么时候说。一场很平常的雨，不同的人会引起不同的情绪。在这个时候能想到天下苍生的，自然是时时关心民生的人。这和受外界引发的爱民情绪是不同的。

药岭寺山

一作药林寺山，在平定县城南12千米，相传山上古有药林寺，且山上林灌茂密，药用植物很多，故名。主峰海拔1160米。属太行山脉中段。山上的药岭寺(清凉寺)为旅游避暑胜地。

药岭寺

张　琮

爱此幽栖处，常年户不关。鸟飞春色碧，人伴白鸥闲。花发篱东雨，云连屋后山。老僧无个事，镇日只参禅。(《平定州志》)

解说：

明成化年间岁贡，官至洛川县主薄。

诗中将药岭寺山的风景描写的很美，然而，“常年户不关”一句却更让人浮想联翩。想想现在的人们，当我们把门关上的时候，也把自己关起来了。我们以为我们在用锁保护我们的财产，其实是钱财用锁锁住了我们的心。

游药岭寺诗二首

乔　宇

迟迟车马渡前溪，三日山游屡见携。韦老兴耽西涧句[①]，杜陵才擅少林题[②]。花深翠岩鸣春鸟，径转芳村送午鸡。闻说上方[③]多胜事，拟从青嶂蹑丹梯。

行尽西溪问水源，直从东岭到祇园。青穿松盖分萝径，翠凿云根[4]引洞门。高阁帘栊秋对奕，空山风雨夜开尊。迟棲物外禅家事，城市中人未许论。（《平定州志》）

注释：

①“韦老”句：韦应物有《滁州西涧》诗。②“杜陵”句：大概是说杜甫擅长与佛教寺庙有关的题目。③上方：住持僧居住的内室。亦借指佛寺。④云根：深山云起之处。

解说：

作者简介见前。

两首诗，一首寺外，一首寺内。“径转芳村送午鸡”一句，将远离尘世完美地表现出来了。僧家生活让人感到冷落，而冷落恰恰是对治劳烦的良药。

游药岭寺

郗元溟

上方楼阁近诸天，香梵微微碧落前。云满洞中僧不扫，客来松下鹤犹眠。清秋断续飞晴雨，白日高低结紫烟。拟向灵龛成兀坐，蘧然误入一乘禅[1]。（《平定州志》）

注释：

①一乘禅：禅法有二种，即如来禅与祖师禅。如来禅者，如经论所说的四禅八定；祖师禅者，经论之外，历代祖师不立文字以心印的禅法，一乘禅指此。

解说：

明嘉靖年间岁贡。

有时候，诗歌的好，好在无理，因无理而妙趣横生。“云满洞中僧不扫”就是无理而妙的诗句。试问，云如何能扫？一般人又如何想到要去扫云？完全不在正常的逻辑上。然而，将扫云和僧人联系在一起时，这一切又似乎顺理成章，没人再关注逻辑，人们感受到的，只有意境。

药岭负秋色

傅 山

药岭负秋色，石楼[①]登告劳。黄冠非独懒，白秃[②]亦孤骚[③]。豆秸偎烟尽，柴门闲日高。村翁问寒药，茶具致胡桃。（《傅山全书》）

注释：

①石楼：为平定州山岭名。②“黄冠，白秃”两词：黄冠，道士之冠，代指道士。作者在明亡后“以黄冠自放”，号朱衣道人，故以此自称。白秃，白孕彩，字居实，明平定州盂县人，因其秃顶，朋友间戏称为“白秃”。③孤骚：孤独且忧愁。

解说：

作者简介见前。

虽然秋色宜人，但作者和其老友白居实却懒于秋游，宁愿躲在家里，因为他们心中都有些忧郁，但并没有说明。末两句“村翁问寒药，茶果致胡桃”，描写了作者为农民医病的情形，表现了作者和农民的亲密关系。

冠山

在平定县城西南4千米，因山形如冠而得名。主峰海拔1125.6米。山腹有三个书院：崇古书院、高岭书院和槐音书院，为山西省唯一保存完好的古书院。苍翠古松掩映中，有资福寺、文昌庙、吕祖洞等古建筑，配以历代名人的题诗、石刻，充满诗情画意，为平定县著名的游览胜地。

重午冠山诗

赵秉文

南风摇百草，吹我游山樊。青山映华发，似我头上冠。长松五月窗户闷，终古不散苍云寒。步出乔木杪，俯视林下鞍。飞亭枕爽垲[①]，更觉天宇宽。凭高送远开心颜，白云青嶂非人间。深林冥冥白日莫，飞鸟依依长空闲。夕阳万里开野色，晋赵形势空河山。时清老守容痴顽，临风把酒遗巾纶。明朝却望题诗处，城楼惟见烟中竿[②]。（《全金诗》）

注释：

①爽垲：高爽干燥。②烟中竿：似乎指烟中酒旗。

解说：

金磁州滏阳人，字周臣，晚号闲闲老人。世宗大定二十五年(1186)进士。调安塞主簿。历平定州刺史，为政宽简。累拜礼部尚书。哀宗即位，改翰林学士，同修国史。工诗书画。历仕五朝，自奉如寒士。有《资暇录》、《滏水集》等。

五月的冠山，百草丰茂，站在山顶的亭子上远望，有远离尘寰之感。

眼界宽广,晋赵大地皆在眼底。临风把酒,纶巾遗失了也不知道。作者心胸如此开阔,性情如此潇洒!泰和三年(1203),作者任平定州刺史,为政宽简,这是一个清官在政通人和之际的基本生活状态。

乡郡杂诗之一

元好问

新堂缥缈接飞楼,云锦周遭霜树秋。若道使君无妙思,冠山移得近城头?(《全金诗》)

解说:

作者简介见前。

当我们将一座新建筑纳入诗题的时候,也会将其与周围的景物联系在一起。这是此类诗歌创作的基本范式。本诗也是如此。但作者更进一步,他说新堂的建立,使冠山近在城头了。这不是使君的妙思,而是作者的妙思。

夫子洞

王嗣美

古洞阴森掩薜萝,秋风乘兴一经过。攀藤借地寻金检①,蹑蹬临口策玉珂②。云雾吐吞天外见,川原流漭望中多。谁人镌得先师在,万古斯文永不磨。(《平定州志》)

注释:

①金检:文稿的美称。②玉珂:指马。原文作坷,误。

解说:

关中人,明天启初曾任山东参政,湖广按察司副使分守荆南道关中。明万历三十六年(1608)九月游夫子洞。

冠山不仅是自然之山、风景之山,更是一座文化之山、精神之山。冠山以博大精深的书院文化(冠山书院),成就了平定传统文化,养育了众多学士名人。诗中的夫子洞好美,是明代的夫子洞果真如此?是诗人比我们有更高的审美水平?还是比我们对夫子有更多的尊重?大概最后这个最重要。其实,尊重源自于了解,反之亦然。

水神山

在盂县城东北5千米,西连高神山。主峰海拔1091米。属太行山脉中段。山间建有柴花圣母庙(俗名奶奶庙),塑像、壁画保存完好。庙宇堂皇,风景幽美。

水神头

程明德

乱山深处有灵湫,三载传闻志未酬。今日敬焚香一柱,松风十里水神头。(《盂县志》)

解说:

元河南人。曾任河南分治盐法路官,盂州知州。

对作者而言,水神山是闻名已久,如今来到山中,印象最深的有两样,一是灵湫,二是十里松风。当我们去水神山时,也可以首先欣赏一下灵湫与十里松风。

烈女祠

高　楫

后周贵主品坚贞,未字[①]登山不爱生。峭骨长听枯草韵,英灵甘伴老松声。千年苦节云开殿,一片冰心水作城。最是三多[②]能应祷,盂州四月祀峥嵘。(《盂县志》)

注释：

①未字：旧指女子尚未许配。②三多：指多福、多寿、多男子。

解说：

明盂县人，福建兴化府同知。

相传赵匡胤陈桥兵变后，周世宗柴荣之女柴花公主十分愤恨，不甘心委身于赵宋，携宫女数人潜入此山。面对国破家亡，公主悲愤至极，自缢于水神山抱泉楼侧的一棵枣树下。后人念其忠贞节烈，立庙祀之。

游水神山

武全文

烈女泉

触手灵泉涌砌流，还呼白云问源头。逢人欲把须眉照，几度临潭转自羞。

解说：

字藏夫，号石庵，明光宗泰昌元年(1620)生于西小坪村。清顺治丁亥年(1647)廷试赐同进士出身，官至陕西、山东、湖南布政司参议。著作有《旷观园文集》《旷观园诗集》等书。

此诗既有意境，又有感慨。向山间的白云问泉水的源头，在表达了对烈女泉的关注的同时，也表现了山间的风光以及自身的闲适。临潭照面而感到自羞，则源于对公主忠贞节烈的尊崇和惭愧，清澈透明的泉水也染上了公主的伟大节操。

抱泉楼

攀崖跨木起危楼，独抱清泉云际幽。尽日凭栏舒望眼，山光水色为谁留。

西洞

烈泉西向洞双悬，满目瑰奇别有天。冷落穷岩知己少，千秋萝月锁溪

烟。(《盂县志》)

解说:

作者一个人游览水神山,欣赏风光之余,不由得感到孤单。再美的风景,若没有人一起分享,也会兴味索然的。然而,作者并没有表现自己的孤单,而是替水神山表达了孤独。读完这两首诗,我们似乎感受到了水神山那渴望被发现的眼睛。

登水神山抱泉楼

赵嵩年

楼抱清泉松抱楼,泉中交影斗龙虬。草萦危石柔苔滑,云幂飞檐曲径幽。但使贞心留五代,岂知山色秀千秋。芳名惆怅埋青史,藻井朱栏任眺游。(《盂县志》)

解说:

字观农,一字中麓,盂县南坪村人。道光年间廪贡生,清临汾县教谕,浑源州学政,后任山东省肥城县,江西省玉田县知县。

水神山上,既有千秋秀丽的风景,又有千秋动人的传说。作者既是来欣赏水神山的美景的,又是来凭吊柴花公主的。可是,这最后两句却有些怨愤之气。当日的史官没有记下公主的芳名,这是令他惆怅不已的。同时,他对于到此游赏却不了解这里的典故的人,他也有一次埋怨与不屑。

昼夜乐·重四游水神山

刘声骏

正当首夏清和候,桑叶绿,麦苗秀。何期盛会开场,有美人兮邂逅。别样新装空巷斗,惊满眼,碧衫红袖。对此好风光,青愁冥色赴。奇峰不减于灵鹫,松涛鸣,石穿霤。俗传祈子多灵,妇女咸来奔走。圣母柴花周室胄,痛国灭,杀身难救。节烈在穹岩,庙前仙乐奏。(《盂县志》)

解说：

字子和。盂县人。光绪进士，授河南虞城知县，民国任中学教员。日军侵入盂县后，多次严辞伪职。能诗，善画山水，曾修《盂县志》，著有《子和诗稿》。

大凡女性死后成神，在民间总免不了要做娘娘，给人送子。柴花公主死后成为柴花圣母，烈女祠也称圣母庙，俗称奶奶庙。庙西之泉，叫做捞儿泉。每年农历四月初四，山上三天庙会，山下西吉村里唱戏三天，商贾小贩叫卖之声吸引妇女儿童。那些不生育的夫妇，会到捞儿泉边祈告，男的用手去泉中捞取，捞上石块预示生男，瓦片生女，用红布包裹，揣于女方怀中，下山，一路不可回头，也不可与人交谈，回到家中将红包压在女方枕头下，直到生子。生后上山还愿，再将石块或者瓦片放回泉中。

藏山

古名盂山。在盂县城北 17 千米。《东周列国志》:晋景公三年(公元前 579),司寇屠岸贾抄杀相国赵盾家族,家臣程婴抱盾之孙武"潜入盂山藏匿。后人因名其山曰藏山,以藏孤得名也。"属太行山脉中段。山间建有赵(武)文子祠、还有藏孤洞、黑龙池、滴水岩、石莲花、日落晚照等自然景观。

游藏山寺

李　彭

招提虽负郭,菌阁[①]暗藏幽。春涨桃花水,风回沙际鸥。含烟朝日丽,择路晚云愁。淡墨呻吟内,非萱可疗忧[②]。(《全宋诗》)

注释:

①菌阁:形如菌状之阁。②"非萱"句:萱草忘忧,传说食萱草能令人忘忧。

解说:

宋南康军建昌人,字商老。李常从孙。博览强记,诗文富赡宏博,锤炼精研,颇多警句,名列江西诗派。与苏轼、张耒等相酬唱,与苏庠齐名,时称"苏李"。又工书,兼熔王羲之、颜真卿、柳公权等法于一体。有《日涉园集》。

藏山寺虽然靠近城郭,却内藏幽静。人在幽静中更容易发现身边的美。可是,我们要说,心若不能解脱,无论是风景还是忘忧草,都不能让你感到快乐。

晴景图

元好问

白日青天下笔难，要从明润[1]细寻看。藏山只道云烟好，画史而今尽热谩[2]。（《全金诗》）

注释：

①明润：明朗温润；明亮润泽。②热谩：空泛无稽之谈。

解说：

作者简介见前。

画家说云烟笼罩的藏山好，为什么？因为越是朦胧的越容易画。听起来是不是很骨感？古人说画鬼容易画人难，也是这个道理。另外，我们观赏任何一处风景，都应该用自己的眼睛去细寻美在哪里，而不是遵循别人的言辞去那里找美。

藏孤洞

张　琦

乳穴天然秀色钟，羊肠路绕碧山重。穹碑岁久苔痕蚀，古殿春深树影封。青障千年留庙祀，黄粱十亩任僧舂。闲中著屐寻幽境，疑是云间第一峰。（《盂县志》）

解说：

明永乐二十二年(1424)进士。盂县温池村人，官至左副都御史。

本诗颈联意蕴深厚，耐人咀嚼。史载，程婴为延续赵氏血脉，携孤儿赵武在此洞隐居达十五年之久，后人在洞口立碑以示纪念。而卢生有感于黄粱一梦而出家修道，终而成仙的故事也在大众中流传。本联将两个意思并举，却不表态，让不同的读者做不同的选择，堪称诗眼。

藏山用乔白岩先生韵

傅　山

藏山藏在九原东，神路双松谡谡[①]风。雾嶂几层宫藿鲜，霜苔三色绿黄红。当年难易人徒说，满壁丹青画不空。忠在晋家山亦敬，南峰一笏面楼中。（《傅山全书》）

注释：

①谡谡：劲风声。

解说：

作者简介见前。

舍生取义是多么伟大的精神！那是语言没有办法说尽，丹青没有办法画尽的。傅山是在赞美程婴与公孙杵臼，他何尝不是在勉励他自己！

秋日藏山看奕分韵得心字

仙奕妙不胜，丁丁昭氏琴[①]。落叶到局上，真冷霜红心。（《傅山全书》）

注释：

①昭氏琴：昭氏，昭文，著名琴师。

解说：

棋局虽妙却难以排遣时局不妙的愁烦，琴曲悦耳听起来却满含着幽怨，那落叶象征朱明大势已去的落叶，重锤般敲击着先生的心，欲碎欲裂，令先生寒彻、痛彻。

盂北有藏山云是程婴公孙杵臼藏赵孤处

顾炎武

空山三尺雪，匹马向荒榛。窈洞看冰柱，危峰迟日轮。水边寒啄鹤，松下晚樵人。恐有孤儿在，寻幽一问津。（《盂县志》）

解说：

明末清初江南昆山人，本名继坤，改名绛，字忠清；南都败后，改炎武，字宁人，号亭林，自署蒋山佣。明诸生。曾参加昆山抗清义军，败，幸而得脱。后漫游南北，结交豪杰之士，为光复计。最后定居华阴。其时西南永历政权已覆灭，仍不忘恢复。曾出雁门，至大同，有所营谋。卒于曲沃。

展现在人们眼前的，是一幅冷峻凄清的绝佳的泼墨丹青画面：空旷寂寥、荆棘丛生的藏山古道上，先生单骑踏着厚厚的积雪，小心地寻访一个远古的梦。窈洞冰柱，危峰落日，寒潭啄鹤，松下樵夫，满目萧然而一片悲凉之气，反衬出寻梦人内心的火热和一往情深。

义士行

饮此一杯酒，浩然思古人。自来三晋多义士，程婴公孙杵臼无其伦。下宫之难何仓卒，宾客衣冠非旧日。袴中孤儿未可知，十五年后当何时。有如不幸先朝露，此恨悠悠谁与诉？一心立赵事竟成，存亡死生非所顾。呜呼，赵朔之客真奇特，人主之尊或不能得，独有人兮长叹空山侧。（《盂县志》）

解说：

这是为程婴、公孙杵臼两义士舍身救孤存赵的无与伦比的正义精神唱出的无与伦比的赞歌，也是为明王朝无可挽回的覆亡命运唱出的无可奈何的挽歌。先生以无比的痛惜，挽叹明王朝大厦倾覆之时竟找不到赖以支撑的节烈之士，间接道出这种王朝覆亡的必然结局是缘于政治腐败的深层社会原因。这歌看似唱给古人的，其实也是唱给后人的。

藏山纪胜（十二首选二）

武全文

春秋时，程婴藏赵孤于斯，两岩环辟，幽奇万状，诗以纪胜。

入山

迴入山疑闭，泉声咽未休。愁猕缘断垒，碱鹘起悬楼。六尺双崖护，千年一洞幽。逢人余磊落,冷眼视巢由。

看壁

斗壁惊人立,嵌空万目看。风雷喧众壑,日月绕层峦。鸟叫长林晚,山嗟古道难。凌凌双夹水,匣剑向谁弹。(《盂县志》)

解说:

作者简介见前。

舍身取义,舍己为人,从来并将永远为人所敬仰。在这样的人面前,那些隐居不仕的人,真是不值一提。孔子曾伤感地说:"鸟兽不可与同群,吾非斯人之徒与而谁与?天下有道,丘不与易也。"孔子也是舍身取义,舍己为人啊!

越霄山

又名石城山。在盂县城东北21千米,仙人乡仙人村北。旧志以其高险,峰入云霄而名。属太行山脉中段。山腰有仙人洞,“伏洞仙踪”为盂县古十景之一。

仙人伏洞

高　岱

磨溪铁杵已成针,虎伏龙降任啸吟。海外乾坤劳利复[①],壶中日月自升沉。溪头云锁迷仙品,洞口雨粘孕紫金。叶落空山虽远漫,瑶台有路可追寻。(《盂县志》)

注释:

①利复:待查。

解说:

明盂县人,生平不详。

有了对神仙的向往,便有了追寻的雅趣,传说也就成了可以感受的美丽。各地的风景并非完全不同,怀着雅趣与向往,才能在相似的风景中感受到新鲜与特别。

越霄山

武全文

越霄烟外立孤清,耻傍人间逐利名。过眼凡夫浑不解,浪从伏洞觅仙

人[①]。(《盂县志》)

注释:

①伏洞觅仙人:伏洞仙踪,山腰有洞,洞口留有巨人足迹,相传为仙人所遗,故名。

解说:

作者简介见前。

没有人愿意被人称为凡夫,可是,当人们因名胜之名而跑到伏洞觅仙时,却完全没有想到这就是凡夫的行为。哪个神仙会与追名逐利的我们相会?当我们关注伏洞仙踪时,可能不知不觉地忽略了整个越霄山。

仙人伏洞

周永福

古洞人何在,年深碧藓封。丹炉与药灶,鸡犬说遗踪。(《盂县志》)

解说:

作者简介见前。

开篇就把年深日久的景象带给了读者。洞中的遗物,暗示着仙人曾经的生活。而今人去洞空,已无人能说清楚仙人的事迹。当年刘安成仙,鸡犬升天,此处的仙人并未带走鸡犬,看着这些鸡犬,或许会感觉到传说离我们尚不算遥远。

高神山

古名仇犹山、原仇山，俗名高城山。在盂县城北 4 千米。主峰海拔 1234.6 米。属太行山脉中段。山势屹然竦立，四顾端正。山凹松林茂密，山腰建有庙堂，晋太子洞，风景颇佳。

过仇犹有感

陈 颢

凿道曾迎智伯钟[①]，雄藩从此霸图空。孤臣[②]雪涕随流水，双鹤闲谭话故宫。秋草断碑寒雨绿，残鸦高树夕阳红。停骖此日闲登眺，宦思离心总不穷。(《盂县志》)

注释：

①"凿道"句：《韩非子·说林下》："知伯将伐仇由，而道难不通，乃铸大钟遗仇由之君。仇由之君大说，除道将内之。"②孤臣：《韩非子·说林下》："赤章曼枝曰：'不可，此小之所以事大也。而今也大以来，卒以随之，不可内也。'仇由之君不听，遂内之。赤章曼枝因断毂而驱，至于齐七日而仇由亡矣。"

解说：

清光绪年间修订的《盂县志》谓为明朝人，但事迹不详。另元代亦有一陈颢，系清州(今河北青县)人，仁宗时拜集贤殿大学士，未知孰是。

在文学的世界里，一切的事物都是有联系的，而把它们连在一起的就是情感和情绪。失落了两千年的古国和它的忠臣,会变成游宦之人的记忆。被人忽略的秋景,也会被离情别绪点染得更加衰飒荒凉。

仇犹山

武全文

千仞崇冈百尺崖,平临曙色望中开。越霄崱屴[①]连空起,细水潆洄入抱来。挂树孤猿吟绝壁,依人幽鸟啄荒台。秋容不改高神旧,放眼青冥一举杯。(《盂县志》)

注释:

①崱屴:高大峻险貌。

解说:

作者简介见前。

明谢榛说:"景乃诗之媒,情乃诗之胚。"本诗中为我们展示了高神山的景,作者的情就融在景色之中,所谓情景交融既是如此。顺着作者的眼睛望去,能够感受到作者开阔的心胸以及对家乡风物的喜爱。

咏仇犹山

万古岚烟霁素秋,岩绕直北镇山[①]留。阴崖洞迴龙蛇蛰,绝嶂岩穿日月游。问爽晴霄凌石艾[②],披襟浩气笼仇犹。眼前培'皆堪笑,独立高峰最上头。(《盂县志》)

注释:

①镇山:这里指北岳恒山。②石艾:县名,今山西省平定县南。

解说:

高神山主峰海拔 1234.6 米,并不算高。但在作者的笔下,却有立于珠峰的感觉。我们不清楚作者的创作背景,但作品中体现了他的踌躇满志,有一种意气风发的感觉。

丛蒙山

古名丛象山。在定襄县最南部，董家堰乡南边，与阳曲县交界处。山体呈东北—西南走向。群峰突兀，崖壁险峻。主峰柳林尖山（因山中柳林多而得名）海拔2102米，为系舟山及忻州、定襄和阳曲三县市的最高点。

癸卯望宿中霍道院

元好问

叠巘沉沉转素蟾，长松槊槊拥高檐。湖山已为新晴好，风露还疑此夜添。身外作缘良自苦，世间除睡更无甜[①]。溪堂借宿从今始，便见儿童具米盐。（《全金诗》）

注释：

①甜：既是苦甜的甜，也是黑甜的甜。黑甜是梦。

解说：

作者简介见前。

中霍村山清水秀，定襄八景有其二，蒙山雨雾与三霍清泉都在中霍。作者从中霍道院看到的风景，或许比不上比蒙山雨雾与三霍清泉，但是，他在道院悟到的人生哲学应该比风景更令他震惊。人从小就得为自已这个肉身打工，谁也无法避免和逃脱。人生的苦源自于“身外作缘”，除了晚上睡觉时，或许能够暂时停下来，哪一个不是在时刻的攀援？这是多么残酷的体悟啊！但，这就是我们不承认的真相。

过吕布池[1]

党承志

温侯勇猛冠当时，反复还为世所嗤。射戟辕门称绝技，鼓筝[2]兵帐脱危机。智穷死愧重瞳子[3]，缚急哀呼大耳儿。千载古乡踪迹泯，犹存名胜涴[4]清池。(《定襄县志》)

注释：

①吕布池：传说吕布为定襄人，吕步池为吕布年轻时捉龙马处。②鼓筝：袁绍派人刺杀吕布，吕布令人于帐中弹筝击鼓，自己却已逃走。③重瞳子：指项羽。④涴：弄脏。

解说：

字汝孝，忻州(今山西忻县)人。明正德进士。曾授保定府推官，后擢刑部主事、会吏郎司保定。

吕布有项羽的勇武，却没有他直面死亡的气魄。他反复无常，没有远见，却也有摆脱危机的小聪明。他虽为世人嗤笑，但也有资格得到认可。他与王允诛杀董卓的功绩，是不应该被忽视的。作者最后一句，有点刻薄了。

蒙山雨霁

鲁　诚

嵯峨高插天，不比群峰峙。有云覆其巅，滂沱辄尔至。大地得沾霈，万物由兹始。闻时旱魃灾，斯民恒仰止。(《定襄县志》)

解说：

明代人，生平不详。

县志称“群峰联络至此端耸，春夏云气合辄雨，旧有雨霁侯庙。”作者歌颂了蒙山对当地的重要性。透过对蒙山的歌颂，也暗含了对地方官员的策励，只有替百姓消灾的人，才能得到百姓的敬仰。

蒙山雨霁

王立爱

远眺晴岚日未曛，丛山雨过正氤氲。悬崖渐散层层雾，虚壑新蒸片片云。潋滟乍疑青玉色，空濛如睹赤霞文。饶知此地多灵隐，一水清凉隔许垠。（《定襄县志》）

解说：

崇义（今江西崇义县）人。明万历四十一年（1613）至四十四年（1616）知山西定襄县，廉政爱民。后擢镇江府通判，士民肖像祀之。

在中国文化特别是中国文学中，自然必须上升到对人世的俯视，才能够震撼人心。这其实是人类对于自由的一种追求，是对处身于压力中而无力摆脱的一种安慰。一条溪水本不甚宽阔，但在这个知县的心中，一面是烦扰的社会，一面则是清凉的佛地。

三霍清泉

王时炯

从蒙山下碧油油，指点三泉灌绿畴。麦浪翻秋茎早穗，秧针绣水稻兼收。濯缨谁与扬清况①，漱玉何堪问浊流。往昔居游传霍吕，温侯终逊冠军侯②。（《定襄县志》）

注释：

①“濯缨”句：《孟子·离娄上》：濯缨，“沧浪之水清兮，可以濯我缨。”扬清，扬清激浊。这是拿超脱世俗和清洗世俗作比较。②冠军侯：指汉霍去病。

解说：

字晋予，清广东乐会人，举人，康熙年间任定襄县令。曾修《定襄县志》。

三霍清泉是丛蒙山下农民的命脉，它灌溉的田地，孕育出了另外一种美。作者认为，人必须要为这个世界做贡献，因世间黑暗而超脱世俗的人哪比得上努力让它变得更美好的人呢？匈奴未灭，何以家为，吕布哪比得上霍去病呢？

七岩山

又称七宝山。在山西省定襄县东南。山腰有岩洞七，故名。半山有千佛殿（古称灵光寺）、睡佛殿、文殊洞、眼光楼、景贤阁等名胜古迹。东岩石洞内，有建于唐代的圣母祠，内有七宝池（又称惠泉）。为游览胜地。

咏史诗摩笄山

胡　曾

青草绵绵岱日低，山前立马叹磨笄[1]。黄莺也解追前事，来向夫人死处啼。（《全唐诗》）

注释：

①磨笄：磨笄夫人，即春秋时期赵襄子的姐姐。

解说：

唐邵州邵阳人，号秋田。懿宗咸通中举进士不第。路岩为西川节度使，辟曾为掌书记。高骈镇蜀，又辟之。时南诏遗书不逊，曾答书，南诏屈伏，由是笺奏皆出曾手。僖宗乾符中，高骈移镇荆南，曾辟为荆南从事。又尝为延唐令。有《咏史诗》《安定集》。

磨笄夫人为代王夫人。赵襄子为了扩大领地，设宴将代王毒死，吞并代国。夫人闻之，泣而呼天，自杀殉节。代人怜之，所死地名之为磨笄之山。

游七岩

元好问

客路频年别,僧居半日闲。同游尽亲旧,举目是家山。世事风尘外,诗情水石间。悠然一尊酒,落景未知还。(《全金诗》)

解说:

作者简介见前。

首句其实是“客路频年”不及“僧居半日”。在外漂泊多年,而今回到故里,看到什么都是那么亲近,不舍得离去。人,只有觉悟了,才会知道什么是重要的,什么是值得的。

七岩祠

邢　爽

夏屋[①]山崩世世仇,磨笄自刺愿同邱。苍崖溜滴伤夫泪,翠岫云凝为国愁。万古丹心留晋地,七岩青霭似仙洲。时人不解坚贞义,却向灵祠儿女求。(《定襄县志》)

注释:

①夏屋:大屋,这里指代国。

解说:

定襄智村都人,洪武年间任陕西武功县知县。

有着悠久历史的风景名胜,既是诗人愿意关注的,又是诗人难以出新的。这种情况下如何写出好的作品呢?好的诗人至少会做两件事,一是将历史与风景完美融合,二是翻多数人的案。这首诗就是如此做的。

读书山

山西省忻州市东南14千米,因金代元好问父德明隐读山中东岩,赵秉文(金朝人)改为读书山。山腰福田寺的月夜奇景,称"东岩夜月",为忻州古景之一。

寒食再游福田寺

元德明

春山寂寂掩禅扉,复岭盘盘入翠微。布袜青鞋供胜践,粥鱼[1]斋鼓荐玄机。日烘幽径绿烟煖,风定晓枝红雨稀。曾是西堂[2]读书客,不应啼鸟也催归。(《全金诗》)

注释:

①粥鱼:即木鱼。②西堂:禅林称当寺前住之人名为东堂,他山退隐之长老来住本寺,名为西堂。

解说:

作者简介见前。

作为寺内高僧的朋友,重游故地,自然是处处亲切。他不想离开,但杜鹃不明人情,对着作者叫"不如归去"。一个"也"字,似乎又暗示着他确实要离去。

初挈家还读书山杂诗二首

元好问

天门笔势到闲闲[1],相国文章玉笋班[2]。从此晋阳方志上,系舟山是读书山。

眼中华屋记生存，旧事无人可共论。老树婆娑三百尺，青衫还见读书孙[3]。(《全金诗》)

注释：

①“天门”句：天门，众妙之门。闲闲，指赵秉文，号闲闲公，曾任宰相。②玉笋班：指英才济济的朝班。③读书孙：作者自指。

解说：

作者简介见前。

这里是元好问的家乡，元好问父亲元德明原在系舟山读书，后宰相赵秉文将系舟山改名为“元子读书山”。在这两首诗中，元好问用深情的语言表达了对读书山的依恋。

读书山居六首

瘦竹藤斜挂，丛花草乱生。林高风有态，苔滑水无声。

石润云先动，桥平水渐过。野阴添晚重，山意向秋多。

树合秋声满，村荒暮景闲。虹收仍白雨[1]，云动忽青山。

川迥枫林散，山深竹港幽。疏烟沉去鸟，落日送归牛。

涨落沙痕出，堤摧岸口斜。断桥堆聚沫，高树阁[2]浮槎。

鹭影兼秋静，蝉声带晚凉。陂长留积水，川阔尽斜阳。(《全金诗》)

注释：

①白雨：暴雨。②阁：停。

解说：

绝句仅二十字，似乎是信手即可拈来。其实不然。没有对生活和自然的热情参与，就找不到对象；没有对生活和自然的审美观照，就写不出特点。我们谁去关注过风的形态，谁又在意无声的水流？谁认为聚沫是美的？谁看到了落日对归牛的依恋？

太白巍山

太白巍山又叫太白维山，南巍山。在灵丘县城南 10 千米，主峰海拔 2234 米，县境最高点。属太行山脉北段。

自太白望霍岳

王　恽

山行四月似凉秋，秋半摇鞭下岭头。心苦自怜尝越胆，长歌不用抚吴钩。风烟动色开中镇①，禾稼连云际四州。碌碌一官成底事，春风归梦仲宣楼②。（《秋涧先生大全集》）

注释：

①中镇：指霍山。②仲宣楼：当阳县城楼，在今湖北省。汉王粲（字仲宣）于此楼作《登楼赋》，借指诗人登临抒怀之处。

解说：

元卫州汲县人，字仲谋。世祖中统元年（1260）为左丞姚枢征，为详议官，累迁为中书省左右司都事、监察御史、翰林学士、通议大夫，知制诰，参与修国史，奉旨纂修《世祖实录》。死后追封太原郡公，谥文定。恽师从元好问，好学善为文，也能诗词。有《秋涧先生大全集》。

站在高山之上，能看得见天下，却看不见家乡。做官之人，总是在宦游之时感慨，感慨做官的毫无意义，得不偿失。读这样的诗要认识到，这往往是作者一时的感慨。

太白山

冯如京

太白立群峰,天都窥嵽嵲①。长松四时秋,阴崖万古雪。(《灵丘县志》)

注释:

①嵽嵲:高峻的山。

解说:

清山西代县人,字修隐,号秋水,又号紫乙。顺治拔贡。授永平知府。官至广东左布政使,屡平巨盗。以母年高归里侍养。母殁未几卒,年六十八。崇理学。有《秋水集》等。

太白山立于群峰之间,高得天上的神仙都偷偷地窥探它。这是虚写。后两句写它的寒,四时都是秋天,山阴积雪常年不化。这是实写。

太白山

何士震

兴豆亭①前看山色,太白平临巅嵂崱。蜿蜒地肺恒麓来,罗列诸峰常拱北。朝曦初照削芙蓉,夕景苍茫窅难测。相传磴道十八盘,突兀霞表鲜登陟。山上白云如覆幢,山中钟乳人不识。遗封矿穴何年空,攫噬②往往窟其中。汉皇哀痛诏既寝,山灵震发雷交攻。南坡广衍神工划,黄花蕨莱胡菁葱。插天石壁今犹锢,不如樵采供斤斧。夜气金银孰有无,野老咨嗟伤道古。当今圣治乐兴锄,崇朝触石嘘风雨。驺虞游郊春草深,乳兽屏迹村安堵。问谁作牧牧不知,维山之功功有昊。从来渡虎亦偶然,君子不贪以为宝。(《灵丘县志》)

注释:

①兴豆亭:灵丘旧时的胜景。②攫噬:抓取而吞噬。

解说：

字遽庵，清武进（今江苏武进市）人。为灵丘知县岳宏誉之老师，邀居署中。

从太白山的风光，写到对太白山的采掘，从对矿穴的掩封，写到百姓如今的安乐。百姓不知道县官是谁，这是古代对致治的赞美，何尝不是现在也应该追求的目标？世间能够安定祥和，唯一的法宝就是“君子不贪”。

灵丘署中即事

岳宏誉

环山四望斗城边，太白南峰更郁然。朝气忽飘千树雨，夕阳遥接数村烟。樵童带牧驱山犊，野老披云种石田①。早起放衙②无一事，焚香惟日祝丰年。（《灵丘县志》）

注释：

①石田：贫瘠的田地。②放衙：属吏早晚参谒主司听候差遣谓之衙参。退衙谓之“放衙”。

解说：

字声国，号迈亭，江苏武进人，进士。清康熙十七年（1678）任灵丘知县，恤民勤政有名声。

作为一县之主，衙中无事，表明是一位能吏。又能焚香祷告，祈求丰收，可见还是一位爱民的好官。太白山很美，有牧童野老气息的太白山更美，被爱民之情所笼罩的太白山简直让人依依不舍了。

太白云气

宋起凤

山容青削玉，岚气日纵横。传有飞来寺，犹同海市城。乳攒群嶂小，蚁视一城平。采矿当年误，遗荒尚未耕。（《灵丘县志》）

解说：

字紫庭，号弁山，自署兰诸，浙江余姚人。生活于顺治、康熙年间。顺治八年（1651）副贡生。授灵丘知县、后调乐阳知县。曾有人荐举他去应博学鸿词科的考试，他未去。喜欢游历，足迹遍及南北。

太白山的云气变幻无穷，犹如海市蜃楼一般。这样的美景，岂不是可以欣赏千年万年？然而，看到采矿所造成的后果，却让作者美好的心情戛然而止。自肥的人从来不认为自己是短见的，因为他不在乎把恶果留给别人。

觉山

又名悬钟山。在灵丘县城东南15千米，唐河西岸。因山麓有觉山寺得名。主峰海拔1216米。属太行山脉北段。

游觉山寺

王象乾

盘旋鸟道步山隈，笏立天门如划裁。涧水远从云际落，僧房高自洞中开。千寻宝塔思皇胄[1]，百丈蛟龙起地雷。铁冠岩前携手处，何年乘兴复重来。(《灵丘县志》)

注释：

①皇胄：皇帝的后代。这里指魏孝文帝。

解说：

字子廓，山东新城(今桓台县)人，王渔洋伯祖。隆庆五年(1571)进士，授闻喜知县，万历十七年(1589)进右参政，累官至兵部尚书，加太子太师。巡抚宣府、总督宣大山西军务时，独持友善睦邻和平相处政策，与蒙古等少数民族部落友善商贸，深受蒙古部落欢迎，边疆安宁无事。后于崇祯二年(1629)以病致政，崇祯十三年(1640)五月卒。

觉山寺塔为北魏孝文帝为其母创建，诗中颈联专门讲塔，是诗人对史迹、对孝情的敬意。游赏之后，作者创作了此诗，仍然期待着与同伴们再去游赏一番。

游觉山寺

罗　森

芙蓉天外插城阳[①],鸟道千回选佛场。僧腊几经藤桧老,宦尘聊借洞云凉。井封[②]疑有元龙伏,刹古犹瞻法象庄。解得原来无缝塔[③],何须留带[④]觅津梁。(《灵丘县志》)

注释:

①城阳:这里指城南。②井封:封闭的井。③无缝塔:僧死入葬,地上立一圆石作塔,没有棱、缝、层级,故称无缝塔。④留带:似指东坡玉带的典故。

解说:

清灵丘县令。

诗歌中掺入佛教典故,理解起来就比较困难。尾联用了两个佛教典故,一个出自《五灯会元·南阳慧忠国师》,一个是东坡与佛印斗禅机的故事,如果不清楚,就无法了解作者的意图。其实作者想表达的是,悟道不是说出来就行,真正悟道的人,不会像苏轼那样玩口头禅。

觉山井

徐化溥

四面供寒翠,一湫涌地灵。何来僧锡杖,谁止月澄渟[①]。素石涵秋鉴,碧栏映太青。此山名觉者,一汲悟常惺[②]。(《山西通志》)

注释:

①澄渟:谓水清而静。②常惺:时时清醒。

解说:

号云门,阳高卫(今山西阳高县)人。清顺治初贡生。少好学,诗歌风骨尤高一时。有《云门集》。

咏物诗要"不沾不脱,不即不离"(屠隆《论诗文》)才好,本诗尚未能达到此种境界，但也有一定的特色。比如，“一湫”“何来”两句让人联想到慧远以杖触地，泉水涌出的典故。“谁止”三句给人井水含月，石栏围水、山围石栏环环相扣的景象。

游觉山寺观杏

何士震

古刹盘桓历废兴，闲寻老衲问传灯。三千界已归何有[①]，五百僧曾得几能[②]。清磬松涛闻秘密，孤筇花雨见崚嶒。试看烂熳林间树，隔断红尘便上层。（《灵丘县志》）

注释：

①归何有：归于无何有之乡。指消亡了。②能：慧能。

解说：

作者简介见前。

一般认为，杏花是比较世俗的一种花，它不同于梅兰竹菊的清高。但是在悟道者的眼中，事物并不是这样看的。俗与不俗，不在花的外表，也不在世人的评价，而在于它是否远离尘世。杏花虽然开得热闹，但它远离人间，它就是高雅的。

游觉山寺二首

岳宏誉

刹建由元魏，岿然塔独存。祇园颁内帑，宫掖并承恩。

香火千年熄，烟岚半壁尊。犹余铃铎韵，风送入孤村。（《灵丘县志》）

解说：

作者简介见前。

两首诗，两种境遇，两个世界。曾几何时，觉山寺受到皇家的供养，风光无限。而今的觉山寺，香火不旺，一片荒凉。然而，也正是衰败的风光，才让觉山寺成为真正的寺庙，有了无限深远的意韵。

游觉山寺

岳焕章

壁立芙蓉积翠回，上方寂寂思悠哉。云封古洞无人语，刹建前朝问劫灰[①]。坐破蒲团松子落，到看铁冠古花[②]开。药栏五月红如锦，乘兴还须策骑来。（《灵丘县志》）

注释：

①问劫灰：传说汉武帝凿昆明池，挖出许多黑土，有西域高僧说这黑土是世界将尽时，劫火灼烧所留下的余灰。②铁冠古花：铁冠岩前的花。

解说：

字文中，清江南武进人，岳宏誉子。

游寺之人，必须要对佛教典故有所了解，必须要了解到追求解脱的重要。否则他只是看到了建筑和佛像，却看不到能让这些东西成为风景和文化的原因。对寺庙的游赏，是一种心灵的游历，而不是眼睛的游历。

甸子山

位于灵丘与河北涞源、蔚县交界地带。由北甸、西甸、东甸、南甸所组成。尤以北甸西甸为主，海拔 2151 米，顶部宽广辽阔，坦荡如砥，似置身草原。

大胜甸

徐化溥

沙碛邻邻[①]塞草零，孤城东望战场平。从来铁甲兼黄石[②]，谩道泥丸杜紫荆[③]。万折苍山蛇阵远，一天霜羽鹤风惊。坎懔[④]往事欷歔久，何处霜笳起暮声。（《灵丘县志》）

注释：

①邻邻：辚辚，众车行进声。②黄石：指黄石公授与张良的兵书《黄石公三略》。③紫荆：紫荆关。④坎懔：困顿；不得志。

解说：

作者简介见前。

困顿之人来到古战场，会关注哪些呢？首先是风景，一片苍茫，一片苍凉。其次史实，充满感叹（从来铁甲兼黄石），充满批判（谩道泥丸杜紫荆）。当他从思绪中回到现实，已经是日暮十分了，显然他的心情仍然低落。

太行八陉多雄关

太行山中多东西向横谷（陉），著名的有军都陉、蒲阴陉、飞狐陉、井陉、滏口陉、白陉、太行陉、轵关陉等，古称太行八陉，即古代晋冀豫三省穿越太行山相互往来的8条咽喉通道，是三省边界的重要军事关隘所在之地。每一陉内都有很多著名的关隘，它们代表了太行山的沧桑历史与雄奇风采。

铁岭关

五代晋置，在今山西侯马市西南6.5千米的隘口村。

铁岭关

徐昂发

铁岭负青天，岩崿耸岭背。峰连削壁险，路入倾崖晦。兵家矜却笠，地势雄守隘。束马贯层峦，贾勇陟危塞。山盘鸟道纡，磴转硖角对。沓石堕仍倚，飞泉散复汇。鸣蝉响清越，树密昼阴暖。力前忽斗下，猛进眩反退。折趾谅不辞，我仆嗟已殆。三关信雄杰，乘鄣此亦最。山形接北荒，边琐通恒代。缅昔豺虎斗，百战争要害。设险殃万民，茫茫咎真宰。(《清诗别裁集》)

解说：

字大临，江苏昆山人。康熙三十九年(1700)进士，改翰林院庶吉士。散馆，授编修。充福建乡试副考官，迁提督江西学政。亦工骈体文，尤长于考证。

状奇险处，字字矜炼。归结之意，在于政权的巩固在德而不在险。

碗子城

又作盌子城。唐筑，在今山西省晋城市南碗城村。地处南北要隘，为羊肠道所经。

过太行山二首

徐　范

茫茫远树隔烟霏，猎猎西风振客衣。山雨未晴岚气湿，溪流欲尽水声微。回车庙古丹青老，碗子城荒草木稀。珍重狄公千载意，马头重见白云飞。

路绕羊肠蹑屐跻，万山金碧总堪题。举头日月中天近，极目乾坤五岳低。自笑盐车骐骥厄，谁怜枳棘凤凰栖。欲投古寺禅房宿，喜见僧归落日西。(《全宋诗》)

解说：

字彝父，福州侯官(今属福建)人，太学出身。丞相赵汝愚去位，与同舍诸生叩宫门上书论救，韩侂胄大怒，遂谪临海，禁锢十余年。嘉定初，举进士。后差通判潭州，除太常丞，改秘书丞兼国史编修、实录检讨。以朝奉大夫致仕，卒，赠朝请大夫、集英殿修撰。

独自一人行走在太行山道，要说有万千感慨是一点都不过分的。这两首诗突出表现了两个方面的感慨，一是游子思乡。二是怀才不遇。而羁旅的孤独与艰辛又让位于太行山的雄奇幽深。

晋冀纪行十四首其六碗子城

徐　贲

前登碗子城，山隘势欲逼。路回土峭绝，傍夹千仞壁。石状如矩斲，巨细总方直。无泉土脉死，草木尽改色。高巅有保障①，重门闭重棘。阴惨行人险，恶意叵易测。信知狐鼠辈，得在此中匿。我生好壮观，努力更攀陟。立久日将晡，浮云渺乡国。(《泽州府志》)

注释：

①保障：供防御戍守的军事建筑物。

解说：

元明间苏州府长洲人，字幼文，号北郭生。工诗善画。为十才子之一，又与高启、杨基、张羽合称吴中四杰。官至河南左布政使。以征洮岷军过境，犒劳不时，下狱死。有《北郭集》。

洪武七年(1373)，作者被荐入朝，洪武九年春，奉使晋、冀，写下了14首纪行诗。险要之处容易被不法之徒利用，这是不假，但是，以为路上行人皆有恶意，这就有些神经质了。其实，这是经历了元明易代的人的正常反应。这样的惊弓之鸟，总是没有安全感，所以在欣赏太行山壮阔的风景时，他也忘不了家乡。那是最安全的地方。

自叹

于　谦

白发太无情，年来次第生。官清存晚节，才薄负虚名。秋雨黄河水，春风碗子城。巡行知几度，候吏厌逢迎。(《于忠肃集》)

解说：

作者简介见前。

一代名臣这样评价自己，还算清廉，但才能小，名不符实。他又是这样的嘲弄自己，年年奔波于晋豫两地，连守关的官吏们都不厌倦了迎候了。可是人们却记住了他在秋雨黄河中的劳碌，在太行道上的艰难跋涉。或许，很多人忽略了他头上的丝丝白发。

太行途中杂咏

碗子城边路，年来几度过。山川认行色，花鸟熟鸣珂。恋阙情何限，瞻云思转多。壮怀成激烈，弹剑欲高歌。（《于忠肃集》）

解说：

十几年来，他不断地往返于晋豫两地，他熟悉了太行道，太行山的山川花鸟也熟悉了他。在旅途中，他会想些什么？朝廷，父母，消灭敌寇，天子对他的认可？

覃怀杂诗其七

陈维崧

惊飚一夜发，烈烈吹三关。白日冷狐裘，层冰陷刀环。我意适不乐，前登太行山。溪壑自崩迫，屈盘何险艰。道逢游猎徒，鸣髇[①]骤孱颜。百里尽鸟兽，流血车轮殷。我有酒一壶，与君叙燕闲。饮酣话平昔，泪落谁能删。却上宛子城，悲哉汾晋间。（《陈维松集》）

注释：

①髇：古响箭。

解说：

作者简介见前。

这首诗感情很低沉，意义很隐晦。作者的不快乐，似乎与太行道的艰险无关。通过对他看到了游猎之徒，并与之酣饮话昔的描写，我们才了解，他的不快乐，源自于年华老去、功业无成的感慨。而透露端倪的，只是“孱颜”二字。

横望隘

位于晋城市区南45 千米处。据史书记载,唐狄仁杰自汴州参军迁并州任法曹时,父母留在河阳。他途经此处,登山遥望,见白云孤飞,曰:“吾亲舍在其下”。瞻望很久,直至云移方才离去。横望岭因此得名。横望岭处太行山绝顶,“观黄河如带,邙山如几,丹沁交流,微明一线。”横望岭又为重要关隘,谓之大口,为山西与河南的重要通道。

宿横望集句

李俊民

远上寒山石径斜(杜牧之),月临荒戍起嘶鸦(高蟾)。故乡今夜思千里(高适),每到花时不在家(张祜)。(《全金诗》)

解说:

作者简介见前。

集句诗就是借前人之口倒我心中之事,本质上是一种逞才逞学问的表现。因为不是自己所写,所以难以与作者面临的情景百分百吻合。作者也会因为对原诗作的熟悉而影响对当前诗歌的欣赏。

过横望岭

王　恽

终日山行不厌山,出山聊喜慰衰顔。朝来横望关头路,满目风烟看洛

川[1]。(《秋涧先生大全集》)

注释:

①洛川:洛水。即今河南省洛河。

解说:

作者简介见前。

宋人周紫芝有“终日看山不厌山。寻思百计不如闲”之语,作者正是化用了周句。作者希望自己能够随遇而安,却仍然不免思乡。那淡淡的乡愁,正如眼中淡淡的风烟。

横望巡检司(在太行之中)

于　谦

独倚危谯拭远眸,青山环合白云浮。孤标中断分南北,半是覃怀半泽州。(《于忠肃集》)

解说:

作者简介见前。

作者巡抚山西、河南两省,登上高高的谯楼,望着太行山。除了青山白云,他还能看到什么呢?但他心中装着百姓,他的目光似乎穿过了青山白云,落在了覃怀和泽州。

星轺驿

星轺古镇，即今泽州县晋庙铺镇之一部分，治拦车村。原为太行道一驿，镇制约形成于唐，概因玄宗御临而嘉其德者。宋金沿之。

过星轺

李俊民

古道开天险，危峰拔地形。连营南北戍，过客短长亭。野烧惊山鬼，胡云掩将星。何人弄羌管，哀怨不堪听。(《全金诗》)

解说：

作者简介见前。

星轺驿为边境重镇，边境地区随时会发生战争，野火与胡云正是战争的体现。士兵是战争的参与者，更是承受者，哀怨的笛声就是他们的心声。

夏日行太行山中

于　谦

信马行行过太行，一川野色共苍茫。云蒸雨气千峰暗，树带溪声五月凉。世事无端成蝶梦，畏途随处转羊肠。解鞍盘礴星轺驿，却上高楼望故乡。(《于忠肃集》)

解说：

作者简介见前。

人生如梦，我们没有办法把握。仕途艰难，远远难于羊肠坂。怀着这样的心情站在星轺驿，谁不寂寞伤感？游子所以思乡，最主要的原因，是寂寞伤感。

登星轺驿楼

驿楼高架与云齐，晓日登临思不迷。卷幕全无三伏暑，凭栏转觉众山低。闲花故向吟边落，野鸟偏于静处啼。十六年来成一梦，后人谁为继新题。（《于忠肃集》）

解说：

这也许是他在泽州留下的最后一首诗。转眼十六年已经过去，回想起真似南柯一梦。他对这片土地，有着深深的感情。站在星轺驿楼上，浮想联翩，自己走了之后，谁来继续谱写篇章？

星轺驿和于少保韵

刘　龙

太行不与众山齐，万壑千山入望迷。未暇日边论远近，只从天下定高低。旌旗影拂闲云度，鼓吹声兼好鸟啼。少保经行今几载，细磨碑藓认留题。（《泽州府志》）

解说：

作者简介见前。

于谦就是忠臣的代名词，而太行山就是于谦的象征。一个人是不是忠臣，并不在于他和皇帝关系的远近，而在于天下人对他的评价。太行山的闲云好鸟，能不能告诉作者，当年于谦奔波劳碌在太行道上的情景呢？

拦车村谒孔庙

孔子曾闻返太行，周流原未到吾乡。犊诛[1]早已闻河上，鼠立[2]空传

在道旁。赖有山河雄表里,更凭风俗擅虞唐。今逢四海同文日,古庙丹青自夕阳。(《泽州府志》)

注释:

①犊诛:《孔子家语·困誓》:"孔子自卫将入晋,至河,闻赵简子杀窦犨鸣犊及舜华,遂还。②鼠立:未详。

解说:

孔子没有进入山西,大概是作者感到遗憾的。然而,表里山河,唐虞风俗,又是每一个山西人引以为傲的。如今看着孔庙的壁画,谁能不感到历史的沧桑呢!

登星轺驿楼

吴 驷

目穷西雍[①]与东齐,叠叠云梯路转迷。河洛带萦分远近,嵩邙星拱析高低。门前铁马[②]从容过,花底黄鹂自在啼。景物满楼吟不得,壁间崔颢已留题[③]。(《泽州府志》)

注释:

①西雍:古秦地。指今陕西西安一带。②铁马:配有铁甲的战马。有时亦指雄师劲旅。③"壁间"句:李白黄鹤楼上题诗,看到崔颢之作,感叹:"眼前有景道不得,崔颢题诗在上头。"

解说:

明代人,生平不详。

虽说吟不得,却仍成诗一首,可见这只是一句自谦的玩笑话。显然的,作者此时心情不错。在这样的心情下,景物的描写自然阔大,而眼中的人事花鸟,更是充满了喜感。

发泽州宿星轺驿尽日行太行最深处

赵执信

出郭未十里,陟岭凡几盘。徘徊初日影,隐见群峰端。遥空敛余阴,山风增晓寒。我行曾冰中,仄径愁跻攀。马压后人顶,足滑不得安。萦纡自信地①,倒侧惟随鞍。久依悬崖转,每疑绝壁穿。欻同鸟上下,纷与云勾连。平临从皱出,旁见高天宽。四山森列笏,戢戢峥荒烟。林木接萧瑟,万壑寒声传。牛羊入残雪,蠕动丛莽间。登顿倦行侣,旷览开心颜。日晚见人家,列屋缘层峦。斜阳明万瓦,烟火动夕餐。不厌野宿孤,益羡山居便。溪黑虎豹嗥,月出鸟鹊还。岁晏远为客,中宵起长叹。(《因园集》)

注释:

①信地:军队驻扎和管辖的地区。

解说:

作者简介见前。

人似乎都是如此,即便在太行道上走了整整一天,也是"登顿倦行侣,旷览开心颜",山色是能够抵消身体的疲惫的。可是,他一旦住在旅社里,虽然身体安适了,对归属感的强烈期待却占据了上风,反而心情惆怅了。

星轺驿送浦之良还吴

崔应阶

同作还家客,归途复送君。伤心孤驿雨,惜别太行云。挥手知何日,骊歌①不忍闻。扁舟如访戴②,吴楚一江分。(《泽州府志》)

注释:

①骊歌:告别的歌。②访戴:《世说新语·任诞》:"王子猷居山阴,夜大雪……忽忆戴安道。时戴在剡,即便夜乘小船就之。经宿方至,造门不前而返。人问其故,王曰:'吾本乘兴而行,兴尽而返,何必见戴。'"后因称访友为"访戴"。

解说：

字吉升，湖北江夏人。父相国，官浙江处州镇总兵。荫生。初授顺天府通判，迁西路同知。雍正中，擢山西汾州知府。

走在回乡的途中，与同样回乡的朋友告别，思乡的情感还未平解除，又多了一层对朋友的思念。此时此刻，想要保持从容平静是很困难的。还没有离别，相约再见之期，一句吴楚一江分，包含了浓浓的期待。

菩萨蛮·早发星轺驿，是太行山绝顶处

顾贞观

山城半夜催金柝[①]，酒醒孤馆灯花落。窗白一声鸡，枕函闻马嘶。

门前乌桕树，霜月迷行处。遥忆独眠人，晓寒惊梦频。（《全清词》）

注释：

①金柝：即刁斗。古代军中夜间报更用器。一说金为刁斗，柝为木柝。

解说：

字梁汾。江苏无锡人。康熙前期举人，官内阁中书。擅长诗、词，其词尤得推重，与陈维崧、朱彝尊号称“词家三绝”。

在星轺驿的旅舍度过一晚，在清冷的早晨继续上路。谁的心中不酸楚！然而，最让人感叹的是末后两句。自己就身处晓寒中，却挂念那个并不一定在晓寒中的人。这才叫多情。

天井关

又称太行关。在今山西省晋城市南太行山顶。因关南有天井泉三所得名。形势险峻，地处太行山南北要冲，历为兵家争夺之地。北宋靖康元年(1126)改雄定关，元末亦称平阳关。

送李相公昭义平复起彼宣慰员外副行

顾非熊

天井虽收寇未平，所司促战急王程。晓驰云骑穿花去，夜与星郎带月行。新咏尽题关外事，故乡因过洛阳城。时逢寒食游人识，竟说从来有大名。(《全唐诗》)

解说：

唐苏州人。顾况子。困举场三十年。武宗会昌五年(845)及第，累佐使府。宣宗大中间授盱眙主簿，厌拜迎鞭挞，因弃官归隐，不知所终。或传住茅山十余年。有诗一卷。

天井关的战事尚未平复，朝廷派李相公前往，作者前来送别。战事很急，作者也把李相公的旅程表现的很急，但穿花带月又蕴含了一种洒脱和冷静，这恰是名将的风范。

天井关

韦　庄

太行山上云深处，谁向云中筑女墙。短绠讵能垂玉甃①，缭垣②何用

学金汤。斸开岚翠为高垒,截断云霞作巨防。守吏不教飞鸟过,赤眉[3]何路到吾乡。(《全唐诗》)

注释:

①玉甃:井壁的美称。②缭垣:围墙。③赤眉:泛指农民起义军。

解说:

唐末五代时京兆杜陵人,字端己。韦应物四世孙。僖宗广明元年(880),应举长安,适值黄巢攻占长安,兵火交作,未能脱走,至中和二年(882)逃往洛阳,次年作《秦妇吟》,一时著名,人称"秦妇吟秀才"。后留蜀事王建。及建建前蜀称帝,开国制度,皆庄所定,累官吏部尚书,同平章事。

作为亲身经历者,他对于唐朝末年的战乱耿耿于怀,以至于没有什么事物不可以被拿来宣泄这种情感。于是天井关成了他发泄的对象。取名天井,却不能用来打水!是个关隘,又不能防止贼寇!其实,这不是天井关的错,天井关这时候成了朝廷的代名词。

晓发天井关寄李师晦

许　浑

山在水滔滔,流年欲二毛[1]。湘潭归梦远,燕赵客程劳。露晓红兰重,云晴碧树高。逢秋正多感,万里别同袍[2]。(《全唐诗》)

注释:

①二毛:斑白的头发。常用以指老年人。②同袍:泛指朋友、同年、同僚、同学等。

解说:

唐润州丹阳人,祖籍安陆,字用晦。文宗太和六年(832)进士。历当涂、太平县令,以病免。久之,起为润州司马。宣宗大中中拜监察御史,历虞部员外郎,睦、郢二州刺史。后抱病退居润州丁卯桥村舍。

人在他乡已是很苦。再与友人离别,更是苦上加苦。作者对景色的把握,与离别的情绪完美融合。他自己不就像滔滔的水一样,离开故土,四处奔波吗？反过来山正象征他的朋友。心情沉重，看到沾了露水的花，竟也沉重。

题天井关夫子回辙迹

崔鶠

霜风号空日欲堕，青天嘹亮边鸿过。苍颜秃发徒步归，老马不行肩鬣破。川上行人川下水，素服青泥[①]君莫洗。君不见太行山头千岁石，石上车辙深一尺。(《山西通志》)

注释：

①青泥：相传神仙服食的一种泥浆、泥土。

解说：

字德符，祖籍雍丘(今河南杞县)，徙居颍州阳翟。举进士。宋徽宗宣和六年(1124)，召为殿中侍御史。钦宗即位，授右正言，屡上章极论蔡京罪。为时议所嘉重，旋患病而死。

作者上了一次天井关，马鬃都磨掉了，人也是风尘仆仆。可是，他的心情很好，还有心情开玩笑。他说，身上沾的泥土不要洗掉，那是能让你成仙的青泥。没看到那块车辙印一尺深的石头吗？它上面就是有了太行山的泥土，才千年不破的。其实，谁都知道，那与神仙无关，而是与孔子有关。

和王子荣悼恒山韵

李俊民

功名人比汉淮阴，猛虎俄因犬辈擒。星落旄头[①]兵似火，营屯细柳[②]士如林。岂期虞虢乖唇齿，漫倚良平[③]作腹心。洒尽英雄忧国泪，变风[④]哪得不伤今！(《全金诗》)

注释：

①星落旄头：为昴星精转世，为颂人之辞。②营屯细柳：周亚夫之事。

为颂扬将军之典。③良平：张良陈平，比喻足智多谋之人。④变风：指《诗经》“国风”中邶至豳等十三国的作品。为刺上之什。

解说：

作者简介见前。

这是对朋友无辜惨死的道歉。一代忠臣名将，就这样死于昏君奸臣之手，怎能不令人气愤和心痛？此诗感情真挚，一气呵成。最后，变风一词，明确的表明，此诗乃刺上之作。作者的耿直勇敢，可见一斑。

夫子庙哀恒山公长句

李孝纯

金鼎冥冥座已迁，将军忠勇力扶颠。井关未度星先落，神策潜挥剑不前。一把骨髓秋草朽，千年名有此山传。作诗脍炙行人道，留为他时太史笺。(《全金诗》)

解说：

字敦夫，金末人，与李俊民、恒山公武仙等同时。曾任将仕佐郎、临漳县主簿。武仙被害后，作诗哀之。

这也是对忠臣良将的悼念。但与李俊民的角度不同，他是从出师未捷身先死，长使英雄泪满襟的角度来抒怀的。

天井关

元好问

石磴盘盘积如铁，牛领成创马蹄穴①。老天与世不相关，玄圣栖栖此回辙。二十年前走大梁，当时尘土困名场。山头千尺枯松树，又见单车下太行。自笑道涂头白了，依然直北有羊肠。(《全金诗》)

注释：

①“牛领”句：是说牛马皆因道路难行而受伤。

解说：

作者简介见前。

作为山西人，元好问对天井关的感情与其他作家不同。他就像在对老朋友诉说，自嘲。天井关不是被表现的对象，自己却是被倾听的对象。

过天井关

刘秉忠

云冷风高天井关，太行岭上看河湾。九州占绝中原地，一堑拦回左界山。王霸分争图未卷，英雄鏖战血犹殷。华阳[①]春草年年绿，汗马南来不放闲。（《泽州府志》）

注释：

①华阳：华山之阳。这里用马放南山之典。

解说：

元邢州人，初名侃，字仲晦。初为僧。忽必烈在潜邸，召留备顾问。及宪宗即位，秉忠采祖宗旧典宜于今者，条列以闻。中统五年(1264)，还俗改名，拜太保，参领中书省事。建议以燕京为首都，改国号为大元。一代成宪，皆自秉忠发之。卒谥文正。

太行山见证了几千年的战争，而今依然如此。人说马入南山，山间青草年年等待着战马，战马何曾从战场上回来过！

过天井关

树锁苍烟白鸟鸣，春风花满凤凰城。无才难料人间事，有酒何求纸上名。分别是非谁得正？摩挲今古自宜平。闲愁枉压眉头重，且放襟怀伴曲生。（《泽州府志》）

解说：

“分别”一联真乃过来人之语。人生在世，不如意事十八九，而读历史却能让你心情平和下来。这其中的奥秘不可说，要由你去体悟。

过天井关

青楼歌舞碧城春，王谢风流日斗新。洛下残花犹殢客，瑶间[①]余酒也狂人。无田易佩苏秦印，有扇难遮庾亮尘[②]。白昼锦衣多睥睨，一廛何处不安贫。（《泽州府志》）

注释：

①瑶间：玉杯间。②庾亮尘：《世说新语·轻诋》："庾公权重，足倾王公。庾在石头，王在冶城坐，大风扬尘。王以扇拂尘，曰：'元规尘污人。'"元规，庾亮字。王导恶亮权势逼人，故发此语。后以"庾公尘"喻权贵的气焰。

解说：

最后两年而皆是关于人生的警句。无田无产的人懂得上进，有权有势之人也有不如意事。有钱容易遭人嫉妒，无钱也可以安贫乐道。

过天井关

三冬蛰物听雷惊，二月余寒尚旅亭。春色未归桃李树，剑光空射斗牛星[①]。待船客子思同济，酤酒人家竟独醒。一曲沧浪洗烟雨，汨罗江上楚山青。（《泽州府志》）

注释：

①"剑光"句：谓剑气上通于斗、牛星宿间。形容光芒强烈或正气浩然。

解说：

众人皆醉我独醒，是非常痛苦的。然而，与世人同俯仰，就真的能够消除痛苦吗？

过天井关

东君号令忽传新，一点阳和处处匀。白玉花残梅过腊，黄金条嫩柳回春。雁离湘浦独淹客，莺啭皇州已可人。睡杀海棠吹不醒，风前桃李看精神。（《泽州府志》）

解说：

痛苦的存在，就如同地球的引力，没有人可以完全摆脱。既然我们能够熟悉引力而不觉其有，我们对痛苦也可以如此。不要去关注世间那不可改变的吧，生活中还有很多美丽和惊喜！

晋冀纪行十四首其七天井关

徐 贲

峰回抱深壑，下视天凿井。昔人建重关，扼险备边警。键钥久已绝，垣石尚森整。峨峨尼父祠，门掩众山静。曾闻此回辙，无复过斯境。询知乡老言，此事古未省。余氓数家在，破屋暮烟冷。我行力稍疲，景物不暇领。且为投宿来，惊风夜愁永。（《泽州府志》）

解说：

作者简介见前。

作者的诗，叙述性太强，但是不能将叙事与抒情紧密结合。这是这首诗歌的缺点。不过，这首诗的某些句子经过用心锤炼，还是很美的。如"峰回抱深壑，下视天凿井""破屋暮烟冷"等等。

天井溪

吴 驷

千尺飞流下太行，崩崖疑有毒龙藏。狂澜忽作晴空雨，转石奔云到洛阳。（《泽州府志》）

解说：

元明之际人，生平不详。

最后一句表现天井溪向山下奔腾的气势。然而问题在于，地名无数，为什么要用洛阳？洛阳为作者的家乡，似乎比较合理。

天井关

谢 肃

昨发太行驿，今登天井关。关上一何异，宛若城郭环。晋河缭其下，羊肠上回盘。松柏被崖谷，迅飙凄以寒。敛衽东北顾，千里接冈峦。云霞屡变灭，可以纵遐观。壮哉河北脊，元气结厚坤。都邑多附丽，熙熙生齿繁。宣尼此迂辙，宫墙尚言言[①]。汉帝犹巡幸，云中旌帜翻。如何曹孟德，乃有摧轮欢。修坂虽诘曲，徐行岂云艰。日暮山气肃，好衣良苦单。努力驱车去，眄彼龙门山。（《泽州府志》）

注释：

①言言：高大貌；茂盛貌。

解说：

作者简介见前。

不一样的心情，有不一样的太行山。曹操在太行山上所以感到苦寒，是因为他眼中只有战争。作者所以能够徐行，是因为他把太行道上的前行变成了游赏。当心情是明丽的，景色也是明丽的。

重过天井关回辙庙

于 谦

天井关前策马过，道傍古庙郁嵯峨。石留辙迹深如许，道在人心耿不磨。残雪初消山似洗，暖风才动鸟如歌。自缘景物萦怀抱，莫怪重来感慨多。（《于忠肃集》）

解说：

作者简介见前。

春天的天井关是美丽的，是生新活泼的。这样的景色萦绕在怀抱中，心情也应该是生新活泼的。为什么会有“道在人心耿不磨”这样深沉、严肃的感慨？景物无法中断作者哪怕一刹那的自我要求（正直自守，忧国忧民),却寄托了作者对美好的社会状态的期待。

太行山阻雨感怀

崔应阶

千里携家憩驿亭,太行风雨暮冥冥。北堂望断门无倚,南国归来鬓欲星。远水寒流千涧白,乱云还拥万峰青。黄河一线何时渡?渺渺呼怀总未醒。(《泽州府志》)

解说:

作者简介见前。

雨中思乡,情与景相互酝酿,更是较平日的景色渺茫,较平日的情怀凄迷。

羊肠坂

太行羊肠坂有三处，一是在今山西晋城市南。二是在今山西太原市西、古交市东南。三是在今山西壶关县东南。

太行道

岳　珂

太行羊肠坂九折，云黑风干尺深雪。堇泥[①]道滑木叶寒，辘辘车声行复歇。华山有马久脱辕[②]，归来牧野经几年。一从仓箱事居积，聊以知道烦长鞭。前车已覆覆道左，天井关头夜明火。后车趣驾开井陉，唱筹[③]仍复催连营。关山青草春二月，单轨[④]一冬曾结辙[⑤]。鬃颓毛落双膊高，引领皮穿眼流血。去年搏手双拳空，今年三月甬道同。可怜驽力不敢惜，辕下亦觉盐车通。君恩天大示弗服，桃野已甘偕觳觫[⑥]。感恩伏枥饱秣刍，犹为太行忧后车。(《全宋诗》)

注释：

①堇泥：粘土。②"华山"句：《尚书·武成》："乃偃武修文，归马于华山之阳，放牛于桃林之野，示天下弗服。"③唱筹：高声报时。④单轨：仅容一车通行的狭路。⑤结辙：谓退车回驶。⑥觳觫：借指牛。

解说：

宋相州汤阴人，居嘉兴，字肃之。岳飞孙，岳霖子。宁宗朝权发遣嘉兴军府，兼管内劝农事。仕至户部侍郎、淮东总领制置使。因恨秦桧陷害其祖岳飞，作《金陀粹编》及《吁天辩诬集》《天定录》以辩诬。

一匹曾经在战场上出生入死的马，国君也给了它不必再服役的待遇，幻想着安度岁月的时候，为了生活，却不得不在太行道上艰难地拉着盐车。明明有一腔的愤懑，明明知道自己面临的不公平，却不知道该找谁发泄。这才是真正的黑暗。

羊肠坂

元好问

浩荡云山直北看，凌兢羸马不胜鞍。老来行路先愁远，贫里辞家更觉难。衣上风沙叹憔悴，梦中灯火忆团圞。凭谁为报东州信？今在羊肠百八盘。(《全金诗》)

解说：

作者简介见前。

这首诗有杜甫《登高》的味道，可见作者对杜诗的学习。然而说到老贫，似乎有些过分，但这确实又是元好问当时的心情。何以如此呢？主要是因为在羊肠坂上行走，太令人憔悴了。

山行杂诗二首

王　恽

太行元气老洪濛，草树风前带润容。山色只宜差远看，近移空翠上高峰。

西来游宦半忙闲，六日迢遥道路间。回转羊肠三百里，天教马上饱看山。(《秋涧先生大全集》)

解说：

作者简介见前。

两首诗，教会了我们两个道理。第一首，山色只宜远看。因为山色只在远处的高峰中，当你走近的时候，它就消失了。第二首，要学会苦中作乐。苦中作乐是一种能力，并非人人都有，对作者而言，对作者而言，艰难的旅程恰恰是上天在给他欣赏太行山的机会。

行路难

张　宪

行路难，前有黄河之水，后有太行之山。车声宛转羊肠坂，马足蹭蹬人头关。白日叫虎豹，腥风啼狗犴。拔剑顾四野，使我摧心肝。东归既无家，西去何时还？行路难，重咨嗟。乞食淮阴市①，报仇博浪沙②。一剑不养身，千金徒破家，古来未际皆纷拿③。行路难，多歧路。马援不受井蛙囚④，范增已被重瞳误⑤。良禽择木乃下栖，不用漂流叹迟暮。（《元诗选》）

注释：

①“乞食”句：指韩信未遇时。②“报仇”句：指张良刺杀秦始皇。③纷拿：混乱貌；错杂貌。④“马援”句：马援曾依隗嚣，后归光武帝，从击破嚣。⑤“范增”句：范增为项羽亚父，项羽却不用其计。

解说：

元山阴人，字思廉，号玉笥生。少负才自放，尝从杨维祯学诗。张士诚据吴，辟为枢密院都事，士诚败，变姓名走杭州，居报国寺以终。为诗多伤感之作。有《玉笥集》。

太行山，羊肠坂，皆是诗词中常见的人生艰苦的意象。三处行路难，代表了三个角度。第一处，正是他当时被通缉的遭遇。第二处，特别是报仇一句，是他对张士诚的忠心。第三处，则是对明珠暗投，未遇明主的悔恨。

晋冀纪行十四首其一十八盘

徐　贲

土谷既深入，高山复巑岏。微径才百尺，下转十八盘。俯临涧壑险，势陡不可看。乱石斗磊砢，置足恐不安。长镵那可托，藤蔓无由攀。寸步

每千虑，举动如蹒跚。心胆掉欲碎，毛发亦为寒。战兢尚未足，何暇发慨叹。平生行路心，此日方知难。(《泽州府志》)

晋冀纪行十四首其八羊肠坂

盘盘羊肠坂，路如羊肠曲。盘曲不足论，峻陡苦踯躅。上无树可援，下有石乱鼞。一步一嗟吁，何以措手足。途人互相顾，屡见车折轴。少时徒耳闻，今日亲在目。不经太行险，那识安居福。(《泽州府志》)

解说：

作者简介见前。

这两首诗，纯粹为表现路途的艰险而作。就其文学价值而言，在佳作如林的诗坛，这两首诗不算什么。然而，一个人能够将生活中各种感受用文字表达出来，这就是将生活文学化。这是一种很高的境界。而今人缺少的，正是这样的境界。

辕下驹

何景明

辕下驹，鸣声一何悲。岂无万里志，局蹐安能施。诘曲羊肠坂，累累太行谷。车轮不行白日殁，仰思玉山意超忽。君不见八骏日行万里，驰烟掠景谁能拘。吁嗟乎，辕下驹。(《泽州府志》)

解说：

字仲默，信阳(今属河南)人。弘治十五年(1502)进士。授中书舍人。刘瑾擅政，得罪瑾，被罢官。瑾诛，被推荐入直内阁制敕房。与李梦阳等倡诗古文，梦阳主摹仿，景明主创造。天下话诗文必称何、李，又与边贡、徐祯卿并称四杰。嘉靖初，托病辞官归。卒。

千里马却被拿来拉盐车，是多么让人悲伤的一件事。社会上，有这样遭际的人不少，而造成这样遭际的人更多。

羊肠坂

董其昌

既出井中天，旋向肠中盘。碾子谷，往且复；磨盘寨，环而曲。不堪牛难[1]又峦层，欲肥马牢[2]翻涧复。自朝直至日中昃，周遭只在山之腹。(《泽州府志》)

注释：

①牛难：牛也难行之地。②马牢：一顿好饭。

解说：

字元宰，松江华亭（今上海）人。万历十七年（1589）进士。历任编修、太常卿、南京礼部尚书。其书法以宋米芾为宗，遂为名家；其画，潇洒生动，成为世之珍品。时与米万钟称南董、北米。致仕，赠太子太傅。

世界上最难走的路，应该怎么表现？大概就是这样表现的。走啊走啊，以为自己走过了千山与万山，结果还是在山间打转。

孟门关

隋置，在今山西柳林县西北孟门镇。《寰宇记》卷42石州定胡县：孟门关"周大象元年于此置孟门津，隋开皇六年改曰孟门关，在黄河东岸"。

正旦上司宪府诗

庾　信

诘旦启门栏，繁辞涌笔端。苍鹰[①]下狱吏，獬豸[②]饰刑官。司朝引玉节，盟载捧珠盘。穷纪[③]星移次，归余[④]律未殚。雪高三尺厚，冰深一丈寒。短笋犹埋竹，香心未起兰。孟门久失路，扶摇忽上抟。栖乌还得府，弃马复归栏。荣华名义重，虚薄报恩难。枚乘还起疾，贡禹遂弹冠[⑤]。方垂莲叶剑，未用竹根丹[⑥]。一知悬象法，谁思垂钓竿。（《先秦汉魏晋南北朝诗》）

注释：

①苍鹰：比喻酷吏。②獬豸：指古代御史大夫等执法官戴的獬豸冠。③穷纪：农历十二月的代称。④归余：终结。⑤"贡禹"句：《汉书·王吉传》："吉与贡禹为友，世称'王阳在位，贡公弹冠'，言其取舍同也。"即王吉做官，贡禹也做出仕的准备。⑥竹根丹：未详。

解说：

北周南阳新野人，字子山。庾肩吾子。文藻绮艳，与徐陵齐名，时称徐庾体。侯景陷建康，信奔江陵，奉使聘西魏，被留不返。进车骑大将军、仪同三司。入周累迁骠骑大将军、开府仪同三司，世称庾开府。

庾信由南朝入仕北朝，也有失意之时，所以他用了雪高三尺厚以至于孟门久失路这一连串的意象来表现。而今，初任司宪中大夫，自然是很欣喜，他也用了一连串的意象。最后，表达了对重视自己的上司的赞美和谢意，表达了不再归隐的心情。孟门是人生艰难的意象。

孟门行

崔　颢

黄雀衔苹花，翩翩傍檐隙。本欲报君恩，如何反弹射。金罍美酒满座春，平原[1]爱才多众宾。满堂尽是忠义士，何意得有谗谀人。谀人反覆那可道，能令君心不自保。北园新栽桃李枝，根株未固何转移。成阴结子君自取，借问傍人那得知。(《全唐诗》)

注释：

①平原：战国的平原君。

解说：

唐汴州人。玄宗开元进士。天宝时历太仆寺丞、司勋员外郎。曾漫游各地，足迹甚广。工诗。早期诗流于浮艳，后历边塞，诗风变为雄浑。所作《黄鹤楼》诗，李白激赏之。有集。

太行山就是人生艰险的象征，孟门也是如此。本欲报恩，反遭屠戮，这是多么悲惨啊。谗人谗言，比孟门关要凶险百倍千倍。

太行道

皇甫汸

太行之阻当重关，孟门中豁不可攀。蚪蜂千仞跨海外，鸟道百折盘云间。神功尚识五丁[1]力，穆幸犹闻八骏还。巉巉兹地危哉艰，古来行者摧心颜。(《全唐诗》)

注释：

①五丁：神话传说中的五个力士。蜀道为其所开。

解说：

明苏州长洲人，字子循，号百泉。皇甫录第三子。嘉靖八年(1529)进士，授工部主事，官至云南佥事，以计典论黜。好声色狎游。工诗，尤精书法。有《百泉子绪论》《解颐新语》《皇甫司勋集》。

太行险处无数，而作者单提孟门，孟门之险又可见一斑。作者虽然也写了危艰，却不是曹操一般的伤感，而是赞叹。险也是一种美，我们在运用鬼斧神工一词之前，应该先看一看孟门，这样才能体会出这个词的真正意义。

入太行遇风雨回望中原即景有述

王世贞

百盘天益孟门雄，赵魏山川指掌中。一柱雨缭①穿落日，千岩云脚②断回风。黄龙倒挟河流上，白马俄惊练影空。自是壮游尊驭在，不将愁向阮车穷③。(《弇州四部稿》)

注释：

①雨缭：同雨脚，密集落地的雨点。② 云脚：远处暗云垂下的雨幕。③阮车：三国魏阮籍生逢乱世，为逃避世事，以嗜酒酣饮为自全之计。晚年更率意驾车，不由径路，任其所至，车迹所穷，辄恸哭而归。

解说：

作者简介见前。

风雨中的孟门关别是一番风景，关注点也从孟门关变成了孟门关的风雨。如此壮观的风景自然让人心胸开阔，然而最后一个典故却泄露了玄机。不管他怎样否认，能够在此时此刻想到这个典故，就说明心中是有一番愁绪的。典故是我们理解作者情感的重要窗口。

获嘉渡河

姚　鼐

河北山形压天半，左挟军都[1]东海岸。云腾风掣到河阳，二千余里青一断。我来经过卫州西，云巘回头百回看。竹林亭立明玕[2]清，原泉飞下珍珠散。想见幽人尚《考槃》，安得同归脱鞿绊。北风忽出白陉口，吹渡秋河百川灌。山川聊供中流喜，舟车顾有知津叹。西南广武数峰来，屈指英雄几更换。(《晚晴簃诗汇》)

注释：

①军都：军都陉，在北京市昌平区南口至延庆县八达岭之间。② 明玕：竹的别称。

解说：

清安徽桐城人，字姬传，一字梦穀。乾隆二十八年(1763)进士。选庶吉士，改礼部主事。历充山东、湖南乡试考官，会试同考官，《四库全书》纂修官。书成，以御史记名，乞养归。主江南钟山、紫阳等书院讲席四十年。工古文，高简深古，近欧阳修、曾巩，与方苞、刘大櫆合为桐城派。选《古文辞类纂》。

身在白陉口，却能鸟瞰整个太行山，足以展示此人的心胸和眼界。他不但看到了宏大，也看到了秀丽。因秀丽的风光而想到了隐士，也因宏大的场面想到了英雄。

大河关

在今壶关县东南桥上乡大河村，为壶关之东口，又名穴陉岭、大河口、崞口，因郊沟河与浙河在此合流而得名大河。古为通河南林县要道，清驻防把总。

大河关

马丕瑶

不住河耳音，胥奔大口流。天井三晋险，云锁雨山秋。上党至关进，中原下界收。此心盟白水，仍作太原游。（《壶关县志》）

解说：

字玉山，安阳县蒋村人.清同治元年(1862)进士。历任山西平陆县、永济县知县，解州、辽州知州，太原府知府。累官至山西按察使、山西布政使、贵州按察使，广西、广东巡抚。有《马中丞文集》《珠溪存稿》《马中丞奏稿》等。

大河关是从河南进入山西的要道，作者赴太原为官，途经大河关，有感于这里地势的重要，途程的冷落孤寂，而成此诗。作者在这里发下来一个誓言，虽然未点明，但这里一边连着故乡，一边连着任所，可以感受的出来，这是一个要做好官，绝不令故乡失望的誓言。

玉峡关

又作风门口。明置。在今山西省平顺县东南,地处林虑山之巅,势极险峻。

玉峡关铭并序

夏　言

玉峡关者,夏子创焉而命之名也,旧曰风门口,在隆虑万山之巅,为两河、三晋之界,盖天作之险也。前此弗设守,庸氓往往凭阻以拒命吏,兹大非失理与!乃即是关焉。关成而系之以铭:

太行盘盘,横厉中原。近引河朔,遥缀昆仑。太原大梁,维国雄藩。壶关林虑,界于花园①。鸟道崎仄,轮摧马烦。怪不离列,熊攀豹蹲。连崖壁立,屹如墉垣。绝顶中断,是曰风门。俯临夜壑,仰逼朝暾。一夫挺身,万骑空屯。设险甚固,王者道存。乃告守吏,受作键阍。勒铭岩阿,宠以瑶琨②。匪昧在德,用戒嚣昏③。(《平顺县志》)

注释:

①花园:似指郑州北部的花园口。②瑶琨:泛指美玉美石。③"匪昧"两句:不是不懂在德不在险,而是用来警戒强悍妄为之人。

解说:

明广信府贵溪人,字公谨,号桂洲。正德十二年(1517)进士。嘉靖十年(1531)任礼部尚书。嘉靖十五年(1536)入阁,任礼部尚书兼武英殿大学士。官居首辅,遂骄。后为严嵩所攻,被杀。有《赐闲堂稿》《桂洲集》。

创设关隘，是为了警戒与预防不法之徒。铭文以雄健的语言，说明了这里的险隘以及在这里设关的效果，所谓“一夫挺身，万骑空屯。”最后说明了治民要德威并重的理念。玉峡关雄浑的气势被较好地表现出来了。

赤壁悬流

申　锐

漳水滔滔日向东，时当疏凿见神功。天开玉峡飞涛涌，地设金汤横逝雄①。浪气潮空犹雾障，波声落涧如雷轰。美哉胜概堪游赏，题此令人兴不穷。（《平顺县志》）

注释：

①逝雄：这是对湍流的赞美。逝，孔子面对流水感叹到：“逝者如斯夫。”

解说：

明平顺县人，生平不详。

本诗将玉峡关及其瀑布的气势表现得如在目前，我们似乎看到了瀑布冲击以及水汽蒸腾的景象。只是结尾太过平淡，影响了全诗的风貌。

玉峡通天

徐元祉

谁向班门咏伐柯①，五丁削玉斧频磨。九天阊阖开山脑，万壑风云起石窝。黑子②莫怜斯地小，一夫可备本兵多。自从巽艮诸爻动，激切黄门纵两河③。（《平顺县志》）

注释：

①伐柯：《诗·豳风·伐柯》：“伐柯伐柯，其则不远。”后因以“伐柯”为取法于人的典故。②黑子：黑色围棋子。③两河：宋称河北河东地区为两河。

解说：

泰州人，嘉靖十一年(1532)任工部郎中，曾著《创建平顺县儒学记》。

这里有多高呢？山顶上就是天宫的大门。这里有多险呢？是真正的一夫当关，万夫莫开。山间为云气所笼罩，而云气又为神话所笼罩。

玉峡通天

牛　倬

上党崔嵬甚，羊肠鬼斧开。路从云里出，人自日边来。（《平顺县志》）

解说：

作者简介见前。

随手拈来，即成好文章。这一方面需要作者有水平，另一方面也需要有合适的观照对象。最后两句，简直让人怀疑不是作者创作，而是玉峡关送来的。

虹梯关

明嘉靖中置，在今山西平顺县东北二十里虹梯关村。《清一统志·潞安府一》：虹梯关巡司"旧曰洪梯子，千峰壁立，径路峭狭，下临无底之壑，石磴盘回，望若虹霓"。

虹梯关铭

夏　言

玉峡关西来余百里，近蚁尖寨，千峰壁立，中通峭峡，壮如风门而小。下则无底之壑，石蹬出齿，盘回霄汉，望之若虹霓。然比岁青羊之寇[①]，凭负以拒汴师[②]者，此也。故号洪梯，予易以今名，亦固以为美焉，从而铭焉。

石崖攀天，仄蹬千回，仰瞻失明，俯临蔽霾，铁壁勾连，谽谺[③]中开。观者骇魄，行子心摧。亘如长虹，横绝天阶。彼昏者氓，肆其喧豗。爰据培'，以抗震雷。卒于大刑，亦孔之衰。太行之阿，大河之限。关门弗严，惟帝念哉。北山有石，南山有材。经之营之，突然崔巍。侍臣作铭，以诏后来。(《平顺县志》)

注释：

①青羊之寇：青羊，青羊山。这里指 1522－1528 年间的陈卿起义。②汴师：河南的军队。③）谽谺：山谷。山谷空大。

解说：

作者简介见前。

铭文中，不但交待了虹梯关的气势，也交待了平乱的事迹。陈卿，潞州(治今山西长治)人,嘉靖中,占据青羊山起义,屡败官军,嘉靖七年(1528),被明将潘埙等镇压。

即事

西　塘

烟火新成仅数家,山城遥对夕阳斜。十年犹据黄金穴①,遍地今开潘岳花②。玉峡千岩藏谷口,虹梯万丈枕烟霞。凭高倚剑看北斗,五色云中稳翠华。(《平顺县志》)

注释:

①黄金穴:藏金之窟。喻豪富之家。②潘岳花:据晋潘岳《闲居赋》载,潘岳曾为河阳令,于县中满种桃李,后因以潘花为典,形容花美,或称赞官吏勤于政事,善于治理。

解说:

生平不详。

从诗中可以看出,这个地方官能勤于政事,让百姓满意,让天子放心。古人心中,百姓不分家说明地方官教化工作做得好,所以"烟火新成仅数家"是一种赞美。家境不败落也是令人追求的,所以讲"十年犹据黄金穴"。玉峡关与虹梯关仙境般的美正暗示了这里政治的清明。

虹梯接汉

路帝简

太行有邃谷,鸟道实摧车。对月星河迴,登颠雁影疏。(《平顺县志》)

解说:

清平顺县人,生平不详。

虹梯,原是太行山中一条自然狭缝,俗传为鲁班所凿。由于百姓出行的需要,从绝壁中踩出了一条羊肠鸟道。后随着商旅往来的增多,逐步修筑了3600余个台阶,长3.5千米,落差数百米,被历代文人喻为"虹梯接汉",也是平顺古八景之一。

壶关

又名吾儿峪。即今山西黎城县东北东阳关镇。《左传》：哀公四年（公元前491），“国夏伐晋，取邢、任、栾、鄗、逆畤、阴人、盂、壶口”。壶口即壶口关，亦即壶关。《元和志》卷15黎城县：“古壶关，在县东二十五里。《春秋》齐国夏伐晋，取八邑，有盂口，盂口即壶口也，声相近，故有二名。”

情书寄子安

鱼玄机

饮冰食蘖[①]志无功，晋水壶关在梦中。秦镜欲分愁堕鹊，舜琴将弄怨飞鸿。井边桐叶鸣秋雨，窗下银灯暗晓风。书信茫茫何处问，持竿[②]尽日碧江空。（《全唐诗》）

注释：

①蘖：即黄蘖。味苦。②持竿：钓鱼。鲤鱼为书信的代称。

解说：

唐长安人，字幼微，一字蕙兰。为补阙李亿侍妾，夫人妒不能容，遂遣隶西京咸宜观，为女道士。与李郢同巷，居止接近，诗筒往返。复与温庭筠交游，有相寄篇什。后以笞杀女僮绿翘事下狱，为京兆尹温璋所杀。有集。

这是一个可悲的爱情故事，男主人公叫李亿，字子安，女主人公叫鱼玄机，事情的经过正如作者简介里所说。诗歌所表现的，是成为女道士的鱼玄机思念丈夫的情绪。明钟惺评价此诗:“缘情绮靡,使事偏能艳动,此李义山(李商隐)能为之,而玄机可与之匹。”壶关,成了鱼玄机渴望而不可及的地方。

壶关道中作

韦　庄

处处兵戈路不通,却从山北去江东。黄昏欲到壶关寨,匹马寒嘶野草中。(《全唐诗》)

解说:

作者简介见前。

唐末大乱,道路不通,作者从河南去江东,不能走大运河,却要从山西绕道而行。

潞州形胜

李　晏

东迎壶口叠群山,吞吐岚光紫翠间。削玉远排圭首[①]锐,晕痕轻拂黛眉[②]弯。五龙飞去松杉老,万井喧嚣日月间。游客乍醒尘土眼,仙扃谁指扣玄关。(《潞州府志》)

注释:

①圭首:谓碑首凹处供刻字的部分。这里形容山形。② 黛眉:黛画之眉。特指女子之眉。这里形容山色。

解说:

作者简介见前。

潞州在晋东南,这里山清水秀,名胜杂陈。想要用一首律诗来展示,几乎是不可能的。所以诗人使用类似于印像绘画的手法,将潞州的风光概略的点染出来。末句很有趣,来到这儿的游客似乎被山水开了尘眼,都有了一种追求超脱的意愿。

闻壶关寇平侍臣勘功寄赠

李梦阳

岧峣上党接壶关,仗钺[1]东行历万山。岩冻雪堆擒虎窟,蟼腥云袅斫龙湾。崭巉[2]路透渔樵入,荟蔚林清鸟雀还。为问登高能赋者,霜毫[3]几扫白云间?(《空同集》)

注释:

①仗钺:手持黄钺,表示将帅的权威。引申指统帅军队。② 崭巉:高峻。③霜毫:毛笔。

解说:

作者简介见前。

壶关形势险要,容易为奸寇所占。能够平叛的人愈发显出军事上的才能。所以作者才不吝以整个壶关为背景,颂扬平叛之人的功绩。而最后作者分明是说,他的功绩要以天为纸才能写得下。

过壶关

孔 荫

壶关三月气萧森,满地风尘接暮阴。行过溪桥问春色,数株松柏对孤岑。(《黎城志》)

解说:

明代人,生平不详。

三月的壶关,尚无春色。是壶关的春天来得较晚,还是作者的眼中看不到春天?

送人还壶关

明 周

林花未吐怯轻寒，人在天涯送客还。千里好山迎马首，白云飞处是壶关。(《黎城志》)

解说：

明代僧人。号懒云。潞安(今山西长治)人。法住寺住持。工诗，有集行世。

客中送客，是让人感到伤感的。作为佛门高僧，自然不会如此。如果我是被送之人，我自然会开开心心的骑马观山，因为在前面那片白云的下方，就是我的终点。从实际的角度看，送别诗还是不要惹人流泪的好。

春日登壶关城作

周 骧

壶关城古太行连，南望春迟忆杜鹃。萧寺半悬青嶂外，烟村多住绿杨边。上书三老①家何处，抱犊仙人②姓不传。犹说频年经战伐，棠梨开遍草芊芊。(《黎城志》)

注释：

①上书三老：《汉书·戾太子刘据传》："上怒甚，群下忧惧，不知所出。壶关三老茂上书……书奏，天子感寤。"②抱犊仙人：昔有遁隐者，抱一犊于抱犊山上垦种，故以为名。

解说：

清代人，生平不详。

壶关的风光很美，历史上的著名人物也多，甚至那不知名的仙人，也曾经来过。只是风光再美，不是我家，杜鹃的"不如归去"让作者心情沉重。而这里又是频经战乱，那一川的棠梨花和青草，有没有他的仇怨多呢？

貂黄岭

又作彫，刁。在今山西省长子县西。

题貂黄岭官军

韦　庄

散骑萧萧下太行，远从吴会去陈仓。斜风细雨江亭上，尽日凭栏忆楚乡。(《全唐诗》)

解说：

作者简介见前。

行进在貂黄岭上，萧萧马鸣，悠悠旆旌，是一幅多么萧条、凄清的画面。这是貂黄岭上官军们的心绪，也是作者此时的心绪。他们心中都有一个期待，那就是早日回到家乡。故乡与貂黄岭上完全不同，那是斜风细雨江亭的江南风光。

东阳关

在山西省黎城县东南部。为古黎国都邑，又称壶口故关。后因其地处县治之东、金牙山之阳，为上党通往河北之要塞，故名东阳关。

入壶口关

陶　澄

地络盘三晋，关门控两河[①]。旧传山国小，新筑塞垣多。侯吏无烽燧，居人有薜萝[②]。不图天下脊，今日马蹄过。（《黎城志》）

注释：

①两河：唐安史之乱后，合称河北、河南两道为“两河”。宋代合称河北、河东地区为“两河”。②薜萝：指隐者或高士的住所。

解说：

明代人，生平不详。

这里地势险峻，历来是兵家必争之地，即便是天下太平之时，国家也没放弃这里的布防，正所谓居安思危。这里山水秀丽，历来有很多高人在此隐居，如今依然。作者亲眼见到了这处名胜，是感到欣喜的。

壶口旧关

张遵约

故关自昔称雄胜，壶口如今尚是名。莫把兴亡悲往事，万年重庆护黎

城。(《黎城志》)

解说：

山东单县人，贡士，明隆庆元年(1567)任黎城知县。黎城古八景是他最早选定的。分别为：黎侯古郭、壶口故关、金牙晚照、白岩晓烟、玉泉漱石，岚山夜雨、田溪冽水、萧寺晨钟。

面对名胜古迹，人们大多关注它的历史，赞美它的古老。作者却愿意展望它的未来，这是作者高于常人之处。“莫把兴亡悲往事”，这样的态度真是少见。

吾峪关

王　轩

古戍卓危楼，雄关据上游。气吞全赵暗，高压太行秋。西伯王基肇，东阳霸业留。萧条余斗穴，断镞浣寒流。自注：王薇阶于关下得古镞。(《黎城志》)

解说：

清代人，生平不详。

诗歌的语言与日常用语的区别是，他不是由几个字来表达意思，而是通过几个字来构建意境。仔细体会这首诗的颔联，就能够理解诗歌语言的这一特点。

壶口旧关

章　经

逶迤叠翠到壶山，控制中原虎豹关。村市谁堪经战伐，农桑那处问民艰？河流万里青天迥，云影千重紫塞间。我独情深舒醉眼，春晴幽壑听潺湲。(《黎城志》)

解说：

清朝官吏。富阳(今浙江省杭州市西南)监生，康熙间壶关县知县。

壶口旧关为历代征伐之地,想战争时期,村室被毁,农桑难务,不要说人民艰难,就是做官也提心吊胆。如今,作者身为县令,能够安享壶关的美景,是多么令人陶醉的事情啊。如此坦诚的言语,显然出自好官之口。

阳关引

李　濂

行岫风烟接,漳水波流阔,雄关控峙,悬壶若,称奇绝。叹古来兴废,险隘都相埒[1]。有几多王霸迭守,逞勋业!望戍齿[2]烽火,都已歇。又何须论,高欢领,慕容堞。试听南来雁,嗷破关山月。顿令人怀古,此际倍凄切。(《黎城志》)

注释:

①相埒:相等。②戍齿:城墙垛口。

解说:

清代人,生平不详。

这首词写的是江山壮阔,历史沧桑。中国文人怀古的一般思路是,一切的功业,最终都是转头成空。所以后人在论说兴亡的时候,只能感到凄凉。不可否认,这也是一种美。但是我们更期待着,有谁能够跳出这样的一种思维模式。

丹朱岭

在今山西高平市北。《清一统志·泽州府》：丹朱岭“在高平县北四十五里，与潞安府长子县接界。……按《县志》，丹朱岭接长子县界，以尧封长子丹朱得名。此说傅会。《汉书》长子县注，长读长短之长，今俗为长幼之长，非也。足证其妄矣”。

悲长平

萧　贡

秦兵伏甲武安西，赵将非材战士携①。千里阵云沉晓日，万家屋瓦震秋鼙。哀缠朽骨天应泣，怨入空山鸟不栖。百战区区②竟何得，阿房烟草亦凄迷。（《泽州府志》）

注释：

①携：离，叛离。②区区：谓奔走尽力。区，通“驱”。

解说：

金京兆咸阳人，字真卿。世宗大定二十二年(1182)进士。补尚书省令史，执政以为能。累除翰林修撰，论时政五弊，言路四难，词意切至。历国子祭酒，兼太常少卿，与陈大任刊修《辽史》。官至户部尚书。有《注史记》。

来到长平古战场，谁能不为那四十万冤魂感到悲伤。事实上直到如今，这里仍然笼罩着一片悲凉。然而，透过千年的历史，当年的胜利者又如何呢？那么强大的军队，能够灭亡敌国，却不能安定自己。这是什么原因呢？

丹朱陵

黄衍相

凤老碧梧丹岭上，回光秋色正冯凌[1]。萧萧衰草王孙路，漠漠寒烟帝子陵。日落远天横断雁，云过绝壁抱枯藤。徘徊何处寻沽酒，指点孤村野半灯。（《泽州府志》）

注释：

①冯凌：进迫；侵陵。

解说：

字六治，福建莆田人，后迁滦州。生当明神宗万历年间，精研诗词古文，尤擅书法。经宰相黄中五推荐，任中书（掌管机密文书之书写），后升任工部郎，又任司经局正字，主管校正典籍，考订文章。他在政治上有强烈的正义感，遭魏忠贤陷害。

孤独的行走在丹朱岭上，碧梧衰草，寒烟日落，断雁枯藤，周围的一切景象都来烘托这份寂寞。他想要借酒排遣，李白说借酒消愁愁更愁，但借酒消愁没有酒又是何等情景？

丹岭西风

刘 樾

丹山爽气岭头腾，风信[1]飘然得未曾。玉琯调时超律吕，瑶池望处叶岗陵。新凉偏趁斜阳转，秋景无须皓月升。帝子旧游谁考辨，云深只在最高层。（《泽州府志》）

注释：

①风信：信息；消息。

解说：

作者简介见前。

丹朱岭的传说太久了，谁又能去考辨呢。人们能够把握的，或许只有这岭上美丽的风光吧。诗歌的特点是，它能够引发联想，所以当诗中写到无须皓月，我们已经体会到皓月当空时的秋景了。读者对此不可不知。

丹朱岭

冯士翘

太行黑云在半天，丹朱岭在黑云巅。清泉石上分河海，莫比儿孙列一拳。(《泽州府志》)

解说：

作者简介见前。

通篇在说丹朱岭的高。先说太行山在云间，而丹朱岭则部分云还高。第三句尚不知何意。第四句是翻杜甫的案，杜甫说“诸峰罗立如儿孙”，作者却说，儿孙和长辈就差一拳，那不算差，丹朱岭和其他山峰可差多了。

石佛谷

在今山西原平市西北三十余千米。

石佛谷

皇甫曙

澶漫[①]太行北，千里一块石。平腹有壑谷，深广数百尺。土僧何为者，老草[②]毛发白。寝处容身龛，足膝隐成迹[③]。金仙琢灵象，相好倚北壁。花座五云扶，玉豪六虚[④]射。文人留纪述，时事可辨析。鸟迹巧均分，龙骸[⑤]极瘰瘠。枯松间槎蘖，猛兽恣腾掷。蛣屈虫食踪，悬垂露凝滴。精艺贯古今，穷岩谁爱惜。托师禅诵余，勿使尘埃积。(《三晋石刻大全》)

注释：

①澶漫：宽长貌；广远貌。②老草：草率；潦草。③"足膝"句：语义不详。④六虚：上下四方。⑤龙骸：喻嶙峋的山石、树枝等。

解说：

唐宁州安定人，字朗之。宪宗元和十一年(1816)登进士第。历侍御史。敬宗宝历间为淮南行军司马。文宗大和九年，为泽州刺史。约于开成二年(837)，改河南少尹。开成五年(840)，转绛州刺史。卒于会昌(835)以后。与白居易为酒友，并结为亲家，又与刘禹锡善。

古人说太行山是石上有山，一点不假。但说太行山千里一块石，确实有些奇诡。石佛谷的得名，是因为谷壁间有依山而建的佛像。但作者更关注的是前人的题壁诗。

秋游石佛谷

木枯草衰辨山径,水浚玉竦岩峦静。既当官曹文簿闲,又值顷田农收竟。出郭俯仰罣陟降,入谷暗哼穿丛蒨。阴苔路滑足易跌,修约[①]穹窿肩不并。雉兔闲暇领雌雄,涧岸饮啄逐情性。狄鼯飞跳争杼栗,藤萝出没啼辽夐。半空忽闻旃檀烟,衣座圆光徽掩映。专专倾竭下界心,恳恳瞻礼西方圣。窟室一僧护香火,严持三衣[②]行苦行。年深昼夜豺虎俦,客到盘盂梨枣罄。我生悠悠乐幽寂,矧乃[③]才散形骸病。止泊不得限严城,回首云峰日已瞑。(《三晋石刻大全》)

注释:

①修约:狭长。②三衣:佛教僧尼的法衣。③矧乃:况且。

解说:

"既当官曹文簿闲,又值顷田农收竟。"人只有心中无事,才能眼中有景。所以石佛谷的自然风光,石佛和僧人,都成了他关注的对象。一旦他心中有事,受限于按时回城的法令,风景也成了可以结束的了。

大同路石佛谷过啼哭岭

蓝　仁

云京石寺游,西北上丰州[①]。山险为啼哭,路艰成阻修。闻名心已碎,未见泪先流。万里江南客,那堪过岭头。(《蓝山集》)

注释:

①丰州:今内蒙古河套地区。

解说:

元明间福建崇安人,字静之。元末与弟蓝仁智俱往武夷师杜本,受四明任士林诗法,遂弃科举,专意为诗。后辟武夷书院山长,迁邵武尉,不赴。入明,例徙凤阳,居琅邪数月,放归,以寿终。其诗和平雅澹。有《蓝山集》。

啼哭岭本名蹄窟岭。据说为昭君出塞时歇马之地。作者尚未见啼哭岭,便已经心惊胆战,自是因为这一路走来,山西的崇山峻岭太多。他可能想不到,几百年后的我们,是笑着去啼哭岭的。

鹤度岭

在今山西平定与河北内丘之间。

鹤度岭

乔　宇

丹梯平步立青霄，列席崔嵬酒易消。万象俯看堆众皱，九霄高拥散群嚣。云根[①]状类浮图迥，石乳香随沆瀣[②]遥。更指西南佳胜处，太行空翠接中条。（《昔阳县志》）

注释：

①云根：山石。②沆瀣：夜间的水气，露水。

解说：

作者简介见前。

从列席二字可以看出，这是一首赠别诗。似乎从王勃开始，有些人就尽量避免在离别诗中，表现出儿女共沾巾。这首诗也是如此。鹤度岭的高险奇异，衬托了作者的胸襟。对西南佳胜的指点说明，又表现出了他对朋友的依依不舍。

鹤度岭

赵其堂

鹤度高撑缥缈中，峨嵯山势近苍穹。悬垅[①]有路羊肠绕，古戍无人雉

堞空。出岫浮云随意白，经霜秋叶向人红。前人莫道评题错，锦绣天然夺画工。（《昔阳县志》）

注释：

①悬垅：悬在空中的峭壁。

解说：

字允升。清道光年间乐平城人。举人。为人孝友。

风景一旦沾染了作者的心情，也就有了神态和性格。浮云的白是随意的，霜叶的红是刻意的。这随意与刻意之间，正是作者亲近自然，崇尚自然的情感表达。

马岭关

在今山西省太谷县东南马岭上。其地控扼要险，自古为戍守处。

马岭关

元好问

西岭秋高大陆前，马陵寒影踏遥天。群峰不断浮云色，绝嶂长流落日悬。地险关门衔急峡，山奇削壁挂飞泉。何人更遇青泥饭[①]，有客空歌白石篇[②]。(《全金诗》)

注释：

①青泥饭：道家服用的食品。为石髓一类东西。②白石篇：白石，传说中的神仙的粮食。指求仙之诗。

解说：

作者简介见前。

作者从高，寒，峰间浮云，嶂外落日，关衔峡，壁挂泉六个角度，详细地刻画了马岭关的风光。这一定就是神仙的所在，只是不知道我是否有仙缘。

马岭

仙人台高鹤飞度，锦绣堂倾去无路。人言马岭差可行，此似黄榆犹坦步。石门木落风飕飕，仆夫衣单望南州。皋落东南三百里，鬓毛衰飒两年秋。

登马岭关口

王世贞

回崖宛转异晴昏，片白浮空列戍尊。一线地排为北戒，双轮天捧作中原。苹端噫气千崖拆，木杪蒸云万古屯。我欲著书从此逝，毋烦令尹候关门[1]。（《弇州四部稿》）

注释：

①"我欲"两句：刘向《列仙传》："老子西游，关令尹喜望见有紫气浮关，而老子果乘青牛而过也。"

解说：

作者简介见前。

典故用得好，诗歌就会越发的耐人咀嚼。这里用了老子西出函谷关的典故，一方面令诗歌充满了幽默感，表达了对老子的敬仰之情。一方面暗示了隐居的愿望，另一方面也体现了对接待自己的官员的亲切。

虞美人·过马岭关

宋峡云

东来马岭摩天插，天险重关设。崎岖何止说蚕丛[1]？即此盘旋、险峻可相同。果然一览群峰小，罗列儿孙绕。振衣千仞立高冈，满目烟霞、阅尽白云乡。（《昔阳县志》）

注释：

①蚕丛：相传为蜀王的先祖，借指蜀地。这里指蜀道。

解说：

字文江，号梦楼。清代乐平（今昔阳县）南关街胡家沟人。

谁都愿意赞叹自己的故乡，李白赞美蜀道之难，还不是因为那是他的家乡？在作者这里，蜀道又岂能比得上马岭？难得的是，马岭不仅是高险，站在山顶上，那秀美的风光更是世间所无。

黄榆岭关

一名黄榆关。明置，在今山西和顺县东。《方舆纪要》卷 43 和顺县：黄榆岭关在“县东八十里太行山顶，路通直隶邢台县。洪武三年（1370）置巡司戍守。”

送妹夫之太原

边元鼎

山含秋气冷参差，送客西城落日低。怨别弟兄归怏怏，恋乡车马去迟迟。浮萍聚散元无定，流水东西却有期。惆怅黄榆故山路，碧天回首雁南飞。（《全金诗》）

解说：

金丰州人。边元勋弟。资禀疏俊。工诗文。海陵王天德三年(1151)进士，以事停铨。世宗初，荐授供奉翰林，出为邢州幕官。与兄元勋、元恕，时号三边。

佛教将爱别离作为人生的八苦之一。天下没有不散的宴席，也没有必见的聚期，如此看来，那必将在大海中相聚的流水也比人强。亲人离别故土，跨过秋色苍茫的黄榆岭，西北入太原。当他回头南望时，他是否感觉到那南飞的大雁也比他自己还要幸福？

下黄榆岭

元好问

北崖玄武暮，黓黑如积铁。东崖劫火余，绚烂开锦缬。就中岭头一峰凸朴奇，剩[①]费寒云几千叠。摩围可望不可到，青壁无梯猿叫绝。林烟日射彩翠新，跬步疑有黄金阙。画工胸次墨汁满，那得冰壶贮秋月[②]。直须潮阳老笔回万牛，露顶张颠[③]挥醉帖。石门细路无涧泉，行人饥渴挽不前。辛苦黄榆三十里，岂知却有看山缘。(《全金诗》)

注释：

①剩：更。②冰壶贮秋月：喻人品德清白廉洁。③"潮阳老笔，露顶张颠"两词：指唐代文学家韩愈和书法家张旭。

解说：

作者简介见前。

作者侍奉母亲灵柩迁葬时，自山西往河南，曾取道黄榆岭，写下了这首著名的七古。黄榆岭的意境，是画家画不出的，只有韩愈的文笔，张旭的书法才能表达出来。用这样的手段来刻画黄榆岭，不愧是名家名篇。

燕京感怀

李攀龙

鹿塞[①]戈鋋血未干，龙庭烽火报长安。拟擒可汗先开幕，欲拜嫖姚更筑坛。青海月明胡马动，黄榆风急皂雕寒。材官羽骑多如雨，夜夜旌头倚剑看。注：黄榆山是太行绝顶处。(《李攀龙集 》)

注释：

① 鹿塞：边塞。

解说：

作者简介见前。

明代的对外关系是很紧张的，在满洲兴盛以前，除了倭寇，威胁也来自于西面。敌人蠢蠢欲动，我方的将士也是严阵以待。虽说不骄不惧，但那种紧张的氛围却也让人喘不过气来。

榆岭傍峭壁际天中有悬泉如柱玉下汇巨涧

王世贞

飞泉坼汉写[①]崔嵬，倦马惊逢首重回。绝壁倒看银绠坠，高空横散玉绳来。关奇汗雪[②]长凌夏，峡急崩云自起雷。一酌吾宁逃颍客[③]，即看汝岂住山才。(《弇州四部稿》)

注释：

①写：通泻。②汗雪：汗变成雪，指冷。③逃颍客：相传尧让天下于许由，由不受而逃去。泛指隐者。

解说：

作者简介见前。

对于瀑布，作者极尽修饰之能事，调动了视觉、听觉、触觉等一切感觉。他和瀑布越来越亲切，以至于在酒醉之时，开起瀑布的玩笑来。我愿意做个隐士，就是不知道你能不能陪我在山里？

登黄榆最高处　其一

太行无际碧天愁，榆塞褰帷万古收。紫气东盘沧海出，黄河西抱汉关[①]流。櫜鞬[②]忽动双鸿暝，刁斗频敲万马秋。薄伐到今仍列戍，教人无赖[③]说并州。(《弇州四部稿》)

注释：

①汉关：汉代的边关。亦泛指边关。②櫜鞬：藏箭和弓的器具。③无赖：无奈。

解说：

在苍茫闳阔中，黄榆岭上笼罩着一层衰飒凄凉，这不仅是历史的积淀，更是时代的氛围所染。今天的人们登上黄榆岭，看到的绝对不是这样的颜色。

登黄榆最高处

刘顺昌

严关千仞古今宜,遥望黄榆分外奇。老树扶疏高燕雀,残碑磨灭隐龙螭。秋风陨箨来偏早,朝日升轮度每迟。自此一关能守险,将军何必过忧疑。(《和顺县志》)

解说:

清和顺县知县。

我也怀疑,作者是不知道在德不在险之言,还是黄榆岭的险真的到了让人感到万无一失的地步?看来,我们只有亲自去考察一番了。

井陉关

又称土门口、土门关、井陉关，“即太行八陉之第五陉”（《元和郡县志》）。为河北和河东中部地区太行山井陉东西道交通要隘东口。

题井陉双溪李道士所居

岑　参

五粒松花酒，双溪道士家。唯求缩却地，乡路莫教赊。（《全唐诗》）

解说：

唐荆州江陵人，祖籍南阳棘阳。玄宗天宝初进士。曾入高仙芝幕，任掌书记，至安西、武威；又入封常清幕，任安西北庭节度判官。肃宗时杜甫荐为左补阙，出为嘉州刺史。后客死于成都。

雄奇壮美，无限沧桑的井陉，竟然有双溪李道士这样风流飘逸的神仙在，为井陉涂上了一抹柔丽的颜色。这是一首别开生面的思乡诗，作者留诗与道士，想让他施展缩地之法，让自己早点到家。

圣恩洗雪镇州寄献裴相公

杨巨源

天借春光洗绿林，战尘收尽见花阴。好生本是君王德，忍死[①]何妨壮士心。曾贺截云[②]翻栅远，仍闻斸冻[③]下营深。井陉昨日双旗入，萧相无言泪湿襟。（《全唐诗》）

注释：

①忍死：谓临终不肯绝气，有所期待；在死前勉力从事。②截云：《庄子·说剑》"上决浮云，下绝地纪。此剑一用，匡诸侯，天下服矣。此天子之剑也。"③"翻栅，斸冻"两词：翻栅指突破敌营；斸冻指挖冻土扎营。

解说：

唐河中人，字景山。德宗贞元五年(789)进士。初为张弘靖从事，历秘书郎、太常博士、虞部员外郎，出为凤翔少尹。穆宗时复召为国子司业。年七十致仕。文宗太和中为河中少尹，不领职务，岁给禄以终其身。

诗人对裴度统帅大军平叛，并对贼帅晓以大义，对百姓与关怀的赫赫战功，给予了热情的歌颂。末句对裴度此时此刻复杂的心情进行了深入的渲染。

过井陉淮侯庙

韩　琦

破赵降燕汉业成，兔亡良犬日图烹。家僮上变安知实，史笔加诬贵有名。功盖一时诚不灭，恨埋千古欲谁明。荒祠尚枕陉间道，涧水空传哽咽声。(《全宋诗》)

解说：

宋相州安阳人，字稚圭，号赣叟。仁宗天圣五年(1027)进士。宝元间进枢密直学士、陕西四路经略安抚招讨使，与范仲淹久在兵间，名重一时，天下称韩范。后召为枢密副使，与范仲淹、富弼同时登用。嘉祐中拜同中书门下平章事，后拜右仆射，封魏国公。

韩信一生功勋卓著，最后却得了个反叛夷族的下场。史书如此记载，我们便如此认为。可是政治上的那些事情，谁又能分得清真假呢！作为一代名臣，作者是不相信这样的罪名的，对韩信也表达了无限的哀敬。

井陉韩信庙

赵秉文

朝涉滹沱流，驱马望太行。暮投井陉宿，仆痡马玄黄[1]。地瘠靳[2]春色，山高易夕阳。暮天飞鸟尽，伫立向苍茫。(《全金诗》)

注释：

①“仆痡”句：仆人和马都累病了。见《诗经·周南·卷耳》。②靳：吝惜，不肯给予。

解说：

作者简介见前。

此时虽是春天，却少春色。走了一天的旅客，疲惫不堪，终于找到了落脚的地方。可是，他为什么不去休息，却伫立在苍茫中呢？诗歌与韩信看起来并无关联，但是飞鸟尽三个字，却让我们很容易想到良弓藏三个字。而这正是韩信的感慨。

井陉淮阴侯庙

刘　因

饥僮羸马倦重游，万将分兵坐此筹。灭项岂知秦尚在，夺齐便觉汉无忧。英彭[1]一体谁遗类，绛灌[2]诸孙自列侯。爱杀鹿泉泉下水，乱山百折只东流。(《元诗选》)

注释：

①英彭：英布和彭越。②绛灌：汉绛侯周勃与颍阴侯灌婴的并称。

解说：

作者简介见前。

不管史书如何评价韩信，后人对他是褒多于贬的，相反的，对于刘邦的所作所为，则给予批评和挖苦。中间两联，对于韩信的天真做出了感慨，对于刘邦的嫉贤容庸给予了讽刺。

过旧井陉

祁 顺

昔时争战地，今日际雍熙。邑治非前日，水声如旧时。左车[1]徒有策，韩信亦堪危。成败非人力，只应天地知。（《巽川集》）

注释：

①左车：李左车。

解说：

作者简介见前。

若陈余采纳了李左车的建议，韩信是否就危险了呢？历史无法假设，成败也只有天地能知了。然而我们更想知道作者如此感慨的目的，是对前代名人的轻视呢（如阮籍尝登广武，观楚汉战处，叹曰：“时无英雄，使竖子成名。”），还是对世事无常，无法把握的伤感。

井陉道中雪甚

陆 深

井陉天下险，何况雪中过。绝壁看云嶂，危桥下玉坡。奔腾千驷马，森矗万人戈。信有淮阴令，衔枚夜渡河。（《俨山集》）

解说：

明松江府上海人，初名荣，字子渊，号俨山。弘治十八年（1505）进士二甲第一。授编修。遭刘瑾忌，改南京主事，瑾诛，复职。累官四川左布政使。嘉靖中，官至詹事府詹事。卒谥文裕。工书。

雪中过井陉，其艰难是别人想象不到的。把自己的艰难尽数表露，又怕别人不了解自己当时的心境。在末尾把韩信请过来，幽默俏皮中透露出一丝乐观。

井陉

谢 肃

第五陉山天下险，经过真为赵人羞。奇兵争羡淮阴捷，间道谁思广武[1]谋。绵漫白波车度晚，故关明月角哀秋。太平时节休忘武，请看诸峰似剑矛。(《密庵集》)

注释：

①广武：广武君李左车。

解说：

作者简介见前。

说到井陉，似乎就离不开韩信，离不开李左车。有这样的天险，有这样的能臣都能被打败，这让后人简直无法理解。如今来到井陉，那有如剑戟一般的山峰，似乎在提醒着人们，太平时节，也不要忘记了武备。

井陉署中偶成

王世贞

霜天尽日马蹄间，浊酒青灯未破颜。好道[1]使君厨传[2]薄，案头长供太行山。(《弇州四部稿》)

注释：

①好道：表示反诘，相当于莫非，难道。②厨传：古代供应过客食宿、车马的处所。

解说：

作者简介见前。

作者是一个好官，而好官就是终日奔波，尽日伤神。头两句说的就是这个意思。一个好官也是淡泊享受，苦中作乐的。后两句说的就是这个意思。他玩笑地说，难道是见署中供养匮乏，老天把太行山放在案前让自己享受。

井陉道中

释今无

边风扫北平，行人出井陉。斜阳悬马首，寒色拥邮亭。道拙心如水，愁多发欲星。从今归旧隐，麋鹿与松扃。（《阿字无禅师光宣台集》）

解说：

清初诗人。广东番禺人。全名阿字今无和尚。广州海幢寺开山祖，著名诗僧。有《阿字无禅师光宣台集》。

这是一篇僧人的告白。世俗的人生，恰似井陉道中苍凉苦寒的情景。有人认为，只要聪明点，就能尽量避免愁苦。但作者却说，我是个笨拙的人，只想归隐山林，与麋鹿为伴。

井陉口

张之洞

群山万壑齐塞井陉道，匹马踯躅千驼愁。大车束轮仍折轴，行人一里须三休。亭午恩恩漏曦月[①]，百步之外谁能搜。瘿妇揭衣避涧涨，瘦男捧土[②]填坑沟。山店主客皆惆怅，成功独叹淮阴侯。穴中只能阙两鼠，岂容旗鼓升高丘。三百里间难进退，殽师一鼓俘秦囚。诸葛不犯子午险，孟德喜脱乌林幽。左车凭水已中策，并此不用真无谋。刎颈之交尚背负，乃以诚信施敌雠。嗟哉陈余谬称儒家流，此辈之冠诚可溲[③]。（《近代诗钞》）

注释：

①曦月：日月。北魏郦道元《水经注·江水二》："自三峡七百里中，两岸连山，略无阙处，重岩叠嶂，隐天蔽日，自非亭午夜分，不见曦月。"②捧土：喻不自量力，或反用其意。见《后汉书·朱浮传》。③"此辈"句：《史记·郦生陆贾列传》："骑士曰：'沛公不好儒，诸客冠儒冠来者，沛公辄解其冠，溲溺其中。'"后遂以"溺冠"为凌辱儒生的典故。

解说：

清直隶南皮人，字香涛，同治二年(1863)进士。光绪初，擢司业，迁洗马。后督湖广近二十年，筹卢汉铁路，办汉阳铁厂、萍乡煤矿、湖北枪炮厂，设纺织四局，创两湖书院等，为后起洋务派首领。

张之洞作为晚清著名政治家，习惯于在诗歌当中表现自己政治上的见解。他极力刻画井陉口的凶险，目的就是为了要说明，有这样的天险，陈余仍然被韩信打败，只能说明他太无谋了。反过来说，他是在表明，如果换成他，韩信肯定会失败。这里提到儒者，张之洞是以真儒自居的。

井陉关

谭嗣同

平生慷慨悲歌士，今日驱车燕赵间。无限苍茫怀古意，题诗独上井陉关。(《谭嗣同集》)

解说：

字复生。湖南浏阳人。湖北巡抚谭继洵之子。提倡新学，光绪二十四年(1898)，被召入京，升四品京卿，充军机章京，于变法维新建议甚多。戊戌政变起，决心以死报圣主，被斩。著有《仁学》《莽苍苍斋诗集》。

这是谭嗣同在漫游时所作。他并不想让我们知道他在具体想些什么，他只想让我们知道，他是什么人，心境如何。这井陉关上的慷慨悲歌士，与菜市口前“我自横刀向天笑”的那个人，所处环境不同，表现却没有二致。

固　关

亦作故关。在山西省平定县东北。

晨发故关寄逢吉诗

司马光

画戟衣中趋绛衣[①]，驿亭门外拂征鞍。已嗟漂泊三年别，更负从容十日欢。暖席未穷谈笑乐，陟岗相望滞留难。扬鞭策马几多意，原上秋风作晓寒。（《全宋诗》）

注释：

① 绛衣：深红色衣服。古代军服常用绛色。

解说：

作者简介见前。

秋日的清晨，在固关的驿亭门外上马，单是萧瑟的景物就已经让人心情沉重了。更何况与友人聚少离多，离长聚短？此时此刻，作者的心中应该有哪些情绪呢？

过故关

韩　琦

春日并州路，群芳夹故关。前驺[①]驱弩过，别境荷戈还。古戍遗残堞，新耕入乱山。时平民自适，白首乐农闲。（《全宋诗》）

注释:

①前驺:指古代官吏出行时在前边开路的侍役。

解说:

作者简介见前。

韩琦任并州知州期间,多次出入故关,留下许多赞颂平定山川胜景的诗篇。自然界的风光,只有在时平人乐、高尚情操的氛围中,才能显出它的美丽。

召还过故关山

李献可

过关天日正晴明,谁道山神不世情。远客得归心绪别,陇泷[1]间作断肠声。(《山西通志》)

注释:

①陇泷:山间湍急的流水。

解说:

字仲和,大定十年(1170)中进士。历户部员外郎、户部侍郎。曾被贬为清水令,后被召还。终于山东提刑使。卫绍王即位,追封道国公。

山神也懂得人情世故,当作者心情舒畅时,天空也是晴明的。但水神却没有山神那样细心,他以为凡是羁旅之人就是伤感的,所以仍然发出断肠的声音。哪里知道,作者虽身在旅途,却是回家呀。

故关

乔宇

仄径依村转,高林隔陇疏。溪风爽毛发,山翠湿襟裾。边馈[1]春输尽,田租岁歉余。民风兼旅况,一一为渠[2]书。(《平定州志》)

注释:

①边馈:犹边饷。②渠:他。

解说：

作者简介见前。

故关的风光，给人一种清凉的感觉。然而当我们读到边馈和田租时，清凉就变成了清冷。这首诗不是为了表现自己而作的，是为了让朝廷看到而作的。

故关

道旁松火映溪红，夜度层关月正中。志兴岂缘横槊[1]在，少年谁与弃繻[2]同。河山里表连三晋，燕赵襟喉控七雄。圣代乾坤皆一统，诗书何处不帡幪[3]。(《平定州志》)

注释：

①横槊：指曹操横槊赋诗。②弃繻：终军弃繻，为年少立大志之典。见《汉书·终军传》。③帡幪：庇荫，庇护。

解说：

这里面有对自身的认可，更有对年轻人的批判。曹操志兴弘大，哪里是因为他横槊在手？钟军年少志高，如今谁能像他一样呢？如今天下一统，朝廷重视文学，怎么就看不到胸怀大志的青年，慷慨激扬的诗篇呢？

过固关入山西境

康熙帝

鸟道入云中，风光塞漠同。人依险地立，城自越山丛。俗朴观民舍，才多壮士雄。芹泉[1]连冀北，回首指青骢。(《平定州志》)

注释：

①芹泉：成化版《山西通志》："芹泉驿，属盂县，县南七十里，寿阳县地。"

解说：

清圣祖爱新觉罗·玄烨。

山西多山，人在险地，城在山中。这是康熙皇帝对山西的印象。从房屋的形式能看出风俗的古老，现在依然如此。山西自古出豪杰，但愿而今而后皆是如此。

固关口号

关固须凭人守，城高所赖兵防。若非威德恩惠，恃险何曾世长。(《平定州志》)

解说：

康熙四十二年(1703)农历十月皇帝西巡，这六字口号朴实无华，入耳即明，万众吆喝之时，皇帝的英明也就蕴含其中了。

出固关

于成龙

行行复过井径口，白发皤皤非旧颜。回首粤川[①]多壮志，劳心闽楚[②]少余闲。钦承帝命巡畿辅，新沐皇恩出固关。四十年前经熟路，于今一别到三山[③]。(《平定州志》)

注释：

①粤川：指广西罗城知县任上。②闽楚：指福建按察使任上。③三山：在江苏南京西南，长江东岸，以有三峰而得名，亦作南京别称。

解说：

明末清初山西永宁(今山西离石)人，字北溟，号于山。明崇祯十二年(1639)副贡。清顺治十八年(1661)授广西罗城知县，在官招流亡，宽徭役，建学官。康熙时官至两江总督。所至以清廉闻，康熙帝称为“天下第一清官”。卒谥清端。有《于山奏牍政书》。

辞故赴任，出固关离晋之时，心潮难平，有感而发。当时手书《出固关》七律诗一首。后固关守关将士将此诗刻石竖于古关隘处。

雨中度故关

王士禛

危栈飞流万仞山,戍楼遥指暮云间。西风忽送潇潇雨,满路槐花出故关。

解说:

清山东新城人,字子真,一字贻上,号阮亭,晚号渔洋山人。顺治十五年(1658)进士。授扬州府推官。康熙间历礼部主事、翰林院侍讲,官至刑部尚书。以与废太子唱和,于康熙四十三年(1704)被借故革职。诗有一代正宗之称,另有笔记《池北偶谈》。

从固关望去,山间景色奇峭,羁旅之人正可以趁此机会游赏一番。然而,作者似乎公务缠身,甚至雨中还得继续前进,自然也就没有这个时间。作者虽然出了固关,但那一路的槐花,似乎将他的心绪留在了固关。

浣溪沙

温启封

十里惊涛吼碧溪。四山岚翠扑缁衣①。雪花如掌固关西。汉垒兵销烟自灭,秦城堞废鸟空啼。冲寒②马上觅新题。(《玉镜台词》)

注释:

①缁衣:泛指黑色衣服。②冲寒:冒着寒冷。

解说:

字石峰,号云心。山西太谷人。直隶总督承惠子,十七岁举于乡,十上春官不第,援例为刑部郎中。年五十二卒。著有《绿云仙馆诗稿》10卷,《玉镜台词》附后。

雪中的固关,更显示出了历史的沧桑。虽也有惊涛和岚翠,却让位于如掌的雪花。雪花如掌,感觉比雪花如席更让人易于接受,也更有一种厚实沉重之感。“冲寒马上觅新题”,他不是要告诉我们他的行为,而是在告诉我们，他此时此刻的孤独。刻意写诗的人，不是因为要附庸风雅，就是因为孤独。

好事近·舆中杂书所见得四阕　其二

周之琦

题注：陈受笙画扇赠行，题诗有“好山都在固关西”之句。

诗句夕阳山，扇底故人曾说。好是固关西去，看万山红叶。翠蛟潭上认题名，屐齿为君折①。蓦地藓花浓处，出一双胡蝶。（《近三百年名家词选》）

注释：

①“屐齿”句：形容内心喜悦之甚。见《晋书·谢安传》。

解说：

字稚圭。号退庵。祥符人。嘉庆十三年（1808）进士，授翰林院编修。后任刑部侍郎，官至广西巡抚。以病辞归。工于词。著有《心日斋词集》。

固关以西，多有好山好水。但怎么个好？如何表现？作者选了两个场景，一个气势宏阔，一个小巧灵动。所谓气势宏阔，就是“好是固关西去，看万山红叶。”所谓小巧灵动，就是“蓦地藓花浓处，出一双胡蝶。”一大一小，山西的风光也就在不言之中了。

娘子关

位于山西省阳泉市平定县,有万里长城第九关之称。著名景观有瀑布,妬女祠等等。

游承天悬泉

元好问

诗人爱山爱彻骨,十月东来犯冰雪。悬流百里行不前,但觉飞湍醒毛发。闲闲老仙①仙去久,石壁姓名苔藓滑。此翁可是六一翁,四十三年如电抹。并州之山水所洑②,骇浪几轰山石裂。只知晋阳城西天下稀,娘子关头更奇崛。周南留滞③何敢叹,投老天教探禹穴④。君不见管涔⑤汾源大车轮,平泉⑥丈八玻璃盆。不知承天此水何所本,乃与沇渎⑦争雄尊。平地突出随崩奔,汹如颓波射天门。太初元气未凝结,更欲何处留胚腪⑧?素虬腾掷翠蛟舞,衮衮后出皆鲸鲲。雷车怒击冰雹散,石峡峻滑苍烟屯。凭崖下视心魄动,自愧气衰笔老胜概过眼无由吞。少东⑨水帘亦潇洒,珠琲一一明朝暾。阳龙⑩暗滋瑶草活,礜石自与莲汤温⑪。神祠水之浒,仪卫盛官府。颇怪祠前碑,稽考失莽卤。吾闻尹革台骀宣汾洮,障大泽⑫,自是生有自来,归有所假。而自经沟渎便可尸祝之,祀典纷纷果何取?子胥鼓浪怒未泄,精卫衔薪心独苦。楚臣有问天不酬,肯以诞幻虚荒惊聋瞽。宇宙有此水,万古万万古。人言主者介山氏,且道未有介山之前复谁主?山深地古自是有神物,不假灵真谁敢侮。稗官小说出闾巷,社鼓村箫走翁妪。当时大历十才子,争遣李謩铲陋语。石林六月清无暑,人家青红湿窗

户。射鹿有场鱼有浦，好筑漕台俯洲渚，瓮面椰瓢挹膏乳[13]。醉扶红袖别吴歌，风雨不忧惊妒女[14]。（《全金诗》）

注释：

①闲闲老仙：赵秉文。②洑：水流回旋的样子。③周南留滞：《史记·太史公自序》："是岁天子始建汉家之封，而太史公留滞周南不得与从事。"后为滞留某地而毫无建树之典。④禹穴：指娘子关五龙泉，传说大禹治水曾到此。⑤管涔：管涔山，为汾河的发源地。⑥平泉：待查。⑦沇渎：济水的别称，古河名。⑧胚腪：胚胎。⑨少东：稍东。⑩阳龙：指循顺时针方向盘旋的山脉。⑪"礜石"：指温泉。⑫尹革台骀：尹革，不详。台骀早于大禹，被列为中华治水第一人，曾治理汾河。⑬膏乳：比喻甘美的果汁与山泉。⑭自注：闲闲公守平定，以大安庚午来游，迄今壬子，四十三年矣。土俗传介子推被焚，其妹介山氏耻兄要君，积薪自焚，号曰妒女。祠碑大历中制官李諲所撰，辞旨殊谬，至有"百日积薪，一日烧之"之语。乡社至今以百五日积薪而焚之，谓之"祭妒女"云。

解说：

作者简介见前。

元好问是金源一代最伟大的诗人，诗歌成就堪比宋代的苏、陆。本诗句式长短参差，笔调奇突多变，气势豪健奔放，而景物形象完整鲜明，是很有特色的山水佳作。诗中用典极多，且不为娘子关所限，这就使作者的议论抒情更加酣畅淋漓。娘子关之名，最早见于此诗。

妬女祠

王　沂

关头妬女祠，古屋高亭亭。靓妆袨服[1]过其下，往往霹雳来青冥。翠鬟峦隐隐，玉佩泉泠泠。晓月吐妆镜，晚风罗画屏。与谁同蹑凤凰去，玉宇瑶阶常不扃。人间岁月如流电，回头试望昭阳殿。争妍固宠几多时，飞燕婕妤俱不见。（《伊滨集》）

注释：

①袨服：盛服；艳服。

解说：

作者简介见前。

顾名思义，妒女很会嫉妒，谁穿得鲜艳漂亮打她祠前经过，他就以雷电震之。但人们仍然尊敬她。同样是嫉妒，像赵飞燕赵合德姐妹这样的人物，为什么却结局凄惨呢？“土俗传介子推被焚，其妹介山氏耻兄要君，积薪自焚，号曰妒女。”在这样的大义面前，她的嫉妒反而成了一种可亲可近的表现。

沔河

祁　顺

题注：发源于井陉之北三十余里娘子关下，流绕井陉县治而东，滔滔不竭，其声如雷，冬亦不冻。

娘子关头露一泓，滔滔东下势如倾。英雄争战多遗恨，千古奔流洗未平。（《巽川集》）

解说：

作者简介见前。

作者以沔河为题，而实际上在写娘子关。娘子关是历来的兵家必争之地，失志的英魂在这里环绕千年，沔河的水也冲刷不尽。诗人此时或者也有一腔愤慨。

娘子关有泉穿大壑下势雄甚味洌而甘沍[①]冬不冰居人赖之

王世贞

飞泉中泻九关开，朔气偏催万壑雷。喷玉高从西极下，擘崖雄自巨灵来。地输神瀵[②]为汤沐，石拂钧天奏帝台。若语会心翻自笑，羽书初过黑龙堆[③]。（《弇州四部稿》）

注释:

①冱:冻结。②神瀵:传说中水名。《列子·汤问》:"终北国之中有山。山名壶领,状若甔甀。顶有口,状若员环,名曰滋穴。有水涌出,名曰神瀵。臭过兰椒,味过醪醴。"③龙堆:白龙堆的略称。古西域沙丘名。

解说:

作者简介见前。

娘子关有多处飞泉,西北侧的"悬泉"最为出名,又称为娘子关瀑布、水帘洞瀑布。瀑布宽6.5米,落差40米。本诗的前三联已经将瀑布的风貌展露无余,末联却能再翻一奇,想象成水与水之间的战争。

娘子关偶成

夫人城北走降氐,娘子军前高义旗。今日关头成独笑,可无巾帼赠男儿[①]。(《弇州四部稿》)

注释:

①"可无"句:《资治通鉴》载,"司马懿与诸葛亮相守百余日,亮数挑战,懿不出,亮乃遗懿巾帼妇人之服,懿怒,上表请战"。

解说:

诗歌从娘子关的关名发题,以娘子关为女子,对男子,也包括作者自己,进行了嘲弄。

仙人硔

乔　宇

绝涧山桥第一硔[①],两崖峰势突高空。云根塞洞稀人迹,石窍通天诧鬼工。一注幽泉鸣淅沥,九华灵树郁青葱。山乡胜迹多如许,可是登临待老翁。(《平定州志》)

注释:

①硔:桥拱。

解说：

作者简介见前。

读这样的诗，我们需要了解的是，作者不是在刻画风景，他是在表达对故乡的热爱，是在讨故乡山水的喜欢。

悬泉

冈头形势接绵山，为爱悬泉数往还。石乳下通沧海底，浪花高叠翠岩间。千寻岣嵝[①]留仙迹，一掬清冷解病颜。四十年来羁俗驾，水边赢得老来闲。（《平定州志》）

注释：

①岣嵝：山名，在湖南省。这里似代指娘子关附近的山。

解说：

悬泉的水如此神奇，它到底能不能治病呢？这要看病人是什么人。如果你是在外游荡了四十多年的游子，患了思乡之病，那肯定是水到病除。

龙泉关

龙泉关地处河北、山西交界地带，为太行山重要关隘之一。在五台山东南30千米，东距河北省阜平县35千米。有上下两关，相距10千米。

龙泉关

王世贞

层峦不尽锁氤氲，剑气时干北斗文。浩荡天为三晋党，清凉水自五台分。关如赵璧常完月，岭似并刀欲剪云。总为山河能表里，蓟门何限[①]羽林军。（《弇州四部稿》）

注释：

①何限：无限。

解说：

作者简介见前。

龙泉关形势险要，易守难攻。作者在刻画了龙泉关的形势之后，末尾做了意味深长的反问：这样险要的形势，为什么还要无数的军队呢？熟知在德不在险的中国人知道，谁也不应该恃险而骄，问题是，即使不恃险，国家就恃德了吗？

自龙泉关过岭宿白云寺

岑 霁

万丈雄关到始谙，空中斗插五浮岚。白云僧下山头寺，黑雨龙飞石上

潭。冰雪百层寒代北，波光一线认江南。闲身随处堪投宿，直上诸天是蔚蓝。（《清诗别裁集》）

解说：

字樾亭，清初江南著名诗僧。生卒年与俗姓均不详，大约1674年前后在世。长洲（今江苏省苏州市）人。出家后，仍奉母于柏堂以尽子孝。喜读儒书，敦友重谊，盖隐于禅者。

此诗境界极高，造句极美，称其为诗海遗珍一点都不过分。僧与白云，龙与黑雨的对偶，不仅形式美，意境更美。而代北江南之句，在峭寒之外，又为我们展示了龙泉关的秀丽。末句说自己随遇而安，到了天上就是一抹蔚蓝，真是少有的妙语。虽是僧人所作，却没有蔬笋气。

龙泉关

德　亮

绝域龙泉限，横关鸟道开。塞云昏客路，虎气伏山限。风土犹三晋，人烟自五台。当年频设险，因忆出群材。（《清诗别裁集》）

解说：

字雪床，江南长洲人。出家后，豪气未除，能面斥原本作斥人过；人以正理责之，亦拜而受。诗不多作，出语必欲胜人。

前人评价此诗："沉雄无蔬笋气。"赞美一个地方，中国人的思路一般包含在人杰地灵这句成语中，也就是说，说完这个地方的风景，还要说说这个地方的人才。

再驻龙泉关

康熙帝

高临晴雨外，绝磴似凌空。节物经冬异，关山对月同。龙泉冰未白，雁塞叶初红。历历曾游地，香台①在眼中。（《清朝皇帝咏五台》）

注释：

①香台：烧香之台。佛殿的别称。

解说：

作者简介见前。

康熙皇帝两次驾临龙泉关，季节不同，风景各异，然而异中也有同。此诗并无多少情感可言，不过有一句写景的却很经典。所谓“高临晴雨外”，关在云外，其下阴晴不定，龙泉关却不受影响。这一句，足可见出康熙皇帝的文学水平也很高。

清凉纪游 再度龙泉关

雍正帝

遨游从净土，安稳度香城①。鸟亦通禅悦，松如响梵声。山岚朝夕幻，关柳去来迎。凤阙②慈云近，惟殷问寝情。（《清朝皇帝咏五台》）

注释：

①香城：指佛国。②凤阙：皇宫。

解说：

清世宗爱新觉罗·胤禛。

因为刚刚从五台山回来，使得龙泉关的风景罩上了一层浓浓的禅意，秀美中带着如幻如化的感觉。一个皇帝，在旅途中表现出了浓浓的思亲之情，这既符合传统诗词的写法，又让人感到有所不同。

恭谒五台过龙泉关偶题

隔断红尘另一天，慈云常护此山巅。雄关不阻骖鸾客，胜地偏多应迹贤。兵象销时崇佛像，烽烟靖始扬炉烟。治平功效无生①力，赢得村翁自在眠。（《清朝皇帝咏五台》）

注释：

①无生：佛教语。谓没有生灭，不生不灭。这里指佛法。

解说：

这里强调天下太平之时，应该大力的崇奉佛教，这是治国平天下的法宝。然而，很多人却总习惯于认为，这是一种宗教麻痹的作用。其实不然。社会的安定不在于人民的逆来顺受，而在于人民的精神境界是否高远。佛教的教义不仅生死轮回，极乐净土那么简单，更有让人体悟人生，获得自在的思想。

后　记

作为发展山西省旅游文化产业的重点之一,发掘太行山的文化底蕴,是当前比较迫切的任务。本书的编撰,也正是为此而发。经过几个月的不懈努力,本书终于截稿了。抬眼远望,汾河两岸已经是杨柳垂金,水鸟飞鸣了。

几个月前,我根本不知道太行山竟然包括了那么多山峰,山中竟然错布着那么多关隘,也不知道竟然有那么多关于太行山的文学作品,更不知道,读过了这些作品后,我竟然有了游遍太行山的冲动。古人说"读万卷书,行万里路",游览一处风景名胜,却不了解它背后的历史和文化,那和赶大集有什么分别?相反的,若了解了彼处的历史和文化,游赏中就能发现更多的美,就会产生更多的认同感和收获感。文学能教给人们如何欣赏自然的美,能教给人们如何感受生活的美,这本小书中的很多作品都做到了这一点。我希望我对于这些作品的解读,能够进一步帮助大家认识到这一点。限于自身的水平,书中错误必然不少,诚挚的希望读者能够不吝赐教。

本书是山西师范大学历史与旅游文化学院项目的成果之一,编写过程中,得到了院长车效梅老师、副院长侯慧明老师的支持,出版社熊汉宗编辑也给予了热心的帮助,此处一并致谢!我的同事,本丛书的另外两位作者(李晓敏老师和刘士义老师),我们相互鼓励,共享资源,在完成任务的同时,加深了彼此之间的情谊,这些也是一言难尽的。

最后,希望本套丛书能够切实发挥辅助山西省旅游文化产业发展的作用,使每一位读者都能喜爱山西,来山西。

作者

2018 年 3 月记于尧都缁帷居

图书在版编目(CIP)数据

太行气象 / 鲁立智编. —太原 : 山西经济出版社，2018.5

(表里山河丛书 / 车晓梅主编)

ISBN 978 -7 -5577 -0322 -6

Ⅰ. ①太… Ⅱ. ①鲁… Ⅲ. ①古典诗歌—诗集—中国 Ⅳ. ①I222

中国版本图书馆 CIP 数据核字(2018)第079862号

太行气象

编　　者:鲁立智
责任编辑:熊汉宗
装帧设计:赵　娜

出 版 者:山西出版传媒集团·山西经济出版社
地　　址:太原市建设南路 21 号
邮　　编:030012
电　　话:0351 -4922133(市场部)
　　　　　0351 -4922085(总编办)
E - mail:scb@sxjjcb.com(市场部)
　　　　　zbs@sxjjcb.com(总编室)
网　　址:www.sxjjcb.com

经 销 者:山西出版传媒集团·山西经济出版社
承 印 者:临汾工艺美术印刷有限公司

开　　本:787mm×1092mm　1/16
印　　张:23.25
字　　数:350 千字
版　　次:2018 年 5 月 第 1 版
印　　次:2018 年 5 月 第 1 次印刷
书　　号:ISBN 978 -7 -5577 -0322 -6
定　　价:132.00 元(全二册)